文庫で読める 児童文学 2000冊

日外アソシエーツ

Guide to Books of Children's Literature in Paperback
2000 Works

Compiled by
Nichigai Associates, Inc.

©2016 by Nichigai Associates, Inc.
Printed in Japan

本書はディジタルデータでご利用いただくことができます。詳細はお問い合わせください。

●編集担当● 高橋 朝子
装丁：赤田 麻衣子

刊行にあたって

　物語の中に出てくる食べ物についての本が出るなど、児童文学の楽しみ方は多様化してきており、子どものころ読んだ話をもう一度読みたいという大人はふえている。また長く読み継がれる名作のほかに映像化される作品もあり、話題の映画の原作を読みたいという場合もある。しかし、ハードカバーの児童書を手にするのは抵抗があり、書店や図書館の児童コーナーに立ち入るのは遠慮を覚える人も多いだろう。が、それらの作品が一般向けの文庫本として刊行されていれば手軽に読むことができる。一方、スペースや予算規模の限られる学校図書館や中小の公共図書館でも、「定番」の作品が収められている児童文庫を含めた文庫本は選書・利用に役立つものである。

　本書は、文庫本として刊行された児童文学作品と、その作家の児童文庫に収録されている作品を含め2,323冊を収録した図書目録である。1980年代以降に刊行されたものを中心に、国内外の作家206人の2,270冊とアンソロジー53冊を収録した。「日本の作品」「海外の作品」は作家名順に、「アンソロジー一覧」は書名順に排列し、巻末には書名索引を付した。

　本書が学校図書館・公共図書館の場などで、本の選定・紹介・購入に幅広く活用されることを願っている。

2016年3月

　　　　　　　　　　　　　　　　　　　　日外アソシエーツ

凡　　例

1. 本書の内容

　　本書は、文庫本として刊行された児童文学作品を集めた図書目録である。

2. 収録の対象

　　文庫本として刊行された児童文学作品2,323冊を収録した。国内外の作家206人の2,270冊とアンソロジー53冊で、1980年代以降に刊行されたものを中心に、文庫本として刊行された児童文学作品のほか、それらの作家の児童文庫に収録されている作品も収録対象とした。

3. 見出し

　　作家名を見出しとして、姓の読みの五十音順→名の読みの五十音順に排列した。見出しには原綴・生没年を付した。

4. 図書の排列

　　作家名のもとに書名の五十音順に排列した。

5. 図書の記述

　　書名／副書名／巻次／各巻書名／各巻副書名／各巻巻次／著者表示／版表示／出版地＊／出版者／出版年月／ページ数または冊数／大きさ／叢書名／叢書番号／副叢書名／副叢書番号／定価（刊行時）／ISBN（①で表示）／原書名／注記／目次／内容
　　＊出版地が東京の場合は省略した。

6．書名索引

　　各図書を書名の読みの五十音順に排列して作家名を補記し、本文での掲載ページを示した。同じ作家の同一書名の図書がある場合は一つにまとめた。

7．書誌事項の出所

　　本目録に掲載した各図書の書誌事項等は主に次の資料に拠っている。
　　　データベース「bookplus」
　　　JAPAN/MARC

目　　次

日本の作品 ……………………… 1

阿久 悠 ……………………………… 1
あさの あつこ ……………………… 1
阿部 夏丸 …………………………… 14
天沢 退二郎 ………………………… 15
あまん きみこ ……………………… 15
安房 直子 …………………………… 17
安東 みきえ ………………………… 18
安野 光雅 …………………………… 19
池田 あきこ ………………………… 19
いしい しんじ ……………………… 21
石井 睦美 …………………………… 21
石井 桃子 …………………………… 22
伊藤 たかみ ………………………… 22
伊藤 遊 ……………………………… 23
いぬい とみこ ……………………… 23
井上 ひさし ………………………… 24
井上 靖 ……………………………… 24
今江 祥智 …………………………… 24
今西 祐行 …………………………… 25
上野 哲也 …………………………… 26
上野 瞭 ……………………………… 26
上橋 菜穂子 ………………………… 27
魚住 直子 …………………………… 30
内田 百閒 …………………………… 30
江國 香織 …………………………… 31
遠藤 寛子 …………………………… 31
大井 三重子　⇒ 仁木悦子 を見よ
大石 真 ……………………………… 32
大川 悦生 …………………………… 33
大嶽 洋子 …………………………… 33
小川 未明 …………………………… 34
荻原 規子 …………………………… 34
乙武 洋匡 …………………………… 38
おーなり 由子 ……………………… 39
賀川 豊彦 …………………………… 39
角田 光代 …………………………… 39
樫崎 茜 ……………………………… 39
柏葉 幸子 …………………………… 40

風野 潮 ……………………………… 42
片川 優子 …………………………… 45
角野 栄子 …………………………… 45
金子 みすゞ ………………………… 49
神沢 利子 …………………………… 49
きむら ゆういち …………………… 50
草野 たき …………………………… 52
朽木 祥 ……………………………… 52
工藤 直子 …………………………… 53
香月 日輪 …………………………… 53
越水 利江子 ………………………… 59
後藤 竜二 …………………………… 61
斎藤 惇夫 …………………………… 62
斎藤 隆介 …………………………… 63
阪田 寛夫 …………………………… 63
坂元 純 ……………………………… 64
笹生 陽子 …………………………… 64
佐藤 さとる ………………………… 65
佐藤 多佳子 ………………………… 68
サトウ ハチロー …………………… 69
さとう まきこ ……………………… 70
さねとう あきら …………………… 72
佐野 洋子 …………………………… 72
重松 清 ……………………………… 72
篠原 勝之 …………………………… 73
小路 幸也 …………………………… 73
庄野 英二 …………………………… 73
菅野 雪虫 …………………………… 74
鈴木 三重吉 ………………………… 74
住井 すゑ …………………………… 75
瀬尾 七重 …………………………… 75
瀬尾 まいこ ………………………… 75
宗田 理 ……………………………… 75
たかし よいち ……………………… 86
高楼 方子 …………………………… 86
竹下 文子 …………………………… 87
竹久 夢二 …………………………… 87
立原 えりか ………………………… 87
たつみや 章 ………………………… 89
谷川 俊太郎 ………………………… 89
谷山 浩子 …………………………… 89

目 次

筒井 康隆 ……………………… 90
壺井 栄 ………………………… 90
坪田 譲治 ……………………… 91
寺村 輝夫 ……………………… 93
寺山 修司 ……………………… 96
徳田 秋聲 ……………………… 96
富安 陽子 ……………………… 97
長崎 源之助 …………………… 97
中脇 初枝 ……………………… 97
梨木 香歩 ……………………… 98
梨屋 アリエ …………………… 98
那須 正幹 ……………………… 100
新美 南吉 ……………………… 107
仁木 悦子 ……………………… 109
野口 雨情 ……………………… 110
野坂 昭如 ……………………… 110
灰谷 健次郎 …………………… 110
花岡 大学 ……………………… 113
浜田 廣介 ……………………… 114
濱野 京子 ……………………… 115
はやみね かおる ……………… 116
はらだ みずき ………………… 124
坂東 眞砂子 …………………… 125
ひこ・田中 …………………… 126
ビートたけし ………………… 126
福永 令三 ……………………… 126
藤野 恵美 ……………………… 132
舟崎 靖子 ……………………… 135
舟崎 克彦 ……………………… 135
古田 足日 ……………………… 137
別役 実 ………………………… 137
松田 瓊子 ……………………… 138
松谷 みよ子 …………………… 138
まど・みちお ………………… 141
眉村 卓 ………………………… 141
水上 勉 ………………………… 142
三田村 信行 …………………… 142
光丘 真理 ……………………… 144
緑川 聖司 ……………………… 145
宮沢 賢治 ……………………… 147
宮部 みゆき …………………… 156
椋 鳩十 ………………………… 159
村山 早紀 ……………………… 160
森 詠 …………………………… 165
森 絵都 ………………………… 165
椰月 美智子 …………………… 168
八束 澄子 ……………………… 169
山中 恒 ………………………… 170
湯本 香樹実 …………………… 172
吉橋 通夫 ……………………… 172
令丈 ヒロ子 …………………… 173
渡辺 茂男 ……………………… 182
わたり むつこ ………………… 183

海外の作品 ……………………… 184

アーモンド, デイヴィッド …… 184
アンデルセン, ハンス・クリスチャン ……………………… 184
イソップ ……………………… 189
ウィーダ ……………………… 189
ウィンターフェルト, ヘンリー … 191
ウェブスター, ジーン ………… 191
ヴェルヌ, ジュール …………… 192
エイキン, ジョーン …………… 196
オルコット, ルイザ・メイ …… 197
カーツ, ウェルウィン・W. …… 201
キプリング, ラドヤード ……… 201
キャロル, ルイス ……………… 202
ギヨ, ルネ ……………………… 205
グージ, エリザベス …………… 206
グリム兄弟 …………………… 206
クロスリー=ホランド, ケビン … 216
ケイ, アレグサンダー ………… 216
ケストナー, エーリヒ ………… 217
ケネディ, リチャード ………… 218
コッローディ, カルロ ………… 218
サッカー, ルイス ……………… 219
サトクリフ, ローズマリ ……… 219
ザルテン, フェーリクス ……… 221
サン=テグジュペリ, アントワーヌ・ド ……………………… 221
シートン, アーネスト・T. …… 222
シュトルム, テオドル ………… 224
シュピリ, ヨハンナ …………… 225
ジョーンズ, ダイアナ・ウィン …… 226
スティーヴンソン, ウィリアム …… 228
スピリ ⇒ シュピリ, ヨハンナ を見よ
チムニク, ライナー …………… 228
デ・アミーチス, エドモンド … 229

(7)

テツナー, リザ 229
デ・ラ・メア, ウォルター 230
デンネボルク, ハインリヒ・マリア .. 231
トウェイン, マーク 231
ドハティ, バーリー 235
トリーズ, ジェフリー 235
ナイト, エリック 235
ネズビット, イーディス 236
ノース, スターリング 237
ハウゲン, トールモー 237
バウム ⇒ ボーム, ライマン・フラ
　ンク を見よ
パターソン, キャサリン 237
バーネット, フランセス・エリ
　ザ・ホジソン 238
バーム ⇒ ボーム, ライマン・フラ
　ンク を見よ
バリ, ジェームズ・マシュー 242
ファージョン, エリナー 244
フィリップ, アンヌ 244
フォークナー, ウィリアム 245
フランク, アンネ 245
ブリュソロ, セルジュ 245
ブルックナー, カルル 247
プルマン, フィリップ 247
ペイトン, K.M. 249
ペイトン・ウォルシュ, ジル 250
ペルゴー, ルイ 250
ベルヌ ⇒ ヴェルヌ, ジュール を
　見よ
ペロー, シャルル 250
ボウム ⇒ ボーム, ライマン・フラ
　ンク を見よ
ポーター, エレナ 252
ポーター, ジーン 253
ボーム, ライマン・フランク 254
マキューアン, イアン 256
マーク・トウェイン ⇒ トウェイ
　ン, マーク を見よ
マクドナルド, ジョージ 256
マコックレン, トム 257
マスパン, アンドレ 258
マロ, エクトル 258
ミルン, A.A. 259

メーテルリンク, モーリス 260
モールズワース, メアリー・L. 260
モンゴメリ, ルーシー・モード 260
ヤンソン, トーベ 270
ユゴー, ヴィクトル 273
リンドグレーン, アストリッド 275
ル＝グウィン, アーシュラ・K. 279
ロビンソン, ジョーン・G. 280
ロフティング, ヒュー 281
ワイルダー, ローラ・インガルス 285
ワイルド, オスカー 289

アンソロジー一覧 291

書名索引 303

日本の作品

阿久 悠
あく・ゆう
《1937～2007》

『最後の楽園―瀬戸内少年野球団・青春編』
阿久悠著　光文社　1986.8　353p　16cm　（光文社文庫）　460円　①4-334-70393-3
内容　あの『瀬戸内少年野球団』の主人公たちが8年ぶりに再会！舞台は、アロハ、太陽族などの風俗が一斉に花開く30年代の東京。明大生櫟荘介は、ボクサー志望の親友、不破二郎と共同下宿生活を送りながら、終戦直後淡路島で別れた初恋の少女、二宮菜木との再会を夢想している。すでに別世界にいる二人だったが…。

『瀬戸内少年野球団』　阿久悠著　岩波書店　2013.7　393p　15cm　（岩波現代文庫―文芸 224）　1160円　①978-4-00-602224-2
内容　敗戦直後の淡路島を舞台に、軍事教育から民主主義教育に一転する中、野球を通して民主主義を学ばせようとする女性教師と子供たちのふれあいを描いた阿久悠の代表作。野球との新鮮な出逢い、歌を自由に歌えるよろこび、少年たちの仲間への思いやりと友情、ほのかな初恋が少年たちの目を通して生き生きと描かれている。後に、映画化されて多くのファンを魅了した作品。

あさの あつこ
《1954～》

『あかね色の風　ラブ・レター』　あさのあつこ著　幻冬舎　2007.4　236p　16cm　（幻冬舎文庫）　495円　①978-4-344-40933-0
内容　陸上部で怪我をして自棄になっている遠子のクラスに転校生の千絵がやってきた。複雑な家庭の事情も屈託なく話す千絵に、遠子は不思議な魅力を感じる。二人の友情と成長を描いた「あかね色の風」。大好きなクラスメイトに手紙を出そうとする愛美の純粋な想いを綴った「ラブ・レター」。思春期の少女達の揺れる感情を照らし出す、青春小説の金字塔。

『朝のこどもの玩具箱』　あさのあつこ著　文藝春秋　2012.8　251p　16cm　（文春文庫 あ43-9）　495円　①978-4-16-772209-8
目次　謹賀新年、ぼくの神さま、がんじっこ、孫の恋愛、しっぽ、この大樹の傍らで
内容　目が覚めたら魔法のしっぽが生えていたイジメられっ子、父を亡くし若い継母とふたり年を越す高校生…。児童文学から恋愛小説、SF、時代小説まで、ジャンルを超えて活躍する著者ならではの、色とりどりの6篇が入った"玩具箱"。明日への希望きらめく瑞々しい気持ちをギュッと詰め込みました。文庫オリジナルの自著解説を収録。

『ヴィヴァーチェ―紅色のエイ』　あさのあつこ著　角川書店　2013.2　273p　15cm　（角川文庫 あ42-10）　514円　①978-4-04-100606-1〈2008年刊に「ヴィヴァーチェ 2」（2010年刊）の一部を加え、加筆・修正　発売：角川グループパブリッシング〉
内容　灰汁色の霧に覆われた街。最下層居住区に暮らす聡明な少年ヤンと豪気な親友ゴドの憧れは、紅色の宇宙船ヴィヴァーチェ号と、伝説の船長ライだ。宇宙へ飛び立つ夢を支えにする2人だが、ヤンの妹が「城」に召し上げられ、消息を絶ってしまう。妹を追うヤンは、突如勃発した軍事クーデターに巻き込まれ、大混乱の中、ヴィヴァーチェ号で瓜二つの船で地球を脱出することに―!?少年たちのブレイブ・ファンタジー、開幕。

『ヴィヴァーチェ　〔2〕　宇宙へ地球へ』　あさのあつこ著　角川書店　2013.3　291p　15cm　（角川文庫 あ42-11）　552円　①978-4-04-100647-4〈2010年刊の一部に増補、加筆修正　発売：角川グループパブリッシング〉
内容　妹を追って、地球を飛び立ったヤン。悲劇の末に、幽霊海賊船となったヴィヴァーチェ

あさのあつこ

号と、傑物と名高い船長ライに強い憧れを抱く彼が乗り込んだ宇宙船内には、クルーの他に、妹に生き写しだが自らを王女と名乗る少女ウラ、彼女の忠実な護衛兵士スオウがいた。スオウは船の行き先を、ヴィヴァーチェ号が輸送船を襲った地点に定めるが、そこに突如、謎の船が現れ…!? 少年たちのブレイブ・ファンタジー、激震のクライマックス。

『えりなの青い空』 あさのあつこ文, こみねゆら絵　文藝春秋　2008.7　127p　16cm　（文春文庫）　724円　①978-4-16-772202-9

内容　小学5年生のえりなは空が好き。晴れた日には学校の芝生に新聞紙を敷き、寝転んで空を見上げるのが最高。お母さんやクラスの男の子は寝転がるなんて変だと注意するけれど、気にせずいたってマイペース。そんなえりなに何でもできる学級委員の鈴原さんが興味を持って…。

『風の館の物語　1　心をもつ館』 あさのあつこ作, 山田J太絵　講談社　2013.2　211p　18cm　（講談社青い鳥文庫 203-11）　620円　①978-4-06-285332-3　〈2007～2010年刊の再刊〉

内容　母の入院で、しばらくの間、田舎町の親戚の家に引き取られることになった小6の水内洵と妹の沙菜。姉妹が訪れたその家は、地元の人たちが「風の館」と呼ぶ、大きなお屋敷だった。その館では、突然、激しい風が部屋に吹き込んだり、笑い声が聞こえたりと、次々に不思議な現象が起こる。そしてある夜、洵の前に少年の幽霊があらわれて――。小学中級から。

『風の館の物語　2　二つの世界』 あさのあつこ作, 山田J太絵　講談社　2013.4　229p　18cm　（講談社青い鳥文庫 203-12）　650円　①978-4-06-285348-4　〈2007～2010年刊の再刊〉

内容　水内洵と沙菜の姉妹が暮らすことになった『風の館』では、不思議な笑い声が聞こえたり、美少年の幽霊があらわれたりと、不思議な現象が次々と起こっていた。そんなある日、沙菜の姿が見あたらなくなる。千夏といっしょに沙菜を探す洵。母屋の奥で見つけた隠し階段を下りていくと、その先は幽霊の洵吾と会った部屋につながっていた…。

『風の館の物語　3　館を狙う物』 あさのあつこ作, 山田J太絵　講談社　2013.6　231p　18cm　（講談社青い鳥文庫 203-13）　650円　①978-4-06-285355-2　〈2007～2010年刊の再刊〉

内容　年末の大掃除を終え、町に出かけた洵は、商店街で謎の男に出会った。その男の顔は、ぽかりと穴があいたように黒い空間になっていたのだ。不吉な予感が広がるなか、行方不明だった千夏の父・千昭が10年ぶりに風間家に帰ってきた。実業家として成功したという千昭は、千夏と果歩に「この屋敷から出ていっしょに暮らそう。」と言うのだが―。小学中級から。

『風の館の物語　4　美しき精たち』 あさのあつこ作, 山田J太絵　講談社　2013.8　263p　18cm　（講談社青い鳥文庫 203-14）　650円　①978-4-06-285376-7　〈2007～2010年刊の再刊〉

内容　二つの世界が重なる『風の館』。人と、人でないものが共に住めるこの館を狙って、邪悪な化け物が襲いかかってきた！　化け物の正体は、いったい何なのか。共存か、それとも対決を選ぶのか―。洵は、『風の館』と愛する人たちを守るために、最後の戦いにいどむ。人間と自然のかかわりを、壮大なスケールで描きだす、シリーズ最終巻！　小学中級から。

『神々の午睡（うたたね）』 あさのあつこ著　幻冬舎　2013.8　309p　16cm　（幻冬舎文庫 あ-28-4）　571円　①978-4-344-42057-1　〈学研パブリッシング 2009年刊の再刊〉

目次　神々のための序説, シムチャッカの花, グドミアノと土蛙の話, カスフィニアの笛, 盗賊たちの晩餐, テレペウトの剣, 終わりと始まり, 神のための終章

内容　その昔、神と人が共に暮らす世界があった。ある日、雨の神に選ばれたばかりのシムが降らせた恵みの雨が、止まなくなってしまう。姉を心配し、彼女のもとへ向かった弟のリュイは、その原因がシムの恋にあることを知る。彼女は人間の若き細工師に一目惚れをしていた…。恋愛や友情が人間だけのものでなかった頃の、優しく切ない六つの連なる物語。

『ガールズ・ブルー』 あさのあつこ著　文藝春秋　2006.11　231p　16cm　（文春文庫）　476円　①4-16-772201-1

内容　落ちこぼれ高校に通う理穂、美咲、如月。十七歳の誕生日を目前に理穂は失恋。身体が弱く入院を繰り返す美咲は同情されるのが大嫌い。如月は天才野球選手の兄・睦月と何かと比較される。でもお構いなしに、それぞれの夏は輝いていた。葛藤しながら自分自身を受け入れ愛する心が眩しい、切なくて透明な青春群像小説。

『ガールズ・ブルー　2』 あさのあつこ著　文藝春秋　2009.9　254p　16cm　（文春文庫 あ43-4）　543円　①978-4-16-772204-3

内容　落ちこぼれ高校に通う理穂、美咲、如

あさのあつこ

月も三年生になった。高校最後の夏、周りは着々と進路を決めていくのに、三人は行く末をまだ決められない。恋、友情、進学…タイムリミットが迫る中、私たちの答えはどうしたら見つかるのだろう。未来へ一歩を踏み出す姿を清々しく描いた大人気女子高生シリーズ第二弾。

『ガールズ・ブルー』 あさのあつこ著　ポプラ社　2008.4　237p　16cm　（ポプラ文庫）　520円　①978-4-591-10294-7〈2003年刊の増訂〉

内容　理穂、美咲、如月の三人は、同じ高校に通う幼なじみ。失恋、体が弱いこと、優秀すぎる兄弟との葛藤…それぞれにさまざまな思いを抱えながら、それでも元気に日々を過ごしていく。青春の切ない輝きを描いて人気沸騰の著者の、女子高生グラフィティ・シリーズ第一弾。

『ガールズ・ブルー　2』 あさのあつこ著　ポプラ社　2008.4　253p　16cm　（ポプラ文庫）　540円　①978-4-591-10295-4

内容　高校三年になった理穂、美咲、如月。高校生活最後の夏、心を決めきれずにいる理穂たちをよそに、周囲は着々と進路を定めていく。恋や進路やそれぞれの事情、目の前にある問いかけへの、自分だけの答えはどこにあるのだろう―大人気女子高生グラフィティ・シリーズ第二弾。

『ゴースト館の謎』 あさのあつこ作, 塚越文雄絵　講談社　2005.2　229p　18cm　（講談社青い鳥文庫―テレパシー少女「蘭」事件ノート7）　620円　①4-06-148676-4

内容　「もうだめだ…死ぬしかない…。」花火大会のさなかに、蘭の心にひびいてきた、SOSの声。蘭たち4人は、またもや不思議な事件にまきこまれた。なんと老舗の旅館に幽霊が出没するという！幽霊vs.テレパシー少女、結末はいかに!?謎をよぶスリリングな展開に、蘭と留衣、翠と凛の恋もちょっぴり進展をみせる、ハラハラとドキドキの第7弾！小学上級から。

『The MANZAI 〔1〕』 あさのあつこ作, 鈴木びんこ画　ジャイブ　2004.3　197p　18cm　（カラフル文庫）　620円　①4-902314-34-7〈岩崎書店1999年刊の増訂〉

内容　「おまえ、なんでそんなに漫才好きなの？」「なんでって、おもろいやつが一番やないか」「一番て…そうかも」「決まってる。勉強できたかて、スポーツできたかて、なんぼのもんや。たいしたことあらへん。やっぱ、おもろいやつが勝ちやで。絶対や、歩」

漫才『ロミオとジュリエット』の行方は…。

『The MANZAI　2』 あさのあつこ作, 鈴木びんこ画　ジャイブ　2004.9　207p　18cm　（カラフル文庫）　780円　①4-902314-95-9

内容　『漫才ロミオとジュリエット』から半年と少し、ぼく「瀬田歩」中学三年生の初夏…事件は起きた！こりずに『おつきあい』を申しこみ続けている秋本と、ぼくらの狙いを定めた森口、発光少女の萩本、学年トップの高原、音楽担当だった蓮田に篠原。元2-3ロミジュリメンバー集結のきっかけとなった事件とは。

『The MANZAI　3』 あさのあつこ作, 鈴木びんこ画　ジャイブ　2006.7　193p　18cm　（カラフル文庫）　780円　①4-86176-292-8

内容　秋本貴史とのコンビを拒否し続ける瀬田歩は、病院の廊下を暗い表情で歩く美少女・萩本恵菜―愛称メグを見かけ、気になってしかたがない。一方、夏祭りでのステージが危機に直面したとの情報を入手した森口京美に招集され、いつものメンバーは、漫才のステージ実現を目指して立ち上がった。楽しい仲間たちが織りなす人気シリーズ、待望の第3弾。

『The MANZAI　4』 あさのあつこ作, 鈴木びんこ画　ジャイブ　2007.12　187p　18cm　（カラフル文庫）　780円　①978-4-86176-433-2〈ピュアフル文庫2007年刊の増訂〉

内容　「うちな、ちょっと瀬田くんに相談したいことあって。あのな、恋についてなんやけど…。」メグにそんなことを言われて、歩はドキドキ。ついに、歩の恋路に進展があるのか!?　さらにロミジュリメンバーがまたまた集結して大騒ぎ…。歩と貴史の、ちょっと切なくてかなり笑える青春ストーリー、待望の第4弾。

『The MANZAI　5』 あさのあつこ作, 鈴木びんこ画　ジャイブ　2009.7　193p　18cm　（カラフル文庫 あ01-11）　780円　①978-4-86176-680-0〈2009年刊の加筆・訂正〉

内容　中学三年の冬休み。除夜の鐘を聞きながら「煩悩」についてひとり思いをはせていた瀬田歩のところに、突然、秋本貴史が訪ねてくる。おなじみ「ロミジュリ」仲間たちと一緒に初詣に向かう歩。相も変わらず、秋本とボケ＆ツッコミの応酬をしていたが…。あさのあつこによる大人気青春ストーリー最新刊がいよいよ登場。

『The MANZAI　1』 あさのあつこ著　ジャイブ　2005.12　238p　15cm

あさのあつこ

（ピュアフル文庫）　540円　①4-86176-253-7〈2004年刊の増訂〉

内容 やたらと暑い十月最初の木曜日―転校生の瀬田歩は、サッカー部の次期キャプテンと噂される秋本貴史に呼びだされた。貴史とほとんど口をきいたことのない歩には、その理由がわからない。放課後の駐輪場で「なぐられっぱなしだけはいやだ」と唇をかみしめる歩。ところが、彼の耳に入ってきたのは、思ってもみなかった貴史からの申し出だった…。対照的なキャラクターの中学生が出会い、葛藤するさまを、繊細かつユーモラスに描いた青春小説シリーズ第一弾、待望の文庫化！ 巻末に、直木賞作家・重松清と著者による特別対談を収録。

『The MANZAI　2』　あさのあつこ著　ジャイブ　2006.3　253p　15cm（ピュアフル文庫）　540円　①4-86176-281-2〈2004年刊の増訂〉

内容 文化祭を笑いの渦に巻き込んだ『漫才ロミオとジュリエット』から半年、瀬田歩と秋本貴史にとって中学最後の夏がきた。歩は、夏祭りで漫才をやろうと誘う貴史に対し、断固拒否の態度をとり続けている。一方、貴史の幼なじみ・萩本恵菜への思いはつのるものの、進展はない。そんな中、恵菜をめぐってある「事件」が勃発した―。今もっとも注目を集める作家の人気シリーズ第二弾、待望の文庫化。

『The MANZAI　3』　あさのあつこ著　ジャイブ　2006.9　235p　15cm（ピュアフル文庫）　540円　①978-4-86176-335-9〈2006年刊の増訂〉

内容 漫才コンビ結成を拒否し続ける瀬田歩。彼はある日、病院の廊下で萩本恵菜を見かける。暗い表情で歩く美少女・メグに、いったい何が？　一方、歩を口説き続ける秋本貴史も難局に直面していた。特設ステージでの漫才を目論んでいた夏祭りが、中止になりそうなのだ。歩、貴史、メグ、それぞれの想いを乗せ、夏の日は過ぎゆく―。大人気青春小説シリーズ、待望の第三弾。

『The MANZAI　4』　あさのあつこ著　ジャイブ　2007.11　216p　15cm（ピュアフル文庫）　540円　①978-4-86176-455-4

内容 うちな、ちょっと瀬田くんに相談したいことあって。あのな、恋についてなんやけど…。憧れの美少女・メグに言われた歩は、「現実はそんなに甘くない」と思いながらも、内心ドキドキ。ついに、歩の"恋路"に進展があるのか!?　ボケの貴史とツッコミの歩、我らが「ロミジュリ」を中心に繰り広げられる、ちょっと切なくてかなり笑える青春ストーリー、待望の最新刊。

『The MANZAI　5』　あさのあつこ著　ジャイブ　2009.3　229p　15cm（ピュアフル文庫　あ-1-9）　540円　①978-4-86176-645-9

内容 中学三年生の冬休み―。除夜の鐘を聞きながら「煩悩」について思いをはせる瀬田歩のもとに、「ぼくの煩悩を二・五倍ぐらいの数値に跳ね上げ」ている元凶・秋本貴史が迎えにくる。元二年三組の仲間たちと一緒に初詣に向かう歩。いつものようにボケあい、ツッコミあいしながら歩いているうちに…。涙と笑いの大人気青春ストーリー、卒業に向けていよいよ物語も佳境に。

『The MANZAI　〔1〕』　あさのあつこ作, 鈴木びんこ画　ジャイブ　2007.3　197p　19cm（カラフル文庫―あさのあつこセレクション 4）　1100円　①978-4-591-09684-0〈2004年刊の改稿　発売：ポプラ社〉

内容 「おまえ、なんでそんなに漫才好きなの？」「なんでて、おもろいやつが一番やないか」「一番て…そうか、そうかなぁ」「決まってる。勉強できたかて、スポーツできたかて、なんぼのもんや。たいしたことあらへん。やっぱ、おもろいやつが勝ちやで。絶対や、歩」漫才『ロミオとジュリエット』の行方は…？　小学校中学年～中学生。

『The MANZAI　2』　あさのあつこ作, 鈴木びんこ画　ジャイブ　2007.3　206p　19cm（カラフル文庫―あさのあつこセレクション 5）　1100円　①978-4-591-09685-7〈2004年刊の改稿　発売：ポプラ社〉

内容 『漫才ロミオとジュリエット』から半年と少し、ぼく「瀬田歩」中学3年生の初夏…事件は起きた！　こりずに「おつきあい」を申しこみ続けている秋本と、ぼくらが狙いを定めた森口、発光少女の萩本、学年トップの高原、音楽担当だった蓮田に篠原。元2・3ロミジュリメンバー集結のきっかけとなった事件とは!?　小学校中学年～中学生。

『The MANZAI　3』　あさのあつこ作, 鈴木びんこ画　ジャイブ　2007.3　193p　19cm（カラフル文庫―あさのあつこセレクション 6）　1100円　①978-4-591-09686-4〈2006年刊の改稿　発売：ポプラ社〉

内容 秋本貴史とのコンビを拒否し続ける瀬田歩は、病院の廊下を暗い表情で歩く美少女・萩本恵菜―愛称メグを見かけ、気になってしかたがない。一方、夏祭りでのステージが危機に直面したとの情報を入手した森口京美に召集され、いつものメンバーは、漫才のステージ実現を目指して立ち上がった。楽しい仲間

あさのあつこ

たちが織りなす人気シリーズ、待望の第3弾。小学校中学年〜中学生。

『The MANZAI 4』あさのあつこ作，鈴木びんこ画　ジャイブ　2008.3　187p　19cm　（カラフル文庫—あさのあつこセレクション 8）　1100円　①978-4-591-10161-2〈2007年刊の改稿　発売：ポプラ社〉

内容　「うちな、ちょっと瀬田くんに相談したいことあって。あのな、恋についてなんやけど—。」メグにそんなことを言われて、歩はドキドキ。ついに、歩の恋路に進展があるのか!? さらにロミジュリメンバーがまたまた集結して大騒ぎ…。歩と貴史の、ちょっと切なくてかなり笑える青春ストーリー、待望の第4弾。

『The MANZAI 5』あさのあつこ作，鈴木びんこ画　ポプラ社　2010.3　193p　19cm　（ポプラカラフル文庫—あさのあつこセレクション 9）　1100円　①978-4-591-11572-5〈2010年刊の改稿〉

内容　中学三年の冬休み。除夜の鐘を聞きながら「煩悩」についてひとり思いをはせていた瀬田歩のところに、突然、秋本貴史が訪ねてくる。おなじみ「ロミジュリ」仲間たちと一緒に初詣に向かう歩。相も変わらず、秋本とボケ＆ツッコミの応酬をしていたが…。あさのあつこによる大人気青春ストーリー第五弾。

『The MANZAI 1』あさのあつこ著　ポプラ社　2010.2　238p　15cm　（ポプラ文庫ピュアフル あ-1-1）　540円　①978-4-591-11372-1〈ジャイブ 2005年刊の新装版〉

内容　やたらと暑い十月最初の木曜日—転校生の瀬田歩は、サッカー部の次期キャプテンと噂される秋本貴史に呼びだされた。貴史とほとんど口をきいたことのない歩には、その理由がわからない。放課後の駐輪場で「なぐられっぱなしだけはいやだ」と唇をかみしめる歩。ところが、彼の耳に入ってきたのは、思ってもみなかった貴史からの申し出だった…。対照的なキャラクターの中学生が出会い、葛藤するさまを、繊細かつユーモラスに描いた青春小説シリーズ第一弾。

『The MANZAI 2』あさのあつこ著　ポプラ社　2010.2　253p　15cm　（ポプラ文庫ピュアフル あ-1-2）　540円　①978-4-591-11373-8〈ジャイブ 2006年刊の新装版〉

内容　文化祭を笑いの渦に巻き込んだ『漫才ロミオとジュリエット』から半年、瀬田歩と秋本貴史にとって中学最後の夏が来た。歩は、夏祭りで漫才をやろうと誘う貴史に対し、断固拒否の態度をとり続けている。一方、貴史の幼なじみ・萩本恵菜への思いはつのるものの、進展はない。そんな中、恵菜をめぐってある「事件」が勃発した—。今もっとも注目を集める作家の人気シリーズ第二弾。

『The MANZAI 3』あさのあつこ著　ポプラ社　2010.2　235p　15cm　（ポプラ文庫ピュアフル あ-1-3）　540円　①978-4-591-11378-3〈ジャイブ 2006年刊の新装版〉

内容　漫才コンビ結成を拒否し続ける瀬田歩。彼はある日、病院の廊下で萩本恵菜を見かける。暗い表情で歩く美少女・メグの身に、いったい何が？　一方、歩を口説き続ける秋本貴史も難局に直面していた。特設ステージでの漫才を目論んでいた夏祭りが、中止になりそうなのだ。歩、貴史、メグ、それぞれの想いを乗せ、夏の日は過ぎゆく—。大人気青春小説シリーズ、待望の第三弾。

『The MANZAI 4』あさのあつこ著　ポプラ社　2010.2　216p　15cm　（ポプラ文庫ピュアフル あ-1-7）　540円　①978-4-591-11405-6〈ジャイブ 2007年刊の新装版〉

内容　うちな、ちょっと瀬田くんに相談したいことあって。あのな、恋についてなんやけど…。憧れの美少女・メグに言われた歩は、「現実はそんなに甘くない」と思いながらも、内心ドキドキ。ついに、歩の"恋路"に進展があるのか!? ボケの貴史とツッコミの歩—我らが「ロミジュリ」を中心に繰り広げられる、ちょっと切なくてかなり笑える青春ストーリー、待望の第四弾。

『The MANZAI 5』あさのあつこ著　ポプラ社　2010.2　229p　15cm　（ポプラ文庫ピュアフル あ-1-9）　540円　①978-4-591-11432-2〈ジャイブ 2009年刊の新装版〉

内容　中学三年の冬休み—。除夜の鐘を聞きながら「煩悩」について思いをはせる瀬田歩のもとに、「ぼくの煩悩を二・五倍ぐらいの数値に跳ね上げ」ている元凶・秋本貴史が迎えにくる。元中二年三組の仲間たちと一緒に初詣に向かう歩。いつものようにボケあい、ツッコミあいしながら歩いているうちに…。涙と笑いの大人気青春ストーリー、卒業に向けていよいよ物語も佳境に。

『The MANZAI 6』あさのあつこ著　ポプラ社　2010.9　222p　15cm　（ポプラ文庫ピュアフル あ-1-11）　540円　①978-4-591-11975-4

内容　いよいよ、卒業—。いつもの仲間たちとともに県立高校の合格発表に向かった瀬田歩と秋本貴史だったが、校門を出たときには、

あさのあつこ

かたや喜色満面、こなた意気消沈と好対照。常日頃からリアクションが噛み合わない二人が向かった先は、意外にも、市立病院だった。歩にとってさまざまな思い出のある場所で、彼らは…。涙と笑いを振りまいてきた凸凹コンビの青春オンステージも、ついに感動のクライマックス。

『The MANZAI 〔1〕』あさのあつこ作 ポプラ社 2010.3 197p 18cm (ポプラカラフル文庫 あ01-03) 620円 ①978-4-591-11287-8〈画:鈴木びんこ ジャイブ 2004年刊の新装版〉

[内容]「おまえ、なんでそんなに漫才好きなの?」「なんで、おもろいやつが一番なんか」「一番で…そうか、そうかなぁ」「決まってる。勉強できたかて、スポーツできたかて、なんぼのもんや。たいしたことあらへん。やっぱ、おもろいやつが勝つねん。絶対や、歩」漫才『ロミオとジュリエット』の行方は…。

『The MANZAI 2』あさのあつこ作 ポプラ社 2010.3 206p 18cm (ポプラカラフル文庫 あ01-05) 780円 ①978-4-591-11302-8〈画:鈴木びんこ ジャイブ 2004年刊の新装版〉

[内容]『漫才ロミオとジュリエット』から半年と少し、ぼく「瀬田歩」中学3年生の初夏…事件は起きた。こりずに『おつきあい』を申しこみ続けている秋本と、ぼくらのコンビを認めた森口、発光少女の萩本、学年トップの高原、音楽担当だった蓮田に篠原。元2-3ロミジュリメンバー集結のきっかけとなった事件とは!?―。

『The MANZAI 3』あさのあつこ作 ポプラ社 2010.3 193p 18cm (ポプラカラフル文庫 あ01-08) 780円 ①978-4-591-11333-2〈画:鈴木びんこ ジャイブ 2006年刊の新装版〉

[内容] 秋本貴史とのコンビを拒否し続ける瀬田歩は、病院の廊下を暗い表情で歩く美少女・萩本恵菜―愛称メグを見かけ、気にしてしかたがない。一方、夏祭りでのステージが危機に直面したとの情報を入手した森口京美に招集された、いつものメンバーは、漫才のステージ実現を目指して立ち上がった。楽しい仲間たちが織りなす人気シリーズ、第3弾。

『The MANZAI 4』あさのあつこ作 ポプラ社 2010.3 187p 18cm (ポプラカラフル文庫 あ01-10) 780円 ①978-4-591-11345-5〈画:鈴木びんこ ジャイブ 2007年刊の新装版〉

[内容]「うちな、ちょっと瀬田くんに相談したいことあって。あのな、恋についてなんやけど―」。メグにそんなことを言われて、歩はドキドキ。ついに、歩の恋路に進展があるのか!? さらにロミジュリメンバーがまたまた集結して大騒ぎ…。歩と貴史の、ちょっと切なくてかなり笑える青春ストーリー、第4弾。

『The MANZAI 5』あさのあつこ作 ポプラ社 2010.3 193p 18cm (ポプラカラフル文庫 あ01-11) 780円 ①978-4-591-11369-1〈画:鈴木びんこ ジャイブ 2009年刊の新装版〉

[内容] 中学三年の冬休み。除夜の鐘を聞きながら『煩悩』についてひとり思いをはせていた瀬田歩のところに、突然、秋本貴史が訪ねてくる。おなじみ『ロミジュリ』仲間たちと一緒に初詣に向かう歩。相も変わらず、秋本とボケ&ツッコミの応酬をしていたが…。あさのあつこによる大人気青春ストーリー最新刊がいよいよ登場。

『The MANZAI 6』あさのあつこ作 ポプラ社 2010.10 189p 18cm (ポプラカラフル文庫 あ01-12) 780円 ①978-4-591-11979-2〈画:鈴木びんこ 2010年刊の加筆・訂正〉

[内容] 今日は湊高校合格発表の日。中学卒業を目の前にしたおなじみ『ロミジュリ』メンバーは、高校の掲示板前に集合していた。余裕の高原、森口、メグたち。そして、歩と秋本の凸凹コンビは…。そして、またもや大事件が起こる!? かなり笑えてちょっと切ない、大人気青春ストーリーがいよいよ感動のクライマックス! シリーズ第6弾・完結編。

『さらわれた花嫁』あさのあつこ作,塚越文雄絵 講談社 2006.3 237p 18cm (講談社青い鳥文庫 203-8―テレパシー少女「蘭」事件ノート8) 620円 ①4-06-148719-1

[内容]「おおーあったりぃ!」商店街の福引きで、蘭は南海の孤島、蛇の目島への旅行をあてる。翠、凛、留衣といっしょにさっそくリゾート気分で出発するが、そこは何十年に一度、奇跡の祭りがおこなわれる、神秘の島だった! 蘭と翠のテレパシーは、事件の兆しをキャッチするが…!? スリリングな展開に友情と笑いがプラスされた、大人気シリーズ第8弾!! 小学上級から。

『時空ハンターYuki 1』あさのあつこ作,入江あき画 ジャイブ 2005.1 220p 18cm (カラフル文庫) 760円 ①4-86176-066-6

『時空ハンターYuki 2』あさのあつこ作,入江あき画 ジャイブ 2005.9 173p 18cm (カラフル文庫) 760円 ①4-

あさのあつこ

86176-213-8
内容 おゆきは、着物の仕立てで生計を立てる母とふたり、貧しいながらも幸せに暮らしていた。ところが、不穏な気配を身にまとう武士に声をかけられた日を境に、状況が一変する。おゆきの周囲で次々と起こる不思議な出来事。これらの怪異は、母が恐ろしげに口にする「闇の蔵人」という存在と関係があるのか？　江戸を舞台にくり広げられる、「星の娘」おゆきの誕生秘話。

『13歳のシーズン』　あさのあつこ著　光文社　2014.3　232p　16cm　（光文社文庫 あ46-4）　480円　①978-4-334-76705-1
内容 中学に入学してひと月。茉里は同じクラスの男子・真吾から告白される。しかし、それが罰ゲームだったとわかり、傷つく茉里。一方、クラスに馴染めない茉里を理解し応援してくれる深雪、そして幼なじみの千博。四人は、自分のため、そして友達のために、ある挑戦を始めた。さまざまな困難や壁を乗り越えて逞しく成長する姿を描いた甘酸っぱくて、でも爽やかな青春小説。

『12歳―出逢いの季節』　あさのあつこ作　講談社　2007.9　212p　18cm　（講談社青い鳥文庫 203-9―楓子と悠の物語1）　580円　①978-4-06-148785-7　〈絵：そらめ〉
内容 楓子は、小学校最後の春休み、亡くなった母親の故郷へ引っ越すことになった。そこでは、古い洋館に住むことになったが、楓子はその洋館に足を踏み入れたとたん、あざやかに古い記憶がよみがえってきた。楓子は、ここに来たことがあったのだ。そして不思議な少年と出会う。彼とも、会ったことがあるような気がするが…!?　小学上級から。

『新ほたる館物語』　あさのあつこ作, 樹野こずえ画　ジャイブ　2007.3　187p　18cm　（カラフル文庫）　790円　①978-4-86176-381-6〈新日本出版社（2002年刊）の増訂〉
内容 老舗旅館・ほたる館では、今日も、女将と若女将が陽気に「口喧嘩」。女将の孫娘・一子は、そんな明るい家に育つ元気な女の子だ。親友の雪美ちゃんやちょっと気になる柳井くんと一緒に、この春、6年生になる。イベントで町全体がにぎわう中、特別室に突然の予約が。おばあちゃんの曇った表情が気にかかる一子だったが…。

『新ほたる館物語』　あさのあつこ作, 樹野こずえ画　ジャイブ　2008.3　187p　19cm　（カラフル文庫―あさのあつこセレクション 7）　1100円　①978-4-591-10160-5〈2007年刊の改稿　発売：ポプラ社〉
内容 老舗旅館・ほたる館では、今日も、女将と若女将が陽気に「口喧嘩」。女将の孫娘・一子は、そんな明るい家に育つ元気な女の子だ。親友の雪美ちゃんやちょっと気になる柳井くんと一緒に、この春、6年生になる。イベントで町全体がにぎわう中、特別室に突然の予約が。おばあちゃんの曇った表情が気にかかる一子だったが…。

『新ほたる館物語』　あさのあつこ著　ジャイブ　2008.11　176p　15cm　（ピュアフル文庫）　540円　①978-4-86176-584-1〈2007年刊の増訂〉
内容 一子は、雪美ちゃんや柳井くんと一緒に、この春六年生になる。だけどまだ小学生だ。毎日ほたる館でいろいろな人を見てはいても、大人が、よくわからない。突然特別室に予約を入れた一条さんもそう。身なりはしっかりしてるのに、なんとなく変な感じがする。おばあちゃんの曇った表情も気にかかる…。多感な少女の成長を一年を通じて描く著者デビュー作シリーズ、ついに完結。

『新ほたる館物語』　あさのあつこ著　ポプラ社　2010.2　176p　15cm　（ポプラ文庫ピュアフル あ-1-8）　540円　①978-4-591-11425-4〈ジャイブ 2008年刊の新装版〉
内容 一子は、雪美ちゃんや柳井くんと一緒に、この春六年生になる。だけどまだ小学生だ。毎日ほたる館でいろいろな人を見てはいても、大人が、よくわからない。突然特別室に予約を入れた一条さんもそう。身なりはしっかりしてるのに、なんとなく変な感じがする。おばあちゃんの曇った表情も気にかかる…。多感な少女の成長を一年を通じて描く著者デビュー作シリーズ、ついに完結。

『人面瘡は夜笑う』　あさのあつこ作, 塚越文雄絵　講談社　2004.2　249p　18cm　（講談社青い鳥文庫―テレパシー少女「蘭」事件ノート 6）　620円　①4-06-148641-1
内容 「おねがい、助けて。殺される…。」白い着物の少女があらわれ、助けを求めて消えた。そして、不思議な力にみちびかれた蘭たちは、山奥の旧家にかくされた、人面瘡の秘密を知る。のろわれた旧家にせまる危機に、蘭、翠、留衣、凛は、どう立ちむかうのか…。おなじみのSFライトミステリー、4人の息もぴったりあって、絶好調の第6弾！　小学上級から。

『宇宙（そら）からの訪問者』　あさのあつこ作, 塚越文雄絵　講談社　2008.7　227p　18cm　（講談社青い鳥文庫 203-10―テレパシー少女「蘭」事件ノート

文庫で読める児童文学 2000冊　7

9) 620円 ①978-4-06-285036-0

内容 嵐の夜、ホテルから、男が消えた。それが、事件のはじまりだった。そして、地震とともに、あやしい「波動」が蘭と翠をおそう！ 波動の発信源は、あとど山。翌日、山にむかった、蘭、翠、留衣、凛の四人は、そこで「波動」におそわれる。なんと、「波動」の正体は、宇宙からの訪問者だった…。彼らの目的は一体なんなのか!? 人気シリーズ待望の第9弾！

『時を超えるSOS』 あさのあつこ作,塚越文雄絵 講談社 2002.2 235p 18cm （講談社青い鳥文庫—テレパシー少女「蘭」事件ノート 4） 580円 ①4-06-148576-8

内容 フリーマーケットで見つけた不思議な箱が、留衣を江戸時代につれさった。鳴ヶ屋吉兵衛の屋敷に軟禁された留衣は、失踪した姉をさがすと同時に、吉兵衛の悪事をさぐる隠密と出会う。連続殺人事件のかぎをにぎる"闇鬼"の正体を追う留衣たちに危険が迫ったとき、時空を超えてかけつけた蘭と翠の超能力が、江戸の闇をあばいていく…。蘭、留衣、翠のSFライト・ミステリー第4弾！ 小学上級から。

『髑髏は知っていた』 あさのあつこ作,塚越文雄絵 講談社 2003.2 251p 18cm （講談社青い鳥文庫—テレパシー少女「蘭」事件ノート 5） 580円 ①4-06-148607-1

内容 白帆町の山奥で、土砂くずれ現場から人骨が見つかり、凛の同級生の叔父が、この出来事をしらべにいって消息を絶った。彼を自宅に泊めた老人があやしい—そうにらんだ蘭たちは、さっそく調査を開始し、やがて、人骨事件にかくされていた、おどろくべき事実にたどりつく…。蘭と翠の超能力＋留衣の推理がさえるSFライト・ミステリー。今回は凛もフル出演で、パワーもアップ！ 小学上級から。

『NO.6 #1』 あさのあつこ著 講談社 2006.10 213p 15cm （講談社文庫） 476円 ①4-06-275523-8〈2003年刊の増訂〉

内容 2013年の未来都市"NO.6"。人類の理想を実現した街で、2歳のときから最高ランクのエリートとして育てられた紫苑は、12歳の誕生日の夜、「ネズミ」と名乗る少年に出会ってから運命が急転回。どうしてあの夜、ぼくは窓を開けてしまったんだろう？ 飢えることも、嘆くことも、戦いも知らずに済んだのに…。

『NO.6 #2』 あさのあつこ著 講談社 2007.2 212p 15cm （講談社文庫） 476円 ①978-4-06-275635-8〈2004年刊の増訂〉

内容 2017年。聖都市「NO.6」を追われた16歳の紫苑がはじめて目にする外の世界、そして現実。ぼくは今までいったい何を知っていたんだろう？ 何を見ていたんだろう？ ネズミと暮らし始め、懸命に生きようとするが、「おれとNO.6、どちらを選ぶ？」と問われた紫苑は…。加速する運命が二人を襲う。

『NO.6 #3』 あさのあつこ著 講談社 2007.8 211p 15cm （講談社文庫） 476円 ①978-4-06-275801-7〈2004年刊の増訂〉

内容 これだから、人間はやっかいだ。深く関わりあえばあうほど、柳は重くなる。自分のためだけに生きるのが困難になる。火藍から沙布が治安局に連行されたことを告げるメモを受け取ったネズミはそれをひた隠すが、事実を知った紫苑は救出に向かう決心をする。成功率は限りなく0に近い—物語は疾走する。

『NO.6 #4』 あさのあつこ著 講談社 2008.8 212p 15cm （講談社文庫） 476円 ①978-4-06-276120-8〈2005年刊の増訂〉

内容 どうやったら矯正施設の内部に入れるのか。中はどうなっているのか。どんな手を使っても探りだし、侵入しなくてはならない。それが沙布を救う唯一の方法なのだから。紫苑のまっすぐな熱情にネズミ、イヌカシ、力河が動かされる。そして軍が無抵抗な人間を攻撃し始めた。「人狩り」だ。いったい何のために…。

『NO.6 #5』 あさのあつこ著 講談社 2009.8 213p 15cm （講談社文庫 あ100-5） 476円 ①978-4-06-276429-2〈2006年刊の加筆・訂正〉

内容 あきらめてしまうのか？ NO.6の治安局員に連行された沙布を救い出すため、矯正施設の内部への潜入に成功した紫苑とネズミだったが、そこには想像を絶することが待ち受けていた。まるで地獄。くじけそうになる紫苑…その一方で、沙布には妖しげな魔の手が刻一刻と伸び始める。彼らの未来はいったい。

『NO.6 #6』 あさのあつこ著 講談社 2011.6 199p 15cm （講談社文庫 あ100-6） 476円 ①978-4-06-276998-3〈2007年刊の加筆・訂正〉

内容 矯正施設の地下深く、点在する洞穴に潜む人影。聖都市"NO.6"ができるずっと以前から、この地に暮らす人々がいたのだ。立ち竦む紫苑の前に現れた謎の男「老」が明かす"NO.6"の酷い過去。そしてネズミが己の出自を語るとき、真実は鋭い刃となって紫苑を苛む。僕らが本物の自由を得るには…「破

『NO.6 #7』 あさのあつこ著　講談社　2012.7　200p　15cm　(講談社文庫　あ100-7)　476円　①978-4-06-277320-1　〈2008年刊の加筆・訂正〉

内容 地下から開かずの遮断扉を突破し、矯正施設へ潜り込んだ紫苑とネズミ。高度なセキュリティシステムをくぐり、兵士に銃口を向けナイフをかざしながら最上階へ駆け上がる。最上階には"NO.6"を支配するマザーコンピューターと、沙布が捕らわれている部屋があるはず―「やっと来たか。おまえを待っていた」。

『NO.6 #8』 あさのあつこ著　講談社　2013.7　195p　15cm　(講談社文庫　あ100-8)　476円　①978-4-06-277605-9　〈2009年刊の加筆・訂正〉

内容 矯正施設に侵入し、ついに沙布との再会を果たした紫苑とネズミ。邂逅の喜びも束の間、沙布の身に起きた異変に愕然とする。施設の心臓部に仕掛けた爆弾は大爆発を起こしたが、燃え上がる炎は二人の逃走を阻み、ネズミは深い傷を負った。無事に脱出することはできるのか。そして混迷を極めるNO.6の未来は―。

『NO.6 #9』 あさのあつこ著　講談社　2014.7　207p　15cm　(講談社文庫)　490円　①978-4-06-277892-3

内容 炎に包まれた矯正施設から、命がけの脱出を成功させた紫苑とネズミ。イヌカシらに力を借り、意識を失ったネズミを病院に運んだ紫苑は、かつて地下世界の住人・老から託されたチップを医師のパソコンに差し込んだ。すると―理想都市NO.6を支配していたのは、誰なのか。崩壊と再生の物語、怒涛の最終章！

『NO.6 beyond』 あさのあつこ著　講談社　2015.11　197p　15cm　(講談社文庫　あ100-1)　520円　①978-4-06-293238-7　〈2012年刊の加筆・訂正〉

目次 イヌカシの日々. 過去からの歌. 紫苑の日々. ネズミの日々

内容 "NO.6"が崩壊してネズミは去り、紫苑は留まった。紫苑は再建委員会のメンバーとして、国家の激変を目の当たりにする。何があっても変わらないぞと、紫苑に哀願してでたネズミの真意とは何だったのか？ 遥か遠くの荒野からネズミの心は紫苑に寄り添う。瓦解した世界のその後を描く、真の最終章。

『ねらわれた街―テレパシー少女「蘭」事件ノート』 あさのあつこ作, 塚越文雄絵　講談社　1999.3　237p　18cm　(講談社青い鳥文庫)　580円　①4-06-148501-6

内容 蘭は超能力を持っている。といっても、本人にその自覚はあまりない。ところが、転校生の翠と知りあって以来、背すじがぞっとするような視線を感じたり、謎の怪人におそわれたりと、おかしなことがおこったため、のんきな蘭も、ついに調査にのりだした。事件のむこうに見えた真実とはなにか？ そして超能力対決の結末は？ 蘭とユニークな仲間たちが活躍するSFミステリー。小学上級から。

『バッテリー』 あさのあつこ著　角川書店　2003.12　262p　15cm　(角川文庫)　514円　①4-04-372101-3

内容 「そうだ、本気になれよ。本気で向かってこい。一関係ないこと全部捨てて、おれの球だけを見ろよ」中学入学を目前に控えた春休み、岡山県境の地方都市、新田に引っ越してきた原田巧。天才ピッチャーとしての才能に絶大な自信を持ち、それゆえ時に冷酷なまでに他者を切り捨てる巧の前に、同級生の永倉豪が現れ、彼とバッテリーを組むことを熱望する。巧に対し、豪はミットを構え本気の野球を申し込むが―。『これは本当に児童書なのか!?』ジャンルを越え、大人も子どもも夢中にさせたあの話題作が、ついに待望の文庫化。

『バッテリー 2』 あさのあつこ著　角川書店　2004.6　350p　15cm　(角川文庫)　552円　①4-04-372102-1　〈教育画劇平成10年刊の増訂〉

内容 「育ててもらわなくてもいい。誰の力を借りなくても、おれは最高のピッチャーになる。信じているのは自分の力だ―」中学生になり野球部に入部した巧と豪。二人を待っていたのは監督の徹底管理の下、流れ作業のように部活をこなす先輩部員達だった。監督に歯向かい絶対の自信を見せる巧に対し、豪はとまどい周囲は不満を募らせていく。そしてついに、ある事件が起きて…！　各メディアが絶賛！　大人も子どもも夢中になる大人気作品。

『バッテリー 3』 あさのあつこ著　角川書店　2004.12　270p　15cm　(角川文庫)　514円　①4-04-372103-X　〈教育画劇平成12年刊の増訂〉

目次 バッテリー(3), 樹下の少年

内容 「巧。おまえにだけは、絶対負けん。おれが、おまえにとってたったひとりの最高のキャッチャーだって心底わからせてやる」三年部員が引き起こした事件によって活動停止になっていた野球部。その処分明け、レギュラー対一年二年の紅白戦が行われ、巧たちは野球が出来る喜びを実感する。だが未だ残る校長の部に対する不信感を拭うため、監督の戸

あさのあつこ

村は強豪校、横手との試合を組もうとする…。一方、巧と豪の堅かった絆に亀裂が入って⁉ 青波の視点から描かれた文庫だけの書き下ろし短編「樹下の少年」収録。

『バッテリー　4』あさのあつこ著　角川書店　2005.12　238p　15cm　（角川文庫）　476円　①4-04-372104-8〈教育画劇平成13年刊の増訂〉

|目次| バッテリー4、空を仰いで

|内容| 「戸村の声がかすれて、低くなる。『永倉、おまえ、やめるか？』身体が震えた。ずっと考えていたことだった…」強豪校・横手との練習試合で打ちのめされ、敗れた巧。キャッチャーとして球を捕り切れなかった豪は、部活でも巧を避け続ける。監督の戸村はバッテリーの苦悩を思い決断を告げる。キャッチャーを吉貞に―と。同じ頃、中途半端に終わった試合の再開を申し入れるため、横手の天才スラッガー門脇と五番の瑞垣が新田に現れるが⁉ 三歳の巧を描いた文庫だけの書き下ろし短編「空を仰いで」収録。

『バッテリー　5』あさのあつこ著　角川書店　2006.6　251p　15cm　（角川文庫）　476円　①4-04-372105-6〈教育画劇平成15年刊の増訂〉

|目次| バッテリー5、The other battery

|内容| 「おれは、おまえの球を捕るためにいるんだ。ずっとそうすると決めたんじゃ。何があってもそうするって…本気で決めたのに」天才スラッガー、門脇のいる横手二中との再試合に向け、動きはじめる巧と豪。バッテリーはいまだにぎこちないが、豪との関わりを通じて、巧にも変化が表れつつある。…横手の幼なじみバッテリーを描いた、文庫だけの書き下ろし短編「THE OTHER BATTERY」収録。

『バッテリー　6』あさのあつこ著　角川書店　2007.4　298p　15cm　（角川文庫）　514円　①978-4-04-372106-1〈教育画劇平成17年刊の増訂　発売：角川グループパブリッシング〉

|内容| 「おれはピッチャーです。だから、誰にも負けません」いよいよ、巧たち新田東中は、強豪・横手二中との再試合の日を迎えようとしていた。試合を前に、両校それぞれの思いが揺れる。巧と豪を案じる海音寺、天才の門脇に対する感情をもてあます瑞垣、ひたすら巧を求める門脇。そして、巧と豪のバッテリーが選んだ道とは。いずれは…、だけどその時まで―巧、次の一球をここへ。大人気シリーズ、感動の完結巻。

『バッテリー』あさのあつこ作, 佐藤真紀子絵　角川書店　2010.6　265p　18cm　（角川つばさ文庫 Bあ2-21）　640円　①978-4-04-631100-9〈発売：角川グループパブリッシング〉

|内容| ピッチャーとしての自分の才能を強く信じ、ぜったいの自信をもつ原田巧。中学入学を前に引っ越した山間の町で、同じ年とは思えない大きな体のキャッチャー、永倉豪と出会う。二人なら「最高のバッテリー」になれる、そんな想いが巧の胸をゆさぶる。誇り高き天才ピッチャーと、心を通わせようとするキャッチャー。大人も動かす少年たちの物語！ 世代を超える大ベストセラー、ついに登板！ 小学上級から。

『バッテリー　2』あさのあつこ作, 佐藤真紀子絵　角川書店　2010.8　383p　18cm　（角川つばさ文庫 Bあ2-22）　740円　①978-4-04-631113-9〈発売：角川グループパブリッシング〉

|内容| 巧と豪は、「最高のバッテリー」になるという夢をもって、中学生になった。ところが、中学校の野球部では、きびしい監督にしたがわないと試合に出てもらえない。先輩たちも言われたとおりにするだけ。ピッチャーとして、何よりも自分の球を信じたい巧は反発し、先輩たちに目をつけられてしまう。そんな巧を心配する豪だったが、ついに、ある事件がおきてしまい…⁉ 巧と豪のキョリが縮まる、第2巻。小学上級から。

『バッテリー　3』あさのあつこ作, 佐藤真紀子絵　角川書店　2010.12　271p　18cm　（角川つばさ文庫 Bあ2-23）　660円　①978-4-04-631133-7〈発売：角川グループパブリッシング〉

|内容| 中学の野球部が活動停止になってしまい、巧と豪は野球ができない苦しい毎日を送っていた。ようやくはじまった練習で、先輩たち相手に試合をすることになると、二人は大活躍する。さらに、県内最強の中学校と試合を組もうというとき、巧と豪に注目があつまる。けれど、大事な試合を前に「最高のバッテリー」を目指す二人の間になにかが起きていて…⁉ ますます目がはなせない少年たちの物語、第3巻。小学上級から。

『バッテリー　4』あさのあつこ作, 佐藤真紀子絵　角川書店　2011.7　240p　18cm　（角川つばさ文庫 Bあ2-24）　640円　①978-4-04-631167-2〈発売：角川グループパブリッシング〉

|内容| 県内最強の横手二中との練習試合から一ヶ月以上たったが、豪は巧の球を受けようとしない。二人で話すこともほとんどない。それは、試合中に起きたあるできごとのせいだった…。キャッチャーとして巧の球を受け止める自信を失くしてしまった豪だったけれど、横手の四番打者・門脇や、くせ者打者・瑞垣ともう一度対戦することになって…⁉「最

『バッテリー　5』あさのあつこ作, 佐藤真紀子絵　角川書店　2011.12　247p　18cm　（角川つばさ文庫 Bあ2-25）　660円　①978-4-04-631210-5〈発売：角川グループパブリッシング〉

内容　新田東中学野球部でバッテリーを組む巧と豪。二人は、練習試合をした県内最強・横手二中の四番打者・門脇や瑞垣から注目されし、もう一度戦うことになる。でも、練習試合以来、巧と豪はずっとぎくしゃくしていた。なんとか練習を始め、巧みの球を受けるようになった豪は、自分の本当の気持ちに気づき、巧にぶつける。そのとき、巧は―!?「最高のバッテリー」を目指す二人がマウンドでの勝負に挑む、第5巻。小学上級から。

『バッテリー　6』あさのあつこ作, 佐藤真紀子絵　角川書店　2012.4　323p　18cm　（角川つばさ文庫 Bあ2-26）　740円　①978-4-04-631235-8〈教育画劇（2005年刊）と角川文庫（2007年刊）をもとに一部修正　発売：角川グループパブリッシング〉

内容　「最高のバッテリー」を目指す、巧と豪。いよいよ県内最強・横手二中の天才スラッガー・門脇、瑞垣らと対決する試合の日が近づいていた。だが、二人は、野球部の前キャプテン・海音寺から、今のままでは門脇に打たれる、と言われてしまう。ピッチャーとして強い自信を持つ巧に、くらいつくキャッチャーの豪。それぞれの悩みを抱え、プレイボール！そして、試合は―!?　少年たちの想いがぶつかる、感動の完結巻。

『光と闇の旅人　1　暗き夢に閉ざされた街』あさのあつこ著　ポプラ社　2010.5　219p　15cm　（ポプラ文庫ピュアフル あ-1-10）　540円　①978-4-591-11829-0《『時空ハンターYUKI 1』（ジャイブ 2005年刊）の改題、加筆・修正》

内容　結紡は、ちょっと引っ込み思案の中学一年生。東湖市屈指の旧家である魔布の家で、陽気な性格で校内の注目を集める双子の弟・香楽と、母、曾祖母らと暮らしている。ある夜、禍々しいオーロラを目にしたことをきっかけに、邪悪な「闇の蔵人」たちとの闘いに巻き込まれ…。「少年少女のきらめき」「SF的な奥行き」「時代小説的な広がり」といったあさのの作品の魅力が詰まった新シリーズ、第一弾。

『光と闇の旅人　2　時空（とき）の彼方へ』あさのあつこ著　ポプラ社　2010.11　177p　15cm　（ポプラ文庫ピュアフル あ-1-12）　540円　①978-4-591-12134-4《『時空ハンターYUKI 2』（ジャイブ 2005年刊）の改題、加筆・修正》

内容　舞台は、いよいよ江戸へ―。母とふたり、貧しいながらも平穏無事に暮らしていた少女・おゆきの周囲に、不思議な出来事が続出する。長屋での変死事件に続き、仕立師として働く母の得意先である商家でも、おゆきと同年代の娘の様子がおかしいという。そんななか、母の口から、自らの特殊な出目を聞いた彼女は…。江戸時代と現代、時空を超えて繰り広げられる青春エンターテイメント・シリーズ、待望の第二弾。

『福音の少年』あさのあつこ著　角川書店　2007.6　412p　15cm　（角川文庫）　590円　①978-4-04-372107-8〈発売：角川グループパブリッシング〉

目次　福音の少年、薄桃色の一瞬に

内容　16歳の明帆は同級生の藍子と付き合っている。だが二人はすれ違ってばかりで、明帆は藍子の幼なじみの少年・陽に近づいていく。ある日、藍子のアパートが火事で全焼し、藍子も焼死体で発見される。不可解さを感じ、真相を探る明帆と陽だが―。「死んでほしゅうない。おまえに生きていてほしい。おれは、おまえを失いたくないんや」友情でもなく、同情でもなく、仲間意識でもない。少年たちの絆と闇に迫る、著者渾身の物語。

『復讐プランナー』あさのあつこ著　河出書房新社　2014.4　209p　15cm　（河出文庫 あ25-1）　450円　①978-4-309-41285-6〈2008年刊に書き下ろし「星空の下で」を加える〉

目次　復讐プランナー、星空の下で

内容　中学校に入ってまもなく、突然いじめられる日々がはじまった雄哉と章司。怒りと悔しさに立ちすくむ二人の前に、「復讐計画を考えるんだ」と誘う不思議な先輩が現れた―。あさのあつこが贈る、生き抜くための青春小説。その後のプランナーたちの活躍を描いた、書き下ろし続篇「星空の下に」を特別収録。

『ぼくらの心霊スポット　1　うわさの幽霊屋敷』あさのあつこ作, 十々夜絵　角川書店　2009.11　185p　18cm　（角川つばさ文庫 Bあ2-1）　580円　①978-4-04-631050-7〈学習研究社 2006年刊の加筆　発売：角川グループパブリッシング〉

内容　人だまが飛ぶ？　すすり泣きが聞こえる？　最近、有麗村は村はずれの屋敷で幽霊が出るといううわさで持ちきりだ。真相を確かめに探検に乗り出したヒロ、かっちゃん、マッキーだけど、井戸のふちにかかった人間の手のようなものを見てしまい…!?　ヒロの

あさのあつこ

不思議な予知能力を活かして、恐怖とたたかい、心霊スポットに隠されたなぞを解け！人気作家・あさのあつこが贈る、「ぼくらの心霊スポット」シリーズ第1弾。小学中級から。

『**ぼくらの心霊スポット　2　真夏の悪夢**』あさのあつこ作, 十々夜絵　角川書店　2011.2　171p　18cm　（角川つばさ文庫 Ｂあ2-2）　580円　①978-4-04-631139-9〈『真夏の悪夢』（学習研究社 2004年刊）の加筆　発売：角川グループパブリッシング〉

|内容| 夏休みなのに、ヒロはいやな夢を見てばかり。「たすけて…」と悲しい声でよびかけてくる幽霊みたいな女の人はだれ…？　なにを伝えたいの…？　なやむヒロだけれど、しんせきの周平さんが紹介してくれたけっこん相手の花梨さんが、夢に出てくる女の人にそっくりで…!?　マッキーの推理とかっちゃんの勇気、そしてヒロの優しさで、なぞ解きに挑戦!!　人気作家・あさのあつこが贈る、ドキドキのシリーズ第2弾。小学中級から。

『**ぼくらの心霊スポット　3　首つりツリーのなぞ**』あさのあつこ作, 十々夜絵　角川書店　2011.9　171p　18cm　（角川つばさ文庫 Ｂあ2-3）　620円　①978-4-04-631182-5〈発売：角川グループパブリッシング〉

|内容| かっちゃんの様子がおかしい、と心配する悪ガキトリオのヒロとマッキー。二人は、かっちゃんが三日月池の桜に、人の足がぶらさがっているのを見たと知って、一気になぞ解きモードに突入！　足の正体を明かすため、「首つりツリー」というおそろしい言い伝えをもつ桜に向かった三人。そこで、ヒロが、「だれか、気づいて…」という不思議な声を聞いてしまい…!?　人気作家・あさのあつこが贈る、シリーズ第3弾。小学中級から。

『**ほたる館物語　1**』あさのあつこ作, 樹野こずえ画　ジャイブ　2004.3　159p　18cm　（カラフル文庫）　620円　①4-902314-32-0〈新日本出版社 1991年刊の増訂〉

|目次| 土曜日のほたる, 雪美ちゃん

|内容| 「ほたる館」は山間の温泉町「湯里」の老舗旅館。小学5年生の一子は、ほたる館の女将の孫娘。旅館の人たちに囲まれて、明るく元気に暮らす。ある日、湯里にいわくありげな女性の一人客が現れて…。寂しげなそのお客さんに対しほたる館は？　他、一編。著者デビュー作シリーズ、待望の文庫化。

『**ほたる館物語　2　ゆうれい君と一子**』あさのあつこ作, 樹野こずえ画　ジャイブ　2004.3　161p　18cm　（カラフル文庫）　620円　①4-902314-33-9〈「ゆうれい君と一子 ほたる館物語 2」（新日本出版社 1991年刊）の増訂〉

|内容| 「おばあちゃん、このごろちょっとおかしいで」なぜか最近「ほたる館を継げ」と言いはじめた女将に、一子は反発してしまう。ひょんな事からほたる館に出入りするようになった柳井くんや、幼馴染の雪美ちゃんもまじえ、一子は悩み考える。「ほたる館物語」の第2弾。

『**ほたる館物語　3　一子が知った秘密**』あさのあつこ作, 樹野こずえ画　ジャイブ　2004.5　183p　18cm　（カラフル文庫）　720円　①4-902314-51-7

|内容| 「ほたる館」は山間の温泉町「湯里」の老舗旅館。年末で大忙しの「ほたる館」に、山ばあさんが久しぶりに現れた。山ばあさんは、山菜やきのこを採るのを仕事にしているのに、なぜか金木犀が嫌いなようで…。一子、雪美、柳井くんが知った山ばあさんの秘密とは？　好評「ほたる館物語」の第3弾。

『**ほたる館物語　1**』あさのあつこ著　ジャイブ　2006.11　156p　15cm　（ピュアフル文庫）　500円　①4-86176-357-6〈2004年刊の増訂〉

|目次| 土曜日のほたる, 雪美ちゃん

|内容| 温泉町にある老舗旅館「ほたる館」の孫娘・一子は、物怖じしないはっきりとした性格の小学五年生。昔ながらの旅館に集う個性豊かな人々や親友の雪美ちゃんに囲まれ、さまざまな経験を重ね少しずつ成長していく。家族や友達を思いやり、ときには反発しながらも、まっすぐに向き合っていく少女たちの純粋さが眩しい物語2編を収録。著者デビュー作シリーズ第一弾。

『**ほたる館物語　2**』あさのあつこ著　ジャイブ　2007.1　169p　15cm　（ピュアフル文庫）　520円　①978-4-86176-371-7〈2004年刊の増訂〉

|内容| おばあちゃんが急に「ほたる館を継げ」と言い始め、自分で将来を決めたい一子は反発する。でも、悲しそうなおばあちゃんの顔を見るのはつらい―。はっきりとした性格の一子の心にも、素直に気持ちを伝えられないもどかしさが募っていく。どうすることもできない葛藤の中で、大切なものを見つけ出そうとする少年少女を描いた大好評シリーズ、待望の第二弾。

『**ほたる館物語　3**』あさのあつこ著　ジャイブ　2007.5　175p　15cm　（ピュアフル文庫）　540円　①978-4-86176-396-0〈2004年刊の増訂〉

|内容| 冬休み―一子と柳井くんは、おばあちゃ

あさのあつこ

『ほたる館物語 1』あさのあつこ作，樹野こずえ画　ジャイブ　2007.3　159p 19cm　（カラフル文庫—あさのあつこセレクション 1）　1100円　①978-4-591-09681-9〈2004年刊の改稿　発売：ポプラ社〉

[目次] 土曜日のほたる，雪美ちゃん

[内容]「ほたる館」は山間の温泉町「湯里」の老舗旅館。小学5年生の一子は、ほたる館の女将の孫娘。旅館の人たちに囲まれて、明るく元気に暮らす。ある日、湯里にいわくありげな女性の一人客が現れた…。寂しげなそのお客さんに対しほたる館は　他、一編。著者デビュー作シリーズ、待望の文庫化。小学校中学年〜中学生。

『ほたる館物語 2　ゆうれい君と一子』あさのあつこ作，樹野こずえ画　ジャイブ　2007.3　161p 19cm　（カラフル文庫—あさのあつこセレクション 2）　1100円　①978-4-591-09682-6〈2004年刊の改稿　発売：ポプラ社〉

[内容]「おばあちゃん、このごろちょっとおかしいで」なぜか最近「ほたる館を継げ」と言いはじめた女将に、一子は反発してしまった。ひょんな事からほたる館に出入りするようになった柳井くんや、幼馴染の雪美ちゃんもまじえ、一子は悩み考える。「ほたる館物語」の第2弾。小学校中学年〜中学生。

『ほたる館物語 3　一子が知った秘密』あさのあつこ作，樹野こずえ画　ジャイブ　2007.3　183p 19cm　（カラフル文庫—あさのあつこセレクション 3）　1100円　①978-4-591-09683-3〈2004年刊の改稿　発売：ポプラ社〉

[内容]「ほたる館」は山間の温泉町「湯里」の老舗旅館。年末で大忙しの「ほたる館」に、山ばあさんが久しぶりに現れた。山ばあさんは、山菜やきのこを採るのを仕事にしているのに、なぜか金木犀が嫌いなようで…。一子、雪美、柳井くんが知った山ばあさんの秘密とは？　好評『ほたる館物語』の第3弾。小学校中学年〜中学生。

『ほたる館物語 1』あさのあつこ著　ポプラ社　2010.2　154p 15cm　（ポプラ文庫ピュアフル あ-1-4）　500円　①978-4-591-11385-1〈ジャイブ 2006年刊の新装版〉

[内容] 温泉町にある老舗旅館「ほたる館」の孫娘・一子は、物怖じしないはっきりとした性格の小学五年生。昔ながらの旅館に集う個性豊かな人々や親友の雪美ちゃんに囲まれ、さまざまな経験を重ね少しずつ成長していく。家族や友達を思いやり、ときには反発しながらも、まっすぐに向き合っていく少女たちの純粋さが眩しい物語2編を収録。著者デビュー作シリーズ第一弾。

『ほたる館物語 2』あさのあつこ著　ポプラ社　2010.2　169p 15cm　（ポプラ文庫ピュアフル あ-1-5）　520円　①978-4-591-11387-5〈ジャイブ 2007年刊の新装版〉

[内容] おばあちゃんが急に「ほたる館を継げ」と言い始め、自分で将来を決めたい一子は反発する。でも、悲しそうなおばあちゃんの顔を見るのはつらい—。はっきりとした性格の一子の心にも、素直に気持ちを伝えられないもどかしさが募っていく。どうすることもできない葛藤の中で、大切なものを見つけ出そうとする少年少女を描いた大好評シリーズ、待望の第二弾。

『ほたる館物語 3』あさのあつこ著　ポプラ社　2010.2　173p 15cm　（ポプラ文庫ピュアフル あ-1-6）　540円　①978-4-591-11392-9〈ジャイブ 2007年刊の新装版〉

[内容] 冬休み—一子と柳井くんは、おばあちゃんから「バイト」を頼まれ、繁忙期のほたる館を手伝っていた。そんな暮れのある日、山菜などを商う「山ばあさん」が久しぶりに訪ねてくる。彼女が金木犀を嫌う理由を聞いた一子たちは、おばあちゃんの悲しい「初恋」についても知ることとなった…。今もっとも注目を集める作家の好評デビュー作シリーズ、待望の第三弾。

『ミヤマ物語 1　だれも知らない世界』あさのあつこ作，琴音らんまる絵　KADOKAWA　2015.9　231p 18cm　（角川つばさ文庫 Bあ2-31）　660円　①978-4-04-631523-6〈「ミヤマ物語 第1部」（毎日新聞社 2008年刊）の加筆修正〉

[内容] 深い山に、人間に知られていない世界があった。そこは、生まれによって決められた階級社会で、ハギは、食べるものも着るものも家も貧しい、一番低い身分だった。そして、ハギの母は小さな失敗から処刑されることに…。一方、透流は小学校でいじめられ、不登校になってしまい…。透流とハギは運命的に出会った。母の命を救い、この世界を変えろ！　今の日本を舞台にした感動のファンタジー!! 小学上級から。

文庫で読める児童文学 2000冊　13

『ミヤマ物語　2　結界の森へ』　あさのあつこ作, 琴音らんまる絵
KADOKAWA　2016.2　267p　18cm
（角川つばさ文庫）　760円　①978-4-04-631524-3〈『結界の森へ―ミヤマ物語・第二部』改題書〉

内容　深い山奥にあるウンヌで、ハギは暮らしていた。ウンヌでは、外の人はマノモノといって、見た者は顔が腐ってしまうと信じられている。ハギは、都会から来た透流と運命的に出会う。初めはマノモノと恐れていたが、真実を知り、友情が生まれる。二人は、ハギの母を助け、おかしな社会を変えるため、戦いはじめる！「バッテリー」著者による新たな感動物語。小学上級から。

『闇からのささやき』　あさのあつこ作, 堀越文雄絵　講談社　2000.6　269p　18cm　（講談社青い鳥文庫―テレパシー少女「蘭」事件ノート2）　580円　①4-06-148535-0

内容　窓の外にあやしげな景色がうつり、見知らぬ声が蘭によびかけてきた。その声にさそわれるように疾風村をおとずれた蘭、留衣、翠のまわりでおこる数々の不思議。そして、この村で見つかった、まぼろしの草「エマヒクサ」の謎を追う翠にせまる危機。蘭は翠のピンチを救うことができるか…。超能力少女「蘭」とユニークな仲間たちが大活躍するSFライト・ミステリー、待望の第二弾！小学上級から。

『闇からのささやき』　あさのあつこ作, 塚越文雄絵　講談社　2004.3　269p　18cm　（講談社青い鳥文庫―SLシリーズ　テレパシー少女「蘭」事件ノート2）　1000円　①4-06-274712-X

内容　窓の外にあやしげな景色がうつり、見知らぬ声が蘭によびかけてきた。その声にさそわれるように疾風村をおとずれた蘭、留衣、翠のまわりでおこる数々の不思議。そして、この村で見つかった、まぼろしの草「エマヒクサ」の謎を追う翠にせまる危機。蘭は翠のピンチを救うことができるか…。超能力少女「蘭」とユニークな仲間たちが大活躍するSFライト・ミステリー、待望の第二弾！小学上級から。

『ラスト・イニング』　あさのあつこ著　角川書店　2009.1　252p　15cm　（角川文庫　15513）　476円　①978-4-04-372108-5〈発売：角川グループパブリッシング〉

目次　ラスト・イニング、空との約束、炎陽の彼方から

内容　新田東中と横手二中。運命の再試合の結末も語られた、ファン待望の一冊、ついに文庫化！高校生になって野球を辞めた瑞垣。巧との対決を決意し、推薦入学を辞退した門脇。野球を通じ日々あえぎながらも力強く変化してゆく少年たちの姿を描いた「ラスト・イニング」他、「空との約束」「炎陽の彼方から」を収録。永遠のベストセラー『バッテリー』を、シリーズ屈指の人気キャラクター・瑞垣の目を通して語った、彼らのその後の物語。

『私の中に何かがいる』　あさのあつこ作, 塚越文雄絵　講談社　2001.6　245p　18cm　（講談社青い鳥文庫―テレパシー少女「蘭」事件ノート3）　580円　①4-06-148562-8

内容　犬やネコたちがとつぜんさわぎだした夜をさかいに、鳥野市に野生動物が出没しだし、蘭のクラスメートの純平や千佳たちに異変がおこりはじめた。謎のかぎをにぎるおばあさんを追った蘭たちは、やがて不思議な世界にとじこめられ、そこで真の姿をあらわした敵と対決するが…。超能力を使って、蘭とユニークな仲間たちが活躍する楽しいSFライト・ミステリー、お待たせの第三弾！小学上級から。

阿部　夏丸
あべ・なつまる
《1960～》

『川中wow部の釣りバトル』　阿部夏丸作, 山崎浩絵　講談社　2008.8　269p　18cm　（講談社青い鳥文庫　258-3）　620円　①978-4-06-285045-2

内容　気ままなWOW部にも、対校試合のチャンスがやってきた！相手は、池中アングラーズクラブ。バス釣りのプロフェッショナルたちだ。ジンを総監督にして、WOW部のメンバーはモロコ池での勝負に挑む。ジンの奇襲作戦は実をむすぶか!?　そんなとき、池に怪物があらわれて!?　ナツマル節爆発の夏休み爽快物語!!　小学上級から。

『川中wow部の夏休み』　阿部夏丸作　講談社　2007.7　219p　18cm　（講談社青い鳥文庫　258-2）　580円　①978-4-06-148775-8〈絵：山崎浩〉

目次　家出だもん、カッパ釣りの怪

内容　川中WOW部とは、川を自由に楽しむクラブだ。部員のリョウとマサシは、川原で家出少年と出会って、川原で一晩すごすことになるが…!?　川で伝説のカッパが目撃された。そうなると、もちろんWOW部の出番だ。メンバー5人で、カッパ釣り作戦をかんがえるが、はたして釣れたのはいったいなんだっ

たのか!? 自由な少年少女に贈る、いっしょに遊びたくなる夏休みストーリー。小学上級から。

『ギャング・エイジ』阿部夏丸作、真島ヒロ絵　講談社　2009.10　249p　18cm　(講談社青い鳥文庫 258-4)　620円　①978-4-06-285116-9

[内容] 元気で明るくクラスの人気者だったエイジは偶然に偶然が重なり、突然「らんぼう者」呼ばわりされてしまう。「自分は変わっていないのに、どうしてまわりの見る目は変わるのか?」とまどったエイジは、年上の友だちイサオくんに、本物のスマートな不良、「ギャング」になることをすすめられ、すっかりその気に! エイジのだいぼうけん、スタートです!

『泣けない魚たち』阿部夏丸著　講談社　2008.7　285p　15cm　(講談社文庫)　514円　①978-4-06-276090-4

[目次] かいぼり、泣けない魚たち、金さんの魚

[内容] 僕にザリガニの味を教えたのは、六年生の春に転校してきたこうすけだった。クラスの誰ともしゃべらないこうすけと僕の間には、二人だけの秘密があった。ひと夏を共に過ごし、成長する少年たちの姿をみずみずしく描く表題作ほか二編を収録。坪田譲治文学賞、椋鳩十児童文学賞をダブル受賞したデビュー作。

『レッツゴー！　川中wow部』阿部夏丸作　講談社　2006.6　265p　18cm　(講談社青い鳥文庫 258-1)　620円　④4-06-148734-5〈絵：山崎浩〉

[内容] リョウとマサシは、川里中学校の2年生。担任の美人教師、ミカ先生の陰謀で、魚部にはいることになってしまった。通称、中川WOW部だ。WOW部で2人を待ち受けていたのは、学校のアイドル、イズミちゃん、肝っ玉かあさんみたいなコトコ、奇人変人のジン。まったく個性がちがう5人が織りなす、元気と友情と遊び心が200%つまった、ナツマル節炸裂ストーリー。小学上級から。

天沢　退二郎
あまざわ・たいじろう
《1936〜》

『光車よ、まわれ！』天沢退二郎著　筑摩書房　1987.5　317p　15cm　(ちくま文庫)　480円　①4-480-02138-8

[内容] いそげ！ 死の国の叛乱のときはせまっている…。ある雨の日から始まった一郎やルミの大冒険。彼らはぶじに〈光車〉を見つけて、死の国の王に勝てるだろうか？　心おどる本格ファンタジー。

『光車よ、まわれ！』天沢退二郎著　ジャイブ　2008.9　294p　15cm　(ピュアフル文庫)　660円　①978-4-86176-559-9〈ブッキング 2004年刊の増訂〉

[内容] はじまりは、ある雨の朝。登校した一郎は、周囲の様子がいつもと違うことに気づく。奇怪な事件が続出する中、神秘的な美少女・龍子らとともに、不思議な力を宿すという"光車"を探すことになるのだが—。"光車"とは何か。一郎たちは「敵」に打ち勝つことができるのか。魂を強烈に揺さぶる不朽の名作が、待望の文庫版で登場。

『光車よ、まわれ！』天沢退二郎著　ポプラ社　2010.3　294p　15cm　(ポプラ文庫ピュアフル　あ-2-1)　660円　①978-4-591-11422-3〈ジャイブ 2008年刊の新装版〉

[内容] はじまりは、ある雨の朝。登校した一郎は、周囲の様子がいつもと違うことに気づく。奇怪な事件が続出する中、神秘的な美少女・龍子らとともに、不思議な力を宿すという"光車"を探すことになるのだが—。"光車"とは何か。一郎たちは「敵」に打ち勝つことができるのか。魂を強烈に揺さぶる不朽の名作が、待望の文庫版で登場。

あまん　きみこ
《1931〜》

『あまんきみこ童話集』あまんきみこ著　角川春樹事務所　2009.3　218p　16cm　(ハルキ文庫 あ17-1)　680円　①978-4-7584-3397-6

[目次] くもんこの話、いっかい話、いっかいだけ、ひゃっぴきめ、カーテン売りがやってきた、天の町やなぎ通り、野のピアノ野ねずみ保育園、海うさぎのきた日、きりの中のぶらんこ、さよならのうた、ふしぎな森、かくれんぼ、北風をみた子

[内容] 母を亡くしながら健気に生きる少女キクの、"いま"という時をめぐる温かな物語「北風をみた子」をはじめ、子どもの意識に自然と入り込んでくる不思議な時空との出会いを描いた「海うさぎのきた日」「さよならのうた」など、東洋的ファンタジー全12篇を厳選。光を放つ透明な文章で綴られた名作アンソロジー。

『おかあさんの目』あまんきみこ作、南塚直子絵　あかね書房　1987.9　174p　18cm　(あかね文庫)　430円　①4-

あまんきみこ

251-10015-8
[目次] おかあさんの目，まほうの花見，天の町やなぎ通り，きつねのしゃしん，雲の花，おしゃべりくらげ，口笛をふく子，おはじきの木
[内容] うつくしいものに出会ったら，いっしょうけんめい見つめなさい，見つめると，それが目ににじんで，ちゃあんと心にすみつくのよ。(「おかあさんの目」より) 表題作のほか「まほうの花見」「天の町やなぎ通り」等。

『おかあさんの目』 あまんきみこ作 ポプラ社 2005.10 158p 18cm （ポプラポケット文庫 002-1） 570円 ①4-591-08874-X〈絵：菅野由貴子〉
[目次] おかあさんの目，まほうの花見，天の町やなぎ通り，きつねのしゃしん，おしゃべりくらげ，口笛をふく子，おはじきの木，えっちゃんの秋まつり
[内容] おかあさんの目はふしぎなんです。その黒いひとみの中に，わたしがいるんです。小さな小さなわたしがいるんです。おかあさんの目はとってもふしぎなんです。―表題作ほか七編を収録。

『銀の砂時計』 あまんきみこ著 講談社 1987.10 186p 15cm （講談社文庫） 320円 ①4-06-184108-4
[目次] 七つのぽけっと，ままごとのすきな女の子，はなおばあさんのお客さま，おにたのぼうし，ふしぎな公園，野原の歌，金の小鳥，きつねのお客さま，ちいさなかげおくり，かまくらかまくら雪の家，よもぎ野原の誕生会，バクのなみだ
[内容] 空色のタクシーで幼稚園の見学に行った子だぬきたち。あんまり楽しくて，ついしっぽをぶらんと出してしまいます（「春のお客さん」）。子ねこのシロが赤い長靴をはいているのには，わけがありました（「よもぎ野原の誕生会」）。大すきなえっちゃんのために苦しい夢ばかり食べ，バクはすっかり病気になってしまいます（「バクのなみだ」）。―など，ふしぎなやさしさに満ちた童話12編を収録。

『車のいろは空のいろ』 あまんきみこ作，北田卓史絵 ポプラ社 1977.5 182p 18cm （ポプラ社文庫） 390円

『車のいろは空のいろ』 あまんきみこ著 講談社 1978.7 187p 15cm （講談社文庫） 240円〈あまんきみこ略歴：p186～187〉

『車のいろは空のいろ 続』 あまんきみこ作，北田卓史絵 ポプラ社 1986.8 159p 18cm （ポプラ社文庫） 420円 ①4-591-02315-X
[目次] 続 車のいろは空のいろ，春のお客さん，雲の花

『白いぼうし』 あまんきみこ作 ポプラ社 2005.11 154p 18cm （ポプラポケット文庫 002-2―車のいろは空のいろ） 570円 ①4-591-08929-0〈絵：北田卓史〉
[目次] 小さなお客さん，うんのいい話，白いぼうし，すずかけ通り三丁目，山ねこ，おことわり，シャボン玉の森，くましんし，ほん日は雪天なり
[内容] 空いろの車を町でみかけたらきっとそれは松井さんのタクシーです。手をあげて，車のざせきにすわったら，「お客さん，どちらまで？」それが，ふしぎな旅のはじまりです。

『すずかけ写真館』 あまんきみこ著，渡辺有一絵 講談社 1986.10 205p 18cm （講談社青い鳥文庫） 420円 ①4-06-147208-9
[目次] かっぱのあの子，がんばれ，がんばれ，たぬき大学校，まんげつの夜は，きりの中の子ども，すずかけ写真館，とらうきぷっぷ
[内容] おとうさんとグレーコート氏は，星の池をさがしているうちに林の中でまよってしまいました。すると，今までに見たことのない写真館が立っています（すずかけ写真館）。ほかに，おとうさんが出会った動物たちとの，ちょっと不思議でたのしくなるお話，6編を集めました。

『春のお客さん』 あまんきみこ作 ポプラ社 2005.11 158p 18cm （ポプラポケット文庫 002-3―車のいろは空のいろ） 570円 ①4-591-08930-4〈絵：北田卓史〉
[目次] 春のお客さん，きりの村，やさしいてんき雨，草木もねむるうしみつどき，雲の花，虹の林のむこうまで，まよなかのお客さん
[内容] 松井さんの空いろのタクシーは，だれでものせてもらえる。男の子や女の子はもちろん，ピエロのおにんぎょうでも，くまのぬいぐるみだって。それから，この本をよんでいる，あなたたちも。

『ふしぎなオルゴール』 あまんきみこ著 講談社 1985.6 235p 15cm （講談社文庫） 320円 ①4-06-183536-X

『星のタクシー』 あまんきみこ作 ポプラ社 2005.11 146p 18cm （ポプラポケット文庫 002-4―車のいろは空のいろ） 570円 ①4-591-08931-2〈絵：北

田卓史〉

[目次] ぼうしねこはほんとねこ,星のタクシー,しらないどうし,ほたるのゆめ,ねずみのまほう,たぬき先生はじょうずです,雪がふったら,ねこの市

[内容] 松井さんの車のいろは,空のいろ。ぴかぴかのすてきなタクシーです。町かどのむこうは,星のまち,天のひろば。―もうひとつの世界の入り口です。きょうも松井さんは,ふしぎをのせて走ります。

安房　直子
あわ・なおこ
《1943〜1993》

『風と木の歌―童話集』　安房直子著　偕成社　2006.8　221p　19cm　（偕成社文庫）　700円　①4-03-652620-0

[目次] きつねの窓,さんしょっ子,空色のゆりいす,もぐらのほったふかい井戸,鳥,あまつぶさんとやさしい女の子,夕日の国,だれも知らない時間

[内容] ききょう畑のそめもの屋で,指をそめてもらったぼく。こぎつねのいうとおりに,指で窓をつくるともう二度とあえないと思っていた女の子の姿が見えたのです。教科書でおなじみの「きつねの窓」ほか「さんしょっ子」「鳥」「空色のゆりいす」「夕日の国」など珠玉の短編八編。安房直子第一短編集『風と木の歌』完全収録。小学上級から。

『風のローラースケート―山の童話』　安房直子作,小沢良吉画　福音館書店　2013.5　186p　17cm　（福音館文庫 S-68）　600円　①978-4-8340-2800-3〈筑摩書房 1984年刊の再刊〉

[目次] 風のローラースケート,月夜のテーブルかけ,小さなつづら,ふろふき大根のゆうべ,谷間の宿,花びらづくし,よもぎが原の風,てんぐのくれためんこ

[内容] 峠の茂平茶屋あたりでは,動物が人を訪ねてくるし,どうやら人間も動物の集まりに入っていけるようです。「山の住人」たちのふしぎな交流が,うまそうな食べものとともに,美しくつづられ,作者が「ほんとうにほんとうに楽しく」書いたと述懐した,新美南吉児童文学賞受賞の連作童話集。小学校中級以上。

『北風のわすれたハンカチ』　安房直子作　偕成社　2015.1　191p　19cm　（偕成社文庫 2121）　700円　①978-4-03-551210-3〈旺文社 1971年刊の再刊〉

[目次] 北風のわすれたハンカチ,小さいやさしい右手,赤いばらの橋

[内容] 安房直子初期の代表的な中編「北風のわすれたハンカチ」「小さいやさしい右手」「赤いばらの橋」を収録。くまの子やまものや小鬼のまごころを描く不思議なお話です。小学中級から。

『きつねの窓』　安房直子著　角川書店　1975　271p　15cm　（角川文庫）

『きつねの窓』　安房直子作　ポプラ社　2005.10　198p　18cm　（ポプラポケット文庫 051-1）　570円　①4-591-08881-2〈絵：吉田尚令　1980年刊の新装改訂〉

[目次] きつねの窓,さんしょっ子,夢の果て,だれも知らない時間,緑のスキップ,夕日の国,海の雪,もぐらのほった深い井戸,サリーさんの手,鳥

[内容] 「お客さま,指をそめるのは,とてもすてきなことなんですよ」と,子ぎつねは青くそめた自分の指で,ひしがたの窓をつくって見せました。ぼくは,ぎょうてんしました。指でこしらえた小さな窓の中には,白いきつねのすがたが見えるのでした…。―表題作ほか九編を収録。

『銀のくじゃく―童話集』　安房直子著　筑摩書房　1985.12　237p　15cm　（ちくま文庫）　380円　①4-480-02026-8

『白いおうむの森―童話集』　安房直子著　筑摩書房　1986.8　214p　15cm　（ちくま文庫）　380円　①4-480-02068-3

[目次] 雪窓,白いおうむの森,鶴の家,野ばらの帽子,てまり,長い灰色のスカート,野の音

[内容] 死んだ人の住む地底の暗い森。生きている人から死んだ人への思いを運んでゆく白いおうむ。少女は偶然その森に入りこんだのだが…。表題作「白いおうむの森」ほか「雪窓」「鶴の家」「長い灰色のスカート」など,人と人との出会い,そして別れ。その喜びと悲しみを美しい筆致で描いた童話7篇を収録。

『白いおうむの森―童話集』　安房直子著　偕成社　2006.8　234p　19cm　（偕成社文庫）　700円　①4-03-652610-3

[目次] 雪窓,白いおうむの森,鶴の家,野ばらの帽子,てまり,ながい灰色のスカート,野の音

[内容] べつの世界…ものいうおうむがいて,屋台ではたらくたぬきがいて,木の精の洋服屋がいて,死んだはずのだれかも…そこでは,時間のながれかたまでちがうとか。ふだんはいつもの風景にとけこんでいて気がつかないけれど,なにかのひょうしにとつぜん,パタ

ン！ とびらがひらかれるのです。このあとの七つのふしぎな物語を読めば、もしかするととびらの見つけかたが、わかるかもしれません。安房直子第二短編集『白いおうむの森』完全収録。小学上級から。

『天の鹿』 安房直子作, スズキコージ画 福音館書店 2011.1 153p 17cm （福音館文庫 S-59） 600円 ①978-4-8340-2616-0

|内容| 安房直子の代表作のひとつの文庫化。鹿撃ちの名人、清十さんの三人の娘たちはそれぞれ、牡鹿に連れられ、山中のにぎやかな鹿の市へと迷いこむ。鹿は、娘たちの振舞いに、あることを見定めようとしているようなのだが…。末娘みゆきと牡鹿との、"運命のひと"を想うせつなさあふれる物語。

『遠い野ばらの村—童話集』 安房直子著 筑摩書房 1990.9 211p 15cm （ちくま文庫） 450円 ①4-480-02479-4

|目次| 遠い野ばらの村、初雪のふる日、ひぐれのお客、海の館のひらめ、ふしぎなシャベル、猫の結婚式、秘密の発電所、野の果ての国、エプロンをかけためんどり

|内容| 空想のなかから産まれた孫や子どもと生きる一人ぐらしのおばあさんのところへ、ある日遠い野ばらの村から、本当に孫がたずねてきた…。表題作ほか、さりげなく運んでくれる9つのメルヘンを収める短篇集。メルヘンのたのしさのあふれた一冊。

『遠い野ばらの村—童話集』 安房直子作, 味戸ケイコ絵 偕成社 2011.4 225p 19cm （偕成社文庫 3271） 700円 ①978-4-03-652710-6

|目次| 遠い野ばらの村、初雪のふる日、ひぐれのお客、海の館のひらめ、ふしぎなシャベル、猫の結婚式、秘密の発電所、野の果ての国、エプロンをかけためんどり

|内容| 表題作「遠い野ばらの村」をはじめ、9編のふしぎな短編。現実と異世界の見えない仕切りをまたいでしまった主人公たちの物語です。野間児童文芸賞受賞作。「初雪のふる日」は教科書掲載作品です。

『春の窓—安房直子ファンタジスタ』 安房直子著 講談社 2008.11 237p 15cm （講談社X文庫—White heart） 580円 ①978-4-06-286578-4

|目次| 黄色いスカーフ、あるジャム屋の話、北風のわすれたハンカチ、日暮れの海の物語、だれにも見えないベランダ、小さい金の針、星のおはじき、海からの電話、天窓のある家、海からの贈りもの、春の窓、ゆきひらの話

|内容| ある寒い冬の日、売れない絵描きの部屋をたずねてきたふしぎな猫の魔法で、壁に描いた「窓」のなかでは、毎日暖かい春の風景がひろがる。そこに絵描きは思いがけないものを見つけ…（「春の窓」）。あなたを、知らぬ間に、身近な日常の空間から、はるかな空想の時間へと連れゆく、安房直子のメルヘン。「北風のわすれたハンカチ」「あるジャム屋の話」など、心がほぐれ、やすらぐ、十二作品を収録。

『ハンカチの上の花畑』 安房直子著 講談社 1977.7 163p 15cm （講談社文庫） 200円〈略年譜・主著：p.163〉

|目次| ハンカチの上の花畑．空色のゆりいす．ライラック通りの帽子屋

『ハンカチの上の花畑』 安房直子作, 金井塚道栄絵 あかね書房 1988.1 190p 18cm （あかね文庫） 430円 ①4-251-10022-0

|内容| 正直者の良夫さんが、酒倉のおばあさんからあずかった古いつぼ。その中には、菊の花から、おいしいお酒をつくってくれる、小人の家族が住んでいたのです。1まいのハンカチの上にくりひろげられる不思議な小人の世界を、あざやかに描きだすファンタジーの名作。

『夢の果て』 安房直子著 講談社 1989.4 184p 15cm （講談社文庫） 320円 ①4-06-184451-2

|目次| 夢の果て、あるジャム屋の話、黄色いスカーフ、サリーさんの手、グラタンおばあさんと魔法のアヒル、花のにおう町、空にうかんだエレベーター、ききょうの娘

|内容| 少女が夢で見た美しい世界に迷いこんでしまう「夢の果て」、鹿の娘が森の小屋でジャムを作る青年に恋する「あるジャム屋の話」、都会で暮らす息子のところに母親がしぎなおよめさんをよこす「ききょうの娘」など、空想と現実の間にある身近な空間を舞台にして、澄んだ感性が織りなす色彩感豊かな8編のファンタジーを収録した短編集。

安東　みきえ
あんどう・みきえ
《1953〜》

『頭のうちどころが悪かった熊の話』 安東みきえ著 新潮社 2011.12 139p 16cm （新潮文庫 あ-69-1） 490円 ①978-4-10-136741-5

|目次| 頭のうちどころが悪かった熊の話、いた

だきます、ヘビの恩返し、ないものねだりのカラス、池の中の王様、りっぱな牡鹿、お客さまはお月さま

|内容| 頭を打ってすべてを忘れてしまった熊が探しはじめたのは、愛するパートナー、レディベアだった。彼女は乱暴だったけど、熊はそんな彼女に会いたかったのだ—動物世間のよもやま話に奇妙で不思議な現実がみえ隠れ、これって、私たちのこと？ 生き物世界の不条理がキュンと胸にしみる、シュールで痛快、スパイシーな7つの寓話集。イラスト全14点収録。話題のベストセラーを文庫化。

『天のシーソー』 安東みきえ著 ポプラ社 2012.9 179p 15cm （ポプラ文庫ピュアフル Pあ-5-1） 560円 ①978-4-591-13077-3〈理論社2000年刊の加筆・訂正に書き下ろし短編「明日への改札」を加えて再刊〉

|目次| ひとしずくの海、マチンバ、針せんぼん、天のシーソー、ラッキーデイ、毛ガニ、明日への改札

|内容| 小学五年生のミオと妹ヒナコの毎日は、小さな驚きに満ちている。目かくし道で連れて行かれる別世界、町に住むマチンバとの攻防、転校してきた少年が抱えるほろ苦い秘密…不安と幸福、不思議と現実が隣り合わせるあわいの中で、少女たちはゆっくりと成長してゆく。一篇一篇が抱きしめたくなるような切なさとユーモアに満ちた珠玉の連作短編集。書き下ろし短編「明日への改札」を収録。

安野　光雅
あんの・みつまさ
《1926〜》

『手品師の帽子』 安野光雅著 筑摩書房 1992.12 217p 15cm （ちくま文庫） 680円 ①4-480-02686-X

|内容| あらゆるものをとり出せる帽子から、あらゆるものをとり出せる帽子をとりだして、さてその後、2人はどうなるのか……。時空を越え、次元を超えくり広げられる、著者唯一の傑作ファンタジー。

池田　あきこ
いけだ・あきこ
《1950〜》

『ダヤン、タシルに帰る—わちふぃーるど物語』 池田あきこ著 中央公論新社 2009.12 270p 16cm （中公文庫 い81-10） 857円 ①978-4-12-205251-2

|内容| 王国が崩壊し、多くの仲間を失って混乱しているタシルを後に、ダヤンはノースへ旅立つ。タシルを生きるものも争いもない静かな大地に変えようとする雪の神と話をするために。ダヤンは春をとりもどし、元の世界に帰れるのか？ わちふぃーるど創世の秘密を解き明かす長篇ファンタジーシリーズ完結篇。

『ダヤンと王の塔—わちふぃーるど物語 6』 池田あきこ著 中央公論新社 2009.9 253p 16cm （中公文庫 い81-9） 838円 ①978-4-12-205208-6

|内容| 意識を失い連れ去られたダヤンと大魔女セは、魔物に占領されたタシルの城の地下で目覚めた。ハロウィーンの夜の魔法勝負で愛する人を奪われたセは、魔王との決着を心に誓う。一方、ジタンはフォーンの森の協力を得て反撃の機会を待つ。王国最後の戦いが幕を開けた！ 長篇ファンタジーシリーズ第六弾。

『ダヤンとジタン—わちふぃーるど物語 2』 池田あきこ著 中央公論新社 2003.10 198p 16cm （中公文庫—てのひら絵本） 552円 ①4-12-204278-X

|内容| 不思議の国「わちふぃーるど」に住むダヤンに、地球時代の飼い主から手紙が。文字の読めないダヤンは、ジタンに読んでもらおうと、北へ向かった彼を追って旅に出た。ところが、魔王が治める死の森に迷い込んでしまい—王の魔手からみんなの町を救うために命がけの冒険が始まる！ 長篇ファンタジー・シリーズ第二弾。

『ダヤンとタシルの王子—わちふぃーるど物語 4』 池田あきこ著 中央公論新社 2008.10 250p 16cm （中公文庫） 705円 ①978-4-12-205066-2

|内容| 死の森の魔王からタシルを救う旅に出たダヤンは、過去へと吹く風にのって"時の虫食い穴"に飛び込んだ。まだ王国だった時代のタシルで出会った王子は、意外にもダヤンの身近な存在で—!? 過去の世界で新たなる冒険がはじまる。長篇ファンタジー・シリーズ第四弾。

『ダヤンと時の魔法—わちふぃーるど物語 3』 池田あきこ著 中央公論新社 2004.10 230p 16cm （中公文庫—てのひら絵本） 590円 ①4-12-204435-9

『ダヤンとハロウィーンの戦い—わちふぃーるど物語 5』 池田あきこ著 中央公論新社 2009.6 252p 16cm （中公文庫 い81-8） 838円 ①978-4-

池田あきこ

12-205171-3
|内容| サンドの決戦の後、つかの間の平和が訪れたわちふぃーるどでダヤンは仲間たちとタシルの守りを固めていた。そんなある日、東の国から海を渡ってニンゲンがやってくる。魔王の新たな企みとは？ 魔女セの恋の行方は？ 百年に一度の大ハロウィーンの夜、何かが起こる！ 長篇ファンタジーシリーズ第五弾。

『ダヤンのクリスマスまでの12日』 池田あきこ著　中央公論新社　2001.10　76p　16cm　(中公文庫)　590円　①4-12-203915-0
|目次| ヨールカのカード作り、ちょっとひと休みのパンケーキ、メイプル母さんのテーブルクロス、まつぼっくりのミニ・ツリー、ヨールカのとびらが開くとき、パスタとパムのキャンドル作り、イワンの手作りソース、ごちそうの下ごしらえ、ウィリーのジンジャークッキー、わちふぃーるどの星祭り、ハビー酒場の大きなツリー、パーティのごちそう
|内容| 「わちふぃーるど」でのクリスマスは、太陽の誕生日。その日を祝うために、住人たちはゆっくり準備をします。カード作りに、ツリーの飾り付け。歌合戦も開かれます。そんな12日間を描いた12の物語。

『ダヤン、わちふぃーるどへ―わちふぃーるど物語1』 池田あきこ著　中央公論新社　2002.10　177p　16cm　(中公文庫―てのひら絵本)　552円　①4-12-204113-9
|内容| 嵐の晩、雷鳴とともに生まれた猫のダヤン。飼い主のリーマちゃんや母猫・弟猫と、地球で子猫時代を送っていた。そんなある日、雪の魔法で不思議の国「わちふぃーるど」へ。そこは動物たちが平和に暮らす世界だった。街の危機に立ち上がり、仲間とともに冒険の旅へと出る。待望の長篇ファンタジー・シリーズ「わちふぃーるど物語」第一弾。

『ヨーヨーのちょこっと猫つまみ』 池田あきこ著　中央公論新社　2003.7　75p　16cm　(中公文庫―てのひら絵本)　590円　①4-12-204235-6
|目次| ヨーヨーのマイファニーバレンタイン、ココのイチゴ畑はスパイシー、我が忘れじのパエリア、騒議屋のルームメイト、イルガッツの空でカクテル、サマーキャンプは星に願いを、コーラルリーフは宝石箱、酸っぱいトマトのダイアリー、宙返りでおいしい秋見つけた、魔女とパンプキンの夜、ナーシャと男たちのメランコリー、サンタクロースは雪だるま
|内容| イル・ガットは猫の島。居酒屋・海猫亭には大きなおなかと長いしっぽを持つ気のいいマスターを慕って今日も常連たちが集まってくる。わちふぃーるど物語外伝幻の名作復活。

『わちふぃーるど四季の絵ばなし』 池田あきこ著　中央公論新社　2003.1　178p　16cm　(中公文庫―てのひら絵本)　552円　①4-12-204156-2
|目次| スカンクの悪だくみ、りこうな手紙、みんな猫だくみ、ピノキオの左足、風小僧、ロック鳥の卵、いちご摘み、アラルのシーボーズ、ダヤンの誕生日、月のおばさん、スリックさんのゆううつ、ハネムーン・ドロップ、ウィザーロック、フォーンの森、靴屋のマント、ハロウィン
|内容| 春一番の風小僧とかけくらべ、夏といっしょにダヤンの誕生日が来て、秋はハロウィンをみんなで祝って、寒い冬はストーブでぬくぬく。イラストで綴る小さなお話。人気長篇の原石たち。文庫オリジナル。

『わちふぃーるど扉の向う側』 池田あきこ著　中央公論新社　2002.4　94p　16cm　(中公文庫―てのひら絵本)　590円　①4-12-204011-6
|目次| 噂の小箱、トロル川のリンドロン、ねずみパン、すべて灰色の猫、イースターエッグ、お札のききめ、情け深いイワン、メイフラワー、ニュサ山のユマ、つぼ入りマフィット、ギヴの手紙、サングラス、タシールエニット博物館、タシルの夏の大市、ウィリーのいとこたち、影喰いの森、帰ってきた影、オルソンさんの畑、タシールエニットの謎、猟犬ブルーノ、ゴールドネイル、ヨールカの魔法、セントニコラウス
|内容| 雪の魔法で扉が開き、猫のダヤンがやってきたのは不思議の国「わちふぃーるど」だった…。ブロッサムナイトのお花見、夏の大市、ヨールカ・フェスタなどお祭りや事件がつづきます。『12の月の物語』第2弾。文庫オリジナル。

『わちふぃーるど12の月の物語』 池田あきこ著　中央公論新社　2001.6　93p　16cm　(中公文庫)　590円　①4-12-203844-8
|目次| タシルバーン、お誕生日の赤い丸、ダヤンのトランク、猫会議、ハビーの料理教室、ゴブリンのお茶会、ブロッサムナイト、イワンとイワシ、メイム・メイプル、マーシィの雨やどり、ウィルソンと息子たち、旗、ダヤンの誕生日、三粒の種、ファンブルレース、八月のナイアード、チビクロパーティ、魔王の目、三人の魔女、モブサの話、マージョリーノエル、

マーガおばさん、アビルトークから、十二夜
[内容] 2月は、猫会議への旅に出て、ダヤンが魔女に見つけて貰った誕生日は7月。そして、12月のヨールカの祭りは太陽の誕生日で幕を下ろす―不思議の国「わちふぃーるど」の12ケ月それぞれの行事にまつわる物語。文庫オリジナル。

いしい しんじ
《1966～》

『麦ふみクーツェ』 いしいしんじ著 新潮社 2005.8 493p 16cm （新潮文庫） 667円 ①4-10-106922-0
[内容] 音楽にとりつかれた祖父と、素数にとりつかれた父、とびぬけて大きなからだをもつぼくとの慎ましい三人暮らし。ある真夏の夜、ひとりぼっちで目覚めたぼくは、とん、たたん、とん、という不思議な音を聞く。麦ふみクーツェの、足音だった。―音楽家をめざす少年の身にふりかかる人生のでたらめな悲喜劇。悲しみのなか鳴り響く、圧倒的祝福の音楽。坪田譲治文学賞受賞の傑作長篇。

石井 睦美
いしい・むつみ
《1957～》

『キャベツ』 石井睦美著 講談社 2012.12 205p 15cm （講談社文庫 い118-3） 495円 ①978-4-06-277420-8
[内容] 中二でおやじを亡くしてから、母と妹のために、ぼくは毎日せっせとご飯をつくる。冷蔵庫を開けたら戦闘開始！ 切ない日も、けんかしたって、この味が家族の幸せを守ってるんだから。そうして十八にしては所帯じみていたぼくに、突然の恋が訪れた。児童文学の名手が繊細に描く、少年の恋と、日常のきらめき。

『兄妹パズル』 石井睦美著 ポプラ社 2012.7 220p 15cm （ポプラ文庫ピュアフル Pい-1-3） 560円 ①978-4-591-13011-7〈2010年刊の加筆・訂正〉
[内容] 父と母、美形で愛想のない長兄と、お調子者の次兄との五人家族。県立高校二年生・松本亜実の平穏な日常に、ある日事件が起こるのだ。仲のよい下の兄貴・ジュン兄が突然いなくなったのだ。四日目、はがきが届いた「思うところあってしばらく家を出ます 潤一」。理由のわからない家出に戸惑う最中、気になる同級生・清水とジュン兄との間に、思わぬ接点が浮かび上がって…。ほんのり切なくて心温まる家族小説。

『群青の空に薄荷の匂い―焼菓子の後に』 石井睦美著 ジャイブ 2007.11 202p 15cm （ピュアフル文庫） 540円 ①978-4-86176-452-3
[内容] 附属中学から女子高に上がった亜矢は、中1からの親友である菜穂と寄り道するなどして「すこぶる平和な学校生活」を送っていた。ある日、いつもの散歩道で小学校時代の同級生・安藤くんに出会う。ぐっと背が伸びた安藤くんとの距離が縮まり心ときめく亜矢だったが…。文庫書き下ろしで贈る、人気作『卵と小麦粉それからマドレーヌ』の3年後を描いた姉妹編。

『群青の空に薄荷の匂い―焼菓子の後に』 石井睦美著 ポプラ社 2010.2 202p 15cm （ポプラ文庫ピュアフル い-1-2） 540円 ①978-4-591-11402-5〈ジャイブ 2007年刊の新装版〉
[内容] 附属中学から女子高に上がった亜矢は、中1からの親友である菜穂と寄り道するなどして「すこぶる平和な学校生活」を送っていた。ある日、いつもの散歩道で小学校時代の同級生・安藤くんに出会う。ぐっと背が伸びた安藤くんとの距離が縮まり心ときめく亜矢だったが…。文庫書き下ろしで贈る、人気作『卵と小麦粉それからマドレーヌ』の3年後を描いた姉妹編。

『皿と紙ひこうき』 石井睦美著 講談社 2014.5 234p 15cm （講談社文庫 い118-4） 700円 ①978-4-06-277840-4
[内容] 陶芸家の小さな集落で育った高校一年生・由香の日常は、"かっこいい転校生がやってくる"という噂で急に騒がしくなる。だが、東京から来た転校生の卓也は、いつまでも周囲と距離をとり続けていた。由香が、卓也と初めて言葉を交わした頃、学校で血まみれのうさぎが見つかる。心の底に埋もれた甘苦い"あの頃"の物語。第51回日本児童文学者協会賞受賞作。

『白い月黄色い月』 石井睦美著 講談社 2010.6 208p 15cm （講談社文庫 い118-2） 495円 ①978-4-06-276666-1
[内容] 朝も晩も月の光に包まれたハピネス島。いつの間にかぼくが迷い込んだここは、カエルみたいなホテルオーナーや、しゃべる百科事典のビブリオといった変わった人ばかりが暮らす不思議な世界だ。ある日、なくした記憶を取り戻そうともがくぼくの前に、謎めいた黒い人影が現れる。心の深淵を描くミステリアスな冒険ストーリー。

『卵と小麦粉それからマドレーヌ』 石井睦美著 ジャイブ 2006.3 186p 15cm

（ピュアフル文庫）　540円　①4-86176-282-0〈BL出版 2001年刊の増訂〉
[内容] 中学に入学したばかりの菜穂は、「もう子どもじゃないって思ったときって、いつだった？」と話しかけてきた亜矢と仲良くなる。彼女と一緒に図書室に通いつめるなどして学校生活を送る菜穂。しかし、13歳の誕生日にママが「爆弾発言」をしたことで、状況は一変した。ママとは強い絆で結ばれていると思ってたのに…。注目度急上昇の作家・石井睦美の心温まる一作、ついに文庫化。

『卵と小麦粉それからマドレーヌ』　石井睦美著　ポプラ社　2010.2　186p　15cm　（ポプラ文庫ピュアフル　い-1-1）　540円　①978-4-591-11374-5〈ジャイブ2006年刊の新装版〉
[内容] 中学に入学したばかりの菜穂は、「もう子どもじゃないって思ったときって、いつだった？」と話しかけてきた亜矢と仲良くなる。彼女と一緒に図書室に通いつめるなどして学校生活を送る菜穂。しかし、13歳の誕生日にママが「爆弾発言」をしたことで、状況は一変した。ママとは強い絆で結ばれていると思ってたのに…。注目度急上昇の作家・石井睦美の心温まる一作。

『レモン・ドロップス』　石井睦美著　講談社　2008.12　180p　15cm　（講談社文庫）　448円　①978-4-06-276235-9
[内容] 大好きな友達や家族との日常を、「あたしなりの決意」をもって生きている、15歳の美希。恋の予感を遠くに見つけて、三日月形のレモンドロップをなめるたびに、10代だけの特別な時間が結晶に変わっていく。大人になった〝女の子〟にこそまっすぐに届く、甘酸っぱいキラキラがたくさんちりばめられた、せつない物語。

石井　桃子
いしい・ももこ
《1907～2008》

『ノンちゃん雲に乗る』　石井桃子著　角川書店　1973　302p　15cm　（角川文庫）

『迷子の天使』　石井桃子著　角川書店　1963　294p　15cm　（角川文庫）

『山のトムさん―ほか一篇』　石井桃子作, 深沢紅子, 箕田源二郎画　福音館書店　2011.5　236p　17cm　（福音館文庫 S-60）　700円　①978-4-8340-2665-8〈1968年刊の増補〉
[目次] 山のトムさん, パチンコ玉のテボちゃん
[内容] 北国の山の中で開墾生活をはじめたトシちゃんの家に、ネズミ退治のため、雄ネコがもらわれてきた。野性味のある行動でふりまわしてくれる、そのトムのおかげで、家族に笑いが絶えなくなり―。ほがらかかつ懸命に生きた、作者の精神の記録。表題作と背景を同じくする知られざりし短篇「パチンコ玉のテボちゃん」も収録。小学校中級以上。

伊藤　たかみ
いとう・たかみ
《1971～》

『ぎぶそん』　伊藤たかみ著　ポプラ社　2010.11　244p　15cm　（ポプラ文庫ピュアフル　い-3-1）　570円　①978-4-591-12138-2〈2005年刊の加筆・訂正〉
[内容] 中学二年、「ガンズ・アンド・ローゼス」に心酔した少年ガクは、仲間を集めてバンドをはじめる。親友のマロと幼なじみのリリィ。それに、「ギブソンのフライングV」を持っていてギターがうまいと噂のたけるる。ケンカや練習を経て、四人は次第に仲間になっていく。ガクとリリィの淡い恋、文化祭ライブ、十四歳のできごとのひとつひとつが、多彩な音を響かせあう青春ストーリー。第21回坪田譲治文学賞受賞作。

『ミカ！』　伊藤たかみ著　文藝春秋　2004.4　233p　16cm　（文春文庫）　552円　①4-16-767902-7
[内容] 活発で男まさりのミカ。スカートなんてイヤ！ おっぱいなんていらない！ 思春期の入口にたつ不安定なミカを、双子のユウスケがそばで見まもる。両親の別居、姉の家出、こっそり飼っていた「オトトイ」の死…。流した涙の数だけ幸せな未来が待っている。第49回小学館児童出版文化賞受賞作。

『ミカ×ミカ！』　伊藤たかみ著　文藝春秋　2006.8　226p　16cm　（文春文庫）　552円　①4-16-767999-X
[内容] 「女らしいってどういうこと？」ある日突然、男勝りのミカがユウスケに聞いてきた。青いインコによれば、ミカはどうやら振られてしまったらしい。恋をして変化するミカに戸惑うユウスケ。そんなユウスケにも告白してくる女の子が現われて…。中学生になった双子の日常を爽やかに描く「ミカ！」第二弾。

伊藤 遊
いとう・ゆう
《1959〜》

『えんの松原』 伊藤遊作, 太田大八画 福音館書店 2014.1 406p 17cm （福音館文庫 S-70） 800円 ①978-4-8340-8044-5〈2001年刊の再刊〉

『鬼の橋』 伊藤遊作, 太田大八画 福音館書店 2012.9 343p 17cm （福音館文庫 S-63） 750円 ①978-4-8340-2739-6〈1998年刊の再刊〉
[内容] 平安時代の京都。妹を亡くし失意の日々を送る少年篁は、ある日妹が落ちた古井戸から冥界の入り口へと迷い込む。そこではすでに死んだはずの征夷大将軍坂上田村麻呂が、いまだあの世への橋を渡れないまま、鬼から都を護っていた。第三回児童文学ファンタジー大賞受賞作、待望の文庫化。小学校上級以上。

『となりの蔵のつくも神』 伊藤遊著 ポプラ社 2013.7 248p 15cm （ポプラ文庫ピュアフル Pい-5-1） 580円 ①978-4-591-13491-7〈「つくも神」（2004年刊）の改題, 加筆・訂正〉
[内容] 老朽化の進むマンションで、両親と中学に死んではじめた兄と暮らすほのかは、古い土蔵がある隣の家のおばあさんが気になっている。近所でボヤ騒ぎがあった翌日、エレベーターで奇妙な人形を見つけたことをきっかけに、ほのかの身の回りでは不思議な出来事が起こり始めて—古道具に宿ったつくも神と人々の交流を描く、温かなファンタジー。巻末に岡本順による絵物語を特別収録。

いぬい とみこ
《1924〜2002》

『いさましいアリのポンス』 いぬいとみこ著 講談社 1978.3 203p 15cm （講談社文庫） 240円

『うみねこの空』 いぬいとみこ著 角川書店 1976 340p 15cm （角川文庫） 340円

『くらやみの谷の小人たち』 いぬいとみこ著 角川書店 1975 456p 15cm （角川文庫） 420円

『くらやみの谷の小人たち』 いぬいとみこ作, 吉井忠画 福音館書店 2002.8 431p 17cm （福音館文庫） 800円 ①4-8340-1847-4
[内容] 日本の児童文学史に残る傑作ファンタジー『木かげの家の小人たち』の続編です。アマネジャキとともに信州にとどまることを決意したロビンとアイリスは、今度はモモンガーや花の精、木の精たちといった、日本の土着の妖精たちと、地下にひそむ邪悪なものたちとの壮絶な戦いに巻きこまれていきます。小学校中級以上。

『木かげの家の小人たち』 いぬいとみこ著 角川書店 1972 310p 15cm （角川文庫）

『木かげの家の小人たち』 いぬいとみこ作, 吉井忠画 福音館書店 2002.6 298p 17cm （福音館文庫） 700円 ①4-8340-1810-5
[内容] 森山家の末っ子、ゆりには秘密の大切な仕事がありました。それは森山家に住んでいる四人のイギリス生まれの小人たちに、かならず毎朝一杯のミルクを届けることでした。しかし日本は大きな戦争に突入し、ミルク運びは次第に困難になっていきます。…日本児童文学史上に残る傑作ファンタジーです。小学校中級以上。

『ながいながいペンギンの話』 いぬいとみこ作 改版 岩波書店 1990.7 189p 18cm （岩波少年文庫） 510円 ①4-00-111036-9
[内容] ペンギンの兄弟ルルとキキは生まれたばかりというのに元気いっぱい。両親のるすにこっそり家をぬけだします…。さむがりやでくいしんぼう、冒険好きのこの小さな主人公たちは、1957年の刊行以来、幼い読者に愛されてきました。小学中級以上。

『ながいながいペンギンの話』 いぬいとみこ作, 山田三郎画 理論社 1995.10 173p 18cm （フォア文庫 B174） 550円 ①4-652-07420-4
[目次] くしゃみのルルとさむがりやのキキ, ルルとキキのうみのぼうけん, さようならさようならにんげんさん！
[内容] 小学校中・高学年向き。

『ながいながいペンギンの話』 いぬいとみこ作, 大友康夫画 新版 岩波書店 2000.6 189p 18cm （岩波少年文庫） 640円 ①4-00-114003-9

『ぼくらはカンガルー』 いぬいとみこ著

講談社　1980.8　178p　15cm　（講談社文庫）　260円〈年譜：p172〜178〉

『北極のムーシカミーシカ』　いぬいとみこ著　角川書店　1975　230p　15cm　（角川文庫）　260円

『ゆうびんサクタ山へいく』　いぬいとみこ作, いせひでこ画　理論社　1987.10　107p　18cm　（フォア文庫　A055）　430円　①4-652-07066-7

内容　雪のふかい山おくへも、うら町へも、郵便屋さんは、毎日、郵便をはこんできてくれます。サクタは、はじめて自分がかいた手紙を、お山のおばあちゃんに早くだしたくて、ポストへいく途中、冒険にふみこんでしまいました…。おさないころ、「わが家」のそとにも、自分を愛する親しい人がいることを知ったおどろきと喜びが、サクタから伝わってきます。

```
┌─────────────────────┐
│     井上　ひさし      │
│     いのうえ・ひさし   │
│    《1934〜2010》     │
└─────────────────────┘
```

『ブンとフン』　井上ひさし著　改版　新潮社　2010.4　210p　15cm　（新潮文庫）　400円　①978-4-10-116801-2〈59刷（初版1974年）〉

内容　「ブンとは何者か。ブンとは時間をこえ、空間をこえ、神出鬼没、やることは奇抜、なすこと抜群、なにひとつ不可能はなく…」フン先生が書いた小説の主人公、四次元の大泥棒ブンが小説から飛び出した！たちまち全世界に、奇怪なしかしどこかユーモラスな事件が…。あらゆる権威や常識に挑戦する奔放な空想奇想が生む痛烈な諷刺と哄笑の渦。現代戯作の旗手、井上ひさしの処女作。

```
┌─────────────────────┐
│       井上　靖        │
│     いのうえ・やすし   │
│    《1907〜1991》     │
└─────────────────────┘
```

『しろばんば』　井上靖作　偕成社　2002.4　414p　19cm　（偕成社文庫）　900円　①4-03-652460-7

内容　伊豆の湯ヶ島の山村で、おぬい婆さんと二人で暮らす洪作少年の日々。ゆたかな自然と、複雑な人間関係の中で洪作少年の心は育っていきます。井上靖の自伝的な名作。小学上級から。

『しろばんば』　井上靖著　83刷改版　新潮社　2004.5　583p　16cm　（新潮文庫）　743円　①4-10-106312-5

『星よまたたけ―井上靖童話集』　井上靖著　新潮社　1988.2　297p　15cm　（新潮文庫）　360円　①4-10-106331-1

目次　銀のはしご―うさぎのピロちゃん物語, 猫がはこんできた手紙, ほくろのある金魚, 星よまたたけ

内容　亡くなったお姉さんが日記に書き残した「高い山、青い湖」という謎めいた文字。その言葉の秘密を解くために琵琶湖や芦ノ湖をたずね歩くゆかりちゃんの前に、思いがけない事実が…。表題作ほか、ひょんなことから地球にやってきた月のウサギのピロちゃんの冒険『銀のはしご』、ショート・ショート『猫がはこんできた手紙』『ほくろのある金魚』など4編を収めた著者唯一の童話集。

```
┌─────────────────────┐
│     今江　祥智       │
│     いまえ・よしとも  │
│    《1932〜2015》     │
└─────────────────────┘
```

『兄貴』　今江祥智著　新潮社　1989.6　279p　16cm　（新潮文庫）　400円　①4-10-100214-2

内容　父を失い、長兄を兵隊にとられた洋と洋次郎の兄弟は、空襲で家を焼かれ、かあさんの田舎へ疎開した。デパートも映画館もない小さな町で、初めての畑仕事や魚とりに精を出し、動員先の工場では地元工員たちと大喧嘩、そして"前線慰問用"の宝塚予科生との交流。そこにはもうひとつの"戦争"があった…。ひと夏の経験を通して成長していく兄弟の姿を瑞々しい筆致で描く感動の長編小説。

『海賊の歌がきこえる』　今江祥智作, 長新太画　理論社　1986.5　220p　18cm　（フォア文庫）　390円　①4-652-07059-4

内容　引越してきた日、5年生の冬子は新聞配達してる大助君と知りあった。ボス見習中の大助にとって、大のにがては"女の子と犬"それなのに同じクラス。冬子の明るいペースにまきこまれて友だちになってしまう。ある日、冬子から耳鳴りの底からふしぎな声がきこえると悩みをうちあけられた。声の主は、山崎十郎太。冬子のおおおじいさんで海賊だった！―たましいを揺さぶるファンタジーの素晴らしさ

『戦争童話集』　今江祥智著　小学館　2011.8　237p　15cm　（小学館文庫　い34-1）　476円　①978-4-09-408635-5

|目次| メリー＝ゴー＝ラウンド、あのこ、あいつ、黒い馬車、夕焼けの国、七番目の幸福、こぶし、あにい、ユキコボシ、やっぱり、あいつ、ピアニスト、ホタテクラゲ、ひどい雨がふりそうなんだ、まぼろしの海、すてきなご先祖さま、ホテル

|内容| 「わたし、馬と話ができるのよ…」あのこはそういった。村の遠くでサイレンがなり、高い空に、きれいな鳥みたいな飛行機が、いくつもいくつも町へむかって飛ぶのが見えた。町が空襲にあったのは山あいの村からあのこが消えた夜のことだった。日本がいくさに負けた年の疎開地での少年と少女を描いた永遠の名作「あのこ」など、児童文学の第一人者が魂を込めた「あの戦争と少年少女たち」の物語。抒情的なファンタジーから、おとなが語る戦争の真実、そして幻想的な童話まで―子どもにもおとなにも読んでほしい感動の名作十六篇を一冊に編集した、オリジナル文庫。

『パパはころしや』　今江祥智作、和田誠画
　理論社　1995.4　136p　18cm　（フォア文庫 A116）　550円　①4-652-07418-2
|内容| スーパー・スターじゃないけれどぼくは、そんなパパが大好き。あこがれの映画スターと少年の、とっておきの時間。小学校低・中学年向き。

『冬の光―続・優しさごっこ』　今江祥智著
　新潮社　1988.7　333p　15cm　（新潮文庫）　400円　①4-10-100213-4
|内容| あかりも中学1年生になった。とうさんも絵本作家としての活動を続け、個性的なライバルたちに刺激を受ける毎日だ。あかりの今の悩みと言えば、本の置き場がなくなってきた狭くるしい家と、とうさんと山名さんとの宙ぶらりんの恋の行方―。思春期を迎えた多感な少女と父との、ちょっぴり変わっているけれど魅力的な二人暮しを、やわらかな筆致で綴った、『優しさごっこ』の続編。

『ぼくはライオン』　今江祥智作、長新太画
　理論社　1989.3　246p　18cm　（フォア文庫）　470円　①4-652-07073-X
|内容| ぼくはカツオブシで育てられた。けれど、もちろん、おひげはネコなんかよりもっぱと、ピンとしているし、だいいち、足もふとくてしっかりしているんだけど、かずみちゃんったら、ぜんぜん、気がつかないらしい。ぼくはライオンだ。アフリカの草原で迷子になってるときネコと思われて、それから、突然船や飛行機での大冒険がはじまってしまった…。小学校中・高学年向。

『ぼんぼん』　今江祥智著　新潮社　1987.6
　462p　16cm　（新潮文庫）　520円
　①4-10-100212-6
|内容| 開戦直前に父を失い、長兄は兵隊にとられ、小学校4年生の洋と中学1年生の洋次郎、そして世間をよく知らぬかあさんの3人が残された。父に恩があるという老いた元ヤクザに助けられながら、懸命に戦争の中を生きて行く子供たち。しかし日を追って敗戦の色は濃くなり、一家の頭上にも爆撃の音が近づいてくる。大阪の街を背景に、少年の目の高さで戦争体験を描く感動の自伝的長編。

『ぼんぼん』　今江祥智作　岩波書店
　2010.7　494p　18cm　（岩波少年文庫 197）　880円　①978-4-00-114197-9
|内容| 洋が小学3年生の年、突然おとうちゃんがたおれた。そして、戦争がはじまった。軍国主義の波にもまれながらも、ほのかな恋心にめざめる少年の成長を、元やくざの佐脇さんが見守る。大阪弁にのせて、人間の真実にせまる作者の代表作。小学5・6年以上。

『優しさごっこ』　今江祥智著　新潮社
　1987.1　393p　15cm　（新潮文庫）　440円　①4-10-100211-8
|内容| その夏、とうさんとかあさんは別れ、かあさんは家を出て行った。そしてあかりはとうさんと2人で暮すことになった。料理、洗濯、掃除等、慣れない家事を必死で取り組む父と娘。父は娘に気づかい、娘は父に優しく、どこか奇妙な生活が始まった…。離婚から生まれた父と娘の新しい関係を、あたたかい眼差しで見つめ、父娘が共に成長して行く姿を描いて静かな感動を呼ぶ、児童文学の名作。

今西　祐行
いまにし・すけゆき
《1923〜2004》

『浦上の旅人たち』　今西祐行著　講談社
　1978.10　271p　15cm　（講談社文庫）
　300円

『浦上の旅人たち』　今西祐行作　岩波書店
　2005.6　365p　18cm　（岩波少年文庫 132）　760円　①4-00-114132-9
|内容| 明治のはじめ、長崎の浦上で信仰を守りつづけてきた隠れキリシタンたちは、罪人として捕えられ、きびしい迫害をうけた。農家の娘たみと、浮浪児千吉の数奇な運命を軸に、西日本各地に人びとの"旅"を描く歴史小説。小学5・6年以上。

『肥後の石工』　今西祐行著　講談社　1975
　196p 図　15cm　（講談社文庫）　240円

『肥後の石工』　今西祐行作　岩波書店
　2001.2　240p　18cm　（岩波少年文庫）
　680円　①4-00-114078-0

［内容］九州地方には、江戸時代末期に石だけでつくられた、美しいアーチ型のめがね橋が数多くある。その石橋づくりには、つらい過去とたたかいながらも、命をかけて弟子たちを育てた名職人・岩永三五郎の物語がかくされていた。小学5・6年以上。

『一つの花』 今西祐行作 ポプラ社 2005.10 190p 18cm （ポプラポケット文庫 031-1） 570円 ①4-591-08877-4
〈絵：伊勢英子 1983年刊の新装版〉
［目次］一つの花、ヒロシマの歌、むささび星、太郎こおろぎ、おいしいおにぎりを食べるには、はまひるがおの小さな海、ゆみ子のリス、花のオルガン、ぬまをわたるかわせみ、月とべっそう、きつねとかねの音、むねの木のおはし
［内容］「ひとつだけちょうだい」—戦争のさなか、食べるものもあまり手にはいらない生活の中で、ゆみ子が最初におぼえたことばでした。そんなゆみ子に、ひとつだけのおにぎりのかわりに一輪のコスモスの花をあたえて、お父さんは戦争にいきました。平和へのねがい、幸せへのいのりがこめられた、せつなくもやさしい物語。—表題作ほか十一編を収録。

『一つの花 ヒロシマの歌』 今西祐行作, 森川泉本文イラスト 集英社 2015.7 174p 18cm （集英社みらい文庫 い-4-1） 640円 ①978-4-08-321274-1
〈「今西祐行全集 第4・6巻」（偕成社 1987・1988年刊）の抜粋〉
［目次］一つの花、時計、ゆみ子とつばめのお墓、すみれ島、あるハンノキの話、おばあちゃんとつばめ、鐘、土の笛、ヒロシマの歌
［内容］ゆみ子が最初に覚えた言葉、「一つだけちょうだい」。戦争にいくお父さんが「一つだけ」とあげたのは一輪のコスモスでした。（『一つの花』）広島に原爆が落とされた日。私は、亡くなったお母さんのうでの中で泣く、赤ちゃんを助けました。道ゆく人にあずけたのですが、戦争が終わった数年後、その子と再会することになり…。（『ヒロシマの歌』）ほか、心うたれる9つの戦争物語を収録。小学中級から。

『ヒロシマの歌—ほか』 今西祐行著 講談社 1976 203p 15cm （講談社文庫） 240円

上野　哲也
うえの・てつや
《1954～》

『ニライカナイの空で』 上野哲也著 講談社 2003.8 324p 15cm （講談社文庫） 619円 ①4-06-273810-4
［内容］新一は12歳。父の破産で、東京からひとり九州の炭坑町に辿り着く。父の戦友野上源一郎に下手くそな丸坊主にされるが、息子の竹雄と心を通わせる。子どもでいられる最後の夏。自分たちでヨットを造り、玄界灘の無人島に行こう！ どんなに心細い時でも少年はまっすぐ未来を見つめていた。坪田譲治文学賞受賞作。

『ニライカナイの空で』 上野哲也作 講談社 2006.5 343p 18cm （講談社青い鳥文庫 257-1） 720円 ①4-06-148732-9〈絵：橘春香〉
［内容］少年は見たこともない子どもたちと出会い、見たこともない青い海を見た！ 主人公・立花新一はただひとり東京をはなれ、父の友人、野上源一郎の家に身をよせる。はじめはおそろしく感じた炭坑町での暮らしが、しだいに主人公の心のなかですがたをかえてゆく。とびきりの名作が青い鳥文庫に登場です。第16回坪田譲治文学賞受賞作！ 小学上級から。

上野　瞭
うえの・りょう
《1928～2002》

『さらば、おやじどの　上』 上野瞭著, 田島征三絵 新潮社 1989.6 389p 15cm （新潮文庫） 480円 ①4-10-100333-5
［内容］権力の中枢で、人を裁く御番所頭を父に持つ少年・田倉新吾。塾をさぼって梅林をぶらついていた時に偶然、黒覆面で裸馬を乗り回す暴走族グループの正体を知ってしまう。父に告げ口をしないという彼らへの証しに、すっ裸で御城下を走ったため、新吾はおとがめを受けて投獄されてしまう…。『ひげよ、さらば』の著者が父子の関係、子供の自立をテーマに綴ったチョンマゲ小説の傑作！

『さらば、おやじどの　下』 上野瞭著, 田島征三絵 新潮社 1989.6 395p 15cm （新潮文庫） 480円 ①4-10-

100334-3
|内容| 許されて牢を出たものの、裸で城下を走った時に傷の手当をしてくれた謎の薬売りが囁いた言葉「みさかのおさばき、たのみます」が、新吾は気にかかって仕方ない。ヨボヨボという名の囚人のことも忘れられない。そんなある日、新吾の父が死に、残された覚書から「みさか」事件の全貌が明らかになっていく…。様々な人が織りなす光と影の中で成長する新吾の青春を描く感動の長編。

『ひげよ、さらば―猫たちのバラード 上』
上野瞭著 新潮社 1987.1 482p 15cm （新潮文庫） 520円 ①4-10-100331-9
|内容| ある日突然記憶を失った猫のヨゴロウザ。たどりついた所はナナツカマツカの丘と呼ばれる小さな山の中。一癖も二癖もある猫たちが喧嘩ばかりしながら暮らしている。おりしも、"タレミミ"率いる野良犬の集団と猫たちが、縄張りをめぐって一触即発の不穏な空気。「猫族は団結して野良犬軍団に立ちかわねばならない。リーダーはお前だ！」夢と冒険に満ちた壮大な物語はこうして始まる―。

『ひげよ、さらば―猫たちのバラード 下』
上野瞭著 新潮社 1987.1 465p 15cm （新潮文庫） 520円 ①4-10-100332-7
|内容| 片目、黒ひげ、さがし猫、歌い猫、そして、まねき猫―。一筋縄ではいかない猫たちは、果して野良猫共和国をつくりうるか？ タレミミの率いる野良犬たち、キバをはじめとする草ネズミの群れ、じいさま蛙やふくろうのじいさま。記憶喪失のリーダー猫ヨゴロウザは、さまざまな出会いの中で、過去を確かめようと試みるが…。理想の共和国を求めて織りなす夢と冒険の一大叙事詩！

上橋 菜穂子
うえはし・なほこ
《1962〜》

『神の守り人 上（来訪編）』 上橋菜穂子著 新潮社 2009.8 298p 16cm （新潮文庫 う-18-6） 514円 ①978-4-10-130276-8
|内容| 女用心棒バルサは逡巡の末、人買いの手から幼い兄妹を助けてしまう。ふたりには恐ろしい秘密が隠されていた。ロタ王国を揺るがす力を秘めた少女アスラを巡り、"猟犬"と呼ばれる呪術師たちが動き出す。タンダの身を案じながらも、アスラを守って逃げるバルサ。追いすがる"猟犬"たち。バルサは幼い頃から培った逃亡の技と経験を頼りに、陰謀と裏切りの闇の中をひたすら駆け抜ける。

『神の守り人 下（帰還編）』 上橋菜穂子著 新潮社 2009.8 331p 16cm （新潮文庫 う-18-7） 552円 ①978-4-10-130277-5
|内容| 南北の対立を抱えるロタ王国。対立する氏族をまとめ改革を進めるために、怖ろしい"力"を秘めたアスラには大きな利用価値があった。異界から流れくる"畏ろしき神"とタルの民の秘密とは？ そして王家と"猟犬"たちとの古き盟約とは？ 自分の"力"を怖れながらも残酷な神へと近づいていくアスラの心と身体を、ついに"猟犬"の罠にはまったバルサは救えるのか？ 大きな主題に挑むシリーズ第5作。

『獣の奏者 1』 上橋菜穂子作, 武本糸会絵 講談社 2008.11 189p 18cm （講談社青い鳥文庫 273-1） 580円 ①978-4-06-285056-8
|内容| 10歳の少女・エリンは、母親との二人暮らし。母のソヨンは、凶暴な生き物である「闘蛇」の世話をしているが、ある日、その「闘蛇」が、いっせいに死んでしまう。その罪に問われて捕らえられるソヨン。けっして人に馴れない、また馴らしてはいけない獣とともに生きる運命をせおった、エリンの壮大な物語。大型ファンタジー、堂々の幕開け！

『獣の奏者 2』 上橋菜穂子作, 武本糸会絵 講談社 2009.1 189p 18cm （講談社青い鳥文庫 273-2） 580円 ①978-4-06-285069-8
|内容| 母を失った少女・エリンは、蜂飼いのジョウンに助けられ、ますます生き物に心をひかれる日々を送っていた。いつしかエリンは、王獣の医術師になりたいという思いを強く抱くようになる。14歳になったエリンは、カザルム王獣保護場の入舎ノ試しを受けることに。傑作ファンタジー第2弾。巻末には、上橋菜穂子氏と石崎洋司氏の作家対談を収録。小学上級から。

『獣の奏者 3』 上橋菜穂子作, 武本糸会絵 講談社 2009.3 285p 18cm （講談社青い鳥文庫 273-3） 670円 ①978-4-06-285076-6
|内容| 傷ついた王獣の子・リランを救おうとしていたエリンは、ある夜、堅琴の夢を見る。ついに、リランと心を通わせたエリンを待ち受けていたのは、苛酷な運命だった。王獣を操る術を見つけてしまったエリンは、王国の命運をかけた争いに巻きこまれていく。傑作ファンタジー第3弾。巻末には、上橋菜穂子氏と石崎洋司氏の豪華作家対談（後編）を収録。小学上級から。

『獣の奏者 4』 上橋菜穂子作, 武本糸会絵

講談社　2009.5　189p　18cm　（講談社青い鳥文庫 273-4）　580円　①978-4-06-285092-6
[内容] 王獣を操る術を見つけてしまったエリンに、いつの頃からか、その力を政治的に利用しようとする陰謀の手がしのびよる。闘蛇を操ることを大罪だといって世を去った母の言葉の真意は？　そして、人と獣との間にかけられた橋が導く絶望と希望とは？　けっして人に馴れない、また馴らしてはいけない獣とともに生きる、エリンの物語、いよいよ最終巻！　小学上級から。

『獣の奏者　5』　上橋菜穂子作，武本糸会絵
講談社　2011.4　333p　18cm　（講談社青い鳥文庫 273-5）　720円　①978-4-06-285210-4
[内容] "降臨の野"での奇跡から11年後—。ある闘蛇村で突然"牙"の大量死がおこり、エリンはその原因をつきとめるよう命じられる。母との遠い記憶をたどりながら、"牙"の死の真相を探るうちに、エリンは、知られざる闘蛇の生態、そして歴史の闇に埋もれていた驚くべき事実に行きあたるのだった。母となったエリンの新しい旅が始まる！　小学上級から。

『獣の奏者　6』　上橋菜穂子作，武本糸会絵
講談社　2011.6　237p　18cm　（講談社青い鳥文庫 273-6）　620円　①978-4-06-285219-7
[内容] 最古の闘蛇村に連綿と伝えられてきた遠き民の血筋、リョザ神王国の王祖ジェと闘蛇との思いがけないつながり、そして、母ソヨンの死に秘められていた強い思い…。みずからも母となったエリンは、すべてを知ったとき、母とはべつの道を歩みはじめるのだった。巻末には、上橋菜穂子氏とブックコメンテーター・松田哲夫氏の対談を収録。小学上級から。

『獣の奏者　7』　上橋菜穂子作，武本糸会絵
講談社　2011.8　219p　18cm　（講談社青い鳥文庫 273-7）　600円　①978-4-06-285223-4
[内容] エリンは、王獣保護場で、ジェシとのかけがえのない時間を過ごしながら、王獣の生態を探究し、王獣部隊を育成するための訓練をくりかえしていた。王獣たちを解きはなち、家族とおだやかにくらしたいと願う、エリンの思いはかなうのか。巻末には、上橋菜穂子氏とブックコメンテーター・松田哲夫氏の対談"後編"を収録。小学上級から。

『獣の奏者　8』　上橋菜穂子作，武本糸会絵
講談社　2011.10　279p　18cm　（講談社青い鳥文庫 273-8）　670円　①978-4-06-285249-2
[内容] はるか東方の隊商都市群の領有権をめぐって、騎馬の民ラーザとの戦いは激しさを増していく。エリンは、息子ジェシと過ごす時間を大切に思いながら、王獣たちの訓練を続けるのだった。王獣が天に舞い、闘蛇が地をおおい、"災い"がついにその正体を現すとき、物語はおおいなる結末をむかえる。大長編ファンタジーシリーズ堂々の完結巻。小学上級から。

『獣の奏者　1　闘蛇編』　上橋菜穂子著
講談社　2009.8　357p　15cm　（講談社文庫 う59-1）　629円　①978-4-06-276446-9
[内容] リョザ神王国。闘蛇村に暮らす少女エリンの幸せな日々は、闘蛇を死なせた罪に問われた母との別れを境に一転する。母の不思議な指笛によって死地を逃れ、蜂飼いのジョウンに救われて九死に一生を得たエリンは、母と同じ獣ノ医術師を目指すが—。苦難に立ち向かう少女の物語が、いまここに幕を開ける。

『獣の奏者　2　王獣編』　上橋菜穂子著
講談社　2009.8　480p　15cm　（講談社文庫 う59-2）　695円　①978-4-06-276447-6
[内容] カザルム学舎で獣ノ医術を学び始めたエリンは、傷ついた王獣の子リランに出会う。決して人に馴れない、また馴らしてはいけない聖なる獣・王獣と心を通わせあう術を見いだしてしまったエリンは、やがて王国の命運を左右する戦いに巻き込まれていく。新たなる時代を刻む、日本ファンタジー界の金字塔。

『獣の奏者　3　探求編』　上橋菜穂子著
講談社　2012.8　551p　15cm　（講談社文庫 う59-3）　752円　①978-4-06-277344-7
[内容] 愛する者と結ばれ、母となったエリン。ある村で起きた闘蛇の大量死の原因究明を命じられ、行き当たったのは、かつて母を死に追いやった禁忌の真相だった。夫と息子との未来のため、多くの命を救うため、エリンは歴史に秘められた真実を求めて、過去の大災厄を生き延びた人々が今も住むという遙かな谷を目指すが…。

『獣の奏者　4　完結編』　上橋菜穂子著
講談社　2012.8　497p　15cm　（講談社文庫 う59-4）　724円　①978-4-06-277345-4〈文献あり〉
[内容] 闘蛇と王獣。秘められた多くの謎をみずからの手で解き明かす決心をしたエリンは、拒み続けてきた真王の命に従って王獣を増やし、一大部隊を築き上げる。過去の封印をひとつひとつ壊し、やがて闘蛇が地を覆い王獣が天に舞う時、伝説の大災厄は再びもたらされるのか。傑作大河物語巨編、大いなる結末へ。

『獣の奏者　外伝　刹那』　上橋菜穂子著

講談社　2013.10　400p　15cm　（講談社文庫　う59-5）　690円　①978-4-06-277660-8〈2010年刊に書き下ろし短編「綿毛」を加えて文庫化〉

|目次| 綿毛, 刹那, 秘め事, 初めての…, 人生の半ばを過ぎた人へ

|内容| 王国の行く末を左右しかねぬ政治的運命を背負ったエリンは、女性として、母親として、いかに生きたのか。エリンの恩師エサルの、若き頃の「女」の顔。まだあどけないジェシの輝く一瞬。一日一日、その時を大切に生きる彼女らのいとおしい日々を描く物語集。エリンの母ソヨンの素顔を描いた単行本未収録短編「綿毛」収録。

『虚空の旅人』　上橋菜穂子著　新潮社　2008.8　392p　16cm　（新潮文庫）　590円　①978-4-10-130275-1

|内容| 隣国サンガルの新王即位儀礼に招かれた新ヨゴ皇国皇太子チャグムと星読博士シュガは、"ナユーグル・ライタの目"と呼ばれる不思議な少女と出会った。海底の民に魂を奪われ、生贄になる運命のその少女の背後には、とてつもない陰謀が—。海の王国を舞台に、漂海民や国政を操る女たちが織り成す壮大なドラマ。シリーズを大河物語へと導くきっかけとなった第4弾、ついに文庫化。

『狐笛のかなた』　上橋菜穂子著　新潮社　2006.12　392p　16cm　（新潮文庫）　590円　①4-10-130271-5

|内容| 小夜は12歳。人の心が聞こえる"聞き耳"の力を亡き母から受け継いだ。ある日の夕暮れ、犬に追われる子狐を助けたが、狐はこの世と神の世の"あわい"に棲む霊狐・野火だった。隣り合う二つの国の争いに巻き込まれ、呪いを避けて森陰屋敷に閉じ込められている少年・小春丸をめぐり、小夜と野火の、孤独でけなげな愛が燃え上がる…愛のために身を捨てたとき、もう恐ろしいものは何もない。野間児童文芸賞受賞作。

『精霊の守り人』　上橋菜穂子著　新潮社　2007.4　360p　16cm　（新潮文庫）　552円　①978-4-10-130272-0

|内容| 老練な女用心棒バルサは、新ヨゴ皇国の二ノ妃から皇子チャグムを託される。精霊の卵を宿した息子を疎み、父帝が差し向けてくる刺客や、異界の魔物から幼いチャグムを守るため、バルサは身体を張って戦い続ける。建国神話の秘密、先住民の伝承など文化人類学者らしい緻密な世界構築が評判を呼び、数多くの受賞歴を誇るロングセラーがついに文庫化。痛快で新しい冒険シリーズが今始まる。

『蒼路の旅人』　上橋菜穂子著　新潮社　2010.8　380p　16cm　（新潮文庫　う-18-8）　590円　①978-4-10-130279-9

|内容| 生気溢れる若者に成長したチャグム皇太子は、祖父を助けるために、罠と知りつつ大海原に飛びだしていく。迫り来るタルシュ帝国の大波、海の王国サンガルの苦闘。遙か南の大陸へ、チャグムの旅が、いま始まる！一幼い日、バルサに救われた命を賭け、己の身ひとつで大国に対峙し、運命を切り拓こうとするチャグムが選んだ道とは？　壮大な大河物語の結末へと動き始めるシリーズ第6作。

『月の森に、カミよ眠れ』　上橋菜穂子著　偕成社　2000.10　243p　19cm　（偕成社文庫）　700円　①4-03-652430-5

|内容| 月の森の蛇ガミをひたすら愛し、一生を森で送ったホウズキノヒメ。その息子である蛇ガミのタヤタに愛されながらも、カミとの契りを素直に受けいれられない娘、キシメ。神と人、自然と文明との関わりあいを描く古代ファンタジー。小学上級から。

『天と地の守り人　第1部（ロタ王国編）』　上橋菜穂子著　新潮社　2011.6　381p　16cm　（新潮文庫　う-18-9）　590円　①978-4-10-130280-5

|内容| 大海原に身を投じたチャグム皇子を探して欲しい—密かな依頼を受けバルサはかすかな手がかりを追ってチャグムを探す困難な旅へ乗り出していく。刻一刻と迫るタルシュ帝国による侵略の波、ロタ王国の内側に潜む陰謀の影。そして、ゆるやかに巡り来る異界ナユグの春。懸命に探索を続けるバルサは、チャグムを見つけることが出来るのか…。大河物語最終章三部作、いよいよ開幕。

『天と地の守り人　第2部（カンバル王国編）』　上橋菜穂子著　新潮社　2011.6　328p　16cm　（新潮文庫　う-18-10）　552円　①978-4-10-130281-2

|内容| 再び共に旅することになったバルサとチャグム。かつてバルサに守られて生き延びた幼い少年は、苦難の中で、まぶしい脱皮を遂げていく。バルサの故郷カンバルの、美しくも厳しい自然。すでに王国の奥深くを蝕んでいた陰謀。そして、草兵として、最前線に駆り出されてしまったタンダが気づく異変の前兆—迫り来る危難のなか、道を切り拓こうとする彼らの運命は。狂瀾怒涛の第二部。

『天と地の守り人　第3部（新ヨゴ皇国編）』　上橋菜穂子著　新潮社　2011.6　403p　16cm　（新潮文庫　う-18-11）　590円　①978-4-10-130282-9

|内容| ロタとカンバルがうごいた！　北の諸国のうねりを背に、瀕死の故国へ帰還するチャグムに父との対決の時が迫る。緒戦の犠牲となったタンダの行方を必死に探し求めるバルサ。大地が揺れ、天変地異が起こるとき、金の鳥が空を舞い、地を這う人々の群れは、ひたすらに生きのびようとする。—十年余りの時

をかけて紡ぎだされた大河物語の最終章『天と地の守り人』三部作、ついに完結。

『**流れ行く者―守り人短編集**』 上橋菜穂子著　新潮社　2013.8　301p　16cm　（新潮文庫 う-18-12）　550円　①978-4-10-130283-6〈偕成社 2008年刊の再刊〉

[目次] 浮き籾, ラフラ "賭事師", 流れ行く者, 寒のふるまい

[内容] 王の陰謀に巻き込まれ父を殺された少女バルサ。親友の娘である彼女を託され、用心棒に身をやつした男ジグロ。故郷を捨て追っ手から逃れ、流れ行くふたりは、定まった日常の中では生きられぬ様々な境遇の人々と出会う。幼いタンダとの明るい日々、賭事師の老女との出会い、そして、初めて己の命を短槍に託す死闘の一瞬―孤独と哀切と温もりに彩られた、バルサ十代の日々を描く短編集。

『**闇の守り人**』 上橋菜穂子著　新潮社　2007.7　387p　15cm　（新潮文庫）　590円　①978-4-10-130273-7

[内容] 女用心棒バルサは、25年ぶりに生まれ故郷に戻ってきた。おのれの人生のすべてを捨てて自分を守り育ててくれた、養父ジグロの汚名を晴らすために。短槍に刻まれた模様を頼りに、雪の峰々の底に広がる洞窟を抜けていく彼女を出迎えたのは―。バルサの帰郷は、山国の底に潜んでいた闇を目覚めさせる。壮大なスケールで語られる魂の物語。読む者の心を深く揺さぶるシリーズ第2弾。

『**夢の守り人**』 上橋菜穂子著　新潮社　2008.1　348p　16cm　（新潮文庫）　552円　①978-4-10-130274-4

[内容] 人の夢を糧とする異界の "花" に囚われ、人鬼と化したタンダ。女用心棒バルサは幼な馴染を救うため、命を賭ける。心の絆は "花" の魔力に打ち克てるのか？　開花の時を迎えた "花" は、その力を増していく。不可思議な歌で人の心をとろけさせる放浪の歌い手ユグノの正体は？　そして、今明かされる大呪術師トロガイの秘められた過去とは？　いよいよ緊迫度を増すシリーズ第3弾。

魚住　直子
うおずみ・なおこ
《1966～》

『**超・ハーモニー**』 魚住直子著　講談社　2006.7　186p　15cm　（講談社文庫）　419円　①4-06-275444-4〈1997年刊の増訂〉

[内容] 有名中学に合格して、響の人生はうまくいっているはずだった。でも、このごろ何をする気も起きない。そんなときふしぎなメロディーが、すっと心に流れ込んできた。そして、家出をしていた兄ちゃんが、「女」になって帰ってきた！　親子、兄弟、友達…みんながギクシャク。この世は不協和音でいっぱいだ。

『**非・バランス**』 魚住直子著　講談社　2006.5　194p　15cm　（講談社文庫）　448円　①4-06-275391-X〈1996年刊の増訂〉

[内容] 1つ、クールに生きていく。2つ、友だちはつくらない。そう心に決めていた中学生の私の前に、不思議な一人の女性があらわれた。彼女こそ、理想の大人だと思う私の毎日は少しずつ変わっていくが…。少女と大人―傷つきやすい2つのハートが出会った、ある夏の物語。第36回講談社児童文学新人賞受賞。

『**末・フレンズ**』 魚住直子著　講談社　2007.6　259p　15cm　（講談社文庫）　552円　①978-4-06-275750-8〈「象のダンス」（2000年刊）の増訂〉

[内容] 小さいときから「仕事ニンゲン」の両親に自立を強いられて育ち、15歳になった深澄。お嬢様学校になじめず、いつも不機嫌な毎日を送っていたが、ある日、街はずれの崖の上で不思議な異国の少女に出会う。友だちになろうとする二人の前に、お金、親子、学校、仕事―大人たちの世界が冷たく立ちはだかる。

内田　百間
うちだ・ひゃっけん
《1889～1971》

『**王様の背中**』 内田百間著　多摩　福武書店　1994.9　200p　15cm　（福武文庫）　550円　①4-8288-3294-7〈画：谷中安規〉

[目次] 王様の背中, 狐の裁判

[内容] 王様の背中が、急に痒くなり、あんまり背中が痒いので、口を利くこともできず、家臣たちは、はらはらするばかり。外に飛び出てみると、獣や鳥や、水の中の魚たちまでどこか痒そう。何の教訓も含まない、谷中安規版画による9編の絵本『王様の背中』と、ゲーテの傑作を翻案した「狐の裁判」を併録した、百間唯一の童話集。

江國　香織
えくに・かおり
《1964～》

『こうばしい日々』　江國香織著　新潮社　1995.6　177p　15cm　（新潮文庫）　360円　①4-10-133912-0

[目次] こうばしい日々，綿菓子

[内容] ウィルミントンの町に秋がきて，僕は11歳になった。映画も野球も好きだけど，一番気になるのはガールフレンドのジルのことなんだ…。アメリカ育ちの大介の日常を鮮やかに綴った代表作「こうばしい日々」。結婚した姉のかつてのボーイフレンドに恋するみのりの，甘く切ない恋物語「綿菓子」。大人が失くした純粋な心を教えてくれる，素敵なボーイズ＆ガールズを描く中編二編。

『つめたいよるに』　江國香織著　新潮社　1996.6　209p　15cm　（新潮文庫）　400円　①4-10-133913-9

[目次] デューク，夏の少し前，僕はジャングルに住みたい，桃子，草之丞の話，鬼ばばあ，夜の子どもたち，いつか，ずっと昔，スイート・ラバーズ，朱塗りの三段重，ラプンツェルたち，子供たちの晩餐，晴れた空の下で

[内容] デュークが死んだ。わたしのデュークが死んでしまった一。たまご料理と梨と落語が好きで，キスのうまい犬のデュークが死んだ翌日乗った電車で，わたしはハンサムな男の子に巡り合った…。出会いと別れの不思議な一日を綴った「デューク」。コンビニでバイトする大学生のクリスマスイブを描いた「とくべつな早朝」。デビュー作「桃子」を含む珠玉の21編を収録した待望の短編集。

『つめたいよるに』　江國香織著　改版　新潮社　2014.11　213p　15cm　（新潮文庫）　460円　①978-4-10-133913-9

[目次] デューク，夏の少し前，僕はジャングルに住みたい，桃子，草之丞の話，鬼ばばあ，夜の子どもたち，いつか，ずっと昔，スイート・ラバーズ，朱塗りの三段重，ラプンツェルたち，子供たちの晩餐，晴れた空の下で，さくらんぼパイ，藤島さんの来る日，緑色のギンガムクロス，南ヶ原団地A号棟，ねぎを刻む

[内容] デュークが死んだ。わたしのデュークが死んでしまった一。たまご料理と梨と落語が好きで，キスのうまい犬のデュークが死んだ翌日乗った電車で，わたしはハンサムな男の子に巡り合った…。出会いと別れの不思議な一日を綴った「デューク」。コンビニでバイトする大学生のクリスマスイブを描いた「とくべつな早朝」。デビュー作「桃子」を含む珠玉の21編を収録した待望の短編集。

『雪だるまの雪子ちゃん』　江國香織著　新潮社　2013.12　218p　16cm　（新潮文庫　え-10-17）　670円　①978-4-10-133927-6〈銅版画：山本容子　偕成社2009年刊の再刊〉

[内容] ある豪雪の日，雪子ちゃんは空から降ってきたのでした。そして最初に彼女を発見した画家・百合さんの物置小屋に住みつきました。雪子ちゃんはトランプや夜ふかしやバターが大好きで，数字が苦手な野生の雪だるま。近所の小学生と雪合戦やなわとびもします。夏の間は休眠するし，いずれは溶けてしまうので，いつも好奇心旺盛。「とけちゃう前に」大冒険！　カラー銅版画12枚収録。

遠藤　寛子
えんどう・ひろこ
《1931～》

『ギリシア神話』　遠藤寛子作，若菜等絵　講談社　1994.9　227p　18cm　（講談社青い鳥文庫）　560円　①4-06-148406-0

[目次] 1 雲につつまれた山の中に，2 神々の願いごと，3 かわる姿形，4 夜空にかがやく神話，5 ヘラクレスの大冒険，6 青い海原，高い空，7 トロイアの戦い，8 オデュセウスのふしぎな航海

[内容] 海も空も青く明るい古代ギリシアに生まれた，神々と人間との物語ギリシア神話。あけてはいけないといわれた箱から，人間を苦しめるわざわいが飛びだしてくる「パンドラの箱」，おしゃべりで女神ヘラをおこらせ，相手のいうことばをくりかえすことしかできなくなった「山びこになったエコー」をはじめ，読みはじめたらやめられない物語の数々。小学中級以上向き。

『ギリシア神話―オリンポスの神々』　遠藤寛子文，小林系絵　新装版　講談社　2011.6　229p　18cm　（講談社青い鳥文庫 28-6）　620円　①978-4-06-285228-9

[目次] はじめに―ギリシア神話への旅，1 雲につつまれた山の中に，2 神々の願いごと，3 かわる姿形，4 夜空にかがやく神話，5 ヘラクレスの大冒険，6 青い海原，高い空，7 トロイアの戦い，8 オデュセウスのふしぎな航海

[内容] 最高神ゼウス，海神ポセイドン，冥界の王ハデスたちオリンポスの神々と，あけてはいけないパンドラの箱，見た者を石にかえ

るメドゥサの首、旅人に謎かけをするスフィンクス。そして、夜空にかがやく星座の由来や、「オデュセイア」、のちに歴史にも登場するトロイアの木馬。古代から現在まで長く語りつがれてきた神々と人間の物語を生き生きとえがく「ギリシア神話」入門編。

『源平合戦物語』 遠藤寛子作, 百鬼丸絵 講談社 1995.11 281p 18cm （講談社青い鳥文庫） 590円 ①4-06-148429-X
内容 祇園精舎…にはじまる『平家物語』は、琵琶法師が源氏と平氏の戦いを語る歌物語。本書では、この物語を中心に、『保元物語』『平治物語』などの本からの興味深い物語も加えてまとめ、またその舞台となった場所の今日の姿もたずねる。

『算法少女』 遠藤寛子著 筑摩書房 2006.8 263p 15cm （ちくま学芸文庫） 900円 ①4-480-09013-4
内容 父・千葉桃三から算法の手ほどきを受けていた町娘あきは、ある日、観音さまに奉納された算額に誤りを見つけ声をあげた…。その出来事を聞き及んだ久留米藩主・有馬侯は、あきを姫君の算法指南役にしようとするが、騒動がもちあがる。上方算法に対抗心を燃やす関流の実力者・藤田貞資が、あきと同じ年頃の、関流を学ぶ娘と競わせることを画策。はたしてその結果は…。安永4(1775)年に刊行された和算書『算法少女』の成立をめぐる史実をていねいに拾いながら、豊かに色づけた少年少女むけ歴史小説の名作。江戸時代、いかに和算が庶民の間に広まっていたか、それを学ぶことがいかに歓びであったかを、いきいきと描き出す。

大井 三重子
おおい・みえこ
⇒仁木悦子（にき・えつこ）を見よ

大石　真
おおいし・まこと
《1925～1990》

『消えた五人の小学生』 大石真作, 夏目尚吾絵 国土社 1989.4 164p 18cm （てのり文庫） 470円 ①4-337-30011-2
内容 200X年。ジェット自転車でサイクリングにでかけた小学生たちが行方不明になった。必至の捜査にもかかわらず、手がかりはない。空とぶ円盤を見たかがいた！ 小学生たちは、空とぶ円盤にさらわれてしまったのだろうか!?

『教室二〇五号』 大石真著 講談社 1979.6 223p 15cm （講談社文庫） 280円

『くいしんぼ行進曲』 大石真作, 西川おさむ画 理論社 1991.10 136p 18cm （フォア文庫） 520円 ①4-652-07086-1
内容 「食べものでなにがいちばんすき」っていわれたら、ぼくはぜったい「おすし屋さんのおすし」とこたえる。湯本君はラーメン。それも東洋軒の特別製。沢井君はキッチン・ミキのエキストラ・カレー。このごちそうをなんとかぼくたちの力で食べてみたい。この強烈な願いをかなえるために、ついにぼくたちは計画を実行したんだ。小学校中・高学年向。

『さとるのじてんしゃ』 大石真文, 北田卓史絵 小峰書店 1990.2 156p 18cm （てのり文庫） 450円 ①4-338-07915-0
内容 さとるは、やっとかってもらったじてんしゃを、すぐに、ものおきにしまわれてしまいました。おかあさんとのやくそくを、やぶったからです。さとるは、じてんしゃにのることができるようになるのでしょうか。

『チョコレート戦争』 大石真著 講談社 1977.6 159p 15cm （講談社文庫） 200円〈年譜：p.155～159〉
目次 チョコレート戦争. みえなくなったクロ. 星へのやくそく. パパという虫

『チョコレート戦争』 大石真作, 北田卓史画 理論社 2004.2 164p 18cm （フォア文庫愛蔵版） 1000円 ①4-652-07383-6
内容 ケーキやさんのウィンドウガラスが割れて、いあわせた明と光一が犯人にされてしまう。身に覚えのない罪をきせられたことから、子どもたちは町一番のケーキ屋さんに戦いをいどみます。

『ドラキュラなんかこわくない』 大石真作, おぼまこと画 童心社 1986.11 138p 18cm （フォア文庫） 430円 ①4-494-02660-3
目次 ドラキュラなんかこわくない. ながぐつのごめんね. デパートにいたライオンの子. みなさんおはよう. あおいうまとかけっこ. にげだしたうさぎ. からすのかんざぶろう. はのひ. 4×8はいくつかね. 白い本. 黒い子犬
内容 サユリのおにいちゃんは、とってもいじわる。きょうも、ふたりでるすばんをしていると、チューインガムできばってくって、「いひひ、ドラキュラだぞう！」って、おどかすのです。でも、ほんとうは、やさしいお

にいちゃんなのでした。子どもの日常生活の中のドラマを、心あたたかくえがいた珠玉の11短編。大石童話の真髄がキラリとひかる。善意とやさしさにあふれた幼年童話集。

大川　悦生
おおかわ・えっせい
《1930～1998》

『おかあさんの木』　大川悦生作　ポプラ社　2005.10　190p　18cm　（ポプラポケット文庫 032–2）　570円　①4–591–08878–2〈絵：箕田源二郎　1979年刊の新装版〉

[目次] おかあさんの木、火のなかの声、ぞうとにんげん、ひろしまのきず、つる、父たちがねむる島、あほうの六太の話、おもちゃ買いのじいやん

[内容] 七人のむすこたちがへいたいにとられるたびに、おかあさんは、うらのあきちへ、キリの木のなえを一ぽんずつうえた。―東京大空襲、広島の原爆、シベリアの抑留、玉砕の島など、戦争が人々の心をどのようにひきまわしていたかが語られている、表題作ほか七編を収録。

『おかあさんの木』　大川悦生著　ポプラ社　2015.5　187p　16cm　（ポプラ文庫 お14–1）　560円　①978–4–591–14513–5〈1979年刊に「山のかあさんと16ぴきのねずみ」を併録〉

[目次] おかあさんの木、火のなかの声、ぞうとにんげん、広島のきず、つる、父たちがねむる島、あほうの六太の話、おもちゃ買いのじいやん、山のかあさんと16ぴきのねずみ

[内容] 発表から40年の間に、幾度も小学校の国語教科書に採用されてきた戦争児童文学の名作。戦争が人々にもたらす悲しみ、そしてそれ以上に普遍的な、"母と子の情愛"がそこにある。表題作に加え、東京大空襲の夜を描いた「火のなかの声」など、8編を収録。

『子そだてゆうれい―母をつたえる民話』　大川悦生作、浅田裕子画　金の星社　1986.6　146p　18cm　（フォア文庫）　390円　①4–323–01049–4

[目次] 木のまた手紙、親すて山、子そだてゆうれい、鬼になった母のめん、ちょうふく山のやまんば、子をだきとめた手、おっかさまの目玉、ワシにさらわれた子、みなし子とその母、ごはんを食べるゆうれい

[内容] 表題作をはじめ、母の子にたいする深い愛情をテーマにした民話を、10編収録しました。

『ポケットからこわい話』　大川悦生作、宮本忠夫画　金の星社　1991.9　140p　18cm　（フォア文庫）　520円　①4–323–01080–X

[目次] 雪のなかの女ゆうれい、海から白い手、オオカミばあさん、百物語とばけもん、ほたんどうろう、まま母とじぞうさま、滝つぼの女郎グモ、ネコの目からカボチャ、石子づめになった子、白い女とモクセイ、アジ船と口さけばば、死神のつかい、ヘビ酒をのんだとむらい、キジムナーのしかえし、クジラと海のいかり、しょうじにうつる大ギツネ、学校にきたゆうれい、一ぴきだけのホタル、タクシーにのったゆうれい、峠の子づれゆうれい、ゆうれいのひっこし、おばけになったアメリカ兵

[内容] むかしから伝わる"ぼたんどうろう"や、タクシーにのったゆうれいの話など、ぞくっとする話から、ひっこしをしたという、おもしろいゆうれいの話まで、22編のこわい話を、古今東西、ありとあらゆるところから、集めてみました。小学校中・高学年向。

『ポケットにわらい話』　大川悦生作、山田千鶴子画　金の星社　1989.2　121p　18cm　（フォア文庫）　430円　①4–323–01066–4

[目次] この橋わたるな、一休のくそとなれ、なまけものの福、ものいうじぞうさん、彦一の生きがさ、タヌキのまんじゅう、彦一とえんまさま、葉なしのハナシ、おしまいのうそ、かなシイとうれシイ、水がめ買い、まかさ、そげんことは〔ほか〕

[内容] 一休さん、きっちょむさん、彦一さん、おしょうさんとこぞうさんなど、おなじみの主人公が、ないたり、わらったり、おこったり、だましたりと大活躍をします。おかしくて、ほのぼのして、ちょっとかなしい、日本のわらい話を42編も集めました。この愉快な1冊を、いつも、あなたのポケットに。小学校中・高学年向。

大嶽　洋子
おおたけ・ようこ

『黒森物語』　大嶽洋子著　筑摩書房　1989.1　293p　15cm　（ちくま文庫）　480円　①4–480–02291–0〈『黒森へ』（福音館書店 1981年刊）の改題〉

[内容] 森に消えた母の姿を求める"母なしむ

すこ"りゅうと、不思議な霊力をおびた"銅のくし"を懐にした"口なし娘"たみは、闇の一族、菜の花一族、夢の衆たちが住み、悪と死のつかい"放れ熊"の支配する黒森へ踏み入ろうとする…。闇の世界、山の住人、森の精霊たちが、その生滅をかけて戦い、語りかける壮大なファンタジー。

小川　未明
おがわ・みめい
《1882〜1961》

『小川未明童話集』 桑原三郎編　岩波書店　1996.7　357p　15cm　（岩波文庫）　620円　①4-00-311491-4

『小川未明童話集』 小川未明著　79刷改版　新潮社　2003.5　257p　16cm　（新潮文庫）　438円　①4-10-110001-2

|目次| 赤いろうそくと人魚、野ばら、月夜と眼鏡、しいの実、ある夜の星たちの話、眠い町、大きなかに、雪くる前の高原の話、月とあざらし、飴チョコの天使、百姓の夢、千代紙の春、負傷した線路と月、殿さまの茶わん、牛女、兄弟のやまばと、とうげの茶屋、金の輪、遠くで鳴る雷、港に着いた黒んぼ、小さい針の音、島の暮れ方の話、二度と通らない旅人、黒い人と赤いそり、かたい大きな手

『小川未明童話集』 桑原三郎編　岩波書店　2010.9　357p　15cm　（岩波文庫）　760円　①4-00-311491-4〈第4刷（第1刷1996年）〉

|目次| 眠い町、なくなった人形、牛女、金の輪、野ばら、殿さまの茶わん、時計のない村、赤いろうそくと人魚、ちょうと三つの石、港に着いた黒んぼ、幾年もたった後、はてしなき世界、ある日の先生と子供、駄馬と百姓、村の兄弟、ずきぬの輪廻、こまどりと酒、おおかみをだましたおじいさん、あらしの前の木と鳥の会話、砂漠の町とサフラン酒、負傷した線路と月、月とあざらし、兄弟のやまばと、ある男と無花果、いいおじいさんの話、小さい針の音、二度と通らない旅人、ひすいを愛された妃、酒屋のワン公、村のおうむ、世の中のために、托鉢所のある村

|内容| 創作童話に新生面を開き、数多くの傑作を残した小川未明。「眠い町」「牛女」「金の輪」など31篇を収録。

『小川未明童話集』 小川未明著　角川春樹事務所　2013.3　219p　16cm　（ハルキ文庫　お16-1）　480円　①978-4-7584-3723-3

|目次| 電信柱と妙な男、黒い旗物語、眠い町、なくなった人形、牛女、金の輪、赤いろうそくと人魚、殿さまの茶わん、時計のない村、港に着いた黒んぼ、小さな草と太陽、てかてか頭の話、野ばら、糸のない胡弓、はてしなき世界、月夜と眼鏡、月とあざらし、負傷した線路と月、三つのかぎ、兄弟のやまばと、砂漠の町とサフラン酒、小さい針の音、二度と通らない旅人

|内容| 子をなくして悲しむ親アザラシとそれを見ていた月の交流を綴った「月とあざらし」。仲よく暮らしていたふたりが、敵味方に分かれて戦うことになった「野ばら」。人間のやさしさを信じた人魚が人間界に産み落とした赤ん坊の運命を描いた「赤いろうそくと人魚」など、全二十三篇を収録。美しくて怖い、優しくて悲しい、心揺さぶる珠玉のアンソロジー。

荻原　規子
おぎわら・のりこ
《1959〜》

『RDG―レッドデータガール　〔1〕　はじめてのお使い』 荻原規子著　角川書店　2011.6　298p　15cm　（角川文庫　16873）　552円　①978-4-04-394440-8　〈文献あり　発売：角川グループパブリッシング〉

|内容| 世界遺産に認定された熊野古道、玉倉山にある玉倉神社。そこに住む泉水子は中学三年まで、麓の中学と家の往復だけの生活を送ってきた。しかし、高校進学は、幼なじみの深行とともに東京の鳳城学園へ入学するよう周囲に決められてしまう。互いに反発する二人だったが、修学旅行先の東京で、姫神と呼ばれる謎の存在が現れ、さらに恐ろしい事件が襲いかかる。一族には大きな秘密が―。現代ファンタジーの最高傑作、ついに文庫化。

『RDG―レッドデータガール　2　はじめてのお化粧』 荻原規子著　角川書店　2011.12　288p　15cm　（角川文庫　17168）　552円　①978-4-04-100054-0　〈文献あり　発売：角川グループパブリッシング〉

|内容| 生まれ育った紀伊山地を出て、東京の鳳城学園に入学した鈴原泉水子。学園では、山伏修行中の相楽深行と再会するも、二人の間には縮まらない距離があった。弱気になる泉水子だったが、寮で同室の宗田真響と、その弟の真夏と親しくなり、なんとか新生活を

送り始める。しかし、泉水子が、クラスメイトの正体を見抜いたことから、事態は急転する。生徒たちは特殊な理由から学園に集められていた…。大人気RDGシリーズ第2巻。

『RDG—レッドデータガール 3 夏休みの過ごしかた』 荻原規子著 角川書店 2012.7 327p 15cm （角川文庫 お65-3） 552円 ①978-4-04-100370-1 〈文献あり 発売：角川グループパブリッシング〉

内容 学園祭のテーマに"戦国学園祭"が決まり、鈴原泉水子、相楽深行たち生徒会執行部は、夏休みに宗田真響の地元、長野県戸隠で合宿をすることになる。初めての経験に胸はずませる泉水子だったが、真響の生徒会への思惑がさまざまな悶着を引き起す。そこへ、真響の弟、真夏の愛馬が危篤だという報せが届く。三つ子の一人である真澄によって真夏は次元の向こうに取りこまれ、大きな災厄が…。最高傑作、RDGシリーズ第3巻。

『RDG—レッドデータガール 4 世界遺産の少女』 荻原規子著 角川書店 2012.12 314p 15cm （角川文庫 お65-4） 552円 ①978-4-04-100626-9 〈文献あり 発売：角川グループパブリッシング〉

内容 夏休みの終わり、鳳城学園に戻った泉水子は、正門でふと違和感を覚えるが、生徒会執行部として学園祭の準備に追われ、忘れてしまう。今年のテーマは「戦国学園祭」。衣装の着付け講習会で急遽、モデルを務めることになった泉水子に対し、姫神の出現を恐れる深行。果たして終了後、制服に着替えた泉水子はやはり本人ではなく…。物語はいよいよクライマックスへ。姫神から語られる驚くべき事実とは。RDGシリーズ第4巻。

『RDG—レッドデータガール 5 学園の一番長い日』 荻原規子著 角川書店 2013.3 361p 15cm （角川文庫 お65-5） 552円 ①978-4-04-100752-5 〈文献あり 発売：角川グループパブリッシング〉

内容 いよいよ始まった"戦国学園祭"。泉水子たち執行部は黒子の衣装で裏方に回る。一番の見せ場である八王子城の攻防に見立てた合戦ゲーム中、高柳たちが仕掛けた罠に自分がはまってしまったことに気づいた泉水子は、怒りが抑えられなくなる。それは、もう誰にも止めることは出来ない事態となって…。ついに動き出した黒子の運命、それは人類のどんな未来へ繋がっているのか!? 現代ファンタジーの最高傑作、RDGシリーズ第5巻。

『RDG—レッドデータガール 6 星降る夜に願うこと』 荻原規子著 KADOKAWA 2014.2 380p 15cm （角川文庫 お65-6） 600円 ①978-4-04-101235-2 〈5までの出版者：角川書店 角川書店 2012年刊の再刊 文献あり〉

内容 泉水子は"戦国学園祭"で本当の能力を現した。影の生徒会長は世界遺産候補となる学園トップを泉水子と判定するが、陰陽師を代表する高柳は、異議をとなえる。そして、IUCN（国際自然保護連合）は、人間を救済する人間の世界遺産を見つけだすため、泉水子に働きかけ始め…。泉水子と深行は、だれも思いつかない道のりへ踏みだす。姫神による人類滅亡の未来を救うことはできるのか―。大人気シリーズ、ついに完結。

『薄紅天女 上』 荻原規子著 徳間書店 2010.8 329p 16cm （徳間文庫 お-35-4） 590円 ①978-4-19-893204-6

内容 東の坂東の地で、阿高と、同い年の叔父藤太は双子のように十七まで育った。だがある夜、蝦夷たちが来て阿高に告げた…あなたは私たちの巫女、火の女神チキサニの生まれ変わりだ、と。母の面影に惹かれ蝦夷の地へ去った阿高を追う藤太たちが見たものは…？ "闇"の女神が地上に残した最後の勾玉を受け継いだ少年の数奇な運命を描く、日本のファンタジーの金字塔「勾玉三部作」第三巻。

『薄紅天女 下』 荻原規子著 徳間書店 2010.8 379p 16cm （徳間文庫 お-35-5） 590円 ①978-4-19-893205-3

内容 西の長岡の都では、物の怪が跳梁し、皇太子が病んでいた。「東から勾玉を持つ天女が来て、滅びゆく都を救ってくれる」病んだ兄の夢語りに胸を痛める十五歳の皇女苑上。兄と弟を守るため、「都に近づくさらなる災厄」に立ち向かおうとした苑上が出会ったのは…？ 神代から伝わる"輝"と"闇"の力の最後の出会いとその輝きを、きらびやかに描きだす、「勾玉三部作」のフィナーレを飾る一冊。

『これは王国のかぎ』 荻原規子著 中央公論新社 2007.2 352p 16cm （中公文庫） 648円 ①978-4-12-204811-9

内容 最低最悪の誕生日。泣き疲れて眠って目覚めたら、そこはチグリスの河口だった！ 不思議な力を持つ魔神族として、見知らぬターバンの青年と旅することになった「あたし」。荒れ狂う大海原、灼熱の砂漠。辿り着いた都では王家の騒動に巻き込まれ…。アラビアンナイトの世界に飛び込んだ少女の、恋と冒険の物語。

『樹上のゆりかご』 荻原規子著 中央公論新社 2011.3 363p 16cm （中公文庫 お65-10） 590円 ①978-4-12-205452-3

内容 巻きこまれるようにしてかかわること

になった生徒会執行部の活動。合唱祭、演劇コンクールに体育祭、そして、あの事件…。何ものからも守られず、それゆえに不安定な場所—学校に巣くう「名前のない顔のないもの」とは？「ゆりかご」の中の高校生たちの戸惑いと成長を夏の日差しとともに切り取った、みずみずしくミステリアスな物語。

『**空色勾玉**』 荻原規子著　徳間書店　2010.6　541p　16cm　（徳間文庫　お-35-1）　686円　①978-4-19-893166-7
内容　輝の大御神の双子の御子と闇の氏族とが烈しく争う戦乱の世に、闇の巫女姫として生まれながら、光を愛する少女狭也。輝の宮の神殿に縛られ、地底の女神の夢を見ていた、"大蛇の剣"の主、稚羽矢との出会いが、狭也を不思議な運命へと導く…。神々が地上を歩いていた古代の日本"豊葦原"を舞台に絢爛豪華に織り上げられた、日本のファンタジー最大の話題作。

『**西の善き魔女　1　セラフィールドの少女**』 荻原規子著　中央公論新社　2004.10　319p　16cm　（中公文庫）　648円　①4-12-204432-4
内容　舞踏会の日に渡された、亡き母の首飾り。その青い宝石は少女を女王の後継のないまっただ中へと放り込む。自分の出生の謎に戸惑いながら父の待つ荒野の天文台に戻った彼女を、さらなる衝撃が襲う。一突然の変転にもくじけず自分の力で未来を切りひらく少女フィリエルの冒険がはじまった。胸躍る長篇ファンタジー、堂々開幕。

『**西の善き魔女　2　秘密の花園**』 荻原規子著　中央公論新社　2004.12　295p　16cm　（中公文庫）　648円　①4-12-204460-X
内容　幼なじみのルーンの安全を守るため、フィリエルは、伯爵と女王候補アデイルに力を貸すことを約束。貴族の娘らしくふるまうのに必要な教育を受けるべく、修道院附属学校に入学する。しかし平和に見えた学園は、乙女たちの陰謀が渦巻く場所。フィリエルは初日から生徒会の手荒い歓迎を受けることに…。胸躍る長篇ファンタジー第二巻。

『**西の善き魔女　3　薔薇の名前**』 荻原規子著　中央公論新社　2005.2　298p　16cm　（中公文庫）　648円　①4-12-204484-7
内容　幼なじみルーンと自分の身を守るため、フィリエルは女王候補アデイルと共に王宮へ上がる。光り輝く宮殿に渦巻くのは、派閥のかけひき、冷酷な謀りごと。持ち前の勇気と伯爵家の協力で、フィリエルは王宮の光あたる場所を得ようと奮闘するが、ルーンは彼女に背を向けて闇へと姿を消してしまう—胸躍る長篇ファンタジー、波乱の第3巻。

『**西の善き魔女　4　世界のかなたの森**』 荻原規子著　中央公論新社　2005.4　292p　16cm　（中公文庫）　648円　①4-12-204511-8
内容　竜の被害に悩む隣国の要請を受け、伝統ある竜退治の騎士がグラールを発った。あかがね色の髪の乙女フィリエルは騎士を守ろうと心に誓い、ひそかに後を追う。しかし胸の奥には消えた幼なじみルーンへの想いが秘められていた。—母国のはるかに南の土地で、竜騎士団とフィリエルが出会ったものとは!?長篇ファンタジー、南方冒険篇。

『**西の善き魔女　5　銀の鳥プラチナの鳥**』 荻原規子著　中央公論新社　2005.6　314p　16cm　（中公文庫）　648円　①4-12-204537-1
内容　「西の善き魔女の名において、ブリギオンの侵攻を止めた者をこの国の女王に」女王選びの課題を受けた十六歳のアデイルは、東の帝国ブリギオンの狙いを探るため、親友と共に隣国トルバートに向かう。侍女に変装し、砂漠の向こう、オアシスの街へ。異国の王宮で異教徒の巷で、アデイルを待ち受ける危険な罠とは—!?　長篇ファンタジー東方冒険篇。ノベルス版「外伝2」を改題。

『**西の善き魔女　6　闇の左手**』 荻原規子著　中央公論新社　2005.8　313p　16cm　（中公文庫）　648円　①4-12-204567-3
内容　「世界の果ての壁」の謎を追うルーンとフィリエル、ユニコーンを駆り竜退治に赴くユーシス。彼らが辿り着いた南の地には、東の帝国の侵略軍が—グラールの危機に、フィリエルは女王と対峙するため聖神殿へ乗り込む。賢者とは？　吟遊詩人とは？　わらべ歌や童話に隠された「世界」の秘密がついに明かされる。

『**西の善き魔女　7　金の糸紡げば**』 荻原規子著　中央公論新社　2005.10　314p　16cm　（中公文庫）　648円　①4-12-204596-7
内容　もうすぐ八歳になる少女フィリエルの「家族」は、天文台に住む父親のディー博士と、お隣りのホーリー夫妻。住民四人のセラフィールドに、ある日おかしな子どもがやってきた。自分の殻に閉じこもり数列を唱え続ける少年ルーン。とまどいながらも徐々に心を通わせていく二人…運命の出逢いを描く、四つの季節の物語。

『**西の善き魔女　8　真昼の星迷走**』 荻原規子著　中央公論新社　2005.12　316p　16cm　（中公文庫）　648円　①4-12-204627-0

|内容| 再会を誓い、ルーンは世界の果ての壁を目指して南へ、フィリエルは北極の塔へ。吟遊詩人に導かれ、それぞれの危険すぎる旅がはじまった―「氷の都」で彼らを待ち受けるのは、「真昼の星」を目とする賢者。女王の血を引く少女の勇気が、今、世界を変える！傑作長篇ファンタジー、ついに完結。

『西の善き魔女 1 セラフィールドの少女』 荻原規子著 角川書店 2013.6 347p 15cm （角川文庫 お65-21） 629円 ①978-4-04-100883-6〈中公文庫2004年刊の再刊 発売：角川グループホールディングス〉

|内容| 15歳になったフィリエルは、はじめての舞踏会の日、燦然と輝くダイヤと青い石の首飾りを贈られ、幼なじみの少年ルーンに、それがフィリエルの母の形見であると告げられる。青い石は女王試金石と呼ばれ、王国でもっとも大切な宝石であることが明かされていく。それは自らの出生の秘密とつながっていた―。人里離れた北の高地で育った少女の運命が、大きく動きはじめる。人気ファンタジー作家、荻原規子の新世界の幕が上がる！

『西の善き魔女 2 秘密の花園』 荻原規子著 角川書店 2013.7 312p 15cm （角川文庫 お65-22） 590円 ①978-4-04-100918-5〈中公文庫2004年刊の再刊 発売：KADOKAWA〉

|内容| フィリエルは、幼なじみのルーンを守るため、女王候補の伯爵令嬢アデイルへの協力を約束する。貴族の娘にふさわしい教養を身につけるべく入学した全寮制の女学校は、男子禁制の清らかさとは逆に、陰謀が渦巻いていた。さらに、命をねらわれているルーンが身をかくすため、女装して女学校に編入することになり…。フィリエルは、麦穂の乙女祭で真剣の試合に挑む。荻原規子の波瀾万丈の恋物語ファンタジー第2巻！

『西の善き魔女 3 薔薇の名前』 荻原規子著 KADOKAWA 2013.10 363p 15cm （角川文庫 お65-23） 640円 ①978-4-04-101047-1〈中公文庫2005年刊に「西の善き魔女 外伝」を追加したもの 2までの出版者：角川書店〉

|目次| 薔薇の名前, ハイラグリオン王宮のウサギたち

|内容| 女学校を退学になったフィリエルは女王候補アデイルと華やかな王宮で暮らしはじめる。夜会での出来事から、フィリエルは、ハンサムなアデイルの兄ユーシスとの婚約の噂がたち、プロポーズされることに…。しかし、公爵の陰謀からフィリエルを救うため、幼なじみのルーンは命がけで闇へと姿を消してしまう。荻原規子の大人気ファンタジー！ユーシスとレアンドラの出会いを描く特別短編「ハイラグリオン王宮のウサギたち」を収録!!

『西の善き魔女 4 世界のかなたの森』 荻原規子著 KADOKAWA 2014.1 346p 15cm （角川文庫 お65-24） 640円 ①978-4-04-101187-4〈中公文庫2005年刊に「西の善き魔女 外伝」を追加したもの〉

|目次| 世界のかなたの森, ガーラント初見参

|内容| 女王候補アデイルのため、ユーシスは竜退治の騎士として、南方の国へ出立する。あかがね色の髪の乙女フィリエルは、ユーシスを守るため、ひそかに後を追う。しかし、心のどこかで、命が危険なほどの境遇になった時、消息を絶ったルーンが駆けつけてくれると信じていた。竜退治をめぐる冒険と、"世界の果ての壁"の秘密が明かされる。波瀾万丈の大人気ファンタジー！ 12歳のユーシスを描く特別短編「ガーラント初見参」を収録!!

『西の善き魔女 5 闇の左手』 荻原規子著 KADOKAWA 2014.4 341p 15cm （角川文庫 お65-25） 640円 ①978-4-04-101324-3〈中公文庫2005年刊の再刊〉

|内容| 異端の研究者の下で過ごしていたフィリエルは、砂漠を越えて進軍してくることは不可能なはずの東の帝国軍に出くわし捕らえられてしまう。竜騎士ユーシスは、ルーンの作戦を聞きかけ、母国を守るため、十倍を超える帝国の兵団と壮絶な戦いへ…。フィリエルは聖神殿に乗りこみ、女王の座を狙う大僧正と対峙する。ついに、この世界の驚愕の秘密が語られ、新女王は想像もできなかった人物に！ 大人気ファンタジー、クライマックス!!

『西の善き魔女 6 金の糸紡げば』 荻原規子著 KADOKAWA 2014.7 332p 15cm （角川文庫 お65-26） 640円 ①978-4-04-101344-1〈中公文庫2005年刊の再刊〉

|内容| もうすぐ8歳になるフィリエルは、父親のディー博士が研究に没頭しているため、お隣に住むホーリー夫妻と暮らしていた。ある日ホーリーさんが連れ帰ったのは、痩せ細った宿なし子。奇妙な数列をつぶやくばかりのその少年を家に置くことにおかみさんは反対するが、ディー博士はなぜかその子に興味を示し、フィリエルを落ち着かない気持ちにさせた――。フィリエルとルーンの運命的な出会いを描く、傑作ファンタジー外伝！

『西の善き魔女 7 銀の鳥プラチナの鳥』 荻原規子著 KADOKAWA 2014.10 377p 15cm （角川文庫 お65-27）

640円　①978-4-04-101343-4〈中公文庫2005年刊に「彼女のユニコーン、彼女の猫」を加え、再刊〉
[目次]銀の鳥プラチナの鳥、彼女のユニコーン、彼女の猫
[内容]女王候補アデイルは、竜退治に向かった騎士ユーシスのことを気にかけながらも、帝国の動きを探るため東方の国トルバートへ潜入する。異教の地で、帝国に滅ぼされた亡国の王子について調査するが、そこには大僧正の罠が待ち受けていた。傭兵として旅をする若者ティガに命を助けられ、行動をともにするうちに、アデイルの中で新たな決意が芽生えていく。ユーシスとのその後を描く特別短編「彼女のユニコーン、彼女の猫」を収録！

『西の善き魔女　8　真昼の星迷走』　荻原規子著　KADOKAWA　2015.1　330p　15cm　（角川文庫　お65-28）　640円　①978-4-04-101345-8〈中公文庫2005年刊の再刊〉
[内容]長い旅路を経て、大切な想いを確かめ合ったフィリエルとルーンだったが、3人目の女王候補と認められたフィリエルに大きな危険が近づいていた。互いに相手を守りたいと強く願い、2人は再会を誓ってそれぞれ命を賭けた旅に出る―世界の賢者・フィーリを倒すために。世界の果てを目指すルーンと、吟遊詩人の再生を試みるフィリエル。フィーリの見えざる手が迫る中、再会を果たした2人が賢者の塔で目にしたものとは!?

『白鳥異伝　上』　荻原規子著　徳間書店　2010.7　409p　16cm　（徳間文庫　お-35-2）　629円　①978-4-19-893184-1
[内容]双子のように育った遠子と小倶那。だが小倶那は"大蛇の剣"の主となり、勾玉を守る遠子の郷を焼き滅ぼしてしまう。「小倶那はタケルじゃ。忌むべきものじゃ。剣が発動するかぎり、豊葦原のさだめはゆがみ続ける…」大巫女の託宣に、遠子がかためた決意とは…？　ヤマトタケル伝説を下敷きに織り上げられた、壮大なファンタジーが幕を開ける！　日本のファンタジーの金字塔「勾玉三部作」第二巻。

『白鳥異伝　下』　荻原規子著　徳間書店　2010.7　457p　16cm　（徳間文庫　お-35-3）　629円　①978-4-19-893185-8
[内容]嬰の勾玉の主・菅流に助けられ、各地で勾玉を守っていた"橘"の一族から次々に勾玉を譲り受けた遠子は、ついに嬰・生・暗・顕の四つの勾玉を連ねた、なにものにも死をもたらす"玉の御統"の主となった。だが、呪われた剣を手にした小倶那と再会したとき、遠子の身に起こったことは…？　ヤマトタケル伝説を下敷きに織り上げられた、壮大なファンタジー、いよいよ最高潮。

『風神秘抄　上』　荻原規子著　徳間書店　2014.3　361p　15cm　（徳間文庫　お35-6）　650円　①978-4-19-893805-5
[内容]平安末期、源氏方の十六歳の武者、草十郎は、野山でひとり笛を吹くことが好きな孤独な若者だった。将として慕った源氏の御曹司・義平の死に絶望した草十郎が出会ったのは、義平のために魂鎮めの舞を舞う少女、糸世。彼女の舞に合わせて草十郎が笛を吹くと、その場に不思議な"力"が生じ…？　特異な芸能の力を持つ二人の波乱万丈の恋を描く、『空色勾玉』の世界に連なる荻原規子の話題作！

『風神秘抄　下』　荻原規子著　徳間書店　2014.3　377p　15cm　（徳間文庫　お35-7）　650円　①978-4-19-893806-2
[内容]惹かれあう天性の舞姫・糸世と笛の名手・草十郎。二人が生み出す不思議な"力"に気づいた上皇は、自分のために舞い、笛を奏でよと命ずる。だが糸世は、その舞台から神隠しのように消えた。鳥たちの助けを得て、糸世を追い求めていく草十郎の旅は、やがてこの地の枠を超え…？　四つの文学賞を受賞した、日本のファンタジーの旗手・荻原規子の不朽の名作、待望の文庫化！

乙武　洋匡
おとたけ・ひろただ
《1976～》

『だいじょうぶ3組』　乙武洋匡作, 宮尾和孝絵　講談社　2012.10　323p　18cm　（講談社青い鳥文庫　210-2）　740円　①978-4-06-285312-5〈2010年刊の加筆〉
[内容]5年3組の担任としてやってきたのは、手と足がない先生、赤尾慎之介。個性豊かな28人の子どもたちといっしょに、泣いたり、笑ったりの1年間が始まる―。大ベストセラー『五体不満足』の著者が、自らの小学校教員の体験をもとに描いた初の小説作品。悩んだり、迷ったりしながら、教師として本当たりでクラスの子どもたちにぶつかっていく日々を描きます。小学上級から。

『だいじょうぶ3組』　乙武洋匡著　講談社　2012.10　330p　15cm　（講談社文庫　お86-4）　571円　①978-4-06-277342-3
[内容]松浦西小学校に5年3組の担任としてやってきたのは、手と足がない先生、赤尾慎之介。「フツーって何だろう」「一番を目指す意味って？」―個性豊かな28人の子どもたちと赤尾先生は、幾つもの"事件"を通して、大切なことに気づいていく。三年間の教員生活から生まれた著者初の小説。

おーなり　由子
おーなり・ゆうこ
《1965～》

『てのひら童話　1』おーなり由子著　角川書店　2004.6　213p　15cm　（角川文庫）　743円　①4-04-375001-3

[目次] 早春と春の章（北のさかな、のはら、だっこ天使、春一番、川の音、うたいぬ、女の子、スカート）、夏の章（けむし、あこがれ、初夏、おばあちゃん、ひかるもの、夏の手、水ねこ）、秋の章（手紙、てんとうむし、はっぱ、夕やけ、ひみつ）、冬の章（雪の日、冬のお客、牛乳虫、しょーろり、泣く星）

[内容] こどもの頃帽子のゴムをかむと夏がやってきた一夏の風と一緒に空からやってくる大きな手。冷凍庫の中で海に憧れるチリメン。何万年も抱きあう天使—たくさんの色で描かれた手のひらにのるぐらいのちいさくて幸福な絵物語集。なつかしい草のにおいがする、泣きたくなる日の25話。

『てのひら童話　2　空のともだち』おーなり由子著　角川書店　2005.7　203p　15cm　（角川文庫）　743円　①4-04-375002-1

[目次] みどりのともだち（HB、チト、雪の町、茶わん、ラブレター1、だいすき、おふろの木、春の海、ひらがな、ラブレター2）、空のともだち（ききょう、永遠、せぼねよる、さくら、なきざり、自転車、かげ、赤い実、ラブレター3）、夜のともだち（石ころ、月見そば、プリン、さかな、ひとり、天使のはなし）

[内容] 真夜中、女の子が見た、水のようにやわらかい夜。ゆうやけに泣くサルの子ども。やさしくておかしな老人チト。出しそびれた切ないラブレター。てのひらにのるぐらいの小さな絵物語集第2弾。胸が温かくなる26話。

『モーラとわたし』おーなり由子著　新潮社　2009.3　71p　16cm　（新潮文庫　お-47-4）　400円　①978-4-10-127824-7
〈『モーラと私』（平成13年刊）の加筆〉

[内容] モーラは、わたしのともだち。おとうさんやおかあさんには、みえない。かなしいときには、モーラがいつもきてくれた。眠れないときには、夜をこえ、空をこえ、あかるいみどりの野原へつれてってくれた。けれどもある日、モーラはいなくなっていた—。きっとあなたにもいたはず、忘れられないひみつのともだちが。心をじんとあたためて、なつかしく、やさしい気持ちにさせてくれる絵本。

賀川　豊彦
かがわ・とよひこ
《1888～1960》

『爪先の落書—童話』賀川豊彦著　徳島徳島県文化振興財団徳島県立文学書道館　2010.3　169p　15cm　（ことのは文庫）

[目次] 土橋屋の繁太郎．頭の白禿瘡．新見先生のズボン下．不思議な呼び声．寒紅梅．鶯．不思議な蜜．梅の花の御殿．木蜂の足．雌蕊の煙突．はずかしい鏡．はだかになる．はだか御殿．宙に飛ぶ．鏡と鏡の間．廿日鼠の歌．すき通る世界．部屋の中に部屋がある．鏡の秘密．網の目の光．花の精のお嫁入り．ぶらんこする工夫．クロマゾーメン．花のお姫さま．心配になる刺青．十三年の辛抱．王様かパンか．皮をぬぐ風呂場．眠りの花．光のお部屋．光の食物．蟻の工場．籠城の準備．人間の皮．大勝利．花のかたき．花の御殿と失業者．秘密の秘密！．物おぼえの国．梅の誕生．人間の罪．神様を見る眼．繁太郎が二人．ふくれ面と賭事．泣きみその顔．巡査が追っかける．火遊びする子供．くらやみの世界．ふしぎな仕掛．天眼力．すきとおる心．わるもの征伐．犬さがし．ブルドッグの働き．大けが．花の御殿を嗣ぐのはいや．地下の秘密．しりぬぐい．翅が生える．電信柱の上から．逃げ廻る．谷川のほとりで．とんぼにやりこめられる．源五郎虫の約束．とんぼの目玉．虫のやくめ．評判の悪い人間．蛆．十六億人に一人．蜂の国．家の燃えない薬．もう一度梅の御殿へ．お姫さまのおみやげ

角田　光代
かくた・みつよ
《1967～》

『キッドナップ・ツアー』角田光代著　新潮社　2003.7　206p　16cm　（新潮文庫）　400円　①4-10-105821-0

樫崎　茜
かしざき・あかね

『ボクシング・デイ』樫崎茜著　講談社　2010.12　226p　15cm　（講談社文庫　か

121–1)　476円　①978-4-06-276816-0

[内容] 「ボクシング・デイ」…クリスマスに1日遅れてプレゼントを開ける日。「ことばの教室」に通い始めた10歳の栞は、思うように言葉が出てこない。しあわせ、悲しみ、いろんな言葉に想いを巡らす日々が訪れ、栞はいつしか滑らかな発音だけではない贈り物を手にしていた。第18回椋鳩十児童文学賞受賞作。

柏葉　幸子
かしわば・さちこ
《1953〜》

『エバリーン夫人のふしぎな肖像』　柏葉幸子著　講談社　1989.8　220p　15cm　（講談社文庫）　340円　①4-06-184534-9

[目次] 宵宮の日のゆかた、街灯のある袋小路、ふしぎな忘年会、お仕置倉、いじわるな町、かくらん日の代役、夢みたいな時計、ふくろうの森、女学校通り、寒修行のころ、清水小路がきらいなお話、エバリーン夫人のふしぎな肖像

[内容] 魔女がかいた肖像画からぬけだして、わがままばかりいうおばあさん（「エバリーン夫人のふしぎな肖像」）、雪深い温泉宿で起こる奇妙な光景を見ようと、霧天ぶろにでかける月子のおばあちゃん（「ふしぎな忘年会」）—など、ふしぎなおばあちゃんがいっぱい登場する、柏葉幸子のファンタジックワールド。楽しくユーモアあふれる12の短編を収録。

『大おばさんの不思議なレシピ』　柏葉幸子作，児島なおみ絵　偕成社　2014.7　191p　19cm　（偕成社文庫 3278）　700円　①978-4-03-652780-9〈1993年刊の再刊〉

[目次] 星くず袋、魔女のパック、姫君の目覚まし、妖精の浮き島

[内容] 大おばさんのレシピノートは、古い一冊のノートです。縫い物から編み物、料理から家庭薬の作り方まで、さし絵入りでていねいにのっています。しかも、ただのレシピではありません。そのレシピどおりにものをつくりはじめるとたまに、美奈は不思議の世界へワープしてしまうのです！　「星くず袋」「魔女のパック」「姫君の目覚まし」「妖精の浮き島」など、4本のレシピをめぐる4つの冒険。小学上級から。

『かくれ家は空の上』　柏葉幸子作，ヒロナガシンイチ絵　講談社　2000.10　269p　18cm　（講談社青い鳥文庫）　620円　①4-06-148541-5

[内容] 夏休みのはじめ、あゆみの部屋にとつぜんイソウロウがやってきた。口は悪いうえ、鼻がまがるくさい小人の魔女だ。しかも彼女は記憶喪失。あゆみは自分の名前もどこからきたのかも思い出せない魔女を、自分の国へ帰れるように手助けすることにしたが、魔法でつぎつぎと事件を引き起こされ…。さあ、たいへん！　魔女のさがしものはちょっと複雑。いつのまにか、この世に異変がおきていた！　座敷童子、カッパに仙人…。勢ぞろいしていた。そのなぞは？　小学上級から。

『かくれ家は空の上』　柏葉幸子作，けーしん絵　新装版　講談社　2015.8　262p　18cm　（講談社青い鳥文庫 11-12）　650円　①978-4-06-285509-9

[内容] 夏休みに入ってすぐ、あゆみの部屋の窓ガラスに突然なにかがぶつかった。あゆみは最初鳥かなにかだと思ったのだけれど、それはなんと記憶喪失の魔女だった！　自分の名前はおろか、どこからやってきたのか見当もつかない様子。しかたなくあゆみは、イソウロウとして面倒をみながら、自分の国へ帰れるように手助けをすることになるのだけれど…。小学中級から。総ルビ。

『霧のむこうのふしぎな町』　柏葉幸子著　講談社　2003.3　185p　15cm　（講談社文庫）　400円　①4-06-273706-X

[内容] 心躍る夏休み。6年生のリナは、たった一人で旅に出た。不思議な霧が晴れた後、きれいだけどどこか風変わりな町が現れた。めちゃくちゃ通りに住んでいる、妙ちきりんな人々との交流が、みずみずしく描かれる。『千と千尋の神隠し』に影響を与えた、ファンタジー永遠の名作！　講談社児童文学新人賞受賞。

『霧のむこうのふしぎな町』　柏葉幸子作，杉田比呂美絵　新装版　講談社　2004.12　210p　18cm　（講談社青い鳥文庫）　580円　①4-06-148668-3

[内容] 心躍る夏休み。6年生のリナは一人で旅に出た。霧の谷の森を抜け、霧が晴れた後、赤やクリーム色の洋館が立ち並ぶ、どこか風変わりな町が現れた。リナが出会った、めちゃくちゃ通りに住んでいる、へんてこりんな人々との交流が、みずみずしく描かれる。『千と千尋の神隠し』に影響を与えた、ファンタジー永遠の名作。小学中級から。

『霧のむこうのふしぎな町』　柏葉幸子作，杉田比呂美絵　新装版　講談社　2008.3　210p　18cm　（講談社青い鳥文庫—SLシリーズ）　1000円　①978-4-06-286402-2

[内容] 心躍る夏休み。6年生のリナは一人で旅に出た。霧の谷の森を抜け、霧が晴れた後、赤やクリーム色の洋館が立ち並ぶ、きれいで

柏葉幸子

どこか風変わりな町が現れた。リナが出会った、めちゃくちゃ通りに住んでいる、へんてこりんな人々との交流が、みずみずしく描かれる。『千と千尋の神隠し』に影響を与えた、ファンタジー永遠の名作。小学中級から。

『**地下室からのふしぎな旅**』　柏葉幸子著
講談社　1984.9　198p　15cm　（講談社文庫）　280円　①4-06-183358-8

『**地下室からのふしぎな旅**』　柏葉幸子著、タケカワこう絵　講談社　1988.4　249p　18cm　（講談社青い鳥文庫）　450円　①4-06-147240-2

内容　人けのない地下室に、黒いマントの見知らぬ男！　彼の名はヒポクラテス。となりの世界から、土地の契約更新にやってきたのだった。アカネとチィおばさんは、彼に連れられて地下室のかべをすりぬけ、となりの世界の木の芽時の国へ——いくはずだったが、着いたところは、どういうわけか反対側の小春日和の国。アカネたちがくり広げる、はらはら、ドキドキの冒険ファンタジー。

『**地下室からのふしぎな旅**』　柏葉幸子作　新装版　講談社　2006.4　253p　18cm　（講談社青い鳥文庫 11-8）　620円　①4-06-148724-8〈絵：杉田比呂美〉

内容　アカネが薬をもらいにきたチィおばさんの薬局の地下室にふしぎなお客さんがやってきます。「木の芽時の国」の錬金術師だというその人につれられてアカネとチィおばさんはとなりの世界に「契約の更新」にでかけていきます。さあ、ふしぎな旅のはじまりです。『霧のむこうのふしぎな町』に続きファンタジー永遠の名作を新装版でお贈りします。小学中級から。

『**天井うらのふしぎな友だち**』　柏葉幸子著
講談社　1988.6　243p　15cm　（講談社文庫）　360円　①4-06-184276-5

内容　紅と了が引っ越してきた"日だまり村"の家の天井うらに、おかしな4人組も、部屋をつくって住みついた。はっきり見える4人なのに、おとうさんにもおかあさんにも見えない、そのふしぎな人物の正体は…？　評判作「霧のむこうのふしぎな町」「地下室からのふしぎな旅」に続いておくる、長編ファンタジーの第三作。

『**天井うらのふしぎな友だち**』　柏葉幸子作、タケカワこう絵　講談社　1992.6　281p　18cm　（講談社青い鳥文庫）　540円　①4-06-147364-3

内容　紅と了姉弟がひっこしてきた家の天井うらに、時代おくれの、おかしな4人組も部屋をつくって住みつきました。紅たちには、はっきり見える4人なのに、おとうさんにも、おかあさんにも見えない、このふしぎな人物の目的は…。紅たちと4人組がくりひろげる、スリルあふれる夢がいっぱいの長編ファンタジー。小学上級から。

『**天井うらのふしぎな友だち**』　柏葉幸子作　新装版　講談社　2006.5　293p　18cm　（講談社青い鳥文庫 11-9）　670円　①4-06-148725-6〈絵：杉田比呂美〉

内容　紅と了が引っ越してきたのは日だまり村の古い大きな家でした。場所によっては天井の板がなく、屋根うらがみえているのです。その夜、紅たちはふしぎな4人組と出会います。4人組は天井と自分たちの部屋をつくって、勝手に住みついてしまいます。ふしぎな事件と冒険に夢中になってしまう永遠の名作ファンタジーがまたまた登場です。小学中級から。

『**ふしぎなおばあちゃん×12**』　柏葉幸子作、三木由記子絵　講談社　1995.3　221p　18cm　（講談社青い鳥文庫）　560円　①4-06-148414-1

目次　宵宮の日のゆかた、街灯のある袋小路、ふしぎな忘年会、お仕置き倉、いじわるな町、かくらん日の代役、夢みたいな時計、ふくろうの森、女学校通り、寒修行のころ、清水小路がきらいなお話、エバリーン夫人のふしぎな肖像

内容　あなたには、おばあちゃんがいますか。おばあちゃんがいる人も、いない人も、この本の中で、ふしぎなおばあちゃんにあうことができます。それも12人のいろいろなおばあちゃんに—。かわいいおばあちゃん。こわいおばあちゃん。おちゃめなおばあちゃん…。なつかしい町なみ。—そこでおばあちゃんたちは両手をひろげて、あなたを待っています。小学中級から。

『**ふしぎなおばあちゃん×12**』　柏葉幸子作、もりちか絵　新装版　講談社　2016.2　221p　18cm　（講談社青い鳥文庫）　620円　①978-4-06-285541-9
〈『エバリーン夫人のふしぎな肖像』改題書〉

目次　宵宮の日のゆかた、街灯のある袋小路、ふしぎな忘年会、お仕置き倉、いじわるな町、かくらん日の代役、夢みたいな時計、ふくろうの森、女学校通り、寒修行のころ、清水小路がきらいなお話、エバリーン夫人のふしぎな肖像

内容　ふとしたきっかけで、それまでとはまるで違った風景が見えたりすることはありませんか？　何事もなく過ぎていく日々のなかにも、実はふしぎがいっぱいつまっているのです。この短編集におさめられた12の物語は、そのことに気づかせてくれるものばかりです。そして、なかにはこれからあなたがおば

あちゃんと一緒に体験することになるお話が入っているかもしれません。小学中級から。

『魔女モティ』 柏葉幸子作,尾谷おさむ絵 講談社 2014.10 200p 18cm （講談社青い鳥文庫 11-10） 620円 ①978-4-06-285446-7〈2004年刊の再刊〉
|内容| 小5の紀恵は3人姉弟の真ん中。いつも忙しいお母さんに誕生日まで忘れられてしまう。5回目の家出先で出会った黒猫ペローに連れてこられたのは、日本なのか外国なのかわからないクロワッサン島。そこには紀恵の新しい家族が待っていた！ お父さんはピエロで、お母さんはなんと魔女！ 落第生魔女一家に、住民たちの悩みやトラブルがまいこんで!? 小学中級から。

『魔女モティ 〔2〕 とねりこ屋のコラル』 柏葉幸子作,尾谷おさむ絵 講談社 2015.2 156p 18cm （講談社青い鳥文庫 11-11） 580円 ①978-4-06-285471-9〈「とねりこ屋のコラル」(2009年刊)の改題〉
|内容| クロワッサン島にすむ魔女のお母さん、モティが行方不明というしらせをうけた紀恵は、ふたたびクロワッサン島へ。謎の鍵をにぎるとねりこ屋へ、ホーキにのってひとっとび。竜のお母さんと人間の女の子が暮らすとねりこ屋では、ピエロのお父さんニドジが「すてお父さん」になっていた！ そして、紀恵がみつけたふしぎな卵。その卵の正体は!? 小学中級から。

『ミラクル・ファミリー』 柏葉幸子著 講談社 2010.6 172p 15cm （講談社文庫 か13-6） 448円 ①978-4-06-276669-2
|目次| たぬき親父、春に会う、ミミズク図書館、木積み村、ザクロの木の下で、「信用堂」の信用、父さんのお助け神さん、鏡よ、鏡…、父さんの宿敵
|内容| 年に一度、春の川辺にやってくる緑の髪の女の人。真夜中にだけ開館する秘密の図書館。鬼子母神伝説がささやかれる、ザクロの木のある保育園。父さんが聞かせてくれた昔話はどれも不思議であったかく、そして秘密の匂いがした。小さな奇跡でつながっている家族たち。産経児童出版文化賞フジテレビ賞受賞。

『りんご畑の特別列車』 柏葉幸子作,ひらいたかこ絵 講談社 1999.4 261p 18cm （講談社青い鳥文庫） 580円 ①4-06-148504-0
|内容| ある日の夕方、いつものようにピアノ教室から家に帰る列車に乗った小学五年生のユキ。ところが、検札にきた車掌さんに「きっぷをもっていない。」といわれ、りんご畑のまんなかの小さな駅でおろされてしまう。いつのまにか特別列車に乗ってしまったらしいのだが、その列車の乗客たちの行き先は…。小学上級から。

『りんご畑の特別列車』 柏葉幸子作,愛敬由紀子絵 新装版 講談社 2015.10 219p 18cm （講談社青い鳥文庫 11-13） 620円 ①978-4-06-285518-1
|内容| 小学5年生のユキがいつものようにピアノ教室から帰宅しようと列車に乗ると、途中の駅でおろされてしまった。車掌さんがいうには、その列車は「特別列車」で、普段使っている定期券では乗車できないのだという。りんご畑のまん中にある名もない駅に取り残されたユキは、仕方なく一軒の旅行代理店を訪ねてみることにする。それがとほうもない旅の始まりになるとも知らずに…。小学中級から。総ルビ。

風野　潮
かぜの・うしお
《1962～》

『アクエルタルハ　1（森の少年）』 風野潮作,竹岡美穂画 ジャイブ 2004.11 159p 18cm （カラフル文庫） 740円 ①4-86176-029-1
|内容| 黄金の都タルハ・タンブから、北方の地方長官に赴任することになったマイタは、近衛隊長ラサ・カクルハーと共にミスマイをめざす。旅の途中、精霊使いの血を引く少年キチェーと、日の髪を持つ少女グラナを見付け、都に連れ帰ることにするのだが…。夢と冒険いっぱいのファンタジー。

『アクエルタルハ　2（風の都）』 風野潮作,竹岡美穂画 ジャイブ 2005.3 171p 18cm （カラフル文庫） 760円 ①4-86176-104-2
|内容| 近衛隊長ラサ・カクルハーは、キチェー、グラナ、シュルーたちとともにカクチク地方の都、チャルテを出発した。街道を進み到着したのは、古よりの都イスマテ、風の神グクマッツが祀られている別名『風の都』。ところが、街の様子は一変していた…。『ビートキッズ』の著者が放つファンタジックなロード・ノベル第2弾。

『アクエルタルハ　3（砂漠を飛ぶ船）』 風野潮作,竹岡美穂画 ジャイブ 2005.11 159p 18cm （カラフル文庫） 790円 ①4-86176-039-9
|内容| 風の都イスマテを旅立ったカクルハー

とキチェー、グラナ、シュルーたちは、砂漠の広がるアスナ地方の都ツトゥハーを目指していた。ところが、砂漠を進んでいる途中で、気を失って倒れていたひとりの少女に出会う…。『ビート・キッズ』『森へようこそ』の著者が放つ壮大なファンタジー・シリーズの第一部完結編。

『氷の上のプリンセス 〔1〕 ジゼルがくれた魔法の力』 風野潮作, Nardack絵 講談社 2014.3 214p 18cm （講談社青い鳥文庫 283-5） 620円 ①978-4-06-285413-9

内容 小さいころからフィギュアスケートを習ってきた小学6年生の春野かすみ。父親を事故で亡くしてから、得意だったジャンプがまったくとべなくなってしまう。「もうスケートを続けられない。」と思っていた矢先、引っ越し先で出会ったおばあさんの援助で、ふたたびリンクに上がれることに。「ジゼル」からもらった魔法のペンダントを胸に、かすみは"氷の上のプリンセス"をめざす！ 小学中級から。

『氷の上のプリンセス 〔2〕 オーロラ姫と村娘ジゼル』 風野潮作, Nardack絵 講談社 2014.7 189p 18cm （講談社青い鳥文庫） 620円 ①978-4-06-285431-3〈付属資料：しおり定規1〉

内容 桜ヶ丘スケートクラブの一員として、ふたたびフィギュアスケートを続けられることになった春野かすみ。日々の練習に打ちこみ、クラブにもなじんできた。そんなある日、クラブに美人の転入生がやってきた。あこがれの先輩、瀬賀冬樹と同い年の星崎真白は、小学3年生までこのクラブに所属していたという。冬樹と親しげに話す真白を見たかすみは、胸がキュンといたくなる—。小学中級から。

『氷の上のプリンセス 〔3〕 カルメンとシェヘラザード』 風野潮作, Nardack絵 講談社 2014.11 219p 18cm （講談社青い鳥文庫 283-7） 620円 ①978-4-06-285451-1

内容 ブロック大会を終え、桜ヶ丘スケートクラブでは全国大会に向けた練習がはじまった。ところが代表に選ばれたものの、星は練習に遅刻してばかり。そんなある日の練習中、かすみは転倒したはずみで星にケガをさせてしまう。さらに先輩の瀬賀冬樹まで巻きこんでしまい。「とりかえしのつかないこと、してしまったんだ。」とうなだれるかすみの前にジゼルさんがあらわれた。

『氷の上のプリンセス 〔4〕 こわれたペンダント』 風野潮作, Nardack絵 講談社 2015.2 210p 18cm （講談社青い鳥文庫 283-8） 620円 ①978-4-06-285469-6

内容 全日本ジュニア選手権まで2週間をきったある日、ママが倒れて入院してしまい、かすみは瀬賀冬樹の家に泊めてもらうことになった。いつもとちがう環境でスケートに集中できないかすみは、さらに冬樹が足をケガしていることに気づいてしまう。練習を休んだほうがいい、とすすめるかすみに対し、冬樹は「親には絶対いえない。」といって、亡くなったおねえさんのことを話しはじめた。小学中級から。総ルビ。

『氷の上のプリンセス 〔5〕 波乱の全日本ジュニア』 風野潮作, Nardack絵 講談社 2015.5 221p 18cm （講談社青い鳥文庫 283-9） 620円 ①978-4-06-285490-0

内容 ショートプログラムで失敗したかすみは、自分の言葉で瀬賀冬樹の夢までもこわしてしまったことに、涙が止まらなくなってしまう。落ちこむかすみの前に、亡くなった冬樹のお姉さんの花音さんがあらわれ、かすみに伝言をたのむ。『お守りペンダント』の秘められた過去、そして花音さんが冬樹に伝えたい思いとは？ 冬樹とかすみはそれぞれの思いをかかえて、フリー演技にのぞむ！「氷プリ」1stシーズン、感動の最終章！ 小学中級から（総ルビ）。

『氷の上のプリンセス 〔6〕 はじめての国際大会』 風野潮作, Nardack絵 講談社 2015.10 203p 18cm （講談社青い鳥文庫 283-10） 620円 ①978-4-06-285520-4

内容 次期シーズンに向けて、新たなプログラム作りをはじめたかすみのもとに、一通の招待状が届いた。2月にヨーロッパの小国で開かれる国際大会のひとつ、『プロムダール・カップ』に出場できるという。空港で瀬賀冬樹の見送りを受け、勇気いっぱいに現地入りしたかすみ。だが、試合前の歓迎会でライバルとしてあらわれたのは、国王の孫娘—正真正銘の王女様だった！ 小学中級から。総ルビ。

『氷の上のプリンセス 〔7〕 夢への強化合宿』 風野潮作, Nardack絵 講談社 2016.2 217p 18cm （講談社青い鳥文庫） 620円 ①978-4-06-285538-9

内容 桜ヶ丘スケートクラブのかすみ、真子、美桜たちはスプリング・カップを終えて中学に進学した。入学早々、スケート選手ということで、かすみはちやほやされ、みんなと遊ぶ時間がないので、しだいに距離を置かれてしまう。そして夏休み、3人は『野辺山合宿』に参加。陸トレでは真子、ダンスでは美桜に引きはらわれてしまい、かすみは自分の才能に疑問を感じはじめる—。小学中級から。

『竜巻少女（トルネードガール） 1 嵐な

風野潮

『ピッチャーがやってきた！』風野潮作,たかみね駆絵　講談社　2012.3　245p　18cm　（講談社青い鳥文庫 283-2）　620円　①978-4-06-285272-2
[内容]　優介が所属する弱小野球チーム、メイプルスターズに、美少女ピッチャーの夏本理央がやってきた。男まさりの剛速球、俊足にくわえ、バッティングセンスも抜群。だけど、大阪弁まるだしで本音を言いまくる理央は、まさにトラブルメイカー！　理央の言動に振りまわされながらも、しだいにチームとしてまとまりはじめたメイプルスターズは、強豪ファルコンズとの対戦に挑む！　小学中級から。

『竜巻少女（トルネードガール）　2　うちのエースはお嬢様!?』風野潮作,たかみね駆絵　講談社　2012.5　251p　18cm　（講談社青い鳥文庫 283-3）　620円　①978-4-06-285287-6
[内容]　新メンバーを迎えたメイプルスターズは、全国ベスト4の強豪チームと対戦。だが、理央の大乱調で大敗をきっしてしまう。自信を失いかけた理央は、「幽霊屋敷の魔女」のもとで秘密特訓を開始。そんな折、理央の祖父を名乗る老紳士があらわれて、「理央を跡取りとして引き取る」といってきた。夏本家の複雑な事情を知り、悩む理央。そして大事件が勃発し―。小学中級から。

『竜巻少女（トルネードガール）　3　あのマウンドにもう一度！』風野潮作,たかみね駆絵　講談社　2012.8　253p　18cm　（講談社青い鳥文庫 283-4）　620円　①978-4-06-285301-9
[内容]　夏本家の跡取りとして、祖父のもとに引き取られた理央は、名門私立校へ転校してしまった。理央が抜けたメイプルスターズは、すっかり覇気をなくして、メンバーは練習に来なくなってしまう。チーム存続の危機に、優介は理央を連れもどす計画を立てる。「もう一度、理央といっしょに野球がしたい。」みんなの待つグラウンドに理央はあらわれるのか？　あっと驚く展開の、完結編です！

『ビート・キッズ』風野潮著　講談社　2006.4　233p　15cm　（講談社文庫）　467円　①4-06-275365-0
[内容]　「ドラムの響きは、俺の心の、花火やねん！」英二が叩く。七生が打つ。二人の大阪少年が16ビートで笑って泣かせる！―中学のブラスバンド部を舞台に炸裂する青春を、大阪弁のリズムに乗せて、涙と笑い、てんこ盛りで描いた、「パーカッション新喜劇」。児童文学新人賞三賞独占の傑作を、ついに文庫化。

『ビート・キッズ　2』風野潮著　講談社　2006.5　256p　15cm　（講談社文庫）　467円　①4-06-275394-4

[内容]　高校に進んだ英二は軽音楽部に入部。同級生三人とともに、ロックバンド『ビート・キッズ』を結成する。メンバーとライブ・ジャックをしたり、リズム＆ブルースバンドに助っ人で参加したりと、天才的なリズム感はさらに注目を浴びるが…。児童文学新人賞三冠獲得作品の続編。今度は「ロックンロール新喜劇」。

『ビート・キッズ』風野潮作,桑原草太絵　講談社　2010.8　250p　18cm　（講談社青い鳥文庫 283-1）　620円　①978-4-06-285165-7
[内容]　「おまえにはリズム感がある！」呼びだされた音楽室で、いきなり同級生の菅野七生にそういわれた、横山英二。「たたいてみろ。」と渡されたバチで、力まかせに太鼓をたたいた瞬間、英二の中で花火がはじけた！　マーチングってなに？　ドリルフェスって？　吹奏楽や楽器をよく知らなくても、読んでいるうちにガツンと気持ちが熱くなる、涙あり笑いありの大阪プラスバンド物語。第38回講談社児童文学新人賞・第36回野間児童文芸新人賞・第9回椋鳩十児童文学賞受賞作。小学上級から。

『モデラートで行こう』風野潮著　ジャイブ　2007.7　222p　15cm　（ピュアフル文庫）　580円　①978-4-86176-407-3
[内容]　桜舞う4月。元男子校の男子ばかりの高校に入学した奈緒、ノリコたち。彼女たちが選んだ部活はカッコイイ先輩がいる吹奏楽部だった。思った以上にキツイ練習、思いがけない事件、そして恋と友情。さまざまな出来事によって彼女たちは成長していく…。高校の吹奏楽部を舞台に、等身大の女の子たちの日常を瑞々しいタッチで描き出す…。『ビート・キッズ』の著者による、もうひとつの青春音楽小説。

『モデラートで行こう』風野潮著　ポプラ社　2010.3　222p　15cm　（ポプラ文庫ピュアフル か-1-2）　580円　①978-4-591-11395-0〈ジャイブ 2007年刊の新装版〉
[内容]　桜舞う4月。元男子校の男子ばかりの高校に入学した奈緒、ノリコたち。彼女たちが選んだ部活はカッコイイ先輩がいる吹奏楽部だった。思った以上にキツイ練習、思いがけない事件、そして恋と友情。さまざまな出来事によって彼女たちは成長していく…。高校の吹奏楽部を舞台に、等身大の女の子たちの日常を瑞々しいタッチで描き出す…。『ビート・キッズ』の著者による、もうひとつの青春音楽小説。

『森へようこそ』風野潮作,葉夕画　ジャイブ　2004.3　236p　18cm　（カラフル文庫）　640円　①4-902314-37-1

角野栄子

|内容| 海外勤務になった母と別れて、自然豊かな「紅葉谷」で暮らすことになった少女・美森。そこには両親の離婚後、一度も会っていなかった父と「植物の声が聞こえる」という双子の弟・瑞穂が待っていた。そして、美森は数多くのふしぎな体験をすることになる。自然をテーマにした心が和む書き下ろし作品。

『森へようこそ』 風野潮著 ジャイブ 2006.11 220p 15cm （ピュアフル文庫） 540円 ①4-86176-356-8〈2004年刊の増訂〉

|内容| 海外勤務の母と別れて、大阪に行くことになった少女・美森。彼女が暮らすことになるのは、大阪郊外の「紅葉谷」と呼ばれる自然豊かな森の洋館だった。そこには両親の離婚後、一度も会っていなかった父親と、双子の弟・瑞穂が待っていた。登校拒否児の瑞穂は、「植物の声が聞こえる」という不思議な少年…。『ビート・キッズ』の著者が描く、ちょっと不思議で心温まる家族再生の物語。

片川　優子
かたかわ・ゆうこ
《1987〜》

『佐藤さん』 片川優子著 講談社 2007.6 183p 15cm （講談社文庫） 448円 ①978-4-06-275751-5

|内容| 僕は、「佐藤さん」が怖い。ナイフを持っているわけではないし、不良でもない。ごく普通のクラスメイトの女の子を僕が怖がる理由は、彼女に憑いているアレのせい―。気弱な高校生の僕と、佐藤さんの不思議な関係は幽霊から始まった。青春時代のみずみずしさがあふれる第44回講談社児童文学新人賞入選作。

『ジョナさん』 片川優子著 講談社 2010.10 236p 15cm （講談社文庫 か101-2） 476円 ①978-4-06-276273-1

|内容| 毎週日曜、死んだおじいちゃんの愛犬と公園へ行く。これが高校二年、チャコの習慣だ。しかしのどかな風景とは裏腹に頭の中は悩みでいっぱい。大学受験、親友との大喧嘩、そしてバラバラな家族。青春まっただ中って感じだけど当人は息苦しいことこの上ない。そしてさらにチャコは出逢ってしまう―恋に。

角野　栄子
かどの・えいこ
《1935〜》

『アイとサムの街』 角野栄子著 KADOKAWA 2014.2 302p 15cm （角川文庫 か61-9） 600円 ①978-4-04-101213-0〈ポプラ社 1989年刊の再刊〉

|内容| 仕事の関係でドイツにいる父と離れて暮らすアイとミイ。アイが組み立てた自転車"ねこちゃん"の完成記念に、2人は一緒に住む叔母の目を盗んで、深夜の町に繰り出した。その途中に見付けたのは、動物園の中でうごく怪しい光。翌日、正体が気になったアイは、自分が見た方向から気になる窓を見付ける。木に登って中の様子をうかがっていると、サムという男の子が、声をかけてきて…。出会いと謎がいっぱいの真夜中の大冒険！

『大どろぼうブラブラ氏』 角野栄子著, 小田桐昭絵 講談社 1986.3 177p 18cm （講談社青い鳥文庫） 390円 ①4-06-147194-5

|内容| 39代めの大どろぼうのブラブラ氏は、はでで、大がかりなやりかたでぬすむのを、生きがいとしています。こんどは、東京へあるものをぬすむためにやってきましたが、ブラブラ氏をつかまえようとして、秋葉の原警察のトンボ刑事が待ちかまえています。―ユーモアあふれるタッチで、人間の暖かさ、やさしさをえがいた楽しい童話です。サンケイ児童出版文化賞大賞受賞作品。

『大どろぼうブラブラ氏』 角野栄子作, 原ゆたか絵 講談社 2010.4 217p 18cm （講談社青い鳥文庫 103-2） 580円 ①978-4-06-285127-5

|内容| 39代目の大どろぼう、ブラブラ氏は由緒正しい家柄のおぼっちゃま。代々続く家系で、世界最大級のお城や船や岩も、だれにも気づかれずにぬすみだしてしまったとか。さて、そんなブラブラ氏が、とつぜん東京にあらわれた。秋葉の原警察のニラミ刑事は、どんな作戦で捕まえようというのか？ ユーモアあふれるタッチで、人間の温かさをえがいた童話。サンケイ児童出版文化賞大賞受賞作品。小学中級から。

『ごちそうびっくり箱』 角野栄子作, 千葉史子絵 KADOKAWA 2014.12 148p 18cm （角川つばさ文庫 Bか1-2） 620円 ①978-4-04-631460-4〈筑摩書房 1988年刊の加筆・修正〉

角野栄子

|内容|「にゃんころめし小料理ミミ屋この道左へ」近づくとなにやら不思議なお店を発見！主人公のナナさんは世界中のごちそうを探して料理を習い、あるときはホームレスのように料理を習い、あるときは怪盗に変身、あるときは王さまのおよめさんになりかかったり…!?不思議と冒険がつまったごちそう満載、ユーモアのスパイスもたっぷり！いまこそ読みたい角野栄子の名作！　小学中級から。

『ズボン船長さんの話』　角野栄子作、鴨沢祐仁画　福音館書店　2003.1　377p　17cm　（福音館文庫）　750円　①4-8340-1917-9

|内容|ケンは四年生の夏休みにもと船長さんと知り合い、大事な宝物にまつわるお話をきくことになります。それは、七つの海をかけめぐっての、おかしくて、ちょっぴりさびしいお話の数々でした！―ケンともと船長さんの友情は、少しずつ、静かにつままっていきます。小学校中級以上。

『ズボン船長さんの話』　角野栄子著　KADOKAWA　2014.1　366p　15cm　（角川文庫　か61-8）　720円　①978-4-04-101176-8〈福音館書店1981年刊の再刊〉

|目次|海の苔船のこと、ドードー鳥の羽根のこと、柄のとれたおなべのこと、茶色にひからびた種のこと、四角い石のこと、古いぶどう酒のびんのこと、三輪車のペダルのこと、海賊の手帖のこと、黒猫フィフィのこと

|内容|小学4年生の夏休み、海辺の町で過ごすことになったケン。部屋のすぐわきを通る道は、急な坂道になっている。その岡のてっぺんに、船長さんが越してきた。庭には細い丸太が立っており、先には旗の代わりのかズボンがはためいている。そこでケンが付けたあだ名が〝ズボン船長さん〟。どんな人が住んでいるのか気になり、勇気を振り絞って会いに行くことに。船長さんが語る7つの宝物の冒険譚に、ケンは魅了されていく。

『ネネコさんの動物写真館』　角野栄子著　新潮社　2013.4　156p　16cm　（新潮文庫　か-68-1）　400円　①978-4-10-127281-8〈理論社1997年刊に「おねがいをおねがい」を併録〉

|目次|手づくりの石けん. 月にハンティング. キリンといっしょ. ずるしちゃおうかな. すみれさん. おねがいをおねがい. ヘアースタイル. 白猫さん. 鳥をあつめる青年. ふたりづれ. 夕やけこやけ. 雪だるま. 散歩の写真. 春をむかえる自画像

|内容|「あなたのペットの写真をとります」―そんな看板を掲げたお母さんの写真館を受け継いだ29歳のネネコさん。犬やキリン、トラ(!?)と一緒の記念撮影を依頼するお客さんを迎えるにぎやかな毎日ながら、話し相手がぬいぐるみのクマッチョでは、ちょっと物足りなくもない。ある日、舞い込んだ仕事が、春風とともに温かい予感を運ぶ。大人の女性に贈るやさしさ溢れる恋の物語。

『魔女の宅急便』　角野栄子作、林明子画　福音館書店　2002.6　265p　17cm　（福音館文庫）　700円　①4-8340-1812-1

|内容|「ひとり立ち」するためにはじめての街にやってきた十三歳の魔女キキと相棒の黒猫ジジ。彼女が懸命に考えて自立するために始めた仕事は、ほうきで空を飛んで荷物を届ける宅急便さんでした。ミスをしておちこんだりしながらも元気に生きるキキは、荷物を運びながら大事なことを発見していきます。小学校中級以上。

『魔女の宅急便　その2　キキと新しい魔法』　角野栄子作、広野多珂子画　福音館書店　2003.6　390p　17cm　（福音館文庫）　800円　①4-8340-0621-2

|内容|魔女のキキと相棒の黒猫ジジの宅急便屋さんは2年目をむかえ町の人にもすっかりおなじみになりました。そんなキキに大問題がもちあがり、キキは魔女をやめようか、と悩みます。人の願いや、やさしさ…見えないものも運ぶ魔女の宅急便のキキは再び新たな旅立ちをむかえます。小学校中級以上。

『魔女の宅急便　その3　キキともうひとりの魔女』　角野栄子作、佐竹美保画　福音館書店　2006.10　322p　17cm　（福音館文庫）　750円　①4-8340-2243-9

|内容|16歳になった魔女のキキのもとへ、ある日ケケという12歳の女の子が転がりこんできます。やることなすことマイペースで気まぐれな彼女に、キキはふりまわされます。不安、疑い…やがてあたたかな理解。ふたりの自立していく姿、キキの新たな旅立ちがみずみずしく描かれています。小学校中級以上。

『魔女の宅急便　その4　キキの恋』　角野栄子作、佐竹美保画　福音館書店　2012.5　284p　17cm　（福音館文庫　S-62）　700円　①978-4-8340-2723-5〈2004年刊の再刊〉

|内容|キキ、十七歳。とんぼさんへの想いはつのるばかり。遠くに行っているとんぼさんとも、夏休みには会える！　が、楽しみにしていたキキのもとに「夏は山にこもる」との手紙が。とんぼさんと会えないことに、いつになく落ち着かない気持ちになってしまうキキですが…。またひとつ結びつきを深めた、ふたりの恋の物語。小学校中級以上。

『魔女の宅急便　その5　魔法のとまり木』

角野栄子

『魔女の宅急便 その6 それぞれの旅立ち』 角野栄子作, 佐竹美保画 福音館書店 2013.2 275p 17cm （福音館文庫 S-66） 700円 ①978-4-8340-2777-8 〈2007年刊の再刊〉

[内容] 十九歳になったキキは、宅急便の仕事でも経験をつみ、もう新米魔女とはいえません。一方で、遠距離恋愛中のとんぼさんとは、まだちょっとすれちがい気味（ジジの恋のほうは順調そうなのですが…）。そんな折、魔法が弱まり、ジジとも言葉が通じにくくなって…。キキは、魔女である自分を見つめ直していきます。小学校中級以上。

『魔女の宅急便 その6 それぞれの旅立ち』 角野栄子作, 佐竹美保画 福音館書店 2013.3 406p 17cm （福音館文庫 S-67） 800円 ①978-4-8340-2789-1 〈2009年刊の再刊〉

[内容] とんぼさんと結婚したキキは、いまや双子のお母さん。姉のほうのお転婆のニニは、年頃になっても、なかなか魔女になる決心がつきません。一方弟のトトは、魔女になりたくてもなれない自分にはよりどころがないように感じていました。キキは、そんなわが子に寄りそい―。だれもが知る日本児童文学の完結篇。小学校中級以上。

『魔女の宅急便』 角野栄子著 角川書店 2013.4 241p 15cm （角川文庫 か61-1） 552円 ①978-4-04-100791-4 〈福音館書店 1985年刊の再刊 発売：角川グループホールディングス〉

[内容] お母さんは魔女、お父さんは普通の人、そのあいだに生まれた一人娘のキキ。魔女の世界には、十三歳になるとひとり立ちをする決まりがありました。満月の夜、黒猫のジジを相棒にほうきで空に飛びたったキキは、不安と期待に胸ふくらませ、コリコという海辺の町で「魔女の宅急便」屋さんを開きます。落ち込んだり励まされたりしながら、町にとけこみ、健やかに成長していく少女の様子を描いた不朽の名作、待望の文庫化。

『魔女の宅急便 2 キキと新しい魔法』 角野栄子著 角川書店 2013.5 345p 15cm （角川文庫 か61-2） 590円 ①978-4-04-100850-8 〈福音館書店 1993年刊の再刊 発売：角川グループホールディングス〉

[内容] 宅急便屋も二年目となり、キキの仕事は順調です。奇妙な病気にかかったカバ、木の歌声、なんと散歩という目には見えないものまで運び、町の人にも温かく迎えられます。そんなとき、一通の黒い手紙を届けるように頼まれ、もしかしたら運んでいるのは優しい気持ちだけではないかもしれないと悩むキキ。魔女としての自覚や自信喪失を経て、人の気持ちを思いやり、人生の大切なものに気づいていく、少女の成長を描きます。

『魔女の宅急便 3 キキともうひとりの魔女』 角野栄子著 角川書店 2013.7 279p 15cm （角川文庫 か61-3） 552円 ①978-4-04-100949-9 〈福音館書店 2000年刊の再刊 発売：KADOKAWA〉

[内容] キキがコリコの町に住むようになって4回目の春。ケケという風変わりな女の子が転がりこんできたことで、キキの暮らしは一変します。不思議な力と自由奔放な発想を持つケケは、キキの行く先々に現れては、何かと怪しい様子を見せます。キキの心は次第に不安や疑いでいっぱいになっていきました。ふたりは互いに反発しあいますが、やがて自分の本当の気持ちに気づいたキキは、また一歩、大人の階段をのぼるのでした。

『魔女の宅急便 4 キキの恋』 角野栄子著 角川書店 2013.9 250p 15cm （角川文庫 か61-4） 552円 ①978-4-04-101014-3 〈福音館書店 2004年刊の再刊 発売：KADOKAWA〉

[内容] 宅急便屋さんも順調で、17歳の夏を迎えたキキ。遠くの学校へ行っているとんぼさんに久しぶりに会えると、楽しみにしていた彼女のもとへ、とんぼさんから「山にはいる」と手紙が届く。離ればなれで、とんぼさんとなかなか会えないことに、いつになく落ち着かない気持ちになったキキは、届けものの途中で、暗い森のなかにはいりこんでしまい…。一歩一歩、大人へと近づいていくキキととんぼさん、ふたりの甘ずっぱい恋の物語。

『魔女の宅急便 5 魔法のとまり木』 角野栄子著 KADOKAWA 2013.11 231p 15cm （角川文庫 か61-5） 520円 ①978-4-04-101093-8 〈福音館書店 2007年刊の再刊 4までの出版者：角川書店〉

[内容] 花の季節を迎えたコリコの町。19歳になったキキは、十代最後の年、二十代に繋がる何か…予感みたいなものがあるかしら…と思いながら、日々を過ごしている。相変わらず、とんぼさんとの文通は続いており、直接会えないことにちょっぴり不満。そんな折、ずっと相棒だと思っていたジジにも、小さい白い猫の恋人ができる。だんだんとひとりで届け物に出かけることが多くなったキキは、初めての経験に不安が募るが…。

『魔女の宅急便 6 それぞれの旅立ち』 角野栄子著 KADOKAWA 2013.12 358p 15cm （角川文庫 か61-6） 600円 ①978-4-04-101142-3 〈福音館書店 2009年刊の再刊〉

角野栄子

『魔女の宅急便』 角野栄子著　新装版　KADOKAWA　2015.6　241p　15cm　（角川文庫　か61-1）　560円　①978-4-04-103185-8〈初版：角川書店 2013年刊〉

内容　お母さんは魔女、お父さんは普通の人、そのあいだに生まれた一人娘のキキ。魔女の世界には、13歳になるとひとり立ちをする決まりがありました。満月の夜、黒猫のジジを相棒にほうきで空に飛びたったキキは、不安と期待に胸をふくらませ、コリコという海辺の町で「魔女の宅急便」屋さんを開きます。落ち込んだり励まされたりしながら、町にとけこみ、健やかに成長していく少女の様子を描いた不朽の名作、待望の文庫化！

『魔女の宅急便　2　キキと新しい魔法』角野栄子著　新装版　KADOKAWA　2015.6　345p　15cm　（角川文庫　か61-2）　600円　①978-4-04-103186-5〈初版：角川書店 2013年刊〉

内容　宅急便屋も2年目となり、キキの仕事は順調です。奇妙な病気にかかったカバ、木の歌声、なんと散歩という目に見えないものまで運び、町の人にも温かく迎えられます。そんなとき、1通の黒い手紙を届けるように頼まれ、もしかしたら運んでいるのは優しい気持ちだけではないかもしれないと悩むキキ。魔女としての自覚や自信喪失を経て、人の気持ちを思いやり、人生の大切なものに気づいていく、少女の成長を描きます。

『魔女の宅急便　3　キキともうひとりの魔女』　角野栄子著　新装版　KADOKAWA　2015.6　279p　15cm　（角川文庫　か61-3）　560円　①978-4-04-103190-2〈初版：角川書店 2013年刊〉

内容　キキがコリコの町に住むようになって4回目の春。ケケという風変わりな女の子が転がりこんできたことで、キキの暮らしは一変します。不思議な力と自由奔放な発想を持つケケは、キキの行く先々に現れては、何か怪しい様子を見せます。キキの心は次第に不安や疑いでいっぱいになっていきました。ふたりは互いに反発しあいますが、やがて自分の本当の気持ちに気づいたキキは、また一歩、大人の階段をのぼるのでした。

『魔女の宅急便　4　キキの恋』　角野栄子著　新装版　KADOKAWA　2015.6　250p　15cm　（角川文庫　か61-4）　560円　①978-4-04-103189-6〈初版：角川書店 2013年刊〉

内容　宅急便屋さんも順調で、17歳の夏を迎えたキキ。遠くの学校へ行っているとんぼさんに久しぶりに会えると、楽しみにしていた彼女のもとへ、とんぼさんから「山にはいる」と手紙が届く。離ればなれで、とんぼさんとなかなか会えないことに、いつになく落ち着かない気持ちになったキキは、届けものの途中で、暗い森のなかにはいってしまい…。一歩一歩、大人へと近づいていくキキととんぼさん、ふたりの甘ずっぱい恋の物語。

『魔女の宅急便　5　魔法のとまり木』　角野栄子著　新装版　KADOKAWA　2015.6　231p　15cm　（角川文庫　か61-5）　520円　①978-4-04-103188-9

内容　花の季節を迎えたコリコの町。19歳になったキキは、10代最後の年、20代に繋がる何か…予感みたいなものがないかしら…と思いながら、日々を過ごしている。相変わらず、とんぼさんとの文通は続いており、直接会えないことにちょっぴり不満。そんな折、ずっと相棒だと思っていたジジにも、小さい白い猫の恋人ができる。だんだんとひとりで届け物に出かけることが多くなったキキは、初めての経験に不安が募るが…。

『魔女の宅急便　6　それぞれの旅立ち』角野栄子著　新装版　KADOKAWA　2015.6　358p　15cm　（角川文庫　か61-6）　600円　①978-4-04-103187-2

内容　キキととんぼさんが結婚してから13年。キキの子どもたちは、ふたごなのに性格は正反対。元気で活発なお姉さんのニニは、魔女にはあまり興味がなさそう。一方、物静かな弟のトトは、魔女に興味津々。魔女になりたいのに、男だからという理由でなれないトトは不満を募らせていくが…。13歳になって旅立ちのときをむかえる2人と、見守るキキをはじめコリコの町の人たちが、さわやかに描かれる。大人気シリーズついに完結！

『ラストラン』　角野栄子著　KADOKAWA　2014.1　228p　15cm　（角川文庫　か61-7）　440円　①978-4-04-101177-5〈角川書店 2011年刊の再刊〉

内容　やっちゃおうかな、そうよ、私のラストラン！ 74歳のイコさんは、真っ黒なライダースーツに身を包み、真っ赤なオートバイを走らせる。目指すは、幼い頃に死に別れてしまった母親の生家がある岡山。東京から約640kmの快適な旅。古い写真を頼りに、当時の姿で残っている家をようやく探し出す。そこで出会ったのは、12歳の姿をした母親の幽霊!? なぜか気が合った2人の旅が始まる―。

『ラストラン』　角野栄子作、しゅー絵　『魔女の宅急便』の著者が贈る自伝的小説！　KADOKAWA 2014.2　235p　18cm　（角川つばさ文庫 Bかl-1）　640円　⓪978-4-04-631363-8〈角川文庫2014年1月刊の改訂〉

|内容| イコさんは、バイク大好き＆冒険大好き！　あるとき、東京から岡山までたったひとりでオートバイ旅行に出発した。イコさんがめざした古びたお家には、なんと女の子のゆうれいが住んでいた。そのゆうれいの名前はふーちゃん。ふーちゃんは「心残り」があって「むこうの世界」に行けないでいるらしい。ふーちゃんの「心残り」っていったいなんなの!?　イコさんとふーちゃんの「心残り」をさがす二人旅が始まった―！

金子　みすゞ
かねこ・みすゞ
《1903～1930》

『金子みすゞ童謡集』　金子みすゞ著　角川春樹事務所 1998.3　235p　16cm　（ハルキ文庫）　580円　⓪4-89456-386-X〈肖像あり〉

|目次| お魚、大漁、海とかもめ、漁夫の小父さん、浜の石、御本と海、舟乗と星、港の夜、空と海、波〔ほか〕

|内容| 「見えぬけれどもあるんだよ、見えぬものでもあるんだよ」（「星とたんぽぽ」）。大正末期、彗星のごとく登場し、悲運の果てに若くして命を絶った天才童謡詩人・金子みすゞ。彼女は子どもたちの無垢な世界や、自然や宇宙の成り立ちをやさしい詩の言葉に託し、大切な心のありかを綴った。歴史の闇に散逸した幻の名詩が再び発掘者の手でテーマ別に編まれた。殺伐たる時代の中で、もう一度目に見えぬ「やさしさ」や「心」を見つめ直すために。

神沢　利子
かんざわ・としこ
《1924～》

『いないいないばあや』　神沢利子作、平山英三画　岩波書店 1996.11　265p　18cm　（岩波少年文庫）　650円　⓪4-00-113143-9

『うさぎのモコ』　神沢利子作　ポプラ社 2005.10　190p　18cm　（ポプラポケット文庫 001-4）　570円　⓪4-591-08873-1〈絵：渡辺洋二　1978年刊の新装改訂〉

|目次| うさぎのモコ、うさぎのモコつづきのお話、はねるの好きな子、ゆきの中の白い白いうさぎたち、はねるのだいすき

|内容| ぽーんぽーんぽーん、元気な子うさぎのモコはとぶのがだいすき。山のてっぺんでとびあがったら、海が見えるかな？　なかよしのミミちゃんとぼーん。もぐらのグラさんになにが見えたかおしえてあげよう！―表題作ほか四編を収録。

『ウーフとツネタとミミちゃんと』　神沢利子作　ポプラ社 2005.10　174p　18cm　（ポプラポケット文庫 001-3―くまの子ウーフの童話集）　570円　⓪4-591-08872-3

|目次| ゆでたまごまーだ、うさぎの花、きょうはいい日、まいごのまいごのフーとクー、ウーフの海水よく、赤いそりにのったウーフ、かあちゃんのカレーは日本一、まかしときっきのキンピラゴボウ、たんじょう会みたいな日

『銀のほのおの国』　神沢利子著　福武書店 1991.6　332p　16cm　（福武文庫）　750円　⓪4-8288-3203-3

|内容| 剥製の壁飾りとして、呪われた永い眠りにおちていたトナカイの王はやてを追って、銀のほのおの国へ迷いこんでしまったたかしとゆうこ。死と隣りあわせの危険に知恵と勇気で立ち向かう兄妹の冒険を神話的な意匠で描く傑作ファンタジー。

『銀のほのおの国』　神沢利子作、堀内誠一画　福音館書店 2003.10　379p　17cm　（福音館文庫）　750円　⓪4-8340-0645-X

|内容| 剥製のトナカイのガラスのひとみに炎がゆれて、たかしとゆうこの冒険がはじまった。人はなぜ、他の生きものの命を奪わなければ生きられないのだろう。重い問いを抱きながらふたりは、いにしえのトナカイ王国復興をめざし、動物たちの国の壮絶な戦いにたちあう。日本で生まれた本格ファンタジーの傑作。小学校中級以上。

『くまの子ウーフ』　神沢利子作、井上洋介絵　ポプラ社 1977.5　190p　18cm　（ポプラ社文庫）　390円

『くまの子ウーフ』　神沢利子著　講談社 1978.6　174p　15cm　（講談社文庫）　240円

|目次| くまの子ウーフ．マナちゃんとくまとりんごの木

『くまの子ウーフ　続』　神沢利子作，井上洋介絵　ポプラ社　1986.3　190p　18cm　（ポプラ社文庫）　420円　①4-591-02254-4

『くまの子ウーフ』　神沢利子作　ポプラ社　2005.10　158p　18cm　（ポプラポケット文庫 001-1―くまの子ウーフの童話集）　570円　①4-591-08870-7〈絵：井上洋介〉

|目次| さかなにはなぜしたがない，ウーフはおしっこでできてるか？？，いざというときってどんなとき？，きつつきのみつけたたから，ちょうちょだけになぜなくの，たからがふえるといそがしい，おっことさないものなんだ？，？？？，くま一ぴきぶんはねずみ百ぴきぶんか

|内容| ぼくはくまの子。うーふーってうなるから、名前がくまの子ウーフなの。あそぶのがだいすき、なめるのとたべるのがだいすき。それから、いろんなことをかんがえるのもね。どんなことかって？　うーふー、さあよんでみてくれよ。

『こぶたのブウタ』　神沢利子作，井上洋介画　理論社　1986.3　140p　18cm　（フォア文庫）　390円　①4-652-07058-6

『こんにちはウーフ』　神沢利子作　ポプラ社　2005.10　166p　18cm　（ポプラポケット文庫 001-2―くまの子ウーフの童話集）　570円　①4-591-08871-5〈絵：井上洋介〉

|目次| ウーフはなんにもなれないか？，ぶつぶついうのはだあれ，おひさまはだかんぼ，おかあさんおめでとう，お月さんはきつねがすき，雪の朝，ウーフはあかちゃんみつけたよ，ぴかぴかのウーフ

|内容| ぼくはくまの子ウーフ。うまれたときはポケットにはいるくらいのあかちゃんだったって。いまはもしゃもしゃ毛のこーんなに大きなくまの子だい。

『タランの白鳥』　神沢利子作，大島哲以画　福音館書店　2007.3　193p　17cm　（福音館文庫）　650円　①978-4-8340-2261-2

|内容| タランの湖底に沈む青い玉、それはモコトルの父祖が退治した大トドの片目だという。「わしはタランの湖の底、泥に埋もれし青い玉。わしをさがし、ひろいあげてまつれ。さすればやがて大地の水もひき、タランの村によき日がおとずれよう」その役目が、いまモコトルに命じられた。少年少女に送る愛と甦りの物語。

『流れのほとり』　神沢利子作，瀬川康男画　福音館書店　2003.8　474p　17cm　（福音館文庫）　850円　①4-8340-0631-X

|内容| 一九三一年の夏、麻子たち一家は、炭坑技師である父さんの赴任地、樺太の奥地に向かいます。柳蘭の花咲く原野を汽車でゆられていったその先に、麻子を待っていたのは、きらきらひかる川でした…。幼いころの作者の目に焼きついた北の自然と、子どもたちの生活を描いた回想の物語。小学校上級以上。

『ねずみのはととりかえっこ』　神沢利子文，末崎茂樹絵　国土社　1988.12　116p　18cm　（てのり文庫）　430円　①4-337-30008-2

|内容| 「ねずみの歯は、あとに。ゆみごの歯は、先に！」と、おばあちゃんは、ゆみこの抜けた歯を、ねずみの歯のようにじょうぶな歯がはえるようにと屋根にむかってなげました。ところがある日、ゆみこのへやにねずみが…。小学校中学年以上。

『ふらいぱんじいさん』　神沢利子作，長新太絵　あかね書房　1987.4　174p　18cm　（あかね文庫）　430円　①4-251-10006-9

|目次| ふらいぱんじいさん，はらぺこおなべ，みるくぱんぼうや，パパがくまになるとき

|内容| まっくろなふらいぱんじいさんは、おひさみたいなたまごをやくのがだいすき。でもある日、あたらしいせかいをもとめて、たびに出ました。さばくへうみへ、じいさんのたのしいぼうけんのはじまりです。表題作「ふらいぱんじいさん」のほか、「はらぺこおなべ」「みるくぱんぼうや」「パパがくまになるとき」を収録。

きむら　ゆういち
《1948～》

『あらしのよるに　1』　きむらゆういち著，あべ弘士絵　講談社　2005.12　94p　15cm　（講談社文庫）　476円　①4-06-275266-2

|目次| あらしのよるに，あるはれたひに，くものきれまに

|内容| 嵐の夜に芽生えたヤギとオオカミの奇跡の友情物語―。児童書から飛び出して、あら

きむらゆういち

ゆる年代に感動を呼んでいるベストセラー絵本シリーズを大人向けに再編集。パート1は『あらしのよるに』『あるはれたひに』『くものきれまに』の第1部から第3部までを収録。あべ弘士描下ろし挿絵入りの文庫オリジナル版。

『**あらしのよるに 2**』 きむらゆういち著、あべ弘士絵　講談社　2007.3　94p　15cm　（講談社文庫）　476円　①978-4-06-275670-9
|目次| きりのなかで、どしゃぶりのひに
|内容| 本能を乗り越えて、秘密の友達となったガブとメイ。しかし、オオカミとヤギ、それぞれの仲間が2匹を許すはずはない——。300万部を超えるベストセラー絵本シリーズ再編集版の第2弾。第4部『きりのなかで』、第5部『どしゃぶりのひに』の2作を収録。あべ弘士が挿絵を全点描下ろした文庫オリジナル版。

『**あらしのよるに 3**』 きむらゆういち著、あべ弘士絵　講談社　2009.7　94p　15cm　（講談社文庫 き49-3）　476円　①978-4-06-276402-5
|目次| ふぶきのあした、まんげつのよるに
|内容| 仲間を裏切ったカブとメイをオオカミたちは絶対に許さない。2匹は東の空に横たわる、まだ見ぬ山の向こうを目指して歩き始めた。世代を超えた大ベストセラー絵本シリーズ再編集版の完結編。第6部『ふぶきのあした』、第7部『まんげつのよるに』の2作を収録。

『**地下室から愛をこめて——事件ハンターマリモ**』 きむらゆういち作、三村久美子画　金の星社　2002.9　148p　18cm　（フォア文庫）　560円　①4-323-09024-2
|内容| マリモは、小学4年生の女の子。お父さんは天才科学者だったが、マリモが小学校に入った年に、「マリモが10歳になったら渡してくれ」と、あるカギをお母さんに預けて死んだ。そのカギは、秘密の地下室のカギだった…。フォア文庫でしか読めない、おもしろミステリー新シリーズ「事件ハンターマリモ」第一弾。

『**涙のタイムトラベル——事件ハンターマリモ**』 きむらゆういち作　金の星社　2006.5　164p　18cm　（フォア文庫）　560円　①4-323-09046-3〈絵：三村久美子〉
|内容| マリモとケイタは秘密の地下室で、古びた柱時計の文字盤の下にとびらを見つけた。その奥には操縦席がある。赤く光るボタンを押すと、ふたりは光に包まれた。気がつくとそこは…。パパの秘密を知ってしまったマリモとケイタは、悪いやつらに追いかけられ、絶体絶命のピンチ！　はらはらドキドキの、おもしろミステリー。「マリモ」第六弾、感動のクライマックス！　小学校中・高学年向。

『**ねむれない夜——事件ハンターマリモ**』 きむらゆういち作、三村久美子画　金の星社　2003.3　164p　18cm　（フォア文庫）　560円　①4-323-09026-9
|内容| マリモは、小学四年生の元気な女の子。近所のおじさんが植木ばちを割られ、マリモはぬれぎぬを着せられた。だが、それどころではない誘拐事件が発生！　犯人を追跡するマリモとケイタ。絶体絶命のピンチ‼　フォア文庫でしか読めない、おもしろミステリー大好評「事件ハンターマリモ」シリーズ第二弾。小学校中・高学年向き。

『**光れ！　アタッシュケース——事件ハンターマリモ**』 きむらゆういち作　金の星社　2005.10　148p　18cm　（フォア文庫）　560円　①4-323-09040-4〈画：三村久美子〉
|内容| 秘密の地下室で二つのアタッシュケースを発見したマリモは「これはマジックボックスよ」といって、一つはケイタに預け、青森に行く。だが、怪しいカラオケ道場の実態を知り、監禁されてしまう…。マリモの命が危ない！　そのとき、アタッシュケースが光った！　はらはらドキドキの、おもしろミステリー。大好評「事件ハンターマリモ」シリーズ第五弾。小学校中・高学年対象。

『**ひみつのケイタイ——事件ハンターマリモ**』 きむらゆういち作、三村久美子画　金の星社　2004.1　188p　18cm　（フォア文庫）　560円　①4-323-09028-5
|内容| マリモは、小学四年生の元気な女の子。クラスに転校生のリュウが入ってきた。リュウの家は大きくて豪華だが、どこか変だ。パパの地下室で不思議なケイタイを見つけたマリモ。ボタンを押すと、真相を知った。事件だ！　命が危ない！　フォア文庫でしか読めない、おもしろミステリー、大人気の「事件ハンターマリモ」シリーズ第三弾！　小学校中・高学年向き。

『**メモリーカードのなぞ——事件ハンターマリモ**』 きむらゆういち作、三村久美子画　金の星社　2005.3　158p　18cm　（フォア文庫 B287）　560円　①4-323-09034-X
|内容| 交差点で高校生にぶつかり、ケイタイを落としたことがきっかけで、マリモとケイタは犯罪組織の秘密を知ってしまった。命をねらわれ、絶体絶命のピンチに！　パパ、助けて…。小学校中・高学年向き。

草野　たき
くさの・たき
《1970〜》

『透きとおった糸をのばして』　草野たき著　講談社　2006.6　205p　15cm　（講談社文庫）　467円　①4-06-275422-3
[内容]　親友との関係に思い悩む、中学2年生の香緒。研究に熱中することで、なにかを忘れようとする、香緒のいとこで大学院生の知里。一緒に住んでいた二人のもとに知里の過去を知る、る う子が転がりこんでくる。奇妙な共同生活を送る中で、明らかになる三者三様の苦悩の正体とは？　講談社児童文学新人賞受賞作。

『猫の名前』　草野たき著　講談社　2007.7　209p　15cm　（講談社文庫）　495円　①978-4-06-275784-3
[内容]　「佳苗に会いたがっている」担任の先生に頼まれ、不登校の春名に会うことになった佳苗。ところが、春名は佳苗に復讐したいと言い出す。理由がわからないまま佳苗は戸惑うばかり。だけど それ以降、友人の絵里や周囲との関係もうまくいかなくなってしまう。真の友情の姿を、丁寧な心理描写を駆使して綴った感動作。

『ハチミツドロップス』　草野たき著　講談社　2008.7　254p　15cm　（講談社文庫）　533円　①978-4-06-276093-5
[内容]　お気楽なソフトボール部のキャプテン、カズ。クールな高橋。坂本竜馬フリークの真樹。ちょっとエッチな田辺さんに、運動神経ゼロの矢部さん。愉快な仲間たちとの部活のかたわら、直斗との恋も絶好調。だけど、ハチミツのように甘かった中学生ライフが一変。真面目な一年生が入部して、立場がなくなってしまう。

『ハッピーノート』　草野たき作，ともこエヴァーソン画　福音館書店　2012.11　251p　17cm　（福音館文庫 S-65）　650円　①978-4-8340-2761-7〈2005年刊の再刊〉

『ハーフ』　草野たき著　ジャイブ　2008.3　167p　15cm　（ピュアフル文庫）　520円　①978-4-86176-495-0〈ポプラ社2006年刊の増訂〉
[内容]　「おまえの母さんは、飼い犬のヨウコなんだよ」と言われて育った真治。それがおかしなことだとわかりながら、気づかないふりをしている。こんな父親を受け入れて、生きていくしかないのか─。親になりきれない父と息子の葛藤を描く、家族の革命と再生の物語。育つ環境を選べず、自活もできない子供達が未来への希望を追求する姿は、気高くも美しい。

朽木　祥
くつき・しょう
《1957〜》

『オン・ザ・ライン』　朽木祥著　小学館　2015.7　335p　15cm　（小学館文庫 く11-1）　650円　①978-4-09-406184-0〈文献あり〉
[内容]　ウルトラ体育会系だけれども活字中毒でもある文学少年、侃は、高校入学後、仲良くなった友だちに誘われて、テニス部に入ることになった。初めて手にするラケットだったが、あっという間にテニスの虜になり、仲間と一緒に熱中した。テニス三昧の明るく脳天気な高校生活が、いつでも続くように思えたが…。ある日の出来事を境に、少年たちは、自己を見つめ、自分の生き方を模索し始める。少年たちのあつい友情と避けがたい人生の悲しみ。切ないほどにきらめく少年たちの日々の物語。本作品は、青少年読書感想文全国コンクールの課題図書となる。待望の文庫化！

『八月の光・あとかた』　朽木祥著　小学館　2015.8　237p　15cm　（小学館文庫 く11-2）　540円　①978-4-09-406180-2〈「八月の光」（偕成社 2012年刊）の改題、改稿、書下ろしを加え再刊〉
[目次]　八月の光（雛の顔、石の記憶、水の緘黙）、あとかた（銀杏のお重、三つ目の橋）
[内容]　七万人もの命を一瞬にして奪った「光」。原爆投下によって人々のかけがえのない日常は、どう奪われたのか。ヒロシマを生きた人々の「魂の記録」ともいうべき五つの物語。戦後七十年の今年、書き下ろし二編を加え待望の文庫化。

『引き出しの中の家』　朽木祥著　ポプラ社　2013.6　313p　16cm　（ポプラ文庫 く3-1）　640円　①978-4-591-13490-0
[内容]　再婚した父と離れて、おばあちゃんの家で暮らすことになった七重。亡き母といっしょに人形のために作った、引き出しの中のミニチュアの家に、ある日、小さな小さなお客様がやってきた。言い伝えの妖精「花明かり」と少女の、時を越えた交流を描いた感動のファンタジー。

工藤 直子
くどう・なおこ
《1935～》

『あいたくて―新編』 工藤直子詩, 佐野洋子絵 新潮社 2011.10 142p 16cm （新潮文庫 く-42-1） 438円 ①978-4-10-135821-5
[目次] あいたくて, じぶんにあう, ひとにあう, 風景にあう, ときにあう, そして
[内容] 「だれかにあいたくてなにかにあいたくて生まれてきた―」。心の奥深く分け入って, かけがえのない存在に触れてゆく言葉たち。多くの人びとに愛誦されてきた名詩「あいたくて」をはじめ, 48編の詩が奏でる生きる歓び, 温かくやさしい気持ち…。絵本『のはらうた』で日本中の子どもたちに愛される童話作家と『100万回生きたねこ』の絵本作家がおくる, 心を元気にする詩集。

『工藤直子詩集』 工藤直子著 角川春樹事務所 2002.7 233p 16cm （ハルキ文庫） 680円 ①4-89456-994-9 〈肖像あり 年譜あり〉
[目次] 1 地球いろいろ, 2 生きものいろいろ, 3 のはらのみんな, 4 こどものころ, 5 でんせついろいろ, 6 こころいろいろ
[内容] 「てつがくのライオン」「あいたくて」「のはらうた」…から未刊詩までを含む, 自選詩一〇九篇を収録した幸福な一冊。

『てつがくのライオン』 工藤直子詩, 佐野洋子画 理論社 1988.1 161p 18cm （フォア文庫） 470円 ①4-652-07067-5
[内容] ゆっくりと視界が広がり, 心がやわらかに弾み, やがて海のゆたかさに満たされる。工藤直子のすてきな詩集です。

香月 日輪
こうづき・ひのわ
《1963～2014》

『エル・シオン』 香月日輪著 徳間書店 2015.6 428p 15cm （徳間文庫 こ41-2） 660円 ①978-4-19-893980-9 〈「エル・シオン 1～3」（ポプラ社 1999～2000年刊）の合本〉
[内容] バルキスは, 帝国ヴォワザンにたてつく盗賊神聖鳥として, その名も高き英雄だった。そのバルキスが不思議な運命に導かれて出逢ったのが, 封印されていた神霊のフップ。強大な力を持つと恐れられていたが, その正体はなんと子ども!? この力に目をつけた世界征服をたくらむ残忍王ドオブレは, バルキスたちに襲いかかる。フップを, そして故郷を守るため, バルキスたちは立ち上がった!

『大江戸妖怪かわら版 1 異界より落ち来る者あり』 香月日輪著 講談社 2011.11 177p 15cm （講談社文庫 こ73-7） 448円 ①978-4-06-277098-9 〈『異界から落ち来る者あり』（理論社 2006年刊）の改題〉
[目次] 雀, 蜃気楼に永遠を見る, 異界より落ち来る者あり, 天空の庵にて思う, 童女, 異界を見聞す, 桜貝の海に遊ぶ, 月下に白菊咲く, 風かわりて夏きたる
[内容] 三ツ目や化け狐たちが平和に暮らす, おだやかな魔都「大江戸」。かわら版屋の少年・雀は, この町に住またったひとりの人間だ。面白話を求めて奔り回る雀のところに「人間を拾った」との一報が。おかっぱ頭の童女が, 人間の住む異界から落ちてきたというのだ―。朗らかな妖怪たちの姿を鮮やかに描いた, 優しい人情噺。

『大江戸妖怪かわら版 2 異界より落ち来る者あり 其之2』 香月日輪著 講談社 2012.8 167p 15cm （講談社文庫 こ73-9） 448円 ①978-4-06-277328-7 〈『異界から落ち来る者あり 下』（理論社 2006年刊）の改題〉
[内容] ヒトの目で綴った魔都見物記「大江戸紹介録」が評判を呼び, 大首の親方も認めるかわら版屋の書き手となった雀。ここで生き直すんだ―元いた世界のすべてが消えた。そして憎しみも去った。いつの日か雀が, 異界を, そして親を恋しく思う日は来るのか。雀の過去が明らかになる「異界より落ち来る者あり」後編。

『大江戸妖怪かわら版 3 封印の娘』 香月日輪著 講談社 2013.8 189p 15cm （講談社文庫 こ73-11） 448円 ①978-4-06-277625-7 〈『封印の娘』（理論社 2007年刊）の改題〉
[内容] 魔都大江戸で年を越したかわら版屋の少年記者・雀。新春早々, 仕事仲間の桜丸やポーと連れ立って歌舞伎見物へ出かける。日吉座の花形役者・蘭秋の艶やかな魅力とともに, 物語に惹かれた雀は, 脚本を書いたのが雪消という白鬼の娘であることに驚く。美しく若い女の姿をした雪消は, ある理由で座敷牢の中にいた。

香月日輪

『大江戸妖怪かわら版　4　天空の竜宮城』
香月日輪著　講談社　2014.8　190p　15cm　（講談社文庫　こ73-15）　460円　①978-4-06-277902-9〈「天空の竜宮城」（理論社 2008年刊）の改題〉
内容　春爛漫の大江戸で、雀はちょっとした人助けをした。花見の最中、泥酔者から女の子を守ったのだ。後日、少女と同郷だという男が現れ、礼をしたいので村に来てほしいという。その村とは一空に浮かぶ竜宮城だった。案内人「天空人魚」に導かれ、空を舞って辿り着いた先で、雀は想像だにしない不思議な体験をする。

『大江戸妖怪かわら版　5　雀、大浪花に行く』　香月日輪著　講談社　2015.8　181p　15cm　（講談社文庫　こ73-17）　460円　①978-4-06-293163-2〈「雀、大浪花に行く」（理論社 2009年刊）の改題〉
内容　今度の取材は西の魔都・大浪花へ。初めての長旅に心躍らせる雀と桜丸は鬼火の旦那の手引きで、大浪花にただ一人の人間・修繕屋と会うことに。彼は雀を元の世界に帰す力すらもっという。そのころ大浪花城に、稲妻を呼ぶ神獣「雷馬」が街を襲うという報せが舞い込んだ。旅を満喫する雀の運命やいかに。

『黒沼―香月日輪のこわい話』　香月日輪著　新潮社　2012.9　315p　16cm　（新潮文庫　こ-54-51）　550円　①978-4-10-139071-0〈「このさき危険区域」（ポプラ社 1999年刊）の改題に短編を加えて再構成〉
目次　ランドセルの中、たたずむ少女、扉の向こうがわ、呪い、鬼ごっこ、忘れもの、聖母、黒沼、ねこ屋、鬼車、再見、海を見ていた、はげ山の魔女、人魚の壺、海を望む海辺に、春疾風、断崖、春　茶屋の窓辺にて候
内容　幽霊でもない、妖怪でもない、「なんだかわからないもの」が、実は身の回りに潜んでいるかもしれない。ほら、あなたのすぐそばにも…。無邪気に見える子供の心にさえ巣くう「闇」をまっすぐ見据えた身も凍る怪談と、日常と非日常の間に漂う世にも不思議な物語。文庫初の怪奇短編集。

『地獄堂霊界通信　1　ワルガキ、幽霊にびびる！』　香月日輪作、前嶋昭人絵　ポプラ社　1997.7　205p　18cm　（ポプラ社文庫―ホラー文庫　H-1）　600円　①4-591-05446-2
内容　見たか、きいたか!?　上院小のイタズラ大王三人悪を！　てつし、リョーチン、椎名の三人組。授業はさぼるわ、イタズラはしまくりだわ、町内じゃ、知らぬ者とてないワルガキトリオ。…だけど、ときどき正義の味方。こいつらが幽霊や妖怪どもとたたかうことになったから、もうたいへん。さ、はじまり、はじまり。

『地獄堂霊界通信　2　うわさの幽霊通り』
香月日輪作, 前嶋昭人絵　ポプラ社　1997.7　201p　18cm　（ポプラ社文庫―ホラー文庫　H-2）　600円　①4-591-05447-0
目次　死に部屋, うわさの幽霊通り
内容　てつし、リョーチン、椎名―泣く子もだまるワルガキトリオの住む町で近頃うわさの「幽霊通り」。町の住人も、あいつぐ幽霊事件で恐怖におののいていた。そしてついに、リョーチンが幽霊におそわれた。

『地獄堂霊界通信　3　生き霊を追って走る！』　香月日輪作, 前嶋昭人絵　ポプラ社　1997.9　152p　18cm　（ポプラ社文庫―ホラー文庫　H-3）　600円　①4-591-05468-3
内容　史上最強の小学生参上！　町内をさわがせる「イタズラ大王三人悪」―てつし、リョーチン、椎名の三人組。こいつらは、一見ただのワルガキのようだが、じつはスゴイ力を授かっているのだ。それは怨霊どもと闘う力―こいつら三人、この巻では、幽霊より妖怪より恐ろしい生き霊と対決することになった。

『地獄堂霊界通信　4　妖魔のすむ家』　香月日輪作, 前嶋昭人絵　ポプラ社　1997.9　173p　18cm　（ポプラ社文庫―ホラー文庫　H-4）　600円　①4-591-05469-1
内容　「この家は、わたしのものだ。人間どもはでていけーっ！」夢のなかにあらわれる女が、こう叫ぶ…上院小の保健の先生、如月女医がひっこした家で、つぎつぎおこる怪事件。史上最強の小学生、ワルガキ三人悪が、さっそく調査にのりだすが、その家には、血も凍る恐怖が待ち受けていた―。

『地獄堂霊界通信　5　ユーレイ屋敷の家なき子』　香月日輪作, 前嶋昭人絵　ポプラ社　1997.12　158p　18cm　（ポプラ社文庫―ホラー文庫　H-5）　600円　①4-591-05508-6
内容　どの町にも幽霊屋敷がひとつくらいあるだろう。でもたいていは、うわさだけのフツーの家。しかし！　この本にでてくるのは、究極のキョーフの幽霊屋敷なのだっ!!　しかもその家に、かわいそうな「家なき子」が住むことになってしまった…。さあ、史上最強の小学生にして、町内をさわがせる「イタズラ大王三人悪」は、哀れな少女を救えるかっ。

香月日輪

『地獄堂霊界通信 1』 香月日輪作, みもり絵 講談社 2013.7 231p 18cm (講談社青い鳥文庫 300-1) 650円 ①978-4-06-285372-9

[目次] 地獄堂と三人悪と幽霊と. 地獄堕ち. 翳を食う. 死に部屋

[内容] 「イタズラ大王三人悪」。てつし、リョーチン、椎名は、町内にその名が轟く、史上最強の小学生トリオ。曲がったことは大きらい。理不尽な高校生や、けちなチンピラはぶっとばす頼もしさで、人望もすこぶる厚い。そんな3人が、街のはずれにある怪しい薬屋「地獄堂」のおやじと出会い、不思議な事件が次々に起こる。そして、てつしたちの前に、不思議な世界への扉が開け放たれた―。小学上級から。

『地獄堂霊界通信 2 幽霊屋敷の巻』 香月日輪作, みもり絵 講談社 2013.12 277p 18cm (講談社青い鳥文庫 300-2) 680円 ①978-4-06-285396-5

[目次] 幽霊屋敷その一, 幽霊屋敷その二, 生き霊を追って走る

[内容] 「なんでも話を聞いてやるよ。たとえ、それが、ヘンに信じられない話でもな。」もし、だれも信じてくれないような怖いことがあなたの身に起こっても、不思議な力を持つこの三人がいれば大丈夫！ まっすぐな心と力を持つてつしと、こわがりだけど、やさしいリョーチン、冷静で頭がいい椎名。そう、彼らなら、あなたを信じて、あなたも、霊も救ってくれるはず…。小学上級から。

『地獄堂霊界通信 1』 香月日輪著 講談社 2015.9 295p 15cm (講談社文庫 こ73-18) 610円 ①978-4-06-293208-0

[目次] 地獄堂と三人悪と幽霊と. 地獄堕ち. 翳を食う. 死に部屋. 生霊を追って走る

[内容] 三人悪のてつし、椎名、リョーチンといえば上院町で知らぬ者はいないワルガキども。三人が唯一恐れるのは通称「地獄堂」のおやじだ。ある日彼らは、幽霊が出ると噂の池の傍で人骨を発見してしまう。おやじから授かった不思議な呪札と呪文で、三人悪は異世界の扉を開くことに。伝説のシリーズ、ついに文庫化！

『地獄堂霊界通信 2』 香月日輪著 講談社 2015.9 289p 15cm (講談社文庫 こ73-19) 610円 ①978-4-06-293209-7

[目次] 幽霊屋敷 その1. 幽霊屋敷 その2. あの夢の果てまで

[内容] 地獄堂のおやじから、それぞれの呪札と呪文を授かったてつし、椎名、リョーチン。三人はてつしの兄・竜也のクラスに転校してきた可憐な少女・由宇と出会う。養親と暮らす記憶喪失の彼女は、蒼龍と名乗る黒衣の男に狙われていた。どうやらおやじは蒼龍を知っているようで…。切ない想いが交差する第二弾！

『地獄堂霊界通信 3』 香月日輪著 講談社 2015.11 373p 15cm (講談社文庫 こ73-20) 680円 ①978-4-06-293264-6

[目次] 噂の幽霊通り. 森を護るもの. 神隠しの山. 魔女の転校生. 蛍の夜夏祭りの夜に

[内容] フランスから、美少女・流華がやってきた。リョーチンが感じた「黒い炎」から、椎名は彼女が魔女ではないかと推理する。いっぽうてつしは、日本を嫌い、孤立している流華を心配していた。しかし彼女はどこふく風。困った三人悪は地獄堂のおやじに相談するのだが。新キャラ続々登場、三人悪はますます絶好調！

『下町不思議町物語』 香月日輪著 新潮社 2012.2 187p 16cm (新潮文庫 こ-54-1) 430円 ①978-4-10-138161-9

[内容] 西の方から転校してきた小学六年生の直之。病気のせいで体が小さくても、方言をからかわれても、母親がいなくて厳しいおばあちゃんに辛くあたられても、挫けない。彼が元気なのは、路地の向こうの不思議な町で、師匠とその怪しい仲間が温かく迎えてくれるから。でも、ある日、学校でのトラブルがもとで直之は家出する。おばあちゃんとお父さんは、直之との絆を取り戻せるのか…。

『ねこまたのおばばと物の怪たち』 香月日輪作, みもり絵 角川書店 2012.5 153p 18cm (角川つばさ文庫 Bこ1-1) 580円 ①978-4-04-631165-8〈「ネコマタのおばばと異次元の森」(ポプラ社 1997年刊)の改題、加筆 発売：角川グループパブリッシング〉

[内容] 小学5年生の舞子は、学校でいじめられ、家では、新しいお母さんとうまくいかない。ある日、ゆうれいが出るというイラズ神社に、ひとりで行かされ、鳥居をくぐると…。そこは、ねこまたのおばばが暮らす世界！ おいしい食事に、ゆかいな物の怪たち。河童に泳ぎを、おばばに料理を教えてもらい、舞子はいじめられない子に成長していく。勇気をくれる物語！ 小学中級から。

『ねこまたのおばばと物の怪たち』 香月日輪著 KADOKAWA 2014.12 131p 15cm (角川文庫 こ34-11) 400円 ①978-4-04-101934-4〈角川書店 2012年刊の再刊〉

内容「人にはそれぞれ自分の物語があるんだよ」継母に子どもができて、家族とうまくいかなくなった少女・舞子。学校でもいじめられ、幽霊が出るというイラズ神社に、ひとり行かされることに。心細さのあまり亡くなった母を思いながら、暗い竹やぶを歩いていく彼女の目の前に、突然、わらぶき屋根の家が現れて─!? ねこまたのおばばと不思議な物の怪たちとの出会いが、舞子に本当の自分を教えてくれる。心温まる癒しと勇気の物語。

『ファンム・アレース 1』香月日輪著
講談社 2014.6 276p 15cm （講談社文庫 こ73-14） 590円 ①978-4-06-277856-5
内容 獣人族や妖精族と共生する人族が、信仰と魔術を重んじていた頃─額に眼の刺青をもつ雇われ剣士バビロンの前に、新たな主を名乗って現れたのは、まだ十歳にも満たない娘ララだった。その命を何者かに狙われながらも、伝説の聖少女将軍の面影をもつララとバビロンは、約束の地へと歩み出す。二人の運命は。

『ファンム・アレース 2』香月日輪著
講談社 2015.3 231p 15cm （講談社文庫 こ73-16） 590円 ①978-4-06-293038-3
内容 失われたグランディエ王朝最後の王女ララは、何者かに付け狙われていた。王家の暗い歴史と自らにかけられた謎を解くには、時の魔術士ビベカに会うため剣士バビロンと旅路を急ぐが─。術法の使い手魔道士ビベカに会うため剣士バビロンと旅路を急ぐが─。運命の少女が繰り広げる神秘と魔法の冒険物語！

『ファンム・アレース 3』香月日輪著
講談社 2016.1 262p 15cm （講談社文庫 こ73-23） 610円 ①978-4-06-293301-8
内容 聖魔の魂を狙う魔女の存在を知ったララ。魔道士ナージスと竜族の姫テジャが加わり、一行は賢者の助言を求め南下する。山間の村でつかの間、少女い時を過ごしたララの傍には、いつも剣士バビロン。そして辿りついた賢者の住む村で、ララは魔女に打ち克つ術の手掛かりを得る。冒険が加速する第3巻！

『僕とおじいちゃんと魔法の塔 1』香月日輪著 角川書店 2010.1 193p 15cm （角川文庫 16088） 438円
①978-4-04-394331-9〈発売：角川グループパブリッシング〉
目次 岬の塔へ．おじいちゃんと魔法の塔．塔の秘密．龍神はいろいろ考える．本当の気持ちを．住む世界が違うのだ．ここから始まる．そして、魔法の塔で

内容 岬にたたずむ黒い塔。まるでお化け屋敷のようなその塔は、鎖と南京錠で封印されているはずだった。だけど、ある日、塔に行ってみると、そこには、僕が生まれる前に亡くなったおじいちゃんが住んでいた！ しかもその塔には、もっと驚く秘密もあって…!? 幽霊のくせに（だからこそ？）ヘンテコなおじいちゃんとの出会いが、僕の決まりきった生活を変えていく─。運命を変えられた僕のびっくりするような毎日がはじまった。

『僕とおじいちゃんと魔法の塔 2』香月日輪著 角川書店 2010.5 185p 15cm （角川文庫 16269） 438円
①978-4-04-394356-2〈発売：角川グループパブリッシング〉
目次 魔法の塔の住人．楽しくやってマス．魔女降臨．魔女と手をつないで．新しいドアが開く．またここから始まる．いってきます
内容 岬にたたずむ黒い塔で、幽霊のおじいちゃんと4度目の春を迎えた僕。高校に無事合格し、親友の信久とのんびり春休みを過ごそうとしていたところ、塔に予想もつかないはた迷惑なお客があらわれて─!? 魔女に魔道士、仮面の旅人、そして幽霊と、千客万来の不思議な塔。そこではじまる、わくわくするような出会いを通して、僕は僕らしく生きていく‼「魔法の塔」シリーズ第2弾、高校生編スタート。

『僕とおじいちゃんと魔法の塔 3』香月日輪著 角川書店 2010.9 187p 15cm （角川文庫 16450） 438円
①978-4-04-394378-4〈発売：角川グループパブリッシング〉
目次 始まりました．もっと楽しもうよ．人間関係が複雑です．黒いものが噴き出した．未知との遭遇です．顔を上げろ手を伸ばせ．増えました
内容 僕と幽霊のおじいちゃんが暮らす魔法の塔に、はた迷惑な住人が増えた。秘密の部屋の魔法円からやってきた魔女エスペロス。見た目はかわいい女の子だけど、実はものすごいお婆ちゃん。そのうえその気になれば世界を壊せるくらいの力を持っているらしいんだ。しかも彼女は、僕や親友の信久といっしょの高校に通いたいと言い出した。おかげで僕の穏やかな（予定）高校生活が大変なことに─!? 大人気「魔法の塔」シリーズ第3弾。

『僕とおじいちゃんと魔法の塔 4』香月日輪著 角川書店 2011.5 179p 15cm （角川文庫 16832） 438円
①978-4-04-394438-5〈発売：角川グループパブリッシング〉
目次 夏休み前の出来事．半径五十メートル

香月日輪

の世界で．お前のためじゃない！．夏休みです．遊んでますけど何か？．ちょっとお部屋を拝見．悪魔ミロワールと魔道書アルマモンド

|内容| 幽霊のおじいちゃんと暮らす僕の、高校生になってはじめての夏休み直前。弟の和人や妹の晶子が塔に泊まりに来るということで、なぜか魔女のエスペロスが大はしゃぎ。一方、僕たちは学食で暴れている先輩たちを見つける。エスペロスによると、彼らは猫に祟られているらしい。自業自得でそんなことになったようだけれど、知ってしまったからには助けたい。信久と僕は、彼らのもとに向かうことにしたけれど!? シリーズ第4弾。

『**僕とおじいちゃんと魔法の塔 5**』香月日輪著 角川書店 2012.7 178p 15cm （角川文庫 こ34-5） 438円 ①978-4-04-100131-8〈発売：角川グループパブリッシング〉

|内容| 幽霊のおじいちゃんと魔法の塔で暮らす高校生の僕・陣内龍神。塔には、親友の信久、魔女のエスペロス、完全無欠な美貌の先輩・一色雅弥と、ちょっと騒がしいけれど、楽しい仲間も増えました。そんなとき、妹の晶子の友だちがいじめにあっているという話を聞き、びっくり。しかもそれには、恋愛問題まで絡んでいるらしい。妹の恋話を聞いて、とまどってしまう僕だったけれど―!? 大人気「魔法の塔」シリーズ、第5弾登場。

『**僕とおじいちゃんと魔法の塔**』香月日輪作, 亜円堂絵 角川書店 2012.11 212p 18cm （角川つばさ文庫 Bこ1-2） 620円 ①978-4-04-631270-9〈角川文庫 2010年刊の再刊 発売：角川グループパブリッシング〉

|内容| きびしいけどやさしい両親、勉強も運動もできる優秀な弟妹…そんな立派な家族の中にをしても「ふつう」な龍神は居心地の悪さを感じていた。そんなある日、龍神はサイクリングの途中で、謎めいた塔にたどりつく。そこには死んだはずの秀士郎おじいちゃんの幽霊が暮らしていた！ 犬の姿の魔物ギルバルスまで従えたおじいちゃんは龍神をしばる「常識」から解きはなつ。ありのままの自分で生きると決めた龍神は!? 小学上級から。

『**僕とおじいちゃんと魔法の塔 6**』香月日輪著 KADOKAWA 2014.6 208p 15cm （角川文庫 こ34-6） 440円 ①978-4-04-101359-5〈5までの出版者：角川書店〉

|内容| 幽霊のおじいちゃんと魔法の塔で暮らす僕、陣内龍神。高校2年生になりました。学校での一大イベント、修学旅行で北海道に行くことに。「人間ぶりっこ」にハマり、僕や親友の信久と学校に通う魔女のエスペロスは、初めての体験に大暴走!? ところがクラスの中には、彼女をライバル視する女子がいたり、僕たちをよく思わない奴もいる。そんなクラスメイトたちにも事情があるようで!? 大人気「魔法の塔」シリーズ、第6弾!!

『**妖怪アパートの幽雅な食卓―るり子さんのお料理日記**』香月日輪著 講談社 2015.12 179p 15cm （講談社文庫 こ73-21） 530円 ①978-4-06-293283-7

|目次| 夕士クン、いらっしゃい、妖怪アパートですが、何か？，すごいじゃないの！ 夕士クン、クリと母親、さようなら夕士クン、おかえりなさい、修行は大変でしょうから、はじめまして、長谷クン、学校の怪談はいかが？, 続・学校の怪談はいかが？〔ほか〕

|内容| 手だけの妖怪、るり子さんが綴ったお料理日記が、一冊の本になりました。夕士が寿荘に引っ越してきたあの日から、お月見に文化祭、『妖アパ』の楽しい思い出を辿る日記と、厳選25種類の"超絶美味飯"徹底再現レシピを、どうぞ召し上がれ。長谷と千晶のマル秘ショートストーリー＆妖アパキャラクター事典つき。

『**妖怪アパートの幽雅な日常 1**』香月日輪著 講談社 2008.10 239p 15cm （講談社文庫） 448円 ①978-4-06-276169-7

|内容| 共同浴場は地下洞窟にこんこんと湧く温泉、とてつもなくうまいご飯を作ってくれる「手首だけの」賄いさん―十三歳で両親を失った俺が高校進学と同時に入居したのは人呼んで"妖怪アパート"！ 次々と目の当たりにする非日常を前に、俺の今までの常識と知識は砕け散る。大人気シリーズ、待望の文庫化。

『**妖怪アパートの幽雅な日常 2**』香月日輪著 講談社 2009.3 207p 15cm （講談社文庫 こ73-2） 419円 ①978-4-06-276299-1

|内容| 半年間の寮生活を経て、寿荘に舞い戻ってきた夕士。妖怪、人間入り乱れての日々がふたたび始まった。ある日手にした「魔道書」の封印を解き、妖魔たちを呼び出してしまった夕士は、除霊師の卵・秋音に素質を見込まれ、霊力アップの過酷な修行をするはめに…。大ブレイクの好評シリーズ、怒涛の第2弾。

『**妖怪アパートの幽雅な日常 3**』香月日輪著 講談社 2009.12 181p 15cm （講談社文庫 こ73-3） 400円 ①978-4-06-276532-9

|内容| 何の因果か「魔道書」に封じ込められた妖魔たちの使い手となった夕士。だが使えない妖魔揃いで、現実離れした日々ながら将来の夢は相変わらず手堅く公務員かビジネス

『妖怪アパートの幽雅な日常　4』　香月日輪著　講談社　2010.6　237p　15cm　（講談社文庫　こ73-4）　448円　①978-4-06-276673-9
内容　夕士、高校二年の夏休み。魔道士の修行がレベルアップされ、息も絶え絶えな日々。バイト先の運送会社でコミュニケーション不全の新入りに活を入れ、自殺未遂の小学生を説得し、アパートにいながらにしてとてつもない超常現象に巻き込まれて大忙し！　そして夏が終わる頃、世界はまたひとつ広がっている。

『妖怪アパートの幽雅な日常　5』　香月日輪著　講談社　2011.1　277p　15cm　（講談社文庫　こ73-5）　495円　①978-4-06-276856-6
内容　霊力アップすべし！　アパート地下の温泉で夕士は（なぜか）滝に打たれている。条東商業高校では新学期がスタート。やってきた二人の新任教師は超個性的、校内の雰囲気は一変。そして文化祭の前には度肝を抜かれる事件も…あー思いもよらないことが起こりすぎる。なんだか「生きる意味」を考えさせられる秋の空。

『妖怪アパートの幽雅な日常　6』　香月日輪著　講談社　2011.7　246p　15cm　（講談社文庫　こ73-6）　476円　①978-4-06-277004-0
内容　待ちに待った修学旅行です（枕投げは必須）！　冬山にスキーに出かけた夕士たち。楽しい思い出をたくさん作るはずだったけど―千晶先生が倒れて、それどころじゃない。しかもその原因は、泊まったホテルにあるって？　想像を超えた出来事に面食らう夕士、「でも、この経験を決して無駄にはしないぜ…」。

『妖怪アパートの幽雅な日常　7』　香月日輪著　講談社　2012.2　228p　15cm　（講談社文庫　こ73-8）　419円　①978-4-06-277196-2
内容　条東商では、三年生を送り出す予餞会の準備が進められていた。出し物の目玉は千晶先生のステージだ（失神する女子が出かねない）。アパートでは、まり子さんが妖怪託児所から預かった卵が孵化して赤ん坊が夕士になついた！　別れの季節。変わるものと変わらないものが螺旋に絡み合いながら、物事は未来へ続いていく。

『妖怪アパートの幽雅な日常　8』　香月日輪著　講談社　2012.12　220p　15cm　（講談社文庫　こ73-10）　448円　①978-4-06-277430-7
内容　遠回りでもいいから、大学に行きたい―就職組から進学組へ鞍替えした高校三年の夕士は、夏期講習に泣く日々。長い休みの最後、ひょんなことから千晶先生らとアンティーク・ジュエリー展に行くと、会場で思わぬ事件に巻き込まれた。絶体絶命のピンチが訪れたとき、夕士は「あの力」を使うことができるのか!?―。

『妖怪アパートの幽雅な日常　9』　香月日輪著　講談社　2013.11　189p　15cm　（講談社文庫　こ73-12）　450円　①978-4-06-277700-1
内容　高校最後の文化祭準備が始まった。夕士のクラスの出し物は男子学生服喫茶だ。担任の千晶には禁断のコスプレ姿で喫茶店のオーナーをやってもらうことになった（なんでも千晶はかつてクラブ経営をしていたらしい）。準備の真っ只中、夕士は自分のノートに悪口が書かれていることに気づく。一体誰なのか―。

『妖怪アパートの幽雅な日常　10』　香月日輪著　講談社　2014.4　238p　15cm　（講談社文庫　こ73-13）　530円　①978-4-06-277824-4
内容　妖怪アパートとともにあった夕士の高校生活も、残すところ数ヵ月。あとは志望校に合格しさえすれば―ところが。長谷の祖父が死に、姉貴まで奇妙な病にかかったことを不審に思った夕士は、密かにフールを呼び出す。これは一体、何の予兆なのか。ヒトと妖怪が繰り広げる愉快で幽雅な物語、ここに堂々完結！

『妖怪アパートの幽雅な人々―妖アパミニガイド』　香月日輪著　講談社　2015.12　143p　15cm　（講談社文庫　こ73-22）　500円　①978-4-06-293286-8
目次　妖怪アパートへようこそ（人物相関図、前田不動産　ほか）、条東商業高校へようこそ（田代貴子、神谷瑠衣　ほか）、妖怪アパートの幽雅な日常　番外編（長谷 London、夕士 Paris　ほか）、香月日輪スペシャルインタビュー、『妖怪アパートの幽雅な日常』香月日輪の自作解説！
内容　『妖アパ』ファン必携のガイドブックが登場！　人気キャラクターたちのプロフィールや名言集。古本屋や薬屋の鞄の中身など、『妖アパ』の秘密と魅力がぎっしり。さらに長谷、夕士、千晶それぞれのその後を描いた短編と、香月日輪スペシャルインタビュー、全巻解説も収録。シリーズファン大満足の一冊！

越水　利江子
こしみず・りえこ
《1952～》

『ヴァンパイアの恋人—誓いのキスは誰のもの？』越水利江子作、椎名咲月画　ポプラ社　2012.6　198p　18cm　（ポプラカラフル文庫 こ01-01）　790円
①978-4-591-12936-4
内容　母親を失った少女・ルナのもとに、突然、死に別れたはずの父親の使いがあらわれる。言われるがまま、ブルッド・ブラザー島にあるハーフムーン学園の寄宿舎に入ることになったルナ。しかし、そのブルッド・ブラザー島こそが、ヴァンパイアと人間の共存する街だった！　ルナを待ち受ける運命とは—！？　ドキドキの展開が止まらない、ロマンチックホラー第1巻。小学校上級～。

『ヴァンパイアの恋人〔2〕運命のキスを君に』越水利江子作、椎名咲月画　ポプラ社　2012.8　181p　18cm　（ポプラカラフル文庫 こ01-02）　790円
①978-4-591-13035-7
内容　青の絵が発する光につつまれて、見知らぬ地についたルナ。そこで出会った少年の姿かたちは、エルゼァールそのものだった。深まるエルゼァールの謎。ルナをつけねらうギデオンの陰謀。どうしようもなくエルゼァールに惹かれていくルナ。そして、ルナの父親である黒太子の正体は—。胸いっぱいのときめきとドキドキを贈るロマンチックホラー第2弾。小学校上級～。

『風のラヴソング』越水利江子作、中村悦子絵　完全版　講談社　2008.5　189p　18cm　（講談社青い鳥文庫 271-1）　580円　①978-4-06-285026-1
目次　ふわりふわり．なれてるお父ちゃん．青空の国．みきちゃん．あの日のラヴソング．ダイヤモンド・ダスト．金の鈴．バトンタッチ
内容　父と兄と別れて、新しい両親のもとへと引き取られた少女・小夜子を待っていたのは、さまざまな新しい出会いだった。家族、友だち、そして好きな男の子…彼らとのふれあいを通して、小夜子が愛を育んでいく感動物語。第45回文化庁芸術選奨文部大臣新人賞、第27回日本児童文学者協会新人賞ダブル受賞の名作に、今回、未発表の短編1編を加えて、新たにお届けする完全版です。

『恋する新選組　1』越水利江子作、朝未絵　角川書店　2009.4　206p　18cm　（角川つばさ文庫 Aこ1-1）　580円
①978-4-04-631020-0〈発売：角川グループパブリッシング〉
内容　勝兄いが近藤勇になった日、あたし、宮川空は、雲ひとつない空に誓ったの。「あたしも、勝兄いのような、りっぱな剣士になります」って。あたしは、13歳。夢をかなえるために、行動を開始します。やさしく強き剣士・沖田総司、美男子・土方歳三、にぎやかで楽しい試衛館の居候たち。ヒロイン・空を中心に時代は大きく動き始める。リトルラブ＆青春ストーリー。

『恋する新選組　2』越水利江子作、青治絵　角川書店　2009.9　206p　18cm　（角川つばさ文庫 Aこ1-2）　600円
①978-4-04-631045-3〈発売：角川グループパブリッシング〉
内容　あたしは空、13歳。夢は剣士になること。兄は、近藤勇。でも、兄と沖田さんたちは、だまって京の都に旅立ってしまい、あたしもみんなを追いかけて、ひとり京の都にやって来た。沖田さんと再会し、あこがれが恋に変わる！？　時は若者が主人公になった幕末。浪士があばれる都で、若き志士たちは未来を信じる！　侍女子の純愛物語in京都!!　小学上級から。

『恋する新選組　3』越水利江子作、青治絵　角川書店　2009.12　206p　18cm　（角川つばさ文庫 Aこ1-3）　600円
①978-4-04-631071-2〈発売：角川グループパブリッシング〉
内容　わたしは、宮川空。大好きな人は沖田総司！　沖田さんは、やさしくて、最強の剣士。わたしは、女の子だということをかくすという条件で、新選組においてもらえることに。でも、京の都は血なまぐさい事件の連続。そんな中、新選組は池田屋事件で、大活躍!!　そして、りょうちゃんこと、坂本龍馬から手紙が…。空と沖田は!?　侍女子の青春＆純愛物語。小学上級から。

『時空忍者おとめ組！』越水利江子作、土屋ちさ美絵　講談社　2009.1　221p　18cm　（講談社青い鳥文庫 271-2）　580円　①978-4-06-285070-4
内容　クラスメイトと安土城址をトレッキング中に、竜胆はいきなり謎の男に刃物をつきつけられてしまう。幽霊が出るってうわさは、本当だった!?　恐いと思いながらも、竜胆は背負い投げで対抗。しかし、対する相手も鮮やかに身をかわし、自らを伊賀忍者だとなのるのだった。忍者おたくの親友・三香は大喜びするが、それも束の間、その後に予想もしなかった展開が彼女たちを待ち受けていた。待望の新シリーズ、時間と場所を自由自在に飛び越える冒険の幕が開く。小学上級から。

『時空忍者おとめ組！　2』越水利江子

作, 土屋ちさ美絵　講談社　2009.5　220p　18cm　（講談社青い鳥文庫 271-3）　580円　①978-4-06-285094-0
内容　現代から戦国時代へと時空を飛んでしまった竜胆、三香、薫子の3人組は、伊賀忍者の生き残りだという霧生丸と出会ったことで、時の最高権力者・織田信長と敵対することに。信長の本拠地・安土城へと足を踏み入れたことで、彼女たちに想像もしなかった死と隣り合わせの危険が次々とふりかかってくるのだが、ついにはなれなければならない3人は、自力でなんとかしようと奮闘する…。小学上級から。

『時空忍者おとめ組！　3』越水利江子作, 土屋ちさ美絵　講談社　2010.4　220p　18cm　（講談社青い鳥文庫 271-4）　580円　①978-4-06-285148-0
内容　薫子をさらった黒幕は、明智光秀ではないか。そうにらんだ竜胆は、坂本城へ潜入することを決意する。だが、坂本城は、女の子一人で忍びこめるようなところではなかった。そこで、竜胆は、信長の侍女たちにまじって潜入する。竜胆と三香は薫子をすくえるのか？さらに竜胆を男の子と思いこんでいる美剣士森乱と竜胆は、すれちがいをくり返しながら、ついに再会する…。小学上級から。

『時空忍者おとめ組！　4』越水利江子作, 土屋ちさ美絵　講談社　2010.11　220p　18cm　（講談社青い鳥文庫 271-5）　600円　①978-4-06-285175-6
内容　竜胆、薫子、三香は、自分たちのすぐ身近で今まさに本能寺の変が起ころうとしていることに気づいた。竜胆は、織田信長に仕える森乱の身の心配でたまらない。歴史を変えるというタブーをおかしてでも、好きな人の命を救いたいと決心して、薫子、三香とともに本能寺へ向かうのだが。激動の戦乱の中、小学生女子3人で結成された「おとめ組」が活躍する、感動の最終巻！

『忍剣花百姫伝　1　めざめよ鬼神の剣』越水利江子著　ポプラ社　2012.5　205p　15cm　（ポプラ文庫ピュアフル Pこ-5-1）　540円　①978-4-591-12943-2
内容　時は戦国乱世。忍者の城・八剣城を正体も知れぬ魔の軍勢が襲う。城主は戦死、わずか四歳の花百姫は霊剣を持ったまま行方知れずとなった…。十年の歳月が流れた。記憶を失い、少年として育てられた姫。ふたたび魔が蠢きだす中、姫の記憶と不思議な力が次第に目覚め、神宝を持つ無敵の忍者・八忍剣が姫の下に集い始める。だが彼らの前には、巨大な敵と過酷な運命が立ちはだかっていた。壮大な時代活劇ファンタジー。

『忍剣花百姫伝　2　魔王降臨』越水利江子著　ポプラ社　2012.7　222p　15cm　（ポプラ文庫ピュアフル Pこ-5-2）　560円　①978-4-591-13015-5
内容　失われた記憶と、水天の法—遠くの世界を見通す力—を取り戻しはじめた花百姫。一方、八忍剣の裏切り者、美貌の忍剣士・美女郎は魔道の力により、亡くなった花百姫の父・八剣朱虎の肉体に魔王を甦らせていた。彼らの狙いは神宝・火切りの玉と、その宝を守る火海姫の玉風城だった。数万の亡者の軍勢が襲いかかる玉風城に、花百姫と隻眼の忍剣士・霧矢が急行する…。渾身の時代活劇ファンタジー、第二弾。

『忍剣花百姫伝　3　時を駆ける魔鏡』越水利江子著　ポプラ社　2012.9　217p　15cm　（ポプラ文庫ピュアフル Pこ-5-3）　600円　①978-4-591-13079-7
内容　天竜剣を手にし、その力を取りもどした花百姫は、隻眼の忍剣士・霧矢との再会を果たした。そして近江にやってきた姫の前に、三百年の封印を解き、神宝・破魔の鏡が姿をあらわした。その力により時を超えた花百姫—待ち受けていたのは空天の術者だったが、そこへ魔王が襲いかかる！　魔王は時を超える力を持っていたのだ…渾身の時代活劇ファンタジー、第三弾。

『忍剣花百姫伝　4　決戦、逢魔の城』越水利江子著　ポプラ社　2012.11　229p　15cm　（ポプラ文庫ピュアフル Pこ-5-4）　600円　①978-4-591-13153-4
内容　老天人の空天の法により時空の扉を開いた花百姫は、運命のいたずらから、十年前の時に降り立った。それは、魔王が亡者の軍勢を率いて八剣城に襲いかかる、まさにその時！　花百姫は八忍剣の力を結集し、決戦に臨むが…父、朱虎の命を救うことができるか、運命を変えることはできるのか!?　手に汗握るシリーズ中盤のクライマックス、渾身の時代活劇ファンタジー第四弾。

『忍剣花百姫伝　5　紅の宿命』越水利江子著　ポプラ社　2013.1　231p　15cm　（ポプラ文庫ピュアフル Pこ-5-5）　620円　①978-4-591-13214-2
内容　花百姫の下に集結をはじめた八忍剣。彼らは空天の法によりふたたび時空を超えた。降り立ったのは、カツラの木が紅に萌える踏鞴場。五十年後の多蛇羅城、魔に憑かれた城主が、選ばれし運命の子の肉体に魔王を甦らせようとしていた。そこで明らかになる美女郎の出生の秘密と、霧矢の悲恋のドラマ。そして花百姫を襲う恐ろしい運命…渾身の時代活劇ファンタジー第五弾。

『忍剣花百姫伝　6　星影の結界』越水利江子著　ポプラ社　2013.3　267p

15cm （ポプラ文庫ピュアフル Pこ-5-6） 620円 ⓘ978-4-591-13422-1

内容 古の世から地中に眠っていた天の磐船が目覚め、飛び立つとともに、地獄の七口がつぎつぎ開いてゆく。そのとき魔王が真の復活を遂げ、もはや人間の力ではとどめようがない…。八忍剣たちが、すべての魔道の勢力が、肥前の地に集結し、ついに最終決戦の火蓋が切られた！ 魔王の燐光石を胸にうけた花百姫は、命を蝕まれながらいかに戦い抜くのか!? 渾身の時代活劇ファンタジー第六弾。

『忍剣花百姫伝 7 愛する者たち』 越水利江子著 ポプラ社 2013.5 330p 15cm （ポプラ文庫ピュアフル Pこ-5-7） 660円 ⓘ978-4-591-13462-7
〈2010年刊の加筆・修正〉

内容 真の姿をあらわした魔王は地獄の七口を開き、そこから魔物があふれだしてくる。各地で五鬼四天の忍びが決死の戦いを繰り広げるが、滅びの時が近づいていた。一方、霧矢は単身時の狭間を抜け、魔王を追った。彼に導かれるように花百姫たちが行き着いたのは、遠い未来か超古代か、魔王が支配する異世界。そして凄惨な戦いが待ち受けていた—渾身の時代活劇ファンタジー、感動の完結編。

後藤　竜二
ごとう・りゅうじ
《1943～2010》

『キャプテンがんばる―キャプテンシリーズ 3』 後藤竜二著, 杉浦範茂絵 講談社 1988.5 195p 18cm （講談社青い鳥文庫） 420円 ⓘ4-06-147026-4

内容 少年野球チーム、ブラック＝キャットは勇がキャプテンになり、勇たちの通う麦塾のゴムさんを監督にむかえてからチームにまとまりができて強くなった。夏の野球大会第1回戦で逆転勝ちしたブラック＝キャットは、第2回戦でも優勝候補のレッド＝リバーズに13対12と打ち勝ち、準決勝に進出する…。

『キャプテン、らくにいこうぜ―キャプテンシリーズ 2』 後藤竜二著, 杉浦範茂絵 講談社 1986.5 195p 18cm （講談社青い鳥文庫） 420円 ⓘ4-06-147025-6

内容 町内会の少年野球チーム「ブラック＝キャット」は、夏の大会を前に、川原でたった1泊だが、合宿をすることにした。勉強でぬけていたエースの吉野くんも参加して、もうひとりのエース秀治、キャプテンの勇を中心にして猛練習をした。大会の第1回戦の相手は、優勝候補の「スネイク」にきまり……。

『キャプテンはつらいぜ―キャプテンシリーズ 1』 後藤竜二著, 杉浦範茂絵 講談社 1985.7 211p 18cm （講談社青い鳥文庫） 390円 ⓘ4-06-147024-8

『キャプテンはつらいぜ』 後藤竜二著 講談社 2006.12 211p 18cm （講談社青い鳥文庫） 580円 ⓘ4-06-147024-8〈第49刷〉

内容 六年生は受験でぬけるというし、エースの吉野くんはやめたいというし…。町内会の少年野球チーム「ブラック＝キャット」をおそった危機に、キャプテンの勇は大弱り。ぐれていた友だちの秀治をさそい、剛速球のエースにするが…。野球をとおして現代の子どもたちを生き生きとえがいた力作。小学上級から。

『12歳たちの伝説 1』 後藤竜二著 ジャイブ 2007.1 184p 15cm （ピュアフル文庫） 540円 ⓘ978-4-86176-372-4〈新日本出版社 2000年刊の増訂〉

目次 きょうからがすべて！―霧島あい、たんぽぽ―川口美希、おたすけマンたち―霧島あい、笑っちゃうぜ―益田剛、保健室―川口美希、悪役―山崎夕花、再会―谷本誠、遠投―山崎夕花、ケータイ―益田剛、ありがとう―川口美希、落書き―霧島あい、『勇気の記録』―？、ずっと忘れない―山崎夕花、朝―霧島あい

内容 学級崩壊を起こし何人もの先生に見放された6年1組。新しい春が来ても、教室を飛び交う紙飛行機は消えず、登校拒否も許さず、自分にバリアを張って学校へ行く。でも本当はみんな、そんなクラスにもううんざりだった。元に戻れるチャンスが欲しかった。いじめ、登校拒否、学級崩壊…。その中で揺れ動く十二歳たちの切ない気持ちがリアルに描かれた、著者人気シリーズ待望の文庫化、第一弾。

『12歳たちの伝説 2』 後藤竜二著 ジャイブ 2007.5 152p 15cm （ピュアフル文庫） 520円 ⓘ978-4-86176-397-7

内容 新しい先生が来て少しだけクラスが変わってきた。でも未だ6年1組は問題だらけ。グループから外されたりふざけたり暴力が横行したり。そんな教室で行き場を失った彼らは、くすぶる思いを言葉に換えていくことでクラスメイトを理解しようと努力し始める。どうにもならない閉鎖された教室の中で、自分の居場所を必死に探し続ける12歳たちのひたむきな姿が身に迫る、著者人気シリーズ文庫化第二弾。

『**12歳たちの伝説　3**』　後藤竜二著　ジャイブ　2007.9　154p　15cm　（ピュアフル文庫）　540円　Ⓘ978-4-86176-425-7

内容　掃除は押し付けられるし、ムシされる。親友だと思っている友達からのからかいやふざけた暴力に耐える海口草平。そんな中、クラスメートの烏丸凛の作文を読み、彼女の秘められた過去を知る。そして草平は今まで口に出さず飲み込んでいた言葉を吐き出す決心をする。子供たちの切ないリアルな気持ちを描いた人気シリーズ第三巻。巻末にはあさのあつこ×後藤竜二の対談を収録。

『**12歳たちの伝説　4**』　後藤竜二著　ジャイブ　2008.1　142p　15cm　（ピュアフル文庫）　540円　Ⓘ978-4-86176-478-3

内容　運動会の騎馬戦で大失敗した草平。それだけでも憂鬱な気分だったのに、その後に続くサッカー大会の実行委員を、嫌だと言えずに引き受けてしまう。嫌々始めた委員でも、大会に向けて準備をするうちに、周りの友人たちの思いがわかってきた。自らの恥をさらし、開き直り、力を尽くして初めて見えた、本当の自分の気持ちと友人たちの誠実さを描く、人気シリーズの第四巻。

『**12歳たちの伝説　5**』　後藤竜二著　ジャイブ　2008.1　124p　15cm　（ピュアフル文庫）　540円　Ⓘ978-4-86176-479-0

内容　12歳たちの夏―。40度近い室温の教室で暑さに閉じ込められた6年1組は、少しでも気を紛らわせようと試行錯誤する。そんな中、学校で唯一冷水が出る飼育小屋の蛇口を、教師に取り上げられるという理不尽な事件が起きた。それをきっかけに、クラスメイトの優しさや担任教師の誠実さを知り、彼らは一歩ずつ成長していく。他人を信頼することを知った12歳たちの、切実な気持ちを描いた、人気シリーズ、待望の最終巻。

『**たんぽぽ飛ぶころ**』　後藤竜二作、岡本順絵　ポプラ社　1987.5　158p　18cm　（ポプラ社文庫）　420円　Ⓘ4-591-02504-7

斎藤　惇夫
さいとう・あつお
《1940〜》

『**ガンバとカワウソの冒険**』　斎藤惇夫作、藪内正幸画　岩波書店　1990.7　570p　18cm　（岩波少年文庫）　800円　Ⓘ4-00-112123-9

内容　ゆくえ不明のネズミをたずねて四の島に向かったガンバと仲間たちは、絶滅したはずの二ひきのカワウソを見つけます。そして狂暴な野犬と戦いながら、伝説の河「豊かな流れ」をめざします。小学上級以上。

『**ガンバとカワウソの冒険**』　斎藤惇夫著　講談社　1993.10　524p　15cm　（講談社文庫）　720円　Ⓘ4-06-185520-4

内容　行方不明の恋人ナギサを探すシジンとともに、"四の島"に渡るガンバと15匹の仲間たち。そこには絶滅したはずのカワウソ親子と、おそろしい野犬との死闘が待っていた。子守歌に隠された島の秘密とは？　カワウソは安住の地に辿り着くことができるのだろうか？　知恵と勇気で大活躍のガンバ冒険シリーズ第3弾。

『**ガンバとカワウソの冒険**』　斎藤惇夫作、藪内正幸画　新版　岩波書店　2000.9　577p　18cm　（岩波少年文庫）　840円　Ⓘ4-00-114046-2

内容　ゆくえ不明のネズミをたずねて四の島の渡ったガンバと仲間たちは、絶滅したはずの二匹のカワウソを見つけます。野犬と戦いながら、カワウソの仲間が生き残っているかもしれない伝説の川「豊かな流れ」をめざす冒険がはじまりました。小学4・5年以上。

『**グリックの冒険**』　斎藤惇夫著　講談社　1978.12　324p　15cm　（講談社文庫）　340円

『**グリックの冒険**』　斎藤惇夫作、藪内正幸画　岩波書店　1990.7　351p　18cm　（岩波少年文庫）　670円　Ⓘ4-00-112122-0

内容　飼いリスのグリックは、野生のリスの住む北の森にあこがれ、カゴから脱走する。町でドブネズミのガンバと親しくなり、動物園で知りあった雌リスののんのんといっしょに、北の森をめざします。小学上級以上。

『**グリックの冒険**』　斎藤惇夫作、藪内正幸画　新版　岩波書店　2000.7　357p　18cm　（岩波少年文庫）　760円　Ⓘ4-00-114045-4

内容　飼いリスのグリックは、北の森でいきいきとくらす野生リスの話を聞き、燃えるようなあこがれをいだきます。カゴから脱走したグリックはガンバに助けられ、動物園で知りあためすリスののんのんといっしょに、北の森をめざします。小学4・5年以上。

『**冒険者たち―ガンバと十五匹の仲間**』　斎藤惇夫著　講談社　1978.9　366p　15cm　（講談社文庫）　380円　〈斎藤惇夫

略年譜：p366〉

『冒険者たち―ガンバと15ひきの仲間』 斎藤惇夫作, 藪内正幸画　岩波書店　1990.7　388p　18cm　（岩波少年文庫）　670円　①4-00-112121-2

> 内容　イタチと戦う島ネズミを助けに、ドブネズミのガンバと仲間たちは夢見が島へ渡りました。しかし、どうもうな白イタチのノロイの攻撃をうけ、ガンバたちは知恵と力のかぎりをつくして戦います。小学上級以上。

『冒険者たち―ガンバと15ひきの仲間』 斎藤惇夫作, 藪内正幸画　新版　岩波書店　2000.6　394p　18cm　（岩波少年文庫）　760円　①4-00-114044-6

『冒険者たち―ガンバと15ひきの仲間』 斎藤惇夫著　新版　岩波書店　2005.11　394p　18cm　（岩波少年文庫）　760円　①4-00-114044-6〈8刷〉

> 内容　イタチと戦う島ネズミを助けに、ドブネズミのガンバと仲間たちは夢見が島へ渡りました。しかし、どうもうな白イタチのノロイの攻撃をうけ、ガンバたちは知恵と力のかぎりをつくして戦います。胸おどる冒険ファンタジーの大作。小学4・5年以上。

斎藤　隆介
さいとう・りゅうすけ
《1917～1985》

『斎藤隆介童話集』 斎藤隆介著　角川春樹事務所　2006.11　221p　16cm　（ハルキ文庫）　680円　①4-7584-3262-7

> 目次　八郎、天上胡瓜、天の笛、ひいふう山の風の神、ソメコとオニ、ドンドコ山の子ガミナリ、一ノ字鬼、モチモチの木、三コ、死神どんぶら、春の雲、緑の馬、天狗笑い、もんがく、ベロ出しチョンマ、白猫おみつ、浪兵衛、毎日正月、腹ペコ熊、ひさの星、半日村、花咲き山、でえだらぼう、虹の橋、おかめとひょっとこ

> 内容　磔の刑が目前にもかかわらず、妹を笑わせるためにベロッと舌を出す兄の思いやりを描いた「ベロ出しチョンマ」、ひとりでは小便にも行けない臆病者の豆太が、じさまのために勇気をふるう「モチモチの木」などの代表作をはじめ、子どもから大人まで愉しめる全25篇を収録。真っ直ぐに生きる力が湧いてくる名作アンソロジー。

『ベロ出しチョンマ―他27篇』 斎藤隆介著　角川書店　1976　284p　15cm　（角川文庫）　300円

『ベロ出しチョンマ』 斎藤隆介作, 滝平二郎画　理論社　2004.2　238p　18cm　（フォア文庫愛蔵版）　1000円　①4-652-07385-2

> 目次　花咲き山、八郎、三コ、東・太郎と西・次郎、ベロ出しチョンマ、一ノ字鬼、毎日正月、モチモチの木、なんか一病息災、ソメコとオニ、死神どんぶら、緑の馬、五郎助奉公、こだま峠、もんがく、浪兵衛、おかめ・ひょっとこ、白猫おみつ、天の笛、春の雲、ひばりの矢、ひいふう山の風の神、ドンドコ山の子ガミナリ、カッパの笛、天狗笑い、白い花、寒い母、トキ

> 内容　はりつけの刑にさた兄と妹。妹思いの兄長松は、死の直前ベロッと舌を出し、妹を笑わせようとした。

阪田　寛夫
さかた・ひろお
《1925～2005》

『阪田寛夫詩集』 阪田寛夫著　角川春樹事務所　2004.9　254p　16cm　（ハルキ文庫）　680円　①4-7584-3128-0〈年譜あり　著作目録あり〉

> 目次　てんとうむし、コスモス、ななくさ、ペンペン草、からす、らくだの耳から、こうのとりにのって、はなやぐ朝、くちなし、貝の花〔ほか〕

> 内容　美しい日本語のリズムにのせて、人間の優しさと寂しさを、世界の本質を鮮やかに提示する阪田寛夫の豊穣なことばの宇宙。第一詩集から未刊詩篇まで、一三二篇を収録した珠玉のアンソロジー。

『サッちゃん―詩集』 阪田寛夫著　講談社　1977.11　185p　15cm　（講談社文庫）　240円〈年譜：p.168～175〉

『ほらふき金さん』 阪田寛夫文, 石倉欣二絵　国土社　1989.3　236p　18cm　（てのり文庫）　480円　①4-337-30010-4

> 内容　"ほら金"は、ほんとうは金蔵という名の絵かきだが、よくばりのうえに、ほらふきだから、だれも本名を呼ばない。むかしは高知のお城のお絵師だったとか、江戸の画家だったとかうわさがあるが、だれも本気にしていない。

『ほらふき金さん』 阪田寛夫文, 石倉欣二

絵　国土社　1996.2　236p　18cm
（てのり文庫図書館版 6）　1000円
ⓘ4-337-30102-X

坂元　純
さかもと・じゅん
《1965〜》

『ぼくのフェラーリ』　坂元純著　講談社
2006.7　187p　15cm　（講談社文庫）
419円　ⓘ4-06-275450-9
内容 12歳の和也に届けられた、時価数千万円もするフェラーリ。その理由は1年半前の大騒動にあった。大金持ちの祖父・大輔が遺言書を隠すため突然失踪。和也は祖母・ちよとともに大輔を探すうちに、ある秘密に関する秘密を知る。児童文学界で絶賛された、祖母と孫の心温まる物語。第7回椋鳩十児童文学賞受賞作。

笹生　陽子
さそう・ようこ
《1964〜》

『家元探偵マスノくん―県立桜花高校★ぼっち部』　笹生陽子著　ポプラ社
2014.5　205p　15cm　（ポプラ文庫ピュアフル　Pさ-5-1）　560円　ⓘ978-4-591-13996-7〈2010年刊の加筆・訂正〉
内容 友達作りに乗り遅れたチナツは、なりゆきで孤高の変人ばかりが集う「ぼっち部」へ入部することに。メンバーは、次期華道家元で探偵趣味のあるメガネ男子マスノくん、女優志望の西園寺さん、自称・魔剣の現身の田尻くん、ネット越しでしか会話をしない正体不明のスカイプさん。そんな超個性派集団のもとに、次々と事件が舞い込んで―。NGワードは「一致団結」「和気あいあい」。孤独と謎を愛する人に贈る青春学園ミステリー！

『きのう、火星に行った。』　笹生陽子著
講談社　2005.3　162p　15cm　（講談社文庫）　371円　ⓘ4-06-275022-8
内容 6年3組、山口拓馬。友だちはいらない、ヤル気もない。クールにきめていた。ところが突然、病気がちの弟・健児が7年ぶりに療養先から戻ってきて、生活が一変する。家ではハチャメチャな弟のペースに巻き込まれ、学校では体育大会のハードル選手にでくちゃんと選ばれる…。少年たちの成長に感動必至。

『サンネンイチゴ』　笹生陽子著　角川書店
2009.6　161p　15cm　（角川文庫 15753）　400円　ⓘ978-4-04-379003-6
〈理論社 2004年刊の加筆修正　発売：角川グループパブリッシング〉
内容 文芸部所属、読書好きのインドア派、森下ナオミは中学2年生。正義感は人一倍強いのに、やることなすことカラ回り。小心者で、学校では存在感の欠片もないのが現実だ。ある日、寄り道した古本屋でバッグを盗まれたナオミは、その事件をきっかけに、学年きってのトラブルメーカー・柴咲アサミと、彼女の彼氏（？）のヅカちんと話すようになり…。奇妙な三角関係の友情がはじまった。―14歳のホンネを描く、傑作青春小説。

『世界がぼくを笑っても』　笹生陽子著　講談社　2014.3　172p　15cm　（講談社文庫　さ83-4）　500円　ⓘ978-4-06-277806-0
内容 浦沢中学2年D組、6番、北村ハルト。貧乏×父子家庭。母はメール一通で家を出て、親父はあらゆる賭け事で負け続ける。この世の中、持てる者と持たざる者とでできているのは知っている。せめて学校生活だけでも平和に過ごしたい。しかし学校の危機に来たのは史上最弱ダメ教師。そしてハルトの前に更なる危機が！

『空色バトン』　笹生陽子著　文藝春秋
2013.12　215p　16cm　（文春文庫　さ61-1）　530円　ⓘ978-4-16-783890-4
目次 サドルブラウンの犬、青の女王、茜色図鑑、ぼくのパーマネントイエロー、パステル・ストーリー、マゼンタで行こう
内容 ある日突然おかんが死んだ。現役男子高校生のオレに、通夜の席に現れた三人組のおばさんたちが渡してきたはおかん達が中学の時に作った漫画同人誌だった。25年前のあの同人誌が場所も時代も性別も超えて伝える、あの頃の輝き―。児童文学の旗手による、何気なくも大切な日々をつないだ青春連作短編集。

『バラ色の怪物』　笹生陽子著　講談社
2007.7　181p　15cm　（講談社文庫）
400円　ⓘ978-4-06-275785-0
内容 本当の敵は誰か―中学二年の遠藤トモユキは、壊した眼鏡を内緒で買い替えるため"行動する中学生の会"代表の三上のもとでアルバイトをはじめた。学校のボランティアでは、ピンク色の髪の問題児、吉川ミチルと親しくなる。二人と出会い、精神的にも肉体的にも変化していく遠藤は、ある事件に巻き込まれる。

『ぼくらのサイテーの夏』　笹生陽子作、やまだないと、廣中薫絵　講談社　2005.2　308p　18cm　（講談社青い鳥文庫 244-

1)　670円　①4-06-148674-8
[目次] ぼくらのサイテーの夏, きのう, 火星に行った。
[内容] ぼく, 通称・桃井。6年生。「階段落ち」という危険なゲームをやった罰としてプールそうじをさせられることに。いっしょにそうじをするのは栗田。クールでどこか大人っぽいやつで, ちょっと気に入らない。ああ, ぼくの小学校最後の夏休みは「サイテー」になりそうな予感！ 著者のデビュー作で, 二人の少年のさわやかな夏を描いた表題作と, 無気力少年の「本気」を探った第2作『きのう, 火星に行った。』を収録。小学上級から。

『ぼくらのサイテーの夏』 笹生陽子著　講談社　2005.2　170p　15cm　（講談社文庫）　381円　①4-06-275015-5
[内容] 一学期の終業式の日, ぼくは謎の同級生, 栗田に「階段落ち」の勝負で負けた。ケガをしたうえ, 夏休みのプール掃除の罰まで下された。よりによって, あの栗田とふたりきりで…。サイテーの夏がはじまった。友情, 家族, 社会などを少年の目線で描いた, 児童文学界注目の著者, 珠玉のデビュー作を文庫化。第30回日本児童文学者協会新人賞・第26回児童文芸新人賞ダブル受賞作。

『ぼくは悪党になりたい』 笹生陽子著　角川書店　2007.6　206p　15cm　（角川文庫）　438円　①978-4-04-379002-9
〈発売：角川グループパブリッシング〉
[内容] 兎丸エイジ, 17歳。ぼくの家庭に父親はいない。奔放な母と腕白な異父弟・ヒロトの三人で平凡な生活を送っている。毎日家事全般をこなす高校生が平凡かどうか疑問ではあるのだが…。ある日, ヒロトが病気で倒れたのをきっかけに, ぼくの平凡な日常は少しずつ崩れはじめる。生きたいように生きる人たちの中で, ぼくだけが貧乏くじをひいているのではないだろうか？―少年の葛藤を軽妙な筆致で描いた, 新時代の傑作青春文学。

『楽園のつくりかた』 笹生陽子著　角川書店　2005.6　158p　15cm　（角川文庫）　400円　①4-04-379001-5
[内容] エリート中学生の優は, 突如ド田舎の学校に転校することになった。一杯勉強して, 東大に入り, 有名企業に就職する, という将来プランがぐちゃぐちゃだ。しかも, 同級生はたったの3人。1.バカ丸出しのサル男。2.いつもマスクの根暗女。3.アイドル並みの美少女（？）。嗚呼, ここは地獄か, 楽園か？ これぞ直球ど真ん中青春小説！ 今もっとも注目を集める作家の代表作, 待望の文庫化。

『楽園のつくりかた』 笹生陽子作, 渋谷学志絵　講談社　2015.5　187p　18cm　（講談社青い鳥文庫 244-2）　620円　①978-4-06-285484-9〈2002年刊の再刊〉
[内容] 自称エリート中学生・星野優の目標は東大に入学し, 卒業後は有名企業に入社すること。なのに, 家庭の事情で過疎化の進んだ山村の廃校寸前の分校へ転校しなければならなくなった…。しかも, たった3人のクラスメートはいずれも全員クセ者。どう考えても, 過酷な受験競争には向かなそうな環境だ。このままではいられないと優は, 「逆風」に立ち向かおうとするのだけれど…。小学上級から。

佐藤　さとる
さとう・さとる
《1928～》

『海へいった赤んぼ大将』 佐藤さとる作, 村上勉絵　あかね書房　1988.6　189p　18cm　（あかね文庫）　430円　①4-251-10029-8
[内容] 赤んぼのタツオは, ふしぎなことばが, つかえます。小鳥や動物, そのうえ機械とも話ができるのです。ある日, なかよしのめざまし時計にとんでもないことをたのまれました。さあ, 特製のモモンガ服を着て, 赤んぼ大将タツオの活躍が始まります。―佐藤さとるのファンタジーの名作。

『おばあさんのひこうき』 佐藤さとる作, 村上勉絵　小峰書店　1989.2　142p　18cm　（てのり文庫）　430円　①4-338-07909-6
[内容] おばあさんは, あみもののめいじんです。ちょうちょのもようをあんでいると, あみものが, すういっと, うかびあがりました。…さて, おばあさんは, このふしぎなあみもので, どんなことをするのでしょうか。

『コロボックル童話集』 佐藤さとる作, 村上勉絵　講談社　2011.3　205p　18cm　（講談社青い鳥文庫）　580円　①4-06-147037-X〈第38刷〉
[目次] コロボックルと時計, コロボックルと紙のひこうき, コロボックル空をとぶ, トコちゃんばったにのる, コロボックルふねにのる, そりにのったトコちゃん, ヒノキヒコのかくれ家, 人形のすきな男の子, 百万人にひとり, へんな子
[内容] コロボックルの子ども, トコちゃんを主人公とする「コロボックル空をとぶ」「トコちゃんばったにのる」などトコちゃんシリーズをはじめ, 「だれも知らない小さな国」執筆以来, 著者が心にあたため続け折々に発表してきた, コロボックルと人間との友情を描いた短編10話を収録。

『コロボックルむかしむかし』 佐藤さとる

作　講談社　2012.2　210p　15cm　（講談社文庫　さ1-26―コロボックル物語6）　476円　①978-4-06-277163-4　〈絵：村上勉　『小さな人のむかしの話』(1987年刊)の改題〉

[目次]スクナヒコとオオクルヌシ，水あらそいとヒコ，アシナガのいましめ，虫づくし，長者さまの姉むすめ，モモノヒコ＝タロウ，虫守りのムシコヒメ，ふたりの名人，藤助の伝記

[内容]「コロボックル―日本伝説の小人」の世界でも，人間世界と同じように，むかし話やおとぎ話が語り継がれている。コロボックル版の桃太郎や一寸法師，そして神話など。そこから，コロボックルの魅力や真の姿が明らかとなる。いわば，エピソード・ゼロの物語。

『佐藤さとる童話集』　佐藤さとる著　角川春樹事務所　2010.7　221p　16cm　（ハルキ文庫 さ16-1）　680円　①978-4-7584-3489-8

[目次]壁の中，井戸のある谷間，名なしの童子，龍のたまご，そこなし森の話，きつね三吉，宇宙からきたみつばうめ，鬼の話，夢二つ，角ン童子，ぼくのおばけ，この先ゆきどまり

[内容]人か狐か正体がわからない三吉をめぐる物語「きつね三吉」，鳥の巣ばこに住むおばけと男の子のほほえましい交流を描いた「ぼくのおばけ」など，日常のなかにかくれた"不思議"を，丁寧な細工をこらした文章で綴る名作ファンタジー全12篇を厳選。自分のまわりでもこんなことが起きたらいいな―と，温かくやわらかな気持ちになる珠玉のアンソロジー。

『佐藤さとるファンタジー童話集　1　そこなし森の話』　講談社　1976　183p　15cm　（講談社文庫）　220円

『佐藤さとるファンタジー童話集　2　名なしの童子』　講談社　1976　173p　15cm　（講談社文庫）　220円

『佐藤さとるファンタジー童話集　3　おばあさんの飛行機』　講談社　1976　184p　15cm　（講談社文庫）　220円

『佐藤さとるファンタジー童話集　4　赤んぼ大将』　講談社　1976.12　211p　15cm　（講談社文庫）　260円

『佐藤さとるファンタジー童話集　5　手のひら島はどこにある』　講談社　1977.6　155p　15cm　（講談社文庫）　200円

『佐藤さとるファンタジー童話集　6　ジュンと秘密の友だち』　講談社　1977.11　207p　15cm　（講談社文庫）　240円

『佐藤さとるファンタジー童話集　7　口笛を吹くネコ』　講談社　1981.4　167p　15cm　（講談社文庫）　240円

『佐藤さとるファンタジー童話集　8　小鬼がくるとき』　講談社　1981.6　175p　15cm　（講談社文庫）　240円

『佐藤さとるファンタジー童話集　9　コロボックルのトコちゃん』　講談社　1984.5　174p　15cm　（講談社文庫）　280円　①4-06-183162-3

『佐藤さとるファンタジー童話集　10　宇宙からきたかんづめ』　講談社　1988.9　177p　15cm　（講談社文庫）　280円　①4-06-184344-3

[目次]こおろぎとお客さま，ねずみの町の一年生，かえるのアパート，魔法の町の裏通り，とりかえっこ，ヨットのチューリップ号，えんぴつ太郎の引っ越し，小さな竜巻，宇宙からきたみつばうめ，たっちゃんと電信柱，魔法のはしご，宇宙からきたかんづめ

[内容]スーパーマーケットでふと手にしたパイナップルのかんづめから，不思議な声がひびいてきました。それは，ぼくだけに聞こえるテレパシーのような現象でした。―SF童話の傑作「宇宙からきたかんづめ」ほか，「こおろぎとお客さま」「かえるのアパート」「魔法の町の裏通り」など，神秘の世界に誘うファンタジーの名品を12編収録。

『佐藤さとるファンタジー童話集　11　ぼくの机はぼくの国』　講談社　1989.10　193p　15cm　（講談社文庫）　320円　①4-06-184575-6

[目次]カッパと三日月，ねずみと嫁入り，まめだぬき，山寺の和尚さん，富士山を見にきた魔法使い，不思議な音が聞こえる，なまけものの時計，おしゃべり湯わかし，ポストの中，ポストに聞いた話，机の上の古いポスト，タケオくんの電信柱，大男と小人，しかられ坊主のヒミツ，グラムくん，まいごのかめ，おばけのチミとセンタクバサミ，ぼくのイヌくろべえ，ぼくの机はぼくの国

[内容]かおる君が魔法の鳥の羽根で机をなでると，おかしなことに部屋は広い海に，机は小島に，椅子は大型のヨットに変わりました。このふしぎな世界で，王さまになったかおる君は，ゴチャゴチャ虫を退治するため，ヨットに乗って小島に向かいます。（「ぼくの机はぼくの島」）ほか「おしゃべり湯わかし」「しかられ坊主のヒミツ」など，神秘的世界を描いた佳品19編を収録したファンタジー童話集。

『ジュンとひみつの友だち』　佐藤さとる

佐藤さとる

作，村上勉画　岩波書店　1996.11　226p　18cm　（岩波少年文庫）　650円　⓪4-00-111054-7

『だれも知らない小さな国』　佐藤さとる著　講談社　2007.1　245p　18cm　（講談社青い鳥文庫）　620円　⓪4-06-147032-9〈第69刷〉
[内容] こほしさまの話が伝わる小山は、ぼくのたいせつにしている、ひみつの場所だった。ある夏の日、ぼくはとうとう見た―小川を流れていく赤い運動ぐつの中で、小指ほどしかない小さな人たちが、ぼくに向かって、かわいい手をふっているのを！　日本ではじめての本格的ファンタジーの傑作。小学上級から。毎日出版文化賞。

『だれも知らない小さな国』　佐藤さとる作　講談社　2010.11　292p　15cm　（講談社文庫　さ1-21―コロボックル物語1）　552円　⓪978-4-06-276798-9〈絵：村上勉〉
[内容] びっくりするほど綺麗なつばきが咲き、美しい泉が湧き出る「ぼくの小山」。ここは、コロボックルと呼ばれる小人の伝説がある山だった。ある日小川を流れる靴の中で、小指ほどしかない小さな人たちがぼくに向かって手を振った。うわあ、この山を守らなきゃ！　日本初・本格的ファンタジーの傑作。

『小さな国のつづきの話』　佐藤さとる作，村上勉絵　講談社　1991.6　221p　18cm　（講談社青い鳥文庫―コロボックル物語5）　490円　⓪4-06-147038-8
[内容] 図書館につとめる杉岡正子が、コロボックルの娘、ツクシンボとトモダチになった。ツクシンボは、コロボックル通信社の優秀な通信員で、元気な「かわった子」。正子も、ふしぎな雰囲気のある「へんな子」。2人の登場でコロボックルと人間の世界は広がっていく。多くの人に愛読される「コロボックル物語」の完結編。小学上級から。

『小さな国のつづきの話』　佐藤さとる作　講談社　2011.11　261p　15cm　（講談社文庫　さ1-25―コロボックル物語5）　524円　⓪978-4-06-277087-3〈絵：村上勉〉
[内容] 図書館に勤める杉岡正子は、日本に伝わる小人・コロボックルのことを描いた本『だれも知らない小さな国』に出会う。そして、"私が見たのはコロボックルかも"と著者に手紙を書いた。正子とコロボックルの関係は、驚くべき新しい出会いにつながる。心洗われるコロボックルワールド完結篇。

『小さな人のむかしの話』　佐藤さとる作，村上勉絵　講談社　2005.4　184p　18cm　（講談社青い鳥文庫　18-8―コロボックル物語　別巻）　580円　⓪4-06-148683-7
[目次] スクナヒコとオオクルヌシ、水あらそいとヒコ、アシナガのいましめ、虫づくし、長者さまの姉むすめ、モモノヒコ＝タロウ、虫守りのムシコヒメ、ふたりの名人、藤助の伝記
[内容] せいたかさんがツムジのじいさまから聞いたコロボックルたちのむかしの話を、古いと思われる順にならべ、神話風のふしぎな話や民話のようなエピソード、また人物伝など、さまざまな形で再現。「コロボックル物語」完結後に、別巻として書かれた作品、待望の青い鳥文庫化です。小学上級から。

『天狗童子』　佐藤さとる著　講談社　2012.7　357p　15cm　（講談社文庫　さ1-27）　648円　⓪978-4-06-277304-1〈絵：村上豊　完全版　あかね書房2009年刊の再刊〉
[内容] 笛の名手・与平のところに突然「天狗さま」が現れた。子供のカラス天狗に笛を教えてやってほしいという。九郎丸という子天狗は、カラス簑を脱ぐと人間の姿になった。九郎丸へての愛情がふくらんだ与平は、簑を焼き捨ててしまおうとする…。赤い鳥文学賞を受賞したファンタジー。リアル・戦国時代を背景とした天狗と人の物語。

『ふしぎな目をした男の子』　佐藤さとる作　講談社　2011.8　269p　15cm　（講談社文庫　さ1-24―コロボックル物語4）　524円　⓪978-4-06-277020-0〈絵：村上勉〉
[内容] 日本が誇る小人、コロボックル。彼らは人間と"トモダチ"になる前に、細かく審議をする。つむじ曲がりのじい様ツムジイは、コロボックルの迅速な動きが「見える」不思議な目を持つタケルと"トモダチ"になった。二人の友情と別れ、タケルの成長、汚染された池の救出大作戦。

『ぼくは魔法学校三年生』　佐藤さとる作，村上勉絵　大日本図書　1988.7　146p　18cm　（てのり文庫）　430円　⓪4-477-17002-5

『星からおちた小さな人』　佐藤さとる作　講談社　2011.5　293p　15cm　（講談社文庫　さ1-23―コロボックル物語3）　552円　⓪978-4-06-276964-8〈絵：村上勉〉
[内容] 伝説の"コロボックル"―日本の小人―彼らは現代に生きていた！　そして学校を作り、新聞を作り、今、"飛行機"を作ろうとしている。飛行テストで事故に遭い、人間の

少年につかまって覚悟を決める「ミツバチ坊や」。彼を救うため、全力で仲間を探すコロボックルたち。胸が熱くなる冒険譚。

『豆つぶほどの小さないぬ』 佐藤さとる作
講談社 2011.2 316p 15cm （講談社文庫 さ1-22―コロボックル物語 2） 581円 ⓘ978-4-06-276881-8〈絵：村上勉〉
内容 ぼくはクリノヒコ。身長3センチ2ミリ。コロボックルの中では大きいほうだ。ぼくたちの国で新聞を出す話をしているのだが、大ニュース。先祖が飼っていた豆つぶくらいの小さないぬ "マメイヌ" が、今も生きているかもしれないという。創刊号はこのスクープだ！ 日本が誇る傑作ファンタジー。

『わんぱく天国』 佐藤さとる著 講談社 2015.8 215p 15cm （講談社文庫 さ1-28） 630円 ⓘ978-4-06-293186-1〈1978年刊の復刻版〉
内容 戦争の影がせまる昭和10年代、横須賀にある塚山公園は、最高の遊び場だった。違う地域に住む少年たちは公園をめぐり敵対していたが、めんこ対決を機に仲よくなり、一銭飛行機、しかも「ヒトの乗れる一銭飛行機」を作り始める！ 子どもの遊びが絵と文で甦り、戦争の真実を語る自伝的名作。

佐藤　多佳子
さとう・たかこ
《1962～》

『イグアナくんのおじゃまな毎日』 佐藤多佳子著 中央公論新社 2000.11 253p 16cm （中公文庫） 648円 ⓘ4-12-203747-6〈画：はらだたけひで 偕成社1997年刊の増補〉
内容 あたしへの誕生日プレゼントだといって、パパの大叔父の徳田のジジイがある日突然「生きている恐竜」をウチにつれてきた二十五度以上四十度以下でしか生きられないイグアナはサンルームを占拠、わが家はエアコン代でビンボーになっちまった！ ジジイをおそれるパパとトカゲ嫌いのママはケンカばかり。イグアナの世話は結局あたしに押しつけられることに…。

『一瞬の風になれ　第1部　イチニツイテ』 佐藤多佳子著 講談社 2009.7 254p 15cm （講談社文庫 さ97-1） 495円 ⓘ978-4-06-276406-3
内容 春野台高校陸上部、一年、神谷新二。スポーツテストで感じたあの疾走感…。ただ、走りたい。天才的なスプリンター、幼なじみの連と入ったこの部活。すげえ走りを俺にもいつか。デビュー戦はもうすぐ。「おまえらが競うようになったら、ウチはすげえチームになるよ」。青春陸上小説、第一部、スタート。

『一瞬の風になれ　第2部　ヨウイ』 佐藤多佳子著 講談社 2009.7 301p 15cm （講談社文庫 さ97-2） 552円 ⓘ978-4-06-276407-0
内容 オフ・シーズン。強豪校・鷲谷との合宿が始まる。この合宿が終われば、二年生になる。新入生も入ってくる。そして、新しいチームで、新しいヨンケイを走る！「努力の分だけ結果が出るわけじゃない。だけど何もしなかったらまったく結果は出ない」。まずは南関東へ―。新二との連の第二シーズンが始まる。吉川英治文学新人賞、本屋大賞ダブル受賞。

『一瞬の風になれ　第3部　ドン』 佐藤多佳子著 講談社 2009.7 456p 15cm （講談社文庫 さ97-3） 743円 ⓘ978-4-06-276408-7
内容 いよいよ始まる。最後の学年、最後の戦いが。100m、県2位の連と4位の俺。「問題児」でもある新人生も加わった。部長として短距離走者として、春高初の400mリレーでのインターハイ出場を目指す。「1本、1本、走るだけだ。全力で」。最高の走りで、最高のバトンをしよう―。白熱の完結編。

『黄色い目の魚』 佐藤多佳子著 新潮社 2005.11 455p 16cm （新潮文庫） 629円 ⓘ4-10-123734-4
目次 りんごの顔, 黄色い目の魚, からっぽのバスタブ, サブ・キーパー, 彼のモチーフ, ファザー・コンプレックス, オセロ・ゲーム, 七里ヶ浜
内容 海辺の高校で、同級生として二人は出会う。周囲と溶け合わずイラストレーターの叔父だけに心を許している村田みのり。絵を描くのが好きな木島悟は、美術の授業でデッサンして以来、気がつくとみのりの表情を追っている。友情でもなく恋愛でもない、名づけようのない強く真直ぐな想いが、二人の間に生まれて―。16歳というもどかしく切ない季節を、波音が浚ってゆく。青春小説の傑作。

『ごきげんな裏階段』 佐藤多佳子著 新潮社 2009.11 174p 16cm （新潮文庫 さ-42-5） 362円 ⓘ978-4-10-123735-0
目次 タマネギねこ, ラッキー・メロディー, モクーのひっこし
内容 アパートの裏階段。太陽も当たらず湿ったその場所には、秘密の生き物たちが隠れ住んでいる。タマネギを食べるネコ、幸せと不

幸をつかさどる笛を吹く蜘蛛、身体の形を変えられる煙お化け。好奇心いっぱいの子供たちは、奇妙な生き物たちを見逃さず、不思議な泳ぎをする彼に、ぼくは出会った…。子供ならではのきらめく感情と素直な会話。児童文学から出発した著者、本領発揮の初期作品集。

『**サマータイム**』 佐藤多佳子著　新潮社　2003.9　218p　16cm　（新潮文庫）400円　①4-10-123732-8〈「サマータイム」「九月の雨」(偕成社 1993年刊)の改題合本〉

|目次| サマータイム、五月の道しるべ、九月の雨、ホワイト・ピアノ

|内容| 佳奈が十二で、ぼくが十一だった夏。どしゃ降りの雨のプール、じたばたもがくような、不思議な泳ぎをする彼に、ぼくは出会った。左腕と父親を失った代わりに、大人びた雰囲気を身につけた彼。そして、ぼくと佳奈。たがいに感電する、不思議な図形。友情じゃなく、もっと特別ななにか。ひりひりして、でも眩しい、あの夏。他者という世界を、素手で発見する一瞬のきらめき。鮮烈なデビュー作。

『**スローモーション**』 佐藤多佳子著　ジャイブ　2006.6　178p　15cm　（ピュアフル文庫）　540円　①4-86176-302-9〈偕成社 1993年刊の増訂〉

|内容| 柿本千佐、女子高の1年生。22歳のニイちゃんは元不良で無職、父さんは小学校教師でクソ真面目人間、母さんはお見合いでバツイチ堅物男と結婚した専業主婦。父さんはあたしに、修道女みたいなタイプを望んでいる。最近、いつも動作がスローな同級生・及川周子が気になってしかたがない――。『しゃべれどもしゃべれども』などで話題の著者による、ちょっと痛くて切ない少女たちの物語。

『**スローモーション**』 佐藤多佳子著　ポプラ社　2010.3　178p　15cm　（ポプラ文庫ピュアフル　さ-1-1）　540円　①978-4-591-11376-9〈ジャイブ 2006年刊の新装版〉

|内容| 柿本千佐、女子高の1年生。22歳のニイちゃんは元不良で無職、父さんは小学校教師でクソ真面目人間、母さんはお見合いでバツイチ堅物男と結婚した専業主婦。父さんはあたしに、修道女みたいなタイプを望んでいる。最近、いつも動作がスローな同級生・及川周子が気になってしかたがない――。『一瞬の風になれ』などで話題の著者による、ちょっと痛くて切ない少女たちの物語。

『**ハンサム・ガール**』 佐藤多佳子作, 伊藤重夫画　理論社　1998.7　196p　18cm　（フォア文庫 C143）　600円　①4-652-07432-8

|内容| わたし柳二葉、少年野球チームアリゲーターズのサウスポー。ウチはえらくヘンテコリンな家族なの。パパは元プロ野球選手。でも掃除、洗濯、料理…なんでもこなす専業主夫。ママは大阪で単身赴任。バシバシ仕事しちゃうキャリアウーマン。晶子おネエはBFの直人くんに夢中だけど、わたしが今いちばん好きなのは、なんてったって野球だな。産経児童出版文化賞・ニッポン放送賞受賞。小学校高学年・中学向き。

サトウ　ハチロー
《1903〜1973》

『**おかあさん―詩集 1**』 サトウハチロー著　講談社　1993.12　243p　15cm　（講談社文庫）　500円　①4-06-185608-1〈新装版　著者の肖像あり〉

|目次| ちいさい母、かあさん、おふくろの味、今でも、母の日は苦手なのです、おふくろはひなたの匂い、母の残していったもの、その他

|内容| 少年時代、無類の腕白坊主だった詩人サトウハチローが、母を偲び、母と子の情愛の美しさ、深さをうたいあげた永遠の詩集。どの詩も読者の共感を呼び、深い感銘を与えます。この巻には、「ちいさい母のうた」「おかあさんの匂い」「秋風に母の声がある」「母という字を書いてごらんなさい」など147編を収録。

『**おかあさん―詩集 2**』 サトウハチロー著　講談社　1993.12　237p　15cm　（講談社文庫）　500円　①4-06-185609-X〈新装版　年譜：p224〜237〉

|目次| ボクと童謡、五月がとても好きなボク、おやつ談義、夕方のうた、母をうたった詩について

|内容| やさしい素直な心になっているときに歌を書くとその中にいつも母がでてきます――。自ら「おふくろ屋」と称した詩人サトウハチローが、母をうたった香り高い詩の花束。この巻には、「リンゴをむくのが好きなのです」「マリア かあさんとキリスト坊や」「美しきものはみな哀し」「鳩笛は」など珠玉の母の詩143編を収録。

『**サトウハチロー詩集**』 サトウハチロー著　角川春樹事務所　2004.11　237p　16cm　（ハルキ文庫）　680円　①4-7584-3142-6〈肖像あり　年譜あり〉

|目次| 母の思い出（ちいさい母のうた, おかあさんの匂い ほか）, 粋をたずねて（かすかな痛みに, コンパクト ほか）, こころの詩（かくまき, 爪色の雨（一・二・三）ほか）, わらべ唄（谷の子熊, いたいいたいウタ ほか）, 流行

り唄（リンゴの唄,長崎の鐘 ほか）
|内容| 赤いリンゴに唇よせて／だまって見ている青い空／リンゴは何にもいわないけれど／リンゴの気持はよくわかる（「リンゴの唄」より）—優しくも人の心を打たずにはおかない言葉で紡がれたサトウハチローの、珠玉の作品群。その詩は読む人を郷愁へと誘う強い言葉に満ちている。その作品百十九篇を収録した待望の文庫オリジナル版。

『パンジー組探偵団』 サトウハチロー作,多田ヒロシ画 岩崎書店 1987.5 219p 18cm （フォア文庫） 430円 ①4-265-01056-3
|内容| ルミ子、マリ子、ミサ子は小学6年の同級生。そろいもそろって、あわてんぼの3人組。あるささいな事件をきっかけに、この3人組のもとへ難事件がもちこまれ、探偵ごっこをはじめることになった。パンジー（3色すみれ）組探偵団の活躍やいかに。小学校高学年、中学向き。

『みんなのホームラン』 サトウハチロー作,久保雅勇画 岩崎書店 1986.3 235p 18cm （フォア文庫） 430円 ①4-265-01050-4

さとう まきこ
《1947～》

『犬と私の10の約束―バニラとみもの物語』 さとうまきこ作,牧野千穂絵 ポプラ社 2013.7 166p 18cm （ポプラポケット文庫 088-1） 620円 ①978-4-591-13523-5〈2008年刊の再刊〉
|内容| みもの家に、初めて子犬がやってきました！ バニラ色のゴールデン・レトリバー。名前はバニラ。ずっといっしょに仲良く暮らしたいから、お母さんはみもに「犬と私の10の約束」を教えてくれました。小学校中級～。

『宇宙人のいる教室』 さとうまきこ作,勝川克志画 金の星社 1988.2 140p 18cm （フォア文庫） 430円 ①4-323-01058-3
|内容| ピッカピカのランドセルに金ボタンの制服で、ぼくたちのクラスにやってきた転校生、星レオナ。なんかおかしいだろう？ だってぼくたちは4年生なんだよ。レオナはどこか調子がはずれている。ゆだんはきんもつ。ぼくはあのテレビゲーム以来、レオナは宇宙人じゃないかと、ひそかにうたがっているんだ。

『影の谷へ―ロータスの森の伝説』 さとうまきこ作,たかはしあきら画 理論社 2002.11 156p 18cm （フォア文庫） 560円 ①4-652-07452-2
|内容| 透明な窓からやってきた光の戦士ミド、黒犬チト、謎の子どもシル。ふたたび旅立った三人は、力を合わせて新しい敵に立ち向かう。ロータスの森をよみがえらせるために、そして、失われたシルの記憶をとりもどすために…。ファンタジー「ロータスの森の伝説」シリーズ第2巻。

『9月0日大冒険』 さとうまきこ作 偕成社 2012.7 233p 19cm （偕成社文庫 3275） 800円 ①978-4-03-652750-2
〈画：田中槇子 1989年刊の再刊〉
|内容| 夏休みなのに、ぜんぜん遊べなかった子にやってくる特別な日、それが9月0日。真夜中、家のまわりはジャングルになって、ぼくらは、冒険にでかけたんだ！ 世代をこえて、愛されてきた名作を文庫化。小学上級から。

『黒い塔―ロータスの森の伝説』 さとうまきこ作,たかはしあきら画 理論社 2004.1 172p 18cm （フォア文庫） 560円 ①4-652-07458-1
|内容| —絶対的な悪が、すぐそこまで迫ってきている。シルのおじいさんは、死のまぎわに、そう言い残した。もう逃げるわけにはいかない！ 光の戦士ミド、魔力がよみがえったシル、そして黒犬チト。三人は「絶対的な悪」との戦いを誓って、さらに旅をつづける…。ファンタジー「ロータスの森の伝説」シリーズ第4巻。小学校中・高学年向き。

『最後の決戦―ロータスの森の伝説』 さとうまきこ作,たかはしあきら画 理論社 2004.1 207p 18cm （フォア文庫） 600円 ①4-652-07460-3
|内容| ロータスの木の精霊を救い出すまで、家には帰らない。そう決心した、光の戦士ミド。もっと強い魔法使いになりたいと願う、シル。そして、黒犬チト。三人のまえに、黒い塔に住む「絶対的な悪」が、ついにその正体を現そうとしていた…。ファンタジー「ロータスの森の伝説」シリーズ最終巻。小学校中・高学年向き。

『ハッピーバースデー』 さとうまきこ作,守矢るり絵 あかね書房 1989.1 222p 18cm （あかね文庫） 450円 ①4-251-10035-2
|内容| おなじ日に生まれたのに、なぜこんなにちがうの？ ヤーヤンは何でも持っている。にぎやかな誕生日も、ボーイフレンドも、長い足も。あたしは何も持っていない。なぜ？ 劣等感、嫉妬、友情の交錯する少女期の微妙な心理と行動を、新鮮な感覚でとらえた作品。

『光の戦士ミド―ロータスの森の伝説』　さとうまきこ作, たかはしあきら画　理論社　2002.6　142p　18cm　（フォア文庫）　560円　①4-652-07449-2

[内容] むかし、ロータスの森は、緑豊かな美しい森だった。ところが五〇〇年ほど前、たった一夜にして、森は荒れ果ててしまった。何者かの呪いのせいなのか？　伝説によれば、いつか透明な窓から、光の戦士がやってきて、もとの豊かな森に戻してくれるというが…。ファンタジー「ロータスの森の伝説」シリーズスタート。小学校中・高学年向き。

『ぼくのミステリー新聞』　さとうまきこ作, 伊藤良子画　ジャイブ　2004.3　171p　18cm　（カラフル文庫）　620円　①4-902314-40-1〈偕成社 1985年刊の増訂〉

[内容] 水島哲也が通う小学校では、学級新聞が大流行。ひとりで本を読んだり、絵をかいたりすることが大好きな哲也は、密かに「ミステリー新聞」を書いてみたいと願う。偶然にもその機会を得た哲也は、自分が書いた予測記事が次々と現実になり、学校の人気者となるのだが。

『ぼくの・ミステリーなあいつ』　さとうまきこ作, 伊藤良子画　ジャイブ　2004.7　152p　18cm　（カラフル文庫）　740円　①4-902314-62-2〈偕成社 1989年刊の増訂〉

[内容] 野田達也は、マンガとテレビゲームが大好きな小学五年生。半年前から月に一、二度、まったく同じふしぎな夢を見る。ある日達也が商店街を歩いていると、夢に出てくる〈あいつ〉とそっくりなかわいい女の子が、進学塾へ入っていくところを目撃する。達也はその塾へ入ろうと決心した。大好評ミステリー・シリーズ第四弾。

『ぼくの・ミステリーなぼく』　さとうまきこ作, 伊藤良子画　ジャイブ　2004.5　149p　18cm　（カラフル文庫）　690円　①4-902314-53-3〈偕成社 1987年刊の改訂〉

[内容] 大塚直也は、私立中学受験をひかえた小学六年生。別名「ハチマキ塾」と呼ばれる進学塾へ通い、猛勉強の日々を送っていた。ところが突然、直也がゲームセンターに現れたり、女の子にへんなことをしているということに…。もうひとりの直也とは!?　大好評ミステリー・シリーズ第三弾。

『ぼくらのミステリー学園』　さとうまきこ作, 伊藤良子画　ジャイブ　2004.3　191p　18cm　（カラフル文庫）　620円　①4-902314-41-X〈偕成社 1985年刊の増訂〉

[内容] 伊藤和也の小学校には、上級生から語りつがれる「三大ミステリー」と呼ばれるうわさがあった。以前から、その真相を知りたいと願っていた和也たちは、放課後学校にしのび込み、三大ミステリーのひとつ「あかずのロッカー」から、幻想的でふしぎな鳥の絵を発見する。それには、悲しい過去が秘められていた。

『ぼくらのミステリークラブ』　さとうまきこ作, 伊藤良子画　ジャイブ　2004.9　206p　18cm　（カラフル文庫）　780円　①4-902314-96-7〈偕成社 1993年刊の増訂〉

[内容] 来年の小学校卒業間近に、突然転校することになった水島哲也は、いじめから開放され、ゼロからの再出発を決意する。ミステリークラブをつくり、新しい友だちもできて前向きに生きる哲也は、謎めいた少年モロと出会った。モロの秘密とは!?　大好評「ミステリー・シリーズ」第五弾完結編。

『4つの初めての物語』　さとうまきこ著　ジャイブ　2008.1　218p　15cm　（ピュアフル文庫）　560円　①978-4-86176-476-9

[目次] 初めてのブラジャー―綾子の場合, 初めてのお兄さん―真理奈の場合, 初めてのパクチャリ―省吾の場合, 初めてのマイホーム―亮平の場合

[内容] だれにも内緒でブラジャーを買いにいく綾子。父がバツイチだということを初めて知る真理奈。親友に誘われて初めて「パクチャリ」をする省吾。仲間だけの初めてのマイホームを手に入れる亮平。同じクラスの4人がそれぞれの場所で体験する「初めての出来事」。大人になっても絶対に忘れない―胸を刺すような想い出を温かな視点で描く、4つの物語。

『よみがえる魔力―ロータスの森の伝説』　さとうまきこ作, たかはしあきら画　理論社　2003.6　152p　18cm　（フォア文庫）　560円　①4-652-07455-7

[内容] 光の戦士ミド、黒犬チト、謎の子どもシル。三人が力を合わせ、敵をたおすたびに、ロータスの森に緑がよみがえっていく。そしてシルもまた少しずつ、失われた記憶をとりもどしていった。やがて、その記憶とともによみがえる、シルの不思議な力とは…？　ファンタジー「ロータスの森の伝説」シリーズ第3巻。

さねとう　あきら
《1935～》

『地べたっこさま』　さねとうあきら著　講談社　1978.1　189p　15cm　（講談社文庫）　240円〈年譜：p182～189〉

『ゆきこんこん物語』　さねとうあきら作，井上洋介画　理論社　1986.1　146p　18cm　（フォア文庫）　390円　①4-652-07057-8

『UFOにのってきた女の子』　さねとうあきら作，山中冬児絵　ポプラ社　1987.2　198p　18cm　（ポプラ社文庫）　420円　①4-591-02473-3
[内容]　めぐみ学園に謎の少女あらわれる！ミミちゃんはトザワ・ユキコか，地底の国33号人か，はたして…!?

佐野　洋子
さの・ようこ
《1938～2010》

『あっちの豚こっちの豚/やせた子豚の一日』　佐野洋子著　小学館　2016.2　155p　15cm　（小学館文庫）　470円　①978-4-09-406272-4
[目次]　あっちの豚こっちの豚，やせた子豚の一日
[内容]　ヨーコさんの未発表作品が見つかった！父と娘，二人暮らしの子豚の一日を描いた童話を初公開。名作絵物語「あっちの豚こっちの豚」と合わせて二作品が楽しめる魅力あふれる作品集。

『わたしが妹だったとき/こども』　佐野洋子著　福武書店　1990.4　269p　15cm　（福武文庫）　520円　①4-8288-3135-5
[目次]　わたしが妹だったとき（はしか，きつね，かんらん車，しか，汽車），こども
[内容]　わたしとお兄さんは，だれよりも気の合う遊びなかまでした。わたしに弟ができ，また弟ができたのに，いつもお兄さんとばかり遊んでいました。お兄さんが，ある日，遠くへいってしまうまで——。幼くして亡くなった兄と，妹だった「わたし」の日々を絵と文で綴った，珠玉の短篇童話集。北京で過ごした幼い日々を回想したエッセイ「こども」を併録。

『わたしが妹だったとき・こども』　佐野洋子著　多摩　ベネッセコーポレーション　1995.10　271p　15cm　（福武文庫）　550円　①4-8288-5744-3
[目次]　わたしが妹だったとき，こども
[内容]　北京で過ごした幼い日々，11歳で逝った兄との思い出…幸せも不幸せも，愛も憎しみも言葉にできず，その時その時に力を使い果たして生きた「子供時代」。忘れていた記憶が鮮やかに蘇り，溢れだす，珠玉の童話集とエッセイ。

重松　清
しげまつ・きよし
《1963～》

『さすらい猫ノアの伝説　〔1〕　勇気リンリン！の巻』　重松清作，杉田比呂美絵　講談社　2011.10　237p　18cm　（講談社青い鳥文庫　293-1）　620円　①978-4-06-285250-0
[内容]　新学期になって1か月，5年1組の教室に，とつぜん黒猫が現れました。しかも首に風呂敷包みを巻きつけて。風呂敷の中には手紙が入っていました。(あなたのクラスはノアに選ばれました！ノアはきっと，あなたたちのクラスが忘れてしまった大切なことを思いださせてくれるはずです。)健太，亮平，凛々…クラスの仲間を巻き込んで，いったいなにが起こるのか!?　小学中級から。

『さすらい猫ノアの伝説　2　転校生は黒猫がお好きの巻』　重松清作，杉田比呂美絵　講談社　2012.7　229p　18cm　（講談社青い鳥文庫　293-2）　620円　①978-4-06-285295-1
[内容]　小6の宏美は，転校のベテラン。学校ではいつだって「すぐにお別れだから」と考える，ちょっぴりクールな女の子です。もみじ市の小学校では，運動会のリレーの選手だれにするかでもめてしまいました。沈んだ気持ちで河原の遊歩道を歩いていると，黒猫ノアが登場。ノアについて行くと，そこはなぎなた道場で，はかま姿のこわーいおばあさんが現れて，宏美は一気に大ピンチに。小学中級から。

『ナイフ』　重松清著　新潮社　2000.7　403p　16cm　（新潮文庫）　590円　①4-10-134913-4
[目次]　ワニとハブとひょうたん池で，ナイフ，キャッチボール日和，エビスくん，ビタースイート・ホーム

庄野　英二

|内容|「悪いんだけど、死んでくれない？」ある日突然、クラスメイト全員が敵になる。僕たちの世界は、かくも脆いものなのか！ミキはワニがいるはずの池を、ぼんやりと眺めた。ダイスケは辛さのあまり、教室で吐いた。子供を守れない不甲斐なさに、父はナイフをぎゅっと握りしめた。失われた小さな幸福はきっと取り戻せる。その闘いは、決して甘くはないけれど。坪田譲治文学賞受賞作。

篠原　勝之
しのはら・かつゆき
《1942〜》

『走れUMI』 篠原勝之著　講談社　2013.6　204p　15cm　（講談社文庫 し102–1）　581円　①978-4-06-277566-3

|内容|かつて捕鯨で栄えた、入り江の奥の小さな港町。僕は母さんの実家のミカン山で暮らすことになり、生まれ育ったこの町を離れた。一年後の夏、僕は父さんとジイチャン、後ろ足を失くした犬のコロが暮らす故郷の町を目指し、ひとり相棒のマウンテンバイクUMIのペダルを漕ぎ出す。小学館児童出版文化賞受賞作。

小路　幸也
しょうじ・ゆきや
《1961〜》

『小路幸也少年少女小説集』 小路幸也著　筑摩書房　2013.10　283p　15cm　（ちくま文庫 し42–1）　700円　①978-4-480-43100-4

|目次|リバティ、ゆめのなか、林檎ジャム、トーストや、あなたの生まれた季節、Fishing with My Brother、コレッタの夏休み、コレッタの冬休み、レンズマンの子供、コヨーテ、海へ、ライオンは草原の夢を見る

|内容|夢、希望、怖れ、孤独、友情…。人気作家で贈る11の物語。ときに切なく、ときにほのぼのと、子供と大人たちの間に起こる様々なドラマ。『東京バンドワゴン』シリーズで知られる小路幸也ワールドから、単行本未収録を中心に、少年少女を主人公にした作品を選りすぐった傑作短篇集！　巻末に作家本人による自作解説を付す。

『夏のジオラマ』 小路幸也作、桑原草太絵　集英社　2011.7　183p　18cm　（集英社みらい文庫 し–4–1）　580円　①978-4-08-321033-4

|内容|夏休みに入って3日目。学校で"共同自由研究"をしていた僕たちに事件が起こった。体がでっかいマンタが消えたんだ。その直後、僕は理科準備室でおかしな木の箱を発見する。中には、模型みたいに小さな道路や川があって…これってジオラマ!?　なぞを解明するうちに、不思議な出来事を体験していく。これは、僕たちのひと夏の冒険の話。

『僕たちの旅の話をしよう』 小路幸也作、pun2絵　集英社　2011.11　254p　18cm　（集英社みらい文庫 し–4–2）　630円　①978-4-08-321057-0〈メディアファクトリー 2009年刊の加筆・修正〉

|内容|ある日、赤い風船が小5の健一のもとに飛んでくる。しかも、手紙つき！　健一は、ほかにも手紙を手にしたという小6の隼人、小5の麻里安と出会う。実は3人とも視力、聴覚、嗅覚に特殊な能力を持っていた。手紙を出した少女に会いに行こうとするが、事件に巻き込まれてしまい…!?　すべては手紙を受け取った瞬間から始まった！　目がはなせない、ドキドキ冒険ミステリー！　小学上級・中学から。

庄野　英二
しょうの・えいじ
《1915〜1993》

『星の牧場』 庄野英二著　角川書店　1986.5　301p　15cm　（角川文庫）　380円　①4-04-131303–1

|内容|悲惨な戦争のなかで受けたショックとマラリヤの高熱の後遺症でほとんどの記憶を失った牧童モミイチ。ただ従軍の時の愛馬ツキスミのことだけは鮮明に覚えていた。敗戦になって山の牧場に引き揚げてきてから出会った不思議なジプシーたち。オーケストラを組んで音楽を楽しむ彼らとのやさしい交流のなかで、モミイチは初めてやすらぎ、ツキスミのことを語る―日本児童文学者協会賞、サンケイ児童出版文化賞、野間児童文芸賞など、数々の賞を受賞した戦後児童文学の屈指の名作。

『星の牧場』 庄野英二作、長新太画　理論社　2004.2　246p　18cm　（フォア文庫愛蔵版）　1000円　①4-652-07388-7

|内容|戦争で記憶を失い、牧場へもどったモミイチは、山の上でジプシーたちにあい、夢のような日々をすごす…。

菅野　雪虫
すがの・ゆきむし

『天山の巫女ソニン　1　黄金の燕』菅野雪虫著　講談社　2013.9　291p　15cm　（講談社文庫　す44-1）　640円　①978-4-06-277588-5

[内容]長年の修行のかいなく、才能を見限られ天山から里へ帰された、落ちこぼれの巫女ソニン。ある日ソニンは、沙維の王子イウォルが落とした守り袋を拾う。口のきけないイウォルに袋を手渡した瞬間、ソニンはイウォルの"声"を聞いてしまい―。不思議な力をそなえた少女をめぐる、機知と勇気の王宮ファンタジー！　日本児童文学者協会新人賞、講談社児童文学新人賞ダブル受賞作品。

『天山の巫女ソニン　2　海の孔雀』菅野雪虫著　講談社　2013.11　296p　15cm　（講談社文庫　す44-2）　640円　①978-4-06-277589-2

[内容]江南の第二王子クワンの招きで隣国を訪れた沙維の王子イウォルとソニンは、戦災から見事に復興を遂げた都の様子に驚く。イウォルがお忍びで街を見て回っている間、ソニンはクワンより思いもよらない依頼を受ける。クワンが二人を呼び寄せた本当の狙いは何か。国の命運は誰の手に―波乱の王宮ファンタジー！

『天山の巫女ソニン　3　朱烏の星』菅野雪虫著　講談社　2014.3　280p　15cm　（講談社文庫　す44-3）　730円　①978-4-06-277590-8

[内容]国境付近で捕らわれた"森の民"を救うため、北国"巨山"に向かったイウォル王子と侍女ソニン。天文学が発展した国の、城の中央広間には精密な「天象之図」が置かれていた。だが、その星図には重要な何かが欠けている―女官の指摘にもねつらぐイェラ王女はしかし、孤独の中にある秘密を抱えていた。

『天山の巫女ソニン　4　夢の白鷺』菅野雪虫著　講談社　2015.3　297p　15cm　（講談社文庫　す44-4）　770円　①978-4-06-293060-4

[内容]未曾有の大嵐に見舞われ深刻な被害を受けた"江南"。折しもクワン王子に請われて隣国を訪れていたソニンは、国民の困窮する姿を見て心を痛める。"巨山"にもあふれず食料の援助を申し出るも、侵略の布石ともされる話に警戒するクワン。そんな中、"江南"に向かう"沙維"のイウォル王子が乗る馬に魔の手が迫る。

鈴木　三重吉
すずき・みえきち
《1882～1936》

『古事記物語』鈴木三重吉著　新版　角川書店　2003.1　246p　15cm　（角川文庫）　552円　①4-04-102305-X

[目次]女神の死,天の岩屋,八俣の大蛇,むかでの室,へびの室,きじのお使い,笠沙のお宮,満潮の玉,干潮の玉,八咫烏,赤い魚,黒い盾,白い鳥,赤い玉,宇治の渡し,難波の宮,大鈴小鈴,しかの群れ,ししの群れ,とんぼのお歌,うし飼,うま飼

[内容]大正8年童話誌「赤い鳥」に発表して以来、長年愛され続けてきた歴史童話。愛する妻イザナミを追って黄泉の国を探すイザナギの物語「女神の死」。知恵と勇気にあふれたヤマトタケルの冒険「白い鳥」など、力強く美しい神話世界がここに蘇る。日本を代表するもっとも分かりやすく美しい古事記入門の書である。音読にも最適。

『鈴木三重吉童話集』勝尾金弥編　岩波書店　1996.11　265p　15cm　（岩波文庫）　570円　①4-00-310455-2

[目次]湖水の女.黄金鳥.星の女.湖水の鐘.ぶくぶく長々火の目小僧.岡の家.ぽっぽのお手帳.ぶしょうもの.デイモンとピシアス.やどなし犬.ざんげ.少年駅伝夫.大震火災記

『鈴木三重吉童話集』勝尾金弥編　岩波書店　2010.8　265p　15cm　（岩波文庫）　600円　①4-00-310455-2〈第2刷（第1刷1996年）〉

[目次]湖水の女,黄金鳥,星の女,湖水の鐘,ぶくぶく長々火の目小僧,岡の家,ぽっぽのお手帳,ぶしょうもの,デイモンとピシアス,やどなし犬,ざんげ,少年駅伝夫,大震火災記

[内容]1918(大正7)年、児童雑誌「赤い鳥」を創刊、低俗な教訓性や娯楽性で成り立っていた従来のお伽噺を「子どもの心の特殊性に即した」童話にまで高めた作品を掲載、児童文学史に大きな足跡をのこした小説家、鈴木三重吉(1882‐1936)の童話集。「湖水の女」「黄金鳥」「ぶしょうもの」「やどなし犬」「大震火災記」など13篇を収録。

住井 すゑ
すみい・すゑ
《1902～1997》

『わたしの童話』 住井すゑ著 新潮社 1992.8 200p 15cm （新潮文庫） 360円 ①4-10-113711-0
[目次] 折れた弓，ピーマン大王，私たちのお父さん，かっぱのサルマタ，空になったかがみ，たなばたさま，ふたごのおうま，農村イソップ，わたしの童話
[内容] 大作『橋のない川』も一つの童話だ，と語る著者の深遠な哲学に裏打ちされた童話「ピーマン大王」「空になったかがみ」「ふたごのおうま」などや「農村イソップ」シリーズ。それにインタビューに答え縦横に考えを述べた「わたしの童話」を収める。

瀬尾 七重
せお・ななえ
《1942～》

『ロザンドの木馬』 瀬尾七重著 講談社 1986.11 206p 15cm （講談社文庫） 340円 ①4-06-183899-7
[内容] ホキが淳にいさんからもらった誕生日プレゼントは，1頭の木馬でした。その日から，ホキはその木馬の案内で万華鏡を通りぬけ，ふしぎな世界へと旅立つことができるようになりました。やがて，木馬の秘密を知ったホキは…。人間のやさしさとはなにか，ほんとうの愛とはなにかを語りかけるさわやかな都会ふうセンスのファンタジー。

瀬尾 まいこ
せお・まいこ
《1974～》

『戸村飯店青春100連発』 瀬尾まいこ著 文藝春秋 2012.1 313p 16cm （文春文庫 せ8-2） 590円 ①978-4-16-776802-7
[内容] 大阪の超庶民的中華料理店，戸村飯店の二人の息子。要領も見た目もいい兄，ヘイスケと，ボケがうまく単純な性格の弟，コウスケ。家族や兄弟でも，折り合いが悪かったり波長が違ったり。ヘイスケは高校卒業後，東京に行く。大阪と東京で兄弟が自分をみつめ直す，温かな笑いに満ちた傑作青春小説。坪田譲治文学賞受賞作。

宗田 理
そうだ・おさむ
《1928～》

『遺書の秘密―2年A組探偵局』 宗田理著 角川書店 1995.11 299p 15cm （角川文庫） 520円 ①4-04-160248-3
[内容] 中2の克彦は台風の日，姿を消した。イジメ地獄から逃れるための家出か自殺か。憔悴した母親が2A探偵局に捜索をたのんだ直後，下田海岸で克彦が書いた「遺書」が発見された。探偵局は克彦の行方を捜す一方，陰湿なイジメの根源をつきとめようと，天才的作戦をくり展げていく。そんな中，イジメグループ一人一人に克彦の霊から電話がかかる―。イジメ退治にも役立つ，スリルいっぱいの学園サスペンス。書きおろし。

『衛生ボーロ殺人事件―2年A組探偵局』 宗田理著 角川書店 1998.2 292p 15cm （角川文庫） 520円 ①4-04-160257-2
[内容] 貢の母和子のもとに差出人不明の「小説」が届けられた。そしてその小説の筋書きどおり，和子の同窓会の席で"殺人事件"が起きてしまう。なぜか死体のそばには衛生ボーロが…。口に入れるとすぐとけてもろくはない衛生ボーロと殺人がどうつながっているのか。2A探偵局の有季，貢，そして新入りの真之介が難事件の秘密を探り，犯人を追いつめていく―。スリルいっぱいの学園探偵ミステリー。

『奥の細道失踪事件―2年A組探偵局』 宗田理著 角川書店 1993.8 279p 15cm （角川文庫） 470円 ①4-04-160239-4
[内容] 夏休みに奥の細道を歩く旅に出た高校生五人が1カ月たっても帰って来ない。捜索依頼をうけた2A探偵局の有季と貢は，矢場にたのみ，テレビで公開捜査をしてもらう。と同時に，彼らが消えた奥の細道へと出かけていくが，そこには同じ罠が待ちうけていた―。勇気と機転の速さが売りもののわれらが2A探偵局は，ドジリながらも，恐怖の難事件を解明していくが…。"不用物"はすぐ捨ててしまう社会の歪みが生んだ，現代の怪談。書き下ろし。

『おばけアパートの秘密―東京キャッツタウン』 宗田理作，加藤アカツキ絵 角川書店 2009.4 238p 18cm （角川つばさ文庫 Aそ1-1） 620円 ①978-4-

04-631019-4〈発売：角川グループパブリッシング〉
[内容] 1300万人がくらす大都市・東京に異世界へと通じるネコの町があった。そこでは、10歳の誕生日にネコカブリがわたされ、黒ネコに変身することができる。ネコになると夜でも明るく見え、夜の猫学園で、ネコの特技を身につけ自由に生きることができるのだ。代々、秘密は守られてきたのだが、事件がつぎつぎと起こり…。人気作家・宗田理のファンタジーシリーズがはじまる。

『おばけカラス大戦争―東京キャッツタウン』 宗田理作,加藤アカツキ絵 角川書店 2010.7 223p 18cm （角川つばさ文庫 Aそ1-3） 620円 ①978-4-04-631111-5〈発売：角川グループパブリッシング〉
[内容] 祐司と祥子は、秘密の道具・ネコカブリで、ネコになることができるネコ一族！塾に行っていない祐司たちを、母親たちは天神アカデミーという塾に無理矢理つれていく。そこには、謎のシールがあり、だれでも天才になることができる!?そんなシールがあったらいいけど、その裏には、悪だくみするおばけカラスの存在が…。「ぼくら」の宗田理、人気シリーズ第3弾。小学上級から。

『仮面学園―2年A組探偵局 2』 宗田理著 角川書店 2000.7 291p 15cm （角川文庫） 533円 ①4-04-160266-1 〈「仮面学園殺人事件」の続編〉
[内容] 教室の黒板に書かれた「フミタケガクル」との予告通り仮面を被る謎の少年が中学校に現れた。人も殺したというフミタケは爆弾爆発の予告をしたり、校舎のガラスを割ったりと神出鬼没の大暴れに。にせフミタケや仮面を被った少女までも登場し、謎はさらに深まっていく―。2A探偵局は真相を突き止めるため全力の調査を開始した。そんな中、フミタケ探索にあたった教師が何者かに殺され、1人の少女が誘拐された。パワー全開の悪ガキたちが大暴れする学園ミステリー。映画原作『仮面学園』パート2。

『仮面学園殺人事件―2年A組探偵局』 宗田理著 角川書店 1999.8 301p 15cm （角川文庫） 629円 ①4-04-160264-5
[内容] ある日、中学校に仮面をかぶった生徒が登校した。驚いた教師は、仮面をとるよう説得するが、少年ははずさない。その少年は仮面を付けてすっかり明るく変身してしまった。そんななか、別の中学生が、教師から仮面を取られるのを嫌がって自殺した。この事件はマスコミで取りあげられ、全国の中学で仮面が大流行する。有季と貢は、その裏側にある真相を探るために「仮面集会」に潜入した。そこに登場した謎の少年。そして殺人事件。少年はなぜ仮面をかぶるのか？ 有季と貢を

驚嘆させ、事件は意外な結末へ。

『殺しの交換日記―2年A組探偵局』 宗田理著 角川書店 1997.4 343p 15cm （角川文庫） 600円 ①4-04-160254-8
[内容] 2A探偵局のあるイタリア料理展フィレンツェに置き忘れられた一冊の交換日記。そこには悪質な中学生Mを始業式の日に殺す計画が記されていた。そして、その交換日記は、これから始まる殺人ゲームの、2A探偵局への挑戦状でもあったのだ。刻々とせまる始業式。有季と貢は全力をあげて捜査するが、日記を書いた二人の顔がみえてこない―。スリル満点、謎満載。息をのむ結末まで、読み出したらやめられない圧倒的な面白さ。

『修学旅行殺人事件―2年A組探偵局』 宗田理著 角川書店 2003.4 242p 15cm （角川文庫） 514円 ①4-04-160272-6
[内容] 東京からの転校生、遠山至は、胸に秘密と傷を抱えていた。兄の誠がクラスメート四人にいじめられ、暴行を受けて死んだという事実である。しかも、加害者の少年たちは裁判で無罪になった上、いっそう悪事を働いているらしい。至は修学旅行で東京に行く絶好の機会に、必ず復讐してやろうともくろむ―。S中学の仲間たちと、2A探偵局、兄のかつての恋人玲子らみんなと力を合わせて至は、ギリギリとワルの四人組を追い詰めていく。事件は事件を呼び、真相は意外な結末に導かれて…。

『白いプリンスとタイガー―東京キャッツタウン』 宗田理作,加藤アカツキ絵 角川書店 2009.12 254p 18cm （角川つばさ文庫 Aそ1-2） 620円 ①978-4-04-631068-2〈発売：角川グループパブリッシング〉
[内容] 秘密の道具・ネコカブリで、ネコになることができる黒ネコ一族の女の子、祥子の前に、伝説の白ネコ一族があらわれた。しかも、人気モデルのイケメン男子。ところが、白ネコ一族の長は、黒ネコ一族をだまし、おそろしい計画を…。祥子の弟の祐司は、巨大なサーベルタイガーのネコカブリをつくり、白ネコ一族の白虎に立ち向かう！ 人気シリーズ第2弾。小学上級から。

『新・ぼくらのいいじゃんか！』 宗田理著 角川書店 2002.8 255p 15cm （角川文庫） 476円 ①4-04-160271-8
[内容] N社の企業城下町、K市の工場が閉鎖される!?どうやら噂は本当らしい。そうなったら大変、街がゴーストタウンになってしまう。せっかく準備していた文化祭だって、開催がおぼつかなくなる…。なんとか手を打たなくては、とT中学演劇部のメンバーたちはさっそくK市復興大作戦を練り始めた。かの大魔術師、圭介を大阪から呼び寄せ、市長

宗田理

やテレビ局まで巻き込んで仕掛けた一大イベント天女ショーは大成功!! どんな大問題だって、「いいじゃんか」と踊りあかして、吹き飛ばせ。

『新・ぼくらの円卓の戦士』 宗田理著　角川書店　2000.3　322p　15cm　（角川文庫）　590円　①4-04-160265-3
内容　東中学に教師殺し?! 少年Aこと秋葉雷太が転校した。新聞部部長でお転婆娘・神藤亜子は謎と魅力一杯の雷太に興味津々。後をつけて怪しげな『悠遊塾』に入るのを目撃した。そこには車椅子の天才少年、喧嘩の強い双子などパワー全開の塾生が6人。理想と真実を追求し、大人社会を打倒しようと動き始める『悠遊塾』!! しかし陰では闇の集団・天道会が密かに活動していた。いま、7人の悪ガキたちが集結し、さらにパワーアップした新・ぼくらシリーズ。21世紀を駆け巡る学園青春ミステリーの誕生。

『新・ぼくらのサムライ魂（スピリッツ）』　宗田理著　角川書店　2001.7　312p　15cm　（角川文庫）　533円　①4-04-160269-6
内容　茨城県は筑波山のふもとにある天道学。「将来の日本を担う理想のエリート」の育成を目的とした、厳しい規律で有名な全寮制の男子校だ。修行僧のような戒律を自らに課す文武両道のサムライ優等生・橘川左内と、「規則なんて知ったことか！」のハチャメチャ留学生・ジョージ。両極端な性格で反発しあう東西のサムライが、凶悪な誘拐事件を機に、ついに手を組んだ!? 全国の"ぼくら"が大冒険を巻き起こす、新シリーズ。おもしろさ急加速の第3弾。

『新・ぼくらの大魔術師』　宗田理著　角川書店　2000.12　359p　15cm　（角川文庫）　619円　①4-04-160267-X
内容　大阪の貴青中学2年の圭介はマジックの天才。最近は教室の中身を消してしまう大掛かりなマジックの計画に夢中だ。圭介は同学年のいつも退屈そうな登の様子が気になっている。しかし、登は祖父の選挙事務所から大金を盗んでから性格も態度も激変！ 子分を従えたり、学校をサボって東京に行ったりとド派手な遊びぶり。お金の面白さと魔力を描いたスリリングな大傑作。全国のぼくらが冒険を巻き起こす新シリーズ、待望の第2弾。

『魂の姉妹―2年A組探偵局』　宗田理著　角川書店　2001.3　283p　15cm　（角川文庫）　514円　①4-04-160268-8
内容　2A探偵局に現れた依頼者・万里はこう泣きついた。「メル友の"ポリー"が自殺する！なんとか救ってほしい」と。捜査を開始した有季と貢だが、そこにいる誰もが、顔も本名も住所もわからず、さらには性別や、実在するのかどうかさえ不確かなメール世界に、捜査は難航するばかり。そのうち、"ポリー"が自殺してしまい、万里は謎の失踪をとげる。事件はさらに、想像もつかない展開と結末へ…。マザーグースをスパイスに使った、本格学園ミステリー登場。

『答案用紙の秘密―2年A組探偵局』　宗田理著　角川書店　1998.9　305p　15cm　（角川文庫）　495円　①4-04-160259-9
内容　明日はテストだ。一夜漬け専門の俊男の焦りは頂点に達した。時計が深夜12時を回り、もうだめかとあきらめかけたその時、窓からひらひら答案用紙が…！ ねずみ小僧の再来か？ 神様の思し召しか？ 百点満点の連発に学校側は大慌てで2A探偵局を呼ぶ。しかし『教師攻略法』『内申書公開』など謎の犯人の攻撃はゆるまず、ついに体罰教師・岡本が変死する殺人事件まで勃発。スリル満点、謎満載。2Aのライバル・ダブルツー探偵局も新登場。

『2年A組探偵局―ラッキーマウスと3つの事件』　宗田理作, はしもとしん絵　角川書店　2013.6　292p　18cm　（角川つばさ文庫 Bそ1-51）　660円　①978-4-04-631312-6〈「ラッキーマウスの謎」（角川文庫1991年刊）の改題・加筆修正　発売：角川グループホールディングス〉
内容　ぼくらの仲間、前川有季は、中学2年になり、探偵事務所を始めた。それが2年A組探偵局。略して「2A探偵局」！ 所長は有季で、助手は、アッシーこと足田貢。会社会長の子ども誘拐、金持ち専門家庭教師の日記帳の盗難、中学校の幽霊＆学校占領事件と事件発生！ 解決は有季におまかせ!! 3つの事件は驚くべき犯人だった!? 宗田理の新ミステリー第1巻！

『2年A組探偵局〔2〕ぼくらの魔女狩り事件』　宗田理作, はしもとしん絵　KADOKAWA　2013.12　286p　18cm　（角川つばさ文庫 Bそ1-52）　660円　①978-4-04-631350-8〈「魔女狩り学園」（角川文庫1992年刊）の改題・加筆修正〉
内容　クラスの生徒の持ち物がつぎつぎと盗まれ、犯人にされたのは勉強も体育もだめな、いじめられっ子のみさ子。2A＆ぼくらの英治や安永は、みさ子を助けようとするが、家からも消えてしまう。そして、成績トップクラスの4人に殺人脅迫状が届いて…。みさ子の命があぶない!? 知恵と勇気で事件解決に挑む。犯人は意外な人物!? 宗田理の2A探偵局、第2弾！　小学上級から。

『2年A組探偵局〔3〕ぼくらの仮面学園事件』　宗田理作, はしもとしん絵　KADOKAWA　2014.8　286p　18cm　（角川つばさ文庫 Bそ1-53）　660円

文庫で読める児童文学2000冊　77

①978-4-04-631416-1〈「仮面学園殺人事件」(角川文庫1999年刊)の改題、加筆修正〉
[内容]いじめられていた少年が仮面マスクをして中学校にやってきた。すると、別の人になったように明るい性格に変わっていた！ニュースとなり、マスクは全国の学校に大流行!?ところが、殺人事件が発生して…。有季と貢は、仮面の集会にもぐりこみ、裏にかくされた陰謀を探る。ぼくらの英治と相原たちも捜査に協力！宗田理のミステリー2A探偵局、第3弾！小学上級から。

『2年A組探偵局〔4〕ぼくらの交換日記事件』宗田理作,はしもとしん絵　KADOKAWA　2015.3　279p　18cm（角川つばさ文庫 Bそ1-54）660円
①978-4-04-631457-4〈「殺しの交換日記」(角川文庫1997年刊)の改題、加筆修正〉
[内容]男子と女子の交換日記が、貢の家のレストランに置き忘れてあった。それは、殺人事件を予告する2A探偵局への挑戦状だった！殺人を実行するのは4月7日の始業式。それまでに犯人を見つけなければ、Aが殺される。有季は、貢、真之介、英治、相原と推理するが…。犯人は、まさかの恐るべき人物。驚きのラスト!?宗田理のミステリー2A探偵局、第4弾！小学上級から。

『2年A組探偵局〔5〕ぼくらのテスト廃止事件』宗田理作,はしもとしん絵　KADOKAWA　2015.8　238p　18cm（角川つばさ文庫 Bそ1-55）640円
①978-4-04-631529-8〈「答案用紙の秘密」(角川文庫1998年刊)の改題、加筆修正〉
[内容]奇跡が起きた！明日のテストの答えが書かれた紙が窓から舞いこんできた。クラスほぼ全員が百点をとり、教師攻略法で生徒が暴力先生をやっつける。さらに、内申書が教室に出回りだされて、学校は大混乱。キーワードは、「テストなんかいらない」。ダブル・ツー探偵団というライバルも現れて、ぼくらの英治や相原も大活躍。宗田理のミステリー2A探偵局、第5弾！小学上級から。

『呪われた少年―2年A組探偵局』宗田理著　角川書店　1999.2　302p　15cm（角川文庫）533円　①4-04-160262-9
[内容]谷中中学の国語教師、粕谷郁子は生徒に作文を書かせた。とてつもなくネガティブなねがいを書いてきたのはいつもいじめられている大高泰志だ。不気味なことにそのねがいが叶ってしまう。不安を覚えた粕谷先生は2A探偵局にこの事件の解決を依頼する。有季と貢は抜群の頭脳を働かせ裏で泰志を操っている人間がいることを突き止める。しかも、それはあの呪われた少年であった。果たして呪われた少年とは誰なのか？そして、真犯人は？スリル満点の学園ミステリー。

『ぼくらと七人の盗賊たち』宗田理著　角川書店　1991.3　283p　15cm（角川文庫）430円　①4-04-160225-4
[内容]中学1年、春休みのことだった。ハイキング先の丹沢の山中で、ぼくらは偶然、「七福神」というどろぼう団のアジトを発見してしまった。電気製品など盗品の山を見つけたぼくらは、いたずら心と正義感にかられて、それらを貧しいお年寄りたちにバラまいてしまう。盗品をマルチ販売していた「七福神」の手口は悪どいが、7人のメンバーは間が抜けていて人なつっこく、ぼくらとの攻防戦のさなか、奇妙な友情が芽ばえ始める―。ぼくらは銀鈴荘のさよと巧みに連携プレイをして、プロのどろぼうをうならせるほど大活躍。スリルと冒険のぼくらシリーズ、9冊目、書き下ろし。

『ぼくらと七人の盗賊たち』宗田理作,はしもとしん絵　角川書店　2010.10　284p　18cm（角川つばさ文庫 Bそ1-4）660円　①978-4-04-631128-3〈発売：角川グループパブリッシング〉
[内容]「ぼくらの七日間戦争」を戦った英治と相原たちは、遊びに行った山で、泥棒たちのアジトを発見する！「七福神」と名のる七人の泥棒は、アジトに盗んだ品をかくし、催眠商法をつかって老人に高く売りつけていた！ぼくらは盗品をうばい返し、貧しい人にバラまく計画を立てる。手強い泥棒集団との攻防戦！スリルと冒険の大人気「ぼくら」シリーズ第4弾！小学上級から。

『ぼくらとスーパーマウスJの冒険』宗田理著　角川書店　2010.6　200p　15cm（角川文庫16320）476円　①978-4-04-160278-2〈発売：角川グループパブリッシング〉
[内容]東京近郊に住む小学生・智也は、5年生になるときのクラス替えで、札付きのいじめっ子3人と同じクラスになってしまった。ひどいいじめに耐えかねた彼は、海と山に囲まれた愛知県幡豆町にたどり着く。自殺を考え海辺にたたずむ智也を呼びとめたのは、人間並みの知能を持つネズミ次郎吉と不可能とも思える壮大な夢に取り組む女性オリビア。過疎に悩みながらも地域の力を取り戻そうとがんばる町の人々との出会いを経て、智也は―。

『ぼくらの悪魔教師』宗田理著　徳間書店　2002.7　317p　16cm（徳間文庫）533円　①4-19-891738-8

『ぼくらのアラビアン・ナイト―アリ・ババと四十人の盗賊シンドバッドの冒険』宗田理文,はしもとしん絵　角川書店　2010.6　220p　18cm（角川つばさ文庫 Eそ1-1）600円　①978-4-04-

631099-6〈発売：角川グループパブリッシング〉

|内容| 財宝がかくされた、岩の部屋の扉をひらく、ひみつの呪文を手にいれたアリ・ババは…?! 海から海へと、気のむくまま、仲間と航海をつづけるシンドバッドの冒険…。宗田理さんが、小学生のとき、夢中になった『アラビアン・ナイト』を、『ぼくら』読者のきみに！ とびっきりのワクワク保証つきの新・大冒険物語。小学上級から。

『ぼくらのいたずらバトル』 宗田理作, はしもとしん絵 KADOKAWA 2015.7 218p 18cm （角川つばさ文庫 Bそ1-17） 620円 ①978-4-04-631506-9

|内容| いつもいたずらしている英治たちぼくらに、小学生の強敵がいたずらを仕かけてきた！ 紙ねんどのチーズケーキを食べさせられ、中身を風船にしたスイカが、バーンと破裂、凍りつくいたずらの連続！ 英治とひとみが海水浴へ、二人の恋は!? ところが大事件が…、力を合わせて、悪い大人をやっつけろ！ つばさ文庫書きおろし、気分痛快ぼくらシリーズ第17弾!! 小学上級から。

『ぼくらの一日校長』 宗田理作, はしもとしん絵 KADOKAWA 2014.12 223p 18cm （角川つばさ文庫 Bそ1-16） 620円 ①978-4-04-631452-9

|内容| 英治たちの東中学60周年創立記念日に、人気アイドルの水谷亮くんが一日校長として来ることになった！ ぼくらのいたずら全開！ 給食には生きてるザリガニ、先生が知らない秘密通路、一日校長を変装させて握手会！ ところが、水谷くんが誘拐され、ガイコツになって発見された!? 人気アイドルを救いだせ！ つばさ文庫書きおろし、ぼくらシリーズ第16弾！ 小学上級から。

『ぼくらの怪盗戦争』 宗田理作, はしもとしん絵 角川書店 2012.6 234p 18cm （角川つばさ文庫 Bそ1-10） 640円 ①978-4-04-631246-4〈発売：角川グループパブリッシング〉

|内容| 夏休み、ぼくらは、有季のアイディアで、ミステリーツアーに行くことになった。英治、相原、安永、ひとみたち16人は、幽霊船がでるという死の島でキャンプ!? 洞くつを発見、国際的怪盗団に出くわし、久美子たちが捕まって…。怪盗団との大戦争に、無人島での大冒険、かくされた宝さがし。「ぼくら」シリーズ第10巻記念、イラスト66点の豪華スペシャル本。小学上級から。

『ぼくらの学校戦争』 宗田理作, はしもとしん絵 角川書店 2011.3 222p 18cm （角川つばさ文庫 Bそ1-5） 620円 ①978-4-04-631150-4〈発売：角川グループパブリッシング〉

|内容| 大人気「ぼくら」シリーズに書きおろし新刊！ 『ぼくらの七日間戦争』の続編！ こんどは学校が解放区！ 英治たちが卒業した小学校が廃校になり壊される!? ぼくらは廃校を幽霊学校にする計画を立て、おばけ屋敷、スーパー迷路を作る。ところが、本物の死体を発見!? 凶悪犯があらわれ、ぼくらと悪い大人との大戦争がはじまる。「ぼくら」シリーズ第5弾。小学上級から。

『ぼくらの奇跡の七日間』 宗田理著 ポプラ社 2011.11 302p 15cm （ポプラ文庫ピュアフル そ-1-1） 640円 ①978-4-591-12663-9

|内容| 星が丘学園中等部二年二組、通称「ワルガキ組」。個性的な生徒たちが集まるこのクラスは、前任教師の休職により、新しい担任・甘利卓を迎えることに。教師らしくない態度でフランクに接する甘利をぼくらは認めはじめる。そんな折、ぼくらの住む星が丘で、なぜかおとなだけに、ある症状が発症した。おとなたちは避難を余儀なくされ、子どもたちは聖域を手に入れることになる。子どもだけの居留地で、ぼくらはどんな奇跡を起こすのか!? 大人気の「ぼくら」シリーズ文庫最新刊。

『ぼくらの恐怖ゾーン』 宗田理著 角川書店 1992.8 323p 15cm （角川文庫） 520円 ①4-04-160235-1

|内容| ぼくらは新しい友人塚本に誘われて、彼の実家がある赤城山に2泊3日の旅に出た。実家には先祖代々の"あかずの間"があったり、その近くで両親が事故死したり、塚本にとって、故郷赤城は呪われた不気味な地域なのであった。強い援軍を得て赤城入りした塚本は、が、まもなく行方不明になってしまう。ぼくらは塚本捜しのため、恐怖の"あかずの間"に踏み込んでいくと…。冒険、スリル、友情、そして恋。高校生になったぼくらは、ままならない「青春」を抱えて全力疾走しているのだ。

『ぼくらの卒業旅行（グランド・ツアー）』 宗田理著 角川書店 1997.12 311p 15cm （角川文庫） 520円 ①4-04-160256-4

『ぼくらのグリム・ファイル探険 上』 宗田理著 角川書店 1998.12 315p 15cm （角川文庫） 533円 ①4-04-160260-2

|内容| 松本でスキーバスが転落、小学生ら二十名が死亡、福岡の中学では給食のカレーに毒物混入、大阪では小学生投げ捨て殺人等、全国各地で子どもが関わる動機不明の凶悪事件が続出した。ぼくらの仲間は、英治の大学の言語学者と協力体制で事件の謎を探っていくと、グリム童話＋摩女＋宗教音楽ら三つの

情報によって狂気が引き起こされる可能性が浮かび上がってきた。言葉によって感染してしまう"情報ウィルス"を解明するため、ぼくらはグリムの里ドイツの森へむかう―。

『ぼくらのグリム・ファイル探検 下』 宗田理著　角川書店　1998.12　346p　15cm　（角川文庫）　533円　①4-04-160261-0

|内容| "情報ウィルス"を解除する"ワクチン"を求めて、ぼくらは言語学者と共にドイツ・メルヘン街道にやって来た。そこで、二百年前にグリム兄弟によって封印された伝説集「グリム・ファイル」の存在をつきとめる。その背後には、言葉の持つ魔力を利用して人を支配しようとする秘密組織、さらに第三帝国を再興しようと企むナチの亡霊たちが暗躍していた。人類を危機に陥れる組織とぼくらは対決。ロマンチックなドイツの森で不安と戦慄の戦いは、やま場をむかえる―。

『ぼくらのC（クリーン）計画』　宗田理著　角川書店　1990.5　288p　15cm　（角川文庫）　430円　①4-04-160221-1

|内容| 中学2年3学期。ぼくらは、心やお金にきたない人間をやっつけようと、C計画委員会を結成。きたない政治家リストがかかれた、マル秘の「黒い手帳」を武器に、大人との知恵くらべ大会が始まった。手帳を奪おうとする殺し屋3人組とスクープを狙うマスコミ連中とが押しよせて、予想を越える大パニックに…。笑いとスリルいっぱいのぼくらの冒険物語。「ぼくらシリーズ」第6弾。

『ぼくらのC（クリーン）計画』　宗田理作、はしもとしん絵　角川書店　2012.3　287p　18cm　（角川つばさ文庫 Bそ1-9）　660円　①978-4-04-631225-9
〈1990年刊の改筆、加筆　発売：角川グループパブリッシング〉

|内容| 中学2年の3学期。ぼくらは、心やお金にきたない大人をやっつけようと、C計画委員会を結成する。悪い政治家が書かれているマル秘の"黒い手帳"を武器に、大人との知恵くらべ大会を実行！ 手帳を奪おうとする殺し屋三人組とスクープをねらうマスコミが押しよせて、予想をこえる大ハプニングに…！? 笑いとスリルと恋の大人気「ぼくら」シリーズ第9弾！　小学上級から。

『ぼくらの校長送り』　宗田理著　角川書店　1995.6　308p　15cm　（角川文庫）　560円　①4-04-160247-5

|内容| ひとみの友人みえの姉、あすかは新米の中学教師。赴任先の津軽の中学校で、陰険なイジメにあっているという。それも校長をはじめ、同僚の教師から。相談をうけたぼくらはただちに津軽に向かい、"頭脳＋武闘"の最新作戦を展開、イジメ教師グループをやっつけていく―。津軽独特の痛快なユーモアをとり入れた、一味ちがうぼくらの戦い。笑える最新刊、書下し。

『ぼくらのコブラ記念日』　宗田理著　角川書店　1996.1　310p　15cm　（角川文庫）　560円　①4-04-160249-1

|内容| 死期が近いと悟った瀬川老人は、息子捜しをぼくらに依頼。息子に会って過去の秘密をすべて明らかにするためだ。動き始めたぼくらは、大物黒幕人周辺の、壮絶な人間関係に巻き込まれていくが…。息子との対面をはたし運命は尽きない。彼の遺言通り涙のないさよなら会が開かれた。懐かしい顔ぶれが集まり瀬川を偲んだその会を、KOBURA記念日と名づけて継続していこうとぼくらは誓い合う。友情、スリル満載の、ぼくらシリーズ、記念すべき20冊目。

『ぼくらの「最強」イレブン』　宗田理著　角川書店　1994.12　322p　15cm　（角川文庫）　520円　①4-04-160244-0

|内容| イタリアでのサッカー留学を終えて木俣が帰って来た。英治らは木俣をたのみに、壊滅寸前のN高サッカー部を再建しようと心に決める。定時制のモグラ、停学中の武藤、足が速い双子など、すぐれものをスカウトし、次々起きる難問に立ちむかい、ようやくチームらしくなった時、部内で盗難事件が発生してしまう―。ネバーギブアップの精神で"試合"までこぎつけたぼくらの挑戦。笑いと冒険と感動の熱血学園物語。

『ぼくらの最後の聖戦』　宗田理著　ポプラ社　2013.12　229p　15cm　（ポプラ文庫ピュアフル Pそ-1-3）　560円　①978-4-591-13669-0

|内容| ぼくらの住む街で、赤い靴をはいた子どもが次々失踪する事件が起こる。公園の像の台座には、犯行予告とも取れるメッセージが。調査を始めたぼくらを翻弄するかのように、今度は放火事件が起こり…。世界に災いをもたらすという石「天使の泪」を巡る闘いがついにクライマックス。市長や警察も巻き込む大混乱の中、最大の敵から石を守りとおせるか？ 大人気シリーズ感動の完結編！

『ぼくらの最終戦争』　宗田理著　角川書店　1991.12　380p　15cm　（角川文庫）　560円　①4-04-160230-0

『ぼくらの失格教師』　宗田理著　徳間書店　2003.8　267p　16cm　（徳間文庫）　533円　①4-19-891927-5

|内容| 教師が次々とサボタージュ！ 民間人から採用された校長の方針に対するいやがらせか？ 菊地英治が派遣された中学では、生徒不在の異常事態が続いていた。持ち前の型破りな行動力で生徒を味方に付けた彼の前に立ちふさがるのは、意外にも…。

『ぼくらの修学旅行』 宗田理著 角川書店 1990.7 302p 15cm （角川文庫） 430円 ①4-04-160222-X

[内容] 中学3年の夏休み、受験勉強にかこつけて、本栖湖でサマースクールを計画。途中抜け出して、ぼくらだけの旅をおもいっきり楽しもうと秘かにもくろんでいたのだ。が、それを聞きつけたヤクザらが、「黒い手帖事件」で大恥をかかされたはらいせに、ぼくら全員を、事故にみせかけて殺そうと迫ってきた。一転して恐怖の底につき落とされたぼくらは、一致団結、命からがら危機をのり越えたのだが…。受験、銀鈴荘のさよの死など、人生の困難に出会い、ひとまわり大きくなったぼくらの、勇気と冒険の物語。「ぼくらシリーズ」第7弾。

『ぼくらの修学旅行』 宗田理作, はしもとしん絵 角川書店 2013.3 300p 18cm （角川つばさ文庫 Bそ1-12） 680円 ①978-4-04-631297-6〈角川文庫 1990年刊の改訂 発売：角川グループパブリッシング〉

[内容] ぼくらも、ついに3年生になり、高校受験のことばかり言われる。そこで、相原は、自分たちだけで修学旅行をやると言いだした。先生をだまして、勉強合宿を実行させ、そこから修学旅行へ逃げだす計画を立てる。ところが黒い手帳の恨みを持つ大人が、ぼくら13人を交通事故に見せかけて殺しにきた！ 命をかけた最大の戦い！ ぼくらシリーズ第12弾。小学上級から。

『ぼくらの体育祭』 宗田理作, はしもとしん絵 KADOKAWA 2014.3 223p 18cm （角川つばさ文庫 Bそ1-14） 620円 ①978-4-04-631383-6

[内容] ぼくらが楽しみにしていた体育祭を前に、「体育祭を中止しなければ、十人を殺す」と脅迫電話が！ 先生たちは、また、いたずらだと思い…。でも、ぼくらと先生の仮装パーティーや、ひとみと英治のリレー、棒倒しの戦い。ところが、パン食い競走のパンに毒が入っている!? 犯人はだれ？ 大爆笑&スリル満点の体育祭！ つばさ文庫書き下ろし、ぼくらシリーズ第14弾!! 小学上級から。

『ぼくらの「第九」殺人事件』 宗田理著 角川書店 1993.12 340p 15cm （角川文庫） 560円 ①4-04-160240-8

[内容] ひとみの同級生城山ひかるはいたずらの天才だ。彼女らの誘いで『第九』合唱会に参加することにしたぼくらは、さんざん振り回されてクタクタだ。帰り道、立石とひかるは原っぱで"殺人死体"を目撃してしまう。死体は、犯人は、だれか。ぼくらとひかるグループは、犯人捜しゲームにやっきになるが…。ゲームオーバーの夜、ぼくらは達成感と新たな友情の芽ばえに酔って、気持よく"歓喜の歌"を歌い上げるのだった─。

『ぼくらの大脱走』 宗田理著 角川書店 1992.5 295p 15cm （角川文庫） 500円 ①4-04-160232-7

[内容] 横暴な父親のせいで、瀬戸内海の弧島にある矯正学園に入れられてしまった麻衣。そこは学園とは名ばかり、極貧と暴力がまかりとおる軟禁施設だ。麻衣から助けを求められたぼくらは一致団結し、ヤクザまがいの学園スタッフを相手に大作戦をくり拡げた。勇気と知恵を結集し、恐怖と危機を乗り越えて、麻衣たちの大脱出をはかるが…。高校生になってワンタンク過激になったぼくらの、冒険とスリルと友情の物語。

『ぼくらの第二次七日間戦争─援交をぶっとばせ！』 宗田理著 徳間書店 2004.8 222p 15cm （徳間文庫） 514円 ①4-19-892107-5

[内容] ほんと、大人って壊れてる。尊敬に値する、人生の目標になるような存在なんてめったにいないよね。子供を虐待したり、買春したり…ろくなもんじゃない。だから、ぼくらはそんな大人たちに宣戦布告する！ お馴染み「ぼくら」メンバー総出演。

『ぼくらの第二次七日間戦争 グランド・フィナーレ！』 宗田理著 徳間書店 2005.8 249p 16cm （徳間文庫） 533円 ①4-19-892289-6

『ぼくらの第二次七日間戦争 再生教師』 宗田理著 徳間書店 2005.3 206p 16cm （徳間文庫） 514円 ①4-19-892215-2

[内容] 「死にたい」と平気で言う子供が増えた現状を、英治をはじめ"ぼくら仲間"は憂えていた。生きることの素晴らしさを伝えたい。そんな思いに駆られているとき、ひとみの学校で怪事件。男子生徒が失踪、黒板に不気味なメッセージが残されていた。

『ぼくらの太平洋戦争』 宗田理作, はしもとしん絵 KADOKAWA 2014.7 239p 18cm （角川つばさ文庫） 640円 ①978-4-04-631413-0

[内容] 夏休み、兵器工場の跡地を見学にいった英治、ひとみたちは、不思議なことから、1945年にタイムスリップ!? そこは戦争の真っ最中。男子は丸坊主、男女の会話禁止、食べものもなくて、ノミで眠れない!? でも、ぼくらは防空壕パーティーや、いろいろいたずら！ 戦争の悲惨さを体験する笑いと涙の物語。つばさ文庫書きおろし、ぼくらシリーズ第15弾!! 小学上級から。

『ぼくらの大冒険』 宗田理著 角川書店

1989.4　305p　15cm　（角川文庫）　430円　①4-04-160217-3

[内容]夏休みは「七日間戦争」、2学期は「天使ゲーム」を戦いぬいて、今は春休み間近の3月下旬。アメリカから来た転校生木下は、エイリアンというあだ名どおりの奇妙な男子だ。病弱であと3年の命、信仰心があつく、UFOを見ることができるという。木下に誘われ、UFO見物に行った英治ら中学生15人のうち2人が突然、消えてしまう。まるでUFOに連れ去られたように。…正義感と好奇心と友情のため、「インチキな大人」ととことん戦う中学生の、笑いと冒険の学園サスペンス。

『ぼくらの大冒険』　宗田理作，はしもとしん絵　角川書店　2010.2　318p　18cm　（角川つばさ文庫 Bそ1-3）　680円　①978-4-04-631080-4〈発売：角川グループパブリッシング〉

[内容]「ぼくらの七日間戦争」を戦った東中元1年2組の彼らの前に、アメリカから木下が転校してきた。木下はUFOを見ることができるという。見に行った英治たち15人のうち、宇野と安永がUFOにつれ去られたように消えてしまう。英治たちは、二人の大救出作戦を開始。背後に宗教団体や埋蔵金伝説が!?　インチキ大人と戦う「ぼくら」シリーズ第3弾！　小学上級から。

『ぼくらの大冒険』　宗田理著　改版　KADOKAWA　2014.8　313p　15cm　（角川文庫 そ3-3）　560円　①978-4-04-101619-0〈初版：角川書店 1989年刊〉

[内容]「ぼくらの七日間戦争」を戦った東中学校元1年2組の面々の前に、アメリカから木下という名の転校生がやってきた。UFOを呼べるという彼と、荒川の河川敷でまちあわせた英治たち15人。だが、そこで宇野と安永が消えてしまう。UFOの仕業か!?　英治たちは、2人の大救出作戦を開始した。失踪事件の背後には、謎の宗教団体や埋蔵金伝説が—!?　インチキな大人たちに鉄槌を与える、大好評「ぼくら」シリーズ第3弾。

『ぼくらのデスゲーム』　宗田理作，はしもとしん絵　角川書店　2011.7　287p　18cm　（角川つばさ文庫 Bそ1-6）　640円　①978-4-04-631173-3〈『ぼくらのデスマッチ』（1989年刊）の改筆、改題　発売：角川グループパブリッシング〉

[内容]新しい校長・大村と担任・真田がやってきた。手本は二宮金次郎、2年1組のぼくらに、きびしい規則がつぎつぎと決められ、破ると、おそろしい罰則が…。ぼくらは、いたずらで新担任と攻防戦。ところが、真田先生に殺人予告状がとどき、純子の弟・光太が誘拐されてしまう。ぼくらは、殺人犯との死をかけた戦いにいどむ。大人気「ぼくら」シリーズ第6弾。

小学上級から。

『ぼくらのデスマッチ—殺人狂がやって来た』　宗田理著　角川書店　1989.9　275p　15cm　（角川文庫）　390円　①4-04-160218-1

[内容]7日間戦争→天使ゲーム→大冒険を経て、"ぼくらの中学生"は2年生に進級。新任の、校長と担任の教育方針は、なんと「手本は二宮金次郎」！　きびしい規則が次々出来て、教師と生徒とが攻防戦を展開する中、担任真田に「殺人予告状」が届く。一方、純子の弟光太が誘拐される…。不気味に送られてくる「殺人予告」は、だれが、なんのために？　そして、光太はどこに？　相原ら中学生グループは知恵と勇気をふりしぼり、見えない敵との戦いに立ち上がる—。笑いとスリルいっぱいのぼくらの探偵物語。大人気・ぼくらシリーズ第4弾。

『ぼくらのテーマパーク決戦』　宗田理作，はしもとしん絵　角川書店　2013.7　255p　18cm　（角川つばさ文庫 Bそ1-13）　640円　①978-4-04-631331-7〈文献あり　発売：KADOKAWA〉

[内容]転校生の小林は、福島県に子どもしか入れないテーマパークがあると言う。英治たちが行ってみると、本物そっくりの恐竜や巨大迷路、透明な銀河特急など、まさにここは、子どもだけのワンダーランド！　ところが、金もうけをたくらむ大人たちが乗っとろうと侵入してきて…!?　ぼくらと悪い大人との大決戦！！　つばさ文庫書きおろし、ぼくらシリーズ第13弾!!　小学上級から。

『ぼくらの天使ゲーム』　宗田理著　角川書店　1987.4　343p　15cm　（角川文庫）　460円　①4-04-160204-1

『ぼくらの天使ゲーム』　宗田理作，はしもとしん絵　角川書店　2009.9　354p　18cm　（角川つばさ文庫 Bそ1-2）　720円　①978-4-04-631046-0〈発売：角川グループパブリッシング〉

[内容]「ぼくらの七日間戦争」を戦った東中1年2組のぼくらは、こんどは"天使ゲーム"を始めた。それは、父さんのタバコに水をかけ、酒にしょうゆを入れ、つぶれかけた幼稚園を老人園にしたり…つまり、1日1回、いたずらをするのだ。ある日、東中の美少女が学校の屋上から落ちて死んでいるのが見つかった。犯人は大人？　大人気「ぼくら」シリーズ第2弾！　小学上級から。

『ぼくらの天使ゲーム』　宗田理著　改版　KADOKAWA　2014.7　349p　15cm　（角川文庫 そ3-2）　600円　①978-4-04-101620-6〈初版：角川書店 1987年刊〉

宗田理

|内容| 夏休みに「ぼくらの七日間戦争」を戦った東中1年2組。大人たちは異例のクラス替えを言い渡した。だが、元2組の面々はばらばらになってもくすぶってはいない。今度はぼくらの一日一善運動"天使ゲーム"を始めた。父さんの煙草に水をかけ、お酒にしょうゆを入れ―。ある日、東中の美少女が学校の屋上から落ちて死んでいるのが見つかった。彼女の死の真相は？ ぼくらの犯人捜しが始まった！ 名作「ぼくら」シリーズ第2弾！

『ぼくらの特命教師』 宗田理著 徳間書店 2003.1 254p 16cm （徳間文庫） 514円 ①4-19-891822-8

|内容| やつらを中学生と思ってはいけません。大人より狡猾で邪悪です。生徒たちをこんな風に変質させたのはオメガのせいです。あいつは悪魔です！ 中山ひとみが教師を務める朝日中学は、崩壊寸前だった。オメガを名乗る正体不明の存在が、生徒達だけではなく教師達をも恐怖のどん底に陥れていた。そんな学校に"悪魔教師"こと菊地英治が特命教師として派遣された。大人気、書下し長篇それからの『ぼくらシリーズ』。

『ぼくらの7日間戦争』 宗田理著 角川書店 1988.10 383p 15cm （角川文庫） 490円 ①4-04-160201-7〈17刷〉〈第1刷：85.4.10)〉

|内容| 明日から夏休みという暑い日のこと―東京下町にある中学校の1年2組の男子生徒全員が姿を消した。事故？ 集団誘拐？ じつは彼らは河川敷にある工場跡に立てこもり、ここを解放区として、大人たちへの"叛乱"を起こしたのだった。女子生徒たちとの連携による奇想天外な大作戦に、本物の誘拐事件や市長選挙汚職がからまり、はては解放放送やバリケードに感激する全共闘世代の親やテレビ・レポーターも出始めて、大人たちは大混乱…鮮やかな終幕まで、息もつがせぬ軽快なテンポで展開される、諷刺いっぱいの大傑作コミック・ミステリー。

『ぼくらの七日間戦争』 宗田理作, はしもとしん絵 角川書店 2009.3 390p 18cm （角川つばさ文庫 Bそ1-1） 740円 ①978-4-04-631003-3〈1985年刊の修正 発売：角川グループパブリッシング〉

|内容| 明日から夏休みという日、東京下町にある中学校の1年2組男子全員が姿を消した。事故？ 集団誘拐？ じつは彼らは廃工場に立てこもり、ここを解放区として、大人たちへの"叛乱"を起こしたのだった！ 女子生徒たちとの奇想天外な大作戦に、本物の誘拐事件がからまり、大人たちは大混乱…息もつかせぬ大傑作エンタテインメント！「ぼくら」シリーズの大ベストセラー！ 小学上級から。

『ぼくらの七日間戦争』 宗田理著 改版 KADOKAWA 2014.6 381p 15cm

『ぼくらの七日間戦争』 （角川文庫 そ3-1） 640円 ①978-4-04-101334-2〈初版：角川書店 1985年刊〉

|内容| 明日から夏休みという暑いある日のこと。東京下町にある中学校の1年2組の男子生徒が全員、姿を消した。彼らは河川敷にある工場跡に立てこもり、そこを解放区として、体面ばかりを気にする教師や親、大人たちへの"叛乱"を起こした！ 女子生徒たちとの奇想天外な大作戦に、本物の誘拐事件がからまって、大人たちは大混乱に陥らせる！何世代にもわたって読み継がれてきた、不朽のエンターテインメントシリーズ最高傑作。

『ぼくらののら犬砦』 宗田理著 角川書店 1998.6 362p 15cm （角川文庫） 552円 ①4-04-160258-0

|内容| 勉強なしの少人数制、ストレスがないからイジメもない。銀座・勝鬨中学は、親にも教師にもなつかない"のら犬"たちの楽園。けれど、あと一年たらずで廃校が決まっている。それを知った「ぼくら」は学校を最恐のお化け屋敷に改造!! ところが、戦争中建てられたというその校舎には、お化け屋敷よりも恐い、凶悪犯罪組織の秘密が隠されていて…。ヤクザのK組、麻薬シンジゲート3Dが、のら犬たちを脅かす。大都会の神話、子どもたちの砦を守れ！ 知恵と勇気の大作戦。

『ぼくらの秘島探検隊』 宗田理著 角川書店 1991.5 270p 15cm （角川文庫） 430円 ①4-04-160226-2

|内容| 中2の夏休み。英治、安原をはじめぼくら9人は沖縄に遠征した。沖縄の美しい自然が、アコギなリゾート開発業者によってメチャメチャにされてしまうことを銀鈴荘のまさばあさんから聞いたのがきっかけだ。21世紀には紺碧の海がなくなってしまうなんて許せない！ と怒りに燃えたぼくらは、手ごわい土建業者を相手にイタズラ大作戦をくりひろげるが…。サンゴと白浜とマングローブ林に囲まれた小さな秘島を舞台に、元気いっぱい戦った真夏の思い出―。

『ぼくらの秘密結社』 宗田理著 角川書店 1994.5 318p 15cm （角川文庫） 520円 ①4-04-160241-6

|内容| いたずらの天才ひかるは次に何をしかけてくるか。期待とスリルで盛り上がったひかるの誕生パーティーで、TV局の矢場から中国人、林の苦境を聞かされる。彼は大きな密入国組織に命を狙われているらしい。林を守るためぼくらは、秘密結社KOBURAを結成し、尾行、囮、奇襲等々アイデアいっぱいの作戦を展開。そして隅田川花火大会の夜、川沿いにある"KOBURA館"に一味をおびきよせて、いよいよ最終戦へ。満天の花火に見入るぼくらの心は、それぞれの感動でみたされていた。

『ぼくらの黒（ブラック）会社戦争』 宗田理作, はしもとしん絵 角川書店 2012.

文庫で読める児童文学 2000冊 83

12　252p　18cm　（角川つばさ文庫 Bそ1-11）　640円　Ⓘ978-4-04-631284-6〈発売：角川グループパブリッシング〉

|内容| とんでもない最強いたずらばあさんが、ぼくらの家にやってきた!? 会社の不正を知ったことで、命を落とした息子のため、ぼくらとばあさんは、悪い大人たちの企業と大戦争！ パソコンを使えなくして、会社は大さわぎ。暗号をとき、秘密文書を手に入れ…。英治の家を要塞にして悪いやつらを迎え撃つ。つばさ文庫書きおろし、『ぼくら』シリーズ第11弾。小学上級から。

『ぼくらの魔女教師』　宗田理著　徳間書店　2003.12　238p　16cm　（徳間文庫）　514円　Ⓘ4-19-891985-2

|内容| お嬢様学校の校長に殺人予告が！ 男性教師の完全排除を目指す教頭を筆頭に、生徒も含めた五十人の「魔女軍団」が牛耳る湊学園に派遣された菊地英治。校長の身を守りつ、狂った学園にメスを入れようとするが…。

『ぼくらの魔女戦記　1　黒ミサ城へ』　宗田理著　角川書店　1996.7　348p　15cm　（角川文庫）　600円　Ⓘ4-04-160251-3

|内容| フィレンツェで料理修業中の日比野が謎のことばを残して突然消えた。心配になったぼくらは急拠、夏のイタリアへ。わずかな手がかりから怪しい古城をつきとめ、日比野救出をはかろうとするが、逆に捕えられ、恐怖のどん底につき落とされてしまう—。中世そのままの美しい町フィレンツェには、今も"魔女"がとりしきる恐しい裏組織がある！ ルネサンスの壮麗な歴史の闇を背景にした、見えない"魔女"とぼくらの戦い。スリルいっぱいの第一弾。

『ぼくらの魔女戦記　2　黒衣の女王』　宗田理著　角川書店　1996.9　307p　15cm　（角川文庫）　600円　Ⓘ4-04-160252-1

|内容| 日比野は機内で知り合ったカトリーヌに、霊感の強い美少女ルチアを紹介されて、一目で夢中になってしまう。"魔女"になりたくないルチアは、日比野に助けを求めてきたのだ。フィレンツェは「中世」が色濃く残る町ではあるが、この現代に本物の"魔女"がいるのだろうか。信じられない気持はあっても、ルチアを守ることを決意。魔女の闇組織との戦いがはじまった。イタリアを駆けぬけるスリルと冒険。一方、日比野を捜しに日本からぼくらの仲間もやって来た—。第二部。

『ぼくらの魔女戦記　3　黒ミサ城脱出』　宗田理著　角川書店　1996.11　351p　15cm　（角川文庫）　600円　Ⓘ4-04-160253-X

|内容| 黒ミサ城の地下牢に監禁されたぼくら。城に仕かけられた魔術の罠や恐怖の迷路をぬって彼らを救おうとする日比野や有季。城にあるというメディチ家伝来の秘宝パッヘを追うカトリーヌ。そしてなんとしてもルチアに魔女を継いで欲しいジャンヌの野望。それぞれの命運をかけて、魔女交代の満月の夜がやってきた。美しいトスカーナ地方の古城を舞台に、ぼくらと"黒魔術"が対決、前代未聞の面白さ！　三部作の完結編。

『ぼくらの㊙学園祭』　宗田理著　角川書店　1990.11　302p　15cm　（角川文庫）　470円　Ⓘ4-04-160224-6

|内容| 中学3年の2学期。学園祭の演し物、「赤ずきんと七人の小人たち」の準備中に起きた2大事件は、まず病院送りになった登校拒否児の奪還。もうひとつは、イタリアの少年についてきた不気味な絵画贋作マフィアとの対決。大人の協力者を動員したり、マフィアを学園祭に出演させたり、頭と体をフル回転させて、ぼくらの大胆なチームプレイが開始された。仲間を救出するまでの、勇気と友情と笑いにみちた学園ミステリー。大人気、ぼくらシリーズ8冊目。書き下ろし。

『ぼくらの㊙学園祭』　宗田理作，はしもとしん絵　KADOKAWA　2015.12　287p　18cm　（角川つばさ文庫 Bそ1-18）　660円　Ⓘ978-4-04-631420-8〈角川文庫1990年刊の大幅修正〉

|内容| ぼくらにとって、中学校最後の学園祭！ 演し物を計画していると、いじめられて不登校になってしまった女子を救ってほしいと相談される。ところが、10億円の絵がニセモノという事件が起きて、少年と殺し屋マフィアがイタリアからやってきた!? マフィアとの全面戦争！　学園祭では、先生に大爆笑のいたずら炸裂！　最高のまる秘劇！　ぼくらシリーズ第18弾!! 小学上級から。

『ぼくらのミステリー列車』　宗田理著　角川書店　1993.6　332p　15cm　（角川文庫）　520円　Ⓘ4-04-160238-6

|内容| 夏休み、ぼくら14人は鈍行列車の旅を計画。行き先は定めず、でたとこ勝負の気楽な旅だ。が、途中出会った自殺しそうな男女が気になり追っているうち、ぼくらが追われている気配が！　いったいだれが？ どうして？ 見えない敵を相手に、ぼくらの戦いが始まった。明日なにが起こるかわからない旅は、人生と同様とってもミステリアスだ。冒険、友情そして恋。待望の書き下ろしぼくらシリーズ。

『ぼくらの南の島戦争』　宗田理作，はしもとしん絵　角川書店　2011.9　287p　18cm　（角川つばさ文庫 Bそ1-7）　660円　Ⓘ978-4-04-631183-2〈『ぼくらの秘島探険隊』（1991年刊）の加筆、改題　文献

宗田理

あり　発売：角川グループパブリッシング〉
[内容] 中学2年の夏休み、1年前の「七日間戦争」と同じように、ぼくらは大人たちに戦いを挑む。こんどの敵は、美しい自然を壊す桜田組。やつらは、数家族だけが住む南の島を買いしめ、ゴルフ場にしようとしている。ぼくらは島の学校に立てこもり、勇気といたずらで、悪い大人と大戦争。組長、殺し屋までやってきて…!?　大人気「ぼくら」シリーズ第7弾。小学上級から。

『ぼくらのメリークリスマス』　宗田理著
　角川書店　1992.12　315p　15cm　（角川文庫）　520円　①4-04-160236-X
[内容] ルミの父親為朝に、金庫破りを強要する秘密組織。断わるとルミを誘拐すると脅してきた。ぼくらはルミを守るために一致団結。元泥棒の七福神、2A探偵局らと協力し、体当りで立ち向かうと、"信仰"に関わる悪徳業者であることが判明する。そして、クリスマスの夜、その巨悪との対決の時がやってきた―。友情、冒険、笑いがあふれる「ぼくらシリーズ」のクリスマス決戦。

『ぼくらのモンスターハント』　宗田理著
　ポプラ社　2012.5　256p　15cm　（ポプラ文庫ピュアフル　Pそ-1-2）　560円　①978-4-591-12942-5〈文献あり〉
[内容] 本好きの摩耶が書店で偶然見つけた「モンスター辞典」。それは、街の悪者たちの名前が次々と現れるという不思議な本だった。摩耶は、ある事件をきっかけに学園を退学になった「ぼくら」と手を組み、町にあふれる悪事を撃退しに出かけることに。悪者退治をし始めると、新任でやってきた校長・赤堀の様子がおかしいということがわかってきて…。大人気の「ぼくら」シリーズ文庫第二弾！　大人たちの闇をあばく、痛快エンターテインメント。

『ぼくらの(ヤ)バイト作戦』　宗田理作、はしもとしん絵　角川書店　2011.12　314p　18cm　（角川つばさ文庫　Bそ1-8）　680円　①978-4-04-631208-2〈『ぼくらの(危)バイト作戦』(1989年刊)の改筆、加筆、改題　発売：角川グループパブリッシング〉
[内容] 中学2年の2学期、安永は、交通事故で働けない父親のかわりに、肉体労働のバイトをして、学校を休んでいる。ぼくらは、安永を助けるため、お金もうけ作戦を実行。占い師や探偵になったり、教師の暴力から子どもを守るアンポ・クラブを結成したり…。ところが、本当の殺人事件に出くわし、政界をゆるがす黒い手帳を手に入れる！　大人気「ぼくら」の第8弾。小学上級から。

『ぼくらの(危)バイト作戦』　宗田理著
　角川書店　1989.12　286p　15cm　（角川文庫）　390円　①4-04-160219-X
[内容] 中学2年生2学期の秋。ぼくらの仲間安永は、療養中の父親のかわり、きついバイトで家計を支えて、学校を休みがちだ。"安永を助けよう"と、相原、英治、久美子らは一致団結、中学生でも出来るお金もうけ作戦を練り始める。占い師になりすましたり、アンポ・クラブを結成したり、ハンパじゃないヤバイバイトをこなしていたある日、ぼくらは「本物の殺人事件」に出会ってしまった…。笑いとスリルと冒険がいっぱいの、ぼくらの学園物語第5弾「七日間戦争」につづき、爆発的人気シリーズ、おまたせ書き下ろしです。

『ぼくらのラストサマー』　宗田理著　角川書店　1999.6　305p　15cm　（角川文庫）　590円　①4-04-160263-7
[内容] 夏休み直前、英治の生徒が突然家を飛び出した！　彼の家には姿を消したロックシンガーのクニオを捜しに行くという置き手紙だけが残されていた。必死の捜索のなか、"クニオは8月15日に長篠で幻の曲を歌いに帰ってくる"という噂が流れる。その噂で秋田からは鈍行列車で、福岡からはヒッチハイクで と全国各地から少年たちが長篠へ集まり始めた!! だが、ライブ当日は台風が長篠を直撃するとのことだった。この一夏を過ごした少年たちはたくましく成長し、大人への階段をまた一つ登り始めた。

『ぼくらのロストワールド』　宗田理著　角川書店　1997.7　352p　15cm　（角川文庫）　640円　①4-04-160255-6
[内容] 中学校校長の元にかかってきた脅迫電話。それは修学旅行を中止しなければ自殺するという。犯人捜しの結果、浮上してきたいじめられっ子の川合。が、無実の彼は耐えられず一人旅に出てしまう。一方、学校では忌まわしい事件が次々と…。川合はどこそして様々な悪事の元凶はだれか？　ぼくらは弟妹のいる中学校を救うために全員集合。シラケ気味の中学生にパワーアップの息を吹き込み、悪辣教師たちと堂堂の対決！　ぼくらの二世の誕生を予感させる、元気いっぱいの最新刊。

『ぼくんちの戦争ごっこ』　宗田理著　角川書店　1990.8　270p　15cm　（角川文庫）　390円　①4-04-160223-8
[内容] 母さんに言わせると、ぼくは落ちこぼれである。私立に落ちて、公立中学にしか行けなかったからだ。そんな僕の成績をめぐって、両親は毎日けんかばかり。ぼくは、その暗い空気をなんとかしたくて、サッカー部の相原先輩に相談してみた。すると、とんでもないアイデアが出てきたのだ。ハンパなけんかはやめて、徹底的に、スタミナを使い果たすまで戦ってもらい、それをぼくが観戦しようというものだった…。「ぼくらグループ」の応援で、後輩、青葉光たちがやる気になった、はじめての「冒険」。笑いと友情の物語。

文庫で読める児童文学 2000冊　85

『魔女狩り学園―2年A組探偵局』 宗田理著　角川書店　1992.3　273p　15cm　（角川文庫）　430円　①4-04-160231-9
[内容] 中学3年小山のクラスでは、まず文房具がなくなり、次に成績のいい5人に殺人予告の脅迫状が舞い込んだ。その手口から、クラスのいじめられっ子で"魔女"呼ばわりされているみさ子が犯人にされてる？ 小山から依頼を受けた2A探偵局の有希と貢は調査開始。みさ子への疑惑をはらすため彼女を匿い、真犯人の出方をうかがうと、意外な犯人像が浮かび上ってきた―。過熱する受験戦争が引き起こした難事件を、仲間の協力もあってズバリ解決、2A探偵局はやる気十分、ますます元気だ。

『みな殺し学園―2年A組探偵局』 宗田理著　角川書店　1994.10　304p　15cm　（角川文庫）　520円　①4-04-160243-2
[内容] 「体育祭を中止せよ。さもないとみな殺しや」―度々脅迫された上原中学の校長桜井は、有季をたよって、2A探偵局にやって来た。名探偵中学生コンビの推理とパワーを信頼しているからだ。体育祭は決行か、中止か。その日まで1ケ月、有季たちは見えない犯人の影を一刻一刻追いつめていく。そして当日、解明された動機には、教師間のイジメの謎が…。読み出したらやめられない、学園サスペンス。書き下ろし。

『ラッキー・マウスの謎―2年A組探偵局』 宗田理著　角川書店　1991.10　291p　15cm　（角川文庫）　470円　①4-04-160229-7

『ランドセル探偵団―2年A組探偵局』 宗田理著　角川書店　2001.12　314p　15cm　（角川文庫）　533円　①4-04-160270-X
[内容] 守山小学校5年の香葉子と歩は、巷を騒がす通り魔を探し出すため、仲間とともに探偵団を結成した。張り込みを重ねて怪しい人物をマーク。ついに警察に突き出したそれはなんと、ある浮気容疑を捜査中の貢だった。話を聞いた有季は「ランドセル探偵団」の強い思いに感心し、合同捜査に乗りだす。浮気調査と通り魔事件が意外な線からつながり、みごと一件落着かに見えたのだが…。大人気学園ミステリー。今度は小学生が大暴れ！ の最新刊。

たかし　よいち
《1928～》

『七人のゆかいな大どろぼう』 たかしよいち作、スズキコージ画　理論社　1995.1　121p　18cm　（フォア文庫 B166）　550円　①4-652-07412-3
[目次] チョンマゲどろぼう、目ん玉どろぼう、ゆめどろぼう、しゃっくりどろぼう、げんこつどろぼう、へそどろぼう、足あとどろぼう
[内容] むかし越前国のある村になまけ者の男がひとりすんでおった。ある日、道で出あったほうさまから「白山にすむ九つの頭をもつりゅうの目ん玉を一つでも手に入れれば、一生らんくにくらせるぞ」ときいて、大よろこび。さっそく大ぶろしきをせなかにかついで山に出発した「目ん玉どろぼう」など、7人のゆかいな大どろぼうがつぎつぎ登場。

『竜のいる島』 たかしよいち著　講談社　1981.3　386p　15cm　（講談社文庫）　440円　〈年譜：p381～386〉

高楼　方子
たかどの・ほうこ
《1955～》

『いたずら人形チョロップ』 たかどのほうこ作絵　ポプラ社　2012.10　149p　18cm　（ポプラポケット文庫 040-1）　620円　①978-4-591-13106-0
[内容] いたずらがだいすきな人形、チョロップが、一家そろって気むずかしいキムヅカさんの家にもらわれていきました。チョロップが犬のシロと組んで、毎日、いたずらをするうちに、キムヅカ家の人たちは…!? 小学校中級から。

『十一月の扉』 高楼方子著　新潮社　2006.11　422p　16cm　（新潮文庫）　590円　①4-10-129871-8
[内容] 中学二年の爽子は、偶然みつけた素敵な洋館「十一月荘」で、転校前の数週間を家族と離れて過ごすことになる。「十一月荘」の個性あふれる住人たちとの豊かな日常の中で、爽子は毎日の出来事を自分の物語に変えて綴り始めた。のんびりしているようで、密度の濃い時間。「十一月にはきっといいことがある」―不安な心を物語で鎮めながら、爽子はこれから生きて行く世界に明るい希望を感じ始めていた。

『十一月の扉』 高楼方子作　講談社　2011.6　412p　18cm　（講談社青い鳥文庫 Y3-1）　900円　①978-4-06-285216-6
〈絵：千葉史子　新潮社 2006年刊の改稿〉
[内容] 二か月だけ「十一月荘」で下宿生活をすることになった中学二年生の爽子は、個性的な大人たちや妹のようなるみちゃんとの日々、

そして、「十一月荘」で出会った耿介への淡い恋心を物語にかえて、お気に入りのノートに書きはじめる。「迷うことがあっても、十一月なら前に進むの。」閑さんの言葉に勇気づけられ、爽子は少しずつ、考えるのをさけていた転校後の生活にも、もっと先の未来にも、希望を感じられるようになってゆく。中学生向け。

していたことはあまり知られていない。本書は、夢二が我が子に向けて書いた童話全十九篇を収載した、夢二唯一の童話集。美と憧憬に生きた夢二の、少年のように純粋な気持ちと、幼き者を愛し、慈しむこころに満ちた、大正ロマンの香り溢れる一冊です。初版本掲載の、自身による可愛らしい挿し絵も全点収録。

竹下　文子
たけした・ふみこ
《1957〜》

立原　えりか
たちはら・えりか
《1937〜》

『ペンギンじるしれいぞうこ』　竹下文子作，鈴木まもる画　金の星社　2002.3　110p　18cm　（フォア文庫）　560円　①4-323-09020-X

|内容| ぼくのうちに、新しいれいぞうこがやってきた。ペンギンのマークのついた、ぴっかぴかのれいぞうこ。ところが、ぼくはみちゃったんだ！ れいぞうこの中に、ペンギンがすんでいるのを…。だれにもないしょだよ。だって、ペンギンとやくそくしたんだもん。

『星とトランペット』　竹下文子著　講談社　1984.1　192p　15cm　（講談社文庫）　280円　①4-06-183180-1

|目次| 月売りの話．星とトランペット．花と手品師．タンポポ書店のお客さま．日曜日には夢を．ノラさん．野のピアノ．ポケットの中のきりん．砂町通り．フルートふきはどこへいったの．いつもの店

竹久　夢二
たけひさ・ゆめじ
《1884〜1934》

『春―童話集』　竹久夢二著　小学館　2004.8　187p　15cm　（小学館文庫）　476円　①4-09-404212-1

|目次| 都の眼．クリスマスの贈物．誰が・何時・何処で・何をした．たどんの与太さん．日輪草．玩具の汽缶車．風．先生の顔．大きな蝙蝠傘．大きな手．最初の悲哀．おさなき灯台守．街の子．博多人形．朝．夜．人形物語．少年・春．春

|内容| センチメンタルな画風の「夢二式美人」、恋の唄「宵待草」の作詞などで知られる、漂泊の画家・竹久夢二。そんな彼が、じつは子供向けに数多くのイラストや童謡、童話を創作

『青い羽のおもいで』　立原えりか作，渡辺藤一画　理論社　1987.1　156p　18cm　（フォア文庫）　430円　①4-652-07062-4

|内容| ひがしとみなみの兄妹は、朝から《かしの木やかた》にひっこしてくる人たちをわくわくしながら待ってます。夕暮れになってもだれもきません。船にのってやってくるのかしら？ 海からはかすかな南風がふいてきます。がっかりしながらみなみがふりむくと、かしの木のてっぺんから、あかんぼをだいた女の人がふんわりとびおりてきたではありませんか！ かぎりなくやわらかな心が出会うメルヘンの世界。

『赤い糸の電話』　立原えりか著　講談社　1990.3　219p　15cm　（講談社文庫）　360円　①4-06-184649-3

|目次| 不老不死のくすり．ほんものの魔法．ねこのおんがえし．南十字星．冬の旅．鳥になる．十万粒のなみだ．アンドロメダ工房．一月のウグイス．南の島のものがたり．赤い糸の電話

|内容| 天国にいるママの声がききたい、とパパがはじめて泣きました。そこでめいは、パパにすてきな贈りものをします。―表題作「赤い糸の電話」、恋人と妖精の世界へ帰るため、幸福な人間の流すなみだを集めているおばあさん―「十万粒のなみだ」など、11編の物語。心のせつなさが、かなしさが、やさしさが、ゆめをつむぎ出します。

『しあわせな森へ』　立原えりか著　講談社　1987.1　265p　15cm　（講談社文庫）　360円　①4-06-183955-1

|目次| 春の神話．はかない心．さよならミルキーウェイ．骨董品店．ラブ・チェア．しあわせな森へ．サンタクロースをさがせ！．雪の夜の流れ星．愛らしい賞品．ヤンバルクイナ幻想曲．いつかうたった唄．アフレシア

|内容| 北国の小さな村から夢を求めて東京へ来た若者。つらい日々を送る若者へ村に残った娘は、愛の祈りを風にのせてとどけてきま

立原えりか

す…。(「しあわせな森へ」)空とぶドラゴンの魔法のとりこにされ、家庭をすてた「永遠」という字の書けない女のあでやかな飛翔—。(「アフレシア」)ありのままの人生の美しさ、愛のすがたを花や蝶や妖精の形をかりて、きびしくやさしく語りかけるメルヘン12編を収録。

『月あかりの中庭』 立原えりか著 講談社 1987.6 230p 15cm (講談社文庫) 360円 ①4-06-184033-9
[目次] そよかぜ夫人の恋、遅れてくる子、ねこうらない、よろこびのお菓子、お茶の時間、麦畑、てんのしっぽ、たんぽぽのじゅうたん、新しい誕生日、手づくりのぬいぐるみ、臆病な手紙、月あかりの中庭
[内容] うすむらさきいろのドレスをまとったそよかぜ夫人(「そよかぜ夫人の恋」)、お花見をしている動物のゆうれい達(「てんのしっぽ」)、ふしぎな力をさずけられた野良ねこのシンデレラ(「月あかりの中庭」)…心の琴線にやさしくふれる、甘くほろ苦いメルヘン12編を収録。ふと立ちどまってうしろをふり返ったとき、生きることの美しさとせつなさが見えてきます。

『でかでか人とちびちび人』 立原えりか著 講談社 1975 135p 15cm (講談社文庫) 180円

『でかでか人とちびちび人』 立原えりか作, つじむらあゆこ絵 新装版 講談社 2015.9 203p 18cm (講談社青い鳥文庫 27-3) 620円 ①978-4-06-285515-0
[内容] 船長であるおじの六兵太が、小指の先ほどの小さな人間と話しているのを見て、ゆりは、びっくり。それは、南の島から文字をならいにきていた、ちびちび人たちでした。数か月後、ちびちび人となかよしのでかでか人から、ゆりあてにSOSの手紙がとどきました。ゆりは、六兵太とともに、あやしい事件がおきた町へ! 講談社児童文学新人賞受賞作品に新たなイラストをくわえた新装版。小学初級から。

『泣かないでシンデレラ』 立原えりか作, 小西ようこ絵 ポプラ社 1989.5 222p 18cm (ポプラ社文庫—Tokimeki bunko 12) 500円 ①4-591-03172-1
[内容] 少女はみんな夢みるシンデレラ。心のおくに愛のあかりをともしてそのときを待っている。

『なぎさの愛の物語』 立原えりか著 講談社 1988.1 202p 15cm (講談社文庫) 340円 ①4-06-184186-6
[目次] なぎさの愛の物語, 海のやかた, 小さな魚物語
[内容] なぎさは、ひとりぽっちで海辺に住む女の子。ある日、みどり色の体をした海の若者が現れ、銀のいるかにのって海の底へ。この世のものとはちがう愛に身をまかせきれなかった「なぎさの愛の物語」。ほかに、魚をテーマにした12編の小さなメルヘン「小さな魚物語」と、ふしぎな美しい夢の中では生きられなかった娘、さやかの物語、「海のやかた」を収録したマリン・ファンタジー集。

『日曜日は恋する魔女』 立原えりか作, 宇野亜喜良絵 ポプラ社 1988.8 234p 18cm (ポプラ社文庫—Tokimeki bunko 2) 480円 ①4-591-03162-4
[内容] 森のなか、わずかにひらけた草むらに、肩にこもれ陽を散らした彼がいる。黒くかがやく目、ちいさな顔がい、咲きひらいた、マーガレットのような彼女がいる。わたしは炎のようなものが、心を焼きつくすのを感じた。—わたしは魔女になった。

『木馬がのった白い船』 立原えりか著 講談社 1988.10 236p 15cm (講談社文庫) 360円 ①4-06-184360-5
[目次] 木馬がのった白い船, 白鳥, 人魚のくつ, 小さい妖精の小さいギター, 星へいったピエロ, うそつき, 古いシラカバの木, ばら色の雲, おきさきさまはビスケット, あの人, 風がのった船, 最後の妖精を見たおまわりさんの話, 星からきた人, お姫さまを食べた大男, 小さなツバメの金の家
[内容] 「ぼくは、いつでも待っています。あなたの夢のなかの公園で」と、子どもたちに別れのあいさつをして、空の彼方に去っていった公園の木馬(「木馬がのった白い船」)、秋祭りの日に集まってくる人たちの願いごとをかなえる、ふしぎなギターをもった妖精(「小さい妖精の小さいギター」)…など、鋭い感性と豊かな想像力でつづるメルヘンの世界。立原文学の魅力あふれる佳品、15編を収録。

『わたしとおどってよ白くまさん』 立原えりか著 講談社 1993.4 313p 15cm (講談社文庫) 480円 ①4-06-185386-4
[目次] ジョン, アイラブユー, 月の砂漠, 待つ, どこまでもどこまでも夢, クモ, あひる商会オム, ウサギだったころ, 鏡, 病気, ラッキー, ハロウィン, いそがしい日の子守唄, わたしとおどってよ白くまさん
[内容] 世界でいちばんすてきなのは、大好きな人とおどることだよ。愛することも死ぬことも、あこがれも孤独も、どこまでもつづいている夢なのだから—。昇華されたかなしみと夢が、きらきら光る物語。それは一生にたった

ひとつのあなた自身のメルヘンかも…。エキゾチックな香りにつつまれた表題作ほか12編。

たつみや 章
たにみや・しょう
《1954～》

『ぼくの・稲荷山戦記』 たつみや章著 講談社 2006.8 334p 15cm （講談社文庫） 552円 ①4-06-275486-X
内容 先祖代々、裏山の稲荷神社の巫女を務めるマモルの家にやって来た奇妙な下宿人。腰まで届く長髪に和服の着流しの美青年・守山初彦は、山と古墳をレジャーランド開発から守るために動き出す。守山に連れられ、マモルがまみえた太古からの"存在"とは？ 第32回講談社児童文学新人賞受賞の著者デビュー作。

『水の伝説』 たつみや章著 講談社 2007.7 252p 15cm （講談社文庫） 467円 ①978-4-06-275790-4
内容 東京の学校になじめず、白水村に山村留学した内気な小学6年生、光太郎。最初は戸惑っていたものの、少しずつ村の生活になじみ始めた矢先、運命が一変する。川で不思議な生き物を助けたその夜、自然を司る龍神の怒りを鎮める役を担うことになり…。少年の成長と、自然の尊さを描いたファンタジーの名作。

『夜の神話』 たつみや章著 講談社 2007.2 325p 15cm （講談社文庫） 552円 ①978-4-06-275651-8
内容 引っ越した田舎での生活に、馴染めずにいたマサミチ少年。ひょんなことから神様の力によって、虫や木の声が聞こえるようになり、命の大切さに少しずつ気づいていく。その一方、父が勤める原子力発電所で事故が発生。兄と慕う父の同僚、スイッチョさんは被曝してしまう。第41回産経児童出版文化賞推薦作品。

谷川 俊太郎
たにかわ・しゅんたろう
《1931～》

『けんはへっちゃら』 谷川俊太郎作、和田誠絵 あかね書房 1987.11 157p 18cm （あかね文庫） 430円 ①4-251-10019-0
目次 けんはへっちゃら、しのはきょろきょろ、とおるがとおる、せかいはひろし
内容 けんのズボンのポケットには、いろんなものがはいってる。ある日、けんはひとりのおばあさんに、ポケットからひもをあげた。それが、ちょっとしたじけんのはじまりだった。谷川俊太郎・和田誠のコンビがおくるすてきな童話集。表題作「けんはへっちゃら」のほか、「しのはきょろきょろ」「とおるがとおる」「せかいはひろし」を収めています。

『どきん』 谷川俊太郎詩，和田誠画 理論社 1986.7 146p 18cm （フォア文庫） 390円 ①4-652-07060-8
内容 たくましく、そしてしなやかに―谷川俊太郎の少年詩集。作者は豊富なことばを自在に駆使して、読者をさまざまな"場所"へとつれていく。なんでもないやさしいことばたちが、いきいきと魅力的な光を放つ。

『みんなの谷川俊太郎詩集』 谷川俊太郎著 角川春樹事務所 2010.7 252p 16cm （ハルキ文庫 た4-2） 680円 ①978-4-7584-3492-8
目次 『十八歳』、『日本語のおけいこ』、『誰もしらない』、『どきん』、『ことばあそびうた』、『ことばあそびうたまた』、『わらべうた』、『わらべうた続』、アニメ「鉄腕アトム」テーマ曲、『谷川俊太郎 歌の本』〔ほか〕
内容 初期の作品からことばあそびうた・わらべうた、ノンセンス詩をはじめ、「鉄腕アトム」の歌や幼年・少年少女のつぶやきの詩まで、著者が自分の中の子どもをいまの子どもたちにかさねて詩にした一二九篇を厳選。知らなかったらもったいない文庫オリジナル。

谷山 浩子
たにやま・ひろこ
《1956～》

『お昼寝宮 お散歩宮』 谷山浩子著 角川書店 1992.6 227p 15cm （角川文庫） 430円 ①4-04-181901-6
内容 ネムコが、憧れのサカモトくんから借りた"つまらない本"を読んでいると訪ねてきた一人の少年。彼のあとを追って、ネムコは真夜中の公園へ入っていくが、少年はジャングルジムの上で、突然消えてしまう。しかし、それが、ネムコの大冒険の始まりだった…。谷山浩子が綴る、ファンタジーメルヘン登場。

『猫森集会』 谷山浩子著 新潮社 1989.12 222p 16cm （新潮文庫） 520円 ①4-10-137203-9
目次 紅茶の誘い、タネもシカケもコンピュー

ター, 地球博物館, 地底通信, エイエン物語, スーパーマーケット・マン, 猫森集会

内容 鏡に映った自分の顔が, 会ったこともない他人の顔に見える―そんな瞬間にあらわれる不思議な光景…。シュガーポットから出てくる白い馬, ティーカップの中の階段, パソコンに住む狼, 地底に広がる星の海, 動物たちのコンサート…ネムコが案内する七つの奇妙な世界。永遠少女, 谷山浩子のファンタスティック・ワールドへようこそ。カラーイラスト満載で贈る, 愛蔵版浩子童話集。

筒井　康隆
つつい・やすたか
《1934～》

『三丁目が戦争です』　筒井康隆作, 熊倉隆敏絵　講談社　2003.8　172p　18cm（青い鳥文庫fシリーズ）　580円　①4-06-148625-X

目次 三丁目が戦争です, 地球はおおさわぎ, 赤ちゃんかいぶつベビラ！, うちゅうをどんどこまでも

内容 小学校低学年から読めて, 大人まで楽しめる, SF童話を4編収録。あなたは戦争を知っていますか？　それはふつうの生活のすぐ隣にあります。ほら, 三丁目のシンスケくんのまわりの世界を見てみよう！　ほかに, 石に命をあたえる石, 街を破壊しまくる赤ちゃん, 宇宙の果てまで飛んでっちゃう子どもたちが大活躍する楽しいお話もあります。小学初級から。

『時をかける少女』　筒井康隆著　角川春樹事務所　1997.4　141p　16cm（ハルキ文庫）　280円　①4-89456-306-1

内容 放課後の理科実験室で, ガラスの割れる音がひびいた。床の上で, 試験管から流れ出た液体が白い湯気のようなものをたてていた。甘くなつかしいかおり…, そのにおいをかいだ芳山和子はゆっくりと床に倒れふしてしまった―。それ以来, 和子のまわりで不思議な事件が次々と起こった。夢をみているのかしら, それともこのわたしだけ時間が逆もどりしているのかしら？　和子は同級生の深町一夫と浅倉吾朗に相談するのだが…。

『時をかける少女』　筒井康隆著　改版　角川書店　2006.5　238p　15cm（角川文庫）　438円　①4-04-130521-7

目次 時をかける少女, 悪夢の真相, 果てしなき多元宇宙

内容 放課後の誰もいない理科実験室でガラスの割れる音がした。壊れた試験管の液体からただよったようなあまい香り。このにおいをわたし

は知っている―そう感じたとき, 芳山和子は不意に意識を失い床にたおれてしまった。そして目を覚ました和子の周囲では, 時間と記憶をめぐる奇妙な事件が次々に起こり始めた。思春期の少女が体験した不思議な世界と, あまく切ない想い。わたしたちの胸をときめかせる永遠の物語もまた時をこえる。

『時をかける少女』　筒井康隆作, 清原紘絵　角川書店　2009.3　158p　18cm（角川つばさ文庫　Bつ1-1）　560円　①978-4-04-631007-1〈発売：角川グループパブリッシング〉

目次 時をかける少女, 時の女神, 姉弟, きつね

内容 だれもいないはずの理科実験室でガラスの割れる音がした。壊れた試験管の液体からただよったようなあまい香り。このにおいを嗅いだとき, 和子は意識を失い, 床にたおれてしまった。そして, 時間と記憶をめぐる奇妙な事件がつぎつぎに起こりはじめた。時をこえて読みつがれる永遠のベストセラー「時をかける少女」他, 短編「時の女神」「姉弟」「きつね」を収録。小学上級から。

『緑魔の町』　筒井康隆作, 白身魚絵　角川書店　2009.11　245p　18cm（角川つばさ文庫　Bつ1-2）　620円　①978-4-04-631023-1〈発売：角川グループパブリッシング〉

目次 緑魔の町, デラックス狂詩曲

内容 仲の良かったクラスメートも, 優しい家族も, みんなぼくにつめたい目を向ける。市役所の記録からもぼくのデータが消えている。ここはいったい…！？　だれも自分のことを知らない世界にいきなり放り込まれた武夫の運命は!?　「時をかける少女」の筒井康隆が描くSFジュブナイル「緑魔の町」他, 仲良し女の子3人組が, 魔法のテレビで夢をかなえる「デラックス狂詩曲」を収録。小学上級から。

壺井　栄
つぼい・さかえ
《1900～1967》

『二十四の瞳―シナリオ』　木下恵介脚本, 壷井栄原作　新潮社　1987.5　212p　15cm（新潮文庫）　320円　①4-10-110204-X

内容 瀬戸の小島の分教場に赴任して来たおなご先生と12人の教え子たちの胸に迫る師弟愛と, 郷土色豊かな抒情の中に謳いあげた名作「二十四の瞳」。戦争という不可抗力に圧し潰されながらも懸命に生きる女教師と生徒た

ちを描いたこの作品は、昭和29年、名匠・木下恵介により映画化され空前のヒットをとばし、"ヒトミ・ブーム"という言葉さえ生んだ。再映画化に応えて贈る不朽の名シナリオ。

『二十四の瞳』 壺井栄著　85刷改版　新潮社　2005.4　282p　16cm　（新潮文庫）　400円　Ⓘ4-10-110201-5

『二十四の瞳』 壺井栄著　ポプラ社　2005.10　278p　18cm　（ポプラポケット文庫 373-1）　660円　Ⓘ4-591-08865-0〈1979年刊の新装版〉

内容 著者の文学の特徴としてまずあげられるのは、貧しい人びとや不幸な運命の人たちと、悲しみとよろこびをともにしながら、明るい世界をもとめていこうという姿勢だといえましょう。また、例外はありますが、子どもが読んでもおとなが読んでも、ともに楽しめるという特徴もあり、本書などは、そのよい例といえます。

『二十四の瞳』 壺井栄著　改版　角川書店　2007.6　249p　15cm　（角川文庫）　324円　Ⓘ978-4-04-111311-0〈発売：角川グループパブリッシング〉

内容 昭和のはじめ、瀬戸内海べりの一寒村の小学校に赴任したばかりの大石先生と、個性豊かな12人の教え子たちによる、人情味あふれる物語。分教場でのふれあいを通じて絆を深めていった新米教師と子どもたちだったが、戦争の渦に巻き込まれながら、彼らの運命は大きく変えられてしまう…。戦争がもたらす不幸と悲劇、そして貧しい者がいつも虐げられることに対する厳しい怒りを訴えた不朽の名作。

『二十四の瞳』 壺井栄作　新装版　講談社　2007.10　278p　18cm　（講談社青い鳥文庫 70-4）　660円　Ⓘ978-4-06-148790-1〈絵：武田美穂　年譜あり〉

内容 昭和3年春。みさきの分教場に、若い女の先生が洋服を着て、新しい自転車に乗ってきた。新米のおなご先生をいじめようと待ちぶせていた子どもたちも、びっくり！　先生が受けもった1年生12人の瞳は、希望と不安でかがやいていた―。瀬戸内海の小さな島を舞台に、先生と教え子たちとの心温まる生き方をえがいた名作。小学上級から。

『二十四の瞳』 壺井栄著　改訂第2版　偕成社　2007.10　276p　18cm　（偕成社文庫）　600円　Ⓘ978-4-03-850070-1〈第17刷〉

内容 美しい自然にかこまれた瀬戸内・小豆島。分教場に赴任してきた大石先生と十二人の教え子のたどったその後の二十年間を厳しい社会情勢を織りこみながら描いた名作。

『母のない子と子のない母と』 壺井栄著　小学館　2004.10　311p　15cm　（小学館文庫）　600円　Ⓘ4-09-404213-X

内容 故郷の風土に根ざし、戦争への怒りと人間への愛情を込めた作品を数多く遺した壺井栄。映画化もされた『二十四の瞳』はあまりにも有名だが、それと並ぶ著者の長編児童文学の傑作と評されているのが、本作品である。戦争でひとり息子を亡くしたおとらおばさんと、病気で母を喪った兄弟。愛する者を失った悲哀に生きる者たちは、それでもなお前を向いて助け合い、やがて心を結び合う。瀬戸内・小豆島を舞台にくり広げられる、他では読めないとっておきの名作を文庫化。

坪田　譲治
つぼた・じょうじ
《1890～1982》

『せみと蓮の花　昨日の恥―坪田譲治作品集』 坪田譲治著　講談社　2003.4　275p　16cm　（講談社文芸文庫）　1300円　Ⓘ4-06-198329-6〈年譜あり　著作目録あり〉

目次 せみと蓮の花、三重吉断章、二十の春、母、遠い昔のこと、魔性のもの、戸締り合戦、こわがり屋、昨日の恥、昨日の恥、今日の恥

内容 老境の童話作家が、過ぎ去った起伏の多い人生と、なつかしい人々への愛情こもごもを、昔語りにも似た闊達自在さで描いた十篇。幼少期の思い出、肉親との葛藤、師の三重吉、未明のこと等、"童心の文学"といわれた譲治の心の陰影がユーモアに包まれて独得の味わいを醸し出す。

『日本のむかし話　1　一寸法師ほか全19編』 坪田譲治著　新版　偕成社　2007.10　192p　19cm　（偕成社文庫）　700円　Ⓘ978-4-03-550980-6

目次 ネズミの国、キツネとタヌキ、きき耳ずきん、うりひめこ、コウノトリの恩がえし、ものいうカメ、初夢と鬼の話、田野久と大蛇、本取山、ヒョウタンからでた金七孫七、一寸法師、腰おれスズメ、牛方と山んば、ハチとアリのひろいもの、酒の泉、山の神のうつぼ、竜宮の馬、天狗の衣、サルのおむこさん

内容 語りつがれ愛されてきたむかし話を集大成。指にもたりない子どもが、鬼退治をして出世する「一寸法師」のほか、「牛方と山んば」「きき耳ずきん」「田野久と大蛇」など十九編を収録。総ルビ、豊富なさし絵で楽しく読みやすいシリーズです。小学中級以上向き。

坪田譲治

『日本のむかし話　2　かちかち山ほか全17編』坪田譲治著　新版　偕成社　2007.10　183p　19cm　（偕成社文庫）700円　ⓘ978-4-03-550990-5

目次　豆と炭とわら、和尚さんと小僧さん、竜宮と花売り、天福地福、だんご浄土、正月神さま、矢村の弥助、カメに負けたウサギ、鬼の子小綱、かしこくない兄と、わるがしこい弟、かちかち山、うそぶくろ、タケノコ童子、金剛院とキツネ、鳥をのんだおじいさん、フクロウの染物屋、かくれ里の話

内容　語りつがれ愛されてきたむかし話を集大成。ムジナにおばあさんを殺されたおじいさんのかわりにウサギがムジナをこらしめる「カチカチ山」のほか、「豆と炭とわら」「フクロウの染物屋」「正月神さま」など十七編を収録。総ルビ、豊富なさし絵で楽しく読みやすいシリーズです。小学中級以上向き。

『日本のむかし話　3　浦島太郎ほか全17編』坪田譲治著　新版　偕成社　2007.11　193p　19cm　（偕成社文庫）700円　ⓘ978-4-03-551000-0

目次　人がみたらカエルになれ、灰なわ千たば、沼神の手紙、おろか村ばなし、かべのツル、牛のよめいり、千びきオオカミ、ヒョウタン長者、沢右衛門どんのウナギつり、サルとカワウソ、はなたれ小僧さま、トラの油、ものをたべない女房、かりゅうどの話、浦島太郎、山んばと小僧、ネズミのすもう

内容　語りつがれ愛されてきたむかし話を集大成。漁師の浦島太郎が、おとひめのいる竜宮城に招かれる「浦島太郎」のほか、「はなたれ小僧さま」「山んばと小僧」「ネズミのすもう」など十七編を収録。総ルビ、豊富なさし絵で楽しく読みやすいシリーズです小学中級以上向き。

『日本のむかし話　4　ツルの恩がえしほか全18編』坪田譲治著　新版　偕成社　2007.11　185p　19cm　（偕成社文庫）700円　ⓘ978-4-03-551010-9

目次　しんせつなおじいさん、ツルの恩がえし、親指太郎、金をうむカメ、松の木の下の老人、お地蔵さま、天狗のヒョウタン、船荷のかけ、ネコのおかみさん、三人の大力男、ヒョウタンとカッパ、唐津かんね、山んばの宝ものを、山の神と子ども、たまごは白ナス、鬼六の話、豆子ばなし、金をひろったら

内容　わなにかかったツルがおじいさんに助けられ、恩がえしに訪れる「ツルの恩がえし」のほか、「天狗のヒョウタン」「鬼六の話」「山の神と子ども」など十八編を収録。総ルビ、豊富なさし絵で楽しく読みやすいシリーズです。小学中級以上向き。

『日本のむかし話　5　こぶとりじいさんほか全19編』坪田譲治著　新版　偕成社　2007.12　183p　19cm　（偕成社文庫）700円　ⓘ978-4-03-551020-8

目次　源五郎の天のぼり、犬かいさんとたなばたさん、五郎とかけわん、ヒバリ金かし、ネズミとトビ、どっこいしょ、木ぼとけ長者、ワラビの恩、古屋のもり、ミソサザイ、権兵衛とカモ、ウグイスのほけきょう、米良の上ウルシ、竜宮のおよめさん、キツネとカワウソ、こぶとりじいさん、ネズミ経、サルとお地蔵さま、歌のじょうずなカメ

内容　ほっぺたにこぶのあるおじいさんが、天狗の歌につられておどりだす「こぶとりじいさん」のほか、「権兵衛とカモ」「ウグイスのほけきょう」「犬かいさんとたなばたさん」など十九編を収録。総ルビ、豊富なさし絵で楽しく読みやすいシリーズです。小学中級以上向き。

『日本のむかし話　6　わらしべ長者ほか全17編』坪田譲治著　新版　偕成社　2007.12　185p　19cm　（偕成社文庫）700円　ⓘ978-4-03-551030-7

目次　クラゲ骨なし、天人子、タニシ長者、アラキ王とシドケ王の話、ヤマナシの実、わらしべ長者、サル正宗、天狗のかくれみの、カメとイノシシ、松の木の伊勢まいり、ツルちょうちん、灰まきじいさん、キツネとクマの話、姉と弟、スズメ孝行、竜宮のむすめ、おじいさんとウサギ

内容　まずしい男が、一本のわらしべをはじまりに、次々にものを交換して福を得る「わらしべ長者」のほか、「クラゲ骨なし」「天狗のかくれみの」「ヤマナシの実」などを収録。総ルビ、豊富なさし絵で楽しく読みやすいシリーズです。小学中級以上向き。

『日本のむかし話　7　花さかじじいほか全21編』坪田譲治著　新版　偕成社　2008.1　186p　19cm　（偕成社文庫）700円　ⓘ978-4-03-551040-6

目次　ツルとカメ、キツネと小僧さん、カワズとヘビ、箕づくりと山んば、赤いおわん、オオカミのまゆ毛、鼻かぎ権次、仁王とが王、親すて山、オオカミに助けられた犬の話、海の水はなぜからい、サケの大助、タニシと頭にカキの木、サルとネコとネズミ、キノコのおばけ、おばけ茶釜、舌切リスズメ、花さかじじい

内容　語りつがれ愛されてきたむかし話を集大成。正直者のおじいさんが、枯れ木に花を咲かせる「花さかじじい」のほか、「海の水はなぜからい」「頭にカキの木」「舌切リスズメ」など二十一編を収録。総ルビ、豊富なさ

『日本のむかし話 8 桃太郎ほか全21編』坪田譲治著 新版 偕成社 2008.1 191p 19cm （偕成社文庫） 700円 ①978-4-03-551050-5

[目次] 桃太郎、馬になった男の話、むかしのキツネ、ネコとネズミ、子どもと鬼、ちいちい小ばかま、タカとエビとエイ、だんぶり長者、貧乏神、トラとキツネ、きっちょむさんの話、スズメのヒョウタン、絵すがた女房、ノミはくすり、宝げた、サルとカニ、サルとキジ、大木とやよい、キツネとタヌキとうさぎ、タヌキだまし、灰坊ものがたり

[内容] 語りつがれ愛されてきたむかし話を集大成。モモから生まれた桃太郎が、きびだんごをもって鬼ヶ島に鬼退治に出かける「桃太郎」のほか、「きっちょむさんの話」「宝げた」など二十一編を収録。総ルビ、豊富なさし絵で楽しく読みやすいシリーズ。小学中級以上向き。

寺村　輝夫
てらむら・てるお
《1928〜2006》

『あわてた王さまきしゃにのる』寺村輝夫作, 和歌山静子画 理論社 1995.3 96p 18cm （フォア文庫 A110―マーブル版） 700円 ①4-652-07414-X

[内容] 小学校低・中学年向き。

『一休・吉四六・彦一さん』寺村輝夫作, ヒサクニヒコ絵 あかね書房 1987.3 190p 18cm （あかね文庫） 430円 ①4-251-10001-8

[目次] 一休さん（うしろむきでおきょう、はしをわたるべからず、くたくたくった、見ても見ぬふり、びょうぶのトラ）、吉四六さん（目をはなすな、かじさわぎ、しばいけんぶつ、サザエ売り、うそのタネ本）、彦一さん（とのさまのぎょうれつ、ニワトリ一わ、タヌキのしかえし、てんぐのかくれみの、おいはぎとかたな）〔ほか〕

[内容] 「一休さん。あんたには、ふたをとらずに、めしあがってもらいましょうか。おわんも、ちゃわんもですぞ」ごちそうを前にした一休さんに、ちくさいさんがいいました。さて一休さんは？ 寺村輝夫の軽妙な語り口でつづられる、一休とんち話9編、吉四六とんち話13編、彦一とんち話11編をおさめました。

『うそつき王さまいぬをかう』寺村輝夫作, 和歌山静子画 理論社 1995.2 89p 18cm （フォア文庫 A107―マーブル版） 700円 ①4-652-07413-1

[内容] 王さまなら、なんでもすきなことができる…ほんとでしょうか。ちいさな王さまは、きみとおなじ子どもなので、大臣たちが口やかましくてたいへん。王さまはかんがえます。だいすきないぬをかうために、どうしたでしょうか…。

『王さまうらない大あたり』寺村輝夫作, 和歌山静子画 理論社 2004.6 189p 18cm （フォア文庫） 560円 ①4-652-07461-1

[目次] 王さまうらない大あたり, 王さまなくした時間

[内容] うらないのウイパッチおばさんから、手紙がきます。『王さま。あなたは、ブルー・トレインにのらなくてはなりません。たすからないかもしれません。…』おどろく王さま。どきどきしてブルー・トレインにのりこむと、ふしぎな女の子アカキンズがあらわれます。小学校低・中学年対象。

『王さまがいこつじけん』寺村輝夫作, 和歌山静子画 理論社 1999.5 171p 18cm （フォア文庫 A133） 560円 ①4-652-07435-2

[目次] くやしい王さまがいこつじけん, そっくり王さま大さわぎ, わすれた王さま海の中

[内容] 王さまなら、なんでもすきなことができる…。ほんとでしょうか。小さな王さまの話です。小さな王さまは、おなかがいたくても学校をやすませてもらえません。足のほねをおって入院したジュンくんがうらやましくて、おみまいにいきます。が一へやのドアをあけると中はまっくら。王さまはこわくなってベッドにかけよります。小学校低・中学年向。

『王さまかいぞくせん』寺村輝夫作, 和歌山静子画 理論社 1997.5 190p 18cm （フォア文庫 A123） 560円 ①4-652-07427-1

[内容] ある日、王さまにかいぞくドクロクドから手紙がとどきます。「ひめはあずかった。…いうことをきかないと、こわいぞ。あばよ、またね、おたのしみ。」たいへんです。おひめさまのために、世界一のダイヤモンド、テンゲネザをさがしださなくてはなりません。王さまはたった一人で小さなヨットにのります。かいぞくせんのいるこわーい海へむかいます。

『王さまたんけんたい』寺村輝夫著, 和歌山静子画 理論社 1991.3 190p 18cm （フォア文庫） 520円 ①4-

652-07083-7
[目次] ねずみが大さわぎ, こいのぼりのそら, むくむくもこぞう, とけいがぐるぐる, 王さまでかけましょう, 王さまたんけんたい
[内容] 王さまは, ある日とつぜんいいました。「アフリカへいくぞ。ライフルで, ライオンをうちにくんだ」「たんけんたいをつくるんだ。わしが, たい長だぞ。王さまたんけんたいだ。大臣, おまえもつれてってやるよ」。いいだしたらきかない王さまです。さあ, それからが大いそがし。だいすきなたまごやきをつくるコックさんも, もちろんいっしょに出発っ!

『王さまたんじょうパーティ』 寺村輝夫作, 和歌山静子画 理論社 2001.3 237p 18cm (フォア文庫) 600円 ①4-652-07444-1
[目次] やくそく王さまたんじょう日, はらぺこ王さまふとりすぎ, うそつき王さまいぬをかう, あわてた王さまきしゃにのる
[内容] 王さまなら, なんでもすきなことができる…。ほんとでしょうか。小さな王さまはインコをかいたくて, テストで一〇〇てんをとる, と大臣にやくそくします。ところが, だいすきなインコがクマにゆうかいされて, あわてた王さまは山へむかいます。王さまは, 大すきなエミちゃんのパーティに…。小さな王さまシリーズ。

『王さまちびっこおばけ』 寺村輝夫作, 和歌山静子画 理論社 2000.5 173p 18cm (フォア文庫) 560円 ①4-652-07441-7
[目次] さむがり王さまおばけの子, おりこう王さまおとしもの, まちがい王さま本になる
[内容] 王さまなら, なんでもすきなことができる…。ほんとでしょうか。小さな王さまの話です。さむがり王さまはおばけをひいたら学校をやすめるなと思って, わざとうすぎで出かけます。ところが, 元気な王さまとほめられて, サッカーのゴールキーパーにされてしまいます。ガクガクズムズムふるえていると, エミちゃんのシュート。小学校低・中学年向き。

『王さまなぜなぜ戦争』 寺村輝夫作, 和歌山静子画 理論社 2004.11 187p 18cm (フォア文庫) 560円 ①4-652-07464-6
[目次] 王さまなぜなぜ戦争, 王さまダイマの手紙
[内容] ライオンの赤ちゃん, ノンとあそぶ王さま。と一。かみなりの王さま。ノンの目が光ると, ポンと口からふしぎなちび人間ノンボがとびだした。なぜ? かんがえこむ王さま。

『王さまなぞのピストル』 寺村輝夫作, 和歌山静子画 理論社 2002.1 181p 18cm (フォア文庫) 560円 ①4-652-07448-4
[目次] 王さまなぞのピストル, 王さまきえたゆびわ
[内容] ある日, 王さまになぞの赤い紙がとどきます。「いのちは, もらうぜ。空ぞくコンコドル」たいへんです。空とぶギャング・コンコドルにかけるでしょうか。まけるな王さま。わるいやつが出てきても, さいごまで, あきらめずにたたかうんだ。

『王さまパトロール』 寺村輝夫作, 和歌山静子画 理論社 1995.5 196p 18cm (フォア文庫 A112) 590円 ①4-652-07415-8
[内容] 文庫でよめる王さまシリーズ。小学校低・中学年向。

『王さまばんざい—おしゃべりなたまごやき』 寺村輝夫作, 和歌山静子画 理論社 2009.2 186p 18cm (フォア文庫) 540円 ①978-4-652-07037-6〈第79刷〉
[目次] おしゃべりなたまごやき, 木の上にベッド, くじらのズボン, 金のたまごが6つある, なんでもほしいほしがりや, パクパクとバタバタ, ニセモノばんざい, わすれたわすれんぼ, いっこもないしょで, 一つぶころりチョコレート, 王さま動物園
[内容] 王さまは, たまごやきがだいすき。めだまやきもだいすき。そして, ちゅうしゃがだいきらい。かぜで39どもねつがあるのに, 「いやだっ。ちゅうしゃをしたら, おまえをピストルでうってやる」なんていうのです。こまっている大臣に「ゾウのマスクをもってこい, だめならさかなの手ぶくろ」。いいだしたら, もうたいへん。ユーモラスなお話が11編。

『王さまびっくり』 寺村輝夫作, 和歌山静子画 理論社 1994.10 197p 18cm (フォア文庫 A104) 590円 ①4-652-07411-5
[内容] どこかにいるかもしれないし, いないかもしれない王さまの話です。「なにか, もっとおもしろいことがないかな」—そうです。おしろにわに, 宇宙人がおりてきたり, いけの中からかいじゅうがあらわれてきたり…。「おもしろいということは, びっくりするようなことなんだ」。すばらしいことを考えつくと, 王さまはすぐに大臣をよびました。「ぼくは王さま」傑作シリーズより。小学校低・中学年向き。

『王さま魔法ゲーム』 寺村輝夫作, 和歌山静子画 理論社 2005.11 187p

寺村輝夫

18cm （フォア文庫） 560円 ①4-652-07470-0
|目次| 王さま魔法ゲーム，王さま魔女のひみつ
|内容| 王さまに，魔法使いのお父さんとお母さんがいたのです。一月一日朝一時。ふしぎなうたがきこえてきて，くらやみの中からあらわれます。と―。かべにかかった絵がおちて，小さな家がとびだします。まどから，レラルリロロロ…王さま魔法ゲームの始まりです。

『王さまめいたんてい』 寺村輝夫作，和歌山静子画 理論社 1992.1 190p 18cm （フォア文庫） 520円 ①4-652-07087-X
|目次| 王さまめいたんてい，さんすうのじかんです，ひみつのフライパン，めだまやきの化石
|内容| あそぶのがすきで，べんきょうが大きらいな王さま。だから，いつも大臣にしかられてばかりいます。王さまはくやしくてなりません。ところがある日，おもしろいことを考えつきます。「めいたんていになって，大きな事件をみごとに解決してみせよう」。大臣は，きっと王さまを見なおすにちがいありません。いよいよ王さまめいたんていの登場です。

『王さまゆめのひまわり』 寺村輝夫作，和歌山静子画 理論社 2003.6 187p 18cm （フォア文庫） 560円 ①4-652-07454-9
|目次| 王さまゆめのひまわり，王さまスパイじけん
|内容| ある日，レオドナールというあやしい男がやってきて，王さまに"なんでもねがいがかなう"ひまわりの花をわたします。ところが，思ってもみないじけんがおきて…。

『王さまレストラン』 寺村輝夫作，和歌山静子画 理論社 1993.5 190p 18cm （フォア文庫 A087） 520円 ①4-652-07097-7
|目次| 王さまのレストラン，くじらのオムレツ，空をとんだトースト，王さまのくいしんぼう，トランプは王さまぬき
|内容| 国じゅうでいちばんいばりんぼうで，わがままで，いちばんたまごのすきな王さま。じぶんでオムレツをつくりたいとコックさんにいいます。お城じゅうのたまごをつかってもしっぱいばかり。そうだ。どうぶつのなかでいちばん大きなくじらのたまごをたっぷりつかえばだいじょうぶ。さっそくヘリコプターにのって，王さまははりきって海に出発…。小学校低・中学年向き。

『王さまレストラン』 寺村輝夫作，和歌山静子画 理論社 2004.2 190p 18cm

（フォア文庫愛蔵版） 1000円 ①4-652-07382-8
|目次| 王さまレストラン，くじらのオムレツ，空をとんだトースト，王さまのくいしんぼう，トランプは王さまぬき
|内容| わがままな王さまが自分でオムレツを作りたいと言いだして…。ゆかいな食べ物の話がいっぱい。

『王さまロボット』 寺村輝夫作，和歌山静子画 理論社 1994.7 202p 18cm （フォア文庫） 590円 ①4-652-07402-6
|内容| 朝，7時になると王さまのおきる時間です。ラッパの音が，テレレッテ プルルップ トロロット タター大臣がおこしにくるのです。めんどくさがりやの王さまはきげんがわるいのです。だれか，かわりに―。「わしにそっくりのロボットをつくれ。いま，すぐにだっ」。いいだしたらきかないのです。ついに，王さまロボットの登場です。『ぼくは王さま』傑作シリーズより。小学校低・中学年向。

『かいじゅうムズング』 寺村輝夫作，井上洋介画 理論社 1989.1 131p 18cm （フォア文庫） 430円 ①4-652-07072-1
|内容| むかし，アフリカの，あるところに雨がふっていました。その雨が，とつぜんやんだのです。どうぶつたちはおどろきました。いちばん高いケレの山が，もえるように赤くひかりはじめました。ケレの山にはカミサマがいるのです。そのとき，カミサマが「ム・ズ・ン・グ」といい，がおんがおんとさけぶのでした。とおい海からムズングがやってきたのです！ アフリカの壮大な自然と人間と動物たちの誇らかな世界。小学校低・中学年向。

『消えた2ページ』 寺村輝夫作，中村ヒロシ画 理論社 1996.7 182p 18cm （フォア文庫 C132） 550円 ①4-652-07423-9
|内容| ある日とつぜん，"逃げだせ王さま"のなかの2ページが，ある者の手で消されてしまった―。ある者とは？ ナゾを追いつめる友太のまえに，こわい白月の少年が現れる。友太はふしぎな世界にはいりこんでいきます。あること，ないこと，みなはんたい―すべてがさかさまの『はんたい学』ってなんだ？ 君は，知りたくないか。

『トイレにいっていいですか』 寺村輝夫作，和歌山静子絵 あかね書房 1987.11 158p 18cm （あかね文庫） 430円 ①4-251-10020-4
|目次| トイレにいっていいですか，どうぶつえんができた，ライオンのまくらくん，くしゃ

文庫で読める児童文学 2000冊

みライオン, モコちゃんのしっぽ
|内容| オムくんは、学校のトイレがきらいです。休みじかん、トイレにいけません。こくごのじかん、ついにがまんができなくなったオムくん、「トイレにいっていいですか。」表題作ほか「どうぶつえんができた」「ライオンのまくらくん」「くしゃみライオン」「モコちゃんのしっぽ」をおさめる。

『日本むかしばなし 1』 寺村輝夫文, ヒサクニヒコ絵 あかね書房 1988.2 174p 18cm （あかね文庫） 430円 ①4-251-10023-9
|目次| ももたろう, 花さかじいさん, うらしまたろう, したきりすずめ, こぶとりじいさん, さるかにばなし, カチカチ山, ぶんぶくちゃがま, かさじぞう, わらしべちょうじゃ, 三年ねたろう, ふるやのもる, サルのむこどん

『日本むかしばなし 2』 寺村輝夫文, ヒサクニヒコ絵 あかね書房 1988.2 174p 18cm （あかね文庫） 430円 ①4-251-10024-7
|目次| うりこひめ, つるにょうぼう, ちからたろう, きき耳ずきん, とりのみじいさん, にぎりめしごろんごろん, 海の水がかいわけ, 三まいのおふだ, 七夕天人（たなばたてんにん）, ゆびたろう, かえるぶたもち, うばすて山

『ぼくは王さま』 寺村輝夫作, 和歌山静子画 理論社 2009.6 219p 18cm （フォア文庫） 560円 ①978-4-652-07011-6〈第98刷〉
|目次| ぞうのたまごのたまごやき, しゃぼんだまのくびかざり, ウソとホントの宝石ばこ, サーカスにはいった王さま
|内容| 王さまはたまごやきがだいすき。めだまやきもだいすき。オムレツもだいすき。たまごがだいすき。ある日王さまはいいだした。「ぞうのたまごのたまごやきをつくれ」だいじんもけらいもいっしょうけんめいさがしたよ。あなたのおうちにもこんな王さまがひとりいませんか？ 第15回毎日出版文化賞受賞。

『魔法使いのチョモチョモ』 寺村輝夫著 角川書店 1991.12 171p 15cm （角川文庫） 350円 ①4-04-181101-5

『魔法使いのチョモチョモ』 寺村輝夫作, 和歌山静子絵 理論社 1997.10 231p 18cm （フォア文庫 B193） 600円 ①4-652-07429-8
|内容| 王さまは、あんまりきゅうくつな毎日なので、たいくつです。と、そのとき、「ズーダラ ビーダラ ルーズル ロー…」見ると、まっく

ろなとんがりぼうしをゆらすせて小人が立っていました。魔法使いのチョモチョモです。それからのおもしろかったこと。ところが、朝になっても王さまは目をさましません!? 大臣は博士のところへとんでいきます。

『わらい話088 日本編』 寺村輝夫文, 北山竜絵 あかね書房 1989.6 158p 18cm （あかね文庫） 480円 ①4-251-10039-5
|目次| おかしな村もあるもんだ, この人たちをわらえない, あわてものかわりもの, けちけちよくばり, 人が三人あつまれば, しょうばいしょうばい, しまったやられた, どうぶつまでがまさか, えっ！ うそ, ほんと？
|内容| この本には、ゆかいなわらい話が、なんと88もつまっています。どれも、みじかい話ばかりです。

寺山　修司
てらやま・しゅうじ
《1936〜1983》

『寺山修司少女詩集』 寺山修司著 改版 角川書店 2005.2 364p 15cm （角川文庫） 629円 ①4-04-131527-1
|目次| 海, ぼくの作ったマザーグース, 猫, ぼくが男の子だった頃, 悪魔の童謡, 人形あそび, 愛する, 花詩集, 時には母のない子のように
|内容| 少女の心と瞳がとらえた愛のイメージを、詩人・寺山修司が豊かな感性と華麗なレトリックで織りなすオリジナル詩集。

徳田　秋聲
とくだ・しゅうせい
《1871〜1943》

『秋聲少年少女小説集』 徳田秋聲著 金沢徳田秋聲記念館 2013.7 295p 15cm （徳田秋聲記念館文庫） 800円
|目次| 今, 今. えらがり鯛蛸. 蝴蝶. 稗き松. 花の精. 土耳其王の所望. カナリヤ塚. 明朝の望. 目なし児. 十二王子. 蛍のゆくえ. 瘤佐市. めぐりあい. 解題

富安　陽子
とみやす・ようこ
《1959～》

『樹のことばと石の封印』 富安陽子著　新潮社　2012.12　347p　16cm　（新潮文庫　と-25-2―シノダ！）　590円　①978-4-10-138182-4〈偕成社 2004年刊の再刊〉

[内容]「どうして、ひきだしの中に、林が見えるの？」そう言ってのぞきこんだ友達が吸い込まれた！　追うユイとモエが目にしたのは石にされた友達。一方、タクミはもじゃもじゃヒゲの男につかまって…。3人が立ち向かうのは、見た者を石に変える恐ろしいオロチ。果たして呪いは解けるのか？　人間のパパとキツネのママを持つ3きょうだいが活躍する大人気シノダ！シリーズ第二弾。

『チビ竜と魔法の実』 富安陽子著　新潮社　2012.2　214p　16cm　（新潮文庫　と-25-1―シノダ！）　460円　①978-4-10-138181-7

[内容]信田家の3人きょうだい、ユイ、タクミ、モエには、それぞれ特殊な能力がある。というのも、3人は学者のパパとキツネのママの間に生まれた子どもだから。正体を隠して静かに暮らしたいママの気持ちとは裏腹に、ちゃらんぽらんな夜叉丸おじさんや、不吉な予言を告げるホギおばさんら、キツネ一族はいつも騒動を持ち込んでくる。大人気「シノダ！シリーズ」第一弾。待望の文庫化。

『ねこじゃら商店へいらっしゃい』 富安陽子作, 平澤朋子絵　ポプラ社　2013.8　141p　18cm　（ポプラポケット文庫 033-2）　620円　①978-4-591-13554-9〈1999年刊の再刊〉

[目次]バッタを買いにきたガマガエルの話、しっぽをなくしたイタチの話、くつを買いにきた男の子の話、しっぽをもらった女の子の話、顔を買いにきたのっぺらぼうの話

[内容]ねこじゃら商店は、ほしいものがなんでも手にはいる、ふしぎなお店。白菊丸という名の年とったぶちネコが、店番をしています。でも、その場所を知っているのは、のらネコだけ。運がよければ、あなたもつれていってもらえるかもしれません…。小学校中級～。

『竜の巣』 富安陽子作　ポプラ社　2005.10　172p　18cm　（ポプラポケット文庫 033-1）　570円　①4-591-08879-0〈絵：小松良佳〉

[目次]竜の巣, ねこなき山小学校

[内容]「あの雲は、ひょっとすると、竜の巣かもしれないぞ」直人と研人のおじいちゃんは、こどものころ、おそろしい竜の巣にはいったことがあるんだって！　それはね…。おじいちゃんのむかし話がはじまります。―表題作ほか一編を収録。

長崎　源之助
ながさき・げんのすけ
《1924～2011》

『あほうの星』 長崎源之助著　講談社　1978.4　222p　15cm　（講談社文庫）　260円〈年譜：p218～222〉

『ケンチとユリのあおい海』 長崎源之助作, 山中冬児絵　あかね書房　1987.6　158p　18cm　（あかね文庫）　430円　①4-251-10010-7

[内容]ケンチは、ハシケ（ダルマ船）ではたらく両親と約束の日に会えず、悲しい気持ちで、ひとり、港の見える公園にやってきました。そこで、目の不自由な少女ユリと出会います…。なきむし船長といわれたケンチとユリの友情を、横浜を舞台に愛情豊かにえがきます。

『ゲンのいた谷』 長崎源之助著　講談社　1981.5　249p　15cm　（講談社文庫）　340円

『ヒョコタンの山羊』 長崎源之助著　講談社　1979.2　207p　15cm　（講談社文庫）　240円

中脇　初枝
なかわき・はつえ
《1974～》

『祈禱師の娘』 中脇初枝著　ポプラ社　2012.7　236p　15cm　（ポプラ文庫ピュアフル Pな-2-1）　560円　①978-4-591-13016-2

[内容]祈禱師の家に暮らす中学生の春永は、父親とも母親とも血の繋がりがない。実の姉である姉の和花とは違い、自分だけが血がつながっていないということを自覚し始めた春永は、なんとも言えない所在なさを感じるようになる。複雑な想いを抱えきれなくなった春永はある日、生みの母親を訪ねることに。そこで春永が目にしたものとは…。話題作

『きみはいい子』で注目を集めている著者による隠れた感動作、待望の文庫化。

『きみはいい子』中脇初枝［著］ ポプラ社 2014.4 329p 16cm （ポプラ文庫 な9-1） 660円 ⓘ978-4-591-13975-2
目次 サンタさんの来ない家, べっぴんさん, うそつき, こんにちは、さようなら, うばすて山
内容 17時まで帰ってくるなと言われ校庭で待つ児童と彼を見つめる新任教師の物語をはじめ、娘に手を上げてしまう母親とママ友など、同じ町、同じ雨の日の午後を描く五篇からなる連作短篇集。家族が抱える傷とそこに射すたしかな光を描き出す心を揺さぶる物語。

『魚のように』 中脇初枝著 河出書房新社 1997.10 176p 15cm （河出文庫） 450円 ⓘ4-309-40513-4
目次 魚のように, 花盗人

『魚のように』 中脇初枝著 新潮社 2015.8 161p 16cm （新潮文庫 なー92-1） 430円 ⓘ978-4-10-126041-9 〈河出文庫 1997年刊の再刊〉
目次 魚のように, 花盗人
内容 ある日、高校生の姉が家を出た。僕は出来の悪い弟でいつも姉に魅かれていた。バラバラになった家族を捨てて僕も、水際を歩きながら考える。姉と君子さんの危うい友情と、彼女が選んだ人生について…。危うさと痛みに満ちた青春を17歳ならではの感性でまぶしく描く坊っちゃん文学賞受賞作（「魚のように」）。ほか、家庭に居場所のないふたりの少女の孤独に迫る短編「花盗人」を収録。

梨木　香歩
なしき・かほ
《1959～》

『裏庭』 梨木香歩著 新潮社 2001.1 412p 16cm （新潮文庫） 590円 ⓘ4-10-125331-5
内容 昔、英国人一家の別荘だった、今では荒れ放題の洋館。高い塀で囲まれた洋館の庭は、近所の子供たちにとって絶好の遊び場だ。その庭に、苦すぎる想い出のある、塀の穴をくぐらなくなって久しい少女、照美は、ある出来事がきっかけとなって、洋館の秘密の「裏庭」へと入りこみ、声を聞いた―教えよう、君と、と。少女の孤独な魂は、こうして冒険の旅に出た。少女自身に出会う旅に。

『エンジェル エンジェル エンジェル』 梨木香歩著 新潮社 2004.3 156p 16cm （新潮文庫） 362円 ⓘ4-10-125335-8〈出版工房原生林 平成8年刊の改稿〉
内容 コウコは、寝たきりに近いおばあちゃんの深夜のトイレ当番を引き受けることで熱帯魚を飼うのを許された。夜、水槽のある部屋で、おばあちゃんは不思議な反応を見せ、少女のような表情でコウコと話をするようになる。ある日、熱帯魚の水槽を見守る二人が目にしたものは―なぜ、こんなむごいことに。コウコの嘆きが、おばあちゃんの胸奥に眠る少女時代の切ない記憶を呼び起こす…。

『西の魔女が死んだ』 梨木香歩著 新潮社 2001.8 226p 16cm （新潮文庫） 400円 ⓘ4-10-125332-3
目次 西の魔女が死んだ, 渡りの一日
内容 中学に進んでまもなく、どうしても学校へ足が向かなくなった少女まいは、季節が初夏へと移り変わるひと月あまりを、西の魔女のもとで過ごした。西の魔女ことママのママ、つまり大好きなおばあちゃんから、まいは魔女の手ほどきを受けるのだが、魔女修行の肝心かなめは、何でも自分で決める、ということだった。喜びも希望も、もちろん幸せも…。その後のまいの物語「渡りの一日」併録。

『僕は、そして僕たちはどう生きるか』 梨木香歩著 岩波書店 2015.2 273p 15cm （岩波現代文庫―文芸 258） 860円 ⓘ978-4-00-602258-7 〈理論社 2011年刊の再刊 文献あり〉
内容 やあ。よかったら、ここにおいでよ。気に入ったら、ここが君の席だよ―『君たちはどう生きるか』の主人公にちなんで「コペル」と呼ばれる十四歳の僕。ある朝、染織家の叔父ノボちゃんがやって来て、学校に行くのをやめた親友ユージンに会いに行くことに…。そこから始まる、かけがえのない一日の物語。

『りかさん』 梨木香歩著 新潮社 2003.7 262p 16cm （新潮文庫） 476円 ⓘ4-10-125334-X〈偕成社 1999年刊の増補〉
目次 りかさん, ミケルの庭

梨屋　アリエ
なしや・ありえ
《1971～》

『いつのまにデザイナー!?―ハピ☆スタ編集部』 梨屋アリエ作, 甘塩コメコ画 金

の星社　2009.9　162p　18cm　（フォア文庫 C217）　600円　①978-4-323-09070-2

[内容] 未来乃がつくった編みぐるみのハナハナとホワホワが、おしゃれスクールマガジン『ハピ☆スタ』で大人気！ キャラクター商品化の話が来て、「あと十種類キャラクターを考えてほしい」って、たのまれちゃったんですぅ！ お姉ちゃんは一緒に考えてくれるって言うけど、うわーん、絶対ムリですぅ〜！ おしゃれになれる!? お仕事コメディー、第四弾。

『インタビューはムリですよぅ！─ハピ☆スタ編集部』　梨屋アリエ作、甘塩コメコ画　金の星社　2009.2　172p　18cm　（フォア文庫 C211）　600円　①978-4-323-09066-5

[内容] 未来乃はあまったれな小学六年生。やる気がないのに、おしゃれスクールマガジン『ハピ☆スタ』の子ども編集長になっちゃった。編集部員のみんなと行った劇団の取材は、大失敗。おわびの手紙を書いたのに、取材拒否なんて、あんまりですぅ！ うわーん、子ども編集部は、どうなっちゃうんですかぁ〜？ おしゃれになれる!? お仕事コメディー、第三弾。

『スリースターズ』　梨屋アリエ著　講談社　2012.10　485p　15cm　（講談社文庫 な68-5）　819円　①978-4-06-277388-1

[内容] ブログ『死体写真館』の管理人・弥生、運命の恋を夢見る飢餓状態の愛弓、周囲の期待にがんじがらめの水晶。自殺を決意してケータイで出会った中学生の少女たちは"この間違った世界"を変えるため爆弾テロ計画を企てた。行き場を失くした孤独な少女たちのあやうい青春を描いた衝撃作、待ちに待った文庫化。

『でりばりぃAge』　梨屋アリエ著　講談社　2006.4　266p　15cm　（講談社文庫）　495円　①4-06-275377-4

[内容] 夏期講習を抜け出した14歳の真名子は、広い庭のある古びた家が気になって、入りこんでしまう。そこでは青年がひとり静かな時間を過ごしていた。彼と話していくうちに、真名子の悩みが少しずつ明らかになる。友情、家族、進路、誰もが共感する、思春期の苦悩を瑞々しく筆致で描いた講談社児童文学新人賞受賞作。

『でりばりぃAge』　梨屋アリエ作　講談社　2012.7　267p　18cm　（講談社青い鳥文庫 Y1-2）　680円　①978-4-06-285288-3〈絵：岩崎美奈子〉

[内容] わたしはあの夏にやりたかったことをやる。わたしは、あの庭に大きな忘れ物をしてしまったから─。ある雨の日、息苦しくなって夏期講習をぬけだした真名子は、校舎の窓から見えていた古い家にひかれ、その古い広い庭に入りこんでしまう。そこで自称「ローニンセイ」の青年奥窪と出会い、語りあううちに、真名子の心にある変化がおとずれる。14歳の夏、大人じゃない、でももう子どもでもない「あなた」の物語。講談社児童文学新人賞受賞作。中学生向け。

『夏の階段』　梨屋アリエ著　ジャイブ　2009.5　236p　15cm　（ピュアフル文庫 な-1-1）　570円　①978-4-86176-662-6〈ポプラ社 2008年刊の加筆・訂正〉

[目次] 夏の階段、春の電車、月の望潮、雲の規格、雨の屋上

[内容] たくさん勉強していれば、誰よりも早く大人になれるのだ─そう信じて周囲と距離を置く玉木崇音が、夏期講習の帰り道で出会った奇妙な階段とクラスメイトの遠藤珠生。何かとちょっかいを出してくる遠藤がわずらわしい玉木だったが…。地方都市の進学校を舞台に繰り広げられる、5人の高校生の不器用な恋と友情、未来への葛藤。息苦しい毎日の向こうに光を投げかけてくれる連作短編集。

『夏の階段』　梨屋アリエ著　ポプラ社　2010.3　236p　15cm　（ポプラ文庫ピュアフル な-1-1）　570円　①978-4-591-11434-6〈ジャイブ 2009年刊の新装版〉

[目次] 夏の階段、春の電車、月の望潮、雲の規格、雨の屋上

[内容] たくさん勉強していれば、誰よりも早く大人になれるのだ─そう信じて周囲と距離を置く玉木崇音が、夏期講習の帰り道で出会った奇妙な階段とクラスメイトの遠藤珠生。何かとちょっかいを出してくる遠藤がわずらわしい玉木だったが…。地方都市の進学校を舞台に繰り広げられる、5人の高校生の不器用な恋と友情、未来への葛藤。息苦しい毎日の向こうに光を投げかけてくれる連作短編集。

『なんであたしが編集長!?─ハピ☆スタ編集部』　梨屋アリエ作、甘塩コメコ画　金の星社　2008.1　182p　18cm　（フォア文庫）　560円　①978-4-323-09059-7

[内容] 「うわーん、お姉ちゃーん」が口ぐせの妹、未来乃は、内気で、あまったれな小学五年生。しっかり者で世話好きな中学三年生の姉、巴里花は、おしゃれ雑誌の人気モデルでいそがしい。でも、高校生になったら『青春』したい！ お姉ちゃんは、妹のあまったれを直そうと、何かをたくらんでいるみたい…。おしゃれになれる!? お仕事コメディー、第一弾。

『ピアニッシシモ』　梨屋アリエ著　講談社

2007.1　202p　15cm　（講談社文庫）
448円　①978-4-06-275618-1

『ピアニッシシモ』梨屋アリエ作　講談社
2011.6　189p　18cm　（講談社青い鳥
文庫 Y1-1）　680円　①978-4-06-
285227-2　〔絵：釣巻和〕
内容「金色の音の雨が降れば、心の深いと
ころが安らぐ―。」小学生のころから、松葉
は、隣の家から流れてくるピアノの音色と暮
らしてきた。中学3年になった松葉は、その
ピアノの新しい持ち主、紗英と出会う。何
ごとにも自信がない松葉は、同じ年なのに、
ピアニストを目指し、美しく、自信たっぷり
にふるまう紗英に夢中になる。学校や家族
とまったく接点のないつながりをえた、少女二
人の物語。中学生向け。

『プラネタリウム』梨屋アリエ著　講談社
2009.11　253p　15cm　（講談社文庫　な
68-3）　495円　①978-4-06-275977-9
目次　あおぞらフレーク、飛べない翼、水に棲
む、つきのこども
内容　恋をしたことがないのに恋多き女と誤
解されている中学生の美野里。付き合ったつ
もりのない相手から新学期早々に別れ話を切
り出されてしまう。その時、美野里のもとに
青いカケラが落ちてくる。それは後輩の恋心
が結晶してできたフレークだった（「あおぞら
フレーク」）。東京の"世界谷"を舞台に描か
れた4つの不思議な物語。

『プラネタリウムのあとで』梨屋アリエ著
講談社　2010.12　244p　15cm　（講談
社文庫　な68-4）　495円　①978-4-06-
276559-6
目次　笑う石姫、地球少女、痩せても美しくな
るとは限らない、好き。とは違う、好き
内容　友人の眞姫に誘われて、美香萌は同級
生の川田歩と眞姫の兄の4人で鉱物採集にい
く。心の中で小石を作ってしまう秘密の体
質を持っている美香萌は、石に詳しい川田
のことが少しずつ気になっていく。ある時、眞
姫から川田が好きだと聞かされて―（「笑う石
姫」）。他にも別世界へ誘う3作品を収録した、
美しくも切ない珠玉の短編集。

『モデルになっちゃいますぅ!?―ハピ☆ス
タ編集部』梨屋アリエ作, 甘塩コメコ画
金の星社　2010.2　164p　18cm
（フォア文庫 C224）　600円　①978-4-
323-09073-3
内容　『ハピ☆スタ』の読者プレゼント用に、編
みぐるみのハナハナとホワホワを三十個つ
くることになった未来乃。お姉ちゃんは「み
んなが手伝ってくれるなら、よかったじゃな
い」って、編み方を教えてってメンバーは言

うけれど…。うわーん、めんどくさいですぅ！
あたしばっかり、なんでぇ～!? おしゃれになれ
ますぅ！お仕事コメディー、第五弾！ 小学校
高学年・中学校向き。

『やっぱりあたしが編集長!?―ハピ☆スタ
編集部』梨屋アリエ作, 甘塩コメコ画
金の星社　2010.9　178p　18cm
（フォア文庫 C227）　600円　①978-4-
323-09077-1
内容　未来乃は子ども編集部会に大遅刻。『ハ
ピ☆スタ』編集部に着いたときには、もうメン
バーは帰ったあと。そこにとつぜん、モデル
のキセリーノが「一日編集長」としてやっ
てきて、「どちらが編集長にふさわしいか、
あたしと勝負しなさい！」って、未来乃に言う
の…。うわーん、勝負なんてムリですぅ～！
おしゃれになれる!? お仕事コメディー、完
結編。

『レポーターなんてムリですぅ！―ハピ☆
スタ編集部』梨屋アリエ作, 甘塩コメコ
画　金の星社　2008.6　174p　18cm
（フォア文庫）　560円　①978-4-323-
09062-7
内容　未来乃はあまったれな小学六年生。しっ
かり者で高校一年生の姉・巴里花は人気モデル。
お姉ちゃんのたくらみで、未来乃は、お
しゃれスクールマガジン『ハピ☆スタ』の子
ども編集部になっちゃって、やる気がない
のに、子ども編集長にも内定!? メンバーは
すぐケンカするし、も～どうなっちゃうの？
おしゃれになれる!? お仕事コメディー、第
二弾。

那須　正幹
なす・まさもと
《1942～》

『1234567』那須正幹作, ひのもとはじめ
絵　学習研究社　1992.11　174p
18cm　（てのり文庫）　500円　①4-05-
106072-1
目次　放火魔をつかまえろ、ひきにげ犯人を追
え、ゆうれいマンション、銀行ギャングの季節
内容　男の子が4人、女の子が3人の7人きょう
だい。ねるにも、食事をするにも大さわぎ。
トイレの前には行列ができるほどだ。そのう
え、家はいそがしい新聞の販売店なので毎日
がてんてこまい。そこへつぎつぎと大事件が
起こる。

『一等はビキニの絵』那須正幹著　偕成社
1988.8　177p　19cm　（偕成社文庫）

450円　①4-03-651560-8
|目次| ニワトリ事件、一等はビキニの絵、サルの公園
|内容| 中国山地のまんなかにあるのどかな上奥畑村。タクオ、カツジ、三郎の三人組はなにかと人さわがせな事件をおこします。東京からきた男の子に水泳を教えることになった三人組の珍騒動を描いた表題作のほか、「ニワトリ事件」「サルの公園」を収録。小学上級から。

『衣世梨の魔法帳』　那須正幹作、藤田香絵　ポプラ社　2009.6　152p　18cm　（ポプラポケット文庫 037-1）　570円　①978-4-591-10994-6
|内容| わたし田所衣世梨、小学四年生。ある日、子犬をひろったの。その日からが、わたしと子犬のふしぎのはじまり。子犬の花丸といっしょにいると、つぎつぎとふしぎなことがおこって…。那須正幹のシリーズ第1巻目！

『衣世梨の魔法帳　2　まいごの幽霊』　那須正幹作、藤田香絵　ポプラ社　2010.2　155p　18cm　（ポプラポケット文庫 037-2）　570円　①978-4-591-11526-8
|内容| 白い着物を着た、幽霊のうわさ。子犬の花丸や友だちと調査をする衣世梨が出会ったのは、あちらの世界からやってきた、まいごの幽霊。幽霊のねがいを衣世梨はかなえてあげられるのでしょうか？　那須正幹の人気シリーズ、第2巻！　小学校中級から。

『うわさのズッコケ株式会社』　那須正幹作、前川かずお絵　ポプラ社　1988.11　222p　18cm　（ポプラ社文庫）　450円　①4-591-02875-5
|内容| 小学生ならだれでも読んでるぼくたちの愛読書"ズッコケ三人組シリーズ"。わがHOYHOY商事株式会社はあしたの日本経済をささえるために社員一同、日夜ガンバッておるのであります。どうか、わが社の商品を買ってちょうだい。

『お江戸の百太郎』　那須正幹作、長野ヒデ子画　岩崎書店　1992.10　206p　18cm　（フォア文庫）　550円　①4-265-01084-9
|目次| お千賀ちゃんがさらわれた、道をきくゆうれい、三番蔵、文字焼の若さま
|内容| 百太郎は、岡っ引きの千次を父にもつ、こましゃくれた、けれど、よくできた子でした。十手にくもの巣がはるくらい、事件解決からとおのいているズッコケおやじの千次ですが、その分、むすこの百太郎がしっかりもので、知恵と名推理で難事件をといていきます。痛快捕りもの帳、"百太郎シリーズ"の第一弾。小学校高学年～中学生むき。

『お江戸の百太郎』　那須正幹作、長野ヒデ子画　岩崎書店　2004.2　206p　18cm　（フォア文庫愛蔵版）　1000円　①4-265-01212-4
|目次| お千賀ちゃんがさらわれた、道をきくゆうれい、三番蔵、文字焼の若さま

『お江戸の百太郎』　那須正幹作、小松良佳絵　ポプラ社　2014.10　205p　18cm　（ポプラポケット文庫 037-3）　650円　①978-4-591-14156-4〈岩崎書店 1986年刊の再刊〉
|目次| お千賀ちゃんがさらわれた．道をきくゆうれい．三番蔵．文字焼の若さま
|内容| 東京が、まだ江戸とよばれていたころ。岡っ引きという、今でいうと私立探偵のような仕事がありました。百太郎の父・千次もそのひとりですが、腕はさっぱり。百太郎は、そんな父をてつだって、ばつぐんの推理力と行動力で難事件にいどみます。さて、きょうの事件は―!?　「ズッコケ三人組」の那須正幹が描く大人気捕りもの帳！　小学校上級～。

『お江戸の百太郎　〔2〕　黒い手の予告状』　那須正幹作、小松良佳絵　ポプラ社　2015.2　214p　18cm　（ポプラポケット文庫 037-4）　650円　①978-4-591-14301-8〈「お江戸の百太郎 怪盗黒手組」（岩崎書店 1987年刊）の改題〉
|目次| お江戸の春、百太郎の失敗、名香寒月のなぞ、大川の追跡
|内容| 百太郎は、手柄から遠のいている岡っ引きの父をてつだって、事件を解決してきたかげの名探偵。正月をむかえた江戸では、黒手組という盗賊が世間をさわがせていました。やがて深川元町の米屋・泉屋に、真っ黒な手形をおした予告状がまいこんだとき、百太郎と怪盗黒手組の勝負がはじまったのです。小学校上級～

『お江戸の百太郎　〔3〕　赤猫がおどる』　那須正幹作、小松良佳絵　ポプラ社　2015.10　212p　18cm　（ポプラポケット文庫 037-5）　650円　①978-4-591-14552-4〈「お江戸の百太郎 赤猫がおどる」（岩崎書店 1988年刊）の改題　文献あり〉
|目次| 赤猫火事、花見の騒動、火の用心いたしませう、横川の大捕りもの
|内容| 「火事とけんかは江戸の華」、といわれるほど、火事が多かった江戸時代一。百太郎は、岡っ引きの父をてつだって、さまざまな事件を解決してきました。ある日、百太郎は妙なうわさを耳にします。最近おこっている火事の現場には、かならず赤い猫があらわれ

るというのです。名探偵・百太郎、今度の捕りものの相手は…猫!? 小学校上級～

『お江戸の百太郎―大山天狗怪事件』 那須正幹作, 小松良佳絵　ポプラ社　2016.2　238p　18cm　（ポプラポケット文庫）　650円　①978-4-591-14817-4
[目次] 神奈川宿の首つり死体, 連続殺人, 秋月先生の縁談, 嵐の惣右衛門長屋
[内容] 大山詣での帰り道、千次・百太郎親子が出会った首つり事件を幕あけに、つぎつぎとおこる奇妙な出来事。被害者はみなおなじ長屋にすんでおり、そろって大山に登っていました。天狗のたたりとさわがれるなか、百太郎がダメ岡っ引きの父をてつだって、事件の真相にせまります！　小学校上級～

『大当たりズッコケ占い百科』 那須正幹作, 前川かずお絵　ポプラ社　1993.7　211p　18cm　（ポプラ社文庫）　550円　①4-591-03505-0

『怪盗るぱんの亡霊』 那須正幹作, 関修一絵　講談社　2003.1　279p　18cm　（講談社青い鳥文庫―写楽ホーム凸凹探偵団 4）　620円　①4-06-148605-5
[内容] 松崎小学校のそばで身元不明の死体が発見されたというのに、写楽ホームの軍さんたちさんは、捜査にぜんぜん興味がないみたい…。業を煮やした正太と千佳と勇の小学生3人組は、自力で聞きこみをはじめる。そこで浮かびあがってきた、怪しい人物像は、まるで…。！　と？　が連続する傑作サスペンス。小学上級から。

『消えた赤ちゃん救出大作戦！』 那須正幹作, 関修一絵　講談社　2001.7　269p　18cm　（講談社青い鳥文庫―写楽ホーム凸凹探偵団 1）　580円　①4-06-148563-6
[内容] チビの正太とバクチの天才・勇、それに優等生の千佳。小学6年生の3人が、写楽ホームにすむお年寄り、軍平さん（元刑事）と乙松さん（元？）を助けて、赤ちゃんが連続して病院から消えるなぞに挑戦する。ここに史上もっとも凸凹な探偵団が誕生した！　シリーズ第1弾。小学上級から。

『驚異のズッコケ大時震』 那須正幹作, 前川かずお絵　ポプラ社　1992.6　222p　18cm　（ポプラ社文庫）　480円　①4-591-04156-5
[内容] 1900年、地中海で発見された2000年前の沈没船のなかから、金属製の歯車がひきあげられた。この歯車は、精巧な機械の一部分らしかった。ある学者によれば、これはコンピュータの部品だという。2000年前のギリシア人は、歯車を利用したコンピュータを発明していたのだろうか。それとも…。もっと文明の進んだ時代からもちこまれたものではなかったのか…。

『緊急入院！　ズッコケ病院大事件』 那須正幹作, 前川かずお原画, 高橋信也画　ポプラ社　2005.2　226p　18cm　（ポプラ社文庫―ズッコケ文庫 Z-41）　600円　①4-591-08569-4

『首なし地ぞうの宝』 那須正幹作, 池田竜雄絵　学習研究社　1990.2　204p　18cm　（てのり文庫）　470円　①4-05-103166-7
[内容] 朝日サスタ日カガヤク地蔵一首二金八千貫―こんななぞのことばが書かれた古い紙きれが、工事ちゅうの空地で見つかった。宝のかくし場所を書いた暗号文にちがいない！　3人の少年たちのわくわくする宝さがしの物語。

『首なし地ぞうの宝』 那須正幹作, 池田竜雄絵　学習研究社　1996.2　204p　18cm　（てのり文庫図書館版 4）　1000円　①4-05-200694-1

『交霊会殺人事件』 那須正幹作, 関修一絵　講談社　2004.1　267p　18cm　（講談社青い鳥文庫―写楽ホーム凸凹探偵団 6）　670円　①4-06-148636-5
[内容] 元映画スター藤堂寅吉が、事故死した息子を偲ぶ会を開いたその夜、屋敷で殺人事件が起きた。兄の望とともにその場にいた千佳たちは、別室で行われた交霊会が謎を解くかぎではと、さっそく調査を開始。やがて、藤堂をめぐる複雑な家族関係がうかびあがり、事件は意外な展開に…。今回は沙織が加わって、千佳の心は複雑だけど、ますますパワー全開の探偵団。シリーズ第6弾です。小学上級から。

『こちら栗原探偵事務所　1（怪盗青猫事件）』 那須正幹作, 武田美穂絵　講談社　2005.8　209p　18cm　（講談社青い鳥文庫 221-8）　580円　①4-06-148696-9
[内容] 「パパはやはり私立探偵になるよ。」とっぴなパパの決断に、千波の家は大騒動！　ママや姉さんの大反対のなか、小学5年生の千波だけは応援してあげたい気分で。家族の心配をよそに、パパは子どものころからの夢にむかってまっしぐら。とうとう栗原探偵事務所をスタートしてしまいます。みんなが案じたとおり、お客のないまま1週間。やっと依頼はきたけれど…。ユーモアミステリー！　小学中級から。

『こちら栗原探偵事務所　2（ふゆかいな依頼人）』 那須正幹作, 武田美穂絵　講談

社　2006.6　207p　18cm　（講談社青い鳥文庫 221-9）　580円　①4-06-148733-7
[内容] 今回、栗原探偵事務所にやってきた依頼人は、名代の和菓子屋、梅屋の社長さん。パパやママは大喜びだけど、なんだかとっても感じが悪い。しかも、千波には依頼の内容を教えてくれないのだ。家出人をさがしてほしいらしいということは、どうにかききだしたけれど…。ほんとうにパパはひとりで事件を解決できるのだろうか？　小学中級から。

『こちら栗原探偵事務所　3（吸血鬼の呪い）』　那須正幹作、武田美穂絵　講談社　2007.10　233p　18cm　（講談社青い鳥文庫 221-10）　620円　①978-4-06-148787-1
[内容] 幽霊が映っているシーンがあるといううわさで話題になっているのが、映画『吸血鬼』。千波に誘われても、こわいからみるのをいやがっていたパパが、急に気が変わって一緒にみにいったばかりか、生野島へいこうといいだした。その島には、『吸血鬼』主演の人気スター、姿真樹の生家がある。なにかおかしい、と不審に思いながら島にむかった千波たちを、思わぬ事件が待ち受けていた。

『こちらズッコケ探偵事務所』　那須正幹作、前川かずお絵　ポプラ社　1986.10　206p　18cm　（ポプラ社文庫）　420円　①4-591-02349-4

『ジ エンド オブ ザ ワールド』　那須正幹著　ポプラ社　2015.2　271p　16cm　（ポプラ文庫 な13-1）　620円　①978-4-591-14305-6　〈『六年目のクラス会』（1984年刊）の改題〉
[目次] The End of the World、白い種子、お民の幽霊、田中さんのおよめさん、めだかはめだからしく、たたら番子唄、まぼろしの町、笛、約束、ガラスのライオン
[内容] 中東で起こった戦争をきっかけに世界各地で核爆弾が爆発。避難したシェルターの中でひとり生き残った少年は（表題作）。卒園6年後に行われた幼稚園の同窓会で、だんだん全員が思い出しはじめた死んだあの子のこと（「約束」）。30年前に書かれた鮮烈な短編10篇がよみがえる。

『7人きょうだい6番目』　那須正幹作、ひのもとはじめ絵　学習研究社　1993.3　168p　18cm　（てのり文庫）　500円　①4-05-106073-X
[内容] 村田六平の家は、男の子4人、女の子3人の7人きょうだい。トイレも食事も大さわぎ。そのうえ家は新聞販売店だから、毎朝早くからてんてこまい。そんな六平たちに、大事件がふりかかる。『1234567』の第2作。

『少年のブルース』　那須正幹著　偕成社　1993.1　283p　19cm　（偕成社文庫）　800円　①4-03-651940-9
[目次] すいとり神、ぼんやり病、そうじ当番、へんなアルバイト、ややこしい話、山でまよって、新しい町で、わるい夢、いたずら、幽霊、ルリセンチコガネ、無口なねこ、三徳老師の伝説、日記帳、人の年、お星さまの涙、収穫、もてもて教室、学校おばけ、なぜ勉強しなければならないか、十一個めのキャラメル、ふたご、実験、寝台列車、羽ごろも、キリン、ラブレター、おまじない、ビスケット、しまった鬼、虫歯幻想曲、青田、親友、血ぬられた館、「旧人類博物館」見学記、シャクナゲ山、趣味の問題、いってらっしゃい、超能力、詩人先生、赤いカブトムシ、たぬき、移植時代、桃太郎の誕生、写真、魚つり、きのこ、名犬、ねずみ、鬼、港の見える丘、自転車、ドリーム・ドリーム、かっぱ、タイムマシン、目ざまし時計、清潔な町、高尾山、ああ、友情、ピアノ、いもどろぼう、あかぎれ、ビー玉、だれもいない、現代人、親子、UFOが来た、宮、地球の滅亡、風鈴、かくれんぼう、世の常、非行少年、最後のバッターボックス
[内容] 科学・宇宙・未来・生物などへの子どもの果てしない夢、そして、日常の中にひそむ恐怖をユニークな発想でみごとに結晶させたショートショートの傑作集。エンタテイメントの精髄、74編収録。

『ズッコケ愛の動物記』　那須正幹作、前川かずお原画、高橋信也作画　ポプラ社　2001.6　206p　18cm　（ポプラ社文庫―ズッコケ文庫 Z-32）　600円　①4-591-06847-1
[内容] きみが動物好きなら、この物語は、最高に感動するにちがいない。動物がきらいなひとが読めば、たちまち動物大好き人間になるだろう。動物も物語もきらいなひとが読めば、どちらも好きになるはずである。たぶん…ね。

『ズッコケ愛のプレゼント計画』　那須正幹作、前川かずお原画、高橋信也作画　ポプラ社　2005.3　206p　18cm　（ポプラ社文庫―ズッコケ文庫 Z-49）　600円　①4-591-08577-5

『ズッコケ家出大旅行』　那須正幹作、前川かずお原画、高橋信也作画　ポプラ社　2005.3　218p　18cm　（ポプラ社文庫―ズッコケ文庫 Z-42）　600円　①4-591-08570-8

『ズッコケ宇宙大旅行』 那須正幹作, 前川かずお絵 ポプラ社 1988.6 217p 18cm (ポプラ社文庫) 450円 ⓘ4-591-02835-6

『ズッコケ怪奇館幽霊の正体』 那須正幹作, 前川かずお原画, 高橋信也作画 ポプラ社 2005.3 210p 18cm (ポプラ社文庫―ズッコケ文庫 Z-48) 600円 ⓘ4-591-08576-7

『ズッコケ海底大陸の秘密』 那須正幹作, 前川かずお原画, 高橋信也作画 ポプラ社 2004.11 218p 18cm (ポプラ社文庫―ズッコケ文庫 Z-39) 600円 ⓘ4-591-08347-0

『ズッコケ怪盗X最後の戦い』 那須正幹作, 前川かずお原画, 高橋信也作画 ポプラ社 2005.3 214p 18cm (ポプラ社文庫―ズッコケ文庫 Z-44) 600円 ⓘ4-591-08572-4

『ズッコケ怪盗Xの再挑戦』 那須正幹作, 前川かずお原画, 高橋信也作画 ポプラ社 2004.6 216p 18cm (ポプラ社文庫―ズッコケ文庫 Z-38) 600円 ⓘ4-591-08167-2

『ズッコケ脅威の大震災』 那須正幹作, 前川かずお原画, 高橋信也作画 ポプラ社 2003.11 214p 18cm (ポプラ社文庫―ズッコケ文庫 Z-37) 600円 ⓘ4-591-07933-3

『ズッコケ恐怖体験』 那須正幹作, 前川かずお絵 ポプラ社 1989.11 222p 18cm (ポプラ社文庫) 470円 ⓘ4-591-03365-1

『ズッコケ芸能界情報』 那須正幹作, 前川かずお原画, 高橋信也作画 ポプラ社 2005.3 226p 18cm (ポプラ社文庫―ズッコケ文庫 Z-43) 600円 ⓘ4-591-08571-6

『ズッコケ結婚相談所』 那須正幹作, 前川かずお絵 ポプラ社 1990.6 222p 18cm (ポプラ社文庫) 470円 ⓘ4-591-03585-9

『ズッコケ財宝調査隊』 那須正幹作, 前川かずお絵 ポプラ社 1986.10 212p 18cm (ポプラ社文庫) 420円 ⓘ4-591-02350-8

『ズッコケ山岳救助隊』 那須正幹作, 前川かずお絵 ポプラ社 1994.10 202p 18cm (ポプラ社文庫―ズッコケ文庫 Z-21) 580円 ⓘ4-591-04120-4
内容 この物語を、山の好きなひとびとに贈ろう。海の好きなひとびとにも、ぜひ読んでもらおう。川を愛するひと、雲にあこがれるひと、そして人間をこよなくいとおしむひとに…。どれにもあてはまらないひとは…。この物語を読んで、そんなひとになってちょうだい。

『ズッコケ山賊修業中』 那須正幹作, 前川かずお絵 ポプラ社 1987.7 222p 18cm (ポプラ社文庫) 450円 ⓘ4-591-02544-6

『ズッコケ三人組と学校の怪談』 那須正幹作, 前川かずお原画, 高橋信也作画 ポプラ社 2000.6 218p 18cm (ポプラ社文庫―ズッコケ文庫 Z-30) 600円 ⓘ4-591-06486-7
内容 元気、友情、冒険、全部つまってる!話題のベストセラー。

『ズッコケ三人組の神様体験』 那須正幹作, 前川かずお原画, 高橋信也作画 ポプラ社 2001.11 220p 18cm (ポプラ社文庫―ズッコケ文庫 Z-33) 600円 ⓘ4-591-07029-8
目次 花山神社の秋祭り, 手作りおみこしコンテスト, ハチベエの奇跡, 神様の条件
内容 きみの住んでる町や村にも神社があって、秋になると、お祭りがあるにちがいない。なになに、神社もないし、お祭りもなくて…? そんなひとは、花山神社の秋祭りに出かけてごらん。きっと、楽しいことが待っているにちがいない。

『ズッコケ三人組の推理教室』 那須正幹作, 前川かずお絵 ポプラ社 1992.12 228p 18cm (ポプラ社文庫) 480円 ⓘ4-591-04279-0
目次 名探偵の条件, ネコ誘拐事件, 小堺ペットショップ, 張りこみ, 追跡、そして
内容 シャーロック・ホームズほどの名探偵になるには、さまざまな条件がひつようである。するどい観察力、情報収集能力、そして卓抜な推理力などなど…。この物語を読んで、きみも、名探偵にチャレンジしてくれたまえ。

『ズッコケ三人組の卒業式』 那須正幹作, 前川かずお原画, 高橋信也作画 ポプラ

社　2005.3　208p　18cm　（ポプラ社文庫―ズッコケ文庫　Z–50）　600円　①4–591–08578–3

『ズッコケ三人組の大運動会』　那須正幹作, 前川かずお原画, 高橋信也作画　ポプラ社　1998.11　206p　18cm　（ポプラ社文庫―ズッコケ文庫　Z–27）　600円　①4–591–05850–6

『ズッコケ三人組のダイエット講座』　那須正幹作, 前川かずお原画, 高橋信也作画　ポプラ社　2003.6　206p　18cm　（ポプラ社文庫―ズッコケ文庫　Z–36）　600円　①4–591–07746–2
内容 ズッコケ三人組のあのモーちゃんが、ついにダイエットを決心。いま人気のダイエットにも挑戦するが…。

『ズッコケ三人組の地底王国』　那須正幹作, 前川かずお原画, 高橋信也作画　ポプラ社　2005.3　216p　18cm　（ポプラ社文庫―ズッコケ文庫　Z–46）　600円　①4–591–08574–0

『ズッコケ三人組のバック・トゥ・ザ・フューチャー』　那須正幹作, 前川かずお原画, 高橋信也作画　ポプラ社　2005.2　216p　18cm　（ポプラ社文庫―ズッコケ文庫　Z–40）　600円　①4–591–08568–6

『ズッコケ三人組のミステリーツアー』　那須正幹作, 前川かずお原画, 高橋信也作画　ポプラ社　1999.11　218p　18cm　（ポプラ社文庫―ズッコケ文庫）　600円　①4–591–06208–2

『ズッコケ三人組の未来報告』　那須正幹作, 前川かずお絵　ポプラ社　1997.7　222p　18cm　（ポプラ社文庫―ズッコケ文庫　Z–25）　600円　①4–591–05445–4
内容 この物語には、子どもがほとんど登場しません。この物語は、おとなのお話です。ただし子どもが読んでも、けっこうおもしろい。なぜならおとなだって、むかしはみんな子どもだったんだから。

『ズッコケ三人組ハワイに行く』　那須正幹作, 前川かずお原画, 高橋信也作画　ポプラ社　2002.11　219p　18cm　（ポプラ社文庫―ズッコケ文庫　Z–35）　600円　①4–591–07416–1
内容 この本は、これから海外旅行をしてみようというひとのために書かれた入門書です。パスポートの取りかたはいうにおよばず、おみやげの買いかた、道にまよったときの心得などが、子どもにもわかるように書かれています。

『ズッコケ情報公開(秘)ファイル』　那須正幹作, 前川かずお原画, 高橋信也作画　ポプラ社　2005.3　214p　18cm　（ポプラ社文庫―ズッコケ文庫　Z–45）　600円　①4–591–08573–2

『ズッコケTV本番中』　那須正幹作, 前川かずお絵　ポプラ社　1995.7　206p　18cm　（ポプラ社文庫―ズッコケ文庫　z–22）　580円　①4–591–04836–5

『ズッコケ発明狂時代』　那須正幹作, 前川かずお原画, 高橋信也作画　ポプラ社　2000.11　212p　18cm　（ポプラ社文庫―ズッコケ文庫　Z–31）　600円　①4–591–06617–7
内容 那須正幹先生からきみたちへのメッセージ。発明は、1パーセントのひらめきと、99パーセントの努力によって生まれる。つまり、1パーセントのひらめきのない人間には、永遠に発明はできない。さらにいえば、99パーセントの努力のできない人間にも発明は不可能なのだ。ひらめきもなければ、努力もできないきみは…。せいぜい、この本でも読んでたまえ。

『ズッコケ文化祭事件』　那須正幹作, 前川かずお絵　ポプラ社　1991.8　222p　18cm　（ポプラ社文庫）　480円　①4–591–03885–8

『ズッコケ魔の異郷伝説』　那須正幹作, 前川かずお原画, 高橋信也作画　ポプラ社　2005.3　220p　18cm　（ポプラ社文庫―ズッコケ文庫　Z–47）　600円　①4–591–08575–9

『ズッコケ妖怪大図鑑』　那須正幹作, 前川かずお絵　ポプラ社　1996.10　206p　18cm　（ポプラ社文庫―ズッコケ文庫　Z–23）　618円　①4–591–05189–7

『とびだせズッコケ事件記者』　那須正幹作, 前川かずお絵　ポプラ社　1986.3　226p　18cm　（ポプラ社文庫）　420円　①4–591–02255–2

『謎のズッコケ海賊島』　那須正幹作, 前川

かずお絵　ポプラ社　1990.11　222p　18cm　（ポプラ社文庫）　480円　ⓘ4-591-03686-3

『猫の鼻十三墓の秘密』　那須正幹作, 関修一絵　講談社　2002.7　269p　18cm　（講談社青い鳥文庫—写楽ホーム凸凹探偵団 3）　580円　ⓘ4-06-148595-4

[内容] 事件解決のごほうびに、写楽病院の別荘に招待された、探偵団の面々。海水浴に、釣りに、花火にと徹底的に遊びまくる！ …つもりだったのに、やっぱり事件が起きちゃいます！　猫の鼻岬の十三墓のいい伝えを無視した大学生の死は、事故か、殺人か、はたまた呪いなのか。今回は小学生3人の推理が冴えわたります！　小学上級から。

『花のズッコケ児童会長』　那須正幹作, 前川かずお絵　ポプラ社　1987.12　222p　18cm　（ポプラ社文庫）　450円　ⓘ4-591-02718-X

『ぼくらは海へ』　那須正幹著　偕成社　1992.5　353p　19cm　（偕成社文庫）　700円　ⓘ4-03-651850-X

[内容] 「学校と塾との往復だけが人生じゃない」直史たちは筏作りに熱中し、そして航海に出る。大海原を夢みる少年たちを通し、現代社会の矛盾を描いて、児童文学界に衝撃をあたえた傑作長編。小学上級から。

『ぼくらは海へ』　那須正幹著　文藝春秋　2010.6　318p　16cm　（文春文庫）　590円　ⓘ978-4-16-777369-4

[内容] 船作りを思い立った5人の少年。それぞれ複雑な家庭の事情を抱えながらも、冒険への高揚が彼らを駆り立てる。やがて頼もしい仲間も加わるが—。発表当時、そのラストが多くの子どもの心を揺ぶった巨匠・那須正幹の衝撃作。30年の時を経て文庫版で登場です。

『マルギットの首飾り』　那須正幹作, 関修一絵　講談社　2004.8　256p　18cm　（講談社青い鳥文庫—写楽ホーム凸凹探偵団 7）　670円　ⓘ4-06-148659-4

[内容] 怪盗・土蜘蛛小僧が、担任の新庄先生の家に伝わる、マルギットの首飾りをねらっている！　犯行予告をうけた先生に相談され、千佳たち探偵団は、怪盗をつかまえようと行動を開始した。だけど首飾りをねらっているのは怪盗だけではなさそうで、複雑になっていく事態で、軍平の推理もイマイチ歯切れが悪い。はたしてどうなるのか、最後まで目がはなせない、シリーズ第7弾。小学上級から。

『ミステリークラブ殺人事件』　那須正幹作, 関修一絵　講談社　2003.7　269p　18cm　（講談社青い鳥文庫—写楽ホーム凸凹探偵団 5）　620円　ⓘ4-06-148622-5

[内容] ミステリー小説ファンの美少女、沙織が探偵団に入りたいといってきた。たちまちデレデレする勇と正太。ついに千佳の怒りが爆発し、探偵団は分裂状態に…!?　こんななか、ミステリー小説『憎悪の報酬』刊行記念パーティーでおこった盗作騒動と、首つりマシンによる自殺をつなぐ謎を解くことができるの？　小学上級から。

『紫屋敷の呪い』　那須正幹作, 関修一絵　講談社　2002.1　278p　18cm　（講談社青い鳥文庫—写楽ホーム凸凹探偵団 2）　580円　ⓘ4-06-148574-1

[内容] 写楽ホーム凸凹探偵団に捜査の依頼が舞い込んだ！　なんと県下有数の企業グループ、有馬産業の会長に届いた脅迫状を調べてほしいというのだ。差出人は、30年前の放火事件で死んだはずの男…。つぎからつぎへと事件が連鎖して、息もつかせないスリル＆ミステリー。小学上級から。

『紫屋敷の呪い』　那須正幹作, 関修一絵　講談社　2004.3　278p　18cm　（講談社青い鳥文庫—SLシリーズ　写楽ホーム凸凹探偵団 2）　1000円　ⓘ4-06-274716-2

[内容] 写楽ホーム凸凹探偵団に捜査の依頼が舞い込んだ！　なんと県下有数の企業グループ、有馬産業の会長に届いた脅迫状を調べてほしいというのだ。差出人は、30年前の放火事件で死んだはずの男…。つぎからつぎへと事件が連鎖して、息もつかせないスリル＆ミステリー。小学上級から。

『屋根裏の遠い旅』　那須正幹著　偕成社　1999.2　311p　19cm　（偕成社文庫）　900円　ⓘ4-03-652290-6

[内容] 教室の屋根裏にはいりこんだ省平と大二郎。「六年三組」の教室にもどってきたがそこは、どこかようすがちがっていた。ふたりは、日本が太平洋戦争に勝った世界にまよいこんでしまったのだ。その世界の日本は、軍部が強大な力をもちいまだアジアで戦争をつづけていた。小学上級から。

『夢のズッコケ修学旅行』　那須正幹作, 前川かずお絵　ポプラ社　1997.2　206p　18cm　（ポプラ社文庫—ズッコケ文庫 Z-24）　618円　ⓘ4-591-05269-9

[内容] 本書は修学旅行の楽しいすごしかたを、三人の少年をつかって、具体的、かつ克明に描いたものです。

『世にもふしぎな物語』　那須正幹著, 小林

敏也絵　講談社　1991.10　199p
18cm　（講談社KK文庫）　680円　①4-
06-199021-7

[目次] 約束, 鬼, やけあと, へびの目, げんごろ
うぶな

[内容] 死んだはずの子が帰ってくる…。山奥
にひとり住む老婆の悲しい運命とは？　ラブ
レターをくれた女の子の正体は？　信じられ
ない、ふしぎでこわーい5つの物語。

『夜のかくれんぼ―消えた市松人形』　那須
正幹作, 岡本颯子画　金の星社　2003.9
182p　18cm　（フォア文庫）　560円
①4-323-09030-7〈1982年刊の増訂〉

[内容] テン子は三年生の女の子です。ひとりっ
子で、おとなしくて、ほとんど話をしません。
でも、人形のメリーちゃんにだけは何でも話
せます。死んだおじいちゃんがテン子が生ま
れたとき、お祝いにくれた、赤いふりそでを着
たおかっぱ頭の市松人形で、なかのよい友だ
ちでした。ところが、ある夜、人形のメリー
ちゃんが、どこかに消えてしまったのです…。
小学校中・高学年向き。

新美　南吉
にいみ・なんきち
《1913〜1943》

『うた時計』　新美南吉作, 長野ヒデ子画
岩崎書店　1997.7　113p　18cm
（フォア文庫 B190）　560円　①4-265-
06311-X

[目次] 正坊とクロ, 花を埋める, うた時計, き
つね, いぼ

[内容] 南吉童話は物語性に富んでいると評さ
れますが、ここには自己表出の色彩の濃い作
品を収めました。「正坊とクロ」―人間と動
物の友愛、「花を埋める」―美しい女性への
憧れとその想いの挫折、「うた時計」―久し
ぶりに家にもどった息子と父親の心の交流、
「きつね」―幼い子どもの不安、「いぼ」―田
舎の子どもが都会の子に抱く失望と、読者の
心にひびく佳品五点。定評ある南吉童話、第
三短編集。

『おじいさんのランプ』　新美南吉作, 遠藤
てるよ絵　大日本図書　1988.9　226p
18cm　（てのり文庫―新美南吉童話作
品集）　450円　①4-477-17006-8

[目次] おじいさんのランプ, 牛をつないだ椿の
木, 百姓の足, 坊さんの足, 最後の胡弓ひき

[内容] 郷土色ゆたかな、新美南吉童話の中編
を4編おさめました。「おじいさんのランプ」
をはじめ、「牛をつないだ椿の木」「百姓の足、
坊さんの足」「最後の胡弓ひき」―素朴な味
わいの中に深い感動をたたえた名作ぞろいで
す。小学校中学年向。

『おじいさんのランプ』　新美南吉作, 遠藤
てるよ絵　大日本図書　1996.2　226p
18cm　（てのり文庫図書館版 13―新美
南吉童話作品集 2）　1000円　①4-477-
00621-7

『おじいさんのランプ』　新美南吉著　ポプ
ラ社　2005.10　220p　18cm　（ポプラ
ポケット文庫 352-2）　570円　①4-
591-08861-8〈1978年刊の新装改訂〉

[目次] 手ぶくろを買いに, ごんごろ鐘, うた時
計, おじいさんのランプ, 牛をつないだ椿の
木, 川, 嘘, 貧乏な少年の話

『久助君の話』　新美南吉作, 遠藤てるよ絵
大日本図書　1989.3　217p　18cm
（てのり文庫―新美南吉童話作品集）
450円　①4-477-17010-6

[目次] 久助君の話, 嘘, 屁, 川〈B〉, 空気ポン
プ,〈無題〉『中学二年生の時』

[内容] だれもが一度は経験する人生へのとま
どい, 友情, 裏切り, 苦しみ, 生きるよころ
び―少年期の心のゆれうごきを繊細にとらえ
た、新美南吉の少年小説6編をおさめました。

『ごんぎつね』　新美南吉作, 遠藤てるよ絵
大日本図書　1988.7　237p　18cm
（てのり文庫―新美南吉童話作品集）
450円　①4-477-17004-1

『ごんぎつね―新美南吉傑作選』　新美南吉
著, 太田大輔絵　講談社　1990.4　235p
18cm　（講談社青い鳥文庫）　460円
①4-06-147282-8

[目次] ごんぎつね, 手袋を買いに, 空気ポンプ,
久助君の話, 屁, おじいさんのランプ, 百姓
の足, 坊さんの足, 牛をつないだ椿の木, 花のき
村と盗人たち, ひろったラッパ, 飴だま

[内容] 自分のいたずらが原因で、兵十のおっ
母がうなぎを食べられずに死んだと思ったご
んは、そのつぐないに、ひとりぼっちの兵十
の家に、いわしや栗をとどけましたが…。い
たずら好きなひとりぼっちの小狐の悲しい最
期を描いた「ごんぎつね」ほか、「おじいさ
んのランプ」「屁」「花のき村と盗人たち」な
ど、心に残る名作11編収載。

『ごんぎつね』　新美南吉著　小学館
1999.12　213p　15cm　（小学館文庫―
新撰クラシックス）　600円　①4-09-

新美南吉

404101-X
[目次] おじいさんのランプ, うた時計, おしどり, 花のき村と盗人たち, ごんぎつね, 十三の詩
[内容] 児童文学への夢を抱きつづけた新美南吉は, 命と時間が欲しいと切望しつつ二十九歳の若さでこの世を去った。しかし, 日本のふるさとの風景を舞台に "人の心の優しさ" と "生きることの悲しみ" を描いた彼の作品は, 時代を超えて愛され読みつがれている。小ぎつね "ごん" と兵十との交流を通じて人と人との心が通い合うことのむずかしさを描いた表題作「ごんぎつね」をはじめ, 童話・五篇, 詩・十三篇を収録。

『ごんぎつね』 新美南吉作 岩波書店
2002.4 305p 18cm (岩波少年文庫)
720円 ①4-00-114098-5
[目次] 花のき村と盗人たち, おじいさんのランプ, 牛をつないだつばきの木, 百姓の足, 坊さんの足, 和太郎さんと牛, ごんぎつね, てぶくろを買いに, きつね, うた時計, いぼ, 屁, 鳥右ェ門諸国をめぐる
[内容] 心を打つ名作の数々を残してわずか30歳で世を去った新美南吉。貧しい兵十とキツネのごんとのふれあいを描いた有名な「ごんぎつね」, ほかに「おじいさんのランプ」「花のき村の盗人たち」「和太郎さんと牛」「てぶくろを買いに」など12編。小学4・5年以上。

『ごんぎつね』 新美南吉著 ポプラ社
2005.10 198p 18cm (ポプラポケット文庫 352-1) 570円 ①4-591-08860-X〈1978年刊の新装改訂〉
[目次] ごんぎつね, のら犬, 和太郎さんと牛, 花のき村と盗人たち, 正坊とクロ, 屁, 蔵の中, いぼ, 赤いろうそく
[内容] ユーモアとペーソスにあふれた物語性の背後にひそむ皮肉な目と不遇な人生への居直り。南吉童話が子どもばかりか思春期にある人たちの心をとらえるゆえんでもあります。南吉童話には人間とはなにか, 人生とはなにかの鋭い問いかけがあります。一表題作ほか八編を収録。

『ごんぎつね─新美南吉傑作選』 新美南吉作, ささめやゆき絵 新装版 講談社
2008.3 237p 18cm (講談社青い鳥文庫 144-2) 570円 ①978-4-06-285008-7
[目次] ごんぎつね, 手袋を買いに, 空気ポンプ, 久助君の話, 屁, おじいさんのランプ, 百姓の足, 坊さんの足, 牛をつないだ椿の木, 花のき村と盗人たち, ひろったラッパ, 飴だま
[内容] 自分のいたずらが原因で, 兵十のおっ母がうなぎを食べられずに死んだと思ったごんは, そのつぐないに, ひとりぼっちの兵十の家に, いわしや栗をとどけましたが…。いたずら好きなひとりぼっちの子狐の悲しい最期を描いた『ごんぎつね』ほか,『手袋を買いに』『屁』『おじいさんのランプ』『牛をつないだ椿の木』『花のき村と盗人たち』など, 心に残る名作11編を収録。小学中級から。

『ごんぎつね・てぶくろを買いに』 新美南吉作, あやか絵 角川書店 2013.9
223p 18cm (角川つばさ文庫 Fに1-1) 580円 ①978-4-04-631342-3〈発売：KADOKAWA〉
[目次] ごんぎつね, てぶくろを買いに, おじいさんのランプ, 和太郎さんと牛, うた時計, 花のき村と盗人たち, 屁, 牛をつないだ椿の木, 正坊とクロ, でんでんむしのかなしみ
[内容] ごんは, 一人ぼっちのいたずらぎつね。今日も兵十をからかって, とった魚を全部にがしてしまう。そんなある日, 兵十の家をのぞいてみると, なぜだかお葬式をしていて…。(「ごんぎつね」)ある雪の日, こぎつねは, 母さんぎつねに片手を人間の手に変えてもらって, 町へてぶくろを買いに出発！ところが, まちがえてきつねの手を出してしまい…？(「てぶくろを買いに」)一生, 大切にしたい, 心あたたまる名作！ 小学中級から。

『手袋を買いに』 新美南吉著 小学館
2004.1 250p 15cm (小学館文庫)
533円 ①4-09-404109-5
[目次] 手袋を買いに, ごんごろ鐘, 狐, 久助君の話, 嘘, 屁, 耳, 疣, 小さい太郎の悲しみ, 百姓の足, 坊さんの足, 和太郎さんと牛
[内容] 国民的童話作家として人気の高い新美南吉。日本のふるさとの風景を舞台にした数多くの名作を遺した彼の好んだテーマに, 人間と動物, 都会と田舎, 大人と子供, など「立場を異にするものの魂の交流」がある。本書では, あふれた作品群のなかから, 雪の積もる冬の夜, 寒さに震える子狐のために, 人間の街まで手糸の手袋を買いに出かけた狐の親子の物語「手袋を買いに」をはじめ, 珠玉の民話的メルヘン「百姓の足, 坊さんの足」, 南吉自身の思い入れも強かったといわれる「久助君の話」など, 十一編を収録した。

『鳥右ェ門諸国をめぐる』 新美南吉作, 長野ヒデ子画 岩崎書店 1997.9 117p
18cm (フォア文庫 B191) 560円
①4-265-06312-8
[目次] 小さい太郎の悲しみ, 貧乏な少年の話, 鳥右ェ門諸国をめぐる
[内容] 30歳で亡くなった新美南吉が死を強く意識しはじめた晩年の作品から3作を選びました。「小さい太郎の悲しみ」はひとりっ子で兄弟のいない少年の孤独感を切々と描き, 「貧乏な少年の話」は貧しさの中で悩みなが

ら成長する長男の少年像を的確にとらえ、「鳥右エ門諸国をめぐる」では武士としもべの"人間の正義"をめぐる葛藤を見事に表現していて、いずれも味わい深い秀作です。

『新美南吉童話集』 千葉俊二編 岩波書店 1996.7 332p 15cm （岩波文庫） 620円 ①4-00-311501-5
|目次| ごん狐．手袋を買いに．赤い蠟燭．最後の胡弓弾き．久助君の話．屁．うた時計．ごんごろ鐘．おじいさんのランプ．牛をつないだ椿の木．百姓の足．坊さんの足．和太郎さんと牛．花のき村と盗人たち．狐．童話における物語性の喪失

『新美南吉童話集』 新美南吉著 角川春樹事務所 2006.11 221p 16cm （ハルキ文庫） 680円 ①4-7584-3263-5
|目次| ごん狐，手袋を買いに，狐，和太郎さんと牛，牛をつないだ椿の木，幼年童話（一年生たちとひよめ，うぐいすぶえをふけば，こぞうさんのおきょう，里の春，山の春，くまのこ，げたにばける，さるとさむらい，ぬすびととこひつじ，おかあさんたち，でんでんむしのかなしみ），小さい太郎の悲しみ，久助君の話，疣，花をうめる，おじいさんのランプ
|内容| いたずら好きの小ぎつね"ごん"と兵十の心の交流を描いた「ごん狐」，ある日，背中の殻のなかに悲しみがいっぱいに詰まっていることに気づいてしまった「でんでんむしのかなしみ」など，子どもから大人まで愉しめる全20話を収録した，胸がいっぱいになる名作アンソロジー。

『花をうかべて─新美南吉詩集』 新美南吉著，北川幸比古編，河村哲朗画 岩崎書店 1997.9 112p 18cm （フォア文庫B192） 560円 ①4-265-06313-6
|内容| 「ごん狐」「手袋を買いに」「おじいさんのランプ」「牛をつないだ椿の木」など数々の名作童話を残し，わずか30歳の若さで彗星のように消え去った新美南吉の残した珠玉のような詩・童謡270編。その中から選びぬいた，詩・童謡38編，短歌2首，俳句7句を収める。

『花をうめる』 新美南吉作，遠藤てるよ絵 大日本図書 1989.4 245p 18cm （てのり文庫─新美南吉童話作品集） 500円 ①4-477-17011-4
|目次| 花をうめる，疣，雀，川〈A〉，塀
|内容| さみしさや悲しさと向かいあって，だれもがみな，"人生"を学んでいく…。少年の純粋な心が，傷つきながら生にめざめていくさまを，美しく描きだした新美南吉の少年小説集。みずみずしい感動をお届けします。付　南吉略年譜。

『和太郎さんと牛』 新美南吉作，遠藤てるよ絵 大日本図書 1989.2 246p 18cm （てのり文庫） 450円 ①4-477-17009-2
|目次| 和太郎さんと牛，花のき村と盗人たち，鳥右エ門諸国をめぐる，狐，鯛造さんの死
|内容| 牛ひきの和太郎さんは，よい牛を持っていました。よぼよぼだけど，和太郎さんには，とても役に立つのです。和太郎さんと牛をめぐる表題作ほか，心やさしい盗人たちを描く「花のき村と盗人たち」など全5編を収録。

仁木　悦子
にき・えつこ
《1928～1986》
別名：大井三重子

『水曜日のクルト』 大井三重子著 新版偕成社 2009.5 178p 19cm （偕成社文庫 2118） 700円 ①978-4-03-551180-9
|目次| 水曜日のクルト，めもあある美術館，ある水たまりの一生，ふしぎなひしゃくの話，血の色の雲，ありとあらゆるもののびんづめ
|内容| 水色のオーバーを着た男の子を見かけたぼくにつぎつぎおこるふしぎなできごとをえがく「水曜日のクルト」ほかかくれた名作「めもあある美術館」など六編を収録。江戸川乱歩賞受賞のミステリー作家仁木悦子として知られる著者による，珠玉の童話集。小学中級から。

『刺のある樹─仁木兄妹の事件簿』 仁木悦子著 ポプラ社 2012.9 284p 15cm （ポプラ文庫ピュアフル Pに-2-5） 620円 ①978-4-591-13078-0
|内容| ミステリマニアの仁木雄太郎，悦子兄妹の下宿に，ひとりの紳士が相談に訪れた。このところ不可解な出来事に次々と見舞われ，命を狙われているのではないかと脅えているらしい。ふたりが調査に乗り出した矢先，紳士の妻が何者かに絞殺されるという事件が起き…。息もつかせぬ展開，二転三転する推理合戦の行方は？　「日本のクリスティ」と呼ばれた著者による好評シリーズ第四弾。

『猫は知っていた─仁木兄妹の事件簿』 仁木悦子著 ポプラ社 2010.3 302p 15cm （ポプラ文庫ピュアフル に-2-2） 590円 ①978-4-591-11677-7
|内容| 時は昭和，植物学専攻の兄・雄太郎と，音大生の妹・悦子が引っ越した下宿先の医院

で起こる連続殺人事件。現場に出没するかわいい黒猫は、何を見た？　ひとクセある住人たちを相手に、推理マニアの凸凹兄妹探偵が、事件の真相に迫ることに。鮮やかな謎解きとユーモラスな語り口で一大ミステリブームを巻き起こし、ベストセラーになった江戸川乱歩賞受賞作が、装いも新たに登場。

『林の中の家―仁木兄妹の事件簿』　仁木悦子著　ポプラ社　2011.1　319p　15cm　（ポプラ文庫ピュアフル　に-2-3）　620円　①978-4-591-12063-7

|内容|　シャボテン・マニアの豪邸で留守を預かることになった仁木兄妹。深夜の電話で呼び出された二人は、有名劇作家の自宅で起きた殺人事件に巻き込まれ―。緻密に張り巡らされた伏線と鮮やかな推理、マイペースな植物学者の兄と、好奇心旺盛な妹の凸凹コンビが醸しだすユーモラスな雰囲気が、絶妙にブレンドされた傑作長編ミステリ。著者自らが本作を語った「悠久のむかしのはなし」も特別収録し、待望の復刊。

野口　雨情
のぐち・うじょう
《1882～1945》

『十五夜お月さん―野口雨情童謡選』　野口雨情著, 雨情会編　社会思想社　2002.5　192p　15cm　（現代教養文庫）　600円　①4-390-11651-7

|目次|　十五夜お月さん（蜀黍畑, 豊作唄 ほか）, 青い眼の人形（青い眼の人形, 赤い桜んぼ ほか）, 蛍の灯台（よいよい横町, 雨降りお月さん ほか）, 朝おき雀（田舎の正月, 田螺の泥遊び ほか）, その他（未収録）（鶏の番, 水引きとんぼ ほか）

|内容|　美しい「にっぽんのことば」、21世紀に引き継がれる「にっぽんのうた」。収録童謡114、楽譜29曲。

野坂　昭如
のさか・あきゆき
《1930～2015》

『戦争童話集』　野坂昭如著　改版　中央公論新社　2003.2　185p　16cm　（中公文庫）　514円　①4-12-204165-1

|目次|　小さい潜水艦に恋をしたでかすぎるクジラの話, 青いオウムと痩せた男の子の話, 干からびた象と象使いの話, 凧になったお母さん, 年老いた雌狼と女の子の話, 赤とんぼと、あぶら虫, ソルジャーズ・ファミリー, ぼくの防空壕, 八月の風船, 馬と兵士, 捕虜と女の子, 焼跡の, お菓子の木

|内容|　焼跡にはじまる青春の喪失と解放の記憶。戦後を放浪しつづける著者が、戦争の悲惨な極限に生まれえた非現実の愛とその終りを"8月15日"に集約して描く万人のための、鎮魂の童話集。

『火垂るの墓』　野坂昭如著　ポプラ社　2006.7　160p　18cm　（ポプラポケット文庫　377-1）　570円　①4-591-09343-3

|目次|　小さい潜水艦に恋をしたでかすぎるクジラの話, 青いオウムと痩せた男の子の話, 凧になったお母さん, 赤とんぼと、あぶら虫, 焼跡の, お菓子の木, 火垂るの墓

|内容|　昭和二十年、戦争のなか親も家も失い、二人きりになってしまった兄妹。十四歳の清太と、四歳の節子が、つたなくもけんめいに生きようとする姿をえがいた名作。一九六八年、直木賞受賞作。一表題作のほか、読みついでいきたい戦争の童話五編を収録。中学生向け。

灰谷　健次郎
はいたに・けんじろう
《1934～2006》

『いえでぼうや』　灰谷健次郎作, 坪谷令子, 長谷川集平画　理論社　1987.7　116p　18cm　（フォア文庫）　430円　①4-652-07065-9

|目次|　いえでぼうや, ろくすけどないしたんや, うみにあるのはあしただけ, いっちゃんはね、おしゃべりがしたいのにね

|内容|　マサトくんは、もう、10かいくらい、いえでをしています。1ばんさいしょに、いえでをしたのは、マサトくんが、ようちえんのときです。そのとき…。幼年童話の傑作「いえでぼうや」をはじめ、「ろくすけどないしたんや」「うみにあるのはあしただけ」「いっちゃんはね、おしゃべりがしたいのにね」など、4つのすてきな童話集です。

『いえでぼうや』　灰谷健次郎著　理論社　1994.1　116p　18cm　（フォア文庫愛蔵版）　1000円　①4-652-07395-X

『兎の眼』　灰谷健次郎著　角川書店　1998.3　339p　15cm　（角川文庫）

灰谷健次郎

571円　①4-04-352001-8

内容 大学を出たばかりの新任教師・小谷芙美先生が受け持ったのは、学校では一言も口をきこうとしない一年生・鉄三。決して心を開かない鉄三に打ちのめされる小谷先生だったが、鉄三の祖父・バクじいさんや同僚の「教員ヤクザ」足立先生、そして学校の子どもたちとのふれ合いの中で、苦しみながらも鉄三と向き合おうと決意する。そして小谷先生は次第に、鉄三の中に隠された可能性の豊かさに気付いていくのだった…。学校と家庭の荒廃が叫ばれる現在、真の教育の意味を改めて問いかける。すべての人の魂に、生涯消えない圧倒的な感動を刻みつける、灰谷健次郎の代表作。

『兎の眼』　灰谷健次郎作, 長新太画　理論社　2004.2　348p　18cm　（フォア文庫愛蔵版）　1000円　①4-652-07386-0

内容 新任の小谷先生は、クラスの中でひとことも口をきかない鉄三をめぐって奮闘します。

『兎の眼』　灰谷健次郎作, YUME本文絵　角川書店　2013.6　351p　18cm　（角川つばさ文庫 Bは2-1）　780円　①978-4-04-631319-5〈角川文庫 1998年刊の再編集　発売：角川グループホールディングス〉

内容 ゴミ処理所のそばにある小学校。新任の小谷先生が受け持ったのは、学校では一言もしゃべらない一年生の鉄三。困りはてる小谷先生だけど、ハエ事件をきっかけに、鉄三の本当の気持ちを知って…。また、ちょっとかわった転校生・みな子もクラスに加わって、みんなで悩んだり泣いたりしながら、だんだんと「大切なもの」を見つけていく…。だれもが心ゆさぶられる、感動の名作！　小学上級から。

『海になみだはいらない』　灰谷健次郎著　新潮社　1986.12　264p　15cm　（新潮文庫）　320円　①4-10-133104-9

目次 海になみだはいらない, きみはダックス先生がきらいか, ひとりぼっちの動物園

内容 海が大好きな島の少年章太と都会から来た少女佳代。それぞれ悩みを抱えながらもたくましく生きる子供たちの、心の成長を描いた表題作の他、個性的な担任教師と生徒たちとのふれあいをユーモラスに綴った『きみはダックス先生がきらいか』、人間のやさしさを五つの珠玉の物語の中に描く『ひとりぼっちの動物園』など、灰谷健次郎がすべての大人と子供に贈る感動の名作児童文学。

『海になみだはいらない』　灰谷健次郎著　角川書店　1998.4　270p　15cm　（角川文庫）　495円　①4-04-352002-6

目次 海になみだはいらない, きみはダックス先生がきらいか, ひとりぼっちの動物園

『きみはダックス先生がきらいか』　灰谷健次郎作, 坪谷令子絵　大日本図書　1988.7　146p　18cm　（てのり文庫）　430円　①4-477-17001-7

『島物語　1』　灰谷健次郎著　新潮社　1995.8　353p　15cm　（新潮文庫）　560円　①4-10-133119-7

内容 急に引っ越すなんて無茶苦茶や。小学校4年生のタカユキと姉の反対をよそに、「人間の生活には自然が大事」と考える父親は、一家揃って島への移住を決意した。不安な気持ちのまま始まった島での暮らしはつらいことばかりだが、タカユキは自然と共に生きることをたくましく学んでゆく…。友人達との心温まる交流を交えて描く、自然讃歌の物語。第一部から第三部を収録。

『島物語　1』　灰谷健次郎著　角川書店　2000.8　345p　15cm　（角川文庫）　600円　①4-04-352025-5

内容 急に引っ越すなんて無茶苦茶や！　小学4年生のタカユキと姉・かなの反対をよそに、「田舎でたくさんのいのちに囲まれて生きたい」と考える絵描きの父親は、一家揃って島への移住を決意した。都会で暮らした家族には不安がいっぱいで始まった島での生活。だが、畑での格闘、ヒヨコの誕生と死、魚採り、などなど、心ときめく体験を経てタカユキはたくましく成長してゆく。島に暮らす人々、友達、家族の心温まる交流を交えて描く、自然といのちの物語。

『島物語　2』　灰谷健次郎著　角川書店　2001.7　367p　15cm　（角川文庫）　619円　①4-04-352027-1

内容 とうちゃんの大親友のマラソンランナー・伍朗さんが島にやってきた！「きみ、ランナーに向いてるよ」と言われたタカユキは早速、友達、両親、犬のゴンとトレーニングを始める。自給自足の畑仕事を営むとうちゃんとかあちゃんとの生活は自然と人々とのつながりをタカユキに教えていく。けれども、家族と別に町に暮らす姉・かな子の事が気がかりだ…。そんな中でかあちゃんが家出した!?　十五年の歳月をかけて完成させたこころ伸びやかな灰谷文学の名作。

『せんせいけらいになれ』　灰谷健次郎著, 坪谷令子画　理論社　1992.5　270p　18cm　（フォア文庫）　590円

内容 詩て、おもろいで。詩て、だれでもかけますよ。詩にペケはありません。…詩はおしゃべりからはじまります。みなさんの受持の先生はこわいですか、やさしいですか。みなさん、にやっとわらっていますね。よろしい。どっちでもけっこう。そこで、大きな声で「あんなあ先生」と、いってごらん。そう

文庫で読める児童文学 2000冊　111

灰谷健次郎

そう、そこからおしゃべりがはじまるのです―。小学校中・高学年向。きらりと光る子どもの詩。

『せんせいけらいになれ』 灰谷健次郎著 角川書店 1999.3 253p 15cm （角川文庫） 495円 ①4-04-352018-2
[目次] ギャングのテスト, けんかのすすめ, へんな広告, 一億万円のおくりもの, おならのこうぎ, すきのいいかた, ざんこくさいばん, はらをたてたときのおいしゃさん, おとな観察記録, 子どもノーベル賞〔ほか〕
[内容] 「詩」に「まちがい」はありません。何でも感じたことを言葉にしてみよう！ 先生に、お父さんやお母さんに、飼っている犬に、大きな声で話しかけてみよう。そこから「詩」がはじまるのです―。著者・灰谷健次郎の17年間の教師生活の結晶！ 子どもたちのみずみずしい言葉が、大人の常識を確実に引っくり返してくれます。灰谷文学の原点となった伝説の名著、遂に文庫化。

『太陽の子』 灰谷健次郎著 新潮社 1986.2 422p 15cm （新潮文庫） 480円 ①4-10-133103-0
[内容] 厳しい現実を明るく生きぬく少女の眼を通し、人間のやさしさの本当の意味を問う感動長編。

『太陽の子』 灰谷健次郎作, 田畑精一画 理論社 1996.1 430p 18cm （フォア文庫 C128） 800円 ①4-652-07421-2
[内容] 神戸の下町、おきなわ亭に集う人々をめぐり、いま"沖縄のこころ"を描く、長編児童文学。「路傍の石」文学賞受賞。

『太陽の子』 灰谷健次郎著 角川書店 1998.6 430p 15cm （角川文庫） 648円 ①4-04-352010-7
[内容] ふうちゃんは、神戸生まれの女の子。おとうさんとおかあさんは沖縄出身で、神戸の下町で琉球料理の店「てだのふあ・おきなわ亭」を営んでいる。やさしい常連さんたちに囲まれて明るく育ったふうちゃんだが、六年生になった頃、おとうさんが心の病気で苦しむようになる。おとうさんの病気の原因は何なのか？ ふうちゃんは、「沖縄と戦争」にその鍵があることに気づきはじめる…。戦争は本当に終わっているのだろうか。なぜおとうさんの心の中でだけ戦争は続くのか？ 今、日本人が本当に知らなくてはならないことがここにある。

『手と目と声と』 灰谷健次郎著 角川書店 1998.5 175p 15cm （角川文庫） 419円 ①4-04-352009-3
[目次] 水の話, 手, 目, 声

[内容] 「長いあいだ、ぼくは抵抗してきたよ。長い抵抗だった」―在日朝鮮人水泳選手のきびしい生きざまが、中学生たちの心を熱く揺さぶる「水の話」。沖縄を旅する少女の心情を細やかに綴った「手」。インドネシアで出会った子どもたちの澄みきった瞳が印象的な「目」。そして、障害を持つ子どもたちが内に秘めた豊かな世界を生き生きと描き出す「声」。さまざまな人生、さまざまないのちを真摯に見つめ、読む人の心に豊かな光を宿らせる、宝石のような四編の小品。

『とんぼがえりで日がくれて』 灰谷健次郎著 新潮社 1989.6 225p 16cm （新潮文庫） 360円 ①4-10-133108-1
[目次] とんぼがえりで日がくれて, うみにあるのはあしだけ, とこちゃんのヨット, ともだちがいっぱい, みんなともだち, いえでぼうや, けんちゃんのおばけ, いっちゃんはね, おしゃべりがしたいのにね, ろくすけどないしたんや
[内容] うず潮見物の船につばめが巣を作った。その巣の中で雛がかえるのを心待ちにするゆきぼうと、老夫婦との交流を描いた表題作の他、海峡を通る船を見守る3人の子供たちのそれぞれの思いを綴った『うみにあるのはあしだけ』、ある事件に巻き込まれたとこちゃんを描いて子供のやさしさを訴える『とこちゃんのヨット』など、胸の奥にそっとしまい込んでおきたい、灰谷童話9編。

『とんぼがえりで日がくれて』 灰谷健次郎著 角川書店 1998.6 224p 15cm （角川文庫） 438円 ①4-04-352012-3
[目次] とんぼがえりで日がくれて, うみにあるのはあしだけ, とこちゃんのヨット, ともだちがいっぱい, みんなともだち, いえでぼうや, けんちゃんのおばけ, いっちゃんはね, おしゃべりがしたいのにね, ろくすけどないしたんや
[内容] この春から幼稚園に通いはじめたゆきぼうの一番の友達は、「つばめのチィチィちゃん」。つばめの雛の成長を楽しみにするゆきぼうと、それを見守るはなえばあちゃん、とくたろうじいちゃん、幼稚園のゆうご先生。日常の中のさりげないやさしさを描いた表題作「とんぼがえりで日がくれて」の他、すぐにお母さんとけんかをして家出してしまうマサト君の物語「いえでぼうや」、できたての保育園「風の子保育園」の様子を描いた「ともだちがいっぱい」「みんなともだち」など、心あたたまる九編の童話を収録。

『ひとりぼっちの動物園』 灰谷健次郎作, 長新太絵 あかね書房 1987.3 222p 18cm （あかね文庫） 430円 ①4-251-10003-4
[目次] だれも知らない、オシメちゃんは6年生、

ベンケイさんの友だち，ひとりぼっちの動物園，三ちゃんかえしてんか

内容 亀山さんはいった。「どうしてタヌキのようなあまり人気のない動物がすきなんや。」「うーん。…しずかな動物のほうがたくさん話ができるから…。」(「ひとりぼっちの動物園」より) 表題作のほか，3編をおさめる短編集。

『ろくべえまってろよ』 灰谷健次郎著 新潮社 1987.1 218p 16cm (新潮文庫) 280円 ①4-10-133105-7

目次 ろくべえまってろよ，マコチン，マコチンとマコタン，なんやななちゃんなきべそしゅんちゃん，子どもになりたいパパとおとなになりたいぼく，しかられなかった子のしかられかた，さよならからみきぼうはうまれた，ふたりはふたり

内容 ろくべえが大変だ！ 穴に落ちてしまった犬のろくべえを救う方法は？ 犬と子供たちとの交流をユーモラスに綴った表題作の他，マコチンというあだ名の元気で明るい男の子を描いた『マコチン』，小犬をめぐる父と娘の物語『しかられなかった子のしかられかた』等，子供たちの日常生活をいきいきと描き，爽やかな感動と共に人生に対する勇気が湧いて来る，大人と子供のための灰谷童話8編。

『ろくべえまってろよ』 灰谷健次郎著 角川書店 1998.3 219p 15cm (角川文庫) 457円 ①4-04-352003-4

目次 ろくべえ まってろよ，マコチン，マコチンとマコタン，なんやななちゃん なきべそしゅんちゃん，子どもになりたいパパとおとなになりたいぼく，しかられなかった子のしかられかた，さよならからみきぼうはうまれた，ふたりはふたり

内容 犬のろくべえが穴に落ちてしまった。なんとかしてろくべえを助けなきゃ！ 一年生の子どもたちがみんなで考え出した「めいあん」とは？ 表題策「ろくべえ まってろよ」の他，天真爛漫な男の子・マコチンの生活を描いた「マコチン」，何でも同じになってしまうのが悩みのふたごの女の子が登場する「ふたりはふたり」など，八編の童話を収録。子どもたちのみずみずしい感性がきらめく一冊。

『ワルのぽけっと』 灰谷健次郎著 新潮社 1992.7 326p 15cm (新潮文庫) 480円 ①4-10-133115-4

目次 ワルのぽけっと，チューインガム一つ，いくちゃんというともだち，プゥー等あげます，へんな子がいっぱい

内容 センコミたいなもん，どうせわらの敵じゃー。デパートで万引きを繰り返す小学六年生八人組。学校ではワルの烙印を押されている彼らの心が，こんなにも繊細で温かくていたとは…。子供の心の襞を優しさに満ちた

眼差しで写しとった表題作の他，四年三組の子どもたちと担任教師の悲喜劇を通じ生きることの素晴らしさを描く「プゥー等あげます」など，清新な感動を呼ぶ5編を収録。

『ワルのぽけっと』 灰谷健次郎著 角川書店 1998.5 327p 15cm (角川文庫) 571円 ①4-04-352005-0

目次 ワルのぽけっと，チューインガム一つ，いくちゃんというともだち，プゥー等あげます，へんな子がいっぱい

内容 デパートで万引きを繰り返し，学校では毎日乱暴ばかりで，「手に負えないワル」という烙印を押されているセイゾウたち六年生八人組。彼らの行動の裏に隠された本当の理由とは？ 愛すべきワルたちの誇り高き日常を描き，爽やかな感動をよぶ名作『ワルのぽけっと』をはじめ，学校や家庭での子どもたちの姿をみずみずしく写し取った全5編を収録。

花岡　大学
はなおか・だいがく
《1909～1988》

『太平記・千早城のまもり』 花岡大学文，三谷靱彦絵 小峰書店 1991.4 234p 18cm (てのり文庫) 570円 ①4-338-07921-5

内容 この本は、「太平記」を少年少女むきにかきあらためたものです。いまから600年ほどまえの，南北朝時代に生きた後醍醐天皇や楠木正成，新田義貞，足利尊氏などが，美しく，また悲しくいきいきとえがきだされています。

『太平記・千早城のまもり』 花岡大学文，三谷靱彦絵 小峰書店 1996.2 234p 18cm (てのり文庫図書館版 11) 1000円

『花岡大学仏典童話 1 消えない灯』 筑摩書房 1990.8 356p 15cm (ちくま文庫) 600円 ①4-480-02452-2

目次 金剛のきね，小さいたね，左手をはなせ，欲ばり魔法，いなくなったマカカ，燃え上がるたいまつ，天女のような女の子，ハサリンの改心，にんにくどろぼう，もちがしの約束，名医ジーヴァカとふたりの王さま，四つの歌，のんきな王さま，そまつな服を着た王さま，弓の名人，ホッシャミタラのたくらみ，勇士ジョウビン，シシリの勇気，はかない心，嫁をもらうまで，たかぶりの心，ふたつの穴，母親さばき，くだけ米のふくろ，若い隊長と年寄りの

隊長、子ども理髪師、はだかの女、あやしい踊り、若い隊商長、四人のむこ、隊長シュダソク、毒のくだもの、ふるぼけたつぼ、三日間の琴、ひげをはやした男、どこにもない火、消えない灯、ひとしずくの水

内容 「金剛のきね」「のんきな王さま」「たかぶりの心」「はだかの女」など、おしゃかさまやぼうさん、王さまや勇士、商人やおかみさんなど、さまざまな層の人間が「この世」を舞台にくりひろげるヒューマンな物語。さりげないお話から、いつの間にか人間の本性、人間の生き方を考えさせられる。

『花岡大学仏典童話 2 金の羽』 筑摩書房 1990.9 311p 15cm （ちくま文庫） 580円 ①4-480-02453-0

目次 朱色のカニ、サルはやっぱりサル、かしこい子どもウサギ、ハトのうたがい、サルの橋、山のハゲタカ、おれの負けだ、「死」はいつやってくるか、わからない、空飛ぶ金のシカ、ふたつの頭の鳥、ライオンとサイの心のむすびつき、子ウサギの知恵、みすぼらしいが、かがやくカラス、いやなキツネ、ごくらく池のカモ、あばれ象などこわくない、うえにトラ、羽の水、おろかな争い、ヒマラヤのハト、ほとけさまの象、がまぼとけ〈蟇仏〉、ネズミの嫁入り、くだものの山、アリのいのち、首かざりぬすっと、ヘビとカラスと若い男、カメのいのち、カニの道づれさん、金の羽、かりうどカイデウラ、おばあさんのほくろ、恩を忘れない、羊の首

内容 仏教の教えでは生きとし生けるものみな平等だ。この巻では、象・牛・サル・キツネ・ウサギ・ハト・カラスなど、読者になじみ深い動物たちが主人公になって活躍し、さまざまな人生の知恵を与えてくれる話を集めた。「空飛ぶ金のシカ」「ふたつの頭の鳥」「ごくらく池のカモ」など、仏典にちりばめられた珠玉の説話34編を収める。

浜田　廣介
はまだ・ひろすけ
《1893～1973》

『泣いた赤おに』 浜田廣介著 小学館 2004.6 249p 15cm （小学館文庫） 533円 ①4-09-404211-3

目次 りゅうの目のなみだ、あるくつの話、ある島のきつね、おばあさんの花、こがねのいなたば、さむい子もり歌、じぞうさまとおり虫、トカゲの星、ますとおじいさん、みそさざい、むく鳥のゆめ、よぶこどり、花びらのたび、泣いた赤おに、琴の名人、月夜のきつね、犬と少年、ひとつのねがい、光の星、黒いきこりと白いきこり、三日めのかやの実、第三のさら、豆ランプの話したこと

内容 日本のアンデルセンとも称される浜田広介。彼は、子ども心だけでなく、大人の心にも訴える、善意や理想に基づいた名作を数多く遺し、それまでは勧善懲悪の形式でしか存在しなかった子どもの読みものに新風を起こした。本書では、人間たちと友達になりたい赤おにと、赤おにのために自己を犠牲にする青おにの友情の物語「泣いた赤おに」、恐ろしい外見を持つ龍が、少年に優しい心を注がれて、子どもたちのために尽くそうと決意する「りゅうの目のなみだ」などの代表作を含む、「ひろすけ童話」珠玉の二十三篇を収録している。

『泣いた赤おに』 浜田廣介著 ポプラ社 2005.10 198p 18cm （ポプラポケット文庫 353-1） 570円 ①4-591-08862-6〈1978年刊の新装改訂〉

目次 こがねのいなたば、よぶこ鳥、花びらのたび、一つの願い、むく鳥のゆめ、じぞうさまとハタオリ虫、砂山の松、ますとおじいさん、犬と少年、りゅうの目のなみだ、五ひきのヤモリ、さむい子もり歌、泣いた赤おに、第三のさら、おかの上のきりん

『泣いた赤おに―浜田ひろすけ童話集』 浜田ひろすけ作, patty絵 角川書店 2011.11 158p 18cm （角川つばさ文庫 Fは1-1） 580円 ①978-4-04-631196-2〈発売：角川グループパブリッシング〉

目次 泣いた赤おに、よぶこ鳥、りゅうの目のなみだ、むく鳥のゆめ、黄金のいなたば、子ざるのブランコ、光の星、いちばんにいいおくりもの、春がくるまで、こりすのお母さん

内容 "日本のアンデルセン"と言われる浜田ひろすけさん。代表作「泣いた赤おに」は、赤おにと青おにの友情、やさしさに感動し、なみだがあふれてくる物語です。たくさんの人に読まれ、映画化され、愛されつづけています。このほかに、「よぶこ鳥」「りゅうの目のなみだ」「むく鳥のゆめ」「黄金のいなたば」など、名作10作を56点のかわいいイラストでおとどけします。小学初級から。

『浜田広介童話集』 講談社 1981.1 252p 15cm （講談社文庫） 320円 〈年譜：p242～252〉

『浜田廣介童話集』 浜田廣介著 角川春樹事務所 2006.11 220p 16cm （ハルキ文庫） 680円 ①4-7584-3264-3

目次 泣いた赤おに、むく鳥のゆめ、五ひきの

やもり、よぶこどり、かっぱと平九郎、ひとつのねがい、砂山の松、アラスカの母さん、豆がほしい子ばと、お月さまのごさいなん、波の上の子もり歌、たましいが見にきて二どとこない話、からかねのつる、まぼろしの鳥、南からふく風の歌、投げられたびん、ひらめの目の話、町にきたばくの話、いもむすめ、ふしぎな花

|内容| 人間たちと友達になりたいという赤おにと、赤おにの願いを叶えるために悪者になった青おにの思いやりを描いた代表作「泣いた赤おに」をはじめ、「お月さまのごさいなん」「たましいが見にきて二どとこない話」など、文庫初収録の作品まで、子どもから大人まで愉しめる全20話を収録。やさしさと思いやりに満ちた"ひろすけ童話"アンソロジー。

濱野 京子
はまの・きょうこ

『アラビアンナイト』 濱野京子文, ひらいたかこ絵 ポプラ社 2013.8 238p 18cm （ポプラポケット文庫 091-1） 650円 ①978-4-591-13545-7〈文献あり〉

|目次| アリ・ババと四十人の盗賊, 空とぶ馬, アラ・ディーンと魔法のランプ, ものいう鳥, 海のシンドバードと陸のシンドバードの物語

|内容| 読みやすい文章と、美しいさし絵で彩られた名作が児童文庫に登場！「アリ・ババと四十人の盗賊」「空とぶ馬」「アラ・ディーンと魔法のランプ」など人気の5編を収録。小学校上級～。

『歌に形はないけれど』 濱野京子作, nezuki絵 ポプラ社 2014.2 195p 18cm （ポプラポケット文庫 091-2―初音ミクポケット） 680円 ①978-4-591-13763-5

|内容| 春休みに拓海が海辺で出会った不思議な少女が、自分のクラスに転校してきた。拓海の親友は一目ぼれ。しかし拓海もどこか彼女にひかれていて…。初音ミクの人気曲「歌に形はないけれど」をモチーフにした切ない恋の物語。小学校上級～。

『ことづて屋』 濱野京子著 ポプラ社 2015.3 263p 15cm （ポプラ文庫ピュアフル Pは-2-2） 620円 ①978-4-591-14457-2

|目次| チョコブラウン, やさしい嘘, カサブランカ, 負け犬の意地, 厚すぎる友情, 幸せになりなさい

|内容| 「お言伝てを預かっています」山門津多恵の頭には時折、死者からの伝言がひびいてくる。宛てた人物にその言葉を伝えるまで、津多恵は楽になれない。見ず知らずの人物を訪ねるために外見を装うのを、美容師の恵介が手助けしている。幼くして死んだ娘から母親へ、放蕩息子から父親へ、少年院の中から親友へ…。伝えられた言葉は残された人に何をもたらすのか。痛みをかえええた心をほぐす、あたたかくやさしい物語。

『ことづて屋 〔2〕 停電の夜に』 濱野京子著 ポプラ社 2016.1 256p 15cm （ポプラ文庫ピュアフル Pは-2-3） 620円 ①978-4-591-14789-4

|目次| 小さな騎士, 隠し場所, 灯籠流し, 本の虫, 悪魔との取引, 停電の夜

|内容| 頭に聞こえてくる死者からの伝言を相手に届けるうちに、「ことづて屋」を名乗るようになった津多恵。届ける人や言葉はいろいろ。「ママを守って」と幼い息子に言い遺した父親から、改めて息子へ。夫から老いた妻へ、大事な物の隠し場所。熊谷空襲で亡くなった親友が七十年ごしで明かす、秘めた恋心。そして、来ると約束したのに現れなかった恋人からの言葉。それは震災後の計画停電の夜で…。人の気持ちにあたたかくよりそう、やさしい物語、第二弾。

『天下無敵のお嬢さま！ 1（けやき御殿のメリーさん）』 濱野京子作 童心社 2006.5 187p 18cm （フォア文庫） 560円 ①4-494-02798-7〈画：こうの史代〉

|内容| わたくし、沢崎菜奈と申します。ここ、花月町に暮らし、花月小学校に通う六年生。はっきりいって美少女です。それに、運動神経抜群で成績優秀。中国武術・長拳とバイオリンをたしなんでおります。人はわたくしを、天下無敵のお嬢さまといいます―。菜奈と芽衣、そしてメリーさんとの出会いからはじまるすてきな物語。シリーズ第一作！ 小学校高学年・中学生向。

『天下無敵のお嬢さま！ 2（けやき御殿のふしぎな客人）』 濱野京子作 童心社 2006.11 189p 18cm （フォア文庫） 560円 ①4-494-02803-7〈画：こうの史代〉

|内容| わたくし、沢崎菜奈と申します。ここ、花月町に暮らし、花月小学校に通う六年生。はっきりいって美少女です。それに優等生で運動神経抜群。人はわたくしを、天下無敵のお嬢さまといいます。こんなわたくしの欠点といえば、美しい殿方にすぐ心ひかれてしまうこと。それでときどき、失敗をしてしまうのです―。菜奈と芽衣、そしてメリーさんの前に現れた謎の美少年、葉加瀬小五郎がまきおこす大騒動！ シリーズ第二弾。

『天下無敵のお嬢さま！ 3(ひと夏の恋は高原で)』濱野京子作 童心社 2007.9 187p 18cm （フォア文庫） 560円
①978-4-494-02807-8〈画：こうの史代〉
内容 わたくし、沢崎菜奈と申します。はっきりいって美少女です。学術優秀にして運動神経抜群、中国武術は長拳をたしなみます。人はわたくしを天下無敵のお嬢さまといいます。わたくしは今、高原の避暑地にある、別荘にきております。今年の夏は、特に心がはずみます。それというのも、初めてお友だちを招待したからなのです。アメリカから来たお嬢さま・キャシーと菜奈が、芽衣をめぐって恋の日米お嬢さま対決!? シリーズ第三弾。

『天下無敵のお嬢さま！ 4(柳館のティーパーティー)』濱野京子作, こうの史代画 童心社 2008.10 184p 18cm （フォア文庫） 600円 ①978-4-494-02816-0
内容 この町に越してきて半年、あたしのまわりにはいつも菜奈がいた。転校してくる前、友だちなんていらないと思っていたことを、いつの間にか忘れていた。ふりまわされてばかりだったけれど、菜奈がいたから、親がいない寂しさも忘れていられた。―だめだよ、菜奈。そっちにいっちゃだめだ！ あたしは信じてる。菜奈のことを。菜奈の本当の強さを。天下無敵のお嬢さま・菜奈、恋やつれで命も危ない？ 菜奈を助けるためにも奪闘する芽衣と仲間たち―シリーズ第四弾。

『トーキョー・クロスロード』濱野京子著 ポプラ社 2010.3 285p 15cm （ポプラ文庫ピュアフル は-2-1） 560円
①978-4-591-11785-9〈2008年刊の加筆・訂正〉
内容 別人に変装して、ダーツにあたった山手線の駅で降りてみる。これが休日の栞の密かな趣味。そこで出会ったかつての同級生、耕也となぜか縁がきれなくて…。素直になれない二人をジャズ喫茶のバンドマン、一児の母、辛口の秀才、甘えん坊の美少女（すべて高校生！）が支える。「東京」という街の中ですれ違う人間関係が静かなジャズの音にのせて描かれる極上の青春小説。第25回坪田譲治文学賞受賞。

はやみね　かおる
《1964～》

『あやかし修学旅行―鵺のなく夜 名探偵夢水清志郎事件ノート』はやみねかおる作, 村田四郎絵 講談社 2003.7 348p 18cm （講談社青い鳥文庫） 670円 ①4-06-148621-7〈著作目録あり〉
内容 虹北学園の修学旅行先が決まった。目的地はO県T市。そこには、龍神や鵺の伝説と不思議な石の話が残っていて、楽しい旅になるはずだった。ところが、「修学旅行を中止せよ 鵺」という手紙が学校にとどき、なんだかあやしい雲行きに…。校長の代理で同行することになった夢水だが、修学旅行から無事に帰ってこれるのだろうか？ お待ちかねの、シリーズ第11作！ 小学上級から。

『いつも心に好奇心(ミステリー)！―名探偵夢水清志郎vsパソコン通信探偵団』はやみねかおる,松原秀行作 講談社 2000.9 413p 19cm （講談社青い鳥文庫） 950円 ①4-06-210410-5〈青い鳥文庫創刊20周年記念企画〉
目次 怪盗クイーンからの予告状（はやみねかおる作,村田四郎絵）,パスワード電子猫事件（松原秀行作,梶山直美絵）
内容 「クイーン」「ジョーカー」「飛行船」「人工知能」四つの同じキーワードを使った二つのミステリーの競作。「青い鳥文庫」2大人気作家の激突企画！ 清志郎に亜衣、真衣、美衣。そのうえ、ネロにマコト、みずき、まどか、ダイ、飛鳥に会える。小学上級からミステリー・ファンまで。

『オタカラウォーズ―迷路の町のUFO事件』はやみねかおる作 講談社 2006.2 235p 18cm （講談社青い鳥文庫 174-19） 600円 ①4-06-148714-0〈絵：とり・みき 著作目録あり〉
内容 飛行機が大好きな遊歩、千明、タイチ。3人は、夏休みのある日、伝説の暗号を記した宝の地図に遭遇。かつて、その宝をかくした絵者のなかまが、UFOにのって少年たちの前に現れます。地図の暗号をみごとにといて宝を手にするのは？ はやみねかおる先生の幻の作品を青い鳥文庫化。小学上級から。

『踊る夜光怪人―名探偵夢水清志郎事件ノート』はやみねかおる作,村田四郎絵 講談社 1997.7 277p 18cm （講談社青い鳥文庫） 580円 ①4-06-148466-4
内容 幽霊坂の下にある桜林公園に、夜光怪人が出没するといううわさが広がっていた。そのころ、亜衣とレーチは、後輩の千秋の依頼で、彼女の父（虹斎寺のおしょう）の悩み解決にのりだす。そして、ふたりはおしょうから謎の暗号を見せられる。そこにはどんな秘密がかくされているのか？ 暗号と夜光怪人につながりはあるのか？ 小学上級から。

『踊る夜光怪人―名探偵夢水清志郎事件ノート』はやみねかおる作,村田四郎絵

講談社　2004.3　277p　18cm　(講談社青い鳥文庫―SLシリーズ)　1000円　①4-06-274705-7

[内容]幽霊坂の下にある桜林公園に、夜光怪人が出没するといううわさが広がっていた。そのころ、亜衣とレーチは、後輩の千秋の依頼で、彼女の父(虹斎寺のおしょう)の悩み解決にのりだす。そして、ふたりはおしょうから謎の暗号を見せられる。そこにはどんな秘密がかくされているのか？　謎と夜光怪人につながりはあるのか？　名探偵夢水清志郎事件ノート第5作。小学上級から。

『踊る夜光怪人―名探偵夢水清志郎事件ノート』　はやみねかおる著　講談社　2008.7　291p　15cm　(講談社文庫)　571円　①978-4-06-276104-8〈著作目録あり〉

[内容]夜光怪人出没の噂を確かめに亜衣たちは夜の桜林公園へ。やはりそこには闇に踊り、首が取れる光る怪人が！　文芸部後輩の千秋の実家、虹斎寺の和尚さんは、亜衣と麗一に難解な暗号が記された古い巻物を見せる。怪人と暗号、両方の謎が解けたという教授、名探偵夢水清志郎は、町の人を集めて何を始めるのか。

『オリエント急行とパンドラの匣(ケース)―名探偵夢水清志郎＆怪盗クイーンの華麗なる大冒険』　はやみねかおる作、村田四郎,K2商会絵　講談社　2005.7　397p　18cm　(講談社青い鳥文庫)　700円　①4-06-148693-4〈著作目録あり〉

[内容]ヨーロッパを横断する、オリエント急行。それは、赤い夢をあざやかに彩る、かずかずの大事件の舞台となってきた。そして、いままた、古より伝わるパンドラの匣をめぐって、新たな事件が…。偶然か、はたまた運命か、乗車するのは名探偵夢水清志郎、そしてきっとどこかに怪盗クイーン。古都イスタンブールから花の都パリへと向けて、オリエント急行がいままさに発車する―!!　小学上級から。

『怪盗クイーン、かぐや姫は夢を見る』　はやみねかおる作、K2商会絵　講談社　2011.10　491p　18cm　(講談社青い鳥文庫 174-26)　740円　①978-4-06-285233-3〈著作目録あり〉

[内容]怪盗の美学にかなう、次なる獲物は、なんと日本！　舞台は、竹取の翁の末裔が住むといわれる、秘境、竹鳥村。狙うは、不老不死の秘薬"蓬莱"だ。そんなおり、竹鳥村では、絶世の美女、竹美華代をめぐって、現代のかぐや姫騒動が勃発していた。探偵卿の仙太郎やヴォルフ、クイーンの命を狙う暗殺臣まで乗りこんできて、竹鳥村は大騒動！　はたして、蓬莱を手にするのは、だれか…!?　小学上級から。

『怪盗クイーン、仮面舞踏会にて』　はやみねかおる作,K2商会絵　講談社　2008.2　459p　18cm　(講談社青い鳥文庫 174-21―ピラミッドキャップの謎 前編)　720円　①978-4-06-285002-5〈著作目録あり〉

[内容]舞台は、ドイツの深き森のなかにたたずむ古城。なんと、その城は奇怪にも「あべこべ」に建っていた。逆立ちして地中に深くつきささる「あべこべ城」。その奥深くには、「怪盗殺し」といわれるピラミッドキャップが眠っていた。人智を超える存在、ピラミッドキャップをめぐって、怪盗クイーン、皇帝、探偵卿、謎の組織ホテルベルリンが仮面舞踏会で火花を散らす―。小学上級から。

『怪盗クイーンと悪魔の錬金術師―バースディパーティ 前編』　はやみねかおる作,K2商会絵　講談社　2013.7　391p　18cm　(講談社青い鳥文庫 174-29)　740円　①978-4-06-285369-9〈著作目録あり〉

[内容]「怪盗ポスト」にとどいた、一通の赤い封筒。それは、プラハに住む少女ライヒからの、クイーンへの依頼の手紙だった！　何人にも解読できなかったというヴォイニッチ文書を盗んでほしいというのだ。古文書には、錬金術の大いなる秘法が記されているという…しかし、古文書を横から奪ったのは、人造人間ティタン。さらには、ホテルベルリンや宇宙一の人工知能マガが登場し、プラハの街は大騒動に―!?　小学上級から

『怪盗クイーンと魔界の陰陽師―バースディパーティ 後編』　はやみねかおる作,K2商会絵　講談社　2014.4　599p　18cm　(講談社青い鳥文庫 174-30)　790円　①978-4-06-285421-4〈著作目録あり〉

[内容]衝撃的なジョーカーの死から数日。クイーンは、ジョーカーを生き返らせるため、日本の原伊島に向かう。その島には、完璧な生命生成に必要な"クリスタルタブレット"があるという。人造人間ルイヒやホテルベルリン、ヴォルフ…クリスタルタブレットをねらう人物が、次々と集結。仙太郎やヤウズ、さらには名探偵夢水清志郎まで総動員で、事態はますます大波乱！　ジョーカーの命は、どうなっちゃうの!?　小学上級から。

『怪盗クイーンと魔窟王の対決』　はやみねかおる作,K2商会絵　講談社　2004.5　316p　18cm　(講談社青い鳥文庫)　670円　①4-06-148651-9

内容 伝説の石といわれていた「半月石」が公開されるという。別名「願いがかなう石」とか、「神の石」とよばれているこの石こそ、怪盗クイーンの勤労意欲を満足させる獲物だ。いつになく勤労意欲のかたまりになっているクイーン。相棒のジョーカーを香港映画期待のアクションスターに変身させ、自分はそのマネージャーになりますと、魔窟にのりこんだ…。いっそう華麗に、思いっきりC調に。小学上級から。

『怪盗クイーンに月の砂漠を』 はやみねかおる作, K2商会絵 講談社 2008.5 523p 18cm （講談社青い鳥文庫 174-22—ピラミッドキャップの謎 後編） 760円 ①978-4-06-285023-0〈著作目録あり〉

内容 「あべこべ城」での眠りから覚めたピラミッドキャップは、はやくもその力を発動し、モーリッツ教授をエジプトへと飛ばした！ ピラミッドキャップを追って、クイーン、皇帝、探偵卿、ホテルベルリンらも一路エジプトへ。しかし、そんな人間たちの思惑を超えて、ピラミッドキャップは、地球を滅亡に導こうとしていた！ ギザの三大ピラミッドに舞台をうつし、怪盗クイーンは地球を救えるか!?

『怪盗クイーンの優雅な休暇（バカンス）』 はやみねかおる作, K2商会絵 講談社 2003.4 459p 18cm （講談社青い鳥文庫） 720円 ①4-06-148612-8

内容 たまには休暇がほしいと、わがままを言うクイーンに、サッチモ社社長サッチモ・ウイルソンから、豪華客船ロイヤルサッチモ号による、12日間カリブ海クルージング、に招待したいという申し出がきた。サッチモは10年前の因縁から、クイーンに恨みを抱いている。今回の招待も、その恨みを晴らすチャンスをねらってのこと。それは百も承知で、クイーンは招待を受けることにした。伯爵夫人になりすまして…。小学上級から。

『怪盗クイーンはサーカスがお好き』 はやみねかおる作, K2商会絵 講談社 2002.3 308p 18cm （講談社青い鳥文庫） 620円 ①4-06-148577-6

内容 飛行船で世界じゅうを飛びまわり、ねらった獲物はかならず盗む。怪盗クイーンに不可能はない。ところがそんな彼に挑戦する謎のサーカス団があらわれ、クイーンが盗むつもりだった宝石を横取りした。そして、魔術師や催眠術師など特殊能力をもつ団員たちがクイーンに勝負をいどんできた。彼らの目的はいったい何？ 夢水清志郎の好敵手・怪盗クイーン、主役で華麗にデビュー！ 小学上級から。

『怪盗道化師（ピエロ）』 はやみねかおる作, 杉作絵 講談社 2002.4 268p 18cm （講談社青い鳥文庫） 620円 ①4-06-148582-2〈1990年刊の復刊〉

内容 西沢書店のおじさんは、平凡な毎日に退屈して、ある日、みんなに笑顔をあたえる怪盗になろうと決心しました。その名は怪盗道化師。そしてぬすむのは、いじめ・悪い運動神経・ビルの影etc.…。そんなもの、ぬすめるはずないと思うでしょ。けれど、怪盗道化師に不可能はない！ 怪盗ルパンにあこがれたおじさんと老犬ゴロのゆかいな物語。はやみねかおるのデビュー作、ついに登場。小学上級から。

『機巧館（からくりやかた）のかぞえ唄—名探偵夢水清志郎事件ノート』 はやみねかおる作, 村田四郎絵 講談社 1998.6 261p 18cm （講談社青い鳥文庫） 580円 ①4-06-148482-6

内容 機巧館でひらかれたパーティーのとちゅうで、老推理作家が消えた。そして、作家が消えるまえにつぶやいた呪文のようなかぞえ唄どおりにつぎつぎと事件がおこり、亜衣の身にも危険がせまる…。読者をあっといわせる結末が待つ「夢の中の失楽」をはじめ、こわい（？）話から赤ちゃん騒動まで、ボリューム満点の名探偵夢水清志郎事件ノート第6作。小学上級から。

『機巧館（からくりやかた）のかぞえ唄—名探偵夢水清志郎事件ノート』 はやみねかおる作, 村田四郎絵 講談社 2004.3 261p 18cm （講談社青い鳥文庫—SLシリーズ） 1000円 ①4-06-274706-5

内容 機巧館でひらかれたパーティーのとちゅうで、老推理作家が消えた。そして、作家が消えるまえにつぶやいた呪文のようなかぞえ唄どおりにつぎつぎと事件がおこり、亜衣の身にも危険がせまる…。読者をあっといわせる結末が待つ「夢の中の失楽」をはじめ、こわい（？）話から赤ちゃん騒動まで、ボリューム満点の名探偵夢水清志郎事件ノート第6作。小学上級から。

『機巧館（からくりやかた）のかぞえ唄—名探偵夢水清志郎事件ノート』 はやみねかおる著 講談社 2009.1 281p 15cm （講談社文庫 は78-6） 581円 ①978-4-06-276255-7〈著作目録あり〉

内容 霧に包まれる機巧館。館に住む老推理作家は密室の書斎から煙のように消えた。机に残された『夢の中の失楽』という題名の推理小説。やがて作中のかぞえ唄の通りに見立て殺人が起きて…。どこまでが現実でどこまでが夢なのか。名探偵夢水清志郎をして、「謎を解くのが怖い」と言わしめた事件の真相とは。

『消える総生島—名探偵夢水清志郎事件ノート』 はやみねかおる作, 村田四郎絵 講談社 1995.9 261p 18cm （講談

はやみねかおる

社青い鳥文庫）　560円　①4-06-148423-0
内容　映画に出演することになった亜衣、真衣、美衣は、映画スタッフやおまけの夢水名（迷）探偵と、鬼伝説のある総生島へロケにやってきた。やがて、つぎからつぎへと奇怪な出来事がおこり、そのたびに不気味なメッセージがのこされる。ほんとうに伝説の鬼がよみがえったのか…。小学上級から。

『消える総生島―名探偵夢水清志郎事件ノート』　はやみねかおる著　講談社　2007.7　286p　15cm　（講談社文庫）　533円　①978-4-06-275792-8〈著作目録あり〉
内容　万能財団が総力を挙げた映画ロケに招待された亜衣たち三姉妹。呪われた事件は必ず起きると脅かして、名探偵清志郎も総生島行きのクルーザーに乗り込む。撮影は快調。だが鬼伝説の孤島に取り残された一同に忍びよる無気味な事件。人も山も館も島までもが消えた！　本格ミステリ色が一段と濃い「夢水」第3章。

『ギヤマン壺の謎―名探偵夢水清志郎事件ノート外伝』　はやみねかおる作, 村田四郎絵　講談社　1999.7　265p　18cm　（講談社青い鳥文庫）　580円　①4-06-148514-8
内容　かっこいいのか悪いのか、イマイチつかめない夢水名（迷）探偵。今回は、なぜか江戸時代にワープして、名前も夢水清志郎左右衛門となってイギリスにあらわれ…と思ったら、つぎは長崎でギヤマンの壺消失事件にまきこまれる。さらに江戸へむかう道中や江戸の町でも、つぎつぎと謎が待ちうける。おもしろさ200パーセントの名探偵夢水清志郎事件ノート外伝、大江戸編上巻登場！　小学上級から。

『ギヤマン壺の謎―名探偵夢水清志郎事件ノート外伝』　はやみねかおる著　講談社　2009.7　279p　15cm　（講談社文庫 は78-7）　600円　①978-4-06-276412-4〈著作目録あり〉
目次　大江戸編序章（始まりはエディンバラ、ギヤマン壺の謎、六地蔵事件）、大江戸編外伝 奴の名は巧之介、名探偵IN大江戸八百八町（ちょっとしたプロローグ、大入道事件）
内容　黒船あらわる時代。長崎の出島で、高価なギヤマンの壺が蔵から消えた。"密室"の謎を鮮やかに解いてみせたのは黒ずくめの怪しい男夢水清志郎左右衛門だった。土佐弁の愉快な侍と道中をともにし、江戸に着いた彼は三姉妹が大家の割長屋で暮らすことに。みんなを幸せにする夢水シリーズ、痛快番外大江戸編。

『恐竜がくれた夏休み』　はやみねかおる作, 武本糸会絵　講談社　2014.8　265p　18cm　（講談社青い鳥文庫 174-31）　650円　①978-4-06-285437-5〈2009年刊の再刊　著作目録あり〉
内容　小学校生活最後の夏休み、美亜はなんだか寝不足。五日連続で恐竜の夢を見つづけているせいだ。そしてどうやら、恐竜が泳ぐ夢を見た人はほかにもいるらしい。夜中の夜野浦小学校を調べにいった美亜たちは、プールの水面に長い首を出す恐竜を見た―。恐竜ロロのメッセージを人類に伝えるため、美亜たちが考えた計画とは？　退屈な夏休みをふきとばす、とびきりのファンタジー！　小学上級から。

『亡霊（ゴースト）は夜歩く―名探偵夢水清志郎事件ノート』　はやみねかおる作, 村田四郎絵　講談社　1994.12　293p　18cm　（講談社青い鳥文庫）　590円　①4-06-148405-2
内容　亜衣・真衣・美衣が通う虹北学園には、四つの伝説がある―「時計塔の鐘が鳴ると、人が死ぬ。」「夕暮れどきの大イチョウは人を喰う。」「校庭の魔法円に人がふる。」「幽霊坂に霧がかかると、亡霊がよみがえる。」そしてある日、こわれているはずの時計塔の鐘が鳴りひびき、『亡霊』事件のはじまりを告げた…。小学上級から。

『亡霊（ゴースト）は夜歩く―名探偵夢水清志郎事件ノート』　はやみねかおる著　講談社　2007.1　313p　15cm　（講談社文庫）　552円　①978-4-06-275622-8〈著作目録あり〉

『少年名探偵虹北恭助の冒険』　はやみねかおる作, 藤島康介絵　講談社　2011.4　301p　18cm　（講談社青い鳥文庫 174-25）　670円　①978-4-06-285211-1
内容　古本屋の店番をしながら本を読んで生活するヘンな小学生・虹北恭助。幼なじみの野村響子といっしょに、虹北商店街でおこるさまざまな事件にいどむ！　"毒入りお菓子事件"に"心霊写真"。"透明人間"の怪から"お願いビルディング"の謎まで！　そして"卒業記念"にひそむ秘密とはいったい!?　細い目をルビーのように見ひらいて、魔法使いのように謎解きする恭助から目がはなせない！　小学上級から。

『少年名探偵Who―透明人間事件』　はやみねかおる作, 武本糸会絵　講談社　2008.7　157p　18cm　（講談社青い鳥文庫 506-1）　505円　①978-4-06-285021-6
内容　「今夜10時、あなたのたいせつなものを

文庫で読める児童文学 2000冊

うばいに参上します。」玩具メーカーB‐TOY社に、なんと透明人間から犯行予告状がとどいた。透明人間にたちむかうのは、われらが少年名探偵WHO! 助手のネコイラズくん、新聞記者のイインチョー、アラン警部とともに、透明人間の謎に挑む! 武本糸会先生のイラスト満載の画期的な新シリーズ見参!

『そして五人がいなくなる―名探偵夢水清志郎事件ノート』 はやみねかおる作, 村田四郎絵　講談社　1994.2　275p　18cm　(講談社青い鳥文庫)　540円　⓵4-06-147392-1

内容　夢水清志郎は名探偵。表札にも名刺にも、ちゃんとそう書いてある。だけど、ものわすれの名人で、自分がごはんを食べたかどうかさえわすれちゃう。おまけに、ものぐさでマイペース。こんな名(迷)探偵が、つぎつぎに子どもを消してしまう怪人『伯爵』事件に挑戦すれば、たちまち謎は解決…するわけはない。笑いがいっぱいの謎解きミステリー。小学上級から。

『そして五人がいなくなる―名探偵夢水清志郎事件ノート』 はやみねかおる作, 村田四郎絵　講談社　2004.3　275p　18cm　(講談社青い鳥文庫―SLシリーズ)　1000円　⓵4-06-274703-0

内容　夢水清志郎は名探偵。表札にも名刺にも、ちゃんとそう書いてある。だけど、ものわすれの名人で、自分がごはんを食べたかどうかさえわすれちゃう。おまけに、ものぐさでマイペース。こんな名(迷)探偵が、つぎつぎに子どもを消してしまう怪人『伯爵』事件に挑戦すれば、たちまち謎は解決…するわけはない。笑いがいっぱいの謎解きミステリー。小学上級から。

『そして五人がいなくなる―名探偵夢水清志郎事件ノート』 はやみねかおる著　講談社　2006.7　299p　15cm　(講談社文庫)　533円　⓵4-06-275433-9

内容　夏休みの遊園地。衆人環視の中で"伯爵"と名乗る怪人が、天才児4人を次々に消してみせた。亜衣たち岩崎家の隣人で自称名探偵、夢水清志郎が颯爽と登場! と思いきや「謎はわかった」と言ったまま、清志郎はなぜか謎解きをやめてしまう…。年少読者に大人気、誰もが幸せになれる噂の本格ミステリ、文庫化。

『卒業―開かずの教室を開けるとき 名探偵夢水清志郎事件ノート』 はやみねかおる作, 村田四郎絵　講談社　2009.3　517p　18cm　(講談社青い鳥文庫 174-23)　760円　⓵978-4-06-285078-0〈著作目録あり〉

内容　最後の舞台は、虹北学園。亜衣・真衣・美衣の岩崎三姉妹とレーチたちにも、ついに卒業の時がせまっていた。そんなとき、古い木造校舎にあった、「開かずの教室」をレーチが開けてしまった! 封印はとかれ、「夢喰い」があらわれた!! 四十数年まえの亡霊がふたたび虹北学園をさまよい歩く。亜衣、真衣、美衣、レーチら、みんなの「夢」は喰われてしまうのか? 夢水清志郎、最後の謎解きに刮目せよ。

『大中小探偵クラブ―神の目をもつ名探偵、誕生!』 はやみねかおる作, 長谷垣なるみ絵　講談社　2015.9　249p　18cm　(講談社青い鳥文庫 174-34)　650円　⓵978-4-06-285510-5〈著作目録あり〉

内容　ぼくの名前は佐々井彩矢。背は低い。6年生だけど、よく3年生とまちがえられる。背が低いことをのぞけば、たいした特徴のない小学生だ。でも、周りからは「彩矢は、ものすごく変わってる。」と言われる。その原因は、ぼくが人よりも神経質な性格をしているからだ…。そんな主人公の彩矢が、クラスメイトの大山昇、真中杏奈とともに難事件に挑む、本格ミステリー! 小学中級から。

『徳利長屋の怪―名探偵夢水清志郎事件ノート外伝』 はやみねかおる作, 村田四郎絵　講談社　1999.11　286p　18cm　(講談社青い鳥文庫)　620円　⓵4-06-148520-2

目次　名探偵IN大江戸八百八町・後編, またまた大江戸編外伝 れーちの東海道中膝栗毛

内容　花見客の見守るなかで予告どおりに盗みを成功させた怪盗九印の正体をつきとめ、れーちの話の謎をあっさり解いた清志郎左右衛門が、幕府軍と新政府軍の戦から江戸を守るために、すごいことを考えた。江戸城を消す…。そんなことができるのだろうか。勝海舟や西郷隆盛を相手に名探偵の頭脳がさえる。名探偵夢水清志郎事件ノート外伝・大江戸編下巻、はじまりはじまり。面白すぎる。小学上級から。

『徳利長屋の怪―名探偵夢水清志郎事件ノート外伝』 はやみねかおる著　講談社　2010.1　307p　15cm　(講談社文庫 は78-8)　600円　⓵978-4-06-276564-0〈著作目録あり〉

内容　亜衣たち三姉妹のいる徳利長屋に落ち着いた夢水清志郎左右衛門は、住人たちと花見で浮かれる。ところが幕府と薩長は一触即発、明日にも江戸は火の海に。どこで知り合ったか夢水は、勝海舟と西郷隆盛の両雄を徳利長屋に呼び寄せた。名探偵は歴史を変えて皆を幸せにできるのか!? 夢水時代劇場大団円の巻。

『人形は笑わない―名探偵夢水清志郎事件

はやみねかおる

ノート』はやみねかおる作,村田四郎絵　講談社　2001.8　317p　18cm　(講談社青い鳥文庫)　620円　①4-06-148567-9

内容　夢水名(迷)探偵は,雑誌の謎解き紀行の取材で毬音村へ。夜,歩きまわる人形たちのうわさは,ほんとうなのか？　人形作家だった栗須寧人は,なぜ人形の塔を建てたのか？　そして,その塔で3年まえにおこった謎めいた事件の真相は？―と,シリアスに展開するはずだったが,レーチたち文芸部映画スタッフまでついてきて,いったいどうなる？　名探偵夢水清志郎事件ノート第9作！　小学上級から。

『バイバイスクール―学校の七不思議事件』はやみねかおる作,吾妻ひでお絵　講談社　1996.2　224p　18cm　(講談社青い鳥文庫)　560円　①4-06-148440-0

内容　わたしは,宮沢和子。みんな,わたしのことをワコってよぶの。小学6年生で,全校生徒がたった6人の大奥村小学校に通っています。先生もいちばん若くて美人の風街先生をはじめ,みんなで6人。たぬきのようなポンポコリン校長を合わせて,13人です。このような自然にもめぐまれ,大家族のような学校が廃校になるんだけど,その前にひと騒動が。小学上級から。

『ハワイ幽霊城の謎―名探偵夢水清志郎事件ノート』はやみねかおる作,村田四郎絵　講談社　2006.9　445p　18cm　(講談社青い鳥文庫 174-20)　720円　①4-06-148738-8〈著作目録あり〉

内容　夢水清志郎のもとに舞いこんだ,新たな依頼は,なんとハワイから！　ハワイの大富豪,アロハ山田家を,幽霊の呪いから守ってほしいというのだ。しかもなんという不思議な縁か,100年前,アロハ山田家の先祖は,清志郎の先祖(？)夢水清志郎左右衛門にも出会っていた！　南海の楽園ハワイを舞台に,現在の夢水清志郎と過去の清志郎左右衛門がみんなをしあわせにするために謎を解く！　小学上級から。

『笛吹き男とサクセス塾の秘密―名探偵夢水清志郎事件ノート』はやみねかおる作,村田四郎絵　講談社　2004.12　364p　18cm　(講談社青い鳥文庫)　670円　①4-06-148671-3〈著作目録あり〉

内容　夕暮れの街で,一つの都市伝説がささやかれる。笛吹き男が,子どもたちを夢の国へ連れていってくれる,と。うわさの中心は,かならず成績が上がるという評判のサクセス塾だった。夢水は,岩崎3姉妹らと,サクセス塾の合宿に潜入。すると,笛吹き男は,生徒130人を消してみせる,と予告してきた！　夢水は,笛吹き男を止めることができるのか？　シリーズ10周年を飾る,第12作！　小学上級から。

『復活!! 虹北学園文芸部』はやみねかおる作,佐藤友生絵　講談社　2015.4　275p　18cm　(講談社青い鳥文庫 174-33)　680円　①978-4-06-285479-5〈2009年刊の再刊　著作目録あり〉

内容　中学1年生の岩崎マインは,文芸部に入ることを楽しみに,虹北学園に入学してきた。ところが,入学早々知らされたのは,文芸部が数年前に廃部になったという事実。「そりゃないよ,セニョ～ル！」マインは文芸部を復活させるため,クラブ創設に必要な4人の部員を集めようと,メンバー獲得にのりだす！　愛と笑い,夢と希望をつめこんで,すべての本好きにおくる熱血文芸部物語!!　小学上級から。総ルビ。

『ぼくと先輩のマジカル・ライフ 1』はやみねかおる作,庭絵　KADOKAWA　2013.11　237p　18cm　(角川つばさ文庫 Bは3-1)　640円　①978-4-04-631352-2〈「僕と先輩のマジカル・ライフ」(角川文庫 2006年刊)の改題,一部書きかえ〉

目次　騒霊.地縛霊

内容　ぼくは井上快人。「超」がつくほどまじめな大学1年生。この春ひとり暮らしをスタートしたぼくの下宿に,なんと幽霊が現れた―!?　ぼくの身のまわりで起こる「あやしい」事件の数々を,オカルト愛好家で年齢不詳の先輩・長曽我部慎太郎と,幼なじみの霊能力者・川村春奈といっしょに解きあかす！　はやみねかおるの青春キャンパス・ミステリーシリーズ第1弾！　きみにはこの謎が解けるか!?　小学上級から。

『ぼくと先輩のマジカル・ライフ 2』はやみねかおる作,庭絵　KADOKAWA　2014.2　181p　18cm　(角川つばさ文庫 Bは3-2)　620円　①978-4-04-631379-9〈「僕と先輩のマジカル・ライフ」(角川文庫 2006年刊)の改題,一部書きかえ〉

目次　カッパ.木霊

内容　ぼくは井上快人。ぼくの学校のプールで「カッパを見た！」という人が現れた！　超常現象には目がない長曽我部先輩と幼なじみの春奈と3人でカッパの正体を探りはじめたのだがそこにはもっと大きな謎が隠されていた。そして春が近づくと『京洛公園の桜の下に,死体が埋まってる』という噂を耳にした。ぼくはカッパにも死体にもかかわりたくないんだけど。はやみねかおる大人気シリーズ第

文庫で読める児童文学 2000冊　121

はやみねかおる

2弾！　小学上級から。

『僕と先輩のマジカル・ライフ』　はやみねかおる著　角川書店　2006.12　374p　15cm　（角川文庫）　552円　①4-04-383901-4〈著作目録あり〉

[目次]　騒霊、地縛霊、河童、木霊

[内容]「先輩、ぼくの推理を聞いてもらえますか？」――幽霊が現れる下宿、地縛霊の仕業と噂される自動車事故、学校のプールに出没する河童…。大学一年生井上快人の周辺におきた「あやしい」事件を、キテレツ先輩長曽我部慎太郎、幼なじみの川村春奈とともに解きあかす！　ジュブナイルのミステリーキング・はやみねかおるが贈る、ちょっぴり不思議な青春キャンパス・ミステリ、ついに登場。

『ぼくと未来屋の夏』　はやみねかおる作, 武本糸会絵　講談社　2013.6　253p　18cm　（講談社青い鳥文庫 174-28）　650円　①978-4-06-285356-9〈2003年刊の再刊〉

[内容]　夏休み前日、「未来を知りたくないかい？」と未来を売る「未来屋」の猫柳と出会った風太。この出会いから奇妙な夏休みがはじまった。風太の住む髪櫛町には、子どもが消えるという「神隠しの森」や「人喰い小学校」や「人魚の宝物」など、不気味な伝説がたくさんあって！？「神隠しの森」を自由研究のテーマにした風太に謎が立ちはだかる！？　ドキドキの夏休み冒険ストーリー！　小学上級から。

『魔女の隠れ里――名探偵夢水清志郎事件ノート』　はやみねかおる作, 村田四郎絵　講談社　1996.10　269p　18cm　（講談社青い鳥文庫）　590円　①4-06-148446-X

[内容]　笙野之里で企画している推理ゲームのアドバイザーをたのまれ、夢水名（迷）探偵は桜の咲く里をやってきた。ところが、ついたとたんにとどいたのは、『魔女』と名乗る人物からのメッセージ。そしてすぐに、謎の推理ゲームがはじまって…。『魔女の隠れ里』のほか、雪霊の薮の謎、羽衣母さんの謎もある、名探偵夢水清志郎事件ノート第4作。小学上級から。

『魔女の隠れ里――名探偵夢水清志郎事件ノート』　はやみねかおる作, 村田四郎絵　講談社　2004.3　269p　18cm　（講談社青い鳥文庫―SLシリーズ）　1000円　①4-06-274704-9

[内容]　笙野之里で企画している推理ゲームのアドバイザーをたのまれ、夢水名（迷）探偵は桜の咲く里へやってきた。ところが、ついたとたんにとどいたのは、『魔女』と名乗る人物からのメッセージ。そしてすぐに、謎の推理ゲームがはじまって…。『魔女の隠れ里』のほか、雪霊の薮の謎、羽衣母さんの謎もある、名探偵夢水清志郎事件ノート第4作。小学上級から。

『魔女の隠れ里――名探偵夢水清志郎事件ノート』　はやみねかおる著　講談社　2008.1　295p　15cm　（講談社文庫）　552円　①978-4-06-275953-3〈著作目録あり〉

[内容]　桜もちに釣られて名探偵夢水清志郎は亜衣たち三姉妹と、山深い笙野之里にやってきた。山荘に11体のマネキンを送りつけた"魔女"と名乗る謎の女が、恐怖の推理ゲームの開始を告げる。桜吹雪の夜、亜衣たちが目撃したのは空飛ぶ魔女なのか!?　解決編に、亜衣たちも知らないもう一つの謎解きを加えた完全版。

『都会（まち）のトム＆ソーヤ　1』　はやみねかおる著　講談社　2012.9　341p　15cm　（講談社文庫　は78-10）　600円　①978-4-06-277326-3

[内容]　冒険の始まりには、こんな三日月の夜こそふさわしいと思わないかい――。午後10時のビジネス街、塾帰りの内藤内人は同級生の竜王創也の姿を見かけ尾行するが、途中で忽然と見失ってしまう。だが、やがて内人は創也に秘密にたどりつき、少年たちは特別な友だちになる。都会の少年冒険小説、シリーズ第一弾。

『都会（まち）のトム＆ソーヤ　2　乱！　RUN！　ラン！』　はやみねかおる著　講談社　2012.9　347p　15cm　（講談社文庫　は78-11）　600円　①978-4-06-277327-0

[内容]　普通の中学生の内人と竜王グループの後継者で成績優秀な創也はクラスメイト。創也はゲームオタクで、いつか究極のゲームをつくる目標があった。謎の天才ゲームクリエイターの招待状に応じ、訪れた洋館で待っていたのは『ルージュ・レーブ』をさがすゲームだった。知恵と勇気の少年冒険小説、シリーズ第二弾。

『都会（まち）のトム＆ソーヤ　3　いつになったら作戦終了？』　はやみねかおる著　講談社　2012.12　349p　15cm　（講談社文庫　は78-12）　600円　①978-4-06-277405-5〈文献あり〉

[内容]　頭脳明晰、紅茶マニアの竜王創也。冒険スキル少年の内藤内人。「砦」の秘密を共有する親友二人の学園ストーリー第三弾。内人がお好きな女の子をデートに誘うための壮大な"S計画"とは？　文化祭が現金輸送車襲撃犯ほか、侵入者で大騒動になる"ミッション・イ

ン・スクールフェスティバル"。コメディ満載の二つの物語。

『都会(まち)のトム&ソーヤ 4 四重奏』 はやみねかおる著 講談社 2013.12 317p 15cm (講談社文庫 は78-13) 640円 ①978-4-06-277471-0
 目次 大脱走—THE GREAT ESCAPE, 栗井栄太は夢をみる。, 深窓の令嬢の真相, 保育士への道—THE WAY OF THE "HOIKUSHI"
 内容 塾の帰り道、古びた洋館の窓に現れる謎の美少女に気づいた内人。幽霊が出る噂もある"斑屋敷"と呼ばれる怪しい館を創也と内人はテレビクルーとともに探索する。"妖精"と名づけた美少女に内人は出会えるのか? 館にまつわる数々の謎の実体は? 竜王創也と内藤内人、二人の中学生の冒険ミステリー第四弾!

『都会(まち)のトム&ソーヤ 5 IN堺戸 上』 はやみねかおる著 講談社 2014.7 261p 15cm (講談社文庫) 660円 ①978-4-06-277527-4
 内容 天才ゲーム制作者に招待され内人と創也はN県堺戸村に向かった。そこに待っていたのは廃村寸前の村に大規模な工事を加え舞台としたリアルRPGだった。集められた参加者たちは詳細不明、予想困難なゲーム「IN堺戸」への挑戦を開始する。天才的頭脳とサバイバル能力が光る。"大長編"少年冒険小説前編!

『都会(まち)のトム&ソーヤ 5 IN堺戸 下』 はやみねかおる著 講談社 2014.7 283p 15cm (講談社文庫) 660円 ①978-4-06-277528-1
 内容 リアルRPG『IN堺戸』は謎の連続。閉ざされた村でのゲームに全力を尽くす内人と創也。だがUFO、宇宙人Xと続々登場する未体験レベルの怪現象に、かえって謎は深まるばかり。創也の天才的頭脳にも次第に敗北するのか? 二人の父親が初登場の短編、短編コミックも余さず収録。"大長編"少年冒険小説完結編!

『都会(まち)のトム&ソーヤ 6 ぼくの家へおいで』 はやみねかおる著 講談社 2014.12 324p 15cm (講談社文庫 は78-16) 700円 ①978-4-06-277988-3
 目次 OPENING. Come On-a My House !, THE OLD MASTER. 勝利の女神がほほえむとき, ENDING
 内容 創也の家にいくことになった内人。創也と砦以外の場所に行くとたいへんな目にあうのはわかっていたのだが、堀越美晴もくる、この言葉に内人は弱かった。しかし、最凶の相手、最新鋭のホームセキュリティシス

テム「AKB24」と二人は対決する羽目になる。謎と不思議と危険満載。少年冒険ミステリー小説!

『都会(まち)のトム&ソーヤ 7 怪人は夢に舞う 理論編』 はやみねかおる著 講談社 2015.7 396p 15cm (講談社文庫 は78-17) 770円 ①978-4-06-293144-1
 内容 内人と創也は究極のR・RPGを作り始める。世界を救うため、夢の世界に住む怪人を追いかけていくゲームのタイトルも「怪人は夢に舞う」。そんな時、脅迫めいたメッセージが姿なき「ピエロ」から次々と届く。その正体は驚きの人物だった。謎に取り囲まれた二人の運命は!?「YA!」大ヒットシリーズ文庫版第七弾。

『都会(まち)のトム&ソーヤ 8 怪人は夢に舞う 実践編』 はやみねかおる著 講談社 2015.12 389p 15cm (講談社文庫 は78-18) 770円 ①978-4-06-293207-3
 内容 奪われた「勇者の資格」をとりもどし、夢の世界から脱出する—、新作ゲーム『怪人は夢に舞う』は完成した。伝説のゲームクリエイター集団「栗井栄太」とともにテストプレイに参加した内人は勝利の条件、"自分が映らない鏡"を探し出すため、謎を解き、街を駆け巡る。「YA!」大ヒットシリーズ文庫版第八弾。

『『ミステリーの館』へ、ようこそ—名探偵夢水清志郎事件ノート』 はやみねかおる作, 村田四郎絵 講談社 2002.8 292p 18cm (講談社青い鳥文庫) 670円 ①4-06-148597-0
 内容 引退した老マジシャン、グレート天野のつくった『ミステリーの館』。そこに招待された人々を待っていたのは、幻夢王と名乗る謎の人物からの脅迫状だった。そして翌日、第一の予告状にあった「消失マジック」のことばどおり、老夫人が部屋から消えた…。密室トリックの謎にいどむ夢水(迷)探偵の推理が、またまた読者をあっといわせる。名探偵夢水清志郎事件ノート第10作! 小学上級から。

『名探偵と封じられた秘宝』 はやみねかおる作, 佐藤友生絵 講談社 2014.11 345p 18cm (講談社青い鳥文庫 174-32—名探偵夢水清志郎の事件簿 3) 740円 ①978-4-06-285457-3〈著作目録あり〉
 目次 名探偵と封じられた秘宝, 歩く御神木
 内容 今からおよそ百年前。「絵封師」を名

乗るものが、鬼ヶ谷一族の秘宝のありかを「三枚の絵」にかくした。絵封師の目的は？　秘宝の正体は？　すべての謎が解けた、そこにはさらにおどろきの真実が―!!　伊緒・ルイ・亜衣・真衣・美衣・レーチ…夢水の歴代メンバーが、総出演!　はじめて夢水を読む人にもおすすめの夢水20周年記念短編集。短編「歩く御神木」も収録。小学上級から。

『名探偵VS.怪人幻影師』　はやみねかおる作, 佐藤友生絵　講談社　2011.2　316p　18cm　（講談社青い鳥文庫 174-24―名探偵夢水清志郎の事件簿 1）　670円　①978-4-06-285197-8〈著作目録あり〉

内容　50年まえの町を再現した「レトロシティ」に名探偵夢水清志郎がやってきた!　そこには、秘宝をねらってシティをさわがす謎の怪人幻影師の存在が…。謎解き大好きの小学生、宮里伊緒・美緒の姉妹とともに、夢水清志郎がつぎつぎとおこる怪事件に立ちむかう!　名探偵VS.幻影師の世紀の対決はどうなるのか!?　大人気本格ミステリーの新シリーズがスタート!!　小学上級から。

『名探偵VS.学校の七不思議』　はやみねかおる作, 佐藤友生絵　講談社　2012.8　317p　18cm　（講談社青い鳥文庫 174-27―名探偵夢水清志郎の事件簿 2）　670円　①978-4-06-285307-1

内容　「黄泉の国につながる井戸」「図書室にある呪いの古文書」…。よくある学校の七不思議。だが、武蔵虹北小学校の七不思議には、七つめがなかった!　七つめがそろったとき、人は学校に囚われるというが…!?　名探偵夢水清志郎と伊緒、ルイは、夜の学校で、クラスメイトたちと七不思議に挑戦するが、そこには、七不思議を超えた、さらなる不思議とどんでん返しが待っていた!

『モナミは世界を終わらせる？』　はやみねかおる著　KADOKAWA　2014.10　291p　15cm　（角川文庫 は34-2）　520円　①978-4-04-102044-9〈角川書店 2011年刊の再刊〉

内容　真野萌奈美、いたって普通の高校2年生…だったはずなのに、突然現れた男が身辺警護をするという。彼日く、世界の出来事は、学校の出来事とシンクロしていて、わたしは世界の行く末の鍵を握っているんだって!　早朝練習をしていた3つの部活の陣地争いが、中東紛争につながっているなんて、信じられないけど本当みたい。知らない人たちから、命を狙われることになったわたしの運命は、どうなっちゃうの!?　ユーモア学園ミステリ。

『モナミは世界を終わらせる？』　はやみねかおる作, KeG絵　KADOKAWA　2015.2　270p　18cm　（角川つばさ文庫 Bは3-3）　680円　①978-4-04-631481-9〈角川書店 2011年刊の修正〉

内容　モナミは食べることが大好きなドジッ娘。ナルシストのナル造や美女のルナと、楽しい学校生活を送っていた。ところが、「おまえ、命をねらわれてるんだぜ」転校生の丸男にモナミは宣言される!　そして、明日、世界が終わってしまうことに!?　最凶モナミと最強イケメン丸男は、だれも予想できない大きなトリックに挑む!　笑わせて、驚かせてくれるミステリー!!　小学上級から。

はらだ　みずき

『サッカーボーイズ―再会のグラウンド』　はらだみずき著　角川書店　2008.6　277p　15cm　（角川文庫）　514円　①978-4-04-389901-2〈カンゼン 2006年刊の増訂　発売：角川グループパブリッシング〉

内容　ジュニアサッカーチーム・桜ヶ丘FCの武井遼介は、6年生になって早々に、キャプテンの座もレギュラーポジションも失い、初めて挫折を味わう。そんな中、新監督・木暮との出会いを通して、遼介は自分がサッカーをやる意味を見つめはじめる…。個性的なチームメイト、大人たちの関わりの中で、悩み、もがき、成長していく少年たち。ひたむきな気持ちを呼び起こす、熱く切ない青春スポーツ小説。

『サッカーボーイズ―再会のグラウンド』　はらだみずき作, ゴツボ×リュウジ絵　角川書店　2010.3　299p　18cm　（角川つばさ文庫 Bは1-1）　680円　①978-4-04-631083-5〈発売：角川グループパブリッシング〉

内容　ジュニアサッカークラブ・桜ヶ丘FCの武井遼介は、サッカーにうちこむ小学6年生。しかし、6年生になって早々にキャプテンをおろされてしまい、初めての挫折を味わう…。そして、新監督・木暮と出会い、遼介は自分がサッカーをやる意味を考え始める。悩みながらも、ひたむきな少年たちの姿が感動を呼ぶ、熱くせつない青春ストーリー!　小学上級から。

『サッカーボーイズ13歳―雨上がりのグラウンド』　はらだみずき著　角川書店　2009.6　314p　15cm　（角川文庫 15756）　552円　①978-4-04-389903-6〈カンゼン 2007年刊の加筆・修正　発売：角川グループパブリッシング〉

内容　元桜ヶ丘FCのチームメイトは、それぞれ

『サッカーボーイズ13歳―雨上がりのグラウンド』 はらだみずき作, ゴツボ×リュウジ絵　角川書店　2011.6　342p　18cm　〈角川つばさ文庫 Bは1-2〉　780円　①978-4-04-631169-6〈発売：角川グループパブリッシング〉

内容 桜ヶ丘中学校サッカー部に入部した武井遼介。小学校時代の仲間たちは、サッカーを続ける者、サッカーからはなれる者、みなそれぞれの道を選んだ。入部してすぐに公式戦に出場することになった遼介は、上級生との体格、スピードのちがいに圧倒される。競技スポーツの入り口に立ったサッカー少年たちの、新たな青春の日々が始まる―。感動のスポーツ小説第2弾。

『サッカーボーイズ14歳―蟬時雨のグラウンド』 はらだみずき著　角川書店　2011.6　359p　15cm　〈角川文庫 16885〉　590円　①978-4-04-389904-3〈2009年刊の加筆・修正　発売：角川グループパブリッシング〉

内容 2年生になり、キャプテン武井遼介を中心に新チームが動き始めた桜ヶ丘中学サッカー部。ゴールキーパー経験のあるオッサが野球部をやめて入部するも、シュートを怖がったり集中力が切れたりと、なぜか様子がおかしい。オッサの致命的ミスで、大切な試合にも負けてしまう。チームに生じる不協和音。遼介は、オッサが人に言えない悩みを抱えていることを知る…。14歳の少年たちが爽やかに駆けぬける、青春スポーツ小説、第3弾。

『サッカーボーイズ14歳―蟬時雨のグラウンド』 はらだみずき作, ゴツボリュウジ絵　角川書店　2013.1　349p　18cm　〈角川つばさ文庫 Bは1-3〉　780円　①978-4-04-631281-5〈角川文庫 2011年刊の改訂　発売：角川グループパブリッシング〉

内容 桜ヶ丘中学2年になり、サッカー部のキャプテンになった武井遼介。新入部員も入り、ライバルだった星川良もついに入部。そして小学校時代に仲間だったオッサも野球部をやめてサッカー部に戻ってきた！　けれど、昔は陽気でチームのムードメーカーだったオッサの様子が、どうもおかしくて…!?　悩みに

傷ついて、それでもサッカーがやりたい！　少年たちの熱い思いが胸をうつ、感動のスポーツ小説、第3弾！　小学上級から。

『サッカーボーイズ15歳―約束のグラウンド』 はらだみずき著　角川書店　2013.6　334p　15cm　〈角川文庫 は38-4〉　552円　①978-4-04-100878-2〈2011年刊の加筆・修正　発売：角川グループホールディングス〉

内容 新学期を迎えた4月、桜ヶ丘中学サッカー部に新しい顧問がやって来た。鬼監督として知られる草間は、有無を言わさず次々とチーム改革を断行。部員たちが戸惑うなか臨んだ公式戦初戦、先発メンバーの大幅な変更など、不可解な草間の采配にチームは混乱をきたす。キャプテンの遼介は、状況を打開するために、ある行動に出るが…。最終学年となった15歳の少年たちが瑞瑞しく駆け抜ける、人気スポーツ小説シリーズ、第4弾！

『サッカーボーイズ15歳―約束のグラウンド』 はらだみずき作, ゴツボリュウジ絵　KADOKAWA　2013.11　324p　18cm　〈角川つばさ文庫 Bは1-4〉　780円　①978-4-04-631357-7〈角川文庫 2013年6月刊の一部改訂〉

内容 中3となった4月、遼介たちが所属する桜ヶ丘中学サッカー部に、新しい顧問がやってきた！　そいつがなんと鬼監督!!　次々とチームの改革を進める草間監督に戸惑うメンバーたち。遼介も突然センターバックを命じられ…!?　「自由にサッカーをすることができない」そんな大きな壁にぶち当たった遼介は―。悩んでさらに大きく成長する少年たちを描いた大人気サッカー小説、波乱の第4弾！　小学上級から。

坂東　眞砂子
ばんどう・まさこ
《1958～2014》

『満月の夜古池で』　坂東眞砂子著　角川書店　2006.8　206p　15cm　〈角川文庫〉　476円　④4-04-193211-4

内容 「満月の夜、古池で、俺たちは黒鳥になる」。小学生の透は古池公園で人間の言葉を話すカラスに出会うが、その直後から数々の危険に見舞われる。透を助けてくれた老人は、カラスが人間に変身できる不思議な池の存在を教えてくれた。しかし老人は、人間支配を目論む闇組織「黒鳥親切会」に殺され、透もカラスに変身させられてしまい…。直木賞作家の原点ともいえる呪術性あふれた幻想ファンタジー。

ひこ・田中
ひこ たなか
《1953～》

『お引越し』 ひこ・田中著　講談社　1995.3　249p　15cm　（講談社文庫）　520円　①4-06-185910-2
内容　今日とうさんがお引越しをした。三人だった家がこれから、かあさんと私、二人になる。二人が別れるのは私のせいやないな、とうさんもかあさんも言うたけど、私のせいやないのに私に関係ある。あんまりや。両親の離婚にゆれる11歳の少女の心模様と成長を生き生きと描いて共感を呼んだ問題作、待望の文庫化。

『お引越し』 ひこ・田中著　新装版　講談社　2008.11　272p　15cm　（講談社文庫）　552円　①978-4-06-276209-0
内容　「かあさん泣いた。とうさんもお引越しの日泣いてた。大人が泣いたら、子どもは泣けない」。両親の離婚を突然知った11歳のレンコ。私のせいではないと言われても、気にならないわけがなく、悩みは深まっていく。'80年代の京都を舞台に、少女の心模様と成長を生き生きと描いた第1回椋鳩十童文学賞受賞作。

『カレンダー』 ひこ・田中著　講談社　1997.1　439p　15cm　（講談社文庫）　780円　①4-06-263426-0
内容　通りすぎていく人、いつもそばにいる人、途中で消えてしまう人…。大人ってやつは、みんな心に痛みや挫折を抱えているらしいよ。むつかしいもんや。じい、ばあ、私の家に突然居すわった一組の男女一十三歳の少女が見つめた名字が全部違う！　不思議な家族の物語。椋鳩十童文学賞「お引越し」に続く第二弾。

『ごめん』 ひこ・田中作　偕成社　2002.9　529p　19cm　（偕成社文庫）　1000円　①4-03-652470-4
内容　ある日、俺はとつぜんおとなになった、らしい。なのに、いちど会っただけで好きになったナオちゃんの前だと、まるでガキ。手も足もでない。性の目ざめと、初恋の前で、とまどい、きりきりまいする少年の日々を描いた長編。産経児童出版文化賞JR賞受賞。小学上級から。

ビートたけし
《1947～》

『路に落ちてた月―ビートたけし童話集』
ビートたけし著　祥伝社　2004.6　225p　16cm　（祥伝社黄金文庫）　533円　①4-396-31349-7
目次　とほとほ,,なぜか？,ざらざら,,そうっと,,ずっと,,静かに,,なかなか,,でも,,急に,,かもわかんない。,ぽつんと,,また,,そして,,おまけ
内容　少年時代から周りにいた酔っぱらい、頑固オヤジ、セールスマン、ヤクザ、自称金持ち、お巡りさん、失業者、田舎の子、バスガイド、正体不明の女の子…いろんな人にしゃべったり、聞いたりした話。

福永　令三
ふくなが・れいぞう
《1928～2012》

『赤いぼうしのクレヨン王国』 福永令三文,三木由記子絵　講談社　1991.2　158p　18cm　（講談社KK文庫）　680円　①4-06-199010-1
内容　公園にわすれられた赤いぼうしに赤クレヨンは、魔法をかけた。カラスのカー、イタチのチー、リスのリーのなかよし3人組は、"ぼうし長者"をゆめみて、持ち主をさがして熱海の町へ―。

『クレヨン王国 幾山河を越えて』 福永令三作,三木由記子絵　講談社　2003.12　200p　18cm　（講談社青い鳥文庫）　580円　①4-06-148634-9
内容　サマースと名づけられた赤ちゃんの王女をつれて、サードと、まゆみが王国へ帰還。アラエッサとストンストンたちと感動の再会をします。カメレオン別荘村に、サード邸を建設することになり、別荘村大村長のストンストンとパッパカ夫妻は、前代未聞の大イベントを計画。いったい、その計画とは。

『クレヨン王国 いちご村』 福永令三作,椎名優絵　新装版　講談社　2014.12　231p　18cm　（講談社青い鳥文庫 20-52―クレヨン王国ベストコレクション）　650円　①978-4-06-285464-1
目次　レールの中のスミレ,バスにのったク

マ．ヘチマの主人．北風フーと青空スー．ブタ別荘．おかしな修学旅行．ラッパふきのエンゼル．野原のひっこし．ドングリのかくれんぼ．花びらの旅．水色の自転車．いちご村

[内容] 病気で入院している正君は、気づくと劇場にいました。12色のクレヨンが、順番に自分の色の物語を聞かせてくれます。仲間の近くにいきたいと願うスミレ、北風フーと仲良くなった青空のスー、海を見にいく花びらのルー、うそつきの王様などが登場する、不思議な12の物語。朝の読書にもおすすめ！小学中級から。

『クレヨン王国 王さまのへんな足』 福永令三作, 三木由記子絵 講談社 1992.1
225p 18cm （講談社青い鳥文庫）
490円 ①4-06-147357-3

[内容] ゴールデン王の足が、はれあがってしまった。いたいので、王さまは王室に伝わる四季足人形にやつあたり！ すると、王さまの足はカエルの足に変わり、自分の足は、庭園にある小便小僧の足に。はやく、足をとりもどさなくては―。王さまは、侍女見習いのネコのプーニャと、小便小僧と旅に出た…。小学中級から。

『クレヨン王国 カメレオン別荘村』 福永令三作, 三木由記子絵 講談社 1996.7
309p 18cm （講談社青い鳥文庫）
690円 ①4-06-148449-4

[内容] カメレオン総理の別荘用地を見つける旅を、シルバー王妃から命じられたのは、ニワトリのアラエッサとブタのストンストン、そしてタナムシ教授。ところが、キジのケンちゃんから、大どろぼうの家系につたわる秘密の口伝をきいて、宝探しの旅に変更？「月のたまご」でおなじみの名脇役たちが演ずる、たのしいメルヘン。

『クレヨン王国からきたおよめさん』 福永令三著, 三木由記子絵 講談社 1986.4
197p 18cm （講談社青い鳥文庫）
420円 ①4-06-147196-1

[内容] 秋の運動会の総練習の朝、いつもとちがう1番電車にのった亜有子は、高校生の夏江子と一緒になり電車にのりあわせました。あわてておりた駅にある、カフェテラス クレヨン王国には、いろいろなおよめさんのメニューがあり、亜有子はべんきょうのおよめさんを注文してみました―ファンタジックでおもしろい「クレヨン王国」シリーズ9作め。

『クレヨン王国 黒の銀行』 福永令三著, 三木由記子絵 講談社 1988.12 249p 18cm （講談社青い鳥文庫） 450円
①4-06-147253-0

[内容] 美穂は中学1年生。バスも通わぬ山奥の祖父の家へ、ふもとの町の銀行員・彰子の愛車で出発。ところが、とちゅうで助けた男女は、なんと銀行強盗！ 車は乗っとられ、雨が降りだした山道をとほとほ歩くはめに。だが、雨やどりした洞くつで、クレヨン王国黒の銀行のキャッシュカードを手に入れたことから、美穂と彰子は、強盗に猛反撃を開始した…。夢と楽しさにユーモアとサスペンスが加わり、読みのがせません。

『クレヨン王国 しっぽ売りの妖精』 福永令三作, 三木由記子絵 講談社 2000.2
223p 18cm （講談社青い鳥文庫）
580円 ①4-06-148528-8

[内容] クレヨン王国のシルバー王妃は、散歩のとちゅうできりにつつまれ、悪魔のSLにのせられてしまいました。おとものニワトリのアラエッサと子ブタのストンストンもいっしょ。元気になる"しっぽ"をつけた12の野菜の精たちの話をきいて、王妃たちは、悪魔の正体をつきとめ、やっつけるために、自分たちも妖精にしっぽをつけてもらおうとします…。

『クレヨン王国 12妖怪の結婚式』 福永令三作, 三木由記子絵 講談社 1996.1
385p 18cm （講談社青い鳥文庫）
740円 ①4-06-148430-3

[内容] クレヨン王国の第2の虹「とんでもない虹」の色に選ばれた、美少女マラソンランナーのルカと、10歳の天才うらない少女モニカは"お日さま"にみとめられて宇宙へと旅立った。ふたりの仕事は、"新月さま"の酒倉に巣くう12の妖怪の正体をつきとめることだったが、妖怪たちは、なぜか、人間との結婚をゆめみて地球へ。ルカとモニカも、そのあとを追って…。

『クレヨン王国 シルバー王妃花の旅』 福永令三作, 三木由記子絵 講談社 1994.5 281p 18cm （講談社青い鳥文庫） 590円 ①4-06-147395-6

[内容] シルバー王妃は、新しく制定された花札のモデル地をさがす「花めぐりの旅」に出発。案内人は、ニワトリのアラエッサとブタのストンストン。ところが、33代王妃に負けた「死に神」が、3人の珍道中の行く先になぜか出没。ふかまるなぞとサスペンス。また、王国に危機がせまる。

『クレヨン王国 新十二か月の旅』 福永令三著, 三木由記子画 講談社 1988.2
294p 18cm （講談社青い鳥文庫）
490円 ①4-06-147236-4

[内容] シルバー王妃は、わるいくせをなおし、いまでは申し分のない王妃。ひそかに、飲む人の口からわがままを吸いとる野菜の絵のついたティーカップ12個を使って、短所を吸収させ、完全な王妃を保っていました。でも、それは、とてもつまらなくてつかれる生活で

した。ある日、シラカバの木にのぼった王妃は、一年牢というおそろしいブラックホールに落ち、カップからぬけだした野菜たちと、12か月の旅をすることに…。

『クレヨン王国 新十二か月の旅』 福永令三作, 椎名優絵　新装版　講談社　2013.12　333p　18cm　（講談社青い鳥文庫20-51―クレヨン王国ベストコレクション）　740円　①978-4-06-285389-7

内容　『クレヨン王国の十二か月』で、12の悪いくせをなおしたシルバー王妃。飲む人の口からわがままをすいとる、野菜の絵のついたカップを使って、「完全な王妃」としてすごしていました。でもそれは、つらくてつまらない毎日でした。ある日、一年牢という巨大な迷路におちた王妃は、カップからぬけだしたわがまま野菜たちと旅することに。ロングセラーを新しいイラストで！　小学中級から。

『クレヨン王国スペシャル 夢のアルバム―公式ガイドブック』　福永令三文, 三木由記子絵, 講談社編　講談社　2000.7　244p　18cm　（講談社青い鳥文庫）　580円　①4-06-148536-9

内容　わがままな王妃から、にげだしたゴールデン国王。わるいくせをなおして、りっぱになりすぎたシルバー王妃。変人の代名詞、キラップ女史。"お笑いコンビ"のアラエッサとストンストン。とんでもない三日月さま。たのしいストーリーでつづられたクレヨン王国には、いろどりあざやかで元気なキャラクターがいっぱい。

『クレヨン王国 タンポポ平17橋』　福永令三作, 三木由記子絵　講談社　1998.3　301p　18cm　（講談社青い鳥文庫）　670円　①4-06-148478-8

内容　王室の領地、タンポポ平の花守用水に新しく17の橋がかけられることになり、シルバー王妃は、その下見をかねて、お花見をすることにしました。キラップ女史やアラエッサたちをさそって、ひとりがひとつずつ、心があたたかくなるような話を考えてくるように伝えたのですが…。

『クレヨン王国 茶色の学校　part 1』　福永令三作, 三木由記子絵　講談社　1997.3　235p　18cm　（講談社青い鳥文庫）　567円　①4-06-148454-0

内容　アトピー性皮膚炎に苦しむ6年生の玉絵は、若いおじの桂さんと海辺の温泉へ治療湯治にいきました。そこは、オチバクライという土の神さまと、ホルトダヌキという人間に化けるタヌキの伝説の里でした。ある日、犬に化けたホルトダヌキにみちびかれてクレヨン王国に入った玉絵は、オチバクライととんでもない約束をしてしまいます。

『クレヨン王国 茶色の学校　part 2』　福永令三作, 三木由記子絵　講談社　1997.7　315p　18cm　（講談社青い鳥文庫）　670円　①4-06-148465-6

内容　6年生の玉絵は、アトピー性皮膚炎の治療のため、地元の名家、松吉家のせわになっています。あるとき、玉絵は閉鎖の運命をたどる分校（茶色の学校）をめぐって、おかしな動きがあることに気づきます。クレヨン王国の土の神オチバクライに茶色の学校を守ると約束した玉絵は事件の調査をはじめたのですが、正体不明の魔の手がのびて…。

『クレヨン王国 超特急24色ゆめ列車』　福永令三作, 三木由記子絵　講談社　1994.11　253p　18cm　（講談社青い鳥文庫）　560円　①4-06-148407-9

内容　わたしは、いま、350ぴきのオタマジャクシを育てている。金魚のA金という先生もつけてやった。そろそろ、田に放さなければ……。でも、日でりつづきで、水のない田ばかり。とほうにくれた、わたしの目の前に、雨雲をつれた巨大なSLが―。太平洋紛争のころ、友だちの林少年が、希望をこめて24色クレヨンでかいた"ゆめ列車"がやってきた。

『クレヨン王国 超特急24色ゆめ列車』　福永令三作, 椎名優絵　新装版　講談社　2015.6　285p　18cm　（講談社青い鳥文庫20-53―クレヨン王国ベストコレクション）　680円　①978-4-06-285499-3

内容　戦後70年記念企画。友だちの林くんと戦争中に描いた24色の列車が、空から降りてきた。のりこんだ車内では、歌を絵に描き、合格すれば賞品がもらえるというけれど、不合格ばかり。ついに「わたしたち」は、過去へと向かう。そこで明らかになる、林くんの死の真相。クレヨン王国の楽しい旅を通して、戦争のむなしさ、悲しさが伝わってくる、著者の戦争体験にもとづく一冊。小学中級から。

『クレヨン王国 月のたまご』　福永令三著, 三木由記子絵　講談社　1986.1　283p　18cm　（講談社青い鳥文庫）　490円　①4-06-147190-2

『クレヨン王国 月のたまご　PART1』　福永令三著, 三木由記子絵　講談社　1989.6　283p　18cm　（講談社青い鳥文庫20-9）　500円　①4-06-147190-2　〈第12刷〈第1刷　86.1.10〉〉

内容　6年生のまゆみは、見知らぬ青年三郎の運転するトラックでいつのまにかクレヨン王国に入っていきます。そこで、まゆみは、三

郎、ブタのストンストン、ニワトリのアラエッサとともに、「月のたまご」を救出することに―。それは、危険がいっぱいの未知への愛と冒険の旅だったのです。クレヨン王国シリーズ8作め。

『クレヨン王国 月のたまご part 2』 福永令三作, 三木由記子絵　講談社　1986.12　219p　18cm　（講談社青い鳥文庫 20-12）　420円　①4-06-147210-0

[内容]「月のたまご」の救出に成功したが、帰る道を断たれた三郎。「もう一度まゆみに会いたい―。」とねがう愛の強さが三郎に脱出する勇気をあたえる。また、クレヨン王国での記憶を失ったまま中学生になったまゆみは、たいせつなものをなくしたような、うつろな日々をおくっていた…。愛と冒険の大ロマン「月のたまご」PART1につづくファン待望の第2話。

『クレヨン王国 月のたまご part 3』 福永令三著, 三木由記子絵　講談社　1987.11　227p　18cm　（講談社青い鳥文庫）　420円　①4-06-147231-3

[内容]「月のたまご」を助けた三郎は、地底をさすらううちに、かつて「月のたまご」の乳母だったダマーニナに会った。火山の爆発でクレヨン王国へ生還できた三郎のまゆみを思う愛の強さが、まゆみを王国へ呼びもどし、やっと再会した2人―。だが、ダマーニナのにくしみの青い水を飲んだ三郎は、きゅうに苦しみはじめ、息もたえだえに…。ファン待望の愛と冒険の大ロマンのPART3。

『クレヨン王国 月のたまご part 4』 福永令三著, 三木由記子絵　講談社　1988.7　204p　18cm　（講談社青い鳥文庫 20-17）　420円　①4-06-147246-1

『クレヨン王国 月のたまご part 5』 福永令三著, 三木由記子絵　講談社　1989.2　219p　18cm　（講談社青い鳥文庫）　420円　①4-06-147260-7

[内容] 王国の平和のため、立ちあがった三郎とまゆみ。三郎は、ヘリコプターでカメレオンを救出したものの、見知らぬ土地に不時着。一方、まゆみは、助けてくれた白馬のピーターをつけて、町へもどるとちゅう、尼僧のオルガと道づれに。オルガは、三郎が生きていることをさとった。後日、オルガは、クレヨーン市の時計台にあがって、大パフォーマンスを…。

『クレヨン王国 月のたまご part 6』 福永令三著, 三木由記子絵　講談社　1989.6　250p　18cm　（講談社青い鳥文庫）　460円　①4-06-147266-6

[内容] 地球に平和をもたらす「月のたまご」の危機を救った三郎とまゆみ。いま、三郎は、白馬のピーターの案内で、カメレオンとともに海の小人の国へ。まゆみは、三郎やアラエッサをさがして一人旅…。三郎は海の小人の国で核をなくし、ずるがしこいイタチのダガーの勢力が強くなったクレヨン王国に、奇病「青ころり」がひろがって…。真の愛とはなにかを問う、PART6。

『クレヨン王国 月のたまご part 7』 福永令三著, 三木由記子絵　講談社　1989.11　237p　18cm　（講談社青い鳥文庫）　430円　①4-06-147277-1

[内容]「月のたまご探検隊」の隊員は、再会したのもつかのま、三郎は海の小人の世界へ。一方、まゆみはダマーニナにとられた鏡の城の中、アラエッサ、ストンストンは2人をさがして旅の空。大流行の奇病「青ころり」の原因を鏡の城にすむ魔女のしわざだとして、王国乗っとりをたくらむダガーは、命令した。「鏡の森を焼きはらえ！」王国は危機を脱せるか？　シルバー王妃のカラーイラストつき。

『クレヨン王国 月のたまご part 8』 福永令三著, 三木由記子絵　講談社　1990.3　259p　18cm　（講談社青い鳥文庫）　460円　①4-06-147280-1

[内容]「月のたまご探検隊」の三郎は海の小人の国へ、まゆみはダマーニナにとられて鏡の城に。アラエッサとストンストン、キラップ女史は、それぞれの思いを胸に鏡の城へ。王国の乗っとりをたくらむダガーは、「鏡の森を焼きはらえ！」と命令した。王国の運命をかえる午前零時が刻々と…。愛と冒険の大ロマン感動の完結編。

『クレヨン王国 月のたまご 完結編』 福永令三作, 三木由記子絵　講談社　2005.2　195p　18cm　（講談社青い鳥文庫）　580円　①4-06-148675-6

[内容] 地球に新しい色彩をあたえ、乱暴な人間の心をなごませようと、神が用意した月のたまご。その危機を救うために旅だったのは、クレヨン王国第三王子サードと、オンドリのアラエッサ、子ブタのストンストンからなる「月のたまご探検隊」の4人だった。1986年に始まった愛と冒険の物語が、12作目でついに完結します。

『クレヨン王国 デパート特別食堂』 福永令三作, 三木由記子絵　講談社　1993.7　237p　18cm　（講談社青い鳥文庫）　540円　①4-06-147385-9

[目次] ふたごのオウム、はやまるくんおそまるくん、なまけもののタコのあし、フルーツ仙人と、ふつうの医者、勉強するゴイサギくん、小さなアジのいのり、キツネおやじの店じまい

[内容] カエルとツバメをさがしに町へ出た古時計の長針はやまるくんと、短針おそまるく

んがごちそうになったウナギのかば焼き(「はやまるくんおそまるくん」)。手術代のかわりに貸した"おどるフルーツの木"「フルーツ仙人と、ふつうの医者」。オウムのすきなアイスクリーム、キツネおやじのつくる名物天丼など、おいしいお話7編がはいっています。小学中級から。

『クレヨン王国 とんでもない虹』 福永令三作, 三木由記子絵　講談社　1995.6　275p　18cm　(講談社青い鳥文庫)　590円　①4-06-148419-2
内容　あたたかいお日さまと美しい自然と仲のいい家族があれば、ほかになにが必要というのか。だが、欲ぼけの人間どもは、自分の利益しか眼中にない。わしは今回の内閣改造を機会に、お日さまに新しい虹をおねがいしてみることにした。これまでに虹をとまったくちがう色の虹をうかべて、地球の危機に気づかせようと。そこで、白、黒、こげ茶、グレー、黄土色、フジ色、ベージュの七大臣が、かわるがわるお日さまにむかって自己PRの話をすることになったのじゃが…。ああ、どうも胸さわぎがしてならん。はたして、どんな結果になるのやら…。

『クレヨン王国の赤トンボ』 福永令三著, 三木由記子絵　講談社　1987.7　213p　18cm　(講談社青い鳥文庫)　420円　①4-06-147222-4
内容　美奈代の家には、壁にじっとしたままの"ふじみ"という赤トンボがいる。"ふじみ"は、うっかりとオーブンで焼いてしまった童話から出てきたのだ。美奈代・菊菜・良恵は、この童話の作者、由美をさがした。由美の心が明るく健康的でないと、"ふじみ"は、いきいきした赤トンボになれないのでる。そこで、アメリカにいる由美と、3人の少女たちの文通がはじまった…。

『クレヨン王国の十二か月』 福永令三著　講談社　2006.9　279p　15cm　(講談社文庫)　514円　①4-06-275460-6
内容　家出をしたゴールデン王さまの行方を追って、大みそかの夜に始まる、ユカとシルバー王妃のふしぎな旅—。多くの子どもたちが夢ふくらませた、色鮮やかなファンタジー世界「クレヨン王国」。シリーズ五百万部を超えるベストセラーの原点の全容が、四十年以上を経て、いま初めて明らかに。

『クレヨン王国の十二か月』 福永令三作, 椎名優絵　新装版　講談社　2011.11　317p　18cm　(講談社青い鳥文庫 20-49—クレヨン王国ベストコレクション)　670円　①978-4-06-285255-5
内容　大みそかの夜、ユカが目をさますと、12色のクレヨンたちが会議をひらいていました。なんと、クレヨン王国の王さまが家出してし

まったのです。王妃さまとユカが王さまをさがす、不思議な旅の結末は？　500万部のロングセラー、「クレヨン王国」シリーズから特に人気の作品を選び、新しいイラストでおとどけします！　講談社児童文学新人賞受賞。小学中級から。

『クレヨン王国の花ウサギ』 福永令三作, 椎名優絵　新装版　講談社　2012.7　269p　18cm　(講談社青い鳥文庫 20-50—クレヨン王国ベストコレクション)　620円　①978-4-06-285296-8
内容　健治たち5人が、行方不明に—。クレヨン王国の悪魔・アオザメオニのしわざと知り、小学4年生のちほと、ウサギのロペは、クレヨン王国に助けを求めます。ところが、大臣たちの半数はアオザメオニの味方。森の木々も生き物たちも、まったく力を貸してくれません。兄の健治が命を失う前に、ちほとロペは、アオザメオニをたおすことができるのでしょうか？　小学中級から。

『クレヨン王国の四土神』 福永令三作, 三木由記子絵　講談社　2001.5　221p　18cm　(講談社青い鳥文庫)　580円　①4-06-148559-8
内容　クレヨン王国の東西南北を支配する四体の土神は、四土神とよばれ、厄病神とされていました。その四土神が、なぜかシルバー王妃の宝石箱の中にこもっていたのです。カメレオン総理たちは、めいわくな四土神を王国から追放するチャンスと考え、宝石箱を人工衛星にのせることにしましたが…。

『クレヨン王国 春の小川』 福永令三著, 三木由記子絵　講談社　1987.3　195p　18cm　(講談社青い鳥文庫)　420円　①4-06-147214-3
内容　ひょうきんで、元気な少女和子は、ベーコンの焼けるにおいにさそわれて、クレヨン王国へ。和子が落としたツバキの花のために、王国の気象プログラムがくるい、雪女の末娘ミーシャがこのままでは溶けてしまうという。和子は責任を感じて、王国の隊員としてミーシャをさがす旅に…。愛のとうとさと、美しい自然を守ることのたいせつさをユーモラスにえがいたメルヘンの世界。

『クレヨン王国 109番めのドア　part 1』 福永令三作, 三木由記子絵　講談社　1992.12　235p　18cm　(講談社青い鳥文庫)　490円　①4-06-147373-5
内容　規子は、写真展で出会った則子と、すぐになかよしになった。ふたりは、2年前とつぜん家を出て行方不明になっている則子のおじいちゃんの情報を得て、朝霧高原にいったが、霧の中で迷子に。ふたりは、木彫りの空とぶドアにのった小人たちにみちびかれて、クレヨン王国へ—。小学中級から。

『クレヨン王国 109番めのドア part 2』
福永令三作, 三木由記子絵 講談社
1993.3 268p 18cm （講談社青い鳥
文庫） 540円 ⓘ4-06-147379-4
内容 時バトさまが解放されて、いま、王国
は、未来と過去が入りまじった混乱の世界。
20歳のレディーになった規子、アイドル志望
の則子はふつうのおばさん、野末青年は欲ば
りな金持ち老人、佐久間先生は少年に…。"時
バトさま帰還作戦"は失敗ばかり。もはや、王
国に正常な時間と平和はもどってこないのだ
ろうか？ 小学中級から。

『クレヨン王国 まほうの夏』 福永令三著、
三木由記子絵 講談社 1986.7 235p
18cm （講談社青い鳥文庫） 420円
ⓘ4-06-147204-6
内容 楽しい夏休み、6年1組の24人は、箱根芦
ノ湖畔のロッジでにぎやかに合宿。ハイキン
グコースで、にわか雨におそわれた清太と麻
美は、クレヨン王国の落としもの「水色大福」
を発見します。大福の親になった2人は、王
国の秘密を守りながら、クラスメートの幸子
を誘拐した犯人さがしをすることに…。クレ
ヨン王国シリーズ推理小説仕立ての10作め。

『クレヨン王国 三日月のルンルン part
1』 福永令三作, 三木由記子絵 講談社
1999.2 227p 18cm （講談社青い鳥
文庫） 580円 ⓘ4-06-148489-3
内容 平和なクレヨン王国に、最近めずらし
いペットがつぎつぎに出現。田舎村に異変が
あることをつきとめた村の内閣は、超能力少女の
モニカと、マラソンがとくいなルカを派遣し
ます。カタカナばかりのなぞの文、あやしい
ミミズク…。そんなときにあらわれた、子ウ
サギ。ルカたちは、ルンルンちゃんと名づけ
ます…。

『クレヨン王国 三日月のルンルン part
2』 福永令三作, 三木由記子絵 講談社
1999.2 217p 18cm （講談社青い鳥
文庫） 580円 ⓘ4-06-148499-0
内容 ペットにするイヌ・ネコを月へもちかえ
る、ペット生産マシンの実験をする三日月
さまの命令で、三日ぼうずは、ルンルンちゃ
んをつれて田舎村にひそんでいたのでした。
マシンが生産したカエルの毒で、たおれてし
まったモニカとストンストン。ふたりを助け
るために、ルカたちは、奇襲作戦をたてます…。

『クレヨン王国 水色の魔界』 福永令三作,
三木由記子絵 講談社 1991.6 185p
18cm （講談社青い鳥文庫） 460円
ⓘ4-06-147295-X
内容 5年生のカッちゃんは、おこりっぽくて、
カッとするとなにをしでかすかわからない。
運動会の日、きみょうな団体列車にのりこん
だカッちゃんがつれていかれたのは、クレヨ
ン王国でいちばんおそろしい「水色の魔界」。
魚たちの復讐がはじまったのだ。クレヨン
たちはカッちゃんを元の世界へもどせるのか…。
小学中級から。

『クレヨン王国 道草物語』 福永令三作, 三
木由記子絵 講談社 2002.8 229p
18cm （講談社青い鳥文庫） 580円
ⓘ4-06-148596-2
内容 クレヨン王国の北の果て、雲影刑務所
からの集団大脱走事件は、囚人の大半が自主
的にもどりつつあったが、大罪犯・ダガーと
クラッカーは、春母丘陵めざして、いまだ逃
走中。カメレオン総理は、アラエッサとスト
ンストンに士官候補生養成大学の精鋭美少女
部隊を護衛につけて、捜索にむかわせた。も
うすぐ、サード殿下がご帰還されるというの
に、またまた、ハプニング発生。

『クレヨン王国 森のクリスマス物語』 福
永令三著, 三木由記子絵 講談社
1990.10 233p 18cm （講談社青い鳥
文庫） 490円 ⓘ4-06-147288-7
内容 クリスマスイブの夜、雑木林の中でね
むりこんだわたしは、クレヨン王国へ。プレ
ゼントの用意がなかったわたしは、ハリギリ
の木に「鉄橋くんとトンネルちゃん」を、ヒ
メシャラには、「にじのおべんとう」を、子
ダヌキには、「七福ダヌキ」を…、林の生き
ものたちをテーマに即興の童話10編をプレゼ
ントしたのです。

『クレヨン王国 幽霊村へ三泊四日』 福永
令三作, 三木由記子絵 講談社 1993.
11 247p 18cm （講談社青い鳥文庫）
490円 ⓘ4-06-147390-5
内容 ちょっとよわむしな4年生の男の子、建。
テレビ局につとめる美人の叔母、明石ちゃん。
テレビ番組「幽霊村探険」の取材で、2人は、鉄
びん・そうそく・蚊とりブタなどをもって、ふ
しぎなことがおこるというわさの山中へ。
三日月が山の端にかかるころ、草原がさわさ
わと鳴って…。2人が見た幽霊の正体は？

『クレヨン王国 ロペとキャベツの物語』
福永令三作, 三木由記子絵 講談社
1995.2 297p 18cm （講談社青い鳥
文庫） 690円 ⓘ4-06-148413-3
目次 クレヨン王国ロペとキャベツの物語, ク
レヨン王国の赤いぼうし
内容 ウサギのロペは、なぜかキャベツが大き
らい。でも、空想するのは、大すき。ある夜、
ロペの前に赤クレヨンがあらわれて、クレヨ
ン王国の "かきのこしゆめのもやもや島" へ。
ロペが島で見たのは…。ほかに、公園にわす
れられた赤いぼうしに、クレヨンが魔法をか

藤野　恵美
ふじの・めぐみ
《1978〜》

けた―『クレヨン王国の赤いぼうし』を収録。

『新クレヨン王国 千年桜五人姉妹』 福永令三作, 伊藤つぐみ絵　講談社　2001.7　237p　18cm　（講談社青い鳥文庫）　580円　①4-06-148564-4

|内容| 6年のはるめ、そらみ、はよし、はなび、みつけの5人は個性的な現代っ子。でも、うそをにくむ、人一倍の正義感は共通。ある日、カキの葉をひろっていると、風に舞うカキの葉にのった小人から、5人のヒミツをきかされた。少女たちは、植物のためにはたらこうと、人間のからだに入りこんだ千年桜の魂のうまれかわりだと…。

『その後のクレヨン王国』 福永令三作, 三木由記子絵　講談社　2006.6　167p　18cm　（講談社青い鳥文庫 20-48）　580円　①4-06-148726-4

|目次| お影郎、スイカわり、山の灯台、点灯式、イチョウの実、鏡の中のグルーニカ、野草会でのサード妃殿下ご挨拶、わすれもの、ぐったりいやさん、六地蔵の居場所、梅の落ちるころ、しっぽの青いトカゲの子、五郎三、不合格、大村長の大冒険、フナメダカ、ヨサナイ教授の幽霊、初日の出、梅と桜のあいだ、オルガの花粉症、シプシアのブリ、清明、六月の白い花、放生会、アオバト調査隊、貧乏神はどこへいく、大水禽舎と父、マート＝ブランカと馬、月のウサギ、ヒクイドリ気象庁長官の遺言、黒輪さん、ミチガエル、飛行機雲、最後の一枚

|内容| クレヨン王国には、有名な人の話やおもしろい話をまとめておく習慣があることを知ってましたか？ 10年ごとに「こぼればなし」という本が作られるのです。その中から、これまでいろいろなクレヨン王国の物語に登場した人々の「その後」の話を32編集めました。すべて4ページでまとめられた「四枚童話」という趣向と共にお楽しみください。

『ロペとキャベツのクレヨン王国』 福永令三文, 三木由記子絵　講談社　1990.11　174p　18cm　（講談社KK文庫）　680円　①4-06-199003-9

|内容| ウサギのロペは、なぜかキャベツが大きらい。でも、空想するのは、大のだ〜いすき。ある夜、赤クレヨンがあらわれて、クレヨン王国 "かきのこしゆめのもやもや島" へ。ロペが島で出会ったのは…。

『お嬢様探偵ありす―天空のタワー事件』 藤野恵美作, HACCAN絵　講談社　2015.6　173p　18cm　（講談社青い鳥文庫 245-10）　620円　①978-4-06-285497-9

|内容| ありすお嬢様の元を去ってから約1年後。転校したぼくは、秋麻呂氏から、亡きお母上の手紙を、お嬢様に渡すようにたのまれました。お嬢様がいらっしゃるのは、バベルタワーの50階。お嬢様の婚約者の誕生日パーティー会場です。会場をおとずれたぼくが、お嬢様に近づこうとしているうちに、事件が起こり…。事件の真相は？ 再会の結末は？ 感動の、シリーズ完結編！ 小学中級から。

『お嬢様探偵ありすと少年執事ゆきとの事件簿』 藤野恵美作, HACCAN絵　講談社　2010.5　221p　18cm　（講談社青い鳥文庫 245-4）　580円　①978-4-06-285151-0

|目次| 桜の下の怪事件、「プリンセス・サクラ」事件、事件のあとで

|内容| ぼくは、夜野ゆきと。11歳。同い年の二ノ宮家当主・ありす様に仕える執事見習いです。ぼくがお屋敷に来てから、お嬢様はお部屋にこもって、ずっと書類をごらんになっているのですが、それはどうやらお嬢様の「お仕事」に関わるようで…。5年前の宝石盗難事件と、ご友人に届いた脅迫状、婚約パーティーでおこった事件。二ノ宮ありすお嬢様が、まとめて解決いたします！

『怪盗ファントム＆ダークネスEX-GP 1』 藤野恵美作, えいわ画　ジャイブ　2004.9　196p　18cm　（カラフル文庫）　780円　①4-902314-97-5

|目次| ムーンリバー、シャトーシュバリエ1943、ゲウルギアスの宝剣、少年テディと海賊の物語

|内容| 世界に四枚しかないコイン『フォーグレイス・クラウン金貨』を持つ者だけが参加できる『エクスプローラー・グランプリ』。華麗かつ大胆な方法でコインを盗み出し、EX-GPに挑む怪盗ファントム＆ダークネス。相手は超一流のメンバーたちばかり。優勝者には、莫大な賞金と伝説の海賊ウィリーの宝の地図が贈られる。果たしてふたりの運命は!?書き下ろし作品。

『怪盗ファントム＆ダークネスEX-GP 2』 藤野恵美作, えいわ画　ジャイブ

藤野恵美

2005.5　205p　18cm　(カラフル文庫)　760円　①4-86176-137-9

|目次| ハリウッド・スクラップ，狼の首飾り，盗天龍宝，賢者の石(ラピス・フィロソフォルム)

|内容| 闇の世界の大イベント、EX‐GPに挑む怪盗ファントム＆ダークネスの第2弾。優勝賞品『魔術師グロリアスの水晶玉』を目指し、ハリウッド、ハイデルベルク、北京、プラハを舞台に華麗かつ大胆に「宝」を手に入れる。はたしてふたりは勝者になれるのか!?『ヒント？』連載の人気作品がカラフル文庫で登場。

『怪盗ファントム＆ダークネスEX–GP　3』
藤野恵美作，えいわ画　ジャイブ
2006.2　221p　18cm　(カラフル文庫)　790円　①4-86176-278-2

|目次| 奇跡のコイン．伽羅仏．アフロディーテの彫像．氷の魔物のルビー

|内容| EX‐GPに挑む怪盗ファントム＆ダークネスの第3弾。今度の優勝賞品はダークネスが昔から狙っていた「暗号百科大全」だ。優勝を目指して戦う舞台は、ラスベガス、ベトナム、ギリシャ、スイス。怪盗コンビの前に立ちふさがる強敵たち。果たして見事優勝を勝ち取れるのか!?『ヒント？』連載に書き下ろしを加えた最新作が遂に登場。

『怪盗ファントム＆ダークネスEX–GP　4』
藤野恵美作，えいわ画　ジャイブ
2007.5　238p　18cm　(カラフル文庫)　790円　①978-4-86176-382-3

|目次| 生命の水．星空の舞踏会．聖アレクセイのイコン．神念寺の宝船

|内容| アメリカ・シカゴで開幕したEX‐GPの第4弾！　今回のグランプリ優勝商品は伝説の宝のありかを指し示すという『黄金の羅針盤』だ。前回のEX‐GP3では、決勝戦で惜しくも敗退したファントム＆ダークネスのコンビ。再び優勝を目指して、さまざまな難敵と闘うことに…。果たして『黄金の羅針盤』は誰の手に。

『怪盗ファントム＆ダークネスEX–GP　5　1(スペイン編)』藤野恵美作，えいわ画　ジャイブ　2008.3　157p　18cm　(カラフル文庫)　790円　①978-4-86176-481-3

|目次| ウィリーの海賊旗

|内容| EX‐GP4で優勝賞品が何者かに盗まれるという、前代未聞の事態が起こった。とこ ろが、その支局からファントムのもとに連絡が入り、EX‐GP5の開催を告げられる。なんと出場資格はEX‐GPの歴代の優勝者のみ。果たして怪盗コンビの運命は!?　さらに熾烈な闘いが幕を開けたEX‐GP5の(1)スペイン編が遂に登場。

『怪盗ファントム＆ダークネスEX–GP　5　2(エジプト編)』　藤野恵美作，えいわ画　ジャイブ　2009.3　235p　18cm　(カラフル文庫　ふ01-06)　790円　①978-4-86176-520-9

|内容| 歴代の優勝者のみが参加できるEX‐GP5。第一回戦、グレイブ・ディガーをやぶったファントムたちの決勝戦の相手は、邪視のシルバーと、ラプラスフェレスを裏切ったスマイルのコンビだ！　舞台をエジプトに変えて、EX‐GP5のクライマックスは、新たなコンビ対決となった…。人気シリーズ最新作、EX‐GP5のエジプト編が登場。

『豪華客船の爆弾魔事件』　藤野恵美作，HACCAN絵　講談社　2012.3　229p　18cm　(講談社青い鳥文庫 245-6―お嬢様探偵ありすと少年執事ゆきとの事件簿)　620円　①978-4-06-285283-8

|内容| 探偵・ありすお嬢様がいどむ、名画の爆破事件。執事見習いであるぼく、ゆきとは、お嬢様とともに、ねらわれた名画が展示されている豪華客船に乗りこむことになりました。そこには客室専属の完璧な執事がいて、ぼくの出番はなく…。犯行予告にかくされた犯人の真のねらいとは？　お嬢様が、ばつぐんの推理で解決いたします。小学中級から。

『古城ホテルの花嫁事件』　藤野恵美作，HACCAN絵　講談社　2013.6　193p　18cm　(講談社青い鳥文庫 245-8―お嬢様探偵ありすと少年執事ゆきとの事件簿)　620円　①978-4-06-285362-0

|内容| 行商人「帽子屋」氏が、ありすお嬢様のお屋敷に、「城」を売りにやってきました。結婚式を目前にして消えた姫君の伝説が残っているうえに、そこで結婚式を挙げた花嫁は不幸になるという、のろわれた城を…。消えた花嫁伝説の真相を明らかにするため、ありすお嬢様と執事見習いのぼく、ゆきとは、ドイツへ向かったのです―。小学中級から。

『七時間目の占い入門』　藤野恵美作　講談社　2006.3　220p　18cm　(講談社青い鳥文庫 245-2)　580円　①4-06-148720-5〈絵：Haccan〉

|内容| 悩んだり困ったりしたとき、占いに頼りたくなること、あるよね。神戸の小学校に転校した、六年生の佐々木さくらも、そんな女の子の一人。趣味は占いって自己紹介して、すぐにクラスにとけこむことができたけど、その占いのせいで、クラスの女の子どうしが険悪な雰囲気になってしまった！　困ったさくらは占いで解決しようと考え、占いの館へ！　小学中級から。

文庫で読める児童文学 2000冊　133

『七時間目の怪談授業』 藤野恵美作, 琉暮しお絵 講談社 2005.3 261p 18cm （講談社青い鳥文庫） 620円 ⓘ4-06-148681-0
内容 月曜日。羽田野はるかの携帯電話に呪いのメールが届いた。9日以内に3通送らないと、霊に呪われるという内容。不安でたまらないはるかはケータイを先生に没収されてしまった！ メールを送れない、とあせるはるかに、幽霊がいると思わせたらケータイを返すと先生がいった。毎日放課後、みんなで怖い話をするが、日にちはどんどん過ぎていく！ 小学上級から。

『七時間目のUFO研究』 藤野恵美作 講談社 2007.3 204p 18cm （講談社青い鳥文庫 245-3） 580円 ⓘ978-4-06-148761-1〈絵：Haccan〉
内容 あなたはUFOを信じますか？ 六年生のあきらと天馬は、二人でロケットを飛ばしている。…といっても、ペットボトルで作ったものだけど。実験中、天馬が偶然UFOを目撃したからさあ大変！ 新聞記者やテレビ、怪しげなカウンセラーまでやってきた！ ひとりの記者と知り合っていろいろ話すうちに、あきらの中で宇宙への思いが熱くなる。小学中級から。

『七時間目のUFO研究』 藤野恵美作, Haccan絵 講談社 2008.3 204p 18cm （講談社青い鳥文庫―SLシリーズ） 1000円 ⓘ978-4-06-286407-7
内容 あなたはUFOを信じますか？ 六年生のあきらと天馬は、二人でロケットを飛ばしている。…といっても、ペットボトルで作ったものだけど。実験中、天馬が偶然UFOを目撃したからさあ大変！ 新聞記者やテレビ、怪しげなカウンセラーまでやってきた！ ひとりの記者と知り合っていろいろ話すうちに、あきらの中で宇宙への思いが熱くなる。小学中級から。

『時計塔の亡霊事件』 藤野恵美作, HACCAN絵 講談社 2011.6 221p 18cm （講談社青い鳥文庫 245-5―お嬢様探偵ありすと少年執事ゆきとの事件簿） 600円 ⓘ978-4-06-285196-1
内容 探偵・ありすお嬢様が今回いどむのは、フィロソフィア学園七ふしぎのひとつ「時計塔の亡霊」事件！ 執事見習いであるぼく、ゆきまで、学園の転入試験を受けることになったり、「名探偵の助手」を名乗るこばと様にからまれたり、事件以外でも大変でしたが、あいかわらずありすお嬢様の推理はさえわたっています！ それにしてもお嬢様、学校へ行ってらしたんですね…。

『猫入りチョコレート事件』 藤野恵美著 ポプラ社 2015.7 280p 15cm （ポプラ文庫ピュアフル Pふ-3-1―見習い編集者・真島のよろず探偵簿） 620円 ⓘ978-4-591-14598-2
目次 店でいちばんかわいい猫、幻の特製蕎麦、オフ会で死んだ男、ヒーローの研究、猫入りチョコレート事件
内容 横暴な編集長にこき使われている弱小タウン誌「え～すみか」のバイト編集者・真島は、取材先の猫カフェ"密室"から従業猫の一匹が消えた事件に遭遇する。猫を捜す真島の前に現れたのはチャイナドレスに身を包んだ謎の美女。書道家の胡蝶と名乗る彼女は、中国の思想家・老子の言葉を引用し、どんな事件もたちどころに解決してしまう名探偵だった―！ 『ハルさん』の著者が贈る、ほのぼのユーモアミステリー。

『ねこまた妖怪伝―妖怪だって友だちにゃ！』 藤野恵美作, 永地絵 KADOKAWA 2015.5 164p 18cm （角川つばさ文庫 Bふ1-1） 620円 ⓘ978-4-04-631505-2〈岩崎書店 2004年刊の再刊〉
内容 はじめまして、ミイにゃ！ いっしょに暮らしていたおばあにゃんが亡くなって都会に来たら、取材先の猫カフェで「しっぽが2本」「しゃべれる」ミィを「妖怪・ねこまた」って言って避けるのにゃ…。でも、まなかちゃんだけはやさしくしてくれたにゃ!! あれから会えずにいるけど、人間に変化する方法も習ったし、また会いたいにゃ…って、え!? まなかちゃんが悪い妖怪にさらわれた!? ミィが絶対助けるにゃ!! ドキ×2妖怪冒険物語！ 小学中級から。

『ねこまた妖怪伝―いのちをかけた約束にゃ！』 藤野恵美作, 永地絵 KADOKAWA 2016.1 156p 18cm （角川つばさ文庫） 720円 ⓘ978-4-04-631504-5
内容 みんな元気にゃか？ ミィにゃ！ ねこまたの力はなくなったけれど、やさしいまなかちゃんと、いっしょにいるにゃ！ このあいだ、キバっていう大きな犬をみかけたにゃ！ ひとりぼっちでかわいそうだったにゃ。そんなときにキケンな妖怪が逃げだしたって聞いたにゃ。…って、それってキバのことなのにゃか？ でもキバは悪い妖怪じゃないにゃ！ ミィがキバを助けるにゃ！ ドキ×2妖怪冒険物語、第2弾！ 小学中級から。

『一夜姫事件』 藤野恵美作, HACCAN絵 講談社 2014.3 199p 18cm （講談社青い鳥文庫 245-9―お嬢様探偵ありすと少年執事ゆきとの事件簿） 620円 ⓘ978-4-06-285407-8

『秘密の動物園事件』 藤野恵美作、HACCAN絵 講談社 2012.8 205p 18cm （講談社文庫青い鳥文庫 245-7-お嬢様探偵ありすと少年執事ゆきとの事件簿） 600円 ①978-4-06-285304-0

内容 雪男を追って姿を消した、こばとさんのおじさんをさがすため、ありすお嬢様とぼく、ゆきとは長野県へ。現地で行われる「一日だけのプリンセス」コンテストに参加することに。王子役の大人気モデルが、お嬢様にむかって、意味深なセリフを。ふたりは、どんな関係なのでしょう？ 雪男目撃の真相は？ そして、ぼくは、重大な決断をすることに…。小学中級から。

内容 同級生のこばとさんの依頼により、ありすお嬢様は、学園にあらわれた謎の生物の捜査にのりだします。騒動の陰には、意外な人物が…。一方、執事見習いのぼく、ゆきは、なんと「決闘」をするために学園へ。さがしものをしていたぼくが、ふと気づくと、そこは…。謎の生物は、ぼくを、おそろしい計画にまきこんでしまったのです…。

『老子収集狂事件』 藤野恵美著 ポプラ社 2015.11 296p 15cm （ポプラ文庫ピュアフル Pふ-3-2-見習い編集者・真島のよろず探偵簿） 620円 ①978-4-591-14731-3〈文献あり〉

目次 見えないスクリーン、金曜日ナビは故障した、五匹の仔猫、そして江角市の鐘が鳴る、老子収集狂事件

内容 弱小タウン誌『え〜すみか』のバイト編集者・真島が出会った美女書道家の胡蝶先生は、中国の思想家・老子の言葉を引用し、どんな謎をも解き明かす名探偵だった。ある日、寂れた神社の賽銭箱に、三千万円が投げ入れられる珍事が起こる。折りしも、街では猫の連続行方不明事件も起きているようで…。『ハルさん』の著者が贈るほのぼのユーモアミステリー、すべての謎が明かされる涙と笑いの完結篇！

舟崎　靖子
ふなざき・やすこ
《1944〜》

『11わる4…』 舟崎靖子著 偕成社 1986.5 103p 19cm （偕成社文庫） 450円 ①4-03-550830-6

内容 おとうさんの仕事部屋の前にうえたぼくのカキの木に 小さなみどり色の実がなった 自転車でカキの木を見にいく ぼくの上をふきすぎる季節の風とともに カキの実は大きく赤くなってゆき ぼくの心もふくらんでゆく 1本のカキの木によせる 少年の愛情と哀しみを 詩情ゆたかにえがく

『トンカチと花将軍』 舟崎克彦, 舟崎靖子著　講談社 1986.6 203p 15cm （講談社文庫） 340円 ①4-06-183803-2

『トンカチと花将軍』 舟崎克彦, 舟崎靖子作, 月岡貞夫画 童心社 1993.9 204p 18cm （フォア文庫） 550円 ①4-494-02696-4

内容 今のトンカチが見わたす世界は、どこもかしこも仲間でいっぱいです。何もこわいことなんかありはしないのです。しかし見たくなくても、目にはいってくるものがあります。それはあねもね館のずっとうしろにある、暗く沈んだ大きな森です。不吉にもえさかる黒い炎、いいえ、えものにおそいかかろうと身がまえている巨大な怪獣といったほうが、その森には似つかわしいかもしれません。その森こそ『モシモシの森』なのです―。小学校高学年・中学生向。

『トンカチと花将軍』 舟崎克彦, 舟崎靖子作　福音館書店 2002.6 220p 17cm （福音館文庫） 600円 ①4-8340-1811-3

内容 犬のサヨナラを追って森の奥へはいっていった少年、トンカチは、「あねもね館」に住む「将軍」とシャム猫のヨジゲン、あらいぐまのトマトなどの奇妙な事件に出会います。みんな親切にサヨナラをさがしてくれるのですが、おかしな事件に次々とまきこまれて…。ユーモアあふれるファンタジーです。小学校中級以上。

舟崎　克彦
ふなざき・よしひこ
《1945〜2015》

『雨の動物園』 舟崎克彦著 筑摩書房 1990.7 239p 15cm （ちくま文庫） 470円 ①4-480-02448-4

目次 ヒキガエル、コウモリ、トカゲとヤモリ、コジュケイ、犬、ウグイス、ヒバリ、カッコウ、モズ、ヤマガラ、鳥かごの家族たち、モグラ、カルガモ、リス、十姉妹・錦華鳥、エナガ

内容 ヒキガエルにコウモリ、ウグイスにヒバリ、モグラやリス、そして野生の草花…。少年時代、東京にはまだ自然がいっぱい残っていた。身近な生き物たちと会話を交し、こまやかなつき合いをした遠い日々…。はるかな時を超えて甦る鳥の声、木々のざわめき。

―サンケイ児童出版文化賞・国際アンデルセン賞優良作品賞受賞作.

『雨の動物園―私の博物誌』　舟崎克彦作　岩波書店　2007.9　222p　18cm　（岩波少年文庫 146）　640円　①978-4-00-114146-7
内容　少年は野鳥の飼育にのめりこみ、"鳥博士"と呼ばれるほどになっていった。その愛情にみちたまなざしで、さまざまな小動物との出会い、交わり、そして別れを、細やかに描く。7歳で母親をうしなった少年の心が映し出された自伝的作品。小学5・6年以上。

『お電話倶楽部』　舟崎克彦文，林恭三絵　筑摩書房　1990.12　122p　15cm　（ちくま文庫）　580円　①4-480-02503-0
内容　時間をとびこえ空間をくぐり、奇妙な出来事をものともせず、あるときは氷の国にまたあるときは雲の上。あやしい話や無理難題にきょうも楽しくお電話相談。ふしぎな味の絵と文で運ばれる先は？　素敵な書き下ろしのメルヘン。

『トンカチと花将軍』　舟崎克彦，舟崎靖子著　講談社　1986.6　203p　15cm　（講談社文庫）　340円　①4-06-183803-2

『トンカチと花将軍』　舟崎克彦，舟崎靖子作，月岡貞夫画　童心社　1993.9　204p　18cm　（フォア文庫）　550円　①4-494-02696-4
内容　今のトンカチが見わたす世界は、どこもかしこも仲間でいっぱいです。何もこわいことなんかありはしないのです。しかし見たくなくても、目にはいってくるものがあります。それはあねもね館のずっとうしろにある、暗く沈んだ大きな森です。不吉にもえさかる黒い炎。いいえ、えものにおそいかかろうと身がまえている巨大な怪獣といったほうが、その森には似つかわしいかもしれません。その森こそ『モシモシの森』なのです―。小学校高学年・中学生向。

『トンカチと花将軍』　舟崎克彦，舟崎靖子作　福音館書店　2002.6　220p　17cm　（福音館文庫）　600円　①4-8340-1811-3
内容　犬のサヨナラを追って森の奥へはいっていった少年、トンカチは、「あねもね館」に住む「将軍」とシャム猫のヨジゲン、あらいぐまのトマトなどの奇妙な連中に出会います。みんな親切にサヨナラをさがしてくれるのですが、おかしな事件に次々とまきこまれて…。ユーモアあふれるファンタジーです。小学校中級以上。

『ぽっぺん先生と帰らずの沼』　舟崎克彦著　筑摩書房　1988.5　305p　15cm　（ちくま文庫）　460円　①4-480-02228-7
内容　大学の構内にある沼のほとりで、のんびりとお昼を食べていたぽっぺん先生の腕時計がカチリと止まりました。その瞬間からおかしな冒険がはじまります。ぽっぺん先生の体がウスバカゲロウに、鼻長魚に、カワセミに、と次々に変身してゆきます。食べられてしまうと、食べた動物に変わるのです。人間に戻りたいぽっぺん先生は…。

『ぽっぺん先生と帰らずの沼』　舟崎克彦作　岩波書店　2001.1　354p　18cm　（岩波少年文庫）　760円　①4-00-114071-3
内容　大学構内の沼のほとりでお昼を食べていたぽっぺん先生の腕時計が、とつぜんカチリと止まった。その瞬間から、先生はウスバカゲロウ、鼻長魚、カワセミと変身しつづけ…帰らずの沼をめぐる、奇妙で命がけの冒険がはじまった。小学4・5年以上。

『ぽっぺん先生と笑うカモメ号』　舟崎克彦作　岩波書店　2002.9　261p　18cm　（岩波少年文庫）　680円　①4-00-114100-0

『ぽっぺん先生の日曜日』　舟崎克彦著　筑摩書房　1987.12　235p　15cm　（ちくま文庫）　360円　①4-480-02184-1
内容　「なぞなぞの本」に入りこんでしまったぽっぺん先生。本の世界から抜け出すためには、なぞなぞを解かなくてはなりません。ところがそのなぞなぞときたら〈服がおふろにゆくとき、ポケットには何がはいっているでしょう〉など、ヘンテコなものばかり。ぽっぺん先生は一生懸命考えるのですが…。さて先生は無事本の外へ出られるでしょうか。

『ぽっぺん先生の日曜日』　舟崎克彦作　岩波書店　2000.11　266p　18cm　（岩波少年文庫）　680円　①4-00-114070-5
内容　「なぞなぞの本」のなかに入りこんでしまったぽっぺん先生は、なぞを解かなければ外に出られない。ところが、なぞ解きのときたら、トンチやヘリクツばかり。おまけに出会うのは奇想天外な動物だらけ。さて、どうなることやら。小学4・5年以上。

『もしもしウサギです』　舟崎克彦作・絵　ポプラ社　2005.10　212p　18cm　（ポプラポケット文庫 004-1）　570円　①4-591-08876-6〈1983年刊の新装版〉
目次　もしもしウサギです，なんでも電話，王さまだらけ，ネコのパラソル，ジタバタのたんじょうび
内容　ばんごはんのおつかいをたのまれたタク。とちゅうで雨にふられて、電話ボックス

にかけこんだ。ジリリリリ、ジリリリリ…。おもわずじゅわきをとると、「もしもし、はやくあれをとどけてください。」だって。電話にでたのはいったいだれ？―表題作ほか四編を収録。

『森からのてがみ』 舟崎克彦作・絵 ポプラ社 2006.1 190p 18cm （ポプラポケット文庫 004-2） 570円 ①4-591-09035-3〈1978年刊の新装版〉
|目次| 森からのてがみ、なんじゃもんじゃ、からすのからっぽ、王さまブルブル、ババロワさんいらっしゃい、だれもいなくなった、クレヨンの家
|内容| 「はいけい、お元気ですか。」森からとどくてがみには、もぐらのチクタク、いたちのプンカン、うさぎのワタボコリ、のねずみのチラランなど森の動物たちがまきおこすゆかいなお話がいっぱい。表題作のほかに「王さまブルブル」「ババロワさんいらっしゃい」など六編を収録。

古田　足日
ふるた・たるひ
《1927〜2014》

『雲取谷の少年忍者』 古田足日作、箕田源二郎画 童心社 1986.2 218p 18cm （フォア文庫） 390円 ①4-494-02656-5
|内容| 痛快！ 忍者ものがたり。風魔一党と雲取忍者の対決は？

『宿題ひきうけ株式会社』 古田足日著 講談社 1977.5 206p 15cm （講談社文庫） 260円〈年譜：p.197〜206〉

『宿題ひきうけ株式会社』 古田足日作、久米宏一画 新版 理論社 1996.11 268p 18cm （フォア文庫 B178） 650円 ①4-652-07425-5
|内容| 宿題ってやつはこまったものだ。いつも子どもを悩ませる。五年三組のタケシ、フミオ、ミツエ、サブロー、ヨシヒロ、アキコの六人組は本人のかわりにやってくれる。"宿題ひきうけ株式会社"をつくった。社長も社員もセールスマンもみな子どもだ。子どもたちは知恵をしぼる。さて悩みのタネは解決するだろうか…。小学校中・高学年。

『宿題ひきうけ株式会社』 古田足日作、久米宏一画 新版 理論社 2004.2 268p 18cm （フォア文庫愛蔵版） 1000円 ①4-652-07384-4
|目次| 宿題ひきうけ株式会社、むかしといまと未来、進め ぼくらの海ぞく旗
|内容| タケシたち6人は、お金をもらってかわりに宿題をやってあげる"宿題ひきうけ株式会社"をつくりました。やがてみんなは考えだします。何のために勉強するのか…。

『ぬすまれた町』 古田足日著 講談社 1979.1 371p 15cm （講談社文庫） 380円

『まちがいカレンダー』 古田足日文、田畑精一絵 国土社 1989.11 212p 18cm （てのり文庫） 500円 ①4-337-30014-7
|内容| アキラのうちの郵便うけに、サクラ銀行のカレンダーが投げこまれていた。みると、11月に31日があり、アキラの誕生日の12月1日がないのだ。それは、じつは、宇宙からやってきた、にせのサンタクロースたちのしわざだった。

『モグラ原っぱのなかまたち』 古田足日著 講談社 1981.3 165p 15cm （講談社文庫） 240円

『モグラ原っぱのなかまたち』 古田足日作、田畑精一絵 あかね書房 1988.1 189p 18cm （あかね文庫） 430円 ①4-251-10021-2
|内容| ちびのあきらと、でぶっちょのなおゆき、せの高いかずおと、くりくりっとした目のひろ子。この4人は、いつもモグラ原っぱであそんでいます。きみたちもいっしょに、モグラ原っぱであそびませんか。なに、モグラ原っぱを知らないんだって？ では、この本のページをめくってください。四人の子どもたちが、きみたちをつれていってくれます。

別役　実
べつやく・みのる
《1937〜》

『淋しいおさかな』 別役実著 PHP研究所 2006.9 258p 15cm （PHP文庫） 571円 ①4-569-66682-5
|目次| 煙突のある電車、象のいるアパート、機械のある街、魔法使いのいる街、猫貸し屋、迷子のサーカス、みんなスパイ、淋しいおさかな、馬と乞食、工場のある街、六百五十三人のお友だち、歩哨のいる街、お星さまの街、穴のある街、ふな屋、泥棒のいる街、見られる街、

可哀そうな市長さん,二人の紳士,親切屋甚兵衛,白い小さなロケットがおりた街,一軒の家・一本の木・一人の息子
[内容]『マッチ売りの少女』『不思議の国のアリス』などで、独自の演劇空間を創造した劇作家、別役実。別役家は劇作家という顔とともに、童話作家、エッセイストという顔がある。本書は、童話作家としての別役の作品集である。穏やかな始まりと、虚を衝くような結末。本書に収められた22の作品は、どれもその魅力にあふれている。長い時を超え、今も多くの読者の支持を受ける別役童話、待望の復刊。

松田　瓊子
まつだ・けいこ
《1916～1940》

『紫苑の園　香澄』　松田瓊子著　小学館　2000.5　493p　15cm　（小学館文庫）　733円　①4-09-404411-6〈肖像あり〉
[目次] 紫苑の園,香澄（続・紫苑の園）
[内容] 薔薇の匂う春の夕暮れ、女学生の香澄は武蔵野郊外にある寄宿舎「紫苑の園」に入園する。園を営む西方夫人に温かく見守られ、ルッちゃん、マリボ、横づら寄宿生と愉快な騒動を引き起こす日々。が、病気の母が遂に還らぬ人に。悲しみに沈むなか、母の死と正面から向き合った香澄は、自らの"癒える力"を見いだす。やがて親友の兄に心ひかれ…。すがすがしい微風が薫り、感動を呼ぶ少女小説。美智子皇后が愛読した夭折の作家、松田瓊子が描いた清純な世界。

松谷　みよ子
まつたに・みよこ
《1926～2015》

『アカネちゃんとお客さんのパパ』　松谷みよ子著,いせひでこ絵　講談社　1989.4　221p　18cm　（講談社青い鳥文庫―モモちゃんとアカネちゃんの本 5）　430円　①4-06-147263-1

『アカネちゃんのなみだの海』　松谷みよ子作,いせひでこ絵　講談社　1999.4　205p　18cm　（講談社青い鳥文庫―モモちゃんとアカネちゃんの本 6）　530円　①4-06-148505-9
[内容] 明るいアカネちゃんも、別れてくらすパパのことを思ったり、核実験の話を聞くと、なみだがとまらなくなってしまいます。あんなに元気のいいモモちゃんだって、パパがいなくなったときには、なきつづけて、なみだの海ができました。モモちゃんもアカネちゃんも、いっぱいないたあとは、明るく大きく成長しました。成長していくアカネちゃんに、元気づけられる「モモちゃんとアカネちゃんの本」シリーズの最終巻です。第30回野間児童文芸賞受賞。小学校初級から。

『アカネちゃんの涙の海』　松谷みよ子著　講談社　2012.1　289p　15cm　（講談社文庫 ま2-33）　581円　①978-4-06-277158-0〈『アカネちゃんとお客さんのパパ』(1983年刊)と1992年刊の合本、修正〉
[目次] アカネちゃんとお客さんのパパ,アカネちゃんのなみだの海
[内容] 誕生日、おおかみの姿でアカネちゃんの所に来たパパには、実は死に神が近寄っていた。モモちゃんとアカネちゃんは多くの出会いや別れを経験し、前に歩き続ける。どうして人は亡くなるの？　核実験や戦争は誰がなぜするの？　『アカネちゃんとお客さんのパパ』『アカネちゃんのなみだの海』収録。

『瓜子姫とあまのじゃく』　松谷みよ子作,ささめやゆき絵　新装版　講談社　2008.12　203p　18cm　（講談社青い鳥文庫 6-17―日本のむかし話 3）　570円　①978-4-06-285048-3
[目次] 瓜子姫とあまのじゃく,さるかに,猫檀家,おやじの初夢,山の神と乙姫さん,さるかにのよりあいもち,旅人馬,小判の虫ぼし,絵にかいたよめさま,オンゴロとネンゴロとノロ,かっぱのお宝,はなとさわがに,ねことかぼちゃ,やなぎの木のばけもん,牛かたと山んば,食わず女房,おばすて山,ものいう亀,にげだした貧乏神,鼻かぎ孫じえん,水底の姫,きじになったとっさま,へっぷりよめさま,かちかち山
[内容] 日本各地に伝わるむかし話には、さる、きつね、たぬき、かっぱ、山んば、びんぼう神など愛らしい主人公が多く登場します。そのお話の根底には、人間の生きざまが息づいているのです。児童文学者・松谷みよ子が各地に採集し、美しい語り口で再話した『瓜子姫とあまのじゃく』をはじめ、『さるかに』『山の神と乙姫さん』『かっぱのお宝』『ねことかぼちゃ』『おばすて山』ほか。小学中級から。

『貝になった子ども』　松谷みよ子著　角川書店　1991.12　262p　15cm　（角川文庫）　430円　①4-04-138901-1〈11版（初版：昭和49年）〉
[目次] 貝になった子ども.ポプラのかげで.とかげのぼうや.スカイの金メダル.三つの色.

松谷みよ子

花びら. はと. 黒い蝶. 夜. 赤ちゃんのお部屋. 火星のりんご. カッコウ. 黒ねこ四代. いたづらっ子テレビに出る. ヤッホーさそりくん. ジャムねこさん. 千代とまり. 解説(坪田譲治著)

『舌切りすずめ』 松谷みよ子作, ささめやゆき絵 新装版 講談社 2008.10 219p 18cm (講談社青い鳥文庫 6-16 ─日本のむかし話 2) 570円 ①978-4-06-285047-6
目次 舌切りすずめ, 山鳥の恩がえし, 龍宮のよめさま, まめなじいさまと背病みじいさま, あずきとぎのおばけ, かえるのよめさま, 死んだ子, さるのじぞうさま, たにし長者, いまに見とれ, じいよ, じいよ, 食べられた山んば, おにの刀かじ, かえるとたまごととっくり, とうふの病気, にんじんとごぼうとだいこん, 一寸法師, 天からおちた源五郎, はなたれ小僧さま, 天人のよめさま, 雪むすめ, 三味線の木, びっきのぼうさま, 座頭の木
内容 日本各地にのこる、長いあいだ語りつがれてきた、むかし話の数々。ひとつひとつの話のなかに、人間の生きる知恵や、生きざまが息づいています。児童文学者・松谷みよ子が各地に採集し、美しい語り口で再話した『舌切りすずめ』をはじめ、『龍宮のよめさま』『かえるのよめさま』『たにし長者』『一寸法師』『天人のよめさま』『雪むすめ』『びっきのぼうさま』『座頭の木』などを収録。

『龍の子太郎』 松谷みよ子著 講談社 2005.6 221p 18cm (講談社青い鳥文庫) 580円 ①4-06-147010-8〈第36刷〉
内容 りゅうになったという母をたずねて、龍の子太郎は旅にでる。てんぐさまに百人力をもらい、赤鬼・黒鬼をこらしめ、九つの山をこえ、太郎はついにりゅうにであうが…。日本各地につたわる昔話と伝説をもとに、みごとな叙事詩的ストーリーに結晶させた現代児童文学の傑作! 小学中級から。国際アンデルセン賞優良作品。サンケイ児童出版文化賞受賞。

『龍の子太郎・ふたりのイーダ』 松谷みよ子著 講談社 1972 325p 15cm (講談社文庫)

『ちいさいモモちゃん』 松谷みよ子作, 菊池貞雄絵 講談社 2011.3 157p 18cm (講談社青い鳥文庫) 580円 ①4-06-147006-X〈第74刷〉
内容 元気でかわいくて、おしゃまな女の子モモちゃんには、子ねこのプーやコウちゃんという友だちがいます。モモちゃんは、夢の中でライオンと遊んだり、電車に乗って空を飛んだり、水ぼうそうになって、ママを心配させたりします。誕生から3歳になるまでのモモちゃんの日常生活を軽妙にスケッチした成長童話の名作。野間児童文芸賞受賞。

『ちいさいモモちゃん』 松谷みよ子著 講談社 2011.11 276p 15cm (講談社文庫 ま2-31) 552円 ①978-4-06-277088-0
目次 ちいさいモモちゃん, モモちゃんとプー
内容 生まれたばかりのモモちゃんのところに、野菜たちがお祝いにやってくる! ママに怒ったモモちゃんが乗る電車が空を飛ぶ!? 優しく温かい物語の中に、生と死、結婚と離婚など"人生の真実"が描かれるモモちゃんシリーズが、酒井駒子の絵と共に文庫に。『ちいさいモモちゃん』『モモちゃんとプー』収録。

『つるのよめさま』 松谷みよ子作, ささめやゆき絵 新装版 講談社 2008.10 219p 18cm (講談社青い鳥文庫 6-15 ─日本のむかし話 1) 570円 ①978-4-06-285046-9
目次 つるのよめさま, 力太郎, ばけくらべ, きつねとかわうそ, 無筆の手紙, 花さかじい, じゅみょうのろうそく, ねずみのくれたふくべっこ, 玉のみのひめ, きつねとぼうさま, こじきのくれた手ぬぐい, 夢買い長者, びんぼう神と福の神, えんまさまと団十郎, こぶとり, てんぐのかくれみの, お月とお星, かねつきどり, 水のたね, わかがえりの水, 天にどうどう地にがんがん, 桃太郎, 山んばのにしき
内容 遠いむかしに生まれ、長く人々のあいだに語りつがれてきた、むかし話の数々。たのしい話、かわいそうな話、おそろしい話など、ひとつひとつの話のなかに、人間の生きる知恵や、生きざまが息づいています。児童文学者・松谷みよ子が日本各地に採集し、美しい語り口で再話した『つるのよめさま』をはじめ、『花さかじい』『夢買い長者』『こぶとり』『お月とお星』『桃太郎』ほか。小学中級から。

『花いっぱいになあれ』 松谷みよ子作, 橋本淳子絵 大日本図書 1990.11 212p 18cm (てのり文庫) 470円 ①4-477-00022-7
目次 きつねとたんぽぽ, 子ぎつねコン, 花いっぱいになあれ, コンのしっぱい, テレビにでたコン, きつねのこのひろったていきけん, ジャムねこさん, オバケとモモちゃん, おんにょろにょろ, モモちゃんの魔法, ソースなんてこわくない, モモちゃんちは水びたし, 夜ですよう, 小さなもぐら, まねっこぞうさん, ぽんぽのいたいくまさん

文庫で読める児童文学 2000冊

|内容| 子ぎつねコンが見つけた花は、とてもふしぎな赤い花でした。…表題作、「花いっぱいになぁれ」ほか、きつねの登場するお話と、ちいさいモモちゃんがつのへやするかわいいお話を、いっぱいあつめました。

『ふたりのイーダ』 松谷みよ子著 講談社 2005.2 205p 18cm （講談社青い鳥文庫） 580円 ①4-06-147011-6〈第30刷〉

|内容| しずかな城下町にある、古い西洋館。その廃屋の中でコトコト動きまわり、人間のように口をきくふしぎないすと、小さな女の子イーダとのきみょうな出会い。生と死をめぐり、日本人としてわすれられない過去を感動と幻想でつづったメルヘン！ また、はじめて童話という手法で語りつくした原爆への悲歌である！ 小学上級から。国際児童年のための特別アンデルセン賞優良作品。

『松谷みよ子童話集』 松谷みよ子著 角川春樹事務所 2011.3 219p 16cm （ハルキ文庫 ま12-1） 680円 ①978-4-7584-3531-4

|目次| 貝になった子ども、スカイの金メダル、こけしの歌、とかげのぼうや、カナリヤと雀、灰色の国へきた老人の話、黒い蝶、草原、おしになった娘、黒ねこ四代、茂吉のねこ、むささびのコロ、センナじいとくま、いたちと菜の花、おいでおいで

|内容| 子を失った母親の悲しみを描いた「貝になった子ども」、鉄砲打ちのセンナじいが、自分が仕留めた大熊の遺した小熊を育てる、人間と動物の宿命を綴った「センナじいとくま」など、初期作品を中心とした短編全15篇を収録。生きとし生けるものへの限りない愛情に、心を打たれる名作アンソロジー。

『モモちゃんとアカネちゃん』 松谷みよ子著 講談社 2011.12 293p 15cm （講談社文庫 ま2-32） 552円 ①978-4-06-277148-1

|目次| モモちゃんとアカネちゃん、ちいさいアカネちゃん

|内容| 靴だけが帰ってくるようになったパパ。体調を崩したママのところには死に神までやってくる。モモちゃんと妹のアカネちゃんは少し大きくなって──結婚のみならず、離婚や別れとはなにかを明確に教えてくれた、日本で初めての物語。『モモちゃんとアカネちゃん』『ちいさいアカネちゃん』収録。

『屋根裏部屋の秘密』 松谷みよ子作 偕成社 2005.4 211p 19cm （偕成社文庫） 700円 ①4-03-652530-1

|内容| エリコの死んだじじちゃまが開かずの屋根裏部屋にのこしたダンボールにはなにかだいじな秘密がかくされている。祖父の世代の戦争の罪を孫たちはどううけとめるのか。読みつづれる名作「直樹とゆう子の物語」シリーズ。小学上級から。

『やまんばのにしき―日本昔ばなし』 松谷みよ子文 ポプラ社 2006.1 206p 18cm （ポプラポケット文庫 005-1） 570円 ①4-591-09034-5〈絵：梶山俊夫 1981年刊の新装版〉

|目次| やまんばのにしき、山男の手ぶくろ、イタチの子守うた、竜宮のおよめさん、かちかち山、舌切りすずめ、おにの目玉、ねこのよめさま、七男太郎のよめ、六月のむすこ、三人兄弟、弥三郎ばさ、沼神の使い、死人のよめさん、雪女、赤神と黒神

|内容| 「ちょうふくやまの山んばが子うもうんだで、もちついてこう。ついてこねば、人も馬もみな食い殺すぞと。」って、だれかがさけぶ声がした。さあ、むらじゅうがおおさわぎだ。―表題作ほか、「かちかち山」「舌切りすずめ」など、日本の昔ばなし十五編を収録。

『読んであげたいおはなし―松谷みよ子の民話 上』 松谷みよ子著 筑摩書房 2011.11 277p 15cm （ちくま文庫 ま8-14） 840円 ①978-4-480-42891-2

|目次| 桃の花酒、逃げだしたこもんさん、見るなの花座敷、いたちの子守唄、きつねの花嫁、蝶になった男、ありんこと夢、娘の寿命延ばし、娘の骸骨、雉になったとっさま、山伏ときつねと狸、あとはきつねどの、みなまいる、虎とたにしのかけっこ、それからのうさぎ、たにし長者、花咲かじい、もぐらのむこさがし、猫檀家、絵に描いた猫、鬼の目玉、山鳥の恩返し、水さがし、玉のみ姫、七男太郎の嫁、あねさま人形、ツバメとスズメ、きつねの田植え、百曲がりの河童、背なかあぶり、若がえりの水、日を招き返した長者どん、トキという鳥の生まれたわけ、蛙の嫁さま、猿のひとりごと、たこと猫、天人の嫁さま、サンザイモと嫁さん、沼の主の嫁コ、旅人馬、月見草のよめ、ミョウガ宿、蛙の坊さま、閻魔さんの医者さがし、鬼は外、死んだ子、三途の川のばばさ、後家入り、地獄に落ちた欲ばりばあさま、桃太郎、瓜子姫とあまのじゃく、絵に描いた嫁さま

|内容| くり返し、何度でも、楽しめるはなしばかり。選びぬかれた100篇。見事な語りの松谷民話決定版。上巻には春と夏のはなしを収録。

『読んであげたいおはなし―松谷みよ子の民話 下』 松谷みよ子著 筑摩書房 2011.11 297p 15cm （ちくま文庫 ま8-15） 840円 ①978-4-480-42892-9

|目次| 風の兄にゃ、流されてきたオオカミ、月の夜ざらし、山男の手ぶくろ、食べられた山んば、あずきとぎのお化け、しょっぱいじいさま、山んばの錦、米福粟福、狐の嫁とり、こぶとり、ばあさまと踊る娘たち、ばけもの寺、蛇の嫁さん、鬼六と庄屋どん、山の神と乙姫さん、うたうされこうべ、なら梨とり、三人兄弟、三味線をひく化けもの、天にがんがん 地にどうどう、しっぺい太郎、じいよ、じいよ、魔物退治、猿蟹、とっくりじさ、狐と坊さま、化けくらべ、舌切り雀、鐘つき鳥、打ち出の小槌、女房の首、かんすにばけたたぬき、とうきちとむじな、牛方と山んば、一つ目一本足の山んじい、雪女、灰坊の嫁とり、三味線の木、座頭の木、貧乏神と福の神、貧乏神、大みそかの嫁のたのみ、ねずみ にわとり ねこ いたち、その夢、買った、正月二日の初夢、ピピンピヨドリ、雪おなご、セツブーン

|内容| くり返し、何度でも、楽しめるはなしばかり。選びぬかれた100篇。見事な語りの松谷民話決定版。下巻には秋と冬のはなしを収録。

『私のアンネ＝フランク』 松谷みよ子作 偕成社 2005.1 301p 19cm （偕成社文庫） 700円 ①4-03-652500-X

|内容| 一九七八年の夏。十三歳になったゆう子はアンネ＝フランクにあてた日記をかきはじめる。ゆう子と直樹、母・蕗子たちはそれぞれの心の奥で、アンネと出会う。読みつがれる名作「直樹とゆう子の物語」シリーズ。日本児童文学者協会賞受賞。小学上級から。

まど・みちお
《1909〜2014》

『いいけしき』 まど・みちお詩、赤坂三好画 理論社 1993.10 153p 18cm （フォア文庫） 550円 ①4-652-07099-3

|目次| おかあさん、いいけしき、おんどりめんどり、メモあそび、はっぱとりんかく、ぼくの？

|内容| 小さな虫から、宇宙のはてまで。あなたの心にひびく詩のリズム。小学校中・高学年向。

『いのちのうた―まど・みちお詩集』 まど・みちお著 角川春樹事務所 2011.7 221p 16cm （ハルキ文庫 ま1-2） 680円 ①978-4-7584-3579-6

『まど・みちお詩集』 まど・みちお著 角川春樹事務所 1998.4 254p 16cm （ハルキ文庫） 660円 ①4-89456-393-2〈肖像あり 年譜あり 文献あり〉

『まめつぶうた』 まど・みちお詩、赤坂三好画 理論社 1989.5 188p 18cm （フォア文庫） 500円 ①4-652-07074-8

|内容| とほうもない宇宙のまえでは、人間は小さな子どもです。自然のなかで私たちといっしょに、数かぎりない動物と植物が生きているのも不思議…。まめつぶのようなたくさんの不思議がりのなかで、この詩集は生まれたのです。小学校中・高校学年向。

眉村 卓
まゆむら・たく
《1934〜》

『なぞの転校生』 眉村卓著 改訂版 角川書店 1998.7 247p 15cm （角川文庫） 480円 ①4-04-135704-7

|目次| なぞの転校生, 侵された都市

|内容| よく晴れた日曜日、広一の家の隣に引っ越してきたのは、ギリシア彫刻を思わせるような美少年だった。エレベーターに乗り合わせた広一は、ほんの短い停電にも無我夢中でそこから脱出しようとする少年を不思議に思った。一翌朝、広一の教室に、その少年、山沢典夫が転校してきた。スポーツ万能、成績抜群、あっというまにクラスの人気を独占する山沢。広一はいつしか転校生の秘密にひかれてゆく。学園SFの傑作、98年秋映画化。

『なぞの転校生』 眉村卓作, 緒方剛志絵 講談社 2004.2 188p 18cm （青い鳥文庫fシリーズ） 580円 ①4-06-148643-8

|内容| 広一の通う中学に、転校生が入ってきた。名前は山沢典夫。美形のうえに勉強もスポーツもよくできるこの少年は、しかし、ふつうの中学生ではなかった。エレベーターに乗りあわせ、ふしぎな行動を見てしまった広一は、かれがひきおこす奇妙な出来事から目がはなせなくなり、やがて驚きの事実を知ることに…。学園を舞台にしたSFジュブナイルの傑作、第2弾！ 小学上級から。

『なぞの転校生』 眉村卓著 講談社 2013.12 197p 15cm （講談社文庫 ま3-9） 430円 ①978-4-06-277754-4

|内容| 岩田広一が通う中学に山沢典夫という転校生が入ってきた。典夫はギリシャ彫刻を思わせる美男子なのに加え、成績優秀でスポーツも万能だが、なぞめいた雰囲気を持ってい

水上　勉
みずかみ・つとむ
《1919～2004》

た。ある日とんでもない事件を起こした典夫の秘密とは？ '70年代にドラマ化され人気を博したSFジュブナイルの傑作。

『ねじれた町』　眉村卓作, 緒方剛志絵　講談社　2005.2　266p　18cm　（青い鳥文庫fシリーズ 231-3）　620円　①4-06-148677-2
[内容] 美しい城下町に引っ越してきた和田行夫は、静かなこの町がどこかおかしいことに気づく。新しい学校も、生徒はみな異常に優秀で、雄々しいのだ。しかも超常現象としか思えないことがあたりまえに起こっているのにだれも気にしない……。落ちこぼれ扱いされ、孤立した行夫が限界を感じはじめたとき、「鬼の日」という祭りの存在を知る…。小学上級から。

『ねらわれた学園』　眉村卓作, 緒方剛志絵　講談社　2003.7　259p　18cm　（青い鳥文庫fシリーズ）　620円　①4-06-148623-3
[内容] 生徒会長に立候補し、あざやかに当選してみせた、高見沢みちる。その魅力的な微笑とふしぎな力によって、しだいに学園の自由は奪われていく…!? 美しい顔にかくされた彼女の正体と、真の狙いはなんなのか？ 何度も映画化・テレビドラマ化された、日本SFジュブナイルの大傑作。小学上級から。

『ねらわれた学園』　眉村卓著　講談社　2012.9　252p　15cm　（講談社文庫　ま3-8）　524円　①978-4-06-277168-9
[内容] 突如、阿倍野第六中学の生徒会長に立候補し、鮮やかに当選してみせた高見沢みちる。それまで目立たない存在だった彼女は、魅力的な微笑と不思議な力で学園を支配していく。美しい顔に覆い隠された彼女の正体と真の狙いとは？ '70～'80年代に大ブームを巻き起こし、幾度も映像化されてきた日本ジュブナイルSFの金字塔。

『まぼろしのペンフレンド』　眉村卓作　講談社　2006.2　217p　18cm　（青い鳥文庫fシリーズ 231-4）　580円　①4-06-148715-9〈絵：緒方剛志〉
[内容] 学校から帰ると明彦のもとに、手紙が届いていた。差出人は、本郷令子という見知らぬ女の子。そこには、明彦のことを「できるかぎり、くわしく教えてください」という言葉とともに、1万円札が同封されていた…。そして文通をはじめた彼のまわりでは、つぎつぎと怪事件が起こりはじめ、そしてついに本郷令子が会いたいといってきた!? 小学上級から。

『ブンナよ、木からおりてこい』　水上勉著　改版　新潮社　2014.2　227p　15cm　（新潮文庫）　490円　①978-4-10-114114-5
[内容] トノサマがえるのブンナは、跳躍と木登りが得意で、大の冒険好き。高い椎の木のてっぺんに登ったばかりに、恐ろしい事件に会い、世の中の不思議を知った。生きてあるとは、かくも尊いものなのか―。作者水上勉が、すべての母親と子供たちに心をこめて贈る、感動の名作。本書は『青年座』で劇化され、芸術祭優秀賞をはじめ数々の賞を受賞した。巻末に「母たちへの一文」を付す。

三田村　信行
みたむら・のぶゆき
《1939～》

『おとうさんがいっぱい』　三田村信行作, 佐々木マキ画　理論社　1988.10　225p　18cm　（フォア文庫）　470円　①4-652-07071-3
[目次] ゆめであいましょう, どこへもゆけない道, ぼくは5階で, おとうさんがいっぱい, かべは知っていた
[内容] これね、ある時突然、全国的に、どのうちでもお父さんが5、6人に増殖るって話なの。それぞれ自分が本物だって主張するので、こまった政府はそこんちの子どもに1人選ばせて、残りは処分するって方法をとるわけ。…いい気になった子どもたちがある日学校から帰ってくると…もう一人の自分がそこにいるの。選ぶ側から、選ばれる側にまわされた時の恐怖…。小学校中・高学年向。

『風の陰陽師（おんみょうじ）　1　きつね童子』　三田村信行著　ポプラ社　2010.11　322p　15cm　（ポプラ文庫ピュアフル　み-2-1）　640円　①978-4-591-12135-1〈2007年刊の加筆・訂正〉
[内容] きつねの母から生まれ、京の都で父親に育てられた童子・晴明は、肉親と別れ、智徳法師のもと、陰陽師の修行を始める。晴明の秘めたる力は底知れず…。尊敬する師匠や友人たち、手強いライバルとの出会いを経て、童子から一人前の陰陽師へと成長してゆく少年の物語。賀茂保憲、蘆屋道満など、周囲の

三田村信行

人物も含め、新たな解釈で描く斬新な安倍晴明ストーリー。第50回日本児童文学者協会賞受賞のシリーズ第一巻。

『風の陰陽師（おんみょうじ）2 ねむり姫』三田村信行著 ポプラ社 2011.5 333p 15cm （ポプラ文庫ピュアフル）640円 ①978-4-591-12450-5
[目次] ねむり姫、旅の宿
[内容] ある日、都に不吉な黒い雪が降り、やがて暗い闇に閉ざされた。一方、密かに想いをよせる中納言家の姫、咲耶子が御門に見初められ入内することを聞き、衝撃を受ける晴明。しかし姫は"闇の陰陽師"黒主の呪術にかかり、眠りについたきり目覚めない。晴明は、都と姫、大切なものを守ることができるのか―。少年晴明が、困難のなか秘めた力に目覚め、一人前の陰陽師へと成長していく物語。単行本未収録の番外編「旅の宿」収録。

『風の陰陽師（おんみょうじ）3 うろつき鬼』三田村信行著 ポプラ社 2011.9 317p 15cm （ポプラ文庫ピュアフル み-2-3）640円 ①978-4-591-12584-7〈2008年刊の加筆・訂正〉
[内容] 傷心を癒すためしばらく都を離れていた晴明が戻ってくると、都では"闇の陰陽師"黒主によって恐ろしい計画が進められていた。若くして死んだ親王の怨霊をよみがえらせ、怨霊朝廷を打ち立てて都をのっとろうとするもので、道満は都を呪いにかけて黒主に協力していた。一方、晴明の母がいる信太の森にも、魔修羅神なる怪しい影がしのびより、危機がせまる一。少年安倍晴明の成長を描いた長編、凛々しさ際立つ第三巻。

『風の陰陽師（おんみょうじ）4 さすらい風』三田村信行著 ポプラ社 2011.11 317p 15cm （ポプラ文庫ピュアフル み-2-4）640円 ①978-4-591-12662-2〈2009年刊の加筆・訂正〉
[内容] 咲耶子を失い、一時は死ぬことも考えた晴明だったが、平将門に請われ、東国へ赴く。そこで待ち受けていたのは、またも闇の陰陽師・黒主の野望による策略だった。将門を操り、坂東八ヶ国平定に向かって猛進する黒主。それを知りつつ、仲間の多城丸や将文を救うため、将門軍に力を貸す晴明。やがて黒主の正体が明らかになった時、晴明の身に最大の危機が訪れる。少年安倍晴明の成長を描いた傑作長編完結巻。

『きつねのクリーニングや』三田村信行著,黒岩章人画 金の星社 1997.11 94p 18cm （フォア文庫 A127）560円 ①4-323-09001-3
[内容] あるまちのはずれに、きつねのふう がひらいている、小さなクリーニングやがあります。おみせには、ふうがわりなおきゃくさんがつぎつぎにやってきて、ふたりは大いそがし。まほうつかいのマントをおいかけたり、くまのオーバーをこがしてしまったり、ゆきだるまがやってくるお話など三話と、『きつねのクリーニングや大あわて』（二話）を収録。

『吸血鬼は闇にわらう』三田村信行文,山下勇三画 国土社 1990.4 163p 18cm （てのり文庫）470円 ①4-337-30017-1
[内容] 真夜中のこと、おそろしい夢にうなされて起きたヒデキの耳に、お父さんが足音をしのばせて、外出する音が聞こえてきた。これで三晩つづいている。あの新聞記事に出ていた吸血鬼は、もしかしたら、お父さんかもしれない。

『三国志 1（群雄のあらそい）』三田村信行文 ポプラ社 2005.10 282p 18cm （ポプラポケット文庫 106-1）660円 ①4-591-08854-5〈絵：若菜等+Ki〉
[内容] 時は二世紀末の後漢の世。みだれた世の中を立てなおそうと、無類の武将、関羽・張飛とともに立ちあがった青年、劉備。熱い野望をいだいた群雄が、天下をめぐって、あらそいの火花を散らす。一英雄たちの息をのむ戦いの物語が、いまはじまる。

『三国志 2（天下三分の計）』三田村信行文 ポプラ社 2005.11 286p 18cm （ポプラポケット文庫 106-2）660円 ①4-591-08924-X〈絵：若菜等+Ki〉
[内容] 都にのぼって天下統一をねらう曹操。いっぽう、黄河の北で勢力をひろげる袁紹。天下をめぐる英雄たちの戦いは、いよいよ白熱をおびる。天才軍師、孔明をむかえ、劉備・関羽・張飛の義兄弟が、運命は味方するか。

『三国志 3（燃える長江）』三田村信行文 ポプラ社 2006.1 322p 18cm （ポプラポケット文庫 106-3）660円 ①4-591-09033-7〈絵：若菜等+Ki〉
[内容] 孔明を軍師としてむかえ、勢いにのりはじめた劉備。孫権は、劉備らと手をむすび、強敵曹操との戦いを決意した。そして一両軍はついに決戦のときをむかえる！ 天才軍師、孔明の知謀が奇跡をよぶか？ 物語はいよいよ佳境に。

『三国志 4（三国ならび立つ）』三田村信行文 ポプラ社 2006.4 326p 18cm （ポプラポケット文庫 106-4）660円 ①4-591-09219-4〈絵：若菜等+Ki〉
[内容] 孫権とともに赤壁の戦いで曹操を破った劉備が、つぎにめざしたのは蜀だった。天

『三国志　5(五丈原の秋風)』三田村信行文　ポプラ社　2006.6　331p　18cm　(ポプラポケット文庫 106-5)　660円　①4-591-09295-X〈絵：若菜等+Ki〉
内容　劉備から蜀を託された孔明。魏・呉・蜀、三国のあらそいがはげしさを増すなか、蜀は孔明の知謀できりぬけていく。しかし、天才・孔明も時の流れとともに天命にはさからえず…。はたして蜀の運命は―？　時代をかけぬけた英雄たちの戦いの物語が、ついに完結！　中学生向け。

光丘　真理
みつおか・まり
《1957～》

『いとをかし！　百人一首―平安時代ヘタイムスリップ』光丘真理作、甘塩コメコ絵　集英社　2011.12　187p　18cm　(集英社みらい文庫 み-3-1)　580円　①978-4-08-321061-7
内容　百人一首クラブに所属するスズとナリ先輩。ある日、なぞの屋敷にある和歌が書かれたふすまを開けると、時間も場所も大移動！たどりついた先は、"794うぐいす"平安京！？1200年前の平安時代ヘタイムスリップしたってこと!?　二人はそこで知り合ったふしぎな少年(？)藤原定家くんに案内され、百人一首の歌人のもとに会うことになっちゃった。小学中級から。

『いとをかし！　百人一首　〔2〕　紫式部がトツゲキ取材!?』光丘真理作、甘塩コメコ絵　集英社　2012.5　173p　18cm　(集英社みらい文庫 み-3-2)　600円　①978-4-08-321091-4
内容　小学校の百人一首クラブ所属のスズとナリ先輩には、秘密がある。それは、不思議な少年(？)藤原定家くんと、平安時代ヘタイムスリップしたこと。なのに、その秘密をナリ先輩のお父さん―光ちゃんに知られちゃった。「わたし、紫式部の大ファンなの！　会いたいわ!!」百人一首命(だけど、なぜかオネエ系)！『源氏物語』の作家・紫式部とご対面して大騒動に!?　小学中級から。

『いとをかし！　百人一首　〔3〕　天才・蟬丸がやってきた！』光丘真理作、甘塩コメコ絵　集英社　2012.12　172p　18cm　(集英社みらい文庫 み-3-3)　600円　①978-4-08-321130-0
内容　百人一首クラブ部員のスズは、部長のナリ先輩といっしょに、またまたタイムスリップして平安時代を満喫だけど、現代に戻る帰り道でトラブル発生！　ガイドの少年(？)藤原定家くんが突然いなくなったり、道がゆがんでいたりと、おかしなことばかり起きてしまう。なんとか帰りついたものの、今度は平安の歌人・蟬丸が現代に現れて…!?　小学中級から。

『いとをかし！　百人一首　〔4〕　届け！千年のミラクル☆ラブ』光丘真理作、甘塩コメコ絵　集英社　2013.11　189p　18cm　(集英社みらい文庫 み-3-4)　620円　①978-4-08-321181-2
内容　よばれて、飛び出て、平安時代ー！　タイムスリップして、ガイドの少年・定家くんと百人一首の世界を冒険しているスズ＆ナリ先輩。ところが、定家くんのもう一つの姿"定家じいちゃん"の様子が、どうもヘン。原因は恋の病で、「このままだとワシは消えてしまう」なんて言うから超〜ピンチ！　じいちゃんを助ける方法はあるのか!?　ロマンがいっぱいの、ミラクル☆ラブストーリー！　小学中級から。

『学園を守れ！』光丘真理作　岩崎書店　2006.3　182p　18cm　(フォア文庫―トリオでテレパシー)　560円　①4-265-06370-5〈画：あいかわ奏〉
内容　サヤ・スズ・テッペイはみつごの姉弟で、子犬台学園の四年生。三人はある時、きぬバアからコトダマというふしぎな玉をわたされた。これを武器にして、三人で力をあわせれば、闇の力に打ちかてるという。そのころ、学園のとなりに、黒い三角屋根の建物がたてられた。そこからは、悪の気配がただよってくる！　新キャラクター登場！　書き下ろしシリーズ第一弾。

『コスモス―二番目に好きなもの』光丘真理著　ジャイブ　2007.7　202p　15cm　(ピュアフル文庫)　540円　①978-4-86176-408-0
内容　中3のみかげは、亡くなったママのことを忘れられない。父親の再婚で兄妹になった同い年の瞬とはソリが合わない。でも、「ぶっきらぼうなやつ」としか思っていなかった瞬の存在が、だんだんと心の中で大きくなり始めて―。少女の揺れ動く感情を縦糸に、じれったい「初恋」と家族の再生を横糸に織りなされた、純粋すぎるほどの青春模様。文庫書き下ろし。

『コスモス―七番目に出会った人』光丘真理著　ジャイブ　2008.7　196p　15cm

（ピュアフル文庫）　540円　①978-4-86176-529-2

内容 夢をかなえるために入学した高校で、希望に燃えていたみかげだが、気の合うともだちもみつからず浮かない日々。京都の高校に進んだ瞬と心を通わす手段は、メールでのやりとりだけ。人間関係も、恋愛も、うまくいかないもどかしい気持ちを携え、みかげは夏休みの間を京都で過ごすため旅だった――。少女の成長と淡い恋の行方を瑞々しく描いた、ピュアな青春ストーリー。

『時よ、よみがえれ！』　光丘真理作、あいかわ奏画　岩崎書店　2008.5　182p　18cm　（フォア文庫―トリオでテレパシー）　560円　①978-4-265-06392-5

内容 秋の京都をおとずれていたサヤ、スズ、テッペイは、町なかで、担任のナオミ先生を見かけて、あとを追う。とちゅう、ナオミ先生を見失ったものの、こんどは三人が飼っている白ネコ、グーそっくりのネコに出会う。そのネコに案内されてたどりついたところは、なんと九〇年前の世界だった。美しい古都を舞台に、闇カイザーはなにをたくらんでいるのか？　コトダマ、ナオミ先生のひみつも今明らかになる。トリオがさいごの戦いにいどむシリーズ完結編。

『星空のした、君と手をつなぐ』　光丘真理著　ジャイブ　2009.7　202p　15cm　（ピュアフル文庫 み-1-3）　600円　①978-4-86176-683-1

内容 高校二年生のみかげは、離れて暮らす義理の兄・瞬との遠距離恋愛中。最近、義母の洋子さんがちょっとだけわずらわしく思えて素直になれない。そんな自分とは対照的に、加速度的に大人になってゆく親友たちを見ては、焦りを感じる悩み多き毎日。そこへ、瞬が突然かえってきた。大切な話って一体なんなの⁉　17歳の心の悩みと成長、そして秘密の恋一。切ない気持ちを瑞々しく描いた、青春恋愛小説。

『夢よ、輝け！』　光丘真理作　岩崎書店　2007.3　190p　18cm　（フォア文庫―トリオでテレパシー）　560円　①978-4-265-06380-2〈画：あいかわ奏〉

内容 サヤ・スズ・テッペイのみつごが住んでいる南風町の駅前に、巨大なショッピングセンターがオープンした。そのために、南風商店街へ買いものにきていたお客さんがどっとショッピングセンターに流れていって、商店街はひっそりとしてしまった。商店街に活気をとりもどそうと、三人はある作戦を考えた。好評の新シリーズ第二弾。

緑川　聖司
みどりかわ・せいじ

『青い本―呼んでいる怪談』　緑川聖司作、竹岡美穂絵　ポプラ社　2011.7　205p　18cm　（ポプラポケット文庫 077-5）　620円　①978-4-591-12513-7

目次 青い目の人形．スイカ割り．おいてけぼり．カワウラシ．生まれ変わり．プールの花子さん．第四コースの幽霊．つれていって．一緒に…．髪．赤い紙、青い紙．青い短冊．雨女．水をくれ．墓参り．青いダイヤ．青いドレス．青行灯

内容 塾の夏合宿で、百物語をすることになった蒼。一人ずつ怪談を話していくうちに、蒼のまわりにもふしぎなできごとが続きます。別の場所にいる、双子の姉、碧にも、危険が迫っていて…。小学校上級～。

『赤い本―終わらない怪談』　緑川聖司作、竹岡美穂絵　ポプラ社　2010.7　214p　18cm　（ポプラポケット文庫 077-2）　570円　①978-4-591-11964-8

目次 ごめんなさい、花子さんのトイレ、呪いの言葉、おいてかないで、かげこさん、金しばり、おにごっこ、ダブル、黒い本

内容 新居の屋根裏で、『赤い本』という怪談を見つけたわたし。本を読み進むうちに、自分のまわりでも同じような恐怖が起こり始める…。やみつき必須の怪談短編集。小学校上級～。

『怪談収集家山岸良介の帰還』　緑川聖司作、竹岡美穂絵　ポプラ社　2015.12　236p　18cm　（ポプラポケット文庫 077-13）　650円　①978-4-591-14760-3

目次 黒ネコ、幽霊あめ、見返り橋、人形屋敷の呪い

内容 ひょんなことから、怪談収集家、山岸良介の助手をすることになった浩介。彼の仕事は「百物語の本を完成させること」だというのですが、その実情は…!?　小学校上級～

『黄色い本―学校の怪談』　緑川聖司作、竹岡美穂絵　ポプラ社　2012.12　224p　18cm　（ポプラポケット文庫 077-9）　650円　①978-4-591-13175-6

内容 「学校の怪談コンテスト」に応募する怪談をさがすため、学校の怖い話を検証することになったわたし。怪談って、怖いだけじゃないのかも…？　摩訶不思議体験をおとどけします。小学校上級～。

緑川聖司

『金の本―時をこえた怪談』 緑川聖司作, 竹岡美穂絵 ポプラ社 2012.7 222p 18cm （ポプラポケット文庫 077-7） 650円 ①978-4-591-13001-8
|目次| 首なし地蔵, 思い出地蔵, 金の服, 銀の服, 無縁仏, 百物語, 穴, 最終電車, 残念でした, 見るなの茶わん, 夢, チリンチリン, 消えた村, おまもり, 話すな, トイレの花子さま, 泣き人形, カーナビ, 心霊番組, しみ, 金の本
|内容| このお寺には「金の本」という宝物があるそうです。あらしの中、山寺にたどりついたわたし。雨をのがれてやってきた人たちといっしょに、なぜか怪談話をすることになって…。小学校上級から。

『銀の本―海をこえた怪談』 緑川聖司作, 竹岡美穂絵 ポプラ社 2012.7 218p 18cm （ポプラポケット文庫 077-8） 650円 ①978-4-591-13002-5
|目次| 目撃, 妖精の森, 銀の本, おおかみ男, 銀のスプーン, 声がきこえる, 身がわり, 降霊会の夜, 屋敷, 帰ってきたメアリ, 肖像画, もうひとり, ウィジャボード, エミリー
|内容| 「銀の本」にかかわったものは、ふしぎな運命をたどるという…。突然の招待状に、フランスにやってきたぼく。『銀の本』を見つけたものに、城をゆずろう！」というひいおじいさんのことばに、なれない土地で、本さがしにのりだしたけれど、だれかにねらわれている気がする…。小学校上級から。

『黒い本―ついてくる怪談』 緑川聖司作, 竹岡美穂絵 ポプラ社 2010.7 205p 18cm （ポプラポケット文庫 077-1） 570円 ①978-4-591-11963-1
|目次| 図書室の怪談, テケテケさん, 曲がり角のさっちゃん, 見えない訪問者, 箱の中, 見るなよ, ブレインマネージャー, 黒い携帯電話, 虫の知らせ, 後ろの席, ここからだして, 四すみの怪, 赤い本
|内容| 図書室で『黒い本』という怪談を見つけたぼく。本を読み進むうちに、ぼくのまわりでも本と同じような恐怖が起こり始める…。13編×2の極上の怖い話集。小学校上級～。

『怖い本―色のない怪談』 緑川聖司作, 竹岡美穂絵 ポプラ社 2013.3 207p 18cm （ポプラポケット文庫 077-10） 620円 ①978-4-591-13378-1
|目次| 黒猫. 赤いランドセル. 白い声. 白い顔. 緑の指. 青い画廊. 紫の約束. 金の帯. 銀のかぎ. 黄昏の願い
|内容| クラスメイトの仁科涼子の提案で、ぼくは同じ市内に住む、山岸良介という作家にインタビューをすることになった。彼の家に通ううちに、毎日なにかがおかしくなっていく。きょうぼくは、この家から無事に帰ることができるのだろうか…。小学校上級から～。

『白い本―待っている怪談』 緑川聖司作, 竹岡美穂絵 ポプラ社 2011.1 217p 18cm （ポプラポケット文庫 077-3） 650円 ①978-4-591-12231-0
|目次| 雪女, 友だちだよな, 夜の訪問者, 白装束, はよう, せい, 白い手, うさぎの飼育委員, 白蛇, 白い家, 赤いかみ, 白いかみ
|内容| 雪山ペンション行きの電車の中で、ぼくは不思議な女の子と「白い本」に出会います。一度別れたはずなのに、その後も再び女の子と本に遭遇して…。怖くて切ない「白」の怪談集をお楽しみください。小学校上級から。

『呪う本―つながっていく怪談 番外編』 緑川聖司作, 竹岡美穂絵 ポプラ社 2014.8 243p 18cm （ポプラポケット文庫 077-12） 680円 ①978-4-591-14092-5
|目次| わら人形の使い方, 呪いのシナリオ, 呪いの黒板, 肝試し, 呪いのエレベーター, 旧校舎の幽霊, ひとりこっくりさん, 呪いのメール, 肖像画, 呪いの面, 深夜の乗客
|内容| まるで真夏のような暑さのなか、部活の帰りにたまたま立ち寄った古本屋で偶然見つけた『呪う本』。家に戻って、早速読み始めたわたしは、その内容に奇妙な感覚をおぼえる。まるで自分の学校を舞台にした話のようなのだ。そして、さらに読み続けると…。新たな恐怖を呼ぶ『本の怪談』シリーズ番外編第二弾！ 小学校上級～。

『晴れた日は図書館へいこう』 緑川聖司著 ポプラ社 2013.7 246p 15cm （ポプラ文庫ピュアフル Pみ-4-1） 580円 ①978-4-591-13530-3〈小峰書店 2003年刊を加筆・修正のうえ、書き下ろし短編「雨の日も図書館へいこう」を加えて再刊〉
|目次| わたしの本, 長い旅, ぬれた本の謎, 消えた本の謎, エピローグはプロローグ, 雨の日も図書館へいこう
|内容| 茅野しおりの日課は、憧れのいとこ、美弥子さんが司書をしている雲峰市立図書館へ通うこと。そこでは、日々、本にまつわるちょっと変わった事件が起きている。六十年前に貸し出された本を返しにきた少年、次々と行方不明になる本に隠された秘密…本と図書館を愛するすべての人に贈る、とっておきの"日常の謎"。知る人ぞ知るミステリーの名作が、書き下ろし短編を加えて待望の文庫化。

『晴れた日は図書館へいこう 〔2〕 ここ

『から始まる物語』 緑川聖司著　ポプラ社　2013.9　327p　15cm　（ポプラ文庫ピュアフル　Pみ-4-2）　620円　①978-4-591-13585-3〈小峰書店2010年刊の加筆・修正、書き下ろし「九冊は多すぎる」を加え再刊　文献あり〉
|目次| 移動するドッグフードの謎．課題図書．幻の本．空飛ぶ絵本．消えたツリーの雪．九冊は多すぎる
|内容| 館内にこっそり置かれ続けるドッグフードの缶詰に、クリスマスツリーから消えた雪、空飛ぶ絵本に、半世紀前に読んだきり題名の分からない本を見つけてほしいという依頼…．図書館が大好きな少女・しおりが、司書をしているいとこの美弥子さんたちと一緒に、本にまつわる謎を追う―。大好評のほのぼの図書館ミステリー第二弾！　書き下ろし短編も収録。

『福まねき寺にいらっしゃい―副住職見習いの謎解き縁起帖』 緑川聖司著　ポプラ社　2015.7　281p　15cm　（ポプラ文庫ピュアフル　Pみ-4-3）　620円　①978-4-591-14515-9〈文献あり〉
|目次| 佐平さんの恋、おばあちゃんのパズル、詐欺師を探せ、幽霊との会い方、教えます
|内容| 跡継ぎだった兄が突然失踪し、実家の福招寺―通称「福まねき寺」の副住職として呼び戻された大学生の修平。流されるまま、近所の寺の毒舌美形の副住職・清隆さんとともに、檀家さんが持ち込んできた恋愛相談や不思議な遺言の謎解きなど、さまざまな事件を解決することに。『晴れた日は図書館へいこう』の著者による、ほんわかお寺ミステリー！

『緑の本―追ってくる怪談』 緑川聖司作、竹岡美穂絵　ポプラ社　2011.7　205p　18cm　（ポプラポケット文庫 077-4）　620円　①978-4-591-12514-4
|目次| モリワラシ．キャンプの夜．ほたる．デジカメ．カーナビ．スイカ泥棒．コダマ．着信．ぺとぺとさん．電話ボックス．ついてくる．山小屋の幽霊．おまえだ！
|内容| バスケ部の合宿で、百物語をすることになった碧。一人ずつ怪談を話していくうちに、碧のまわりにもふしぎなできごとが続きます。別の場所にいる、双子の弟、蒼にも、危険が迫っていて…．小学校上級～。

『紫の本―封じられた怪談』 緑川聖司作、竹岡美穂絵　ポプラ社　2012.2　204p　18cm　（ポプラポケット文庫 077-6）　620円　①978-4-591-12733-9
|目次| 女王蝶．紫のマフラー．紫の炎．だれくる自転車？．蔵の中．返品可．コツン、コツン．紫の空．影．信号．帽子の男の子．思い出のアルバム．紫の呪い
|内容| 臨終まぎわ、紫のチョウが現れて、母は死んだ。無人のはずの村崎屋敷に人影が、学校のおどり場の鏡からは、ムラサキババアが現れるという噂も広がり…。「紫の本」を最後まで読んだとき、きみを待っているのは―。小学校上級～。

『闇の本―忘れていた怪談 番外編』 緑川聖司作、竹岡美穂絵　ポプラ社　2013.12　263p　18cm　（ポプラポケット文庫 077-11）　680円　①978-4-591-13698-0
|目次| 星を見る少女、いないいないばあ、隙間男、はなしてはいけない、砂場、見つけてはいけない、心霊写真、返して、タクシー、勇者、仏壇、万引き、ふたりかくれんぼ、闇の本
|内容| ぼくは昔の記憶をたどるため、今は空き家となっている古い洋館に行く。そして、隠し部屋を発見して入ってみると、中は本で埋め尽くされていた。床に落ちていた1冊の本を読み始めたぼく。と、突然そこに山岸と名のる青年が現れ、呪われた本の話をはじめた…。小学校上級～。

宮沢　賢治
みやざわ・けんじ
《1896～1933》

『雨ニモマケズ』 宮沢賢治作　岩崎書店　1990.3　233p　18cm　（フォア文庫 B114）　500円　①4-265-01071-7
|目次| 兄、賢治の一生（宮沢清六）、雨ニモマケズ　詩・短歌・散文・綴方・書簡など（花城小学校時代、盛岡中学校と一浪時代、盛岡高等農林学校時代、信仰と出京、花巻農学校時代、羅須地人協会時代、東北砕石工場時代、病いから死まで）
|内容| 賢治の代表的な詩で、かれの生き方をよく表わしていて今なお、多くの人々に愛誦されている「雨ニモマケズ」など、多くの詩や短歌・散文なども収録。あわせて賢治の生活を物語る、書簡・綴方なども選んで入れ、また弟・清六氏による"賢治の生涯"は、賢治を理解する上で一助となるでしょう。

『雨ニモマケズ』 宮沢賢治著　ポプラ社　2005.10　190p　18cm　（ポプラポケット文庫 351-5）　570円　①4-591-08859-6〈1984年刊の新装改訂〉
|目次| ポラーノの広場、四又の百合、「春と修

羅」より、「疾中」より、「雨ニモマケズ手帳」より

内容 「雨ニモマケズ」は、一九三一年十一月三日、病床で手帳にえんぴつで書かれた詩で(中略)生涯をかけて努力し実行して中途で倒れた賢治の切ない願いが、率直に訴えられていて、感動をよびます。死に近いきつい無私のすがたがここに示されています。一表題作ほか四編を収録。

『イーハトーボ農学校の春』 宮沢賢治著
角川書店 1996.3 205p 15cm （角川文庫） 430円 ①4-04-104011-6
目次 或る農学生の日誌、台川、イーハトーボ農学校の春、イギリス海岸、耕耘部の時計、みじかい木ぺん、種山ケ原、十月の末、谷、二人の役人、鳥をとるやなぎ、さいかち淵
内容 訪れた春の暖かい陽射しのなかで、歓びにあふれ、農作業を謳歌する農学生たちを描く表題作をはじめ、賢治の農学校教師時代の生活や、農学生時代の思い出から生まれた作品を集める。

『インドラの網』 宮沢賢治著 角川書店 1996.4 281p 15cm （角川文庫） 470円 ①4-04-104012-4
目次 インドラの網、雁の童子、学者アラムハラドの見た着物、三人兄弟の医者と北守将軍（韻文形）、竜と詩人、チュウリップの幻術、さるのこしかけ、楢の木大学士の野宿、風野又三郎
内容 ツェラという高原を歩いているうちに、ふと"天の空間"に滑り込んでしまい、天人、蒼い孔雀、天界の太陽などあらゆる美の極致を目にする主人公を描く表題作「インドラの網」をはじめ、夢と神秘にあふれた幻想的作品を集める。「雁の童子」「学者アラムハラドの見た着物」など"西域異聞"と呼ばれる作品も含め、賢治の持っていた「心象宙宇」の途方もない大きさと透明度をあますところなく伝え、賢治世界の真骨頂ともいえる童話集である。

『オツベルと象』 宮沢賢治作、井上洋介画
岩崎書店 1986.11 190p 18cm （フォア文庫） 390円 ①4-265-01053-9
目次 オツベルと象、ねこの事務所、台川、楢ノ木大学士の野宿、十力の金剛石
内容 社会のなかでおこる不正やひずみをえぐりだす「オツベルと象」「ねこの事務所」の2編と、賢治がもっとも得意とした岩石鉱物の知識を駆使して描いた「台川」「楢ノ木大学士の野宿」「十力の金剛石」の計5編を収める。岩石鉱物についての註や詳細な解説を付し、作品理解の一助とした。宮沢賢治の傑作童話集！

『風の又三郎』 宮沢賢治著 改編 角川書店 1988.12 168p 15cm （角川文庫） 260円 ①4-04-104009-4
目次 風の又三郎、とっこべとら子、祭の晩、なめとこ山の熊、土神と狐、虔十公園林、化物丁場、ガドルフの百合、マグノリアの木
内容 どっどどどどうど…青いくるみも吹きとばせ すっぱいかりんも吹きとばせ…山の谷川の岸にある小さな小学校に、大風の吹いた朝、ひとりの少年が転校して来た。次の朝、その少年が登校して来ると、土手の草が、ざわざわ波になり校庭に小さなつむじ風がまいた。谷川の小学校の子供たちは、その少年があらわれて以来、ふしぎに落着かない気持ちにおそわれた。表題作ほか8編を収録。

『風の又三郎—新編』 宮沢賢治著 新潮社 1989.2 345p 16cm （新潮文庫） 360円 ①4-10-109204-4
目次 やまなし、貝の火、蜘蛛となめくじと狸、ツェねずみ、クンねずみ、蛙のゴム靴、二十六夜、雁の童子、十月の末、フランドン農学校の豚、虔十公園林、谷、鳥をとるやなぎ、祭の晩、グスコーブドリの伝記、風の又三郎
内容 「やっぱりあいつ又三郎だぞ」谷川の岸の小学校に風のように現われ去っていった転校生に対する、子供たちの親しみと恐れのいりまじった気持を生き生きと描く表題作や、「やまなし」「二十六夜」「祭の晩」「グスコーブドリの伝記」など16編を収録。多くの人々を魅了しつづける賢治童話の世界から、自然の息づきの中で生きる小動物や子供たちの微妙な心の動きを活写する作品を中心に紹介。

『風の又三郎』 宮沢賢治著 角川書店 1996.6 198p 15cm （角川文庫） 430円 ①4-04-104009-4〈年譜：p185～198〉
目次 風の又三郎．とっこべとら子．祭の晩．なめとこ山の熊．土神ときつね．気のいい火山弾．化物丁場．ガドルフの百合．マグノリアの木

『風の又三郎』 宮沢賢治作 岩波書店 2000.11 240p 18cm （岩波少年文庫） 680円 ①4-00-114011-X
目次 雪渡り、よだかの星、ざしき童子のはなし、祭の晩、虔十公園林、ツェねずみ、気のいい火山弾、セロ弾きのゴーシュ、ふたごの星、風の又三郎
内容 宮沢賢治の童話集。「雪渡り」「よだかの星」「ざしき童子のはなし」「セロ弾きのゴーシュ」「風の又三郎」など、岩手をみずからのドリームランドとした賢治の作品の中から、郷土色ゆたかなものを中心に10編を収める。小学5・6年以上。

『風の又三郎―他十八篇 童話集』 宮沢賢治作, 谷川徹三編 岩波書店 2003.4 309p 15cm （岩波文庫） 560円 ①4-00-310762-4〈改版第77刷〉
[目次] 風の又三郎, セロひきのゴーシュ, 雪渡り, 蛙のゴム靴, カイロ団長, 猫の事務所, ありときのこ, やまなし, 十月の末, 鹿踊りのはじまり, 狼森と笊森, 盗森, ざしき童子のはなし, とっこべとら子, 水仙月の四日, 祭りの晩, なめとこ山の熊, 虔十公園林, グスコーブドリの伝記
[内容] 故郷の土と, 世界に対する絶えざる新鮮な驚きの中から生まれた賢治の童話は, どの作品もそれぞれに不思議な魅力をたたえている。ここには「風の又三郎」をはじめ, ふるさとの山や川に深く結ばれた作品を中心に19篇を収めた。

『風の又三郎』 宮沢賢治著 ポプラ社 2005.10 204p 18cm （ポプラポケット文庫 351-3） 570円 ①4-591-08857-X〈1978年刊の新装改訂〉
[目次] 雪渡り, とっこべとら子, ざしき童子のはなし, よだかの星, 虔十公園林, なめとこ山のくま, 風の又三郎

『風の又三郎―宮沢賢治童話集』 宮沢賢治著 改訂版 偕成社 2008.4 268p 19cm （偕成社文庫） 700円 ①978-4-03-650140-3〈第22刷〉
[目次] 雪渡り, かしわばやしの夜, 猫の事務所, シグナルとシグナレス, 水仙月の四日, 鹿踊りのはじまり, グスコーブドリの伝記, 風の又三郎
[内容] 高原の分教場に三郎が転校してきた。子どもたちは彼を風の子・又三郎だと思いこむ。子どもの夢の世界をいきいきと描いた表題作のほか, 「雪渡り」「グスコーブドリの伝記」など詩情あふれる賢治童話8編を収録。

『風の又三郎』 宮沢賢治作, 太田大八絵 新装版 講談社 2008.10 220p 18cm （講談社青い鳥文庫 88-6―宮沢賢治童話集2） 570円 ①978-4-06-285050-6
[目次] 詩・高原, 風の又三郎, 洞熊学校を卒業した三人, 気のいい火山弾, ねこの事務所, 虔十公園林, からすの北斗七星, よだかの星, ふたごの星
[内容] 台風のくる二百十日に, 東北の小さな山村に転校してきた高田三郎を, 子どもたちは, 伝説の風の子「又三郎」だとして, 親しみとおどろきをもってむかえた。宮沢賢治の代表作のひとつ『風の又三郎』をはじめ, 『洞熊学校を卒業した三人』『気のいい火山弾』『ね

この事務所』『虔十公園林』『からすの北斗七星』『よだかの星』『ふたごの星』など, 自然や星空をテーマにした作品の数々。小学中級から。

『風の又三郎―新編』 宮沢賢治著 改版 新潮社 2011.12 405p 15cm （新潮文庫） 520円 ①978-4-10-109204-1
[目次] やまなし, 貝の火, 蜘蛛となめくじと狸, ツェねずみ, クンねずみ, 蛙のゴム靴, 二十六夜, 雁の童子, 十月の末, フランドン農学校の豚, 虔十公園林, 谷, 鳥をとるやなぎ, 祭の晩, グスコーブドリの伝記, 風の又三郎
[内容] 「やっぱりあいづ又三郎だぞ」谷川の岸の小学校に風のように現われ去っていった転校生に対する, 子供たちの親しみと恐れのいりまじった気持を生き生きと描く表題作や, 「やまなし」「二十六夜」「祭の晩」「グスコーブドリの伝記」など16編を収録。多くの人々を魅了しつづける賢治童話の世界から, 自然の息づきの中で生きる小動物や子供たちの微妙な心の動きを活写する作品を中心に紹介。

『風の又三郎―宮沢賢治童話集』 宮沢賢治作, 岩崎美奈子絵 KADOKAWA 2016.1 188p 18cm （角川つばさ文庫） 560円 ①978-4-04-631547-2
[目次] 風の又三郎, 祭の晩, 北守将軍と三人兄弟の医者, 貝の火, 虔十公園林
[内容] 風の強い日にやってきたふしぎな転校生・高田三郎。赤い髪をした三郎は, みんなに風の神の子, 風の又三郎と呼ばれるようになる。そして学校の友だちと山に遊びにいく又三郎だけれど!? 日本でいちばん愛されている童話作家・宮沢賢治の代表作『風の又三郎』のほか, 「祭の晩」「北守将軍と三人兄弟の医者」「貝の火」「虔十公園林」が入った心あたたまる名作集！ 小学中級から。

『銀河鉄道の夜』 宮沢賢治著 集英社 1990.12 271p 16cm （集英社文庫） 350円 ①4-08-752003-X〈著者の肖像あり〉
[目次] やまなし, いちょうの実, よだかの星, ひかりの素足, 風の又三郎, 銀河鉄道の夜
[内容] 青や橙色に輝く星の野原を越え, 白く光る銀河の岸をわたり, ジョバンニとカムパネルラを乗せた幻の列車は走る。不思議なかなしみの影をたたえる乗客たちは何者なのか？ 列車はどこへ向かおうとするのか？ 孤独な魂の旅を抒情豊かにつづる表題作ほか, 「風の又三郎」「よだかの星」など, 著者の代表的作品を六編収録する。

『銀河鉄道の夜―新編』 宮沢賢治著 新潮社 1992.11 357p 15cm （新潮文庫） 360円 ①4-10-109205-2〈年譜:

宮沢賢治

p351〜357〉
|目次| 双子の星. よだかの星. カイロ団長. 黄いろのトマト. ひのきとひなげし. シグナルとシグナレス. マリヴロンと少女. オッベルと象. 猫の事務所. 北守将軍と三人兄弟の医者. 銀河鉄道の夜. セロ弾きのゴーシュ. 飢餓陣営. ビジテリアン大祭

『銀河鉄道の夜』 宮沢賢治著 角川書店 1996.5 264p 15cm （角川文庫） 430円 ①4-04-104003-5
|目次| おきなぐさ, 双子の星, 貝の火, よだかの星, 四又の百合, ひかりの素足, 十力の金剛石, 銀河鉄道の夜
|内容| —永久の未完成これ完成である—。自らの言葉を体現するかのように、賢治の死の直前まで変化発展しつづけた、最大にして最高の傑作「銀河鉄道の夜」。そして、いのちを持つものすべての胸に響く名作「よだかの星」のほか、「ひかりの素足」「双子の星」「貝の火」などの代表作を収める。

『銀河鉄道の夜—宮沢賢治童話集』 宮沢賢治著 扶桑社 1996.10 284p 16cm （扶桑社文庫） 500円 ①4-594-02100-X
|目次| どんぐりと山猫, 注文の多い料理店, 水仙月の四日, 山男の四月, かしわばやしの夜, 月夜のでんしんばしら, 鹿踊りのはじまり, なめとこ山の熊, セロ弾きのゴーシュ, グスコーブドリの伝記, 銀河鉄道の夜
|内容| 「するとどこかで、ふしぎな声が、銀河ステーション、銀河ステーションと言う声がしたと思うといきなり目の前が、ぱっと明るくなって、まるで億万の蛍いかの火を一ぺんに化石させて、空中に沈めたというぐあい、…」銀河の祭の夜、ジョバンニは親友のカムパネルラと、現実と幻想の中を走りぬけ、夢と不思議に満ちた銀河鉄道に乗り込んだ。表題作のほかに『注文の多い料理店』『セロ弾きのゴーシュ』『グスコーブドリの伝記』など全11編を収録。

『銀河鉄道の夜』 宮沢賢治作 岩波書店 2000.12 233p 18cm （岩波少年文庫） 680円 ①4-00-114012-8
|目次| やまなし, 貝の火, なめとこ山のくま, オッペルとぞう, カイロ団長, 雁の童子, 銀河鉄道の夜
|内容| 宮沢賢治の童話集。夜の軽便鉄道に乗って天空を旅する少年ジョバンニの心の動きを描いた表題作のほか、「やまなし」「貝の火」「なめとこ山のくま」「オッペルとぞう」「カイロ団長」「雁の童子」の7編。幻想性に富んだ作品を収めます。小学5・6年以上。

『銀河鉄道の夜—他十四篇 童話集』 宮沢賢治作, 谷川徹三編 岩波書店 2003.4 334p 15cm （岩波文庫） 500円 ①4-00-310763-2〈改版第74刷〉
|目次| 北守将軍と三人兄弟の医者, オッペルと象, どんぐりと山猫, 蜘蛛となめくじと狸, ツェねずみ, クねずみ, 烏箱先生とフウねずみ, 注文の多い料理店, からすの北斗七星, 雁の童子, 二十六夜, 竜と詩人, 飢餓陣営, ビジテリアン大祭, 銀河鉄道の夜
|内容| 宮沢賢治(1896-1933)の童話はその詩とともにきわめて特異なものである。「あなたのすきとおったほんとうのたべもの」になることを念じて書かれた心象的なこの童話の一つ一つは、故郷の土と、世界に対する絶えざる新鮮な驚きのなかから生まれたものである。どの1篇もそれぞれに不思議な魅力をたたえた傑作ぞろい。

『銀河鉄道の夜』 宮沢賢治著 ポプラ社 2005.10 210p 18cm （ポプラポケット文庫 351-2） 570円 ①4-591-08856-1〈1982年刊の新装版〉
|目次| おきなぐさ, めくらぶどうと虹, 双子の星, ひかりの素足, 銀河鉄道の夜

『銀河鉄道の夜—他十四篇 童話集』 宮沢賢治作, 谷川徹三編 第80刷改版 岩波書店 2007.4 401p 15cm （岩波文庫） 600円 ①4-00-310763-2
|目次| 北守将軍と三人兄弟の医者. オッペルと象. どんぐりと山猫. 蜘蛛となめくじと狸. ツェねずみ. クねずみ. 烏箱先生とフウねずみ. 注文の多い料理店. からすの北斗七星. 雁の童子. 二十六夜. 竜と詩人. 飢餓陣営. ビジテリアン大祭. 銀河鉄道の夜

『銀河鉄道の夜—宮沢賢治童話集』 宮沢賢治著 改訂2版 偕成社 2008.4 232p 19cm （偕成社文庫） 600円 ①978-4-03-651240-9〈第13刷〉
|目次| 狼森と笊森, 盗森, 注文の多い料理店, ツェねずみ, カイロ団長, 洞熊学校を卒業した三人, なめとこ山の熊, 雁の童子, 銀河鉄道の夜
|内容| 少年ジョバンニの幻想的な宇宙旅行を描いて児童文学史上の名作のひとつに数えられる表題作のほか、「注文の多い料理店」「ツェねずみ」「なめとこ山の熊」「狼森と笊森、盗森」など賢治童話珠玉の8編を収録。

『銀河鉄道の夜』 宮沢賢治作, 太田大八絵 新装版 講談社 2009.1 205p 18cm （講談社青い鳥文庫 88-7—宮沢賢治童話集 3） 570円 ①978-4-06-285051-3

宮沢賢治

|目次| 詩・雨ニモマケズ,銀河鉄道の夜,オツベルと象,雁の童子,なめとこ山のくま,北守将軍と三人兄弟の医者,水仙月の四日

|内容| ジョバンニとカムパネルラの二人の少年は,銀河鉄道にのって四次元へのふしぎな旅に出ます。美しい音楽を聞きながら、まるで銀河系宇宙のかなたを旅しているような気持ちになる『銀河鉄道の夜』ほか五編と、代表的な詩『雨ニモマケズ』の全文を収録。小学中級から。

『銀河鉄道の夜』 宮澤賢治著 ぶんか社 2010.6 172p 15cm （ぶんか社文庫 み-3-1） 457円 ①978-4-8211-5341-1

|目次| 銀河鉄道の夜,セロ弾きのゴーシュ,ざしき童子のはなし,気のいい火山弾

|内容| 『銀河鉄道の夜』は、賢治逝去のため未定稿で遺された童話。主人公の少年が親友と共に銀河鉄道で星々の世界をめぐる物語は、幻想的で豊潤なイメージに満ちており、未だに人々を魅了し続ける。他に『セロ弾きのゴーシュ』など三篇を収録。

『銀河鉄道の夜』 宮沢賢治著 角川春樹事務所 2011.4 115p 16cm （ハルキ文庫 み1-3） 267円 ①978-4-7584-3548-2〈年譜あり〉

|目次| 銀河鉄道の夜．雪渡り．雨ニモマケズ．エッセイ（長野まゆみ著）

『銀河鉄道の夜—新編』 宮沢賢治著 新潮社 2011.6 357p 15cm （新潮文庫） 400円 ①978-4-10-109205-8〈57刷（初版1989年）〉

|目次| 双子の星、よだかの星、カイロ団長、黄いろのトマト、ひのきとひなげし、シグナルとシグナレス、マリヴロンと少女、オツベルと象、猫の事務所、北守将軍と三人兄弟の医者、銀河鉄道の夜、セロ弾きのゴーシュ、饑餓陣営、ビジテリアン大祭

|内容| 貧しく孤独な少年ジョバンニが、親友カムパネルラと銀河鉄道に乗って美しく悲しい夜空の旅をする、永遠の未完成の傑作である表題作や、「よだかの星」「オツベルと象」「セロ弾きのゴーシュ」など、イーハトーヴォの切なくも多彩な世界に、「北守将軍と三人兄弟の医者」「饑餓陣営」「ビジテリアン大祭」を加えた14編を収録。賢治童話の豊饒な味わいをあますところなく披露する。

『銀河鉄道の夜—宮沢賢治童話集』 宮沢賢治作,ヤスダスズヒト絵 角川書店 2012.6 222p 18cm （角川つばさ文庫 Fみ1-2） 560円 ①978-4-04-631215-0〈発売：角川グループパブリッシング〉

|目次| 詩 雨ニモマケズ,銀河鉄道の夜,グスコーブドリの伝記,ふたごの星,よだかの星

|内容| 祭りの夜、ジョバンニは、草むらにねころんで、星空をながめていた。すると、ふしぎな声と明るい光につつまれたと思うと、幼なじみのカムパネルラと、銀河鉄道に乗っていた…。二人は、美しい宇宙の旅へ。宮沢賢治の最高傑作「銀河鉄道の夜」のほか、「雨ニモマケズ」「グスコーブドリの伝記」「ふたごの星」「よだかの星」が入った日本を代表する名作。小学中級から。

『銀河鉄道の夜』 宮沢賢治著 海王社 2012.12 158p 15cm （海王社文庫） 952円 ①978-4-7964-0377-1〈朗読：櫻井孝宏〉

|目次| 銀河鉄道の夜,セロ弾きのゴーシュ,ざしき童子のはなし,気のいい火山弾

|内容| お祭りの夜、ふと聞こえてきた汽車の音。気づけばジョバンニとカムパネルラは銀河鉄道に乗りこんでいた。汽車はどこへ向かうのか？ 少年たちの儚くも美しい不思議な旅が始まる一。未完ながらも永く人々を魅了する表題作ほか、童話4編を収録。声優・櫻井孝宏が紡ぐ「銀河鉄道の夜」名場面抜粋の朗読CD封入。

『銀河鉄道の夜—他十四篇 童話集』 宮沢賢治作,谷川徹三編 岩波書店 2014.1 401p 19cm （ワイド版岩波文庫 370） 1400円 ①978-4-00-007370-7〈改版 岩波文庫 1990年刊の再刊〉

|目次| 北守将軍と三人兄弟の医者、オッペルと象、どんぐりと山猫、蜘蛛となめくじと狸、ツェねずみ、クねずみ、鳥箱先生とフウねずみ、注文の多い料理店、からすの北斗七星、雁の童子、二十六夜、竜と詩人、飢餓陣営、ビジテリアン大祭、銀河鉄道の夜

『銀河鉄道の夜 風の又三郎 セロ弾きのゴーシュ』 宮沢賢治著 PHP研究所 2009.4 317p 15cm （PHP文庫 み36-1） 419円 ①978-4-569-67238-0〈年譜あり〉

|目次| 銀河鉄道の夜,風の又三郎,セロ弾きのゴーシュ

|内容| 『銀河鉄道の夜』『風の又三郎』『セロ弾きのゴーシュ』は、賢治童話でもとくに有名な作品である。しかし、幻想的で豊かなイメージにあふれている一方、賢治がそれぞれの物語に込めたメッセージを汲み取るのは難しい。本書はそんな三作品を組みあわせ、大きな字、豊富なふりがなと註記によって、楽しく読みやすいように工夫した。

宮沢賢治

『セロひきのゴーシュ』 宮沢賢治作, 太田大八画 岩崎書店 2004.2 207p 18cm （フォア文庫愛蔵版） 1000円 ①4-265-01210-8
[目次] 虔十公園林, セロひきのゴーシュ, 革トランク, 化物丁場, 毒もみのすきな署長さん, フランドン農学校のぶた, ひかりの素足, インドラの網

『セロひきのゴーシュ』 宮沢賢治著 ポプラ社 2005.10 206p 18cm （ポプラポケット文庫 351-4） 570円 ①4-591-08858-8〈1978年刊の新装改訂〉
[目次] 貝の火, やまなし, カイロ団長, ねこの事務所, オツベルとぞう, 茨海小学校, セロひきのゴーシュ

『セロひきのゴーシュ』 宮沢賢治作, 太田大八絵 新装版 講談社 2009.3 164p 18cm （講談社青い鳥文庫 88-8—宮沢賢治童話集 4） 570円 ①978-4-06-285052-0
[目次] 詩・林と思想, セロひきのゴーシュ, どんぐりと山猫, 貝の火, グスコーブドリの伝記
[内容] ゴーシュは, 夜遅くまでセロの練習を。すると, 毎晩のように動物や鳥が現れて…。賢治の代表作『セロひきのゴーシュ』をはじめ『どんぐりと山猫』『貝の火』『グスコーブドリの伝記』ほか, 詩『林と思想』を収録。

『セロ弾きのゴーシュ』 宮沢賢治著 角川書店 1996.5 323p 15cm （角川文庫） 520円 ①4-04-104002-7
[目次] 雪渡り, やまなし, 氷河鼠の毛皮, シグナルとシグナレス, オツベルと象, ざしき童子のはなし, 寓話猫の事務所, 北守将軍と三人兄弟の医者, グスコーブドリの伝記, 朝に就ての童話的構図, セロ弾きのゴーシュ
[内容] 楽団のお荷物だったセロ弾きの少年・ゴーシュが, 夜ごと訪れる動物たちとのふれあいを通じて, 心の陰を癒しセロの名手となっていく表題作。また「やまなし」「シグナルとシグナレス」「氷河鼠の毛皮」「猫の事務所」「雪渡り」「グスコーブドリの伝記」など, 賢治が生前に新聞・雑誌に発表した名作・代表作の数々を収める。

『セロ弾きのゴーシュ—宮沢賢治童話集』 宮沢賢治著 改訂2版 偕成社 2008.12 195p 19cm （偕成社文庫） 600円 ①978-4-03-550190-9〈第9刷〉
[目次] どんぐりとやまねこ, やまなし, さるのこしかけ, よだかの星, 虔十公園林, 祭りのばん, ざしき童子のはなし, オツベルとぞう, ま

なづるとダァリヤ, いちょうの実, 気のいい火山弾, 雨ニモマケズ, セロ弾きのゴーシュ
[内容] 演奏会まであと10日しかないのにゴーシュはどうしてもセロをうまく弾けません。音楽の心を描いた表題作のほか,「どんぐりとやまねこ」「オツベルとぞう」「やまなし」など詩情ゆたかな名作13編を収録。

『注文の多い料理店』 宮沢賢治著 新潮社 1990.5 358p 15cm （新潮文庫） 400円 ①4-10-109206-0
[目次] 注文の多い料理店, 雪渡り, ざしき童子のはなし, さるのこしかけ, 気のいい火山弾, ひかりの素足, 茨海小学校, おきなぐさ, 土神ときつね, 楢ノ木大学士の野宿, なめとこ山の熊
[内容] これらのちいさなものがたりの幾きれかが, おしまい, あなたのすきとおったほんとうのたべものになることを, どんなにねがうかわかりません—生前唯一の童話集『注文の多い料理店』全編と,「雪渡り」「茨海小学校」「なめとこ山の熊」など, 地方色の豊かな童話19編を収録。賢治が愛してやまなかった"ドリームランドとしての日本岩手県"の闊達で果敢な住人たちとまとめて出会える一巻。

『注文の多い料理店』 宮沢賢治著 角川書店 1996.6 234p 15cm （角川文庫） 430円 ①4-04-104001-9
[目次] どんぐりと山猫, 狼森と笊森, 盗森, 注文の多い料理店, 烏の北斗七星, 水仙月の四日, 山男の四月, かしわばやしの夜, 月夜のでんしんばしら, 鹿踊りのはじまり
[内容] そこでは森と人が言葉を交わし, 烏は軍隊を組織し, 雪童子と雪狼が飛び回り, 柏の林が唄い, でんしんばしらは踊り出す。暖かさと壊しさ, そして神秘に満ちたち, イーハトーヴからの透きとおった贈り物—。賢治の生前に刊行された唯一の童話集。文庫本で可能な限り, 当時の挿絵等を復元する。

『注文の多い料理店』 宮沢賢治著 集英社 1997.6 285p 16cm （集英社文庫） 419円 ①4-08-752050-1〈肖像あり〉
[目次] 蜘蛛となめくじと狸,「ツェ」ねずみ, ひのきとひなげし, 革トランク, 注文の多い料理店, フランドン農学校の豚, オツベルと象, 寓話 猫の事務所, カイロ団長, 毒蛾, 二人の役人, 谷, さいかち淵, 毒もみのすきな署長さん
[内容] ざわざわ鳴るススキの中に,「西洋料理店・山猫軒」がありました。都会から猟に来た二人の紳士が, 入ってみると…表題作「注文の多い料理店」ほか13編収録。これを読んだあなたは, 世界を構成している基準が揺らぎ, 自分と他者の間がきしんだ時の痛み, 恐れを感じながら, 魅力的な賢治ワールドを発

宮沢賢治

見するでしょう。

『注文の多い料理店―イーハトーヴ童話集』 宮沢賢治作 岩波書店 2000.6 239p 18cm （岩波少年文庫） 640円 ①4-00-114010-1

『注文の多い料理店』 宮沢賢治著 ポプラ社 2005.10 206p 18cm （ポプラポケット文庫 351-1） 570円 ①4-591-08855-3〈1978年刊の新装改訂 年譜あり〉
|目次| どんぐりと山ねこ、狼森と笊森、盗森、注文の多い料理店、からすの北斗七星、水仙月の四日、山男の四日、かしわばやしの夜、月夜のでんしんばしら、鹿踊りのはじまり
|内容| 「おしまい、あなたのすきとおったほんとうのたべものになる」ことを作者は期待しています。かくいう筆者もよくわからないこともあり、いまだにすべてを理解しているわけではありませんが、なんどくり返して読んでもあきることのないのがふしぎでもあり、すぐれた文学というものはいつまでも手ばなし得ないものだと思います。―表題作ほか九編を収録。

『注文の多い料理店』 宮沢賢治作、太田大八絵 新装版 講談社 2008.10 216p 18cm （講談社青い鳥文庫 88-5―宮沢賢治童話集 1） 570円 ①978-4-06-285049-0
|目次| 星めぐりの歌、注文の多い料理店、鳥箱先生とフウねずみ、ツェねずみ、クンねずみ、ありとさのこ、やまなし、めくらぶどうと虹、いちょうの実、まなづるとダアリヤ、月夜のけだもの、おきなぐさ、シグナルとシグナレス、狼森と笊森、盗森
|内容| ふたりのわかい紳士が猟にでて、山おくの西洋料理店にはいったところ、かえって自分たちが料理されそうになってしまうという、宮沢賢治の代表作『注文の多い料理店』をはじめ、『鳥箱先生とフウねずみ』『ツェねずみ』『クンねずみ』『ありとさのこ』『やまなし』『雪渡り』『シグナルとシグナレス』『狼森と笊森、盗森』ほか、詩と名作童話15編を収録。小学中級から。

『注文の多い料理店』 宮澤賢治著 ぶんか社 2010.12 187p 15cm （ぶんか社文庫 み-3-2） 467円 ①978-4-8211-5373-2
|目次| イーハトヴ童話『注文の多い料理店』（どんぐりと山猫、狼森と笊森、盗森、注文の多い料理店、鳥の北斗七星、水仙月の四日、山男の四月、かしわばやしの夜、月夜のでんしんばしら、鹿踊りのはじまり）、おきなぐさ
|内容| 宮澤賢治が慈しんだ岩手県の風景が、生き生きと描き出された九篇の短編童話を収録した童話集『注文の多い料理店』。生前に刊行された唯一の童話集である。そして生命の輝きを感じさせてくれる『おきなぐさ』も収録した一冊。

『注文の多い料理店』 宮沢賢治著 角川春樹事務所 2012.4 125p 16cm （ハルキ文庫 み1-4） 267円 ①978-4-7584-3656-4〈底本：「新校本宮澤賢治全集」第11巻（筑摩書房 1996年刊）第12巻（筑摩書房 1995年刊） 年譜あり〉
|目次| 注文の多い料理店．セロ弾きのゴーシュ．風の又三郎

『注文の多い料理店』 宮沢賢治著 海王社 2012.11 219p 15cm （海王社文庫） 952円 ①978-4-7964-0366-5〈朗読：宮野真守〉
|目次| イーハトヴ童話『注文の多い料理店』（どんぐりと山猫、狼森と笊森、盗森、注文の多い料理店、鳥の北斗七星、水仙月の四日、山男の四月、かしわばやしの夜、月夜のでんしんばしら、鹿踊りのはじまり）、グスコーブドリの伝記
|内容| だいぶ山奥、お腹を空かせた紳士が二人。ちょうど目の前に西洋料理店「山猫軒」の看板があったので店に入ると、なぜか服を脱いだり、身体を念入りにお手入れしたり。なにやら怪しい気配が？―表題作に加え、名作『グスコーブドリの伝記』を収録。声優・宮野真守が紡ぐ『注文の多い料理店』名場面朗読CDを封入。

『注文の多い料理店　銀河鉄道の夜』 宮沢賢治作、北沢夕芸絵 集英社 2011.9 242p 18cm （集英社みらい文庫 み-2-1） 600円 ①978-4-08-321045-7
|目次| やまなし、どんぐりとやまねこ、注文の多い料理店、セロ弾きのゴーシュ、よだかの星、風の又三郎、銀河鉄道の夜、雨ニモマケズ
|内容| 賢治の作品の中でもっとも有名で、ユーモアにあふれた傑作『注文の多い料理店』、銀河鉄道に乗って宇宙を旅するファンタジー『銀河鉄道の夜』、大風の日に現れた転校生の物語『風の又三郎』、そのほか、いろいろな動物たちによる不思議な物語『どんぐりとやまねこ』『よだかの星』『やまなし』『セロ弾きのゴーシュ』や、『雨ニモマケズ』の8編を収録。

『注文の多い料理店　セロひきのゴーシュ―宮沢賢治童話集』 宮沢賢治作、たちもとみちこ絵 角川書店 2010.6 213p 18cm （角川つばさ文庫 Fみ1-1） 560

文庫で読める児童文学 2000冊　153

宮沢賢治

円　①978-4-04-631104-7〈発売：角川グループパブリッシング〉

[目次] 注文の多い料理店、セロひきのゴーシュ、雪渡り、オツベルと象、やまなし、なめとこ山の熊、どんぐりと山ねこ、水仙月の四日、狼森と笊森、盗森、シグナルとシグナレス

[内容] やってきたお客に、「コートを脱いで」「体にクリームをぬって、塩をつけて」など、次々とおかしな注文をするレストラン…『注文の多い料理店』。ねこ、鳥、たぬき、ねずみの親子から「チェロをひいて」と、おねだりされた演奏家は…『セロひきのゴーシュ』など、代表作10編。人気画家たちもとみちこイラスト、あまんきみこ解説による宮沢賢治の決定版！　小学中級から。

『ツェねずみ』　宮沢賢治作、横山泰三画　岩崎書店　1989.10　178p　18cm（フォア文庫）　470円　①4-265-01068-7

[目次] 月夜のけだもの、鳥箱先生とフウねずみ、ツェねずみ、クンねずみ、ぶどう水、十月の末、畑のへり、おきなぐさ、ひのきとひなげし、まなづるとダァリヤ、林の底

[内容] カエルやクモ、ネズミなど、小動物を主人公にした寓話的作品「鳥箱先生とフウねずみ」「ツェねずみ」「クンねずみ」などと、心の中に浮かびあがる、空想の世界をいきいきと描いたファンタスティックな「月夜のけだもの」「十月の末」など、好短編11話を収録。

『どんぐりと山ねこ』　宮沢賢治作、深沢紅子画　岩崎書店　1988.10　188p　18cm　（フォア文庫 B102）　430円　①4-265-01063-6

[目次] 貝の火、どんぐりと山ねこ、鳥をとるやなぎ、ふたりの役人、谷、さるのこしかけ、ほらぐま学校を卒業した3人、四又〔よまた〕の百合

[内容] おもしろく愉快な作品で、人間にとって大切なものは世俗的なものではかなえることのできない、真心や愛情であることを訴えている表題作「どんぐりと山ねこ」をはじめ、さわやかで魅力あふれる好短篇を収録。賢治童話の珠玉短篇集。小学校中・高学年向。

『なめとこ山のくま』　宮沢賢治作、斎藤博之画　岩崎書店　1987.10　181p　18cm　（フォア文庫）　390円　①4-265-01058-X

[目次] なめとこ山のくま、山男の四月、祭の晩、紫紺染について、ざしき童子〔ぼっこ〕のはなし、とっこべとら子、狼森〔おいのもり〕と笊森〔ざるもり〕、盗森〔ぬすともり〕、鹿踊〔ししおど〕りのはじまり、かしわばやしの夜

[内容] 撃つものと撃たれるものの因果な関係にありながら、心の深いところでかなしく結ばれる小十郎とくまを描く名作「なめとこ山のくま」のほか、賢治の愛した岩手の風土が色に濃くあらわれる作品8編を収める。巻末に堀尾青史氏による詳細な解説を付記。

『花の童話集』　宮沢賢治作、いわさきちひろ画　童心社　1987.4　122p　18cm（フォア文庫）　430円　①4-494-02662-X

[目次] まなづるとダァリヤ、めくらぶどうと虹、ひのきとひなげし、黄いろのトマト、おきなぐさ、いちょうの実、詩・おきなぐさ

[内容] 賢治童話の中から、花にまつわる六つの名作をえらんだ1冊です。こよなく花を愛した、いわさきちひろの絵につつまれて、賢治童話の詩情が、みずみずしくよみがえってくることでしょう。

『ビジテリアン大祭』　宮沢賢治著　角川書店　1996.5　245p　15cm　（角川文庫）　470円　①4-04-104013-2

[目次] ビジテリアン大祭、二十六夜、よく利く薬とえらい薬、馬の頭巾、税務署長の冒険、マリヴロンと少女、フランドン農学校の豚、葡萄水、車、虔十公園林、毒もみのすきな署長さん

[内容] ニュウファウンドランド島の小さな山村に、世界各国の菜食主義者の代表が集まって。しかし反対分子が紛れ込んで、祭りは一転、大論争の舞台となる。迫力の大虚構劇「ビジテリアン大祭」をはじめ、「二十六夜」「フランドン農学校の豚」など、生きるために他の命を奪わねばならぬ宿業に挑み、生きとし生けるものすべてに対する慈しみと祈りに満ちた作品。またデクノボー讃歌「虔十公園林」など、賢治の透徹した思想の神髄を伝える作品を集める。

『ポラーノの広場』　宮沢賢治作、箕田源二郎画　岩崎書店　1989.12　228p　18cm　（フォア文庫）　470円　①4-265-01069-5

[目次] イーハトーボ農学校の春、イギリス海岸、ある農学生の日誌、耕耘部の時計、ポラーノの広場

[内容] 農民の日々のくらしの中にある、苦労や喜び、悲しみを賢治の目で生きいきと、暖かく描きだした「イーハトーボ農学校の春」や「ある農学生の日誌」などの中、短編と、農民たちの、ユートピアともいえる〝新しい場所〟を追い求めた作品「ポラーノの広場」を収録。

『ポラーノの広場』　宮沢賢治著　新潮社　1995.2　474p　15cm　（新潮文庫）　560円　①4-10-109208-7

宮沢賢治

|目次| いちょうの実、まなづるとダァリヤ、鳥箱先生とフゥねずみ、林の底、十力の金剛石、とっこべとら子、若い木霊、風野又三郎

|内容| つめくさのあかりを辿って訪ねた伝説の広場をめぐる顛末を、自伝の思い深く描いた表題作、ブルカニロ博士が現われる「銀河鉄道の夜〔初期形第三次稿〕」、本物の風の子又三郎の話「風野又三郎」、「いちょうの実」など童話17編。多彩な作品の複雑な成立の秘密もうかがい知れて、魅力をさらに堪能できる一冊。

『ポラーノの広場』 宮沢賢治著 角川書店 1996.6 246p 15cm （角川文庫） 470円 ①4-04-104014-0

|目次| ポラーノの広場、黄いろのトマト、氷と後光（習作）、革トランク、泉ある家、十六日、手紙一〜四、毒蛾、紫紺染について、バキチの仕事、サガレンと八月、若い木霊、タネリはたしかにいちにち噛んでいたようだった

|内容| つめくさのあかりをたどって、イーハトーヴォの伝説の広場を探す若者たちの旅。理想郷を追い求めた賢治自身の姿が重なる表題作のほか、無題のままで活版印刷され、人々に配られた短い寓話「手紙一〜四」、軽快ななかにも妖しさの漂う「タネリはたしかにいちにち噛んでいたようだった」、また賢治には珍しい小説風の作品「泉ある家」「十六日」など、"童話"という概念では収まり切らない魅力あふれる作品を集める。

『ポラーノの広場』 宮沢賢治著 プランクトン 2009.7 113p 15cm （プランクトン文庫） ①978-4-904635-03-2

|目次| 逃げた山羊．つめくさのあかり．ポラーノの広場．警察署．センダード市の毒蛾．風と草穂

『まなづるとダァリヤ』 宮沢賢治著 角川書店 1996.3 247p 15cm （角川文庫） 470円 ①4-04-104010-8

|目次| 蜘蛛となめくじと狸、めくらぶだうと虹、「ツェ」ねずみ、鳥箱先生とフゥねずみ、クンねずみ、けだもの運動会、カイロ団長、寓話 洞熊学校を卒業した三人、畑のへり、蛙のゴム靴、林の底、黒ぶどう、月夜のけだもの

|内容| 傲慢なダリヤ。女々しいねずみ。ウィスキーに酔っぱらうあまがえるたち。話好きのフクロウ。染物屋をするとんび。きつねの小学校。勇気をふるって旅立つ、いちょうの子どもたち…。賢治の心象世界において、いきいきとした魂を与えられた動物たち、植物たちを主人公とする童話を集める。賢治自身が「花鳥童話・動物寓話」と呼び、あまたの童話のなかでもとりわけユーモアと風刺にあふれる作品集である。

『宮沢賢治全集 5 貝の火・よだかの星・カイロ団長―ほか』 宮沢賢治著 筑摩書房 1986.3 530p 15cm （ちくま文庫） 720円 ①4-480-02006-3

|目次| 蜘蛛となめくぢと狸、双子の星、貝の火、いてふの実、よだかの星、さるのこしかけ、種山ヶ原、めくらぶだうと虹、気のいい火山弾、馬の頭巾、ツェねずみ、鳥箱先生とフウねずみ、クンねずみ、けだもの運動会、十力の金剛石、若い木霊、カイロ団長、とっこべとら子、よく利く薬とえらい薬、ひかりの素足、ペンネンネンネンネン・ネネムの伝記、風野又三郎、毒蛾、谷、二人の役人、鳥をとるやなぎ、茨海小学校、二十六夜

『宮沢賢治全集 6 ビヂテリアン大祭・土神ときつね・雁の童子―ほか』 宮沢賢治著 筑摩書房 1986.5 553p 15cm （ちくま文庫） 720円 ①4-480-02007-1

|目次| 革トランク、おきなぐさ、黄いろのトマト、チュウリップの幻術、化物丁場〈ばけものちやうは〉、ビヂテリアン大祭、土神ときつね、林の底、マグノリアの木、インドラの網、雁の童子、三人兄弟の医者と北守〈ほくしゅ〉将軍、学者アラムハラドの見た着物、ガドルフの百合：楢ノ木大学士の野宿、葡萄水、みじかい木ぺん、バキチの仕事、サガレンと八月、台川、イーハトーボ農学校の春、イギリス海岸、耕耘部の時計、さいかち淵、タネリはたしかにいちにち噛んでゐたやうだった、黒ぶだう、車、氷と後光、四又の百合、虔十公園林、祭の晩、紫紺染について、毒もみのすきな署長さん

|内容| 「革トランク」「おきなぐさ」ほか31篇を収める賢治全集童話篇2。

『宮沢賢治全集 7 銀河鉄道の夜・風の又三郎・セロ弾きのゴーシュ―ほか』 宮沢賢治著 筑摩書房 1985.12 632p 15cm （ちくま文庫） 760円 ①4-480-02008-X

|目次| 税務署長の冒険、或る農学生の日誌、なめとこ山の熊、洞熊学校を卒業した三人、畑のけだもの、月夜のけだもの、蛙のゴム靴、まなづるとダリヤ、フランドン農学校の豚、ポラーノの広場、銀河鉄道の夜、風の又三郎、ひのきとひなげし、セロ弾きのゴーシェ、異稿

『宮沢賢治全集 8 注文の多い料理店・オツベルと象・グスコーブドリの伝記―ほか』 宮沢賢治著 筑摩書房 1986.2 686p 15cm （ちくま文庫） 760円 ①4-480-02009-8

文庫で読める児童文学 2000冊 155

|目次|『注文の多い料理店』,雪渡り,やまなし,氷河鼠の毛皮,シグナルとシグナレス,オツベルと象,ざしき童子のはなし,猫の事務所,北守将軍と三人兄弟の医者,グスコーブドリの伝記,朝に就ての童話的構図,生前発表初期断章,初期短篇綴等,「短篇梗概」等,手紙,劇

『宮沢賢治童話集』 宮沢賢治著 角川春樹事務所 2009.3 229p 16cm (ハルキ文庫 み1-2) 680円 ①978-4-7584-3401-0
|目次|雁の童子,カイロ団長,よだかの星,やまなし,フランドン農学校の豚,猫の事務所…ある小さな官衙に関する幻想…,なめとこ山の熊,注文の多い料理店,セロ弾きのゴーシュ,ビジテリアン大祭
|内容|山奥に狩猟に出かけた二人の紳士が,空腹を満たそうと入った西洋料理店での身も凍る恐怖を描いた「注文の多い料理店」,谷川の底で蟹の兄弟が交わす会話と生命の巡りを豊かな感性で表現した「やまなし」をはじめ,「フランドン農学校の豚」「セロ弾きのゴーシュ」など全10篇を収録。賢治の優しさとセンスが溢れる名作アンソロジー。

『もう一度読みたい宮沢賢治』 宮沢賢治著,別冊宝島編集部編 宝島社 2009.4 380p 16cm (宝島社文庫 Cへ-1-2) 457円 ①978-4-7966-7079-1〈2007年刊の改訂〉
|目次|『銀河鉄道の夜』について(吉本隆明著),もう一度読みたい宮沢賢治 童話作品 注文の多い料理店,セロ弾きのゴーシュ,よだかの星,風の又三郎,銀河鉄道の夜,グスコーブドリの伝記,烏の北斗七星,虔十公園林,土神ときつね,紫紺染について,洞熊学校を卒業した三人,毒もみのすきな署長さん,賢治の詩 春と修羅 ほか,解説 宮沢賢治—人と作品と時代(郷原宏著)

『よだかの星―宮沢賢治童話集4』 宮沢賢治作,広瀬雅彦絵 講談社 1995.10 164p 18cm (講談社青い鳥文庫) 500円 ①4-06-148428-1
|目次|詩・林と思想,よだかの星,貝の火,シグナルとシグナレス,グスコーブドリの伝記
|内容|みんなのいじめにあうよだかが,いっしょうけんめいにはばたく,さいごは美しい星となって光りかがやく「よだかの星」をはじめ,「貝の火」「シグナルとシグナレス」「グスコーブドリの伝記」など,名作童話4編と,詩「林と思想」を収録した宮沢童話の第4集。小学中級から。

『読んでおきたいベスト集! 宮沢賢治』 宮沢賢治著,別冊宝島編集部編 宝島社 2011.7 589p 16cm (宝島社文庫) 686円 ①978-4-7966-8509-2〈「もう一度読みたい宮沢賢治」(2009年刊)の増補〉
|目次|読んでおきたいベスト集! 宮沢賢治童話作品(どんぐりと山猫,注文の多い料理店,烏の北斗七星,かしわばやしの夜,鹿踊りのはじまり,風の又三郎,虔十公園林,やまなし,グスコーブドリの伝記,セロ弾きのゴーシュ,よだかの星,銀河鉄道の夜,北守将軍と三人兄弟の医者,オツベルと象,氷河鼠の毛皮,土神ときつね,なめこと山の熊,紫紺染について,税務署長の冒険,フランドン農学校の豚,洞熊学校を卒業した三人,毒もみのすきな署長さん),賢治の詩(春と修羅,雲の信号,休息,林と思想,高原,永訣の朝,無声慟哭,過去情炎,岩手軽便鉄道 七月(ジャズ),その恐ろしい黒雲がてわたくしはしまもなく死ぬのだろう,雨ニモマケズ,『雨ニモマケズ手帳』写真)

宮部 みゆき
みやべ・みゆき
《1960～》

『かまいたち』 宮部みゆき著 新潮社 1996.10 274p 15cm (新潮文庫) 520円 ①4-10-136916-X
|目次|かまいたち,師走の客,迷い鳩,騒ぐ刀

『かまいたち』 宮部みゆき作 講談社 2007.3 301p 18cm (講談社青い鳥文庫 250-4) 680円 ①978-4-06-148759-8〈絵:小鷹ナヲ〉
|目次|かまいたち,師走の客,迷い鳩,騒ぐ刀
|内容|夜な夜な江戸市中に出没する辻斬り「かまいたち」。町医者の娘おようは,夜おそく父を迎えに出て,かまいたちに出会ってしまう。長屋の向かいに越してきた目つきの鋭い男新吉は,目撃者のおようを追ってきたかまいたちなのか? あっと驚くどんでんがえしの表題作「かまいたち」ほか,全4編収録。人気の「霊験お初」をはじめ,魅力あふれる少年少女が活躍する,時代小説の世界へようこそ。小学上級から。

『かまいたち』 宮部みゆき著 改版 新潮社 2014.8 303p 15cm (新潮文庫) 590円 ①978-4-10-136916-7〈49刷(1刷1996年)〉
|目次|かまいたち,師走の客,迷い鳩,騒ぐ刀

宮部みゆき

[内容] 夜な夜な出没して江戸市中を騒がす正体不明の辻斬り"かまいたち"。人は斬っても懐中は狙わないだけに人々の恐怖はいよいよ募っていた。そんなある晩、町医者の娘おようは辻斬りの現場を目撃してしまう…。サスペンス色の強い表題作はじめ、純朴な夫婦に芽生えた欲望を描く「師走の客」、超能力をテーマにした「迷い鳩」「騒ぐ刀」を収録。宮部ワールドの原点を示す時代小説短編集。

『蒲生邸事件』 宮部みゆき著 文藝春秋 2000.10 686p 16cm （文春文庫） 829円 ①4-16-754903-4

[内容] 予備校受験のために上京した受験生・孝史は、二月二十六日未明、ホテル火災に見舞われた。間一髪で、時間旅行の能力を持つ男に救助されたが、そこはなんと昭和十一年。雪降りしきる帝都・東京では、いままさに二・二六事件が起きようとしていた―。大胆な着想で挑んだ著者会心の日本SF大賞受賞長篇。

『蒲生邸事件 前編』 宮部みゆき作, 黒星紅白絵 講談社 2013.7 457p 18cm （講談社青い鳥文庫 250-6） 800円 ①978-4-06-285371-2〈文春文庫 2000年刊の改稿〉

[内容] 浪人生の孝史は、泊まったホテルが火災にあい、タイムトラベラーを自称する男に助けられた。二人がタイムトリップした先は、昭和十一年二月二十五日、つまり、あの有名な「二・二六事件」の前夜の東京―。孝史を助けた男はほんとうにタイムトラベラーなのか？ 歴史は変えることができるのか？ 壮大なスケールでえがく歴史SFミステリー！ 小学上級から。

『蒲生邸事件 後編』 宮部みゆき作, 黒星紅白絵 講談社 2013.8 323p 18cm （講談社青い鳥文庫 250-7） 760円 ①978-4-06-285373-6〈文春文庫 2000年刊の改稿 文献あり〉

[内容] 孝史が身をよせる蒲生邸の主人が何者かに殺された。住み込みで働く少女、ふきに好意をもった孝史は、もうすぐ来る戦争をさけ、いっしょに現代の東京へ帰ろうと誘う。タイムトラベラーは、まがいものの神なのか？ 蒲生大将はなぜ殺されたのか？ そして、未来を知ったふきの決断は？ 今日を生きる勇気がわいてくる壮大な歴史ミステリー。小学上級から。

『この子だれの子』 宮部みゆき作 講談社 2006.10 221p 18cm （講談社青い鳥文庫 250-3） 620円 ①4-06-148739-6 〈絵：千野えなが〉

[目次] 我らが隣人の犯罪, この子だれの子, サボテンの花, 気分は自殺志願

[内容] 激しい雷雨の夜、留守番をするぼくの前にあらわれた女性は赤ん坊を抱いていた。葉月ちゃんというその赤ちゃんはぼくの妹だという。このぼくに兄弟がいる可能性はあるのだろうか…？ 表題作「この子だれの子」ほか、全4編を収録。あっと驚くどんでんがえしに、ちょっぴりしんみり優しいラスト。宮部ワールド炸裂の短編集。小学上級から。

『今夜は眠れない』 宮部みゆき著 中央公論社 1998.11 323p 16cm （中公文庫） 552円 ①4-12-203278-4

[内容] サッカー少年の僕と両親、平凡なはずの一家に突如暗雲が。「放浪の相場師」と呼ばれた男が、母さんに五億円を遺贈したのだ。お隣さんや同級生の態度が変わり、見知らぬ人からの嫌がらせが殺到、男と母さんの関係を疑う父さんは家出―相場師はなぜ母さんに大金を遺したのか？ 壊れかけた家族の絆を取り戻すため、僕は親友で将棋部のエースの島崎と、真相究明に乗り出した―。古川タクの描き下ろしパラパラマンガも収録。

『今夜は眠れない』 宮部みゆき著 角川書店 2002.5 282p 15cm （角川文庫） 514円 ①4-04-361101-3

[内容] 母さんと父さんは今年で結婚十五年目、僕は中学一年生でサッカー部員。そんなごく普通の平和な我が家に、ある日突然、暗雲がたちこめた。"放浪の相場師"とよばれた人物が母さんに五億円もの財産を遺贈したのだ。お隣さんや同級生も態度がかわり、見ず知らずのおかしな人たちからは脅迫電話があり、おまけに相場師の過去を疑う父さんは家出をし…。相場師はなぜ母さんに大金を遺したのか？ こわれかけた家族の絆を取り戻すため、僕は親友で将棋部のエースの島崎と真相究明の調査にのりだした。

『今夜は眠れない』 宮部みゆき作 講談社 2006.3 331p 18cm （講談社青い鳥文庫 250-2） 760円 ①4-06-148718-3 〈絵：小鷹ナヲ〉

[内容] 雅男は、サッカーが好きなごくふつうの中学生。ある日とつぜん、"放浪の相場師"とよばれた人物から、母さんに5億円もの遺産がのこされた。ふってわいたなぞの大金で、両親のあいだはぎくしゃくし、平凡だったはずの3人家族がバラバラに…。「5億円のなぞはぼくがとく！」クールな親友・島崎も一枚かんで、中学生コンビが大活躍。おどろきの結末はだれにも話さないで！ 小学上級から。

『ステップファザー・ステップ』 宮部みゆき著 講談社 1996.7 360p 15cm （講談社文庫） 580円 ①4-06-263285-3

『ステップファザー・ステップ―屋根から落ちてきたお父さん』 宮部みゆき作, 千野えなが絵 講談社 2005.10 345p

宮部みゆき

18cm （講談社青い鳥文庫 250-1） 760円 ①4-06-148702-7
[目次] ステップファザー・ステップ. トラブル・トラベラー. ヘルター・スケルター. ロンリー・ハート. ハンド・クーラー. ミルキー・ウエイ
[内容] 哲と直は中学生の双子の兄弟。両親はそれぞれに駆け落ちして家出中。なかよくふたりで暮らす家に、ある日、プロの泥棒が落ちこちてきた！ いやいやながらも、双子の父親がわりをさせられる泥棒。そんな3人を巻きこんで、不思議な事件やできごとがつぎつぎにおこります。ドキドキ、ワクワク、笑って泣いて、最後はほろり。ユーモアミステリーのロングセラーにして大傑作！ 小学上級から。

『ステップファザー・ステップ―屋根から落ちてきたお父さん』 宮部みゆき作, 千野えなが絵　講談社　2008.3　345p　18cm （講談社青い鳥文庫―SLシリーズ）　1000円　①978-4-06-286404-6
[目次] ステップファザー・ステップ, トラブル・トラベラー, ヘルター・スケルター, ロンリー・ハート, ハンド・クーラー, ミルキー・ウエイ
[内容] 哲と直は中学生の双子の兄弟。両親はそれぞれに駆け落ちして家出中。なかよくふたりで暮らす家に、ある日、プロの泥棒が落ちこちてきた！ いやいやながらも、双子の父親がわりをさせられる泥棒。そんな3人を巻きこんで、不思議な事件やできごとがつぎつぎにおこります。ドキドキ、ワクワク、笑って泣いて、最後はほろり。ユーモアミステリーのロングセラーにして大傑作！ 小学上級から。

『ブレイブ・ストーリー　上』 宮部みゆき著　角川書店　2006.5　460p　15cm （角川文庫）　667円　①4-04-361111-0
[内容] 小学五年生の亘は、成績はそこそこで、テレビゲームが好きな男の子。大きな団地に住み、ともに新設校に通う親友のカッちゃんがいる。街では、建設途中のビルに幽霊が出るという噂が広がっている。そんなある日、帰宅した亘に、父は「この家を出てゆく」という意外な言葉をぶつける。不意に持ち上がった両親の離婚話。これまでの平穏な毎日を取り戻すべく、亘はビルの扉から、広大な異世界―幻界へと旅立った！

『ブレイブ・ストーリー　中』 宮部みゆき著　角川書店　2006.5　478p　15cm （角川文庫）　667円　①4-04-361112-9
[内容] 僕は運命を変えてみせる―。剣と魔法と物語の神が君臨する幻界でワタルを待ち受けていたのは、さまざまなモンスターに呪い、厳しい自然、旅人に課せられた数々の障害だった。大トカゲのキ・キーマ、ネコ族のミーナらとともに、ワタルは五つの宝玉を獲得しながら幻界の旅をつづける。先をゆくライバル、ミツルの行方は？ ワタルの肩にかかる幻界の未来は？ 胸躍る場面が次々展開する和製ファンタジーの金字塔！

『ブレイブ・ストーリー　下』 宮部みゆき著　角川書店　2006.5　493p　15cm （角川文庫）　705円　①4-04-361113-7
[内容] 天空を翔るファイアドラゴン、ジョゾの背に乗って北の帝国に向かうワタルたち。目指すは皇都ソレブリアにそびえる運命の塔。が、うちつづく闘いに傷つき、命を失う仲間もあらわれ…。ミツルとの死闘を制し、ワタルは女神と出会うことができるのか？ 現世の幸福と幻界の未来。最後に選ぶべきワタルのほんとうの願いとは―。運命に挑んだ少年の壮大なる物語を描いて、勇気と感動の涙をもたらす記念碑的超大作、ついに完結！

『ブレイブ・ストーリー　1　幽霊ビル』 宮部みゆき作, 鶴田謙二絵　角川書店　2009.6　411p　18cm （角川つばさ文庫 Bみ1-1）　780円　①978-4-04-631029-3〈発売：角川グループパブリッシング〉

『ブレイブ・ストーリー　2　幻界（ヴィジョン）』 宮部みゆき作, 鶴田謙二絵　角川書店　2009.9　333p　18cm （角川つばさ文庫 Bみ1-2）　780円　①978-4-04-631054-5〈発売：角川グループパブリッシング〉
[内容] ワタルはゲームが好きな小学5年生。運命を変えるため異世界"幻界"へと旅立つ。老人ラウ導師の試練を受け、見習い勇者として5つの宝玉を集めながら、願いを叶える女神の住む"運命の塔"を目指す。途中、気の優しい水人族キ・キーマと出会い、いっしょに旅を始めるが、幻界の町ガサラで殺人犯にされてしまう―。宮部みゆき、愛と勇気の冒険ファンタジー第2弾。小学上級から。

『ブレイブ・ストーリー　3　再会』 宮部みゆき作, 鶴田謙二絵　角川書店　2010.4　388p　18cm （角川つばさ文庫 Bみ1-3）　780円　①978-4-04-631078-1〈発売：角川グループパブリッシング〉
[内容] 運命を変えるため、異世界"幻界"を旅するワタルは、水人族のキ・キーマ、ネ族の少女ミーナと知り合い、一緒に運命の塔を目指す。3人は幻界の町ガサラを守るハイランダーの仕事をしながら旅を続けていた。さまざまな経験をかさねるうちに成長していくワタルは、自分の願いをかなえるための旅に疑問を持ち始める―。宮部みゆきの本格冒険ファンタジー第3弾。小学上級から。

『ブレイブ・ストーリー　4　運命の塔』

宮部みゆき作, 鶴田謙二絵　角川書店　2010.6　388p　18cm　（角川つばさ文庫 Bみ1-4）　780円　①978-4-04-631079-8〈発売：角川グループパブリッシング〉

[内容]"幻界"に、何もかもが無になってしまう混沌の時期が近づいていた。幻界を救うためには、ヒト柱を闇の冥王に捧げなければならないという。混乱する幻界の人々…。そして、ミツルは最後の宝玉を手に入れるため、現実世界から持ち込まれた動力船の設計図を北の統一帝国に渡そうとしていた。それを知ったワタルは、ミツルの後を追う。愛と冒険のファンタジー、感動の完結巻。小学上級から。

『マサの留守番―蓮見探偵事務所事件簿』
宮部みゆき作, 千野えなが絵　講談社　2008.4　317p　18cm　（講談社青い鳥文庫 250-5）　670円　①978-4-06-285018-6

[目次]てのひらの森の下で、白い騎士は歌う、マサ、留守番する、マサの弁明

[内容]「おれは元警察犬のマサ。蓮見探偵事務所の用心犬だ。言葉がしゃべれなかったり、一人で自由に出歩けなかったりと不自由はあるが、それはそれ。得意の推理と鼻を生かして、大好きな加代ちゃんといっしょに難事件を解決するぞ。」渋いジャーマン・シェパード、マサが語るミステリー。こんなミステリー、読んだことない！―『心とろかすような』（創元推理文庫）より4編を収録。小学上級から。

椋　鳩十

むく・はとじゅう

《1905～1987》

『カガミジシ』　椋鳩十著, 箕田源二郎絵　講談社　1990.1　190p　18cm　（講談社青い鳥文庫）　430円　①4-06-147278-X

[内容]狩りの名人源助じいが、はじめて出会った強敵、それはカガミジシとよばれる大きなイノシシだった。「あいつだけは、なんとしても、おれの手で、しとめてやらなければ」かりゅうどのほこりにかけて追う源助じいと、知恵をつくして戦うカガミジシ。息づまる対決がつづく…。大自然を舞台に描く、感動の力作。

『きんいろのあしあと』　椋鳩十作, 遠藤てるよ画　童心社　1988.9　122p　18cm　（フォア文庫）　390円　①4-494-02669-7

[目次]きんいろのあしあと、きんいろの川

[内容]むねに感動がこみあげてくるキツネとカワウソの親子の愛のものがたり2編。小学校低・中学年向き。

『すっとびこぞうと ふしぎなくに』　椋鳩十作, 鈴木博子画　金の星社　1988.6　140p　18cm　（フォア文庫 A062）　430円　①4-323-01062-1

[目次]すっとびこぞうとふしぎなくに、しもばしら、アルプスのキジ

[内容]すっとびこぞうのうたをきいた子どもは、じぶんのいきたいくにへ、つれていってもらえるんだよ、とばばさまが、はなしてくれた。たろうがつれていってもらったのは、とてもかわったくにー。動物文学の第一人者が描く豊かなファンタジーの世界。表題作の他に、『しもばしら』『アルプスのキジ』を収録。小学校低・中学年向。

『チビザル兄弟』　椋鳩十作, 関屋敏隆絵　学習研究社　1989.11　205p　18cm　（てのり文庫）　470円　①4-05-103165-9

[内容]原生林の開発ですみかや食物をうばわれ、追いつめられて生きる野生ザルの中に、ふたごのサルがいた。この小さいがすばしっこい兄弟ザルが、勇気と知恵によって新しいリーダーへと成長していくようすをえがいた動物文学。

『チビザル兄弟』　椋鳩十作, 関屋敏隆絵　学習研究社　1996.2　205p　18cm　（てのり文庫図書館版 3）　1000円　①4-05-200693-7

『マヤの一生』　椋鳩十著　講談社　1979.9　124p　15cm　（講談社文庫）　220円　〈年譜 鳥越信編：p117～124〉

『マヤの一生』　椋鳩十作, 吉井忠絵　大日本図書　1988.7　206p　18cm　（てのり文庫）　450円　①4-477-17003-3

『椋鳩十まるごと愛犬物語』　椋鳩十作, 中釜浩一郎画　理論社　1997.7　181p　18cm　（フォア文庫 B187）　560円　①4-652-07428-X

[目次]弱い犬、クロのひみつ、犬よぶ口笛（佐々木さんの話）、熊野犬、愛犬カヤ、遠山犬トラ、トラの最後、犬太郎物語

[内容]本書には、椋鳩十の動物文学の八編が収録されています。少年太郎と愛犬クロの楽しい日々に、突然の別れがきた。しかし、放浪してのら犬になっても、なお強く結ばれていく「クロのひみつ」。家族のなかで愛さ

れる子犬マヤは、美しくたくましい犬に成長し、波乱の生涯をたどる「熊野犬」。物語からは、犬と人間との友愛が深くつたわってきます。

『椋鳩十まるごとシカ物語』 椋鳩十作, 町和生画 理論社 1999.10 150p 18cm （フォア文庫 B225） 560円
①4-652-07439-5〈「椋鳩十のシカ物語」（平成8年刊）の改題〉
目次 子ジカほしたろう, 島のシカたち, 山のえらぶつ, 底なし谷のカモシカ, たたかうカモシカ, 片耳の大シカ, 森の中のシカ, 森の住人
内容 ぼくはシカ狩りの名人・吉助おじさんにさそわれ、屋久島の山に入ります。千メートル以上の山々がならびたつそこは、サルとシカの天国のような島でした。と、そこへ十二、三頭のむれをしたがえ、ブドウ色の美しい目をした片耳の大シカがあらわれます。…代表作「片耳の大シカ」など椋鳩十の動物文学八編を収録。小学校中・高学年向き。

『椋鳩十まるごと名犬物語』 椋鳩十作, 中川大輔画 理論社 1997.1 179p 18cm （フォア文庫 B182） 550円
①4-652-07426-3
目次 犬塚, 名犬（佐々木さんの話）, 黒ものがたり, アルプスの猛犬, 太郎とクロ
内容 本書には、椋鳩十の動物文学の五編が収録されています。狩人の清どんにひろわれた子犬のアカが、やがてイノシシ狩りの名犬に成長する「犬塚」。十五歳の少年三吉は、灰坊太郎と名づけた山犬の子をそだてます。野性の山犬と少年とのかたい友情を描いた「アルプスの猛犬」…。物語からは、犬と人間との友愛が深く、そして厳しくせまってきます。

『椋鳩十まるごと野犬物語』 椋鳩十作, 末崎茂樹画 理論社 1998.10 180p 18cm （フォア文庫 B209） 560円
①4-652-07433-6
目次 丘の野犬, 野犬ハヤ（佐々木さんの話）, 消えた野犬
内容 本書には、椋鳩十の動物文学の三編が収録されています。あるとき、狩人の佐々木さんのシカわなに野犬がかかります。少年太郎はこの野犬にハヤと名をつけます。人間になつかず、おとなでも飼いならすことのむずかしい野犬です。ハヤは、はじめて人間のやさしさにふれ、太郎にだんだん心をゆるすようになり、ふたりはやがて深い友情でむすばれていきます。小学校中・高学年向き。

『山の太郎熊』 椋鳩十著 小学館 2004.4 250p 15cm （小学館文庫） 533円
①4-09-404110-9
目次 山の太郎熊, 金色の足跡, 大造爺さんと雁, 月の輪熊, 金色の川, 暗い土の中でおこなわれたこと, 父とシジュウカラ, 母グマ子グマ, 片耳の大鹿, 底なし谷のカモシカ, 犬太郎物語, いたずらサル, 犬塚
内容 本書では、野性味あふれる少年たちと子熊の交流を通して命の尊さを謳う表題作「山の太郎熊」、猟師とその獲物である雁の間にいつしか芽生えた交情が感動を呼ぶ「大造爺さんと雁」、激しい風雨のなか、生きるもの同士が助けあう様を描いた「片耳の大鹿」など、名作十三篇を収録した。

村山　早紀
むらやま・さき
《1963～》

『海馬亭通信』 村山早紀著 ポプラ社 2012.1 253p 15cm （ポプラ文庫ピュアフル む-1-5） 580円 ①978-4-591-12723-0〈『やまんば娘、街へゆく』（理論社1994年刊）の改題、加筆・訂正、増補〉
内容 行方知れずの父親をさがして人間の街に下りてきたやまんばの娘・由布。自称ワルの小学生・千鶴を助けたことがきっかけで、彼女の祖母が営む下宿「海馬亭」にやっかいになることに―海からの風が吹きわたる風早の街。古い洋館「海馬亭」で繰り広げられる、由布と愉快な住人たちとの心温まる交流譚。文庫版には書き下ろし中編を特別収録。『コンビニたそがれ堂』著者の初期傑作が、新たな物語として生まれ変わりました。

『海馬亭通信　2』 村山早紀著 ポプラ社 2012.3 255p 15cm （ポプラ文庫ピュアフル む-1-6） 580円 ①978-4-591-12887-9
内容 人間が大好きで、再び山から降りてきたやまんばの娘・由布が、ちょっと訳ありな風早の街の住人たちとの切なくも心温まる日々を綴った三通の手紙。その十七年後、とある事情から冬休みをこの街で過ごすことになった少年・景が出会う。幻想のような不思議の数々…。風早の古い洋館「海馬亭」を舞台に、過去と現在ふたつの物語が優しく響き合い、美しい奇跡の扉が開く―。著者の初期傑作が長い時を経て、ここに完結。

『カフェかもめ亭』 村山早紀著 ポプラ社 2011.1 326p 15cm （ポプラ文庫ピュアフル む-1-4） 620円 ①978-4-591-12236-5〈『ささやかな魔法の物語』（2001年刊）の加筆・訂正、増補〉
目次 砂漠の花. 万華鏡の庭. 銀の鏡. 水仙姫. グリーン先生の魔法. ねこしまさんのお

話. かもめ亭奇談. 番外編・クリスマスの国. 解説(三村美衣著)
[内容] ようこそ、私のお店へ。とっておきのお茶とともに、不思議なお話などいかがでしょう—あじさいの咲く屋敷で少年が過ごした白昼夢のような時間(「万華鏡の庭」)、学校に行けなくなった少女が晩秋に出会った、「猫の国」の王子様(「ねこしまさんのお話」)など珠玉の八作品を集めた連作短編集。好評シリーズ『コンビニたそがれ堂』の姉妹編。風早の街のカフェの物語、書き下ろし中編を加えて、待望の文庫化。

『カフェかもめ亭 猫たちのいる時間』 村山早紀著 ポプラ社 2014.3 279p 15cm (ポプラ文庫ピュアフル Pむ-1-8) 620円 ①978-4-591-13934-9
[目次] 猫の魔法使い、ふわにゃんの魔法、踊る黒猫、三分の一の魔法、白猫白猫、空駆けておいで、猫姫様、エピローグ—約束の騎士
[内容] 風早の街、港のそばに佇むかもめ亭。ある冬、凍てついた風とともに現れた謎めいたお客様が若き主の広海に語るのは、愛する家族の幸福のため、小さな英雄として生きた黒猫(「猫の魔法使い」)に、絵が好きな少女と三匹の白猫(「白猫白猫、空駆けておいで」)、三度生まれ変わり最愛の娘を守ることを願った山猫(「約束の騎士」)と、なぜか猫にまつわる物語ばかりで—。この街の紅茶には、魔法の香りがする。人気シリーズ第二弾!

『くるみの冒険 1 魔法の城と黒い竜』 村山早紀作, 巣町ひろみ画 童心社 2009.5 190p 18cm (フォア文庫 C215) 600円 ①978-4-494-02827-6
[内容] わたし、天野くるみ。もうすぐ十一歳のある朝、カフェオレとホットケーキの朝食のあと、パパがいった。「ママは魔女だったんだよ」ま、魔女ぉ? 冗談でしょ…わたしは魔女の子だったの—。

『くるみの冒険 2 万華鏡の夢』 村山早紀作, 巣町ひろみ画 童心社 2010.2 171p 18cm (フォア文庫 C223) 600円 ①978-4-494-02831-3
[内容] 五年三組の担任の各務先生は美人なうえに格闘技もたしなむ、この街ではちょっとした有名人だ。十七年前、先生も彗星に願い事をした。その願いが思わぬ形でかなうことに。

『コンビニたそがれ堂』 村山早紀著 ジャイブ 2008.5 180p 15cm (ピュアフル文庫) 540円 ①978-4-86176-517-9〈ポプラ社 2006年刊の増訂〉
[目次] コンビニたそがれ堂, 手をつないで, 桜の声, あんず, あるテレビの物語, エンディング—たそがれ堂
[内容] 駅前商店街のはずれ、赤い鳥居が並んでいるあたりに、夕暮れになるとあらわれる不思議なコンビニ「たそがれ堂」。大事な探しものがある人は、必ずここで見つけられるという。今日、その扉をくぐるのは…? 慌しく過ぎていく毎日の中で、誰もが覚えのある戸惑いや痛み、矛盾や切なさ。それらすべてをやわらかく受け止めて、昇華させてくれる5つの物語。

『コンビニたそがれ堂—奇跡の招待状』 村山早紀著 ジャイブ 2009.7 286p 15cm (ピュアフル文庫) 570円 ①978-4-86176-660-2
[目次] 雪うさぎの旅, 人魚姫, 魔法の振り子, エンディング~ねここや、ねここ
[内容] 大事な探しものがある人だけがたどり着ける、不思議なコンビニたそがれ堂。ミステリアスな店長が笑顔で迎えるのは、大好きな友だちに会いたいと願う10歳のさゆき、あるきっかけからひきこもりになってしまった17歳の真衣、学生時代の恋をふと思い出した作家の薫子…そこで彼女たちが見つけるものとは? ほのかに懐かしくて限りなくあたたかい4編を収録したシリーズ第2弾、文庫書き下ろしで登場。

『コンビニたそがれ堂』 村山早紀著 ポプラ社 2010.1 180p 15cm (ポプラ文庫ピュアフル む-1-1) 540円 ①978-4-591-11416-2〈ジャイブ 2008年刊の新装版〉
[目次] コンビニたそがれ堂, 手をつないで, 桜の声, あんず, あるテレビの物語, エンディング たそがれ堂
[内容] 駅前商店街のはずれ、赤い鳥居が並んでいるあたりに、夕暮れになるとあらわれる不思議なコンビニ「たそがれ堂」。大事な探しものがある人は、必ずここで見つけられるという。今日、その扉をくぐるのは…? 慌しく過ぎていく毎日の中で、誰もが覚えのある戸惑いや痛み、矛盾や切なさ。それらすべてをやわらかく受け止めて、昇華させてくれる5つの物語。

『コンビニたそがれ堂—奇跡の招待状』 村山早紀著 ポプラ社 2010.1 286p 15cm (ポプラ文庫ピュアフル む-1-2) 570円 ①978-4-591-11436-0〈ジャイブ 2009年刊の新装版〉
[目次] 雪うさぎの旅, 人魚姫, 魔法の振り子, エンディング ねここや、ねここ
[内容] 大事な探しものがある人だけがたどり着ける、不思議なコンビニたそがれ堂。ミステリアスな店長が笑顔で迎えるのは、大好きな友だちに会いたいと願う10歳のさゆき、あるきっかけからひきこもりになってしまった

17歳の真衣、学生時代の恋をふと思い出した作家の薫子…そこで彼女たちが見つけるものとは？ ほのかに懐かしくて限りなくあたたかい4編を収録したシリーズ第2弾、文庫書き下ろしで登場。

『コンビニたそがれ堂―星に願いを』 村山早紀著　ポプラ社　2010.5　245p　15cm　（ポプラ文庫ピュアフル む-1-3）　560円　①978-4-591-11830-6
目次 星に願いを、喫茶店コスモス、本物の変身ベルト
内容 大事な探しものがある人だけがたどり着ける、不思議なコンビニたそがれ堂。今回のお客様は、お隣のお兄ちゃんに告白したくて頑張る少女、街角で長くコーヒーをいれてきた喫茶店のマスター、子どもの頃、変身ヒーローになりたかった青年―夜空の星に切なる願いをかけた時、やさしい奇跡が起こる―。つまずきがちな毎日に涙と笑いを運んでくれる、好評シリーズ第3弾。

『コンビニたそがれ堂―空の童話』 村山早紀著　ポプラ社　2013.1　361p　15cm　（ポプラ文庫ピュアフル Pむ-1-7）　640円　①978-4-591-13207-4
目次 追いつけない、おやゆび姫、空の童話、エンディング～花明かりの夜に
内容 本当にほしいものがある人だけがたどり着ける、不思議なコンビニたそがれ堂。今回はその昔小さな出版社から刊行された幻の児童書『空の童話』をめぐる物語、優秀な兄に追いつこうと頑張ってきた若い漫画家の物語、なぜかおやゆび姫を育てることになった編集者の物語、閉店の決まった老舗の書店の書店員と謎めいたお客様たちの物語、そして老いた医師が語る遠い日の夜桜の物語の四作を収録。感動の声が続々寄せられる大人気シリーズ、待望の第四弾。

『コンビニたそがれ堂―神無月のころ』 村山早紀著　ポプラ社　2015.9　302p　15cm　（ポプラ文庫ピュアフル Pむ-1-11）　620円　①978-4-591-14664-4
目次 神無月のころ、幻の遊園地、夏の終わりの幽霊屋敷、赤い体験と金の川、三日月に乾杯
内容 本当にほしいものがあるひとだけがたどりつける、不思議なコンビニたそがれ堂。今回は、化け猫「ねここ」が店番として登場！遺産相続で廃墟のような洋館を譲り受けた女性と忘れられた住人たちの物語「夏の終わりの幽霊屋敷」、炭坑事故で亡くなった父と家族の温かな交流を描いた「三日月に乾杯」など、ちょっぴり怖くてユーモラスな5つの物語を収録。深い余韻がいつまでも胸を去らない、大人気コンビニたそがれ堂シリーズ、第5弾。

『シェーラひめのぼうけん うしなわれた秘宝』 村山早紀作, 佐竹美保画　童心社　1997.9　153p　18cm　（フォア文庫 B188)　560円　①4-494-02729-4
内容 怪力のかわいいおひめさまシェーラ、気のよわい魔法つかいの男の子ファリード、そして、どろぼうの親分である少年ハイル。―三人まじえて最強の魔神ライラは、シェーラザードの国を救うべく、うしなわれた都サラーブの遺跡にたどりつきます。そこで待っていたものは…。「シェーラひめのぼうけん」シリーズ第二作。

『シェーラひめのぼうけん 海の王冠』 村山早紀作, 佐竹美保画　童心社　1999.9　154p　18cm　（フォア文庫 B216）　560円　①4-494-02747-2
内容 怪力のかわいいおひめさまシェーラ、気のよわい魔法つかいの男の子ファリード、そして、どろぼうの親分であった少年ハイル。―三人は「海辺の王国」の市場で、人魚の少女アイシャをたすけます。王国の権力をねらう大臣親子とたたかい、ゆくえ不明のアイシャの兄をさがしますが…。「シェーラひめのぼうけん」シリーズ第六作。小学校中・高学年向き。

『シェーラひめのぼうけん 海賊船シンドバッド』 村山早紀作, 佐竹美保画　童心社　1998.6　157p　18cm　（フォア文庫 B199）　560円　①4-494-02735-9
内容 怪力のかわいいおひめさまシェーラ、気のよわい魔法つかいの男の子ファリード、そして、どろぼうの親分であった少年ハイル。―三人は船旅のとちゅう海賊船に襲われますが、そこにあらわれた正義の海賊シンドバッドとともに、黒真珠のある島にむかいます。そこで待っていたものは。「シェーラひめのぼうけん」シリーズ第四作!! 小学校中・高学年向き。

『シェーラひめのぼうけん ガラスの子馬』 村山早紀作, 佐竹美保画　童心社　2000.3　154p　18cm　（フォア文庫）　560円　①4-494-02751-0
内容 怪力のかわいいおひめさまシェーラ。気のよわい魔法つかいの男ファリード。そして、どろぼうの親分であった少年ハイル。―三人はさばくの北にある紅玉の都の廃墟にたどりつきましたが、そこは悪の魔法つかいサウードが王子だった国の都でした。いま明かされるサウードの秘密。「シェーラひめのぼうけん」シリーズ第七作。小学校中・高学年向き。

『シェーラひめのぼうけん 最後の戦い』 村山早紀作, 佐竹美保画　童心社　2002.3　156p　18cm　（フォア文庫）　560円　①4-494-02762-6

村山早紀

|内容| 怪力のかわいいおひめさまシェーラ、気のよわい魔法つかいの男の子ファリード、そして、どろぼうの親分であった少年ハイル―三人はなかまたちとともに、闇の魔神をたおすため、そのすみかへとむかいます。きびしい戦いをつづけるシェーラたちの前にあらわれたのは…。「シェーラひめのぼうけん」シリーズ第十作。

『シェーラひめのぼうけん 空とぶ城』 村山早紀作, 佐竹美保画 童心社 1998.11 156p 18cm （フォア文庫 B210） 560円 ①4-494-02744-8
|内容| 怪力のかわいいおひめさまシェーラ、気のよわい魔法つかいの男の子ファリード、そして、どろぼうの親分であった少年ハイル―三人は旅のとちゅうたちよったオアシスの街で、「武術大会開催」のおしらせを目にし、飛行都市エアリュウムにむかいます。そこで待っていたものは…。「シェーラひめのぼうけん」シリーズ第五作！ 小学校中・高学年向き。

『シェーラひめのぼうけん ダイヤモンドの都』 村山早紀作, 佐竹美保画 童心社 1997.11 157p 18cm （フォア文庫 B195） 560円 ①4-494-02732-4
|内容| 怪力のかわいいおひめさまシェーラ、気のよわい魔法つかいの男の子ファリード、そして、どろぼうの親分であった少年ハイル。三人とさばくで最強の魔神ライラは、シェーラザードの国を救うべく、ダイヤモンドの都パイユイの地にたどりつきます。そこで待っていたものは…。「シェーラひめのぼうけん」シリーズ第三作。

『シェーラひめのぼうけん 魔神の指輪』 村山早紀作, 佐竹美保画 童心社 1997.4 153p 18cm （フォア文庫 B183） 560円 ①4-494-02726-X
|内容| 怪力のかわいいおひめさまシェーラ、気のよわい魔法つかいの男の子ファリード、そして、どろぼうの親分である少年ハイル。三人は、魔法つかいサウンドの野望のために石に変えられたシェーラザードを救うべく、のろいをとく方法をもとめて、さばくを旅します…。「シェーラひめのぼうけん」シリーズ第一作。

『シェーラひめのぼうけん 魔法の杖』 村山早紀作, 佐竹美保画 童心社 2001.6 156p 18cm （フォア文庫） 560円 ①4-494-02759-6
|内容| 怪力のかわいいおひめさまシェーラ気のよわい魔法つかいの男の子ファリードそして、どろぼうの親分であった少年ハイル―シェーラひめを生きかえらせるため、ハイルとなかまたちは賢者のもとへむかいます。一方、シェーラとライラは魔神の国にいました。そのとき、ファリードは…。「シェーラひめのぼうけん」シリーズ第九作。

『シェーラひめのぼうけん 闇色の竜』 村山早紀作, 佐竹美保画 童心社 2000.11 156p 18cm （フォア文庫） 560円 ①4-494-02757-X
|内容| ついに七つの宝石をあつめたシェーラたち。魔法の杖をもとめて「氷の山」へと向かうが…。ハッサンとミリアムの再会、せまる闇色の竜、ファリードの思いは―シリーズ第8作。

『新シェーラひめのぼうけん 風の恋うた』 村山早紀作, 佐竹美保画 童心社 2005.9 158p 18cm （フォア文庫） 560円 ①4-494-02793-6
|内容| ついに旅の魔法つかいサウンドとであった、おひめさまたち。王国へ帰るとちゅう、異世界の魔物におそわれ高地の村へ不時着。そこでであった鳥の民のかなしい運命…。

『新シェーラひめのぼうけん 死をうたう少年』 村山早紀作, 佐竹美保画 童心社 2007.3 158p 18cm （フォア文庫） 560円 ①978-4-494-02805-4
|内容| その少年は、いつもひとりでそこにいた。荒野にたつ、黒い屋敷の中で―。旅をおえたサファイヤの記憶によみがえる〈永遠に死なない少年〉の秘密とは？ そして決断の時が…！ 「新シェーラひめのぼうけん」シリーズ第九作。

『新シェーラひめのぼうけん 旅だちの歌』 村山早紀作, 佐竹美保画 童心社 2003.9 154p 18cm （フォア文庫） 560円 ①4-494-02772-3
|内容| 世界をすくうため、シェーラザード王国にあつまったなかまたち。ルビーとサファイヤは青い箱をあけるため、ふたたび「虹の泉」へ。そのとき、海辺の王国では…。

『新シェーラひめのぼうけん 伝説への旅』 村山早紀作, 佐竹美保画 童心社 2006.9 158p 18cm （フォア文庫） 560円 ①4-494-02802-9
|内容| 黄金の魔神にあうためにシェーラザード王国へ向かうナルダ。父王の過去をしり、ふるさとの島をとびだすミシェール。ふたりが港でであうとき、運命の歯車が大きくまわりはじめる。「新シェーラひめのぼうけん」シリーズ第八作。

『新シェーラひめのぼうけん 天と地の物語』 村山早紀作, 佐竹美保画 童心社 2007.9 174p 18cm （フォア文庫） 560円 ①978-4-494-02810-8

文庫で読める児童文学 2000冊　163

|内容| サファイヤに手渡された世界を救う魔法の書物。子どもたちは、天のきざはし―天と地をつなぐ世界樹へと最後の旅に出る。世界を滅びから救うため、奇跡をおこすために。「新シェーラひめのぼうけん」シリーズ最終巻。小学校中・高学年向き。

『新シェーラひめのぼうけん 天のオルゴール』 村山早紀作, 佐竹美保画 童心社 2006.3 158p 18cm (フォア文庫) 560円 ④4-494-02797-9
|内容| 高地の村をはなれてシェーラザード王国へ帰る飛行船をみあげるチニ。記憶をとりもどしたチニは、ある人のことを思いだしていた。ある街でであった「光」と名づけられた人のことを…。「新シェーラひめのぼうけん」シリーズ第七作。

『新シェーラひめのぼうけん ふたりの王女』 村山早紀作, 佐竹美保画 童心社 2003.3 155p 18cm (フォア文庫) 560円 ④4-494-02769-3
|内容| 赤いひとみのルビーひめと、青いひとみのサファイヤひめ。性格が正反対のふたりの王女は、たからものがあるという「虹の泉」へ…。「新シェーラひめのぼうけん」シリーズ第一作。

『新シェーラひめのぼうけん ペガサスの騎士』 村山早紀作, 佐竹美保画 童心社 2004.3 158p 18cm (フォア文庫) 560円 ④4-494-02774-X
|内容| さばくの海をこえ、はるか北の山岳地帯にてがかりをもとめる、ふたごの王女となかまたち。同じころ、遠い海のかなたの島国では、黒髪の王子さまが、騎士をゆめみていた…。「新シェーラひめのぼうけん」シリーズ第三作!! 小学校中・高学年向き。

『新シェーラひめのぼうけん 炎の少女』 村山早紀作, 佐竹美保画 童心社 2004.9 154p 18cm (フォア文庫) 560円 ④4-494-02787-1
|内容| 赤い岩の町をめざして、空をいく錬金飛行船。そのとちゅうに広がる深い森のなかで、おひめさまたちの旅の目的の、かぎをにぎる赤い髪の少女・ナルダとの運命的なであい。

『新シェーラひめのぼうけん 妖精の庭』 村山早紀作, 佐竹美保画 童心社 2005.3 158p 18cm (フォア文庫 B300) 560円 ④4-494-02790-1
|内容| 赤い岩の町で天才魔法つかいサウードをさがす、ふたごの王女たち。おとぎの島の王子ミシェールは、ひとり旅の空。ふと見かけた人の正体は…!?「新シェーラひめのぼうけん」シリーズ第五作。小学校中学年から。

『その本の物語 上』 村山早紀著 ポプラ社 2014.7 293p 15cm (ポプラ文庫ピュアフル Pむ-1-9) 620円 ①978-4-591-14074-1
|内容| ずっと友達でいられると思っていた。なのに、約束を破ったのはわたし―。病院のベッドで眠り続ける、かつての親友・沙綾のために、きょうも朗読を続ける南波。それは二人が子どもの頃に大好きだった魔女の子のお話だった。遠ざけられても、裏切られても、なお魔法の薬で人々を癒そうとした風の丘のルルー。大好きだったこの物語が、あなたを呼び戻してくれたら…。今を生きる十代の女の子と、本の中の冒険が響きあう、遙かなる魂の物語!

『その本の物語 下』 村山早紀著 ポプラ社 2014.7 349p 15cm (ポプラ文庫ピュアフル Pむ-1-10) 660円 ①978-4-591-14075-8〈著作目録あり〉
|内容| どこにも行けない。まるでガラスの水槽の中にいるみたいで、すぐに息が苦しくなって―。南波は、学校を休み、書店でアルバイトをしながら、病院に足を運んでいた。きょうも病室で朗読をする南波、うっすら笑みを浮かべ眠り続ける沙綾。だが、魔女の子ルルーの長い冒険物語が、いよいよ終わりに近づいたとき、誰も知らない新たな物語が呼び出された―。傷ついた魂の恢復と人間への信頼を謳いあげた、傑作長編ファンタジー!

『天空のミラクル』 村山早紀著 ポプラ社 2016.1 254p 15cm (ポプラ文庫ピュアフル Pむ-1-12) 600円 ①978-4-591-14791-7〈2005年刊の加筆〉
|内容| ほかの人には見えないものが、見えてしまう。そんな不思議な能力をもつ自分にとまどい、心を閉ざしていたさやかは、童話作家の叔父の洋館に引っ越すことに。知らない街での友だちに恵まれ、叔父の担当編集者とも仲良くなっていく。はじめて手にした愛しい日々、だがそこに不吉な影が忍びよる―。街に封印された歴史の謎、人間が生み出した魔物のかなしみ…。風早の街を舞台に繰り広げられるファンタジー、戦う少女の物語!

『ふしぎ探偵レミ―月光の少女ゆうかい事件』 村山早紀作, 森友典子絵 ポプラ社 2008.1 222p 18cm (ポプラポケット文庫 055-5) 570円 ①978-4-591-10055-4
|内容| 風間超常現象研究所の娘で、するどい直感力をもちあわせているけれど、オカルトにはややうんざりしているレミ。両親の不在中、街で起きている連続誘拐事件の相談をもちこまれて…。元気な女の子レミの、ふしぎ

探偵ストーリー。小学校上級～。

『**ふしぎ探偵レミーなぞの少年と宝石泥棒**』 村山早紀作, 森友典子絵　ポプラ社　2008.6　211p　18cm　（ポプラポケット文庫 055-6）　570円　①978-4-591-10378-4

|内容| おつかいの途中、レミがであったのは、赤いマントをなびかせた不思議な少年。一方、街では宝石泥棒など、三つの怪事件が起こっているといううわさが…。レミの直感が、またも事件を解決する？ ふしぎ探偵ストーリー第二弾。

『**ふしぎ探偵レミーなぞの少年とコスモスの恋**』 村山早紀作, 森友典子絵　ポプラ社　2008.10　178p　18cm　（ポプラポケット文庫 55-7）　570円　①978-4-591-10535-1

|内容| 意外なことを話しだした、ふしぎな少年。彼は未来からきたの？　暴走する危険なロボットにのる男の子。ケイくんを探す、犬をつれた女刑事。金曜の宝石パーティで起こる大惨事の予言…。事件を解決しなければ、みんなでコスモス畑のピクニックに行けない。がんばれレミ！　長編ストーリー後編。小学校上級から。

『**魔女の友だちになりませんか？**』 村山早紀作　ポプラ社　2005.10　182p　18cm　（ポプラポケット文庫 055-1―風の丘のルルー 1）　570円　①4-591-08885-5　〈絵：ふりやかよこ〉

|内容| 家族をうしなってしまった魔女の女の子、ルルー。「この世界で、わたしのほかに、もう魔女はいないのかしら？」魔法で命をふきこまれたぬいぐるみのベルタとともに、ルルーはほんとうの友だちをもとめて、旅立ちます。やさしくて、さみしがりやのルルーに、どんなできごとがまっているのでしょうか。

『**魔女のルルーとオーロラの城**』 村山早紀作　ポプラ社　2006.1　198p　18cm　（ポプラポケット文庫 055-2―風の丘のルルー 2）　570円　①4-591-09037-X　〈絵：ふりやかよこ〉

|内容| 「お城のおひめさまが病気なんです。どうかたすけてあげてください」ある日風の丘にとどけられた、みしらぬ手紙。魔女の子ルルーは、うわさに名だかいオーロラの城をめざし、とおく旅にでかけます。ところがそこには、あれはてた街と、おそろしい運命がまちうけていたのです―。

『**魔女のルルーと風の少女**』 村山早紀作　ポプラ社　2006.8　199p　18cm　（ポプラポケット文庫 055-4―風の丘のルルー 4）　570円　①4-591-09379-4　〈絵：ふりやかよこ〉

|内容| 魔女の子ルルーは、魔法書をかた手に一本のほうきをつくりあげました。あおいリボンのついたかわいいほうきです。「じゃ、いくわよ」くまのぬいぐるみのベルタとともに、はじめての空の旅がはじまりました。もっともっと、どんどんとおくへ―みしらぬ街には、どんな出会いがまっているのでしょうか。小学校中級。

『**魔女のルルーと時の魔法**』 村山早紀作　ポプラ社　2006.4　183p　18cm　（ポプラポケット文庫 055-3―風の丘のルルー 3）　570円　①4-591-09178-3　〈絵：ふりやかよこ〉

|内容| 「人間なんて大きらいよ！」友だちにうらぎられ、風の丘をとびだしたルルーは、百五十年まえの、魔女狩りの時代にまよいこみます。おおかみ少女のレニカにたすけられ、森のおくのすみかで、ひっそりとくらすルルー。―もう、人間の心がわからなくてなやむことも、きずつくこともないのです。しあわせなはずなのに、それなのに…なぜか、風の丘の家がなつかしくてなりません。小学校中級から。

森　詠
もり・えい

『**オサムの朝**』 森詠著　集英社　1997.6　270p　16cm　（集英社文庫）　533円　①4-08-748629-X

|内容| 那須高原のはずれの、ひなびた町で暮らしはじめた転校生オサム。全く生活力のない画家の父、一家を背負うしっかり者の母、漫画家を夢見る兄。家は貧しく、子どもなりのいろいろな苦労があったけれど、毎日が冒険に満ちていた…。栃木の豊かな自然を背景に、少年オサムの成長をみずみずしく描いた、自伝的小説。第10回坪田譲治文学賞受賞作。

森　絵都
もり・えと
《1968～》

『**あいうえおちゃん**』 森絵都文, 荒井良二絵　文藝春秋　2008.9　1冊（ページ付なし）　16cm　（文春文庫）　524円　①978-4-16-774102-0

|内容| ユーモアセンス抜群の著者が四・四・

五調の軽快なリズムに乗せて、ひらがな五十音を縦横無尽に紡ぎだす。「あきすにあったらあきらめな」「いんどにいったらいんどかれー」など。そのことばにぴったりの、さらにおかしなイラストが、笑いを加速させること間違いなし。年齢性別を問わず誰もが楽しめる傑作絵本。

『アーモンド入りチョコレートのワルツ』
森絵都著　角川書店　2005.6　209p　15cm　（角川文庫）　438円　①4-04-379101-1〈講談社 1996年刊の増訂〉
|目次| 子供は眠る―ロベルト・シューマン "子供の情景" より、彼女のアリア―J.S.バッハ "ゴルドベルグ変奏曲" より、アーモンド入りチョコレートのワルツ―エリック・サティ "童話音楽の献立表" より
|内容| ピアノ教室に突然現れた奇妙なフランス人のおじさんをめぐる表題作の他、少年たちだけで過ごす海辺の別荘でのひと夏を封じ込めた「子供は眠る」、行事を抜け出して潜り込んだ旧校舎で偶然出会った不眠症の少年と虚言癖のある少女との淡い恋を綴った「彼女のアリア」。シューマン、バッハ、そしてサティ。誰もが胸の奥に隠しもつ、やさしい心をきゅんとさせる三つの物語を、ピアノの調べに乗せておくるとっておきの短編集。

『アーモンド入りチョコレートのワルツ』
森絵都作, 優絵　KADOKAWA　2013.12　221p　18cm　（角川つばさ文庫 Bも1-1）　640円　①978-4-04-631358-4〈角川文庫 2005年刊の改訂〉
|目次| 子どもは眠る．彼女のアリア．アーモンド入りチョコレートのワルツ
|内容| 中1の奈緒がピアノを教わっている絹子先生の元に、フランスからサティのおじさんがやってきた。「アーモンド入りチョコレートのように生きていきなさい」大好きな人と、ときめきの時間がすぎていく表題作。少年たちのひと夏をふうじこめた「子どもは眠る」。不眠症の少年とうそつき少女のラブストーリー「彼女のアリア」。胸の奥のやさしい心をきゅんとさせる三つの物語。第20回路傍の石文学賞受賞。小学上級から。

『宇宙のみなしご』　森絵都作　理論社　2006.6　230p　18cm　（フォア文庫）　600円　①4-652-07474-3〈画：杉田比呂美〉
|内容| 不登校のわたし、誰にでも優しい弟、仲良しグループから外された少女、パソコンオタクの少年。奇妙な組み合わせの4人が真夜中の屋根のぼりをとおして交流していく…。

『宇宙のみなしご』　森絵都著　角川書店　2010.6　176p　15cm　（角川文庫 16324）　438円　①978-4-04-394108-7

〈講談社 1994年刊の加筆修正　発売：角川グループパブリッシング〉
|内容| 中学2年生の陽子と1つ歳下の弟リン。両親が仕事で忙しく、いつも2人で自己流の遊びを生み出してきた。新しく見つけたとっておきの遊びは、真夜中に近所の家に忍び込んで屋根にのぼること。リンと同じ陸上部の七瀬さんも加わり、ある夜3人で屋根にいたところ、クラスのいじめられっ子、キオスクにその様子を見られてしまう…。第33回野間児童文芸新人賞、第42回産経児童出版文化賞ニッポン放送賞受賞の青春物語。

『カラフル』　森絵都著　文藝春秋　2007.9　259p　16cm　（文春文庫）　505円　①978-4-16-774101-3
|内容| 生前の罪により、輪廻のサイクルから外されたぼくの魂。だが天使界の抽選にあたり、再挑戦のチャンスを得た。自殺を図った少年、真の体にホームステイし、自分の罪を思い出さなければならないのだ。真として過ごすうち、ぼくは人の欠点や美点が見えてくるようになるのだが…。不朽の名作ついに登場。

『カラフル』　森絵都作　理論社　2010.3　225p　18cm　（フォア文庫 C229）　700円　①978-4-652-07502-9
|内容| 一度死んだ「ぼく」は人生に再挑戦するチャンスを得る。だが下界での修行のため体を間借りする中学生真の生活は、家でも学校でも悩みと苦労の連続で!? 著者代表作が登場！　小学校高学年・中学校向き。

『ゴールド・フィッシュ』　森絵都著　角川書店　2009.6　128p　15cm　（角川文庫 15758）　400円　①978-4-04-379107-1〈講談社 1991年刊の加筆・修正　発売：角川グループパブリッシング〉
|内容| 中学3年になったさゆきは、高校受験をひかえ揺れていた。大好きないとこの真ちゃんは、音楽で成功するという夢のために東京へ出て行った。幼なじみのテツは、めっきり大人びて、自分の進む道を見つけている。それに引き換え、さゆきは未だにやりたいことが見つからない。そんなある日、真ちゃんのバンドが解散したという話を聞き…。デビュー作『リズム』の2年後の世界を描き、世代を超えて熱い支持を得る著者の初期傑作。

『ショート・トリップ』　森絵都著　集英社　2007.6　222p　16cm　（集英社文庫）　438円　①978-4-08-746166-4〈理論社 2000年刊の増訂〉
|目次| ならわず者18号、王様とカメと鈴木くん、究極の選択、いつかどこかで、共有、冒険王ヤーヤー、ヒッチハイカー、ヨーコ、旅人の椅子、時間旅行、大きなダディと小さなフラン

ツェ、定められた旅、厳然たる三色の法則、脱サラの二人、借り物競争、奇跡の犬、ザ・リトル・ファシスト、二五〇〇年、宇宙の旅、いとしのローラ、おのおのの苦情、ならず者55号、ミステリー・トレイン、異文化探訪、世界観を変える驚愕の島、日曜日の朝は…、ファンタジア、ライラおばさんの宿、銀色の町、Trauma、バン爺の旅行鞄、紫の恐怖、アーニャの道、フルーティー・デイズ、ドクター・ガナイの航海記、ミッシング・ブライド、失踪した旅人に関する諸説、運命―unescapable journey、残酷なお昼寝たちの里、パッカラキン五世の生涯、注文のいらないレストラン、続異文化探訪、ジャンピエール・ロッシ、帰郷、花園、試食の人、月、王様と鈴木くん、アフター・フライ、ビフォア・フライ
[内容] 「ならず者18号」に科せられた刑罰としての旅。道に迷った「奇跡の犬」の壮大な冒険。生涯、孤高の旅人として生きた伝説の「試食の人」―。ユーモアとサービス精神に溢れた旅を巡る48のショートショート集。単行本未収録作品のほか、本文イラスト・長崎訓子の描きおろしストーリーや、いしいしんじの特別寄稿も加えて、待望の文庫化。

『ショート・トリップ―ふしぎな旅をめぐる28の物語』森絵都作、長崎訓子絵　集英社　2011.8　171p　18cm　（集英社みらい文庫　も-2-1）　580円　①978-4-08-321039-6〈2007年刊の抜粋・加筆・修正〉
[目次] ならず者18号、王様とカメと鈴木くん、究極の選択、いつかどこかで、共有、ヒッチハイカー、ヨーコ、時間旅行、大きなダディと小さなフランツェ、定められた旅、厳然たる三色の法則、借り物競争、奇跡の犬、ザ・リトル・ファシスト、二五〇〇年、宇宙のたび、いとしのローラ、おのおのの苦情、ならず者55号、ミステリー・トレイン、日曜日の朝は…、銀色の町、ドクター・ガナイの航海記、注文のいらないレストラン、ジャンピエール・ロッシ、帰郷、花園、月、アフター・フライ、ビフォア・フライ
[内容] 前へ七歩進んで、後ろに五歩さがる。くるりとターンして、カニ歩きで右に三歩。片足ケンケンで左に三歩。最後に「シュワッチ！」とさけんでジャンプ。そんな刑罰の旅を続ける、ならず者18号の話、20歳の男たちの『超難関スタンプラリーの旅』、年に一度の竜巻で別世界に飛ばされることに憧れるタラシラスの町の人々の話など…。想像するほど楽しくなる、奇妙でゆかいな28の旅の世界へご案内！　小学中級から。

『Dive!! 上』森絵都著　角川書店　2006.6　367p　15cm　（角川文庫）　552円　①4-04-379103-8
[目次] 前宙返り三回半抱え型、スワンダイブ
[内容] 高さ10メートルの飛込み台から時速60キロでダイブして、わずか1.4秒の空中演技の正確さと美しさを競う飛込み競技。その一瞬に魅了された少年たちの通う弱小ダイビングクラブ存続の条件は、なんとオリンピック出場だった！　女コーチのやり方に戸惑い反発しながらも、今、平凡な少年のすべてをかけて、青春の熱い戦いが始まる―。大人たちのおしつけを越えて、自分らしくあるために、飛べ。

『Dive!! 下』森絵都著　角川書店　2006.6　381p　15cm　（角川文庫）　552円　①4-04-379104-6
[目次] SSスペシャル'99、コンクリート・ドラゴン
[内容] 密室で決定されたオリンピック代表選考に納得のいかない要一は、せっかくの内定を蹴って、正々堂々と知季と飛沫に戦いを挑む。親友が一番のライバル。複雑な思いを胸に抱き、ついに迎える最終選考。鮮やかな個性がぶつかりあう中、思いもかけない事件が発生する。デッドヒートが繰り広げられる決戦の行方は?!　友情、信頼、そして勇気。大切なものがすべてつまった青春文学の金字塔、ここに完結。

『Dive!! 1　前宙返り三回半抱え型』森絵都作、霜月かよ子絵　講談社　2009.7　221p　18cm　（講談社青い鳥文庫 255-2）　580円　①978-4-06-285105-3
[内容] 高さ10メートル。そそり立つ飛込み台から空中へと体を投げだして、水中までわずか1.4秒。ほんの一瞬に全身の筋肉を使って複雑な演技を披露するのが、飛込み競技。危険と隣り合わせの、とてつもない緊張をもつ、このきびしいスポーツの魅力を、体で味わってしまった3人の少年がいた。全くタイプのちがう彼らが、自分の可能性に賭けて、オリンピックをめざす青春小説の傑作！　小学上級から。

『Dive!! 2　スワンダイブ』森絵都作、霜月かよ子絵　講談社　2009.10　189p　18cm　（講談社青い鳥文庫 255-3）　580円　①978-4-06-285117-6
[内容] オリンピックへの第一歩ともいえるアジア合同強化合宿。その参加権を賭けて、知季、要一、飛沫の3人は選考会へのぞんだ。そして、その結果は、彼らにとってはっきりした明暗をもたらす―。遙か遠くにあると思っていた、4年に1度の大舞台。夢を現実のものにしようと、みずからの可能性の限界にまで挑戦する少年たちの青春を描く名作、第2巻。

『Dive!! 3　SSスペシャル'99』森絵都作、霜月かよ子絵　講談社　2010.1　203p

18cm （講談社青い鳥文庫 255-4）　580円　①978-4-06-285133-6
内容 選考会を待たずして、突如発表された五輪代表内定。夢だったオリンピック出場がかなったというのに、要一の心は弾まなかった。降ってわいたような朗報に、うれしい反面、信じられない気持ちもあった。そして、選考過程にどうしても納得できないわだかまりもある。自分の気持ちに決着をつけるため、要一はある人物に会見を申し込むのだった…。

『Dive!! 4 コンクリート・ドラゴン』　森絵都作, 霜月かよ子絵　講談社　2010.3　237p　18cm　（講談社青い鳥文庫 255-5）　620円　①978-4-06-285140-4
内容 オリンピックの代表権を賭けた選考会が始まった。知季、飛沫、要一の3人は、無事予選を通過し、決勝に挑む。正真正銘のラストチャンス。あとはもう、これまで積み重ねてきたものをすべて出しきるだけ。しかし、勝負の厳しさと重圧が3人を待ち受けていた…。スポーツという枠を越えて、人間の限りない可能性と絆を描いた傑作、感動の完結編。小学上級から。

『つきのふね』　森絵都著　角川書店　2005.11　221p　15cm　（角川文庫）　438円　①4-04-379102-X〈講談社 1998年刊の増訂〉
内容 あの日、あんなことをしなければ…。心ならずも親友を裏切ってしまった中学生さくら。進路や万引きグループとの確執に悩む孤独な日々で、唯一の心の拠り所だった智さんも、静かに精神を病んでいき…。近所を騒がせる放火事件や級友の売春疑惑。先の見えない青春の闇の中を、一筋の光を求めて疾走する少女を描く、奇跡のような傑作長編。

『流れ星におねがい』　森絵都作, 武田美穂画　童心社　2002.11　158p　18cm　（フォア文庫）　560円　①4-494-02768-5
内容 走るのが苦手なのにリレーの選手にされてしまった桃子。ほかのメンバーも協力的でない。こまりはてた桃子だが、仙さんがいつものようにやさしく話をきいてくれて…。

『ラン』　森絵都著　角川書店　2012.2　374p　15cm　（角川文庫 17274）　590円　①978-4-04-100165-3〈理論社 2008年刊の加筆修正　発売：角川グループパブリッシング〉
内容 9年前、家族を事故で失った環は、大学を中退し孤独な日々を送っていた。ある日、仲良くなった紺野さんからもらった自転車に導かれ、異世界に紛れ込んでしまう。そこには亡くなったはずの一家が暮らしていた。やがて事情により自転車を手放すことになった環は、家族に会いたい一心で"あちらの世界"までの道のりを自らの足で走り抜く決意をするが…。哀しみを乗り越え懸命に生きる姿を丁寧に描いた、感涙の青春ストーリー。

『リズム』　森絵都作　講談社　2006.6　273p　18cm　（講談社青い鳥文庫 255-1）　670円　①4-06-148728-0〈絵：金子恵〉
目次 リズム, ゴールド・フィッシュ
内容 ロック青年のいとこの真ちゃんを慕う少女さゆきが自分らしさを探し始める中学3年間の物語。大人になると忘れてしまう中学時代の気持ちや、宝物のように大切な一瞬を丁寧にすくいあげ、「私たちの気持ちを言葉に表現してくれた」と中高生の絶大な支持を得ている森絵都のデビュー作『リズム』と続編『ゴールド・フィッシュ』の2作品を1冊に収録！　小学上級から。

『リズム』　森絵都著　角川書店　2009.6　129p　15cm　（角川文庫 15730）　400円　①978-4-04-379106-4〈講談社 1991年刊の加筆・修正　発売：角川グループパブリッシング〉
内容 さゆきは中学1年生。近所に住むいとこの真ちゃんが、小さい頃から大好きだった。真ちゃんは高校には行かず、バイトをしながらロックバンドの活動に打ち込んでいる。金髪頭に眉をひそめる人もいるけれど、さゆきにとっては昔も今も変わらぬ存在だ。ある日さゆきは、真ちゃんの両親が離婚するかもしれないという話を耳にしてしまい…。第31回講談社児童文学新人賞、第2回椋鳩十児童文学賞を受賞した、著者のデビュー作。

椰月　美智子
やずき・みちこ
《1970～》

『しずかな日々』　椰月美智子著　講談社　2010.6　262p　15cm　（講談社文庫 や58-2）　495円　①978-4-06-276677-7
内容 おじいさんの家で過ごした日々。それは、ぼくにとって唯一無二の帰る場所だ。ぼくは時おり、あの頃のことを丁寧に思い出す。ぼくはいつだって戻ることができる。あの、はじまりの夏に―。おとなになってゆく少年の姿をやさしくすこやかに描きあげ、野間児童文芸賞、坪田譲治文学賞をダブル受賞した感動作。

『しずかな日々』　椰月美智子作, またよし絵　講談社　2014.6　274p　18cm

（講談社青い鳥文庫 304-2）　680円　①978-4-06-285430-6〈2006年刊の再刊〉
内容 おじいさんの家で過ごした日々。ぼくは時おり、あの頃のことを丁寧に思い出す。ぼくはいつだって戻ることができる。あの、はじまりの夏に―。毎日の生活が、それまでとはまったく違う意味を持つようになった小学5年の"えだいち"。少年の夏休みを描いた感動作。第45回野間児童文芸賞、第23回坪田譲治文学賞受賞作品。小学上級から。

『十二歳』　椰月美智子著　講談社　2007.12　237p　15cm　（講談社文庫）　476円　①978-4-06-275928-1
内容 鈴木さえは小学6年生。ポートボールが大好きで友だちもいっぱいいる楽しい毎日だったはずなのに、突然何かがずれ始めた。頭と身体がちぐはぐで何だか自分が自分でないみたいな気がする。こんな私でも大人になったら、みんなが言うように「何かになれる」んだろうか？　第42回講談社児童文学新人賞受賞作。

『十二歳』　椰月美智子作、またよし絵　講談社　2014.4　227p　18cm　（講談社青い鳥文庫 304-1）　650円　①978-4-06-285419-1〈2002年刊の改訂　文献あり〉
内容 鈴木さえは小学6年生。友だちもいっぱいいるし、楽しい毎日を過ごしていたのに、ある日突然、何かがずれはじめた。頭と身体がちぐはぐで、なんだか自分が自分でないみたいな気がする。一大人になったら、自分は「何か」になることができるのだろうか？一「思春期」の入り口に立ったさえの日々は少しずつ変化していく。第42回講談社児童文学新人賞受賞作。小学上級から。

『市立第二中学校2年C組―10月19日月曜日』　椰月美智子著　講談社　2013.10　245p　15cm　（講談社文庫 や58-7）　530円　①978-4-06-277670-7
目次 六時四十七分・川口麻衣―朝、七時三十六分・向田晃輝―野球部、七時五十八分・渡瀬りん―憧れの君、八時〇九分・楠木瑞希―ドライヤー1、八時十六分・佐伯将―ドライヤー2、八時二十分・大西七海―保健室1、八時四十四分・篠田真菜―お母さん、八時五十分・菅原草太―英語、九時四十八分・内海窓華―持ち物、十時二十四分・杉山貴大―初恋、十時四十六分・榊藍子―友情、十一時〇五分・広瀬公生―偏差値、十一時二十九分・近藤仁志―数学、十一時三十四分・柳沢勇気―ゴンタ、十一時五十七分・里中秋穂―反抗期、十二時十一分・川瀬穂香―思惑1、十二時四十四分・佐藤ひとみ―思惑2、十二時四十六分・内海窓華―グループ、十二時五十八分・高橋直也―いじめ、十二時五十九分・吉川みちる―嫌いな奴、十三時・大西七海―保健室2、十三時〇六分・木島梨乃―給食、十三時三十分・三上多佳子―友達、十三時四十分・杉本優美―失恋、十四時〇五分・初瀬川智樹―地味、十四時三十五分・吉村隼人―好きな女子、十四時三十八分・鴨川祐司―親友、十五時・岡田康之―アイドル、十五時四十九分・遠藤浩介―掃除の時間、十六時〇二分・山本卓也―ギター入門、十六時十分・飯田知果子―卓球部、十六時十一分・杉本優美・安藤玲奈―下校、十六時十二分・北村正人―職員室、十六時十三分・中川亮太―野球部、十六時十四分・前畑竜介―放課後、十七時五十九分・伊藤貢一―ノースヴィレッジ、十八時五十八分・井上慎吾―家族
内容 朝は、いとも簡単にやってくる。8時09分、瑞希は決まらない髪型に悩み、10時24分、貴大は年中さんを好きになる。12時46分、グループ分けで内海があぶれ、12時59分、みちるは嫌いな人にイヤと言えないでいる―。少年少女小説の第一人者の手で描かれた、中二思春期、今しか存在しない輝いた時間。心に温もりが残る短編集。

八束　澄子
やつか・すみこ
《1950〜》

『明日（あした）につづくリズム』　八束澄子著　ポプラ社　2011.11　227p　15cm　（ポプラ文庫ピュアフル や-2-1）　560円　①978-4-591-12661-5〈2009年刊の加筆・訂正〉
内容 瀬戸内海に浮かぶ因島。千波は、船造所で働く父親、明るく世話好きな母親、血のつながらない弟・大地と暮らす中学三年生。親友の恵と一緒に、同じ島出身の人気ロックバンド・ポルノグラフィティにあこがれている。島を出るか、残るか―高校受験を前に心悩ませていた頃、ある事件が起こり…。夢と現実の間で揺れ動きながら、おとなへの一歩を踏み出す少女を瑞々しく描いた感動作。

『パパは誘拐犯』　八束澄子作、バラマツヒトミ絵　講談社　2011.4　204p　18cm　（講談社青い鳥文庫 287-1）　600円　①978-4-06-285208-1
内容 小学4年生のまり亜のパパはタイ生まれ。日本人のママとは国際結婚だ。春休み中のある日、学童クラブに珍しくパパが迎えに来た。これから、関西国際空港から飛行機に乗って、タイのおばあちゃんの家に行こうと言う。突然の話にとまどいつつも、ゾウに乗せてもら

えると聞いて、動物好きのまり亜の心が動かされた。実は、その旅行が、ママと弟には内緒にされているとは知らずに…！　小学中級から。

『わたしの、好きな人』　八束澄子作，くまおり純絵　講談社　2012.12　204p　18cm　（講談社青い鳥文庫 287-2）　620円　①978-4-06-285327-9

内容　小学6年生のさやかの家は、父である「おやっさん」が、右腕の杉田と二人でやっている町工場。不景気のせいで、生活は決して楽ではないけれど、さやかの毎日は輝いている。それは好きな人がいるからだ。12年前に工場にやってきて、今や家族も同然の杉田をひそかに想っているのである。ただひとつ、さやかが気にしているのは自分が杉田より二回りも年下だということだった…。第44回野間児童文芸賞受賞。小学上級から。

山中　恒
やまなか・ひさし
《1931～》

『あばれはっちゃく』　山中恒著　角川書店　2008.4　436p　15cm　（角川文庫）　667円　①978-4-04-141704-1〈発売：角川グループパブリッシング〉

内容　おれはあばれはっちゃこと、桜間長太郎。勉強はダメでも、ケンカは大得意。特にズルい大人には、がぜん闘志が湧いてくる。子供だと思って油断してる嫌な大人は、やっつけるぞ。昭和の時代に一世を風靡したテレビドラマの原作が文庫化。一本気で正義感にあふれ、弱い者には優しく悪い大人にはめっぽう強い長太郎が、あの手この手で大活躍。あたたかいものが胸いっぱいに広がる物語。

『あばれはっちゃく　ワンぱく編』　山中恒作，うみこ絵　KADOKAWA　2014.8　236p　18cm　（角川つばさ文庫 Bや3-12）　640円　①978-4-04-631410-9〈角川文庫 2008年刊の分冊、一部改訂〉

目次　おかめや作戦、シェパード作戦、マゴマゴ作戦、アネサマ作戦、ニャゴニャゴ作戦、キラキラ作戦、ネコババ作戦、優等生粉砕作戦、ストレート作戦、のしイカ作戦

内容　小五の桜間長太郎には「あばれはっちゃく」（意味＝手のつけられないあばれもの）っていうトンデモないあだ名がついている。一体どんなヤツかって？　それはもう天才的ないたずら少年で、ケンカの強さとヒラメキと行動力は誰にもまけない。それでいて結構いいヤツなんだけど…悪い大人は、コテンパン

にされる危険があるからご注意を！　ホラ…、また誰かの悲鳴が聞こえたぞ!?　全世代が夢中になった、超やんちゃ系名作！　小学中級から。

『あばれはっちゃく　ツーかい編』　山中恒作，うみこ絵　KADOKAWA　2014.9　247p　18cm　（角川つばさ文庫 Bや3-13）　660円　①978-4-04-631411-6〈角川文庫 2008年刊の分冊、一部改訂〉

内容　あばれはっちゃこと、天才いたずら少年長太郎の新しい担任になったのは、超スパルタな大林先生!!　しかも行動を改めるには、まず家庭環境からってなわけで、先生と同居することになっちまった!!（ひー！　地獄!!）そのうえ、転校生の女子に番長の座を狙われるわ、謎の大金持ち少年の下僕にされるわ、無実の罪で親父にキレられるわで―。「なんでおれには普通の日が訪れねぇんだ!?」超ぶっとび名作、第2弾!!　小学中級から。

『おれがあいつであいつがおれで』　山中恒著　角川書店　2007.5　214p　15cm　（角川文庫）　476円　①978-4-04-141703-4〈発売：角川グループパブリッシング〉

内容　斉藤一夫は小学六年生。ある日クラスに斉藤一美という転校生がやってきた。なんと彼女は幼稚園で一緒だった、ちょっとやっかいな女の子。みんなの前で秘密をばらされたり、ちょっかい出されたりで弱った一夫は、ちょっと脅かしてやろうと「身代わり地蔵」の前で一美に体当たり。ところが二人ともでんぐりがえって気を失ってしまった。気がつくと、二人の体は完全に入れ替わっていた。

『おれがあいつであいつがおれで』　山中恒作，杉基イクラ絵　角川書店　2012.8　204p　18cm　（角川つばさ文庫 Bや3-2）　600円　①978-4-04-631250-1〈角川文庫 2007年刊の再刊　発売：角川グループパブリッシング〉

内容　おれは間違いなく、斉藤一夫だった…のに、突然、名前が一字違いの斉藤一美と中身が入れかわってしまった!?　仕方なくおれは女子の、一美は男子の生活を始めたけど、これが大変!!　言葉づかいも服も全部違う上に、日常生活には、男女で色々きまずいこともある…。一美は死にたいとか言うし（おれの体だぞ!?）、おれは一美の好きな男子と誕生日会することになるし、一体どうしたらいい!?　超テッパン男女逆転物語！

『おん太山びこ』　山中恒著，井上洋介絵　講談社　1991.3　179p　18cm　（講談社青い鳥文庫―五人泣きばやし 2）　460円　①4-06-147293-3

［内容］見る人に、なぜかむかつく思いをおこさせる顔に生まれついた鬼太。びんぼうで、おさなくして両親と死に別れた鬼太にとって友だちといえば山にすむたぬきやきつねばかり…。みにくい顔にかくされた心のやさしさが、欲に目のくらんだ人間たちから、のどかで美しい村を救う。"五人泣きばやし"シリーズの2。

『この船、地獄行き』 山中恒作, ちーこ絵 KADOKAWA 2014.1 174p 18cm （角川つばさ文庫 Bや3-11） 580円 ①978-4-04-631369-0〈「この船じごく行き」(理論社 1995年刊）の改題、一部修正〉

［内容］バガーン！「どうしよう…!!」新品テレビをぶっ壊してしまったカズヤは、家出を決行！ とはいえどこへ…？ 行き場もなく、幼なじみのマコトと2人、ぼんやり港で絵を描いていると、なぜか変な男が襲ってきた!? しかもカズヤを助けようと、マコトが男をレンガで殴り—「し、死んでる！」なんて殺人犯になってしまった!! 警察から逃げるため、近くの貨物船に転がりこんだ2人だったけど、そこには重大な秘密があって!? 小学中級から。

『でてきたドジマサ』 山中恒作, 山口みねやす絵 大日本図書 1990.4 109p 18cm （てのり文庫） 470円 ①4-477-17027-0

［内容］友田マサキくんは、ごくふつうの男の子。なんにもわるぎはないのにドジばかりして、いつのまにかあだ名が"ドジマサ"になっちゃった。マサキくん対松村先生、ふたりのすれちがいはいつまでつづく？

『どきどきの一週間』 山中恒作, 堀田あきお画 金の星社 2004.3 132p 18cm （フォア文庫） 560円 ①4-323-09032-3

［内容］日曜日の午後、家でも学校でも「よい子」のミキのところに、ふしぎな段ボール箱がとどきました。ミキの悪口をいったおばさんたちは箱から出てきたそっくりさんと大げんか！ 箱のなかからなにが出てくるか、わからない！ ふしぎで、へんてこで、ゆかいなストーリー。大人気の「一週間」シリーズ第二弾！ 小学校中・高学年向き。

『どで作峠』 山中恒作, 井上洋介絵 講談社 1991.4 200p 18cm （講談社青い鳥文庫—五人泣きばやし 3） 460円 ①4-06-147294-1

［内容］里につながる道といえば、たった1本のつり橋がたより、という山深い桧奈辺郷。この美しい村で、どういうわけか「ばか」として育てられたどで作は大男で力持ち、村のおとなたちのやっかい者だ。どで作のひみつは…、野伏せりや代官所にねらわれる桧奈辺村の運命は…。"五人泣きばやし"シリーズの3。

『どど平だいこ』 山中恒著, 井上洋介絵 講談社 1991.2 176p 18cm （講談社青い鳥文庫—五人泣きばやし 1） 460円 ①4-06-147292-5

［内容］のろまで気がきかず、へまばかりしているどど平にも、一つだけ取りえがあった。どど平のうつたいこの音には、人々の心を一つにしてやまないふしぎな力があったのだ。その力に目をつけた欲深な男たちのために、どど平の運命は…。しいたげられて社会の底辺に生きる者の悲しさをつづる"五人泣きばやし"の一。

『泣こうかとぼうか』 山中恒作, 長谷川集平絵 あかね書房 1987.9 173p 18cm （あかね文庫） 430円 ①4-251-10014-X

［内容］3年生のユキオは、泣きむしのチャンピオンです。いやだとすぐ泣くので、ともだちもできません。でも、ハルミが転校してきたその日から、ユキオのようすがかわりました。さて、ユキオは、ほんもののチャンピオンになれるでしょうか。ゆかいな事件がつぎつぎおきて、底ぬけにおもしろいお話。

『へんてこな一週間』 山中恒作, 堀田あきお画 金の星社 2002.11 130p 18cm （フォア文庫） 560円 ①4-323-09025-0

［内容］月曜日、おかしな箱がとどいて 火曜日、おばさんが目をまわし 水曜日、消えた箱があらわれて 木曜日、教室はもう大さわぎ 金曜日、校長先生がのびちゃって 土曜日、箱はとうとう…!? 箱のなかからなにが出てくるか、わからない！ ふしぎで、へんてこで、ゆかいなストーリー。

『ぼくがぼくであること』 山中恒著 角川書店 1976 320p 15cm （角川文庫） 340円

『ぼくがぼくであること』 山中恒作 岩波書店 2001.6 318p 18cm （岩波少年文庫） 720円 ①4-00-114086-1

『ぼくがぼくであること』 山中恒著 岩波書店 2005.7 318p 18cm （岩波少年文庫） 720円 ①4-00-114086-1〈5刷〉

［内容］優等生ぞろいの兄妹のなかで、ひとりダメ息子の秀一。小言ばかりの母親にいや気がさした秀一は、家を飛び出し、ある農家へ転がりこむ。つぎつぎと起こるスリリングな事件、大人との激しいぶつかり合い—力強く成長する少年の姿を描く。小学5・6年以上。

『ぼくがぼくであること』 山中恒作, 庭絵
　角川書店　2012.4　281p　18cm　（角川つばさ文庫　Bや3-1）　700円　①978-4-04-631223-5〈角川文庫 1976年刊の再刊　発売：角川グループパブリッシング〉
内容　毎日毎日怒られてばっかり。勉強大キライな秀一はすっかり人生がイヤになっていた。「こんな家出てってやる！」いきおいで停車中のトラックの荷台に飛びこんだ秀一だったが、なんとそのトラックが山の中でひきにげをおこした!?　目撃したのがバレたらヤバい。秀一は必死で夜の山道を走り、見知らぬ村へにげこんだのだが…!?　初めての超田舎生活、財宝のウワサに恋の予感も。一生分の「まさか」がおこる、究極の夏休み。

『ママは12歳』　山中恒作, 上倉エク絵
　KADOKAWA　2015.9　214p　18cm　（角川つばさ文庫　Bや3-14）　640円　①978-4-04-631498-7〈「ちびっ子かあちゃん」（読売新聞社 1977年刊）の改題〉
内容　田口らん子、12歳。小学6年生だけど、天国のママにかわって「ママ」やってます。だ・け・ど！　掃除に料理に洗濯に…毎日こればっかりじゃ、恋する時間もぜんぜんないっ！しかも弟たちがやんちゃすぎて、家の中はもうメチャクチャ。そこに最強の敵・はま子おばさんがのりこんできて…。はま子おばさんのねらいは、パパの妻になってわが家のお金をうばうこと。そんなこと、わたしがぜ～ったいにゆるさないんだから！　小学中級から。

『むかむかの一週間』　山中恒作, 堀田あきお画　金の星社　2004.9　126p　18cm（フォア文庫）　560円　①4-323-09035-8
内容　カズキは転校してきた最初の日から、モモヨのうそにまきこまれ、ボスになぐられて、もう、むかむか。そこへ、ふしぎな段ボール箱が届いた。とび出してきたのはなんと…。小学校中・高学年向き。

『六年四組ズッコケ一家』　山中恒作, うみこ絵　角川書店　2013.8　234p　18cm（角川つばさ文庫　Bや3-10）　640円　①978-4-04-631322-5〈理論社 1996年刊の改訂　発売：KADOKAWA〉
内容　六年四組には、四つ班がある。「ゴールデン・エース」、「フラッシャーズ」に「サンフラワーズ」。どれも各班が誇りをもって名付けた、ステキな名前だ。なのに四班の名前は…「ズッコケ一家」!?　（ドタッ）なんでそんな名前になったって？　それは読めば納得するさ。だってこの班に集まったやつらときたら、一人残らず超B級の変わり者ばっかりだったんだから!!　「退屈」をぶっこわす、濃すぎる12人のトンデモ学級日記!!　小学中級から。

湯本　香樹実
ゆもと・かずみ
《1959～》

『夏の庭―The friends』　湯本香樹実著
　新潮社　1994.2　221p　15cm　（新潮文庫）　360円　①4-10-131511-6
内容　町外れに暮らすひとりの老人をぼくらは「観察」し始めた。生ける屍のような老人が死ぬ瞬間をこの目で見るために。夏休みを迎え、ぼくらの好奇心は日ごと高まるけれど、不思議と老人は元気になっていくようだ―。いつしか少年たちの「観察」は、老人との深い交流へと姿を変え始めていたのだが…。喪われ逝くものと、決して失われぬものとに触れた少年たちを描く清新な物語。

『夏の庭―the friends』　湯本香樹実著　20刷改版　新潮社　2001.5　218p　15cm（新潮文庫）　400円　①4-10-131511-6

『春のオルガン』　湯本香樹実著　新潮社　2008.7　239p　16cm　（新潮文庫）　400円　①978-4-10-131513-3
内容　小学校を卒業した春休み、私は弟のテツと川原に放置されたバスで眠った。大人たちのトラブル、自分もまた子供から大人に変わってゆくことへの戸惑いの中で、トモミは少しずつまだ見ぬ世界に足を踏み出してゆく。ガラクタ、野良猫たち、雷の音…ばらばらだったすべてが、いつかひとつでも欠けてはならないものになっていた。少女の揺れ動く季節を瑞々しく描いた珠玉の物語。

吉橋　通夫
よしはし・みちお
《1944～》

『蒼き戦記―はるかな道へ』　吉橋通夫作, 瀬島健太郎絵　角川書店　2009.5　222p　18cm　（角川つばさ文庫　Aよ1-1）　600円　①978-4-04-631022-4〈発売：角川グループパブリッシング〉
内容　美しい山々に囲まれた蒼き里で、少女アオは暮らしていた。アオは、五感（視覚・聴覚・嗅覚・味覚・触覚）が優れ、動物の心を感じる力をもっていた。隣国にさらわれた友・リョウを助けるため、アオは弓矢の天才・シュンと旅立つ。巨鳥クウ、一本角、森の精との

出会い。そして、蒼き里に戦火がせまる…。大切なものを守るため、心やさしき勇者たちは、はるかな道へ踏みだす。小学上級から。

『蒼き戦記 空と海への冒険』吉橋通夫作、瀬島健太郎絵　角川書店　2009.10　198p　18cm　（角川つばさ文庫 Aよ1-2）　620円　①978-4-04-631060-6〈発売：角川グループパブリッシング〉

内容　動物と心を通いあわせるアオ、薬にくわしいヨモギ、勇者のシュン、賢明なリョウもえようとして目が見えなくなってしまう。巨鳥クウに助けられ、アオとシュンは、玄武国軍との決戦に挑む。わくわくドキドキ、興奮の大冒険物語!!

『蒼き戦記 星と語れる者』吉橋通夫作、瀬島健太郎絵　角川書店　2010.1　198p　18cm　（角川つばさ文庫 Aよ1-3）　620円　①978-4-04-631074-3〈発売：角川グループパブリッシング〉

内容　特異な力をもつ少女・アオは、美しい山々に囲まれた蒼き里に暮らす。アオの目は、はるか遠くまで見通せ、動物と話す力もある。しかし、海をへだてた漢都国が金鉱石をうばうため侵略し、蒼き里の者はどれいに…。アオは弓矢の天才・シュン、知略に富むリョウと立ち向かう。そして、伝説の生き物・ドーガとアオの謎があかされる！　今、最後の戦いがはじまる！　小学上級から。

『京のほたる火―京都犯科帳』吉橋通夫著　講談社　2010.10　227p　15cm　（講談社文庫 よ36-2）　524円　①978-4-06-276767-5〈岩崎書店 1981刊の抜粋、加筆修正〉

目次　けん玉売り、綱道、ぬすびと面、火つけ、車師、送り火、二番糸、おけらまいり

内容　京の町に帰ってきた親方と初めての音吉。辻で人を集めて芸をみせ、商いをする、けん玉売りの二人には、人には言えない、もう一つの仕事があった。危ない橋を渡ろうとする、その先には…「けん玉売り」他、短編8編を収録。貧しくとも毎日を懸命に生きる庶民の姿と、揺れる心を見事に綴った時代小説短編集。

『真田幸村と忍者サスケ』吉橋通夫作、佐嶋真夫絵　KADOKAWA　2016.1　215p　18cm　（角川つばさ文庫）　640円　①978-4-04-631563-2

内容　日本一の兵となる真田幸村は、少年のころ、忍者修行にはげむサスケに出会い、大冒険が始まった！　3人だけで800人の兵と戦って撃退し、幸村の命をねらう忍者集団と決闘する。幸村とサスケは強い友情で結ばれていくが、徳川家康の大軍が真田の城に攻めよせてきた。少数の真田軍は、いかにして戦うか!?　天才武将・真田幸村とサスケが活躍する、勇ましく大興奮の戦国物語！　小学中級から。

『なまくら』吉橋通夫著　講談社　2009.8　248p　15cm　（講談社文庫 よ36-1）　552円　①978-4-06-276425-4

目次　灰、「つ」の字、なまくら、チョボイチ、車引き、赤い番傘、どろん

内容　故郷を離れ、砥石運びの仕事をしていた矢吉は幼なじみのトメと再会するが…。表題作の他、幕末から明治の京の周辺、若いというには、あまりに年少の者たちの、汗して働き、行く道に迷う懸命の日々を描いた珠玉の時代小説短編集。解説者あさのあつこ氏絶賛の名作が文庫化。第四十三回野間児童文芸賞受賞。

令丈　ヒロ子
れいじょう・ひろこ
《1964～》

『おかし工場のひみつ!!―笑って自由研究』令丈ヒロ子作, MON絵　集英社　2011.3　157p　18cm　（集英社みらい文庫 れ-1-1）　580円　①978-4-08-321004-4

目次　1 ポッキーのひみつ！, 2 ドーナツのひみつ！, 3 ぴろコンの自由研究☆メモ帳

内容　「ポッキーの山にうもれたい」「ドーナツめっちゃ食べたい！」。そんなかるいノリから、おかし工場にせんにゅうする、大阪人のぴろコン、MONMON、そしてナゾのおじょう様・みのPの三人。ベルトコンベヤを流れる、なが～いポッキー生地にこうふん！ドーナツを秒単位でウラがえすワザにはびっくり!?　楽しくって役にたつ"自由研究メモ帳"や"取材レポート"つきで、一冊で二度おいしいよー。小学初級・中級から。

『おかね工場でびっくり!!』令丈ヒロ子作, MON絵　集英社　2012.7　174p　18cm　（集英社みらい文庫 れ-1-3―笑って自由研究）　600円　①978-4-08-321102-7〈年譜あり〉

内容　「ええーっ、おかねを作ってる工場がほんまにあるんか！」。さっそく見学に出かけた、ぴろコン、MONMON、みのPの3人。貨幣を作っている"造幣局"では、大判小判、千両箱などふる―いおかねを見て大さわぎ。お札を作っている"国立印刷局"では、でっか

令丈ヒロ子

『おっことチョコの魔界ツアー』 令丈ヒロ子、石崎洋司作、亜沙美、藤田香絵　講談社　2008.3　153p　18cm　（講談社青い鳥文庫 505-1）　505円　①978-4-06-285013-1

内容　冬休みに春の屋で出会ったものの、「忘却魔法」でおたがいのことを忘れてしまったおっことチョコ。忘却魔法を解いて二人を友情で結びつければ、魔界での宴会にご招待、という耳寄りな情報に目がくらんだギュービッドと鈴鬼に、ウリ坊や美陽も加わって、ある計画を実行。はたして二人はおたがいを思いだせるの!?　人間、黒魔女、ユーレイが入りみだれての魔界ツアー、はじまりはじまり！「若おかみは小学生！」×「黒魔女さんが通る!!」夢のコラボ。小学中級から。

『おっことチョコの魔界ツアー』 令丈ヒロ子、石崎洋司作、亜沙美、藤田香絵　新装版　講談社　2013.9　168p　18cm　（講談社青い鳥文庫 171-28）　580円　①978-4-06-285379-8

内容　冬休みに春の屋で出会ったものの、「忘却魔法」でおたがいのことを忘れてしまったおっことチョコ。忘却魔法を解いて二人を友情で結びつければ、魔界での宴会にご招待、という耳寄りな情報に目がくらんだギュービッドと鈴鬼に、ウリ坊や美陽も加わって、ある計画を実行。はたして二人はおたがいを思いだせるの!?　人間、黒魔女、ユーレイが入りみだれての魔界ツアー、はじまりはじまり！小学中級から。

『おもちゃ工場のなぞ!!―笑って自由研究』 令丈ヒロ子作、MON絵　集英社　2011.11　136p　18cm　（集英社みらい文庫 れ-1-2）　580円　①978-4-08-321052-5

内容　「本物そっくり！　すごっ！」。おもしろ消しゴム工場でこうふん。「人生ゲームってこんなにいっぱい種類あるのん？」。おもちゃ会社で大はしゃぎ。好奇心おうせいな、ぴろコン、MONMON、みのPの3人。今回はおもちゃ工場のなぞにせまる！　そして…「みのP、なに者なんだ!?」。なぞのお嬢様の正体も、ついに明らかになる!?　大爆笑！　自由研究シリーズ、第二弾。小学初級・中級から。

『おリキ様の代替わり』 令丈ヒロ子著　新潮社　2013.3　187p　16cm　（新潮文庫 れ-2-3―S力人情商店街 3）　430円　①978-4-10-127043-2〈「S力人情商店街 3」（岩崎書店 2009年刊）の改題〉

内容　商店街に進出してきたスーパー相手に、いよいよSSB（S力商店街防衛隊）が戦闘開始。こんどの茶子はちょっと大人っぽい！　取り巻きの男の子たちが隠してきた本音がだんだんと明らかになるなか、歴代おリキ様に呼び出された茶子は、七代目として、ある重要な任務を言い渡される。シリーズ完結に向けて加速度的におもしろさを増すユーモア青春小説。

『温泉アイドルは小学生！　1　コンビ結成!?』 令丈ヒロ子作、亜沙美絵　講談社　2015.11　251p　18cm　（講談社青い鳥文庫 171-32）　650円　①978-4-06-285525-9

内容　「若おかみは小学生！」のキャラもつぎつぎ登場する、新シリーズです！　春野琴理は超マイペースの5年生。親戚で、温泉旅館の若おかみ・おっこがいる町に引っ越してきた。外では優等生だけど、琴理にはダメ出しを連発する糸居鞠香と二人でいるときに、小さな神様に出会ってしまい!?　琴理がアイドルになりたいと願ったら、鞠香と二人で「歌うまクイーンコンテスト」に出場することに…！小学中級から。

『緊急招集、若だんなの会』 令丈ヒロ子著　新潮社　2013.1　222p　16cm　（新潮文庫 れ-2-2―S力人情商店街 2）　460円　①978-4-10-127042-5〈「S力人情商店街 2」（岩崎書店 2008年刊）の改題〉

内容　「ふとん店」事件を解決した塩力商店街の中学生4人組。一難去ってダレていたところ、またも「ショボイ超能力」が出始めた。今度の危機は商店街の客を奪いかねないスーパーの進出計画。しかも、塩居神社の歴史に興味を示す経営者にはなにやら狙いがある様子。そして、初めて明らかにされる千原先輩の正体。

『恋のギュービッド大作戦！―「黒魔女さんが通る!!」×「若おかみは小学生！」』 石崎洋司、令丈ヒロ子作、藤田香、亜沙美絵　講談社　2015.2　315p　18cm　（講談社青い鳥文庫 217-28）　680円　①978-4-06-285470-2〈2010年刊の再刊〉

内容　「黒魔女さんが通る!!」「若おかみは小学生！」大人気コラボ第3弾が、青い鳥文庫になったよ！　「たいへん！　おじいちゃんとおばあちゃんが結婚してくれないと、あたしたち、消えてしまうかも！」おばあちゃんが、知らないおじいちゃんと仲良くうつっている写真を見つけたおっことチョコは、黒魔法グッズで60年まえの世界へ！　またまた二人の大冒険がはじまります！　小学中級から。総ルビ。

『スーパーキッド・Dr.リーチ』 令丈ヒロ子作、さそうあきら絵　講談社　1999.5　219p　18cm　（講談社青い鳥文庫

580円　①4-06-148507-5

[内容]リーチこと緒方理一は、変わり者の名医、甚助の孫で、英才教育を受けて手術までこなすスーパーキッド。超一流のその腕に美少女たちもハートを熱くするけれど、らぶにはニブイこまったやつで、今日も医学雑誌を読みふける。「人体の中はミラクルワールドさ。」というユニークな少年の医者修業（と、恋愛修業）をコミカルにえがく、ゆかいで、ためになる（？）物語。

『ダイエットパンチ！　1　あこがれの美作女学院デビュー！』　令丈ヒロ子作，岸田メル絵　ポプラ社　2009.3　174p　18cm　（ポプラポケット文庫 071-1）　570円　①978-4-591-10847-5〈2006年刊の新装改訂〉

[内容]あこがれの"おじょうさま学校"の入学式。コヨリをむかえたのは、超美人生徒会長の「この学院にふさわしい女性になるために、瘦せてください」のひとことだった。そのままダイエット寮に連行され…、ドキドキの新生活スタート！　小学校上級から。

『ダイエットパンチ！　2　あまくてビターな寮ライフ』　令丈ヒロ子作，岸田メル絵　ポプラ社　2009.4　222p　18cm　（ポプラポケット文庫 071-2）　570円　①978-4-591-10903-8〈2007年刊の新装改訂〉

[内容]ダイエット寮での生活がいよいよ本格スタート。本気でダイエットに立ち向かう決心をしたコヨリたちは、少しずつ体重もおちてきます。そんなところに、コヨリたち三人となかよくなりたいという女の子があらわれ…波乱万丈の第二巻。小学校上級～。

『ダイエットパンチ！　3　涙のリバウンド！　そして卒寮！』　令丈ヒロ子作，岸田メル絵　ポプラ社　2009.5　175p　18cm　（ポプラポケット文庫 071-3）　570円　①978-4-591-10957-1〈2008年刊の新装改訂〉

[内容]寮生活にも慣れてきたころ、コヨリたちにしのびよるのは―恐怖のリバウンド！　それぞれのダイエットの結末は？　本当のダイエットとは…!?　心とからだの健康を考える、おもしろシリーズ完結。

『茶子と三人の男子たち』　令丈ヒロ子著　新潮社　2012.11　221p　16cm　（新潮文庫 れ-2-1―S力人情商店街 1）　460円　①978-4-10-127041-8〈「S力人情商店街 1」（岩崎書店 2007年刊）の改題〉

[内容]さびれつつある商店街で育った幼なじみの中学生、茶子、吾郎、研、吉野の4人組は、神社で雷に打たれ、超能力を授かった。エスパーアイドル誕生か？　…と思いきや、それぞれの不思議な力はどこか「しょぼい」。果たして、彼らの脱力系の活躍でふとん店を襲う謎の事件は解決できるのか？　商店街をこよなく愛する大人気作家によるユーモア青春小説。

『茶子の恋と決心』　令丈ヒロ子著　新潮社　2013.5　213p　16cm　（新潮文庫 れ-2-4―S力人情商店街 4）　460円　①978-4-10-127044-9〈「S力人情商店街 4」（岩崎書店 2010年刊）の改題〉

[内容]男子4人の運命を預かるハメになり、途方に暮れる「7代目おリキ様」の茶子。そこへ忍び寄る怪しい魔の手…。茶子が誘拐されたって!?　誰が何の目的で？　しょぼいながらも超能力を駆使して地元商店街の危機を救う中学生防衛隊5人組の活躍をユーモアたっぷりに描き出す痛快青春小説。男の子たちの役割もついに明らかになり、ぜったい目が離せない完結編。

『Dr.リーチ・予言とたたかう』　令丈ヒロ子作，さそうあきら絵　講談社　2001.1　205p　18cm　（講談社青い鳥文庫―スーパーキッド・Dr.リーチ 2）　580円　①4-06-148547-4

[内容]リーチこと緒方理一は、小学生ながら医師免許を持つスーパーキッド。児童会長のブンちゃんと相思相愛で、らぶのほうも絶好調！―のはずだったのだが。ブンちゃんのためにカッコよくなりたい、と思い始めてから、なぜかギクシャクするふたり。そのころ、政府VIP専用病院で占い師の老女を手術したリーチは、彼女以好不吉な予言を受ける、はたしてリーチは予言にうち勝てるのか!?　小学上級から。

『なぎさくん、女子になる』　令丈ヒロ子作，立樹まや絵　ポプラ社　2015.1　200p　18cm　（ポプラポケット文庫 071-4―おれとカノジョの微妙Days 1）　680円　①978-4-591-14265-3〈「おれとカノジョの微妙Days」（2005年刊）の改題、新装改訂〉

[内容]おれは、庄司なぎさ。11歳、オトコ。はっきりいってしまうと、世にいう「美少年」ってやつだ。夏休みの1週間をオンナばかりの家ですごすことになったんだけど、この家のやつらが、全員オトコぎらいで…。生きぬくために、まさかのオンナのふりをすることになったおれ！　どうなんの!?　小学校上級～

『なぎさくん、男子になる』　令丈ヒロ子作，立樹まや絵　ポプラ社　2015.4　203p　18cm　（ポプラポケット文庫 071-5―おれとカノジョの微妙Days 2）　680円

①978-4-591-14480-0〈「おれとカノジョの微妙Days」(2005年刊)の改題、新装改訂〉

[目次]なぎさくん、男子になる―おれとカノジョの微妙Days2,文庫版書き下ろしスペシャル短編 なぎさくん、デートする―おれとカノジョのその後Days

[内容]おれは、庄司なぎさ。11歳、オトコ。わけあって今、オンナのふりして生活してる。でも、好きな女の子ができて、いよいよオトコだってことを、かくしきれなくなってきた…！おれのウソ、ばれたらどうなるんだ？「おれとカノジョの微妙Days」完結巻。書き下ろし短編「なぎさくん、デートする」を収録！小学校上級～

『××（バツ）天使』 令丈ヒロ子作, 宮原響画 理論社 2010.8 195p 18cm （フォア文庫 C230） 650円 ①978-4-652-07503-6〈1994年刊の加筆訂正〉

[内容]落ちこぼれ天使のパイは、授業をさぼっているところを見つかり、人間界へ実習に行くことに―。その地上で、予備校に通う小学生・レンたちと出会ったパイは、みんなと仲良くなり、人間のいろいろな気持ちを知っていきます。ところが、こんどは天使の力が弱まってしまい…。さわやかで、ちょっとせつない、パイの下界実習の3日間。

『××（バツ）天使』 令丈ヒロ子作, 宮原響画 岩崎書店 2011.9 195p 18cm （フォア文庫 C239） 650円 ①978-4-265-06426-7

[内容]落ちこぼれ天使のパイは、授業をさぼっているところを見つかり、人間界へ実習に行くことに―。その地上で、予備校に通う小学生・レンたちと出会ったパイは、みんなと仲良くなり、人間のいろいろな気持ちを知っていきます。ところが、こんどは天使の力が弱まってしまい…。さわやかで、ちょっとせつない、パイの下界実習の3日間。小学校高学年・中学生向き。

『ブラック◆ダイヤモンド 1』 令丈ヒロ子作, 谷朋画 理論社 2010.10 197p 18cm （フォア文庫 C232） 650円 ①978-4-652-07506-7

[内容]ママを亡くした灯花理が、おばあちゃんの家で暮らしはじめて一ヵ月。ある日、偶然見つけたママの日記をいとこの美影と読んでいると、「B・D」という言葉が目に飛び込んできた。―ん？「B・D」ってなに？気になる二人は、その正体をさがしはじめるが…ガールズ・サスペンス。

『ブラック◆ダイヤモンド 1』 令丈ヒロ子作, 谷朋画 岩崎書店 2011.9 197p 18cm （フォア文庫 C241） 650円 ①978-4-265-06428-1

[内容]ママを亡くした灯花理が、おばあちゃんの家で暮らしはじめて一ヵ月。ある日、偶然見つけたママの日記をいとこの美影と読んでいると、「B・D」という言葉が目に飛び込んできた。―ん？「B・D」ってなに？気になる二人は、その正体をさがしはじめるが…新シリーズ「ブラック・ダイヤモンド」スタート。小学校高学年・中学生向き。

『ブラック◆ダイヤモンド 2』 令丈ヒロ子作, 谷朋画 岩崎書店 2011.9 183p 18cm （フォア文庫） 650円 ①978-4-265-06429-8

[内容]学校の人気者・陽坂くんが、灯花理に一目ぼれ!?突然の恋バナにとまどう灯花理は、かくしごとはしない！と、美影と約束をした。その後、恋の実るおまじないのカードをもらったり、宝石に夢中になったり、新しい友達もできたりと、すべてがうまく進んでいるように思えたのだが…☆魅惑のガールズ・サスペンス第2弾。

『ブラック◆ダイヤモンド 3』 令丈ヒロ子作, 谷朋画 岩崎書店 2012.3 195p 18cm （フォア文庫 C245） 650円 ①978-4-265-06435-9

[内容]くるこんとの散歩中、灯花理がママとの思い出の家へ立ちよると、そこには陽坂くん一家が住んでいた！とまどいながらも、明るいママや、クールな兄の峻、陽坂くんとも祖父がはずみ、ひさしぶりに楽しいひとときを過ごす灯花理。ところが帰り道、峻の瞳に宝石のような不思議な輝きを見た灯花理は胸騒ぎをおぼえた。―これは、いったい？令丈ヒロ子が贈る、ガールズ・サスペンス第3弾。

『ブラック◆ダイヤモンド 4』 令丈ヒロ子作, 谷朋画 岩崎書店 2014.7 217p 18cm （フォア文庫 C258） 650円 ①978-4-265-06475-5

[内容]「B・D」、ブラック・ダイヤモンド…。御堂家のかくされた財宝を独り占めしたいがため、魔女ばあちゃんはうそをついている…。そう美影と灰華おばさんにいわれ、灯花理の気持ちは重く沈む。B・Dなんて、もう、ないほうがいい！でも知りたい。B・Dの正体は？謎が謎をよぶ、魅惑のガールズ・サスペンス第4弾！

『ブラック◆ダイヤモンド 5』 令丈ヒロ子作, 谷朋画 岩崎書店 2014.11 201p 18cm （フォア文庫 C259） 650円 ①978-4-265-06476-2

[内容]「B・D」という御堂家に伝わる財宝があると、美影ちゃんは信じこんでいる。美影ちゃんがあたしに優しかったのも、いつも気にかけてくれていたのも、全部B・Dのため

令丈ヒロ子

だったの？ 灯花理は考えれば考えるほど、不安がつのる。B・Dの力って何？ あたしはどうしたらいいの？ 魅惑のガールズ・サスペンス最終巻！ 小学校高学年～

『魔リンピックでおもてなし―黒魔女さんが通る!!×若おかみは小学生！』 石崎洋司, 令丈ヒロ子作, 藤田香, 亜沙美絵 講談社 2015.6 242p 18cm （講談社青い鳥文庫 217-30） 650円 ①978-4-06-285495-5
[内容] チョコの通う第一小学校に「おもてなしの授業」をしに行くことになり、大喜びのおっこ。いっぽう、ギュービッドさまと鈴鬼は、666日に一度の魔リンピックをなんと、第一小学校へ招致しようと悪だくみ！ 自由すぎる5年1組のおもてなしは、魔界の人たちに通じるのか？ はたして、魔リンピックの開催地はどこに!?「黒魔女さんが通る!!」「若おかみは小学生！」大人気コラボ、第4弾だよ！小学中級から。

『マンガ・好きです！』 令丈ヒロ子作, 岡本正樹画 ジャイブ 2004.9 215p 18cm （カラフル文庫） 840円 ①4-902314-99-1
[内容] まりかはマンガが大好きな小学五年生の女の子。そんなまりかのクラスに美少年のともやが転校してきた。意外にも少女マンガ好きのともやは、まりかにオリジナルのマンガを描くことを勧め、二人三脚のマンガ家デビューへの挑戦が始まった。また、ふたりの間に恋は生まれるのか!? 人気シリーズ・料理少年Kタローの作者、令丈ヒロ子先生のカラフル文庫書き下ろし。

『メニメニハート』 令丈ヒロ子作, 結布絵 講談社 2015.3 289p 18cm （講談社青い鳥文庫 171-31） 680円 ①978-4-06-285475-7〈2009年刊の再刊〉
[内容] 転校してきたばかりのぼくの名は小国景太。マンションのお隣さんは、マジメすぎて、ちょっとコワいマジ子と、美人だけどウソつきのサギノ。二人ともぼくと同じクラスなんだけど、仲が悪くて、しょっちゅう言い争いをしているんだ。ところがある日、「呪いの大鏡」の前でぶつかった二人からハートが飛び出て、ぼくの目の前で入れ替わったから、たいへん！ 小学上級から。総ルビ。

『モナコの謎カレ』 令丈ヒロ子作, 藤丘ようこ画 理論社 2010.9 169p 18cm （フォア文庫 C231） 600円 ①978-4-652-07504-2〈『ハジメはゲンシ人』（1997年刊）の改題、加筆訂正〉
[内容] ミス6年B組のモナコは、転校生・ツキノハジメから、いきなり一目惚れ宣言をされてしまう！ 原始人のようなハジメの言動に困惑していたクラスメイトも、いつのまにか彼のペースに巻き込まれ、モナコは怒りがおさまらない。しかも、ハジメをカッコいい～！という子まで現れて…。―爽やかな学園コメディ。小学校高学年～

『モナコの謎カレ』 令丈ヒロ子作, 藤丘ようこ画 岩崎書店 2011.9 169p 18cm （フォア文庫 C240） 600円 ①978-4-265-06427-4
[内容] ミス6年B組のモナコは、転校生・ツキノハジメから、いきなり一目惚れ宣言をされてしまう！ 原始人のようなハジメの言動に困惑していたクラスメイトも、いつのまにか彼のペースに巻き込まれ、モナコは怒りがおさまらない。しかも、ハジメをカッコいい～！という子まで現れて…。―爽やかな学園コメディ。小学校高学年・中学生向き。

『料理少年』 令丈ヒロ子作, いしかわじゅん絵 講談社 1993.5 227p 18cm （講談社青い鳥文庫） 540円 ①4-06-147381-6
[内容] Kタローは〈料理少年〉小学生。母るり子の手抜き料理や、ままごとみたいな家庭科の調理実習に腹をたて、どうしようもなくおいしいちらしずしを作ったのが始まりだった。お料理クラブとの対決を、とろけるような東坡肉で圧勝したところへ挑戦してきたのは、カマクラナオコ。ナオコはKタローがひそかに恋している美少女だ。さあ、どうする？ 小学中級から。

『料理少年・オムレツ勝負Kタロー』 令丈ヒロ子作, いしかわじゅん絵 講談社 1993.10 243p 18cm （講談社青い鳥文庫） 490円 ①4-06-147387-5
[内容] Kタローは同級生もそのおいしさに感心する〈料理少年〉。ところが、フランスに料理留学したキクサカキクコとオムレツの味くらべをして負けてしまった。ひたすら落ちこむKタローに、G・Fのカマクラナオコも気を使うが、そんなとき、Kタローに接近してきた美少女、田所ちなみのかわいさに、Kタローの恋心がふらつきはじめ、さて、どうなる？ 小学中級から。

『料理少年Kタロー 1』 令丈ヒロ子作, いしかわじゅん画 ジャイブ 2004.3 194p 18cm （カラフル文庫） 640円 ①4-902314-38-X「「料理少年」（講談社1993年刊）の増訂」
[内容] 小学五年生のKタローは、「料理少年」である。母るりこの手抜き料理に疑問を持ち、自分からちらしずしを作ったことが始まりである。学校でお料理クラブとの対決に圧勝したところへ、新たな挑戦者が現れた！ それはなんとKタローがひそかに恋している美少女転校生のカマクラナオコだった。Kタローの恋の行方と料理対決の結末は。

令丈ヒロ子

『料理少年Kタロー 2 オムレツ勝負』
令丈ヒロ子作,いしかわじゅん画 ジャイブ 2004.3 213p 18cm (カラフル文庫) 640円 ①4-902314-39-8〈「料理少年・オムレツ勝負Kタロー」(講談社1993年刊)の増訂〉
内容 Kタローは大人もビックリするほどの"料理少年"である。ところが、フランスに料理留学していたキクサカキクコにオムレツ対決で負けてしまった！ 落ち込むKタローを励まそうと気を使うカマクラナオコだが、そんなとき、新たな美少女・田所ちなみが急接近！ 恋心が揺れ動くKタロー――恋の行方はいかに。

『料理少年Kタロー 3 Kタロー対社長少年』 令丈ヒロ子作,いしかわじゅん画 ジャイブ 2004.7 225p 18cm (カラフル文庫) 780円 ①4-902314-54-1〈講談社1994年刊の増訂〉
内容 大人顔負けの腕を持つ"料理少年"Kタロー。今回は、ジュニア料理コンクールに出場することになった。ところが、主催者である社長少年の挑発に乗って、カノジョのナオコを賭けた、とんでもない勝負を受けて立つことに。さらに、予選でふたごの美少女が現れて…。ごぞんじ、料理少年Kタロー・シリーズの第3弾。

『料理少年Kタロー 4 ポップコーン作戦』 令丈ヒロ子作,いしかわじゅん画 ジャイブ 2004.9 229p 18cm (カラフル文庫) 880円 ①4-902314-98-3〈「料理少年・ポップコーン作戦」(講談社1995年刊)の増訂〉
内容 中学生になると急に悩みが多くなるようだ。Kタローも例外ではない。春に新しい家族がふえて、離乳食作りに熱がはいる料理少年にも悩みはある。ガールフレンドのナオコとの初キッス、遊園地で売るお菓子のアイディアを考える仕事で弟のタマキチと競わなくてはならないこと…。料理少年Kタロー・シリーズ、感動の最終巻。

『料理少年・Kタロー対社長少年』 令丈ヒロ子作,いしかわじゅん絵 講談社 1994.8 237p 18cm (講談社青い鳥文庫) 560円 ①4-06-148402-8
内容 ジュニア料理コンクールに出場することになった〈料理少年〉Kタロー。今回は、主催者の少年社長リュウイチにGFのナオコとのつきあいをかけた優勝宣言をしてしまい、必勝を期して予選会にのぞんだ。ところが、お調子者のKタローのこと、ふたごの美少女アヤメとサクラコにまたまた気を取られ、心はふわふわ、うわの空…。Kタロー、大ピンチ。小学中級から。

『料理少年・ポップコーン作戦』 令丈ヒロ子作,いしかわじゅん絵 講談社 1995.12 265p 18cm (講談社青い鳥文庫) 590円 ①4-06-148432-X
内容 新しい家族がふえて、離乳食作りにも熱がはいる「料理少年」Kタロー。中学生になり、GFのナオコとの関係も、いよいよ初キスをめざす段階に。そんなとき、遊園地で売るお菓子のアイデアを考える仕事の依頼がきて、なんと、弟のタマキチと競うはめになった。Kタローは長男のプライドをかけてのぞんだが…。ナオコとの恋の行方は。兄弟対決の勝敗は。料理少年シリーズ第4弾。

『レンアイ＠委員 おねえちゃんのカレシ』 令丈ヒロ子作,小笠原朋子画 理論社 2004.6 181p 18cm (フォア文庫) 560円 ①4-652-07462-X
内容 優しくて格好いい翔真と、「行きつけのお店」へデートに行くアネ夫を見て、「本物のカップル」に憧れるワコとナツメ。そんなとき、「これってホントの恋なの？」18才の家庭教師を好きになった女の子から相談メールが来た。困った二人は、18才の翔真に男子の本音を聞きに行くことに…。小学校高学年・中学校対象。

『レンアイ＠委員 キレイの条件』 令丈ヒロ子作,小笠原朋子画 理論社 2005.3 187p 18cm (フォア文庫 C167) 560円 ①4-652-07466-2
内容 風水桃パワー効果!? なんと、ワコが読者モデルにスカウトされた！ そんな時「キレイになるにはどうしたらいいの？」と相談メールが送られてくる。レンアイ＠委員は美少女モデル、と信じている相談者を失望させたくないワコは、モデル修業を開始することに――。小学校高学年・中学校向き。

『レンアイ＠委員 最後の相談メール』 令丈ヒロ子作,小笠原朋子画 理論社 2007.5 165p 18cm (フォア文庫) 560円 ①978-4-652-07479-4

『レンアイ＠委員 SPな誕生日』 令丈ヒロ子作,小笠原朋子画 理論社 2005.9 189p 18cm (フォア文庫 C171) 560円 ①4-652-07469-7
内容 夏休みの終わり。ナツメのイトコ・すばるがやって来た。しかしワコは、初対面のすばるとケンカをしてしまう。第一印象は最悪だ。ところがいざ仲直りをすると、二人の距離は急速にちぢまり、ワコは片思いの相手・セイジに「すばるとお似合い」と言われ大ショック…恋の嵐の巻。小学校高学年、中学生向き。

令丈ヒロ子

『レンアイ＠委員 涙のレンアイ＠委員会』
令丈ヒロ子作，小笠原朋子画　理論社　2007.9　189p　18cm　（フォア文庫）　560円　①978-4-652-07482-4

『レンアイ＠委員 はじめてのパパ』　令丈ヒロ子作，小笠原朋子画　理論社　2006.9　165p　18cm　（フォア文庫）　560円　①4-652-07476-X
|内容| ママとけんぞうパパが再婚…!? けんぞう情報をきっかけに，ワコは本当のパパについて考えはじめた―。パパの忘れ物が入った箱を見ても，童謡集や写真があるだけ。なにも思い出せないワコは，わずかな情報をたよりに，セイジとふたりで直接パパに会いに行くのだが…。

『レンアイ＠委員 ブラ・デビュー・パーティ』　令丈ヒロ子作，小笠原朋子画　理論社　2002.11　171p　18cm　（フォア文庫）　560円　①4-652-07451-4
|内容| ナツメと二人で始まったレンアイ＠委員会に，ブ，ブラ・デビュー相談！ デビュー前のワコたちには超難問＆男の子からの初メール。みんなの悩みに答える第2弾。

『レンアイ＠委員 プリティになりたい』　令丈ヒロ子作，小笠原朋子画　理論社　2003.9　186p　18cm　（フォア文庫）　560円　①4-652-07456-5
|内容| 「二重まぶたになりたい！」相談に答えるため，姉達のアドバイスで初メイクに挑戦し，大感動したワコたち。そんなナツメに，クラスメイトのタクミから告白メールが届いた!! 初デート当日，ナツメの不安いっぱいの"実況メール"に我慢できずデート先に向かったワコは，偶然，タクミの親友セイジと会い…。

『レンアイ＠委員 ママの恋人』　令丈ヒロ子作，小笠原朋子画　理論社　2006.3　173p　18cm　（フォア文庫）　560円　①4-652-07473-5
|内容| けんぞうパパのデートの相手は，ママ!? 気になるワコはデートを尾行し，みつかってしまう。その後，両家族のお食事会でけんぞうと再会するのだが。…気になるママの恋の行方。小学校高学年・中学校向き。

『レンアイ＠委員 ラブリーメールにこたえます』　令丈ヒロ子作，小笠原朋子画　理論社　2002.1　173p　18cm　（フォア文庫）　560円　①4-652-07447-6
|内容| 小5・ワコの恋愛・友情・人生相談コーナー。レンアイ＠委員ニューオープン。

『ロケット＆電車工場でドキドキ!!』　令丈ヒロ子作，MON絵　集英社　2013.6　185p　18cm　（集英社みらい文庫　れ-1-4―笑って自由研究）　620円　①978-4-08-321157-7
|内容| 関西を走る"阪急電車"の工場にきた，ぴろコンたち。「わ，電車が宙づりに!?」。車輪をはずして，ゆっくり上を移動していく車体にびっくり。そこでされていたこととは!? さらに"ロケット"にも興味をもったぴろコンたちは，JAXAの筑波宇宙センターにのりこむことに。「ロケットってどうやって飛ぶの？」「人工衛星ってなに!?」。知れば知るほど，ドキドキがとまらない!! 小学初級・中級から。

『若おかみは小学生！』　令丈ヒロ子作，亜沙美絵　講談社　2003.4　215p　18cm　（講談社青い鳥文庫―花の湯温泉ストーリー　1）　580円　①4-06-148613-6
|内容| 6年生のおっこは交通事故で両親をなくし，祖母の経営する旅館"春の屋"に引きとられる。そこに住みつくユーレイ少年・ウリ坊や，転校先の同級生でライバル旅館のあととり娘の真月らと知り合ったおっこは，ひょんなことから春の屋の"若おかみ"修業を始めることに。きびしい修業の日々，失敗の連続…。負けるな，おっこ！ コメディ新シリーズ第1話。

『若おかみは小学生！　part 2』　令丈ヒロ子作，亜沙美絵　講談社　2003.11　203p　18cm　（講談社青い鳥文庫―花の湯温泉ストーリー）　580円　①4-06-148631-4
|内容| 6年生のおっこは，祖母・峰子の経営する旅館"春の屋"で若おかみ修業のまっ最中。ユーレイのウリ坊はおっこの強い味方。ある日，母親と泊まりにきた太めの女の子・まや。彼女の悩みを知ったおっこは，ダイエット作戦を敢行。そんな折，祖母・峰子がおっこに見せた古いアルバム。なんとそこには，ウリ坊と峰子の知られざる過去が！ 元気が出る人気シリーズ第2弾。

『若おかみは小学生！　part 3』　令丈ヒロ子作，亜沙美絵　講談社　2004.4　203p　18cm　（講談社青い鳥文庫―花の湯温泉ストーリー）　580円　①4-06-148647-0
|内容| 夏休みの宿題もそっちのけで若おかみ業に精をだすおっこ。ある日，"春の屋"に大ホテルチェーンのあととり息子・三木が泊まりにくる。三木に「温泉旅館が大ホテルにかなうわけがない」と言われ，おっこは発奮。このときばかりは，とライバルの真月も協力を約束，二人のユーレイ，ウリ坊と美陽にも励まされ，花の湯の名誉ばんかいに立ち上がる。

文庫で読める児童文学 2000冊　179

令丈ヒロ子

『若おかみは小学生！　part 4』令丈ヒロ子作, 亜沙美絵　講談社　2004.10　209p　18cm　（講談社青い鳥文庫―花の湯温泉ストーリー）　580円　ⓘ4-06-148664-0
内容　春の屋に来た女の子のお客。その正体は、撮影現場をぬけだしてきた天才子役女優・馬渕なるかだった。超わがままななるかにふりまわされつつもサービスに努めるおっこたち。そこへ、なるかのマネージャーでもある彼女の母親がやってくる。仕事に悩み、母に心を開かないなるかが、同い年のおっこにだけうちあけた本心とは…!? 人気急上昇中のシリーズ、最新刊。

『若おかみは小学生！　part 5』令丈ヒロ子作, 亜沙美絵　講談社　2005.3　222p　18cm　（講談社青い鳥文庫―花の湯温泉ストーリー）　580円　ⓘ4-06-148678-0
内容　「この旅館には邪悪なものがいる。」謎の霊感師の言葉に、おっこはドキッ。「それってまさか、ウリ坊たちのことじゃ…!?」その邪悪なものをはらわないと、おっこの身に災いがふりかかるというのだ。「ウリ坊たちがいなくなるなんて、そんなの、いや！」悩むおっこは秋野源蔵に相談する。そのころ花の湯では悪質な「温泉あらし」が出没。はたしてその正体は？ そしてウリ坊たちの運命は!? 小学中級から。

『若おかみは小学生！　part 6』令丈ヒロ子作, 亜沙美絵　講談社　2005.8　233p　18cm　（講談社青い鳥文庫 171-12―花の湯温泉ストーリー）　620円　ⓘ4-06-148694-2
内容　ウリ坊そっくりの男の子、ウリケンは、なんとウリ坊の弟の孫だった。春の屋を手伝いはじめたウリケンの仕事ぶりは目ざましく、逆に失敗つづきのおっこはおもしろくない。接客でいいところを見せようと、鈴鬼にたのんで呼びよせたお客は、スランプ中の人気占い師、グローリーさん。彼女はおっこに、「あなたを好きな男の子が近くにいる。」と!?

『若おかみは小学生！　part 7』令丈ヒロ子作, 亜沙美絵　講談社　2006.1　233p　18cm　（講談社青い鳥文庫 171-13―花の湯温泉ストーリー）　620円　ⓘ4-06-148711-6
内容　2学期。学校ではよりこたちが、おっこのカレシの話でもちきり。そのウリケンと携帯電話でのやりとりを始めたおっこだが、あいかわらずケンカばかり。同じクラスの人気者、鳥居くんとは楽しく話ができるのだが、その鳥居くんから、「おじさんを春の屋に泊めてほしい」と頼まれ、はりきるおっこ。ところが、そのおじさんはとんでもないお客だった…。

『若おかみは小学生！　part 8』令丈ヒロ子作, 亜沙美絵　講談社　2006.7　249p　18cm　（講談社青い鳥文庫 171-14―花の湯温泉ストーリー）　620円　ⓘ4-06-148735-3
内容　「若おかみ研修」に参加するため、おっこが着いた旅館は、すっかりさびれ、従業員もやる気がなく、お客もぜんぜん入っていなかった。それは、ドケチな大おかみの方針のせいだったが、それには深いわけがあった。大おかみの孫のふたごの姉妹から事情を聞いたおっこは、旅館に活気をとりもどそうと大奮闘。ウリ坊・美陽・鈴鬼も協力するが、思いがけない災難が…!!

『若おかみは小学生！　part 9』令丈ヒロ子作, 亜沙美絵　講談社　2007.1　215p　18cm　（講談社青い鳥文庫 171-15―花の湯温泉ストーリー）　620円　ⓘ978-4-06-148756-7
内容　「デリバリー温泉旅館」の依頼で出かけた、おっことウリケンたち。ケンカばかりの二人が仲直りするチャンス！ と美陽たちは期待する。着いたのはあれはてた古い洋館。依頼人の老人の行動はなんか変。やがて一冊の古い日記から老人のおどろくべき秘密を知ったおっこたちは…？ 初めはくすくすゲラゲラ、途中ではらはらドキドキ、ラストは感動。

『若おかみは小学生！　part 10』令丈ヒロ子作, 亜沙美絵　講談社　2007.7　221p　18cm　（講談社青い鳥文庫 171-16―花の湯温泉ストーリー）　620円　ⓘ978-4-06-148773-4
内容　紫野原財閥会長から孫のあかねのお嫁さん候補に指名され、とまどうおっこは、翌日、会長とあかねの誕生パーティにまねかれ、出席することに。そこに真月があらわれる。一方、あかねに対抗心を燃やすウリケンは、こっそりパーティ会場にもぐりこむ。さらに美陽や鈴鬼の思わくもからみ、事態は思わぬ方向へ!? いつもとちがうおっこのファッションにも注目。小学中級から。

『若おかみは小学生！　part 11』令丈ヒロ子作, 亜沙美絵　講談社　2008.1　213p　18cm　（講談社青い鳥文庫 171-17―花の湯温泉ストーリー）　620円　ⓘ978-4-06-285006-3
内容　ウリケンとラブラブな会話ができないおっこに、鈴鬼がさしだした1冊の本『恋の名言集』。書いたのはなんと鈴鬼！ その意外な才能に感心するおっこと美陽。そこへ鈴鬼の同級生だった美少女鬼二人があらわれる。そのうち一人は、鈴鬼が今も胸に秘める初恋

令丈ヒロ子

『若おかみは小学生！』　令丈ヒロ子作、亜沙美絵　講談社　2008.3　215p　18cm　（講談社青い鳥文庫―SLシリーズ　花の湯温泉ストーリー 1）　1000円　①978-4-06-286400-8
内容　6年生のおっこは交通事故で両親をなくし、祖母の経営する旅館"春の屋"に引きとられる。そこに住みつくユーレイ少年・ウリ坊や、転校先の同級生でライバル旅館のあとり娘の真月らと知り合ったおっこは、ひょんなことから春の屋の"若おかみ"修業を始めることに。きびしい修業の日々、失敗の連続…。負けるな、おっこ！　コメディ新シリーズ第1話。小学中級から。

『若おかみは小学生！　part 12』　令丈ヒロ子作、亜沙美絵　講談社　2008.7　237p　18cm　（講談社青い鳥文庫 171-18―花の湯温泉ストーリー）　620円　①978-4-06-285034-6
内容　クリスマスイブに初めて東京のウリケンの家に行くことになったおっこ。よりこや美陽の助言で思いっきりかわいく変身したおっこは、ウリケンの家の近くの人気デートスポットでいつもとちがう時間をいっしょに過ごして、なんとなく、いいムード…。なりかけたとき、ウリケンのいとこのひなのがおっこの前に立ちはだかり、「健吾はあんたにわたさない！」おっこ、どうする!?

『若おかみは小学生！　part 13』　令丈ヒロ子作、亜沙美絵　講談社　2009.4　219p　18cm　（講談社青い鳥文庫 171-19―花の湯温泉ストーリー）　620円　①978-4-06-285091-9
内容　大みそかの春の屋旅館。お客様からもらった卵を、友だちに配りにいったおっこだが、その卵を食べた人たちの様子がおかしい。むちゃをいう鳥居くん、無口なよりこ、地味好みのあかね、仕事をほうりだす真月…おっこの周りは大混乱。まちがえて配ったのは、魔界の鶏、「魔骨鶏」の卵。食べるとその人の「黒性格」が出るというが、みんな、このままで無事に年が越せるのか？

『若おかみは小学生！　part 14』　令丈ヒロ子作、亜沙美絵　講談社　2010.6　219p　18cm　（講談社青い鳥文庫 171-21―花の湯温泉ストーリー）　620円　①978-4-06-285152-7
内容　鈴鬼の鈴が、ぱっかり割れた、その後…。「魔物が喜ぶことをすれば、魔界に連れ戻されずにすむ」ときいたおっこは、子魔鬼寺子屋の同窓会を春の屋旅館ですることに。ところが、新しく幹事になった死似可美との打ち合わせ中から、トラブル続出で、どうなる同窓会？　おまけに、ずっと修業をつづけてきた、おっこの「おかみになりたい」という将来の夢にも迷いが…。小学中級から。

『若おかみは小学生！　part 15』　令丈ヒロ子作、亜沙美絵　講談社　2011.1　203p　18cm　（講談社青い鳥文庫 171-22―花の湯温泉ストーリー）　620円　①978-4-06-285191-6
内容　鈴鬼を魔界へ連れ戻されないための、寺子屋同窓会がいよいよスタート。お客様が全員魔物でも、人間の姿でいて春の屋旅館から出なければだいじょうぶ。そう思っていたおっこだが、真月と会った魔物たちが秋好旅館へ遊びに行ったあげく、もりあがりすぎて、真月が大変なことに！　たいせつな友だちをあぶない目にあわせてしまったおっこ。シリーズ最大のピンチを乗りこえられる!?　小学中級から。

『若おかみは小学生！　part 16』　令丈ヒロ子作、亜沙美絵　講談社　2011.7　229p　18cm　（講談社青い鳥文庫 171-23―花の湯温泉ストーリー）　620円　①978-4-06-285230-2
内容　このままだと、真月が消えてしまう!?　だいじな友だちを助けるために、おっこ、いよいよ魔界へ。でも、魔菓子を食べたら性格がかわっちゃったり、露天風呂に入っていたら、思いがけない、だけど、いちばん会いたかった人に再会したり、魔界の旅は、やっぱりトラブル続き。おっこは無事に戻れる？　そして、真月はどうなってしまうの!?　小学中級から。

『若おかみは小学生！　part 17』　令丈ヒロ子作、亜沙美絵　講談社　2012.1　233p　18cm　（講談社青い鳥文庫 171-24―花の湯温泉ストーリー）　620円　①978-4-06-285273-9
内容　おっこが、魔界の温泉旅館のおかみにスカウトされた！　ゴム魔時間をつかえば、魔界で長時間すごしても人間界では数分しかたっていないようにできるときいて、1週間だけお試しすることに。夢のように楽しい魔界の旅館づくりは、ぐったりするほどの忙しさ。なにも知らないウリケンをおいて、行ったり来たりするおっこ。だいじょうぶなの？　小学中級から。

『若おかみは小学生！　part 18』　令丈ヒロ子作、亜沙美絵　講談社　2012.8　201p　18cm　（講談社青い鳥文庫 171-25―花の湯温泉ストーリー）　600円　①978-4-06-285303-3

|内容| よりこたちと女子会で大盛り上がり！ウリケンとは、水着で遊べる温泉施設でデートすることになって、毎日が充実しているおっこ。バレンタインデーのチョコの準備もバッチリ!? でも、ひとつだけ気になることがあった。ときどき、ウリ坊や美陽の姿が、きゅうにうすくなったり、声が聞こえなくなったりするのだ。心配になったおっこは…。

『若おかみは小学生！　part 19』令丈ヒロ子作，亜沙美絵　講談社　2013.3　212p　18cm　（講談社青い鳥文庫 171-26—花の湯温泉ストーリー）　640円　①978-4-06-285339-2

|内容| "霊界通信力"をとり戻すため、おっこは魔界で「思い出接客」をはじめる。魔物の同窓会のメンバーをはじめ、つぎつぎと、なつかしいお客様がやってくる。過去の失敗をふりかえり、今度こそ完璧な接客を！　と、はりきるおっこだけど…。300万人が笑って泣いた、大人気シリーズ。物語は、いよいよクライマックスへ。小学中級から。

『若おかみは小学生！　part 20』令丈ヒロ子作，亜沙美絵　講談社　2013.7　319p　18cm　（講談社青い鳥文庫 171-27—花の湯温泉ストーリー）　700円　①978-4-06-285363-7

|内容| 「思い出接客」は、人の命をもらう、危険な魔技だった！　鈴鬼が厳しく処分される一方、おっこは、許可をもらい、「思い出接客」を最後までつづけることに。おっこは、佳鈴の力を借りて、接客を思いっきり楽しむ。最後にやってきた、意外なお客様を？　おっこの"霊界通信力"は、どうなるの？　大人気シリーズ、感動の完結編！　小学中級から。

『若おかみは小学生！　スペシャル おっこのTaiwanおかみ修業！』令丈ヒロ子作，亜沙美絵　講談社　2009.11　253p　18cm　（講談社青い鳥文庫 171-20）　620円　①978-4-06-285123-7

|内容| はずれクジ体質のおっこが、台湾旅行を引き当てた！　真月とセレブ修業をするはずが、やっぱり台湾でも温泉旅館のもめごと解決にのりだすことに。「鬼」が見える陰陽眼の持ち主で、おっこと仲良くなった佳鈴の、マンガ家になるという夢。佳鈴の夢に反対する姉の、祖母のあとをついで旅館のおかみになるという夢。おっこは、二人の夢を守ることができるのか？　ウリ坊、美陽、鈴鬼も大活躍の「若おかみ」シリーズ特別編。小学中級から。

『若おかみは小学生！　スペシャル短編集 1』令丈ヒロ子作，亜沙美絵　講談社　2014.1　272p　18cm　（講談社青い鳥文庫 171-29）　680円　①978-4-06-285401-6

|目次| 鳥居くんの、今日もいい日，若おかみは中学生！，鈴鬼のとても忙しい一日

|内容| 温泉旅館で若おかみ修業をしているおっこが主人公の大人気シリーズ、待望の番外編！　読者のみなさんからのリクエストをもとに、新聞連載で大好評だった「若おかみは中学生！」のほか、同級生・鳥居くんの告白や、おっこと仲良しのユーレイ、ウリ坊と美陽ちゃんの生まれ変わりをテーマにした豪華3本立て。笑いと涙で一気読みまちがいなしのおもしろさ！　小学中級から。

『若おかみは小学生！　スペシャル短編集 2』令丈ヒロ子作，亜沙美絵　講談社　2014.9　224p　18cm　（講談社青い鳥文庫 171-30）　650円　①978-4-06-285443-6

|目次| 二つのダイアリー—鈴鬼の天才日記と真鬼葉の編集者日記から，若おかみは中学生！2—東京ダブルデートの一日，真月の生まれた日

|内容| 温泉旅館で若おかみ修業をしているおっこが主人公の大人気シリーズ、番外編第2弾！　大好評「若おかみは中学生！」は、リクエスト多数の東京デートがテーマ。ほかに、作家・鈴鬼をやる気にしようとがんばる編集者・真鬼葉の日々や、ユーレイになった美陽が、真月の誕生を見守るお話が入った豪華3本立て。今回も、笑って泣いて、一気読み！　小学中級から。

渡辺　茂男
わたなべ・しげお
《1928～2006》

『寺町三丁目十一番地』渡辺茂男著　講談社　1976.12　213p　15cm　（講談社文庫）　260円〈年譜：p.208～213〉

『ふたごのでんしゃ』渡辺茂男作，永原達也絵　あかね書房　1988.10　141p　18cm　（あかね文庫）　430円　①4-251-10033-6

|目次| ふたごのでんしゃ，しゅっぱつしんこう，こねこのわすれもの，みつやくんのマークⅩ

|内容| ひがしのしゃこのべんけいと、にしのしゃこのうしわかは、ろめんをはしるふたごのでんしゃ。町のにんきものでした。でも、車がふえ、じゃまものになった2だいのでんしゃは、とうとう、はいしされることになったのです！　表題作「ふたごのでんしゃ」のほか、「しゅっぱつしんこう」「こねこのわすれもの」「みつやくんのマークⅩ」を収録。

わたり　むつこ
《1939～》

『はなはなみんみ物語』　わたりむつこ著
　講談社　1986.1　359p　15cm　（講談社文庫―はなはなみんみ物語 1）　480円　⓵4-06-183672-2

『ゆらぎの詩の物語』　わたりむつこ著　講談社　1986.3　340p　15cm　（講談社文庫―はなはなみんみ物語 2）　480円　⓵4-06-183714-1

内容　はなはなみんみの兄妹は、小人戦争で生き残った一族とともにやっとの思いで祖国の島にたどり着きます。ところが、そこは、大地がゆらぎ、破壊の途をたどっていたのです。若者たちは、"空中とび"に加えて、"水中くぐり"の術を身につけ、勇敢にゆらぎの謎に挑みます。戦争のおろかしさと、それを乗り越えて生きる少年少女たちの愛と勇気を描く感動のファンタジー物語第2部。

『よみがえる魔法の物語』　わたりむつこ著
　講談社　1986.5　349p　15cm　（講談社文庫―はなはなみんみ物語 3）　480円　⓵4-06-183788-5

内容　小人大戦争で生き残るために張られた「いのちの幕」。だが、その幕は、中にいる者を越えさせないばかりか、どんどん縮みはじめていました。ほんとうの世界が見たいのびとは、魔法"なげる"を体得し、幕をこわせる緑の石をさがしてくれる仲間を待ちました。そして、いま、立派な若者に成長したはなはなみなみたちが満月本土へ……。真の平和を求め、愛の尊さを知るファンタジー物語完結編。

海外の作品

アーモンド, デイヴィッド
Almond, David
《1951～》

『肩胛骨は翼のなごり』 デイヴィッド・アーモンド著, 山田順子訳　東京創元社　2009.1　241p　15cm　（創元推理文庫 543-02）　700円　①978-4-488-54302-0〈原書名：Skellig　著作目録あり〉

内容 引っ越してきたばかりの家。古びたガレージの暗い陰で、ぼくは彼をみつけた。ほこりまみれでやせおとろえ、髪や肩にはアオバエの死骸が散らばっている。アスピリンやテイクアウトの中華料理、虫の死骸を食べ、ブラウンエールを飲む。誰も知らない不可思議な存在。彼はいったい何？　命の不思議と生の喜びに満ちた、素晴らしい物語。カーネギー賞、ウィットブレッド賞受賞の傑作。

アンデルセン, ハンス・クリスチャン
Andersen, Hans Christian
《1805～1875》

『アンデルセン童話集　1』 アンデルセン著, 大畑末吉訳　新版　岩波書店　2000.6　245p　18cm　（岩波少年文庫）　680円　①4-00-114005-5〈原書名：Eventyr og historier〉

『アンデルセン童話集　2』 アンデルセン著, 大畑末吉訳　新版　岩波書店　2000.6　264p　18cm　（岩波少年文庫）　680円　①4-00-114006-3〈原書名：Eventyr og historier〉

『アンデルセン童話集　3』 アンデルセン著, 大畑末吉訳　新版　岩波書店　2000.6　239p　18cm　（岩波少年文庫）　680円　①4-00-114007-1〈原書名：Eventyr og historier〉

『アンデルセン童話集　1』 アンデルセン著, 大畑末吉訳　新版　岩波書店　2005.6　245p　18cm　（岩波少年文庫）　680円　①4-00-114005-5〈6刷〉

目次 おやゆび姫, 空とぶトランク, 皇帝の新しい着物, パラダイスの園, ソバ, 小クラウスと大クラウス, エンドウ豆の上のお姫さま, みにくいアヒルの子, モミの木, おとなりさん, 眠りの精のオーレさん

内容 世界中の子供たちに親しまれているアンデルセンの真情あふれるお話11編。「おやゆび姫」「皇帝の新しい着物」「小クラウスと大クラウス」「エンドウ豆の上のお姫さま」「みにくいアヒルの子」「眠りの精のオーレさん」ほか。小学3・4年以上。

『アンデルセン童話集　2』 アンデルセン著, 大畑末吉訳　新版　岩波書店　2005.9　264p　18cm　（岩波少年文庫）　680円　①4-00-114006-3〈6刷〉

目次 コウノトリ, ブタ飼い王子, パンをふんだ娘, 青銅のイノシシ, 天使, 人魚姫, ヒナギク, ナイチンゲール, 野の白鳥, マッチ売りの少女, 銀貨, ある母親の物語

内容 献身的な愛をささげる美しい「人魚姫」、高慢でおしゃれな「パンをふんだ娘」、寒さにふるえる貧しい「マッチ売りの少女」、「野の白鳥」になった兄さんたちを救おうとするかれんなエリザの活躍など、人間への深い愛情にみちたお話12編。小学3・4年以上。

『アンデルセン童話集　3』 アンデルセン著, 大畑末吉訳　新版　岩波書店　2005.10　239p　18cm　（岩波少年文庫）　680円　①4-00-114007-1〈5刷〉

目次 赤いくつ, びんの首, 古い家, 鐘, 年の話, さやからとび出た五つのエンドウ豆, 「あの女はろくでなし」, ロウソク, とうさんのすることはいつもよし, 雪の女王

内容 「赤いくつ」「鐘」「さやからとび出た五つのエンドウ豆」「とうさんのすることはいつもよし」「雪の女王」など10編。永遠に変わることのない、人の心と自然の真実を描

アンデルセン

くアンデルセンのお話は、深く心に残ることでしょう。小学3・4年以上。

『アンデルセン童話集 上』 アンデルセン著, 荒俣宏訳 文藝春秋 2012.7 334p 16cm （文春文庫 ア11-1） 619円
①978-4-16-781204-1〈原書名：FAIRY TALES 新書館2005年刊の再刊〉
|目次| ほくち箱, 大クラウスと小クラウス, おやゆび姫, 旅の道連れ, 皇帝の新しい服, 幸福の長靴, 丈夫なすずの兵隊, 父さんのすることに間違いなし, コウノトリ, みにくいアヒルの子, ひつじ飼いの娘と煙突そうじ人, モミの木, 豚飼い王子, 雪の女王―七つの話からできている物語
|内容| 北欧デンマークに生まれたハンス・アンデルセン。その暗く神秘に満ちた世界を, 荒俣宏が紹介する。アイルランドの若きステンドグラス職人だったハリー・クラークの, みずみずしく研ぎ澄まされた美しいイラストが彩る奇跡の童話集。上巻は「おやゆび姫」「皇帝の新しい服（はだかの王様）」「みにくいアヒルの子」など14篇を収録。

『アンデルセン童話集 下』 アンデルセン著, 荒俣宏訳 文藝春秋 2012.7 331p 16cm （文春文庫 ア11-2） 619円
①978-4-16-781205-8〈原書名：FAIRY TALES 新書館2005年刊の再刊〉
|目次| 夜なきうぐいす（ナイチンゲール）, マッチ売りの少女, 妖精の丘, 古い家, 蝶, 人魚姫, ワイルド・スワン, 沼の王の娘, パラダイスの園, 絵のない絵本
|内容| 子供への「教育的配慮」によって消されがちな, 童話に秘められた美と残酷さを, ハリー・クラークのイラストは余すことなく伝える。幻想文学に造詣が深く, アンデルセン研究家としても知られる奇才・荒俣宏の訳で堪能する大人のための挿し絵入り童話集。下巻には「マッチ売りの少女」「人魚姫」「絵のない絵本」など10篇を収録。

『絵のない絵本』 ハンス・クリスチャン・アンデルセン著, 山野辺五十鈴訳 集英社 1991.11 140p 16cm （集英社文庫） 240円 ①4-08-752018-8〈著者の肖像あり 年譜：p132～140〉

『絵のない絵本』 ハンス・クリスチャン・アンデルセン著, 大塚勇三編・訳, イブ・スパング・オルセン画 福音館書店 2003.11 187p 17cm （福音館文庫―アンデルセンの童話 4） 700円 ①4-8340-0668-9
|内容| 屋根裏に住む貧しい孤独な青年画家のもとに, 幼なじみの月が夜ごと訪ねてきて, 月が見たことを話してくれます。第一夜から第三十三夜まで, 美しい, 月光のようなお話の数々…。生涯旅を愛したアンデルセン自身の体験と詩人の想像力が結晶した, 独特の輝きを放つ魅力的な作品群です。小学校中級以上。

『絵のない絵本』 アンデルセン著, 川崎芳隆訳 改版 角川書店 2010.6 164p 15cm （角川文庫 16287） 286円
①978-4-04-216505-7〈発売：角川グループパブリッシング〉
|内容| 私は都会の屋根裏部屋で暮らす貧しい絵描き。ひとりの友もなく, 毎晩寂しく窓から煙突を眺めていた。ところがある晩, 月が私に語りかける―僕の話を, 絵にしてみたら。それからいく晩もの間, 月は私に, 自分が見てきた世界の物語を話して聞かせるのだった―。旅を愛したアンデルセンが自らの体験をもとに, ヨーロッパからインド, 中国, アフリカへと, 読書を豊穣な想像力の世界に誘う傑作連作短編集。

『おやゆび姫』 アンデルセン著, 山室静訳 35刷改版 新潮社 2006.7 333p 16cm （新潮文庫―アンデルセン童話集 2） 476円 ①4-10-205503-7
|目次| 火うち箱, 小クラウスと大クラウス, 豆つぶの上に寝たお姫さま, ヒナギク, 野のハクチョウ, 父さんのすることにまちがいはない, 一つのさやから出た五人兄弟, 天使, 「身分がちがいます」, 年の話, ある母親の物語, 赤い靴, あの女はろくでなし, 氷姫
|内容| 時を超えて, 今なお世界中の親と子に親しまれているアンデルセン童話。この巻には, チューリップそっくりの花から生まれたかわいい女の子が, 花の精の王子さまと結ばれるまでをユーモラスに描いた表題作をはじめ,『火うち箱』『小クラウスと大クラウス』『豆つぶの上に寝たお姫さま』『一つの莢から出た五人兄弟』『赤い靴』『氷姫』など, 自由な精神と生へのきびしい見方をのぞかせる15編を収める。

『親指姫』 ハンス・クリスチャン・アンデルセン著, 大塚勇三編・訳, イブ・スパング・オルセン画 福音館書店 2003.11 334p 17cm （福音館文庫―アンデルセンの童話 1） 850円 ①4-8340-0665-4
|目次| 親指姫, エンドウ豆の上に寝たお姫さま, 火打ち箱, ヒナギク, ナイチンゲール, 一つのさやからとびだした五つのエンドウ豆, 皇帝の新しい服, あるお母さんの物語, 妖精の丘, ブタ飼い王子, 古い家, 恋人たち, モミの木, 雪だるま, 青銅のイノシシ, パンをふん

アンデルセン

だ娘, 天使, 野の白鳥
|内容| 時代を超え、国境を越えて多くの人々に今でも愛され、読み継がれているアンデルセンの童話。本書には、表題作のほか「皇帝の新しい服」「ナイチンゲール」など一八編を収録。小学校中級以上。

『完訳 アンデルセン童話集 1』アンデルセン著, 高橋健二訳 小学館 2009.9 349p 18cm (小学館ファンタジー文庫) 700円 ①978-4-09-230171-9
〈1986年刊の復刊〉
|目次| 火打ち箱, 小クラウスと大クラウス, えんどう豆の上にねたおひめ様, 小さいイーダちゃんの花, 親指ひめ, いたずらっ子, 旅の道連れ, 人魚ひめ, 皇帝の新しい服, 幸運のオーバーシューズ, ひなぎく, しっかりしたすずの兵隊さん, 野の白鳥

『完訳 アンデルセン童話集 2』アンデルセン著, 高橋健二訳 小学館 2009.10 350p 18cm (小学館ファンタジー文庫) 700円 ①978-4-09-230172-6
〈1986年刊の復刊〉
|目次| 楽園の庭, 空とぶトランク, こうのとり, 青銅のいのしし, 友情のちかい, ホメロスのお墓のばら一輪, 眠りの精オーレおじさん, ばらの花の妖精, ぶた飼い王子, そば, 天使, 夜鳴きうぐいす, 好きな人, みにくいあひるの子, もみの木, 雪の女王

『完訳 アンデルセン童話集 3』アンデルセン著, 高橋健二訳 小学館 2009.11 319p 18cm (小学館ファンタジー文庫) 700円 ①978-4-09-230173-3
〈1986年刊の復刊〉
|目次| にわとこおばさん, かがり針, 鐘, おばあさん, 妖精のおか, 赤いくつ, 高とび選手, ひつじ飼いのむすめと, えんとつそうじ屋さん, デンマーク人ホルガー, マッチ売りの少女, とりでの土手からの一場面, 養老院のまどから, 古い街灯, おとなりさん, ツックぼうや, 影法師, 古い家, 幸せな一家, あるお母さんの話, カラー, あま(亜麻), 不死鳥, ある物語, 無言の本,「ちがいがあります」, 古い墓石, 世界でいちばん美しいばらの花
|内容| 第3巻は有名な作品「マッチ売りの少女」のほか, 自分の影が逃げだしてしまう、ちょっぴりこわい「影法師」など、アンデルセンの楽しいお話を28話収録しています。

『完訳 アンデルセン童話集 4』アンデルセン著, 高橋健二訳 小学館 2009.12 339p 18cm (小学館ファンタジー文庫) 700円 ①978-4-09-230174-0
〈1986年刊の復刊〉
|目次| 年の話, 最後の審判の日に, まったくほんとう!, 白鳥の巣, 上きげん, 心からの悲しみ, みんな, あるべき所に!, 食料品屋のこびとの妖精, 数千年後には, やなぎの木の下で, 天国からの一まいの葉, 役に立たなかった女, 最後の真珠, ふたりのむすめ, 海のはてでも, 子ぶたの貯金箱, まぬけのハンス, 栄光のいばらの道, ユダヤ人のむすめ, びんの首, 賢者の石, ソーセージのくしのスープ
|内容| 第4巻では、北国の人々がどれほど春を待ち遠しく思っているかが美しく描かれる「年の話」や、4ひきのねずみが旅に出かける「ソーセージのくしのスープ」など、アンデルセンの世界がわかる24編のお話を収録しています。

『完訳 アンデルセン童話集 5』アンデルセン著, 高橋健二訳 小学館 2010.1 335p 18cm (小学館ファンタジー文庫) 700円 ①978-4-09-230175-7
〈1986年刊の復刊〉
|目次| ひとり者のナイトキャップ, ひとかどの者, 年を取ったかしの木の最後のゆめ, ABCの本, どろ沼の王様のむすめ, かけっこ, 鐘の淵, 悪い王様(伝説), 風がワルデマル・ドウとそのむすめたちのことを話します, パンをふんだむすめ, 塔の番人オーレ, アンネ・リスベト, 子どものおしゃべり, 真珠のかざりひも, ペンとインキつぼ, 墓の中の子ども, 農家のおんどりと風見のおんどり,「美しい」
|内容| 昼の間は美しいむすめ、でも夜にはかえるになってしまうヘルガ。はたして魔法はとけるのでしょうか? ファンタジーあふれる物語「どろ沼の王様のむすめ」のほか、「パンをふんだむすめ」「子どものおしゃべり」など18編を収録。

『完訳 アンデルセン童話集 6』アンデルセン著, 高橋健二訳 小学館 2010.2 343p 18cm (小学館ファンタジー文庫) 700円 ①978-4-09-230176-4
〈1986年刊の復刊〉
|目次| 砂丘の物語, 人形つかい, ふたりの兄弟, 古い教会の鐘, 郵便馬車で来た十二人, まぐそこがね, お父ちゃんのすることはいつもまちがいない, 雪だるま, あひる園で, 新しい世紀のミューズ, 氷ひめ, ちょうちょう, プシケ
|内容| 冷たい雪だるまが、熱いストーブに恋をした?!「雪だるま」のほか、「砂丘の物語」「氷ひめ」など、6巻は切ない恋のお話がいっぱい! 全13話収録。

『完訳 アンデルセン童話集 7』アンデル

セン著, 高橋健二訳　小学館　2010.3　334p　18cm　（小学館ファンタジー文庫）　700円　①978-4-09-230177-1
〈1986年刊の復刊〉

|目次| かたつむりとばらの木, 鬼火が町にいると, 沼のおばさんが言った, 風車, 銀貨, ベアグルムの司教とその同族, 子ども部屋で, 金の宝, あらしが看板をうつす, お茶のポット, 民謡の鳥, 小さい緑の物たち, 小妖精とおくさん, パイターとペーターとペーア, しまっておいたのはわすれたのではありません, 門番の息子, 引っこし日, 夏ばかのまつゆきそう, おばさん, ひきがえる, 名親の絵本, ぼろきれ, ベーン島とグレーン島, だれがいちばん幸福だったか

|内容| あやしげなおばあさんが語った不思議なお話,「鬼火が町にいると, 沼のおばさんが言った」。貧しい少年が才能を花開かせ, 幸せになるお話,「門番の息子」ほか, バラエティいっぱい！　心を豊かにする23編収録です。

『完訳 アンデルセン童話集　8』　アンデルセン著, 高橋健二訳　小学館　2010.4　335p　18cm　（小学館ファンタジー文庫）　700円　①978-4-09-230178-8
〈1986年刊の復刊〉

|目次| 木の精, にわとりばあさんグレーテの一家, あざみのけいけんしたこと, うまい思いつき, 幸運は一本の木切れの中に, ほうき星, 週の七日, 日光物語, ひいおじさん, ろうそく, とうてい信じられないこと, 家族中みんなの言ったこと,「おどれ, おどれ, わたしのお人形さん！」,「アマーガーのやさい売り女にきくがよい」, 大きなうみへび, 庭師と領主, のみと教授, ヨハネおばあさんの話したこと, げんかんのかぎ, 体の不自由な子, 歯いたおばさん

|内容| 1867年, 万国博覧会が開かれているパリ。若い木の精は命と引きかえにあこがれのパリをめぐりますが…。「木の精」ほか,「日光物語」「ろうそく」など21編でお贈りする感動の最終巻です。

『氷姫―アンデルセンの童話と詩3』　アンデルセン著, 山室静訳　社会思想社　1987.3　302p　15cm　（現代教養文庫1193）　560円　①4-390-11193-0

|目次| 1つの莢から出た5つぶの豆, あの女はろくでなし, ばかのハンス, 雪だるま, 2本のろうそく, 馬車できた12人のお客, プシケ, 詩篇, 銀貨, 年とった柏の木の最後の夢, 大きい海蛇, 運は1本の針の中にも, 氷姫, 園丁と旦那さま, 足なえの子

|内容| 童話活動の晩期, 50歳頃から晩年にかけて, アンデルセンは人生の暗いトンネルをぬけて, ふたたび明るさを取り戻す。この第3巻には, この期の童話14篇に8篇の詩を添えて収めた。

『小さい人魚姫―アンデルセンの童話と詩1』　アンデルセン著, 山室静訳　社会思想社　1987.1　262p　15cm　（現代教養文庫1191）　480円　①4-390-11191-4

|目次| 火うち箱, 大クラウスと小クラウス, まめつぶの上にねたお姫さま, イーダちゃんの花, 親指姫, 詩篇, 小さい人魚姫, ヒナギク, はだかの王さま, しっかりもののすずの兵隊, 飛行かばん, 野の白鳥, ナイチンゲール, 仲よし

|内容| ハンス・クリスチャン・アンデルセンの童話は, 子供の心に光と夢を与えてくれるばかりでなく, 人生の悲喜をたっぷりと味わった大人をも十分に感動させるだけのものを秘めている。本巻には, 彼が生涯に書いた160篇ほどの童話の中から, 初期の作品13篇を収めた。また, 童話の愛読者のために9篇の詩をえらんで添えた。

『人魚のおひめさま』　H.C.アンデルセン作, 矢崎源九郎訳, エドワード・アーディゾーニ絵　講談社　1994.3　227p　18cm　（講談社青い鳥文庫―アンデルセン童話集1）　590円　①4-06-147384-0

|目次| 親指ひめ, まめの上にねたおひめさま, すずの兵隊さん, 野のハクチョウ, 大クラウスと小クラウス, 人魚のおひめさま

|内容| わたしたちの親指ほどの大きさのおひめさまがいるなんて。「親指ひめ」は, ヒキガエルにさらわれたり, コガネムシにいじめられたり, モグラのお嫁さんにされそうになったり, もう大へん。でも, さいごは, かっこいいプリンスとめぐりあい, ハッピーエンドに。ほかに「まめの上にねたおひめさま」「すずの兵隊さん」「野のハクチョウ」「大クラウスと小クラウス」「人魚のおひめさま」を収録。小学中級から。

『人魚姫』　ハンス・クリスチャン・アンデルセン著, 大塚勇三編・訳, イブ・スパング・オルセン画　福音館書店　2003.11　326p　17cm　（福音館文庫―アンデルセンの童話2）　850円　①4-8340-0666-2

|目次| しっかりものの錫の兵隊, ろうそく, みにくいアヒルの子, 父さんのすることは, まちがいない, 空飛ぶトランク, ソバ, 銀貨, 旅の仲間, 年とったカシワの木の最後の夢（クリスマスのお話）, 墓の中の子ども, イブと小さいクリスティーネ, 食料品屋の小人, 羊飼

い娘と煙突掃除屋、まったく、ほんとうです、年の話、いたずらっ子、人魚姫

内容 アンデルセン童話の最高傑作「人魚姫」を始め、「みにくいアヒルの子」など一七編を収録。小学校中級以上。

『マッチ売りの少女/人魚姫―アンデルセン傑作集』 アンデルセン著, 天沼春樹訳 新潮社 2015.8 386p 16cm （新潮文庫 ア-1-5） 630円 ⓘ978-4-10-205505-2〈原書名：Den lille Pige med Svovlstikkerne, Den lille Havfrue〔ほか〕〉

目次 親指姫、人魚姫、赤い靴、マッチ売りの少女、ある母親の物語、あの女は役たたず、ふたりのむすめさん、ユダヤ人の娘、どろ沼の王さまの娘、パンをふんだ娘、アンネ・リスベス、おばさん、木の精のドリアーデ、アマー島のおばさんに聞いてごらん、歯いたおばさん

内容 雪の降る大晦日の夜、あまりの寒さに少女はマッチをともして暖をとろうとした。すると目の前に不思議な光景が浮かび上がってくるが…。人間の王子を好きになった人魚姫が犠牲にしたものは？ 世界中で親から子へと今も親しまれているアンデルセンの物語。その中から『親指姫』『赤い靴』『ある母親の物語』『木の精のドリアーデ』『歯いたおばさん』などヒロインが活躍する15編を厳選。

『みにくいアヒルの子―アンデルセンの童話と詩2』 アンデルセン著, 山室静訳 社会思想社 1987.2 230p 15cm （現代教養文庫） 440円 ⓘ4-390-11192-2

目次 みにくいアヒルの子、マッチ売りの少女、天使、モミの木、雪の女王、詩篇、赤い靴、鐘、影ぼうし、水のしずく、ある母親の物語、幸福な一家

内容 本書に収めた11篇は、アンデルセンの30代末から40代の初期、作家としては最も充実した時期の、粒よりの名作といえる。本巻中に添えた8篇の詩とともに読者の感動を呼ぶものばかりである。

『雪の女王』 H.C.アンデルセン作, 山室静ほか訳, エドワード・アーディゾーニ絵 講談社 1994.7 235p 18cm （講談社青い鳥文庫―アンデルセン童話集2） 590円 ⓘ4-06-147399-9

目次 みにくいアヒルの子、ひこうかばん、ナイチンゲール、かがりばり、王さまのあたらしいきもの、火うちばこ、雪の女王

内容 オーロラがかがやく雪と氷の国。大すきなボーイフレンドのカイをさがしに、ちっちゃな女の子、ゲルダは、「雪の女王」のお城

をめざして、ロマンティックな大ぼうけん。つらいこと、たいへんなこともあったけど、2人なかよく大人になって帰ってきて、ハッピーエンド。ほかに「みにくいアヒルの子」「ひこうかばん」「ナイチンゲール」「かがりばり」「王さまのあたらしいきもの」「火うちばこ」を収録。小学中級から。

『雪の女王』 ハンス・クリスチャン・アンデルセン著, 大塚勇三編・訳, イブ・スパング・オルセン画 福音館書店 2003.11 309p 17cm （福音館文庫―アンデルセンの童話3） 850円 ⓘ4-8340-0667-0

目次 マッチ売りの女の子、高とび選手、小さいイーダの花、悪い王さま（伝説）、コウノトリ、まぬけのハンス（古いお話の再話）、赤い靴、ペンとインク壺、眠りの精のオーレ・ルゲイエ、「ちがいがあります」、小クラウスと大クラウス、「あれは、だめな女だった」、バラの妖精、びんの首、鐘、雪の女王―七つの話からできている物語

内容 幼時から父、祖母から昔話をきき、また自ら夢想し、お話をするのが好きだったというアンデルセン。天性の童話作家アンデルセンが、悲しみと幸せ、生と死、人の内面の真実について、自由自在に生き生きと語ってくれます。傑作「雪の女王」を始め、「マッチ売りの女の子」、「赤い靴」など一六編を収録。小学校中級以上。

『雪の女王―新訳 アンデルセン名作選』 アンデルセン作, 木村由利子訳, POO絵 KADOKAWA 2014.2 165p 18cm （角川つばさ文庫 Eあ1-1） 560円 ⓘ978-4-04-631372-0

目次 雪の女王―七つのお話からなるぼうけん物語、白鳥の王子、夜鳴きうぐいす

内容 みにくいものをよりみにくく、美しいものをつまらなく映す、悪魔の鏡。それが何億ものカケラとなって世界中にくだけちった！ カケラは、少女ゲルダの幼なじみ、カイにもつきささる。優しかった少年はすっかり冷たくなり、すべてをわすれ、雪の女王のもとへどこかへ消えてしまう。のこされたゲルダは手がかりもなく、はだしでカイをさがす旅に出るが…。絵54点の感動ドラマ！ 名作「白鳥の王子」「夜鳴きうぐいす」も収録。小学中級から。

『雪の女王―アンデルセン童話集』 ハンス・クリスチャン・アンデルセン著, 有澤真庭, 和佐田道子訳 竹書房 2014.9 207p 15cm （竹書房文庫 あ5-1） 600円 ⓘ978-4-8019-0020-2〈原書名：The Snow Queen, The Little Mermaid〔ほ

か]〉

|目次| 雪の女王―七つのお話でできたものがたり、人魚姫―リトル・マーメイド、親指姫、雪だるま―スノーマン、おまめのプリンセス―えんどう豆の上に寝たお姫さま、雪の花―スノードロップ

|内容| あるところに、カイという少年とゲルダという少女がいました。ふたりは大の仲良し。ある日、悪魔の作った邪悪な鏡のかけらが、カイの目と心臓に刺さります。その日から、優しかったカイの性格が一変しました。ある雪の日、ひとりでそり遊びをしていたカイの前に"雪の女王"が現れます。雪の女王はその冷たい魅力でカイをとりこにして、連れ去ってしまいました。ゲルダは大切なカイを探すため、世界の果てに旅立つ決意をします。果たして、ゲルダはカイ少年に再びめぐりあえるでしょうか？ そして、失われた少年の優しい心をとり戻せるのでしょうか…？ 社会現象ともなった大ヒットアニメーション映画の原案となった表題作を始め、六編を収録。

『リトル・マーメイド』 アンデルセン原作 竹書房 2003.3 237p 16cm （竹書房文庫―ディズニー・プリンセス 4） 590円 ④4-8124-1094-0〈編訳：酒井紀子〉

イソップ
Aesop
《前620頃～560頃》

『イソップ寓話集』 イソップ著, 中務哲郎訳 岩波書店 1999.3 372, 39p 15cm （岩波文庫） 700円 ④4-00-321031-X〈原書名：Αισω πειοι μυθοι〉

|目次| 鷲と狐、鷲と黒丸烏と羊飼、鷲とセンチコガネ、ナイチンゲールと鷹、借金のあるアテナイ人、山羊飼と野生の山羊、猫のお医者と鶏、造船所のイソップ、井戸の中の狐と山羊、ライオンを見た狐〔ほか〕

|内容| 子ども向けの人生訓話として世界中の人々になじみ深いイソップの動物寓話―実は、歴史上の人物としてのイソップ（アイソーポス）が作ったと実証できる話はひとつもない、いわば「イソップ風」寓話集であるが、そこには、読み手の立場によってさまざまな解釈が可能な、実に奥深い世界が展開されている。新訳471篇を収録。

『イソップ寓話集』 イソップ著, 中務哲郎訳 岩波書店 2002.6 372, 39p 19cm （ワイド版岩波文庫） 1400円 ④4-00-007211-0〈原書名：Αισω πειοι μυθοι〉

|目次| 鷲と狐、鷲と黒丸烏と羊飼、鷲とセンチコガネ、ナイチンゲールと鷹、借金のあるアテナイ人、山羊飼と野生の山羊、猫のお医者と鶏、造船所のイソップ、井戸の中の狐と山羊、ライオンを見た狐〔ほか〕

|内容| 子ども向けの人生訓話として世界中の人々になじみ深いイソップの動物寓話―実は、歴史上の人物としてのイソップ（アイソーポス）が作ったと実証できる話はひとつもない、いわば「イソップ風」寓話集であるが、そこには、読み手の立場によってさまざまな解釈が可能な、実に奥深い世界が展開されている。四七一篇を収録。

『イソップのお話』 河野与一編訳 改版 岩波書店 1986.3 323p 18cm （岩波少年文庫） 680円 ④4-00-111009-1

『イソップのお話』 イソップ著, 河野与一編訳 新版 岩波書店 2000.6 325p 18cm （岩波少年文庫） 720円 ④4-00-114020-9〈原書名：Fabulae Aesopicae〉

『北風と太陽―イソップ童話集』 イソップ作, 呉茂一訳, 太田大八絵 講談社 1993.3 193p 18cm （講談社青い鳥文庫） ④4-06-147375-1

|目次| かりゅうどときこり、ねことねずみ、馬をうらやんだろば、きつねとぶどうのふさ、ねずみの恩がえし、おじかとライオン、鳥の王さまえらび、からすときつね、ありとはと、馬とろば〔ほか〕

|内容| ライオンとねずみの話、せみとありの話、よくばりなきつねの話など、世界中の人によく知られているイソップ童話。お話の主人公たちは、ちょっとあさはかだったり、やさしさがむくわれたり、自業自得だったり。いまの世の中でも、あれこれ思いあたるお話がいっぱいです。小学中級から。

ウィーダ
Ouida
《1839～1908》

『フランダースの犬』 ウィーダ作, 松村達雄訳, 金斗鉉絵 講談社 1992.5 165p 18cm （講談社青い鳥文庫） 460円 ④4-06-147362-X

|内容| ミルク運びを仕事にするネロとおじいさんのくらしは、とてもまずしいものです。でも、ネロはちっともつらくありません。お

ウィーダ

じいさんのやさしさや犬のパトラッシュの友情、そして画家になるという夢が、ネロの心をささえていたからです。しかし、悲しい運命が…。少年と犬の深い友情をえがく感動の名作。小学中級から。

『フランダースの犬—映画化』 ウィーダ原作, 加藤まなぶノベライズ 扶桑社 1997.2 250p 16cm （扶桑社文庫） 560円 ④4-594-02184-0
内容 19世紀のベルギー、フランダース地方。少年ネロは、おじいさんと愛犬パトラッシュとともに、牛乳運びで生計をたて、貧しいながらも幸せな日々を送っていた。だが、それも長くは続かなかった。最愛のおじいさんを亡くし、さらに追い打ちをかけるように風車小屋への放火の嫌疑をかけられてしまう。しかし、それでもくじけることなく、ネロは、希望を胸に絵のコンクールの発表のおこなわれる会場をおとずれるが…。名作アニメーションを完全ノベライズ。

『フランダースの犬』 ウィーダ作, 野坂悦子訳 岩波書店 2003.11 238p 18cm （岩波少年文庫） 640円 ④4-00-114114-0〈原書名：A dog of Flanders〉
目次 フランダースの犬, ニュルンベルクのストーブ

『フランダースの犬』 鏡京介ノベライズ, ルイズ・ド・ラ・ラメー原作 竹書房 2004.12 259p 16cm （竹書房文庫—世界名作劇場 18） 848円 ④4-8124-1883-6〔付属資料：CD1枚（8cm）〕
内容 絵の好きな少年ネロはアントワープのはずれの村で祖父のジェハンと牛乳運びをして暮らしていた。ある日ネロは、死にかけていたパトラッシュを助け、深い友情で結ばれる。ジェハンや仲良しのアロアに応援されコンクールの絵に励むネロだが、ジェハンが倒れ、何もかもを失ってしまう。ネロは、ルーベンスの絵を見たいという最後の夢を胸にパトラッシュとともに大聖堂へとたどり着くが—。美しく悲しい『世界名作劇場』の記念碑的作品。

『フランダースの犬』 ウィーダ著, 野坂悦子訳 岩波書店 2005.5 238p 18cm （岩波少年文庫） 640円 ④4-00-114114-0〈3刷〉
目次 フランダースの犬, ニュルンベルクのストーブ
内容 幼い少年ネロと、老犬パトラッシュの深い友情を描いた名作。ネロは大聖堂の名画に心をかきたてられますが、貧しさゆえにつらい日々を送ることになります。美しいストーブと少年の物語「ニュルンベルクのストーブ」を収録。小学4・5年以上。

『フランダースの犬』 ウィーダ作, 松村達雄訳, 亜沙美絵 新装版 講談社 2009.10 165p 18cm （講談社青い鳥文庫 160-2） 580円 ①978-4-06-285122-0〈原書名：A dog of Flanders〉
内容 「さあ行こう、パトラッシュ。ぼくたちは、たったふたりきりなんだ。」ネロは、まずしくともやさしく、絵の才能にあふれた少年でした。フランダースの犬、パトラッシュは犬のなかよし。やさしいおじいさんに見守られ、小さな小屋で、ふたりはとても幸せにくらしていました。けれども、ある寒い雪の晩、放火犯のうたがいをかけられたネロは、おじいさんもなくなり…。小学中級から。

『フランダースの犬』 ウィーダ作, 雨沢泰訳 偕成社 2011.4 216p 19cm （偕成社文庫 3270） 700円 ①978-4-03-652700-7〈原書名：A dog of Flanders.〔etc.〕 絵：佐竹美保〉
目次 フランダースの犬—あるクリスマスの話, ウルビーノの子ども, 黒い絵の具
内容 フランダース地方を舞台にした少年ネロと犬のパトラッシュとの美しくも悲しい人生。ルーベンスの絵の下でのネロとパトラッシュの姿は永遠です。他に「ウルビーノの子ども」「黒い絵の具」を収録。19世紀人気女流作家ウィーダの名作の完訳です。小学上級から。

『フランダースの犬』 ウィーダ作, 高橋由美子訳 ポプラ社 2011.11 153p 18cm （ポプラポケット文庫 428-1） 620円 ①978-4-591-12664-6〈原書名：A dog of Flanders〉
内容 ベルギー・フランダース地方の小さな村に、おじいさんと暮らす少年ネロは、死にかけていた大きな犬をたすけ、パトラッシュと名づけて。それから、楽しい日もつらい日もともにすごしたふたり。偉大な画家ルーベンスにあこがれ、まずしい暮らしのなか、ひたむきに画家をこころざすネロのおもいは、かなえられるでしょうか。日本で深く愛されている名作。小学校中級〜。

『フランダースの犬—新訳』 ウィーダ作, 中村凪子訳, 鳥羽雨絵 KADOKAWA 2014.11 154p 18cm （角川つばさ文庫 Eう2-1） 580円 ①978-4-04-631453-6〈原書名：A Dog of Flanders〉
内容 「行こう、ぼくの大好きなパトラッシュ！」すて犬・パトラッシュを助けたのは、心やさしい少年・ネロ。大親友になったふたりは、楽しい時も、つらい時もいっしょ！ 貧しくても、幸せな毎日を送っていました。でも、その幸せは長くはつづかなく

て…。この世にふたりっきりになってしまったネロとパトラッシュが、クリスマスイブにたどりついた、ある場所とは？ 世界中が泣いた、時をこえて愛される名作。小学中級から。

ウィンターフェルト，ヘンリー
Winterfeld, Henry
《1901〜1990》

『カイウスはばかだ』 ウィンターフェルト著，関楠生訳　福武書店　1990.10　266p　15cm　（福武文庫）　550円　①4-8288-3160-6〈原書名：Caius ist ein Dummkopf〉

[内容]舞台は古代ローマの小さな学校。「カイウスはばかだ」と書字板に書かれた落書きが，思いもよらぬ事件を巻きおこし，生徒たちは探偵団をつくって，これに挑みます。いつの時代も変わらない子どもたちの姿を楽しく，愉快に描いたドイツ児童文学の名作。

『カイウスはばかだ』 ヘンリー・ウィンターフェルト作，関楠生訳　岩波書店　2011.6　348p　18cm　（岩波少年文庫206）　760円　①978-4-00-114206-8　〈原書名：Caius ist ein Dummkopf〉

[内容]古代ローマの小さな学校に通う，7人のやんちゃな少年たち。ある日の授業中に書かれた「カイウスはばかだ」といういたずら書きが，思わぬ事件を巻きおこして…。ユーモアたっぷり，元気いっぱいの，ドイツ児童文学の名作。小学4・5年以上。

『星からきた少女』 ヘンリー・ウィンターフェルト作，関楠生訳，アッカーマン絵　学習研究社　1988.7　298p　18cm　（てのり文庫）　480円　①4-05-102906-9〈原書名：Komet ein Mädchen Geflogen〉

ウェブスター，ジーン
Webster, Jean
《1876〜1916》

『あしながおじさん』 ジーン・ウェブスター著，松本恵子訳　新潮社　1954　225p　16cm　（新潮文庫）

『あしながおじさん』 J.ウェブスター作，谷川俊太郎訳，長新太画　理論社　1988.3　262p　18cm　（フォア文庫C081）　470円　①4-652-07068-3〈原書名：Daddy-Long-Legs〉

[内容]世界中の少女たちの心をとらえた，ちょっぴり変わった，いきなラブストーリー。小学校高学年・中学向。ユーモアあふれる名作

『あしながおじさん』 J.ウェブスター作，谷川俊太郎訳，長新太画　理論社　1988.7　262p　18cm　（フォア文庫）　470円　①4-652-07068-3〈原書名：Daddy-Long-Legs〉

『あしながおじさん』 ジーン＝ウェブスター著，曽野綾子訳，中条春野絵　講談社　1989.12　261p　18cm　（講談社青い鳥文庫）　460円　①4-06-147264-X

[内容]みなしごの少女ジェルーシャは，作文が上手なことを，ある金持ちの紳士にみとめられ，大学にいかせてもらうことになりました。毎月一度，大学生活のようすを手紙で知らせることが条件でした。一度も会ったことのない紳士を"あしながおじさん"と呼ぶことにしたジェルーシャは，明るくユーモアのあふれるたよりを4年間だしつづけたのです…。

『あしながおじさん』 ジーン・ウェブスター作，谷口由美子訳　岩波書店　2002.2　292p　18cm　（岩波少年文庫）　720円　①4-00-114097-7〈原書名：Daddy-long-legs〉

『あしながおじさん』 J.ウェブスター作，谷川俊太郎訳，長新太画　理論社　2004.2　262p　18cm　（フォア文庫愛蔵版）　1000円　①4-652-07387-9〈原書名：Daddy-long-legs〉

[目次]ゆううつな水曜日，ミス・ジルーシャ・アボットよりミスター・あしながスミスあての手紙（とてもとてもしあわせ―大学一年生時代の手紙，ジャーヴィーぼっちゃん―大学二年生時代の手紙，わたしはきれい―大学三年生時代の手紙，作家への道―大学四年生時代の手紙，もうひとりのひと―卒業後の手紙）

『あしながおじさん』 J.ウェブスター作・画，坪井郁美訳　福音館書店　2004.6　256p　17cm　（福音館文庫）　700円　①4-8340-1987-X〈原書名：Daddy-long-legs〉

[内容]長い間，多くの読者に愛されてきた名

作の決定版。名も知らぬお金持ちの援助で大学に入った孤児の主人公ジュディーは、その人物をあしながおじさんと名づけて、日々の様子を手紙に書いて知らせていきます。常に前向きなジュディーの快活なユーモア、純真な心は、永遠に読者の心の中で生き続けるでしょう。小学校中級以上。

『**あしながおじさん**』 ウエブスター作, 山主敏子訳 ポプラ社 2005.10 198p 18cm （ポプラポケット文庫 407-1） 570円 ①4-591-08846-4〈原書名：Daddy long legs 1978年刊の新装版〉

『**あしながおじさん―世界でいちばん楽しい手紙**』 ジーン・ウェブスター作・絵, 曽野綾子訳, 平澤朋子絵 講談社 2011.4 253p 18cm （講談社青い鳥文庫 140-2） 620円 ①978-4-06-285184-8〈原書名：Daddy-long-legs〉

|内容| 孤児院育ちのジェルーシャは、お金持ちの「あしながおじさん」のおかげで大学へ行けることに。そのただひとつの条件が、手紙を書くこと。そこでジェルーシャは、自分の大学生活をおもしろおかしく、たくさんの手紙に書きつづりました。この本には、ジェルーシャの楽しい4年間の手紙がつまっています。読んだらあなたも、きっとだれかに手紙を書きたくなっちゃうはず！ 小学中級から。

『**あしながおじさん**』 ウェブスター作, 木村由利子訳, 駒形絵 集英社 2011.8 185p 18cm （集英社みらい文庫 う-2-1） 570円 ①978-4-08-321040-2

|内容| 「おじさんは背が高い、お金持ち、女の子嫌い、これしか知ってることがないんですもの！ これからは『あしながおじさん』とお呼びすることに決めました！」 孤児院育ちのジュディは、名を明かさない評議員の援助を得て、想像もしなかった大学生活を送ることに！ 毎月おじさんに届けられる、ユーモアたっぷりの手紙たち。愛にあふれ、いきいきとつづられた、女の子文学の決定版。小学中級から。

『**あしながおじさん**』 ジーン・ウェブスター作, 中村凪子訳, ユンケル絵 KADOKAWA 2013.12 218p 18cm （角川つばさ文庫 Eう1-1） 620円 ①978-4-04-631362-1〈原書名：DADDY-LONG-LEGS 「足ながおじさん」（三笠書房1955年刊）の改題改訂〉

|内容| 孤児院育ちのジュディは、お金持ちの評議員さんのおかげで、思いもしなかった大学へ行けることに！ たった一つの条件は、評議員さんに毎月手紙を送ること。顔も知らないどころか、名前すら教えてくれない評議員さんに、ジュディは「あしながおじさん」とあだ名をつけて、手紙を送りはじめる。ユーモアたっぷりの手紙でつづられる毎日。そして、あしながおじさんの正体とは…？ 世界で一番有名な手紙の物語！ 小学中級から。

『**あしながおじさん**』 ウェブスター著, 土屋京子訳 光文社 2015.7 334p 16cm （光文社古典新訳文庫 KAウ7-1） 780円 ①978-4-334-75313-9〈原書名：DADDY-LONG-LEGS 年譜あり〉

|内容| 孤児のジュディは文才を認められ、ある匿名の紳士の援助を受けて大学に通わせてもらえることに。新たな環境で発見と成長の日々を送りながら、ジュディは「あしながおじさん」と名付けたその紳士に、お茶目な手紙をせっせと書き送るが…。世界中で愛読される名作を新訳で。

『**私のあしながおじさん**』 箱石桂子ノベライズ, ジーン・ウェブスター原作 竹書房 2004.12 259p 16cm （竹書房文庫―世界名作劇場 21） 848円 ①4-8124-1886-0

|内容| 孤児院で窮屈に暮らす少女ジュディにある日、運命の扉が開かれた！ 彼女のユーモア溢れる文才に興味を持った匿名の紳士・あしながおじさんの援助を受け、名門・リンカーン記念女子学園へ進学できることになったのだ。天にも昇る気持ちで学園生活を満喫するジュディ。時に悩み、傷つきながらも、友情を育み、夢を追いかけ、恋をする。生き生きと成長するジュディがまぶしい『世界名作劇場』の注目作。

ヴェルヌ, ジュール
Verne, Jules
《1828～1905》

『**海底二万海里 上**』 J.ベルヌ作, A.ド・ヌヴィル画, 清水正和訳 福音館書店 2005.5 371p 17cm （福音館文庫） 750円 ①4-8340-2093-2〈原書名：Vingt mille lieues sous les mers〉

|内容| 海上で「なにかばかでかい物」に出会った、という報告がいくつかの船からなされた。それは長い紡錘形の物体で、クジラよりはるかに大きくずっと速く海中を移動した。しかし、巨大な海の生物にちがいないと思い追跡されたのは、謎の男ネモ艦長の海底の城とも言うべき、潜水艦ノーチラス号であった。小学校上級以上。

『**海底二万海里 下**』 J.ベルヌ作, A.ド・ヌヴィル画, 清水正和訳 福音館書店

ヴェルヌ

2005.5　426p　17cm　（福音館文庫）
800円　①4-8340-2094-0〈原書名：
Vingt mille lieues sous les mers〉
[内容] 人間を避け、陸地を離れ、海底に生きる男、ネモ艦長。物語はこの謎の男をめぐって、潜水艦ノーチラス号の中で緊張した人間ドラマを展開していく。太平洋、インド洋、大西洋、さらに南極へと、人類がこれまで見たことのない驚異と神秘にみちた海底世界に、読者は主人公のアロナックスと共に導かれる。小学校上級以上。

『海底2万マイル』　ジュール・ベルヌ作, 加藤まさし訳, 高田勲絵　講談社　2000.4
269p　18cm　（講談社青い鳥文庫）
620円　①4-06-148530-X

『海底2万マイル』　ジュール・ベルヌ作, 加藤まさし訳　講談社　2009.6　269p　18cm　（講談社青い鳥文庫）　620円
①4-06-148530-X〈第17刷〉
[内容] 1866年、世界の海に巨大な怪物があらわれて船の事故が続出。原因調査にむかったフランスのアロナクス教授たちは、なぞの人物ネモ船長の潜水艦ノーチラス号にとらわれて深海へ。海底火山の噴火、サメの襲撃、氷山にとじこめられて危機一髪、大ダコとの死闘、そして軍艦との戦い。神秘とおどろきに満ちた、ベルヌのSF名作、海中・海底の大冒険。

『海底二万マイル』　ベルヌ作, 南本史文
ポプラ社　1989.6　198p　18cm　（ポプラ社文庫）　470円　①4-591-02969-7
[内容] 外海になげだされたわたしは、謎の潜水艦に助けられた。この日から、わたしはだれも信じられないような経験をすることとなった。あるときは深海の散歩、あるときは恐しいサメとの戦い…。謎の潜水艦ノーチラス号、謎の人物ネモとともに、未知の冒険旅行へ出発！　スリルいっぱいのミステリー旅行。

『海底二万マイル』　ベルヌ作, 南本史訳
ポプラ社　2005.10　198p　18cm　（ポプラポケット文庫 410-2）　570円
①4-591-08850-2〈原書名：Vingt mille lieues sous les mers　1989年刊の新装版〉
[内容] 船が沈没しておぼれているところを、ネモ艦長の潜水艦ノーチラス号と、未知の海底旅行をすることになった。しかし日がたつにつれ、わたしは偉大だがなぞのおおい艦長と、この潜水艦に疑問と不審をおさえられなくなった。わたしたち、そしてノーチラス号の運命は。

『海底二万里　上』　ジュール・ヴェルヌ作, 石川湧訳　改版　岩波書店　1991.7
316p　18cm　（岩波少年文庫）　620円
①4-00-113047-5〈原書名：Vingt mille lieues sous les mers〉
[内容] 太平洋上にあらわれた巨大な怪物を追って、パリ科学博物館のアロナックス教授は、アメリカの軍艦に乗りこんだ。ところが彼を待ち受けていたのは、ネモ船長の率いるなぞの潜水艦ノーティラス号だった…。神秘的な海底世界でくりひろげられる、スリルにみちた大冒険。

『海底二万里　下』　ジュール・ヴェルヌ作, 石川湧訳　改版　岩波書店　1991.7
328p　18cm　（岩波少年文庫）　620円
①4-00-113048-3〈原書名：Vingt mille lieues sous les mers〉
[内容] アロナックス教授と従者のコンセーユ、銛打ちの名人ネッドの三人は、なぞの人物ネモ船長にとらわれたまま、驚異にみちた海底冒険旅行をつづける。潜水艦ノーティラス号は、あるとき南極の海中で厚い氷にとじこめられ、絶対絶命の危機におちいる…。ヴェルヌの不朽の名作。

『海底二万里　上』　ジュール・ヴェルヌ作, 大友徳明訳　偕成社　1999.10
346p　19cm　（偕成社文庫）　700円
①4-03-652360-0〈原書名：Vingt mille lieues sous les mers〉
[内容] フランスの博物学者アロナクス教授は召使いのコンセーユ、漁師ネッド・ランドとともに謎の人物ネモ船長がひきいる巨大潜水艦ノーチラス号にとらわれ、海底の冒険旅行にまきこまれる。驚異に満ちた傑作冒険小説、新完訳版。小学上級から。

『海底二万里　中』　ジュール・ヴェルヌ作, 大友徳明訳　偕成社　1999.10
340p　19cm　（偕成社文庫）　700円
①4-03-652370-8〈原書名：Vingt mille lieues sous les mers〉
[内容] 太平洋をめぐり、インド洋、紅海、地中海をへて、ノーチラス号は大西洋へと向かった。ネモ船長の案内で海底散歩にでたアロナクスは海底に没した都市の廃墟をみる。それは、伝説の大陸アトランティスだった。海洋冒険の名作、完訳版。小学上級から。

『海底二万里　下』　ジュール・ヴェルヌ作, 大友徳明訳　偕成社　1999.11
336p　19cm　（偕成社文庫）　700円
①4-03-652380-5〈原書名：Vingt mille lieues sous les mers　年譜あり〉
[内容] 潜水艦ノーチラス号は南極圏にはいった。アロナクスは、ネモ船長と南極点に立つ。氷塊にとじこめられ、危機一髪の脱出、さら

『海底二万里　上』　ジュール・ヴェルヌ作, 私市保彦訳　岩波書店　2005.8　392p　18cm　（岩波少年文庫 572）　760円　④4-00-114572-3〈原書名：Vingt mille lieues sous les mers〉

『海底二万里　下』　ジュール・ヴェルヌ作, 私市保彦訳　岩波書店　2005.8　464p　18cm　（岩波少年文庫 573）　880円　④4-00-114573-1〈原書名：Vingt mille lieues sous les mers〉

『十五少年漂流記』　ジュール＝ベルヌ著, 那須辰造訳, 金斗鉉絵　講談社　1990.6　329p　18cm　（講談社青い鳥文庫）　590円　④4-06-147284-4
内容　1860年3月、あれくるう南半球の海上で、1そうの船がさまよっていた。船の名はスラウギ号。乗船者は15人の少年だけ！――漂着したのは名も知れぬ無人島だった。なにもない島の中で、知恵を出して合って生きぬかなければならなかった。感情の対立や助け合う心を、少年たちの共同生活を通して描くと、胸ときめかせる長編冒険小説。

『十五少年漂流記』　ベルヌ作, 大久保昭男訳　ポプラ社　2005.10　190p　18cm　（ポプラポケット文庫 410-1）　570円　①4-591-08849-9〔1984年刊の新装版〕
内容　一八六〇年三月九日、あらしの海を大型ヨットが波にもまれていた。船の名はスルギ号。乗っているのは十四さいから八さいの少年十五人。なぜこんなことになってしまったのか――乗組員が陸にいるときにはさん橋をはなれ、ニュージーランドをあとにしてしまったのだ。そしてあらし！　少年たちの運命の旅がはじまった。

『十五少年漂流記』　ジュール・ヴェルヌ著, 横塚光雄訳　集英社　2009.4　542p　16cm　（集英社文庫 ウ13-3-〔ジュール・ヴェルヌ・コレクション〕）　876円　①978-4-08-760572-3〈原書名：Deux ans de vacances　『二年間のバカンス』（1993年刊）の改訂新版〉
内容　ニュージーランドにあるチェアマン寄宿学校の生徒たちは、夏休みを利用した6週間の沿岸航海を楽しみにしていた。出発前夜、早くも乗船した少年たちだったが、船は、ふとしたことから漂流を始める。嵐に流され、絶海の孤島に上陸した、8歳から14歳までの15人の少年たち、彼らの思いもしなかった「二年間のバカンス」が始まる。

『十五少年漂流記』　ヴェルヌ著, 石川湧訳　角川書店　2010.5　271p　15cm　（角川文庫）　400円　①978-4-04-202201-5〈原書名：Deux ans de Vacances　発売：角川グループパブリッシング　88版（初版1958年）〉
内容　荒れくるう海をただよう一艘の帆船。乗組員は15人の少年たち。嵐をきり抜け、たどりついたのは故郷から遠く離れた無人島だった。冒険小説の巨匠ヴェルヌによる、不朽の名作。

『十五少年漂流記―ながい夏休み』　ベルヌ作, 末松氷海子訳, はしもとしん絵　集英社　2011.6　189p　18cm　（集英社みらい文庫 へ-1-1）　570円　①978-4-08-321025-9〈原書名：Deux ans de vacances　『少年少女世界名作の森 3』（1990年刊）の加筆・修正〉
内容　6週間の楽しい航海旅行に出かけようとした少年たちは、嵐にまき込まれ、漂流してしまう。自分たちだけで何とかたどり着いた島は、誰もいない無人島…。島の川や湾、丘に名前をつけ、大統領を決め、ときには楽しんだりしながら無人島での生活をおくる少年たち。やがて仲間割れ、新たな漂着者による危機などが彼らに次々と事件が起こり始めるベルヌの冒険物語。

『神秘の島　第1部』　ジュール・ヴェルヌ作, 大友徳明訳　偕成社　2004.9　394p　19cm　（偕成社文庫）　700円　④4-03-651320-6〈原書名：L'ile mysterieuse〉
内容　嵐のなか、四人の男とひとりの少年を乗せた気球が、無人島に漂着した。男たちは、知識の宝庫である技師・サイラス・スミスを中心に手作りの鉄や爆薬で、島を開拓してゆく。空想科学小説の祖、ヴェルヌの傑作冒険小説完訳版。小学上級から。

『神秘の島　第2部』　ジュール・ヴェルヌ作, 大友徳明訳　偕成社　2004.9　394p　19cm　（偕成社文庫）　700円　④4-03-651330-3〈原書名：L'ile mysterieuse〉
内容　無人島であるはずのタボル島に遭難者がいる。船をつくった男たちは、救助へむかう。そこで出会ったのは、人間の心を忘れたまるで獣のような男だった。原書のさし絵をふんだんに使用したヴェルヌの名作完訳版。小学上級から。

『神秘の島　第3部』　ジュール・ヴェルヌ作, 大友徳明訳　偕成社　2004.9　396p

ヴェルヌ

19cm （偕成社文庫） 700円 ①4-03-651340-0〈原書名：L'ile mysterieuse 年譜あり〉

[内容] 男たちが危機におちいるたび、救いの手をさしのべてくれた神秘の力。ひそかに五人を見守っていた謎の人物についにめぐりあう。物語は、意外な決着をむかえる。『海底二万里』のヴェルヌが描く驚異の冒険小説完訳版。小学上級から。

『地底旅行』 ジュール・ヴェルヌ作、石川湧, 石川布美訳 偕成社 1993.8 434p 19cm （偕成社文庫） 800円 ①4-03-651990-5〈原書名：Voyage au centre de la terre〉

[内容] 謎のルーン文字を手がかりに地球の中心への冒険旅行に出かけることになったリデンブロック教授と助手のアクセル。途中、道案内のハンスもくわわり、三人は休火山の噴火口から地底へとむかう…。SF作家として名高いジュール・ヴェルヌの傑作の完訳。小学上級以上向。

『二年間の休暇 上』 ジュール・ヴェルヌ作, 大友徳明訳 偕成社 1994.12 389p 19cm （偕成社文庫） 700円 ①4-03-652020-2〈原書名：Deux ans de vacances〉

[内容] 寄宿学校の生徒14人と見習い水夫モコを乗せた帆船が嵐で漂流し、無人島に漂着した。少年たちはこの島をチェアマン島と名づけ、自分たちの生活を築いていく。冒険物語の古典名作を定評あるレオン・ブネットのさし絵と新訳で贈る完訳決定版。小学上級以上向。

『二年間の休暇 下』 ジュール・ヴェルヌ作, 大友徳明訳 偕成社 1994.12 408p 19cm （偕成社文庫） 700円 ①4-03-652030-X〈原書名：Deux ans de vacances〉

[内容] 嵐で無人島に漂着した15人の少年たちが人種的偏見や対立をのりこえてあらゆる知恵と勇気をふりしぼりさまざまな困難と戦いながら生きぬいていく。時代を超えて読みつがれてきた冒険物語の傑作を新訳で贈る完訳決定版。小学上級以上向。

『二年間の休暇 上』 J.ベルヌ作, 朝倉剛訳, 太田大八画 福音館書店 2002.6 311p 17cm （福音館文庫） 700円 ①4-8340-1805-9〈原書名：Deux ans de vacances〉

[内容] 本書は、『十五少年漂流記』の名で親しまれてきた作品の初の完訳本。夏の休暇を、スクーナーでニュージーランドの海岸を一周して過ごすことになっていた十五人の少年たちが、思いがけない事故のため、無人島に漂着する。ときに反目しながらも、さまざまな困難を乗り越え、彼らは島での生活を築きあげていく。小学校中級以上。

『二年間の休暇 下』 J.ベルヌ作, 朝倉剛訳, 太田大八画 福音館書店 2002.6 226p 17cm （福音館文庫） 650円 ①4-8340-1806-7〈原書名：Deux ans de vacances〉

[内容] 今や、自力で島から脱出することは不可能になった少年たちは、友情と協調の精神で島の生活を耐え忍び、救援の手がさしのべられる日を待った。そんなある日、島の砂浜に二人の男がうちあげられているのが発見され、やがて、武器を持った七人の命知らずの悪者が、少年たちの前に立ち現れるのだった。小学校中級以上。

『二年間の休暇 上』 ジュール・ヴェルヌ作, 私市保彦訳 岩波書店 2012.2 349p 18cm （岩波少年文庫 603） 720円 ①978-4-00-114603-5〈原書名：Deux ans de vacances〉

[内容] 休暇で六週間の航海に出るはずだった寄宿学校の生徒たち。ところが船が流され、嵐のはてに無人島に漂着してしまう。少年たちは力を合わせて、島での生活を築きあげていく。"十五少年漂流記"として知られる傑作冒険小説。完訳。中学以上。

『二年間の休暇 下』 ジュール・ヴェルヌ作, 私市保彦訳 岩波書店 2012.2 349p 18cm （岩波少年文庫 604） 720円 ①978-4-00-114604-2〈原書名：Deux ans de vacances〉

[内容] さまざまな困難にもめげず、無人島の生活を充実させていく少年たちだったが、ブリアンとドニファンが対立を深めてしまい…。そんなとき、島に悪漢が上陸し、ドニファンに危機がせまる。少年たちは、無事に故郷に帰ることができるのか？ 中学以上。

『二年間のバカンス──十五少年漂流記』 ジュール・ヴェルヌ著, 横塚光雄訳 集英社 1993.9 542p 16cm （集英社文庫──ジュール・ヴェルヌ・コレクション） 900円 ①4-08-760222-2〈原書名：Deux ans de vacances〉

[内容] 夏休みの楽しい沿岸航海を明日にひかえて、ニュージーランド・オークランドのチェアマン寄宿学校の少年たちは、待ちきれずに、夜、ヨットに忍び込んで遊んでいた。だが、ふと気づくと、ヨットは港の外に出ていて、嵐に巻き込まれ、無人島に流されていた。大人がひとりもいない絶海の孤島で、限られた科学知識をふりしぼり、力を合わせて困難な

運命と闘う少年たち。名作十五少年漂流記。

エイキン, ジョーン
Aiken, Joan
《1924〜2004》

『ウィロビー館のオオカミ』　ジョーン＝エイキン作, 掛川恭子訳, 三木由記子絵　講談社　1992.7　285p　18cm　（講談社青い鳥文庫）　640円　①4-06-147366-2〈原書名：The wolves of Willoughby chase〉

[内容] 高原にそびえたつウイロビー卿の広大な館に、主のるすをまかされた女家庭教師スライカープ先生がきてからというもの、館の娘ボニーといとこシルビアの身辺に、つぎつぎと不可解なできごとが…。おおかみ、秘密の通路、すりかえられた手紙などなど、野生のかおりあふれるスリル満載の傑作長編。小学上級から。

『おとなりさんは魔女』　ジョーン・エイキン作, 猪熊葉子訳　岩波書店　2010.6　243p　18cm　（岩波少年文庫167―アーミテージ一家のお話 1）　680円　①978-4-00-114167-2〈原書名：The serial garden〉

[内容] これから先ずっと、たいくつしませんように…おくさんのそんな願いごとがすべてのはじまりでした。魔女がおとなりで幼稚園をひらいたり、庭がユニコーンでいっぱいになったり、一家にはとんでもないできごとが連発します。小学3・4年以上。

『ゾウになった赤ちゃん』　ジョーン・エイキン作, 猪熊葉子訳　岩波書店　2010.11　314p　18cm　（岩波少年文庫169―アーミテージ一家のお話 3）　760円　①978-4-00-114169-6〈原書名：The serial garden〉

[目次] 王女さまとふしぎな庭, ナッティ夫人の暖炉, 鏡の木, めいわくなロボット, 銀の仮面, 中国の竜, 魔女の日には釣り禁止, ゾウになった赤ちゃん

[内容] 小さな弟ミロが秘密を知ったためゾウに変えられてしまったり、切りぬき細工の庭がほんものの庭になったり、暴走したロボットに家をめちゃくちゃにされたり…あいかわらずとっぴなことばかりの一家は、たいくつしらずです。小学3・4年以上。

『ねむれなければ木にのぼれ』　ジョーン・エイキン作, 猪熊葉子訳　岩波書店　2010.8　288p　18cm　（岩波少年文庫168―アーミテージ一家のお話 2）　720円　①978-4-00-114168-9〈原書名：The serial garden〉

[目次] ロケットでとどけられたパイ, ドールハウス貸したし, 設備完, 幽霊のお茶の会, ハリエットの毛織り機, ねむれなければ木にのぼれ, ぬすまれたマルメロの木, ゴブリンの音楽, やっかいなリンゴ

[内容] マークとハリエットの兄妹は、いつもてんてこまい！ のぼってはいけない木にのぼって、その魔力でねむりこけてしまったり、家に住みついている幽霊と古城へお茶の会に出かけたり、またまたへんてこなさわぎばかり起こります。小学3・4年以上。

『ひとにぎりの黄金　宝箱の章』　ジョーン・エイキン著, 三辺律子訳　竹書房　2013.10　207p　15cm　（竹書房文庫 え2-1）　571円　①978-4-8124-9699-2〈原書名：A Handful Of Gold〉

[目次] ゆり木馬, シリアル・ガーデン, 三つ目の願い, からしつぼの中の月光, キンバルス・グリーン, ナッティ夫人の暖炉, 魚の骨のハーブ

[内容] 10年たっても、20年たっても、なぜか忘れられないお話があります。ずっと心のどこかに住み続けていて、あるときふっと顔を出し、微笑みかけてくれる…そんな優しい友達のようなお話が、ここにはたくさん詰まっています。さりげなく、けして押しつけがましくない笑いと涙。読めば読むほど、あとからじんわりと胸にきます。いつか自分の子供に読み聞かせたいと思う、その魔力でねむりこけてしまったり、素朴だけれどかけがえのないメモリー。明日のあなたに、夢と勇気と頑張る力を与えてくれる、英国発の優しく感動的な珠玉のファンタジー短編集！

『ひとにぎりの黄金　鍵の章』　ジョーン・エイキン著, 三辺律子訳　竹書房　2013.12　205p　15cm　（竹書房文庫 え2-2）　571円　①978-4-8124-9752-4〈原書名：A HANDFUL OF GOLD〉

[目次] 望んだものすべて, ホーティングさんの遺産, 十字軍騎士のトビー, 神様の手紙をぬすんだ男, 真夜中のバラ, ネコ用ドアとアップルパイ, お城の人々, 本を朗読する少年

[内容] 「今日は疲れたね」「悲しかったね」―誰が言ってくれなくても、この本はあなたの心の痛みをきっとわかってくれています…そんな優しい友達のような、親のようなお話が、ここにはたくさん詰まっています。さりげなく、けして押しつけがましくない笑いと涙。読めば読むほど、あとからじんわりと胸にきます。いつか自分の子供に読み聞かせたいと

思う、素朴だけれどかけがえのないメモリー。そんなあなたの心の宝物にしていただければ幸いです…。明日のあなたに、夢と勇気と頑張る力を与えてくれる、英国を代表する女流作家の優しく感動的な珠玉のファンタジー短編集！

『魔法のアイロン』 ジョーン・エイキン作, 猪熊葉子訳　岩波書店　1988.11　199p　18cm　（岩波少年文庫）　500円　①4-00-111045-8〈原書名：All you've ever wanted〉

目次 めいわくな贈りもの、オウムになった海賊と王女さま、魔法のアイロン、料理番になった王女さま、腕のいい庭師のお話、失業した音楽師たち、一晩じゅう立っていた王様、ふしぎなレコード、三つめの願い

内容 ジョンが宝くじで当てた、ごく普通のアイロンが、隣り近所をまきこむ大騒動のもとになり…。ストーリーテリングの名手エイキンが、昔話の伝統にのっとりながらも自由で個性的なユーモアやファンタジーを展開させた、ふしぎなお話9編。小学中級以上。

オルコット，ルイザ・メイ
Alcott, Louisa May
《1832〜1888》

『愛の若草物語』 鏡京介ノベライズ，ルイザ・メイ・オルコット原作　竹書房　2004.9　259p　16cm　（竹書房文庫―世界名作劇場 12）　848円　①4-8124-1736-8〈付属資料：CD1枚(8cm)〉

内容 おしとやかな長女メグ、活発な次女ジョオ、内気で優しい三女ベス、おしゃまな末っ子エイミー。マーチ家の四姉妹は南北戦争出征中の父の留守を守り、母を助けながら暮らしている。戦火で家を失い、厳しい生活でもそれぞれに夢を持ち、明るく、笑顔の絶えない日々―。四姉妹の代名詞になった『世界名作劇場』の中の名作。

『おしゃれなポリー』 オルコット作，岡上鈴江文　ポプラ社　1988.9　196p　18cm　（ポプラ社文庫）　450円　①4-591-02806-2〈原書名：An old fashioned girl〉

内容 こんにちはポリーです。友だちのファニーの家にきたんだけどなにもかもちがう生活にとまどっています。でもお母さまがいつもしているようにやってみるの。ね、それがいちばん！　よろしくね。少女ポリーのすてきな冬物語。

『おしゃれなポリーのおしゃれな恋』 オルコット作，岡上鈴江文　ポプラ社　1989.2　204p　18cm　（ポプラ社文庫）　450円　①4-591-02936-0

内容 こんにちはポリーです。またお会いできてうれしいです。ふたたびこの町にきて、小さなお部屋をかりて、音楽の先生をしています。でも、友だちのファニーのこと、すてきなシドニーのこと…つぎつぎ事件がおこって、たいへん！　少女ポリーのすてきな冬物語。

『かわいいローズと7人のいとこ』 オルコット作，山主敏子文　ポプラ社　1988.11　230p　18cm　（ポプラ社文庫）　450円　①4-591-02879-8

内容 両親をなくして、叔父さんにひきとられたかわいいローズは、とつぜん7人の男の子のいとこにかこまれて、どうしていいかわかりません。でもローズのやさしさは、みんなに明るさをもたらします。

『かわいいローズの小さな愛』 オルコット作，山主敏子文　ポプラ社　1989.4　220p　18cm　（ポプラ社文庫）　470円　①4-591-02950-6

内容 かわいいローズは、2年間のヨーロッパ旅行で美しいレディに成長し、社交界にデビュー。しかしはなやかさにつつまれていても、みんなにやさしい思いやりをわすれません。そんなローズの心をときめかせたひとは…。

『ナンとジョー先生―若草物語』 箱石桂子ノベライズ，ルイザ・メイ・オルコット原作　竹書房　2004.9　259p　16cm　（竹書房文庫―世界名作劇場 13）　848円　①4-8124-1737-6〈付属資料：CD1枚(8cm)〉

『八人のいとこ』 オルコット著，村岡花子訳　角川書店　1993.11　326p　15cm　（角川文庫）　520円　①4-04-214106-4〈原書名：Eight cousins, or, the Aunt Hill　第43版（初版：昭和35年）〉

『プラムフィールドの子どもたち―若草物語』 ルイザ・メイ・オルコット著，谷口由美子訳，徳田秀雄絵　講談社　1993.6　309p　18cm　（講談社青い鳥文庫 98-2）　590円　①4-06-147380-8

内容 ベア先生と結婚したマーチ家四姉妹の二女ジョーは、理想教育をめざしてプラムフィールド学園をつくります。メグ、ジョー、エミーの子どもたちをはじめとした個性ゆたかな生徒たちが、ふたりの愛と勇気に見守られておくる学園生活の日々をいきいきとえがい

オルコット

た、心あたたまる名作です。『若草物語』のつづきの物語。小学中級から。

『ブラムフィールドの青春―若草物語』 ルイザ・メイ・オルコット作, 谷口由美子訳, 徳田秀雄絵 講談社 1995.9 273p 18cm （講談社青い鳥文庫） 590円 ①4-06-148422-2
[内容] マーチ家四姉妹の二女ジョーとベア先生がつくった学園から巣立っていった子どもたちが、10年たって、それぞれに青春のなやみをかかえる若者に成長し、ふたたびジョー夫妻の待つプラムフィールドに集まってきた。トムの片思い、ナットとデイジーの恋の行方、放浪児ダンのその後など、若者たちの青春がいきいきと描かれます。『若草物語』完結編。小学中級から。

『昔気質の一少女 上巻』 オルコット著, 吉田勝江訳 角川書店 1990.12 202p 15cm （角川文庫） 350円 ①4-04-214115-3〈原書名：An old fashioned girl〉

『昔気質の一少女 下巻』 オルコット著, 吉田勝江訳 角川書店 1990.12 327p 15cm （角川文庫） 470円 ①4-04-214116-1〈原書名：An old fashioned girl 年譜：p.322-327〉

『四人の姉妹』 オールコット作, 遠藤寿子訳 岩波書店 1987.1 2冊 18cm （岩波少年文庫） 各550円 ①4-00-113058-0

『ライラックの花の下』 オルコット著, 松原至大訳 角川書店 1991.12 392p 15cm （角川文庫） 600円 ①4-04-214105-6〈原書名：Under the lilacs 33版（初版：昭和33年）〉

『若草物語』 オルコット作, 宮脇紀雄文 ポプラ社 1979.10 214p 18cm （ポプラ社文庫） 390円

『若草物語 続』 オルコット作, 蕗沢忠枝文 ポプラ社 1992.12 172p 18cm （ポプラ社文庫） 480円 ①4-591-04280-4
[内容] メグ、ジョー、ベス、エーミーの四人姉妹もおとなの世界へはいりつつあります。そしてメグは、きょう、結婚式をあげることになりました。あの、ジョン・ブルックスとです。そのしあわせそうなようすをみて、ジョーは、これからの自分たちは、いったいどんな生活をするのだろうかと考えるのでした。いまや、それぞれの人生が始まっているのです。

『若草物語 第3』 オルコット作, 蕗沢忠枝文 ポプラ社 1993.3 204p 18cm （ポプラ社文庫） 480円 ①4-591-04298-7
[内容] メグ、ジョー、エーミーは、それぞれ結婚をして、新しい生活へとふみだしました。そして、ベア先生とむすばれたジョーは、ふたりでプラムフィールドに子どもたちをあつめて、理想の教育をめざして学園をひらきました。もちろん自分たちの子どもも、メグたちの子どももいっしょです。子どもたちは毎日事件をおこし、ジョーもベア先生もかけまわっています。

『若草物語』 ルイザ＝メイ＝オルコット著, 中山知子訳, 徳田秀雄絵 講談社 1985.7 267p 18cm （講談社青い鳥文庫） 450円 ①4-06-147177-5

『若草物語 続』 ルイザ＝メイ＝オルコット著, 谷口由美子訳, 徳田秀雄絵 講談社 1997.8 269p 18cm （講談社青い鳥文庫） 580円 ①4-06-148468-0
[内容] 父親がわが家に帰ってきて3年後、マーチ家の四姉妹は、それぞれに巣立っていこうとします。幸せな家庭作りにはげむメグ、からだの弱い三女ベスを気づかいながら作家をめざす二女ジョー、そして社交界にあこがれる四女エミーが、ベスの死をのりこえて、ひとりひとり、自分の幸せを見つけるまでをえがいた青春ドラマ。『若草物語』の続編です。小学中級から。

『若草物語』 オールコット著, 松本恵子訳 新潮社 1986.12 464p 16cm （新潮文庫） 480円 ①4-10-202903-6
[内容] 虚栄心はあるが温順で信心深い長女メグ、独立心が強く活発な次女ジョー、心優しくはにかみやの三女ベス、無邪気でおしゃれな四女エミー―ニューイングランドに住むマーチ家の四人姉妹は、南北戦争に従軍した父の留守宅で、母を助け貧しいながらも誠実さと希望をもって、懸命に暮す。著者の少女時代を題材に、人間として成長していく四人姉妹の複雑で微妙な心の動きを捉えた感動作。

『若草物語』 オルコット著, 中山知子訳 講談社 1987.2 282p 15cm （講談社文庫） 400円 ①4-06-183974-8
[内容] マーチ家の4人の姉妹、長女のメグはとても美しい少女、次女のジョーは作家志望、三女のベスは、はにかみ屋、末っ子で絵の好きなエミー。4人は、父の留守を守る母の愛情につつまれて貧しくても暖かい家庭で暮らしていた―。それぞれの少女が自分らしさを失わずに精いっぱい生きる1年間を、やさしい目で描いたアメリカ文学の不朽の名作。

『若草物語 上』 ルイザ・メイ・オルコッ

ト作, 安藤一郎訳　偕成社　1987.2　347p　19cm　（偕成社文庫 3146）　450円　①4-03-651460-1〈原書名：LITTLE WOMEN〉

[内容] やさしい母を中心に美しいメッグ、男の子みたいなジョー、おとなしいベス、わがままなエイミーの4人の姉妹たちが織りなす貧しいけれど愛情ゆたかなマーチ家の1年間。少女小説の古典を完訳でおくります。

『若草物語　下』ルイザ・メイ・オルコット作, 安藤一郎訳　偕成社　1987.3　344p　19cm　（偕成社文庫 3147）　450円　①4-03-651470-9〈原書名：LITTLE WOMEN〉

[内容] 平和でみちたりたマーチ一家に突然おとずれたかなしいできごと。4人の姉妹たちは苦しい日々をのりこえて、〈小さな婦人〉へと成長していきます。少女たちの心理や感情をいきいきと描き、長く読みつがれてきたオルコット女史の名作。

『若草物語』L.M.オルコット作, 山主敏子訳, 錦織郁郎画　金の星社　1987.11　284p　18cm　（フォア文庫）　470円　①4-323-01057-5

[内容] マーチ家の4人姉妹―メグ、ジョー、ベス、エーミーは、きらきらきらめく少女時代のまっただなかにいます。やさしい母に導かれ、となりの少年ローリーに見守られながら。あこがれ、希望、やさしさ、冒険、いじわる、けんか、悲しみなどのさまざまな体験を通して、多感な少女たちは少しずつ、すてきな女の人へと成長していきます。

『若草物語』オルコット著, 掛川恭子訳　講談社　1993.8　452p　15cm　（講談社文庫）　640円　①4-06-185471-2〈原書名：Little women〉

[内容] マーチ家の四人姉妹―、長女のメグは温順な美少女、次女のジョーは活発で作家志望、三女のベスは心優しく内気、末っ子はおしゃれで絵の好きなエイミー。南北戦争に従軍中の父と、その留守を守る母の愛情につつまれて、貧しくても自分らしく精いっぱい生きる姉妹の一年間を描いた、アメリカ文学の不朽の名作。

『若草物語　続』L.M.オルコット著, 掛川恭子訳　講談社　1995.6　487p　15cm　（講談社文庫）　680円　①4-06-185936-6〈原書名：Good wives〉

[内容] 父親のマーチ氏がわが家に戻って三年後、メグはジョン・ブルックと結婚して育児に追われ、ジョーは病身の妹ベスに心を痛めながら作家修業に励み、エイミーは外国で絵の才能をみがく…。それぞれが自分にふさわし

い愛と人生を、苦悩し、真摯な思いで見つけていく日々をみずみずしく描く。四人姉妹の輝く青春編。

『若草物語』L.M.オールコット作, 矢川澄子訳, T.チューダー画　福音館書店　2004.6　472p　17cm　（福音館文庫）　850円　①4-8340-1988-8〈原書名：Little women〉

[内容] 南北戦争時代のアメリカ合衆国。従軍牧師として戦地にある父親不在の家庭を、メグ、ジョー、ベス、エイミーの四人の姉妹は賢い母親と隣人の善意に助けられながら、失敗をのりこえ、支えていきます。個性豊かに描き分けられた四人の少女の姿は、時の隔たりを越えて、今なお読者の心を魅了してやみません。小学校中級以上。

『若草物語』オルコット作, 小林みき訳　ポプラ社　2006.6　182p　18cm　（ポプラポケット文庫 415-1）　570円　①4-591-09296-8〈原書名：Little women〉

[内容] クリスマスの日、マーチ家の四人姉妹、メグ・ジョー・ベス・エイミーは母からのプレゼント、それぞれの聖書を手に集まりました。姉妹をみまもる母の愛情や、となりのローレンス少年たちとの交流、さまざまな経験をとおして、四人はどんなに苦しいときも希望を失わない、心やさしい女性へと成長していきます。小学校上級～。

『若草物語』L.M.オルコット著, 吉田勝江訳　改版　角川書店　2008.11　468p　15cm　（角川文庫）　743円　①978-4-04-214117-4〈原書名：Little women　発売：角川グループパブリッシング　年譜あり〉

[内容] 時は十九世紀半ば、アメリカの片田舎に、戦地に赴いた父の不在を預かる優しい母と、四姉妹の一家があった。美しく聡明な長女メグ、奔放で空想好きな次女ジョー、内気で優しい三女ベス、愛らしく夢見がちな四女エイミー。貧しいけれど仲睦まじく幸せに暮らすこの四姉妹が、様々な困難にあいながらも、個性を輝かせ、大人の女性に成長してゆくさまを、美しい絵巻のように描き出した、オルコット女史の自伝的傑作小説。

『若草物語　続』L.M.オルコット著, 吉田勝江訳　改版　角川書店　2008.11　486p　15cm　（角川文庫）　743円　①978-4-04-214118-1〈原書名：Little women. (pt.2)　発売：角川グループパブリッシング〉

[内容] メグの結婚そして出産から、姉妹の人

生はついに花開き始めた。ジョーは好きな物書きを続けながら一家の長として姉妹の面倒を見、一方で盟友ローリーからの求愛に悩んでいた。エイミーは少女らしさを残しつつ、慎みや思いやりを学び憧れのレディへの道を突き進む。そしてベスは、弱りゆく体の声を自ら聞きながらも、心安らかに、自分にとっての幸せを見いだしていた。姉妹それぞれが真実の愛と人生をみつける、感動のドラマ。

『若草物語　第3』L.M.オルコット著, 吉田勝江訳　改版　角川書店　2008.12　493p　15cm　（角川文庫 15485）　743円　①978-4-04-214119-8〈原書名：Little men　発売：角川グループパブリッシング〉

内容　ジョーが亡き伯母からゆずりうけたプラムフィールドの家は、いまや様々な境遇の子供を預かる学園のにぎわいを見せていた。そこにやって来た、ヴァイオリン弾きの孤児のナットと、暗い過去をもつ不良少年ダン。次々に起こる悲喜こもごもの出来事のなかで、個性豊かな子供たちはぶつかり合いながらも情緒豊かに成長してゆく。マーチ家の姉妹たちが、それぞれの家庭を育む姿を描く、その後の「若草物語」。

『若草物語　第4』L.M.オルコット著, 吉田勝江訳　改版　角川書店　2008.12　455p　15cm　（角川文庫 15486）　743円　①978-4-04-214120-4〈原書名：Jo's boys　発売：角川グループパブリッシング〉

内容　プラムフィールドで成長した子供たちは、それぞれの夢を追い求め巣立っていった。一段落したジョーは幼い頃から好きだった物語を再び書きはじめ、小説家としての成功をおさめる。職業をもつ女性としての喜びと苦労をかみしめながら、メグやエイミーとともに、マーチ家の母のひとりとして子供たちの人生を温かく、ときに厳しく見守ってゆく。四姉妹から始まった壮大なマーチ家の物語が、ついに迎える終幕。

『若草物語』ルイザ・メイ・オルコット作, 中山知子訳, 藤田香絵　新装版　講談社　2009.3　283p　18cm　（講談社青い鳥文庫 98-5）　570円　①978-4-06-285081-0〈原書名：Little women〉

内容　「プレゼントのないクリスマスなんて！」―そうため息をつくのは、メグ、ジョー、ベス、エミーの仲よし四姉妹。大好きなお父さまも、南北戦争へ。そんなちょっぴりさびしいクリスマスで幕をあける、涙と笑いと愛に満ちた1年間の物語。小学中級から。

『若草物語　2　夢のお城』ルイザ・メイ・オルコット作, 谷口由美子訳, 藤田香絵　講談社　2010.5　285p　18cm　（講談社青い鳥文庫 98-6）　620円　①978-4-06-285155-8〈原書名：Little women〉

内容　『若草物語』の物語に幕がおりてから3年後。あのマーチ家の四姉妹、メグ、ジョー、ベス、エイミーのつづきの物語がはじまります。140年ものあいだ、世界中で愛されつづけている仲よし姉妹の小さな事件や意外な結婚、そして、美しくも悲しい別れ…。ごくふつうの毎日につまった幸せの見つけ方がここにあります。あなたの「夢のお城」はどんな形？　小学中級から。

『若草物語　3　ジョーの魔法』ルイザ・メイ・オルコット作, 谷口由美子訳, 藤田香絵　講談社　2011.3　317p　18cm　（講談社青い鳥文庫 98-7）　670円　①978-4-06-285185-5〈原書名：Little women〉

内容　メグの結婚から10年。ジョーとベア先生の夢がかない、家庭や愛にめぐまれない少年たちのための学校、プラムフィールド学園ができました。思いきりまくら投げができたり、自分だけの畑がもてたり、ミニキッチンで本格的な料理を作ったり。ジョーがかける"魔法"で、プラムフィールドには、笑い声がたえません。子どもたちが暮らす「家」に、さあ、今日はなにが起こるでしょうか？　小学中級から。

『若草物語　4　それぞれの赤い糸』ルイザ・メイ・オルコット作, 谷口由美子訳, 藤田香絵　講談社　2011.10　285p　18cm　（講談社青い鳥文庫 98-8）　670円　①978-4-06-285252-4〈原書名：Jo's boys〉

内容　ジョーとベア先生の楽しいプラムフィールド学園の生徒たち、メグやエイミーの子どもたちもすっかり大きくなりました。ナンは医者に、ナットが音楽家に、ダンは放浪の旅へ…。みんなそれぞれの道を見つけ、自分の人生を歩みはじめます。家族や友だちをいつくしむ「若草」スピリットにあふれた、感動の最終巻。小学4年生から。

『若草物語―四姉妹とすてきな贈り物』オルコット作, 植松佐知子訳, 駒形絵　集英社　2012.4　190p　18cm　（集英社みらい文庫 お-3-1）　580円　①978-4-08-321088-4

内容　「めいめいでお母さまに何かプレゼントをしたらどうかしら」―おしとやかな長女・メグ、おてんばの次女・ジョー、しっかりものの三女・ベス、おませな末っ子・エイミー―貧しくても仲良く暮らすマーチ家の四姉妹は奉仕活動に忙しい母のために、自分の欲しいものをがまんして贈り物をすることに。つつましくも幸せな四姉妹の一年をつづった、

世界中の少女たちが愛した感動作。

『若草物語　上』　ルイザ・メイ・オルコット作, 海都洋子訳　岩波書店　2013.8　258p　18cm　（岩波少年文庫 218）　700円　①978-4-00-114218-1〈原書名：LITTLE WOMEN〉

内容　戦地に従軍牧師として父親を送ったマーチ家。美しいメグ、活発なジョー、穏やかなベス、おませなエイミーの四姉妹は、愛情深い母親にみちびかれながら、つつましく、そして明るく楽しい日々を送ります。アメリカ児童文学、不朽の名作。小学5・6年以上。

『若草物語　下』　ルイザ・メイ・オルコット作, 海都洋子訳　岩波書店　2013.8　299p　18cm　（岩波少年文庫 219）　720円　①978-4-00-114219-8〈原書名：LITTLE WOMEN〉

内容　隣のお屋敷に住むローリー少年と親交を深める四姉妹。突然届いた電報によって、穏やかな日々が一転。両親のいない家でのベスの重病など、大きな試練にも耐え、成長していく姉妹の姿を描きます。笑い、涙、そして喜びがあふれる物語。小学5・6年以上。

『若草物語―新訳』　L.M.オルコット作, ないとうふみこ訳, 琴音らんまる絵　KADOKAWA　2015.1　271p　18cm　（角川つばさ文庫 Eお1-1）　560円　①978-4-04-631470-3

内容　あたしは、ジョー。ちょっぴりおてんばで本を読むのが大好き。お姉さんのメグ、妹のベス、末っ子エイミー、そしてお母さんといっしょに、貧乏だけど仲よくくらしている。戦争にいってしまったお父さんのかわりに、あたしがみんなを守らなきゃ。そんなとき、となりに住んでいるさびしそうな男の子ローリーと友だちになって!?　世界中で愛されている四姉妹の愛と成長を描いた感動の名作!　小学中級から。

カーツ, ウェルウィン・W.
Katz, Welwyn Wilton

『魔女の丘』　ウェルウィン・W.カーツ著, 金原瑞人, 斉藤倫子共訳　福武書店　1990.11　313p　15cm　（福武文庫）　680円　①4-8288-3171-1〈原書名：Witchery hill〉

内容　黒魔術の痕跡が色濃く残る孤島を訪れた14歳の少年マイクと父ロバート。ロバートの友人トニーの娘リザは、島にはまだ魔女がいる、義母ジャナインも魔女だ、という。もちろん大人たちはそんなことは信じない。マイクだって信じたくはなかった。だがやがて本当に恐ろしいことが起り始めて…。本邦初訳の恐怖小説の佳編。

キプリング, ラドヤード
Kipling, Rudyard
《1865～1936》

『ジャングル・ブック―オオカミ少年モウグリの物語　第1部』　ラドヤード・キプリング作, 金原瑞人訳　〔完訳版〕　偕成社　1990.7　278p　19cm　（偕成社文庫 3173）　520円　①4-03-651730-9〈原書名：THE JUNGLE BOOK〉

『ジャングル・ブック―オオカミ少年モウグリの物語　第2部』　ラドヤード・キプリング作, 金原瑞人訳　〔完訳版〕　偕成社　1990.7　240p　19cm　（偕成社文庫 3174）　520円　①4-03-651740-6〈原書名：THE JUNGLE BOOK〉

『ジャングル・ブック』　ラドヤード・キプリング作, 岡田好惠訳, きよしげのぶゆき絵　講談社　2001.11　357p　18cm　（講談社青い鳥文庫）　720円　①4-06-148571-7〈原書名：The jungle book〉

内容　インドのジャングルでオオカミの一族に育てられたモーグリ少年が、ジャングルの掟を守り、動物たちとくらす日々。だが、モーグリの命をねらうトラのシア＝カーンが…。動物たちの助けあいと闘争、クマのバールー、黒ヒョウのバギーラ、ヘビのカー、モーグリ少年の活躍。世界じゅうで愛読され、映画にもなった名作の原作がこれです！　小学中級から。

『ジャングル・ブック』　ラドヤード・キプリング作, 三辺律子訳　岩波書店　2015.5　376p　18cm　（岩波少年文庫 225）　800円　①978-4-00-114225-9　〈原書名：THE JUNGLE BOOK, THE SECOND JUNGLE BOOK〉

目次　モウグリの兄弟たち．カーの狩り．トラ！トラ！　恐怖がはじまったわけ．ジャングルを呼びよせる．王のアンカス．赤犬．春

内容　舞台はインドのジャングル。オオカミに育てられた少年、モウグリは、ヒグマのバルーや黒ヒョウのバギーラに見守られ、おきてを学びながらさまざまな冒険を重ね、成長

『少年キム 上』 ラドヤード・キプリング作, 三辺律子訳 岩波書店 2015.11 309p 18cm （岩波少年文庫 615） 760円 ①978-4-00-114615-8〈原書名：KIM〉
[内容] 舞台は19世紀、英領インド。ラホールの町で生まれ育ったイギリス人の孤児、キムは、白人の風貌を持ちながら、現地語を自在にあやつる少年。やがてキムはチベットからきたラマと知り合い、"矢の川"を探して各地をめぐる旅に出る。新訳。中学以上。

『少年キム 下』 ラドヤード・キプリング作, 三辺律子訳 岩波書店 2015.11 302p 18cm （岩波少年文庫 616） 720円 ①978-4-00-114616-5〈原書名：KIM〉
[内容] 才能を見出されたキムは、優秀なスパイとして育てられ、大国の覇権あらそいのただなかに身を投じるが、一方でラマとの旅も再開することに…。少年の数奇な運命を描き、インドの豊かな風景と多彩な人びとを活写した、大河冒険小説。中学以上。

『ゾウの鼻が長いわけ―キプリングのなぜなぜ話』 ラドヤード・キプリング作, 藤松玲子訳 岩波書店 2014.1 284p 18cm （岩波少年文庫 221） 720円 ①978-4-00-114221-1〈原書名：JUST SO STORIES FOR LITTLE CHILDREN〉
[目次] クジラの喉が小さいわけ、ラクダにこぶがついたわけ、サイの皮がゴワゴワなわけ、ヒョウに斑点がついたわけ、ゾウの鼻が長いわけ、カンガルーがマジロになったわけ、アルマジロがアルマジロになったわけ、手紙のはじまり、アルファベットができたわけ、海をうごかしたカニ、ネコが気ままに歩くわけ、足をふみならしたチョウチョ
[内容] 知りたがりやのゾウくんはリンポポ川へいって、ワニは何を食べるの？ と質問しますが、まんまとワニに鼻をかまれてしまいます。ゾウ、ラクダ、カンガルーなど、さまざまな動物がもつ特徴の由来を、あそび心いっぱいに物語る12のお話。小学3・4年以上。

『プークが丘の妖精パック』 キプリング著, 金原瑞人, 三辺律子訳 光文社 2007.1 390p 16cm （光文社古典新訳文庫） 667円 ①978-4-334-75121-0〈原書名：Puck of pook's hill 年譜あり〉

キャロル, ルイス
Carroll, Lewis
《1832～1898》

『かがみの国のアリス―新訳』 ルイス・キャロル著, 河合祥一郎訳, okama絵 アスキー・メディアワークス 2010.8 269p 18cm （角川つばさ文庫 Eき1-2） 580円 ①978-4-04-631108-5〈原書名：Through the looking-glass and what Alice found there 発売：角川グループパブリッシング〉
[内容] 今度はアリスが女王になるってホント!?雪の日、だんろの部屋でいたずら子ネコをたしなめてたら、かがみの中に入っちゃった！アリスはチェスのコマになるの？ お花はしゃべるし、チョウチョのバタつく羽根はバター付きのパン。ずんぐり坊やのおかしな双子や、いばった卵人間ハンプティ・ダンプティも登場。かがみの国はもっとヘンテコ！ あなたもチェス・ゲームに出てみない？ 78の絵と新訳で名作をどうぞ。小学中級から。

『鏡の国のアリス』 ルイス・キャロル著, 柳瀬尚紀訳 筑摩書房 1988.1 225p 15cm （ちくま文庫） 340円 ①4-480-02194-9〈原書名：Through the looking-glass and what Alice found there〉

『鏡の国のアリス』 キャロル作, 中山知子訳, テニエル画 岩崎書店 1992.5 261p 18cm （フォア文庫） 590円 ①4-265-01082-2〈原書名：Through the looking-glass, and what Alice found there〉
[内容] 鏡が、きらきら光る銀色のもやのようにとけはじめたと思うと、アリスは鏡を通りぬけて、向こうがわの部屋の中にふわりととびおりました。そこは、まるで大きなチェス盤の目のように、小川と緑の生け垣で正方形に仕切られた世界。"ふしぎの国"におとらず、奇妙きてれつなことばかり起こる、この"鏡の国"で、アリスの新たな冒険がはじまります…。小学校高学年・中学向。傑作ファンタジー。

『鏡の国のアリス』 ルイス・キャロル作, 高杉一郎訳, J.テニエル絵 講談社 1994.4 245p 18cm （講談社青い鳥文庫） 490円 ①4-06-147394-8
[内容] あかるい銀色の霧のようにとけだした鏡を通りぬけてアリスがはいりこんだ奇妙な世界。おしゃべりな花たちが咲く庭をふりだしに、鏡の国を歩くアリスのまえに、つぎつ

キャロル

ぎとおかしな住人があらわれて―。『ふしぎの国のアリス』につづくキャロルの作品で、夢とユーモアにあふれたファンタジーの傑作です。小学上級から。

『鏡の国のアリス』 ルイス・キャロル著, 矢川澄子訳, 金子国義絵　新潮社　1994.10　211p　15cm　（新潮文庫）　480円　①4-10-240102-4〈原書名：Through the looking-glass and what Alice found there〉
内容　煖炉の上の鏡をくぐりぬけ、アリスはまた奇妙な冒険に飛びこんだ。おしゃべりをする花たち、編物をするヒツジ、ハンプティ・ダンプティ、ユニコーン、赤の女王etc.鏡の国をさまようと、つぎつぎに不思議な住人たちがあらわれて、気がつくとアリス自身も女王さまに―。チェスのゲームを物語に織りこんだ夢とユーモアあふれるファンタジーを金子国義のオリジナル挿画で贈る。

『鏡の国のアリス』 ルイス・キャロル作, 脇明子訳　岩波書店　2000.11　274p　18cm　（岩波少年文庫）　680円　①4-00-114048-9〈原書名：Through the looking-glass〉
内容　鏡を通りぬけると、そこはチェスの国。おしゃべりする花やハンプティ・ダンプティ、ユニコーンたちに出会いながら、アリスは女王をめざします。『不思議の国のアリス』に続く、イギリス児童文学の古典。小学5・6年以上。

『鏡の国のアリス』 ルイス・キャロル著, 芹生一訳　偕成社　2003.10　302p　19cm　（偕成社文庫）　600円　①4-03-550650-8〈69刷〉
内容　『ふしぎの国のアリス』で大好評を得たルイス=キャロルの童話第二作。暖炉の上の鏡のなかを通り抜け"鏡の国"へ飛びおりたアリスはまた奇想天外な冒険をします。空想とユーモアにあふれた名作の完訳版。

『鏡の国のアリス』 ルイス・キャロル作, 生野幸吉訳　福音館書店　2005.10　245p　17cm　（福音館文庫）　650円　①4-8340-2142-4〈原書名：Through the looking-glass, and what Alice found there　画：ジョン・テニエル〉
内容　『ふしぎの国のアリス』では、チョッキを着たウサギの後を追って不思議な世界に迷いこんだアリスが、今回はなんと、鏡をすりぬけてその背後の鏡の家に入り込んでしまいます。物語はアリスをチェスの一こまにして、それが女王になるまでの過程を描いているといわれています、果たして…。小学校中級以上。

『鏡の国のアリス』 ルイス・キャロル著, 河合祥一郎訳　角川書店　2010.2　238p　15cm　（角川文庫 16147）　476円　①978-4-04-211804-6〈原書名：Through the looking-glass　発売：角川グループパブリッシング〉
内容　「不思議の国」から半年後の雪の日。子ネコのキティとおしゃべりを楽しんでいたアリスは、暖炉の上の鏡をくぐり抜けてしまいます。なんとそこは、赤白のキングやクイーン、ナイトらの住むチェスの世界。さらには、おしゃべりする花々や卵のハンプティ・ダンプティも集い…おのずとチェスゲームに参加したアリスは、女王を目指すのですが…。ジョン・テニエルの美しいオリジナル挿絵を全点収録、永遠の名作童話の決定版。

『鏡の国のアリス』 ルイス=キャロル作, 高杉一郎訳, 山本容子絵　新装版　講談社　2010.4　268p　18cm　（講談社青い鳥文庫 109-4）　600円　①978-4-06-285149-7
内容　あかるい銀色の霧のようにとけだした鏡を通りぬけてはいりこんだ鏡の国で、アリスはおどろきのさけび声をあげました。二つずつ組になったチェスの駒が歩きまわっていたのです。赤の王さまと女王さまです。白の王さまと女王さまもいます。それだけではありません。アリスの前には次々とおかしな住人たちが現れるのでした…。『ふしぎの国のアリス』同様、世界中から愛されるワンダーランド！　小学上級から。

『鏡の国のアリス―新訳 世界の名作』 ルイス・キャロル作, 佐野真奈美訳, 24絵　ポプラ社　2015.9　255p　18cm　（ポプラポケット文庫 402-3）　680円　①978-4-591-14654-5〈原書名：Through the Looking-Glass and What Alice Found There〉
内容　ある日、空想ごっこをしていたアリス。そして、近くにあった鏡の中の世界を空想していたら、本当に鏡を通り抜けて、鏡の国に入り込んでしまう。そこは、国全体がチェスゲームのような世界だった。自らポーン（歩）になったアリスは、鏡の国を大冒険。「不思議の国のアリス」の続編となる、永遠の名作童話。小学校上級〜

『ふしぎの国のアリス』 キャロル作, 中山知子訳, テニエル画　岩崎書店　1986.7　263p　18cm　（フォア文庫）　430円　①4-265-01052-0
内容　たいくつしきっていたアリスのすぐわきを、1ぴきのウサギが、かけ足で通りぬけて、いけがきのそばの穴にとびこんでいきました。

キャロル

そのあとをおってとびこんだアリスの目の前に、つぎつぎと思いがけないことがあらわれて…。世界各国で翻訳されて多くの子どもたちに親しまれている名作の文庫化。巻末に詳細な解説を付し、作品理解の一助とした。

『ふしぎの国のアリス』 ルイス・キャロル著,高杉一郎訳, J.テニエル絵 講談社 1986.8 227p 18cm (講談社青い鳥文庫) 420円 ④4-06-147206-2
内容 川べりで本を読んでいるおねえさんのそばでこしをおろしていたアリスは、「…きっと、もうまにあわないぞ。」と、ひとりごとをいい、チョッキのポケットからとけいをとりだしたうさぎを追いかけて、うさぎのとびこんだあなにとびこみましたが―ふしぎな冒険をします。ウイットあふれることばあそびで知られるイギリスのファンタジー童話の古典。

『ふしぎの国のアリス』 キャロル著,北村太郎訳 集英社 1992.3 251p 16cm (集英社文庫) 350円 ④4-08-752023-4〈原書名:Alice's adventures in wonderland 著者の肖像あり ルイス・キャロル年譜:p242〜251〉

『ふしぎの国のアリス』 ルイス・キャロル原作 竹書房 2003.6 233p 16cm (竹書房文庫―ディズニー・クラシックス 3) 590円 ④4-8124-1189-0〈原書名:Alice in wonderland 編訳:岡山徹〉

『ふしぎの国のアリス』 キャロル作, テニエル画, 中山知子訳 岩崎書店 2004.2 263p 18cm (フォア文庫愛蔵版) 1000円 ④4-265-01211-6

『ふしぎの国のアリス』 ルイス・キャロル作,生野幸吉訳,ジョン・テニエル画 福音館書店 2004.6 206p 17cm (福音館文庫) 600円 ④4-8340-1984-5〈原書名:Alice's adventures in wonderland〉
内容 チョッキを着たへんてこなウサギのあとを追って、アリスは不思議な世界に迷いこみます。そこで出会う奇妙な人物や動物たち、ちぐはぐな会話、とっぴょうしもないできごとの数々…。ユーモアとナンセンスにあふれ、児童文学を教訓と道徳とから解き放った古典中の古典を、定評ある初版の挿絵とともに。小学校中級以上。

『ふしぎの国のアリス』 キャロル作,蕗沢忠枝訳 ポプラ社 2005.10 214p 18cm (ポプラポケット文庫 402-1) 570円 ④4-591-08841-3〈原書名:Alice's adventures in wonderland 1982年刊の新装改訂〉
内容 時計を見ながら走っていくウサギのあとを追っていったアリスは、深い深い穴におちてしまいました。ストンとついたところは、小さい小さい部屋。そしてテーブルの上にある薬をのんでしまったアリスは、どんどん小さくなってしまったのです。でもこれは、ふしぎの国のほんのちょっとしたふしぎ。アリスは、想像もできないようなおもしろく楽しいことにまきこまれます。

『ふしぎの国のアリス』 ルイス・キャロル著,芹生一訳 偕成社 2006.8 259p 19cm (偕成社文庫) 600円 ④4-03-550630-3〈原書名:Alice's Adventures in Wonderland 第56刷〉
内容 うさぎの穴に落ちてふしぎの国へはいりこんだアリスは、チェシャー・ネコ、気ちがい帽子屋などと会い奇become冒険をします。空想とユーモアあふれるイギリス古典童話の完訳版。

『ふしぎの国のアリス』 ルイス=キャロル作,高杉一郎訳,山本容子絵 新装版 講談社 2008.5 252p 18cm (講談社青い鳥文庫 109-3) 570円 ④978-4-06-285028-5
内容 川べりでうとうとしていたアリスが、うさぎの後を追いかけて穴に飛び込んで、どんどん落ちてしまった後に辿り着いたのは、ドアがいくつもある広間。テーブルの上にあった金の鍵を使って、アリスは新しい世界への扉を開ける。その後に数々の冒険が続くとは夢にも思わずに…。時代を超えて読み継がれる永遠の名作。新しい絵とともに、アリスとともにめくるめく旅へ!

『ふしぎの国のアリス―新訳』 ルイス・キャロル作,河合祥一郎訳,okama絵 アスキー・メディアワークス 2010.3 217p 18cm (角川つばさ文庫 Eきl-1) 560円 ④978-4-04-631081-1〈原書名:Alice's adventures in wonderland 発売:角川グループパブリッシング〉
内容 アリスは7歳の女の子。野原でうとうとしてたら、懐中時計を持ったおかしなウサギが走ってきた。ウサギを追って、地球をつきぬけるような深〜い穴に落ちると、そこはふしぎの国! あまいケーキを食べれば体がのびて、びんの水薬を飲めばちぢんじゃう。涙の海を泳いだり、ドードー鳥とかけっこしたり、こわいハートの女王様に首を切られそうになったりと、もうめちゃくちゃ。51の絵と新訳で名作がうまれかわる。小学中級から。

『不思議の国のアリス』 ルイス・キャロル

著, 柳瀬尚紀訳　筑摩書房　1987.12
191p　15cm　（ちくま文庫）　280円
①4-480-02186-8〈原書名：Alice's adventures in wonderland〉

『不思議の国のアリス』　ルイス・キャロル
著, 高橋康也, 高橋迪訳　河出書房新社
1988.10　243p　15cm　（河出文庫）
580円　①4-309-46055-0〈原書名：
Alice's adventures in wonderland〉

『不思議の国のアリス』　ルイス・キャロル
著, 矢川澄子訳, 金子国義絵　新潮社
1994.2　181p　15cm　（新潮文庫）
440円　①4-10-240101-6〈原書名：
Alice's adventures in wonderland〉
内容　ある昼下がりのこと、チョッキを着た白ウサギを追いかけて大きな穴にとびこむとそこには…。アリスがたどる奇妙で不思議な冒険の物語は、作者キャロルが幼い三姉妹と出かけたピクニックで、次女のアリス・リデルにせがまれて即興的に作ったお話でした。1865年にイギリスで刊行されて以来、世界中で親しまれている傑作ファンタジーを金子国義のカラー挿画でお届けするオリジナル版。

『不思議の国のアリス』　ルイス・キャロル
作, 脇明子訳　岩波書店　2000.6　230p
18cm　（岩波少年文庫）　640円　①4-00-114047-0〈原書名：Alice's adventures in wonderland〉

『不思議の国のアリス』　ルイス・キャロル
著, 脇明子訳　岩波書店　2006.2　230p
18cm　（岩波少年文庫）　640円　①4-00-114047-0〈8刷〉
内容　おおあわての白ウサギを追いかけてアリスが穴に飛びこむと、奇妙で不思議な冒険がはじまります。オックスフォードの数学者が創り出した、ユーモアとことばあそびに満ちたイギリス児童文学の古典。小学5・6年以上。

『不思議の国のアリス』　ルイス・キャロル
著, 河合祥一郎訳　角川書店　2010.2
190p　15cm　（角川文庫 16146）　438円　①978-4-04-211803-9〈原書名：
Alice's adventures in wonderland　発売：
角川グループパブリッシング〉
内容　ある昼下がり、アリスが土手で遊んでいるとチョッキを着た白ウサギが時計を取り出しながら、急ぎ足に通り過ぎ、生き垣の下の穴にぴょんと飛び込みました。アリスも続いて飛び込むと、そこは…。チェシャーネコ、三月ウサギ、帽子屋、ハートの女王など、一癖もふたくせもあるキャラクターたちが繰り広げる夢と幻想の国。ユーモア溢れる世界児童文学の傑作を、原文の言葉あそびの楽しさそのままに翻訳した、画期的新訳決定版。

『不思議の国のアリス』　ルイス・キャロル
著, 山形浩生訳　文芸春秋　2012.1
221p　16cm　（文春文庫 キ15-1）　448円　①978-4-16-781203-4〈原書名：
Alice's adventures in wonderland　画：カズモトトモミ　朝日出版社 2003年刊の再改訂〉
内容　夢心地の昼下がり。うさぎを追って地球の裏側まで落っこちていったアリスが見たものは、「チョーへん」なことばかりの不思議の国。三月うさぎに帽子屋、そしてハートの女王。魅力的なキャラクターがいっぱいの古典的ナンセンス文学を、ネット上に公開されて話題をよんだ山形浩生のオリジナル訳とカズモトトモミのオリジナルイラストでおくる。

『不思議の国のアリス―新訳 世界の名作』
ルイス・キャロル作, 佐野真奈美訳, 24絵　ポプラ社　2015.9　222p　18cm
（ポプラポケット文庫 402-2）　680円
①978-4-591-14653-8〈原書名：Alice's Adventures in Wonderland〉
内容　ある日、幼い少女アリスは、人の言葉をしゃべる白ウサギに出会う。驚いたアリスは、おおあわてで走っていく白ウサギのあとを追うが、深い穴に落ちてしまう。そこは動くトランプやしゃべる動物たちがいる不思議な世界だった。アリスは、さまざまなキャラクターと出会いながら、そんな不思議の国を冒険することに…。小学校上級～

ギヨ, ルネ
Guillot, René
《1900～1969》

『ミシェルのかわった冒険』　ルネ・ギヨ
著, 波多野完治訳　福武書店　1990.5
213p　15cm　（福武文庫）　480円
①4-8288-3140-1〈原書名：
L'extraordinaire aventure de Michel Santanréa〉
内容　モロッコ行きの船にしのびこみ、アフリカに渡った少年ミシェル。原始の姿をとどめた大密林には、敵意あふれる先住民や危険な猛獣が待ちかまえていた。―フランスを代表する児童文学作家ギヨが、鋭い文明批判をこめて描いた傑作冒険小説。

グージ, エリゼベス
Goudge, Elizabeth
《1900～1984》

『まぼろしの白馬』 エリザベス・グージ著, 石井桃子訳 福武書店 1990.11 273p 15cm （福武文庫） 600円 ①4-8288-3172-X〈原書名：The little white horse〉
内容 いなかの古い館で暮らすことになった13歳の少女マリア。さびしい森にかこまれたその館では不思議なことがつぎつぎとおこります。額に銀の角をもつ伝説の白馬（ユニコーン）に導かれ、マリアはその謎にいどみますが…。幻想豊かなファンタジーの傑作、待望の復刊。第9回カーネギー賞受賞。

『まぼろしの白馬』 エリザベス・グージ作, 石井桃子訳 岩波書店 1997.5 325p 18cm （岩波少年文庫） 700円 ①4-00-112141-7〈原書名：The little white horse〉

『まぼろしの白馬』 エリザベス・グージ作, 石井桃子訳 新版 岩波書店 2007.1 330p 18cm （岩波少年文庫 142） 720円 ①978-4-00-114142-9〈原書名：The little white horse〉
内容 古い領主館にひきとられた孤児の少女マリアは、館にまつわる伝説に興味をいだき、その謎を解こうと大はりきり…。活発で明るいマリアは、暗い館の生活を一変させ、周囲のおとなたちを事件にまきこみます。ロマンチックな物語。小学5・6年以上。

グリム兄弟
Grimm, Jakob & Wilhelm
《ヤーコプ＝1785～1863、
ヴィルヘルム＝1786～1859》

『完訳 グリム童話集 1』 W.グリム,J.グリム著, 金田鬼一訳 改版 岩波書店 2003.2 386p 15cm （岩波文庫） 700円 ①4-00-324131-2〈原書名：KINDER-UND HAUSMÄRCHEN 第43刷〉
目次 蛙の王さま（一名）鉄のハインリヒ、蛙の王子、猫とねずみとお友だち、マリアの子ども、こわがることをおぼえるために旅にでかけた男の話、狼と七ひきの子やぎ、忠臣ヨハネス、夜うぐいすとめくらとかげの話、うまい商売、奇妙な楽人、ほうちょうをもった手、十二人兄弟、ならずもの、兄と妹、野ぢしゃ（ラプンツェル）、森のなかの三人一寸ぼうし、糸くり三人おんな、ヘンゼルとグレーテル、三まいの蛇の葉、白へび、漁夫とその妻の話、いさましいちびっこのしたてやさん、灰かぶり、なぞなぞ、子どもたちが屠殺ごっこをした話、はつかねずみと小鳥と腸づめの話、ホレのおばさん、七羽のからす、赤ずきん、ブレーメンのおかかえ楽隊、死神とがちょうの番人、唄をうたう骨、黄金の毛が三ぼんはえてる鬼、しらみとのみ、手なしむすめ、ものわかりのいいハンス、三いろの言葉、靴はき猫、ちえ者エルゼ、天国へ行ったしたてやさん、おぜんや御飯のしたくと金貨をうむ驢馬と棍棒ふくろからでろ、おぜんと驢馬とこん棒、おやゆびこぞう

『完訳 グリム童話集 2』 W.グリム,J.グリム著, 金田鬼一訳 改版 岩波書店 2003.2 417p 15cm （岩波文庫） 700円 ①4-00-324132-0〈原書名：KINDER-UND HAUSMÄRCHEN 第39刷〉
目次 おくさま狐の御婚礼、まほうをつかう一寸法師、強盗のおむこさん、コルベスさま、名づけ親さん、へんてこなおよばれ、トゥルーデおばさん、死神の名づけ親、おやゆび太郎、修業の旅あるき、まっくろ白鳥、青ひげ、人ごろし城、柏槇の話、ズルタンじいさん、六羽の白鳥、野ばら姫、めっけ鳥、つぐみのひげの王さま、白雪姫、背嚢と帽子と角ぶえ、ながい鼻、ハンスばか、がたがたの竹馬こぞう、恋人ローランド、黄金の鳥、白はと、犬と雀、たのもしい名づけ親のすずめ話、フリーデルとカーテルリースヒェン、二人兄弟、水のみ百姓、蜂の女王、三枚の鳥のはね、黄金のがちょう、千びき皮、小兎のおよめさん、十二人のかりゅうど、どろぼうの名人とその大先生、ヨリンデとヨリンゲル、三人のしあわせもの、人くい鬼、六人男、世界を股にかける、狼と人間、梨のこぞうはどうしても落ちない、狼と狐、狐と名付けをたのんだ奥さま、狐と猫、なでしこ、ちえ者グレーテル、さしもの師とろくろ細工師の話、木の馬、としよりのお祖父さんと孫、水の魔女、めんどりの死んだ話、のんきぼうず

『完訳 グリム童話集 3』 W.グリム,J.グリム著, 金田鬼一訳 改版 岩波書店 1999.7 413p 15cm （岩波文庫） 660円 ①4-00-324133-9〈原書名：

KINDER–UND HAUSMÄRCHEN 第30刷

〔目次〕どうらくハンス、かじやと悪魔、三人姉妹、かほうにくるまったハンス、ハンスがおよめをもらう、黄金の子ども、雪の花姫、ヨハネス王子の話、よくきくこうやく、狐とがちょう、貧乏人とお金もち、なきながらぴょんぴょん跳ぶひばり、夏の庭と冬の庭の話、がちょう番のおんな、おおにゅうどうこぞう、地もぐり一寸ぼうし、黄金の山の王さま、おおがらす、ちえのある百姓むすめ、ヒルデブラントおじい、三羽の小鳥、命の水、ものしり博士、ガラスびんのなかのばけもの、悪魔のすすだらけな兄弟ぶん、熊の皮をきた男、みそさざいと熊、おいしいおかゆ、ちえのある人たち、忠義な動物、蛇のお話・ひきがえるのお話、かわいそうな粉ひきの若いものと小猫、旅あるきの二人の職人、からす、ハンスぼっちゃん、はりねずみ、きょうかたびら、いばらのなかのユダヤ人、じょうずなかりゅうど、天国のからさお、王さまの子どもふたり、ちえのあるちびっこのしたてやさんの話、くもりのないおてんとうさまはかくれてるものを明るみへだす、青いあかり、ランプとゆびわ、わがままな子ども、三人軍医、シュワーベン七人男、なまけものとかせぎ者、三人の職人、こわいものなしの王子、キャベツろば、森のなかのばあさん、三人兄弟

『完訳 グリム童話集 4』 W.グリム,J.グリム著、金田鬼一訳　改版　岩波書店　2001.11　303p　15cm　（岩波文庫）600円　①4-00-324134-7〈原書名：KINDER–UND HAUSMÄRCHEN 第28刷〉

〔目次〕悪魔と悪魔のおばあさん、実意ありフェレナンドと実意なしフェレナンド、鉄のストーブ、白鳥王子、なまけものの糸くり女、名人四人兄弟、ライオンと蛙、一つ目、二つ目、三つ目、兵隊と指物師、べっぴんさんのカトリネルエとピフ・パフ・ポルトリー、狐と馬、おどりぬいてぼろぼろになる靴、六人のけらい、白い嫁ごと黒よめご、鉄のハンス、やまおとこ、まっくろけな三人のおひめさま、ずんぐりやっこと三人のせがれ、ブラーケルの小娘、眷族、小羊と小ざかな、ジメリの山、旅にでる、飢死しそうな子どもたち、ろばの若さま、親不孝なむすこ、かぶら、わかくやきなおされた小男、神さまのけだものと悪魔のけだもの、うつばり、こじきばあさん、ものぐさ三人兄弟、ものぐさ十二人おとこ、牧童、星の銀貨、くすねた銅貨、おみあい、ぬらぬらの亜麻のかたまり、親すずめと四羽の子すずめ、憂悶聖女、のらくら国のお話、ディトマルシェンのほらばなし、なぞなぞばなし、雪白と薔薇紅、ちえのあるごんすけ、ガラスのひつぎ、ものぐさハインツ、怪鳥グライフ、強力ハンス、天国へ行った水のみ百姓、リーゼのやせっぽう、森の家、苦楽をわかつ

『完訳 グリム童話集 5』 W.グリム,J.グリム著、金田鬼一訳　改版　岩波書店　2002.10　296p　15cm　（岩波文庫）600円　①4-00-324135-5〈原書名：KINDER–UND HAUSMÄRCHEN 第29刷〉

〔目次〕みそさざい、かれい、「さんかのごい」と「やつがしら」、ふくろう、お月さま、ふしあわせ、じゅみょう、死神のおつかいたち、プフリームおやかた、泉のそばのがちょう番の女、エバのふぞろいの子どもたち、池にすむ水の精、こびとのおつかいもの、えんどうまめの試練、大入道と仕立てやさん、くぎ、お墓へはいったかわいそうなこぞう、ほんとうのおよめさん、兎とはりねずみ、つむと梭とぬいばり、ひゃくしょうと悪魔、つくえの上のパンくず、あめふらし、強盗とそのむすこたち、どろぼうの名人、たいこたたき、麦の穂、どまんじゅう、リンクランクじいさん、水晶の球、マレーン姫、水牛の革の長靴、黄金のかぎ、児童の読む聖書物語（森のなかのヨーゼフ聖者、十二使徒、ばら、貧窮と謙遜は天国へ行く路、神さまのめしあがりもの、ごぶんのみどりの枝、聖母のおさかずき、おばあさん、天国の御婚礼、はしばみの木のむち）、断篇（絞首架の男、黄金の脚、じゅばんの袖、しらみ、つわものハンス、靴はき猫、悪人のしゅうとめ、民謡体の童話断篇）、グリム兄弟遺稿中の童話（恩を忘れない亡者と奴隷からすくわれた王女、貞女、柩のなかの王女と番兵、こわがる稽古、ペーテル聖者の母、犬が猫と、猫が鼠となかのわるいわけ、犬と犬とが嗅ぎっこするわけ、耳のいい人と脚の早い人と息の強い人と力の強い人、鼠と腸詰との話）

『完訳 グリム童話集 1』 ヤーコップ・グリム、ヴィルヘルム・グリム著、野村泫訳　筑摩書房　2005.12　313p　15cm　（ちくま文庫）950円　①4-480-42141-6〈原書名：Kinder– und Hausmarchen.（5. Aufl.）〉

〔目次〕蛙の王さま─または鉄のハインリヒ、猫とねずみのとも暮らし、マリアの子、こわがることを習いに出かけた男の話、狼と七匹の子やぎ、忠義なヨハネス、うまい取り引き、風変わりな旅歩きの音楽家、十二人の兄弟、な

グリム兄弟

らずもの, 兄と妹, ラプンツェル, 森のなかの三人の小人, 三人の糸紡ぎ女, ヘンゼルとグレーテル, 三枚の蛇の葉, 白い蛇, わらと炭とそらまめ, 漁師とおかみさんの話, 勇ましいちびの仕立て屋

[内容] グリムのメルヘンとはそもそもどんなお話だったのか。子ども向きの楽しい童話なのか, それとも残酷で怖い昔話なのか。日本に早くから紹介されたものだけに, 様々な版があり様々な議論があったが, 本書は, グリム研究の第一人者が満を持して発表した決定版。世界のグリム学者の議論を踏まえ, 新たに訳しおろされた本格派。第1巻は「蛙の王さま」「ヘンゼルとグレーテル」ほか20篇。カラー図版多数。

『完訳 グリム童話集 2』 ヤーコップ・グリム, ヴィルヘルム・グリム著, 野村泫訳　筑摩書房　2006.1　333p　15cm（ちくま文庫）　950円　①4-480-42142-4〈原書名：Kinder- und Hausmarchen.(5. Aufl.)〉

[目次] 灰かぶり, なぞ, ねずみと鳥とソーセージの話, ホレおばさん, 七羽のからす, 赤ずきん, ブレーメンの音楽隊, 歌う骨, 金の毛が三本ある悪魔, しらみとのみ, 手なし娘, りこうなハンス, 三種のことば, かしこいエルゼ, 天国の仕立て屋, 「おぜんよ, したく」と金出しろばと「こん棒, 出ろ」, 親指小僧, 奥さん狐の結婚式, 小人たち, 強盗の婿, コルベスさん, 名づけ親さん, トルーデおばさん, 死に神の名づけ親, 親指太郎の旅歩き, フィッチャーの鳥, びゃくしんの木の話

[内容] グリムのメルヘンとはそもそもどんなお話だったのか。子ども向きの楽しい童話なのか, それとも残酷で怖い昔話なのか。日本では早くから様々な版で紹介され様々な議論が入り乱れていたが, 本書は, グリム研究の第一人者が満を持して発表した決定版。世界のグリム学者の議論を踏まえ, 新たに訳しおろされた本格派。第2巻は「灰かぶり」「赤ずきん」「ブレーメンの音楽隊」ほか27篇。カラー図版多数。

『完訳 グリム童話集 3』 ヤーコップ・グリム, ヴィルヘルム・グリム著, 野村泫訳　筑摩書房　2006.2　333p　15cm（ちくま文庫）　950円　①4-480-42143-2〈原書名：Kinder- und Hausmarchen.(5. Aufl.)〉

[目次] 老いぼれズルタン, 六羽の白鳥, いばら姫, みつけ鳥, つぐみひげの王さま, 白雪姫, 背のうとぼうしと角笛, ルンペルシュティルツヒェン, 恋人ローラント, 金の鳥, 犬とすずめ, フリーダーとカーターリースヒェン, ふたり兄弟, 小百姓, 蜂の女王, 三枚の鳥の羽根, 金のがちょう, 千枚皮, うさぎのお嫁さん, 十二人の猟師, 泥棒とその親方, ヨリンデとヨリンゲル, 三人のしあわせ者, 六人男, 世界をのし歩く

[内容] グリムのメルヘンとはそもそもどんなお話だったのか。子ども向きの楽しい童話なのか, それとも残酷で怖い昔話なのか。日本では早くから様々な版で紹介され様々な議論が入り乱れていたが, 本書は, グリム研究の第一人者が満を持して発表した決定版。世界のグリム学者の議論を踏まえ, 新たに訳しおろされた本格派。第3巻は「つぐみひげの王さま」「白雪姫」「金のがちょう」ほか24篇。

『完訳 グリム童話集 4』 ヤーコップ・グリム, ヴィルヘルム・グリム著, 野村泫訳　筑摩書房　2006.3　331p　15cm（ちくま文庫）　950円　①4-480-42144-0〈原書名：Kinder- und Hausmarchen.(5. Aufl.)〉

[目次] 狼と人間, 狼と狐, 狐とおばさま, 狐と猫, なでしこ, かしこいグレーテル, 年とったおじいさんと孫, 水の精, めんどりの死んだ話, 気楽な男, ばくち打ちのハンス, しあわせハンス, ハンスの嫁とり, 金の子どもたち, 狐とがちょう, 貧乏人と金持ち, 鳴いてはねるひばり, がちょう番の娘, 若い大男, 地のなかの小人, 金の山の王さま, 大がらす, かしこい百姓娘, ヒルデブラントおやじ, 三羽の小鳥, 命の水, もの知り博士, びんのなかの魔物, 悪魔のすすだらけの兄弟, 熊の皮を着た男

[内容] グリムのメルヘンとはそもそもどんなお話だったのか。子ども向きの楽しい童話なのか, それとも残酷で怖い昔話なのか。日本では早くから様々な版で紹介され様々な議論が入り乱れていたが, 本書は, グリム研究の第一人者が満を持して発表した決定版。世界のグリム学者の議論を踏まえ, 新たに訳しおろされた本格派。第4巻は「がちょう番の娘」「大がらす」「熊の皮を着た男」ほか30篇。図版多数。

『完訳 グリム童話集 5』 ヤーコップ・グリム, ヴィルヘルム・グリム著, 野村泫訳　筑摩書房　2006.4　329p　15cm（ちくま文庫）　950円　①4-480-42145-9〈原書名：Kinder- und Hausmarchen.(5. Aufl.)〉

[目次] みそさざいと熊, おいしいおかゆ, かしこい人たち, 蛇の話, かわいそうな粉ひきの若い衆と猫, ふたりの旅人, ハンスはりねずみ, きょうかたびら, いばらのなかのユダヤ人, 腕ききの猟師, 天のからざお, 王さまの子ふたり, かしこいちびの仕立て屋の話, おて

グリム兄弟

んとうさまが明るみに出す、青い明かり、わがままな子ども、三人の外科医、シュヴァーベンの七人組、三人の職人、こわいもの知らずの王子、レタスろば、森のなかのばあさん、三人兄弟、悪魔とそのおばあさん、真心のあるフェレナントと真心のないフェレナント、鉄のストーブ、なまけ者の糸紡ぎ女、わざすぐれた四人兄弟、ひとつ目、ふたつ目、三つ目

[内容] グリムのメルヘンとはそもそもどんなお話だったのか。子ども向きの楽しい童話なのか、それとも残酷で怖い昔話なのか。日本では早くから様々な版で紹介され様々な議論が入り乱れていたが、本書は、グリム研究の第一人者が満を持して発表した決定版。世界のグリム学者の議論を踏まえ、新たに訳しおろされた本格派。第5巻は「ハンスはりねずみ」「青い明かり」「鉄のストーブ」ほか29篇。カラー図版多数。

『完訳 グリム童話集 6』ヤーコップ・グリム、ヴィルヘルム・グリム著、野村泫訳　筑摩書房　2006.5　309p　15cm（ちくま文庫）　950円　①4-480-42146-7〈原書名：Kinder- und Hausmarchen.（5. Aufl.）〉

[目次] きれいなカトリーネルエとピフ・パフ・ポルトリー、狐と馬、おどってぼろぼろになった靴、六人の家来、白い嫁と黒い嫁、鉄のハンス、三人の黒い王女、クノイストと三人の息子、ブラーケルの娘、うちのやとい人、羊と魚、ジメリの山、旅に出る、ろば、恩知らずの息子、かぶ、火に焼かれて若返った男、神さまのけものと悪魔のけもの、おんどりのはり、ものもらいのおばあさん、ぶしょう者三人、ぶしょうな下男十二人、羊飼いの男の子、星の銀貨、ごまかしの銅貨、嫁選び、投げ捨てたくず、親すずめと四羽の子すずめ、のらくら者の国の話、ディトマルシェンのうそ話、なぞなぞ話、雪白とばら紅、かしこい下男、ガラスのひつぎ、なまけ者のハインツ、グライフ鳥、たくましいハンス、天国の小百姓、やせっぽちのリーゼ、森の家、喜びと悲しみを分かちあう、みそさざい

[内容] グリムのメルヘンとはそもそもどんなお話だったのか。子ども向きの楽しい童話なのか、それとも残酷で怖い昔話なのか。日本では早くから様々な版で紹介され様々な議論が入り乱れていたが、本書は、グリム研究の第一人者が満を持して発表した決定版。世界のグリム学者の議論を踏まえ、新たに訳しおろされた本格派。第6巻は「鉄のハンス」「星の銀貨」「雪白とばら紅」ほか42篇。カラー図版多数。

『完訳 グリム童話集 7』ヤーコップ・グリム、ヴィルヘルム・グリム著、野村泫訳　筑摩書房　2006.6　317p　15cm（ちくま文庫）　950円　①4-480-42147-5〈原書名：Kinder- und Hausmarchen.（5. Aufl.）〉

[目次] かれい、さんかのごいとやつがしら、ふくろう、お月さま、寿命、死に神の使い、プフリーム親方、泉のほとりのがちょう番の娘、エバのふぞろいな子どもたち、池に住む水の精、小人の贈りもの、大男と仕立て屋、くぎ、墓のなかのかわいそうな男の子、ほんとうの花嫁、うさぎとはりねずみ、紡錘と杼と針、お百姓と悪魔、テーブルのうえのパンくず、てんじくねずみ、泥棒の名人、たいこ打ち、麦の穂、墓の盛り土、リンクランクじいさん、水晶の玉、マレーン姫、水牛の皮の長靴、金の鍵、子どものための聖者伝

[内容] グリムのメルヘンとはそもそもどんなお話だったのか。子ども向きの楽しい童話なのか、それとも残酷で怖い昔話なのか。日本では早くから様々な版で紹介され様々な議論が入り乱れていたが、本書は、グリム研究の第一人者が満を持して発表した決定版。世界のグリム学者の議論を踏まえ、新たに訳しおろされた本格派。第7巻は「うさぎとはりねずみ」ほか29篇と「子どものための聖者伝」10篇。カラー図版多数。

『完訳 グリム童話集 1』グリム兄弟著、池田香代子訳　講談社　2008.10　539p　16cm（講談社文芸文庫）　1700円　①978-4-06-290028-7〈原書名：Kinder- und Hausmarchen.（第7版）〉

[目次] 蛙の王さま あるいは鉄のハインリヒ、猫と鼠の仲、マリアの子、こわがり修業に出た男、狼と七匹の仔山羊、忠臣ヨハネス、うまい取引、奇妙な旅芸人、十二人兄弟、ろくでもない連中、兄さんと妹、ラプンツェル、森の三人のこびと、糸紡ぎ三人女、ヘンゼルとグレーテル、三枚の蛇の葉、白い蛇、藁と炭とそらまめ、漁師とかみさん、勇ましいちびの仕立屋、灰まみれ、謎、鼠と小鳥とソーセージ、ホレばあさん、七羽の鴉、赤ずきん、ブレーメンの音楽隊、歌う骨、悪魔の三本の黄金の毛、しらみとのみ、手なし娘、わきまえハンス、三つのことば、かしこいエルゼ、天国の仕立屋、テーブルごはんだ、金ひりろば、こん棒出てこい、おやゆび小僧、狐のおかみさんの結婚、屋敷ぼっこ、盗賊のお婿さん、コルベスさま、名付け親さん、トゥルーデばあさん、死神の名付け親、おやゆび太郎の旅、フィッチャー鳥、杜松の木、ズルタンじいさん、六羽の白鳥、いばら姫、めっけ鳥、つぐみ髭の王さま、白雪姫、リュックと帽子と角笛、ルンペルシュティルツヒェン、いとしいローラント

文庫で読める児童文学 2000冊　209

グリム兄弟

[内容] 一九世紀初め、二〇代の若い学者の兄弟が、ドイツ語圏に伝わるメルヒェンを広く蒐集してまとめた『グリム童話集』は、半世紀近い歳月、兄弟自身の手で改版が重ねられ、一八五七年、最後の第七版が刊行された。それは、国境を越え、時代を超え、今も生き続ける、他に類をみない新しい文芸の誕生である。池田香代子の生命感溢れる翻訳による完訳決定版。第一巻には、「灰まみれ」「赤ずきん」「白雪姫」等、五六話収録。

『**完訳 グリム童話集 2**』グリム兄弟著、池田香代子訳 講談社 2008.11 541p 16cm （講談社文芸文庫） 1700円
①978-4-06-290031-7〈原書名：Kinder- und Hausmarchen.（第7版）〉

[目次] 黄金の鳥、犬と雀、フリーダーとカーターリースヒェン、二人兄弟、水呑どん、蜜蜂の女王、三枚の羽根、黄金のがちょう、毛むくじゃら姫、野兎のお嫁さん、十二人の狩人、大泥棒とお師匠さん、ヨリンデとヨリンゲル、運をひらいた三人息子、六人男天下をのしてまわる、狼と人間、狐を名付け親にした狼の奥さん、狐と猫、なでしこ、かしこいグレーテル、年とったじいさんと孫、水女、めんどりちゃんのおとむらい、うかれ大将、博打うちハンス、幸せなハンス、嫁とりハンス、黄金の子どもたち、狐とがちょう、貧乏人と金持ち、歌ぴょんぴょん雲雀、がちょう番の娘、若い大男、地もぐりぼっこ、黄金の山の王さま、渡り鴉、かしこい百姓娘、ヒルデブラントじいさん、三羽の小鳥、命の水、なんでもお見とおし博士、ガラス瓶の魔物、悪魔の煤だらけの兄弟分、熊皮男、みそさざいと熊、かしこい人たち、蛇と鈴蛙の話、かわいそうな粉ひきの小僧と猫、二人の旅職人、ハンス坊や針鼠、死に装束、茨の中のユダヤ人、腕ききの狩人、天国の殻竿、王さまの二人の子ども、かしこいちびの仕立屋、お天道さまが照らしだす、青い灯火、わがままな子ども、三人軍医、シュヴァーベン七人衆

[内容] グリム童話集が刊行された当時、ドイツという国は未だ存在せず、人々は封建領主の小国や仏軍占領下に分かれ住んでいた。神話、叙事詩、古の諺、同時代の文学まで広く渉猟、また、古い言語に自在に通じた博識で口伝えの話を採集、ここに魂の次元で人々を結び合わせる、ドイツ的でかつ民衆的なグリムのメルヒェンが誕生した。第二巻には、「黄金のがちょう」「幸せなハンス」「二人の旅職人」等、六三話収録。

『**完訳 グリム童話集 3**』グリム兄弟著、池田香代子訳 講談社 2008.12 541p 16cm （講談社文芸文庫） 1700円
①978-4-06-290033-1〈原書名：Kinder- und Hausmarchen gesammelt durch Bruder Grimm.（第7版）〉

[目次] 三人の見習い職人、こわいもの知らずの王子、キャベツろば、森のばあさん、三人兄弟、悪魔とおばあさん、誠ありフェレナントと誠なしフェレナント、鉄の暖炉、なまけものの紡ぎ女、すご腕四人兄弟、一つ、二つ、三つまなこ、きれいなカトリネルエとピフ・パフ・ポルトリー、狐と馬、踊りつぶされた靴、六人の家来、白いお嫁さんと黒いお嫁さん、鉄のハンス、三人の黒いお姫さま、クノイストと三人息子、ブラーケルの娘、家の子郎党、仔羊と小さな魚、ジメリの山、旅に出る、ろば王子、親不孝な息子、蕪、焼きを入れて若返った男、神さまの動物と悪魔の動物、梁、乞食ばあさん、ものぐさ三人兄弟、ものぐさ十二人衆、牧童、星の銀貨、くすねた銅貨、嫁選び、ぬらぬらぽい、雀の父さんと四羽の仔雀、ものぐさのくにの話、ディートマルシェンのほら話、なぞなぞ話、しらゆきべにばら、かしこい下男、ガラスの柩、ものぐさハインツ、グライフ鳥、怪力ハンス、天国の水呑百姓、やせのリーゼ、森の家、苦楽をわかつ、垣根の王さま、かれい、さんかのごいとやつがしら、ふくろう、月、寿命、死神の使い、プフリーム親方、泉のほとりのがちょう番の女、イブのまちまちな子ども、池に住む水女、こびとの贈り物、大男と仕立屋、釘一本、墓の中のかわいそうな男の子、ほんとうの花嫁、兎と針鼠、紡錘と杼と針、お百姓と悪魔、テーブルのパンのくず、天竺鼠、泥棒名人、太鼓たたき、麦の穂、土まんじゅう、リンクランクじいさん、水晶玉、マレーン姫、水牛の革の長靴、黄金の鍵、森の聖ヨセフさま、十二使徒、薔薇、貧しさとつつましさは天国にいたる、神さまの食べ物、三本の緑の小枝、聖母の盃、おばあさん、天国の婚礼、はしばみの枝

[内容] ドイツ語で「人びと」を意味する「フォルク（Volk）」——。フォルクの伝統的な言語文化の華・メルヒェンの主役は、農民や職人などの庶民で、彼らの善と悪、幸福と不幸が、虚飾のない語り口で描かれる。グリムをライフワークとする池田香代子のいきのいい訳、グリムと同郷の画家ウッベローデの美しい挿画で贈る完訳決定版。第三巻には、「鉄のハンス」「星の銀貨」「子どものための霊験譚」等、九二話収録。

『**完訳 グリム童話集 1**』グリム著、高橋健二訳 小学館 2008.10 379p 18cm （小学館ファンタジー文庫） 660円
①978-4-09-230161-0〈1985年刊の改訂〉

[目次] かえるの王さままたは鉄のハインリヒ、ねことねずみのともぐらし、マリアの子ども、こわがることを習いに旅に出た男の話、おお

グリム兄弟

かみと七ひきの子やぎ、忠実なヨハネス、うまいとりひき、ふしぎなバイオリンひき、十二人の兄弟、ならずもの、兄さんと妹、ちしゃ、森の中の三人のこびと、糸をつむぐ三人の女、ヘンゼルとグレーテル、三まいのへびの葉、白いへび、麦わらと炭と豆、漁師とその妻、勇ましいちびの仕立屋さん、灰、すべてのお話を収めた、完全版ならではのグリムの世界へ。りこうなハンス、三つのことば、かしこいエルゼ、天国の仕立屋

[内容] 本当のグリム童話、あなたはどれだけ知っていますか？　さあ、すべてのお話を収めた、完全版ならではのグリムの世界へ。

『完訳 グリム童話集 2』 グリム著, 高橋健二訳　小学館　2008.11　399p　18cm（小学館ファンタジー文庫）　700円
①978-4-09-230162-7〈1985年刊の改訂〉

[目次] 「テーブルよ、食事の用意」と「金貨をはきだすろば」と「こん棒よ、ふくろから」、親指小僧、きつねおくさまの婚礼、こびとたち、盗賊のおむこさん、コルベスどの、名づけ親さん、トルーデおばさん、名づけ親になった死に神、親指小僧の旅かせぎ、フィッチャーの鳥、ねずの木の話、老犬ズルタン、六羽の白鳥、いばらひめ、めっけどり、つぐみのひげの王さま、白雪ひめ、はいのうと帽子と角ぶえ、がたがたの竹馬小僧、恋人ローラント、金の鳥、犬とすずめ、フリーダーとカーターリースヒェン、ふたりの兄弟、小百姓、みつばちの女王、三まいの羽、金のがちょう、千まい皮、小うさぎのおよめさん、十二人の漁師、ぺてん師とその師匠、ヨリンデとヨリンデル、三人の幸運児、六人男、世界じゅうを歩く、おおかみと人間、おおかみときつね、きつねとおばさん、きつねとねこ

[内容] ファンタジーの原点、グリム童話には不思議なお話がいっぱい！　第2巻では、ぞーっとするこわいお話から、思わず笑っちゃうお話まで、ぎっしり40編。

『完訳 グリム童話集 3』 グリム著, 高橋健二訳　小学館　2008.12　399p　18cm（小学館ファンタジー文庫）　700円
①978-4-09-230163-4〈1985年刊の復刊〉

[目次] なでしこ、かしこいグレーテル、年とった祖父とまご、水の魔女、めんどりの死、のんきもの、道楽ハンスル、運のいいハンス、ハンスのよめとり、金の子どもら、きつねとちょうたち、貧乏人とお金持ち、歌ってはねるひばり、がちょう番のむすめ、若い大男、土の中のこびと、金の山の王さま、からす、ヒル

デブラントおやじ、三羽の小鳥、命の水、もの知りはかせ、ガラスびんの中のおばけ、悪魔のすすだらけの兄弟ぶん、くまの皮男、みそさざいとくま、おいしいおかゆ、かしこい人たち、へびの話、かわいそうな粉屋の若者と小ねこ、ふたりの旅職人、ハンスはりねずみぼうや、きょうかたびら、六人のユダヤ人、うでききの猟師、天国のからざお、王さまのふたりの子ども、かしこいちびの仕立屋、明るいお天とさまが明るみに出す、青いランプ、わがままな子ども、三人の軍医

[内容] 第三巻には不思議なキャラクターがいっぱい。ちょっぴりへんてこりんなキャラクターたちと、ファンタジーの世界へ。

『完訳 グリム童話集 4』 グリム著, 高橋健二訳　小学館　2009.1　399p　18cm（小学館ファンタジー文庫）　700円
①978-4-09-230164-1〈1985年刊の復刊〉

[目次] 七人のシュワーベン男子、三人の職人、何もこわがらない王子、キャベツろば、森の中のおばあさん、三人兄弟、悪魔と、そのおばあさん、しょうじきフェレナントと腹黒フェレナント、鉄のストーブ、ものぐさな糸くり女、うでききの四人兄弟、一つ目、二つ目、三つ目、きれいなカトリネリフェとピフ・パフ・ポルトリー、きつねと馬、おどってすりきれたくつ、六人の家来、白いはなよめと黒いはなよめ、鉄のハンス、三人の黒いおひめさま、クノイストと三人のむすこ、下男、小ひつじと小さい魚、ジメリ山、旅に出る、小さいろば、恩知らずのむすこ、かぶら、焼かれて若がえった小男、神さまのけだものと悪魔のけだもの、うつばり、こじきばあさん、三人のものぐさ、十二人のものぐさ下男、ひつじ飼いの男の子、星の銀貨、くすねた銅貨、よめさんと、糸くず、すずめと四羽の子すずめ、のらくらものの国の話、ディートマルシュのほら話、なぞなぞ話、ゆきしろとばらべに、かしこい下男、ガラスのひつぎ、ものぐさハインツ、怪鳥グライフ、力持ちのハンス、天国のお百姓さん、やせっぽちのリーゼ、森の家、苦楽をともに、みそさざい、かれい、さんかのごいとやつがしら

[内容] シンデレラや白雪ひめだけがプリンセスじゃない！　わるーいおひめさまや、努力家のおひめさま、王子さまと結ばれるやさしい女の子…。グリム童話には、幸せになれるプリンセスストーリーがいっぱい。

『完訳 グリム童話集 5』 グリム著, 高橋健二訳　小学館　2009.2　399p　18cm（小学館ファンタジー文庫）　700円
①978-4-09-230165-8〈1985年刊の復刊〉

グリム兄弟

|目次| ふくろう、お月さま、寿命、死に神の使い、プフリーム親方、いずみのそばの、がちょう番の女、エバのまちまちな子どもたち、池の中の水の精、こびとのおくりもの、大男と仕立屋〔ほか〕

|内容| さまざまな試練にうちかって、正しい行いをなすことの尊さを伝えるハッピーエンドのファンタジー。きっとあなたにも幸せを運んでくれるはず…。

『グリム童話 上』 ヤーコプ・グリム、ヴィルヘルム・グリム著、池内紀訳 筑摩書房 1989.12 330p 15cm （ちくま文庫） 590円 ①4-480-02356-9

|目次| 蛙の王様、猫とねずみ、ゾッとしたくて旅に出た若者の話、狼と七ひきの子やぎ、悪いやつら、ラプンツェル、三人の糸くり女、ヘンゼルとグレーテル、白蛇、麦わらと炭とそら豆、漁師と女房、勇ましい仕立屋、灰かぶり姫、謎なぞ、ねずみと小鳥とソーセージ、ホレばあさん、七羽のカラス、赤ずきん、ブレーメンの音楽隊、歌う白骨、しらみとノミ、おりこうなハンス、おりこうなエルゼ、天国へいった仕立屋、親ゆび小僧、奥さまぎつねのお嫁入り、盗賊の花むこ、コルベス氏、トゥルーデおばさん、死神の名づけ親、おいぼれズルタン、青ひげ

|内容| 「狼と七ひきの子やぎ」「ヘンゼルとグレーテル」「灰かぶり姫」「赤ずきん」「ブレーメンの音楽隊」など32篇を骨太でしかもリズミカルな名訳で贈る。

『グリム童話 下』 ヤーコプ・グリム、ヴィルヘルム・グリム著、池内紀訳 筑摩書房 1989.12 340p 15cm （ちくま文庫） 590円 ①4-480-02357-7

|目次| いばら姫、みつけ鳥、つぐみひげの王、白雪姫、がたがたの一本足小僧、恋人ローラント、黄金の鳥、犬とすずめ、水のみ百姓、蜂の女王、千びき皮、十二人の狩人、ヨリンデとヨリンゲル、きつねと猫、なでしこ、知恵のあるグレーテル、おじいさんと孫、幸せなハンス、歌いながらとぶひばり、がちょう番の娘、黄金の山の王、いのちの水、ものしり博士、すすみれ悪魔の弟、みそざいと熊、いばらの中のユダヤ人、はりねずみハンス、青いあかり、わがままな子供、あっぱれ四人兄弟、はきつぶしのダンス靴、かぶら、若返った小男、年よりの乞食女、釘一本

|内容| 「いばら姫」「白雪姫」「水のみ百姓」「ヨリンデとヨリンゲル」「きつねと猫」に新訳「すすみれ悪魔の弟」「若返った小男」「わがままな子供」など6篇を加え35篇をKHM順に収める。

『グリム童話』 グリム著、西本鶏介文・編 ポプラ社 2012.6 196p 18cm （ポプラポケット文庫 429-1） 620円 ①978-4-591-12963-0〈1999年刊の新装改訂〉

|目次| 赤ずきん、ヘンゼルとグレーテル、かえるの王さま、ホレおばさん、ラプンツェル、親指小僧、雪白とばら紅、しあわせもののハンス、こびと、年おいた犬のズルタン、おいしいおかゆ、わらと炭とそら豆、死神のつかい

|内容| 世界中で愛されているメルヘン。「赤ずきん」「ヘンゼルとグレーテル」「ラプンツェル」など13編を収録。グリムの世界をより深く味わえる解説が各話についています。小学校中級～。

『グリム童話集 1』 グリム兄弟編、相良守峯訳 岩波書店 1997.11 324p 18cm （岩波少年文庫） 700円 ①4-00-112143-3

『グリム童話集 2』 グリム兄弟編、相良守峯訳 岩波書店 1997.11 355p 18cm （岩波少年文庫） 700円 ①4-00-112144-1

『グリム童話集 3』 グリム兄弟編、相良守峯訳 岩波書店 1997.11 330p 18cm （岩波少年文庫） 700円 ①4-00-112145-X

『グリム童話集 上』 グリム著、佐々木田鶴子訳、出久根育絵 岩波書店 2007.12 341p 18cm （岩波少年文庫 147） 720円 ①978-4-00-114147-4〈原書名：Kinder-und Hausmarchen〉

|目次| オオカミと七匹の子ヤギ、ブレーメンの音楽隊、カエルの王さま、おいしいおかゆ、白雪姫、しあわせハンス、ひょろひょろ足のガタガタこぞう、いばら姫、命の水、親指こぞう、ガチョウ番の娘、ものしり博士、歌いながらはねるヒバリ、ホレばあさん、兄と妹、テーブルとロバとこん棒、ラプンツェル、フリーダーとカーターリースヒェン、三本の金の毛のある悪魔、漁師とおかみさん、白ヘビ、ツグミのひげの王さま、鉄ノストーブ、錘と梭とぬい針、六人の家来

|内容| 『グリム童話集』は、ドイツのグリム兄弟が、いまから約200年前にあつめた昔話を本にしたものです。「ブレーメンの音楽隊」「白雪姫」「親指こぞう」「ものしり博士」「三本の金の毛のある悪魔」など、読んで楽しい25話をおさめます。対象年齢、小学3・4年以上。

『グリム童話集 下』 グリム著、佐々木田

グリム兄弟

鶴子訳, 出久根育絵　岩波書店　2007.12　334p　18cm　（岩波少年文庫 148）　720円　①978-4-00-114148-1〈原書名：Kinder–und Hausmarchen〉

|目次| 赤ずきん, こびとのくつ屋, 灰かぶり, ワラと炭とそら豆, ヘンゼルとグレーテル, 金のガチョウ, ミソサザイとクマ, 森の中の三人のこびと, ガラスびんの中のばけもの, 三枚の羽, ヨリンデとヨリンゲル, 三つのことば, 金の鳥, まずしい人とお金持ち, 名人の四人兄弟, ロバの王子, 悪魔のすすだらけの弟, 千匹皮, ゆうかんな仕立屋さん, 六羽の白鳥, かしこいお百姓の娘, ハチの女王, マレーン姫, 星の銀貨, ふたりの兄弟

|内容| 昔話はもともと語りつがれてきたもので、シンプルな語り口が持ち味です。「赤ずきん」「灰かぶり」「金のガチョウ」「ゆうかんな仕立屋さん」など、時代と文化のちがいをこえ、世界中で親しまれている25話をおさめます。対象年齢、小学3・4年以上。

『グリムの昔話　1』　グリム著, フェリクス・ホフマン編・画, 大塚勇三訳　福音館書店　2002.10　445p　17cm　（福音館文庫）　850円　①4-8340-1825-3〈原書名：Hundertundein Grimm–Märchen〉

|目次| カエルの王さま―または鉄のハインリヒ, ネコとネズミのふたりぐらし, オオカミと七ひきの子ヤギ, 忠義なヨハネス, マリアの子ども, 十二人兄弟, ならずもの, 兄さんと妹, ラプンツェル, ヘンゼルとグレーテル, 糸つむぎ三人女, 白ヘビ, 麦わらと炭と豆, 猟師とおかみさんの話, 勇ましいちびの仕立屋, 灰かぶり, 謎, ハツカネズミと小鳥と焼きソーセージ, ホレおばさん, 七羽のカラス, こわがることをおぼえたくて旅にでかけた男の話, ブレーメンの音楽隊, 三枚のヘビの葉, 手のない娘,「テーブルよ、ごはんの用意」と、金貨をだすロバと、「こん棒、袋からでろ」, 親指こぞう, コルベスどん, 天国の仕立屋, フィッチャーの鳥, ネズの木の話, 名づけ親の死神, 六羽の白鳥, オオカミと人間, のらくら国の話, 小百姓

|内容| ドイツのグリム兄弟が集めた昔話の数々はあまりにも有名です。そんなグリムの昔話の中から、スイスの版画家・絵本画家のホフマンがみずから一〇一の話を選び、四色の見事な挿絵を付けた、グリムの昔話（全3巻）の第一冊目。「ラプンツェル」「七羽のカラス」「灰かぶり」など三五編を収めています。小学校中級以上。

『グリムの昔話　2』　グリム著, フェリクス・ホフマン編・画, 大塚勇三訳　福音館書店　2002.10　446p　17cm　（福音館文庫）　850円　①4-8340-1826-1〈原書名：Hundertundein Grimm–Märchen〉

|目次| 赤ずきん, 白雪姫, 金の毛が三本ある鬼, 三枚の羽, 金のガチョウ, 千色皮, 十二人の狩人, ヨリンデとヨリンゲル, 森の中の三人の小人, 六人男, 世界をのし歩く, メンドリの死んだ話, のんき男, 年とったおじいさんと孫, 金の子どもたち, 貧乏人と金持ち, 歌いながらぴょんぴょんとぶヒバリ, ガチョウ番の娘, ツグミのひげの王さま, 黄金の山の王さま, ルンペルシュティルツヘン, カラス, りこうな百姓娘, 三羽の小鳥, ものしり博士, 熊かぶり, あわれな粉ひきの若者と小ネコ, ふたりの旅職人, ハリネズミぼうやのハンス, びんの中のおばけ, 腕のいい狩人, 王さまの子どもふたり, おいしいおかゆ, ヒキガエルの話, りこうな, ちびの仕立屋

|内容|「赤ずきん」「白雪姫」「金のガチョウ」「腕のいい狩人」「おいしいおかゆ」など、よく知られたお話から珍しいお話まで、ぜんぶで三四編の昔話を収めています。昔話の語り口を踏まえた、わかりやすくて生き生きとした日本語が、美しい格調あるさし絵と共に、グリムの世界を見事に再現します。小学校中級以上。

『グリムの昔話　3』　グリム著, フェリクス・ホフマン編・画, 大塚勇三訳　福音館書店　2002.10　443p　17cm　（福音館文庫）　850円　①4-8340-1827-X　〈原書名：Hundertundein Grimm–Märchen〉

|目次| いばら姫, 幸運なハンス, 青いランプ, シュワーベンの七人男, なにもこわがらない王子, りこうなグレーテル, キャベツ・ロバ, 悪魔と悪魔のおばあさん, 腕きき四人兄弟, 鉄のハンス, 踊ってぼろぼろになった靴, 三人兄弟, ロバくん, 白雪と紅バラ, 一つ目, 二つ目, 三つ目, 怪鳥グライフ, 森の家, 泉のそばのガチョウ番の女, 池の中の水の精, 金の鳥, 大男と仕立屋, ヒツジ飼いの男の子, ウサギとハリネズミ, アメフラシ, 星の銀貨, ジメリの山, たいこたたき, どろぼうの名人, マレーン姫, 金の鍵, 天国に行ったお百姓, ふたり兄弟

|内容|「いばら姫」「幸運なハンス」「腕きき四人兄弟」「大男と仕立屋」「どろぼうの名人」など、むかし聞いた懐かしい話や愉快な話を、三二編収めています。民族や国の垣根を超えて世界中で親しまれているグリムの昔話は、どのお話も、親から子へ、幾世代にもわたって伝えたい、まさに"家庭の財産"。小学校中級以上。

『ごめんなさいお母さん』　グリム兄弟著, 関敬吾, 川端豊彦訳　角川書店　1999.7

グリム兄弟

401p 15cm （角川文庫―完訳グリム童話 2） 667円 ①4-04-282202-9

[目次] 二人兄弟, 小百姓, 女王蜂, 三枚の羽, 黄金の鷲鳥, 千皮, 兎公の嫁っこ, 十二人の猟師, 手品使いとその親方, ヨリンデとヨリンゲル, しあわせ三人兄弟, 六人組世界歩き, 狼と人間, 狼と狐, 狐と代母さん, 狐と猫, なでしこ, かしこいグレーテル, よぼよぼのおじいさんと孫, 水の精, めんどりちゃんが死んだ話, 陽気な男, 遊び人のハンスル, しあわせなハンス, かわいい子たち, 狐と鷲鳥, 貧乏人と金持ち, 歌ってはねる「ちんちんどり」, 鷲鳥番の女, 若い大男, 地面の下に住む一寸法師, 黄金山の王様, からす, りこうな百姓娘, ヒルデブラントじいさん, 三羽の小鳥, 命の水, 物知り博士, ガラスびんの中の化け物, 悪魔の煤け兄弟, 熊皮男（のらくらもの）, みそさざいと熊, うまい粥, りこうな人たち, びきの話, かわいそうな粉屋の若い衆と小猫, ふたり行脚, はりねずみのハンス坊, 経かたびら, 茨の中のユダヤ人, 腕きき猟師, 天のからざお, 王さまの子ふたり, りこうなちびっこ仕立て屋の話, 明るいおてんとう様に目こぼしなし, 青いあかり, わがままな子, 三人軍医, シュヴァーベン男七人, 三人旅稼ぎ職人, なにもこわがらない王子, キャベツ驢馬（とんま）

[内容] わがままゆえに病気になった男の子。息子の死後, その墓を訪れた母親が行った仕打ちとは…。完成から百年以上の時を経ても, 今なお多くの人に読まれているグリム童話。そこには「エゴ」「欲望」「悪」「死」といった人間にとってもっとも根源的な問いかけに対する答えが, 散りばめられている。グリム兄弟が各地を廻って収集した民話・昔話を幾度にもわたって改訂し, 完成させた完全版の初完訳, 第二弾。

『さようなら魔法使いのお婆さん』 グリム兄弟著, 関敬吾, 川端豊彦訳 角川書店 1999.6 452p 15cm （角川文庫―完訳グリム童話 1） 724円 ①4-04-282201-0

[目次] 蛙の王さま―一名・鉄のハインリッヒ, 猫と鼠のおつき合い, マリアの子, 怖さを習いに出かけた男の話, 狼と七匹の子山羊, 忠義なヨハネス, うまい商売, 不思議な旅芸人, 十二人の兄弟, ならずもの, 小さな兄と妹, 野ぢしゃ（ラプンツェル）, 森の三人の小人, 三人の糸くり女, ヘンゼルとグレーテル, 三枚の蛇の葉, 白蛇, 藁しべと炭と豆, 漁師とその女房, 勇敢な仕立て屋さん, 灰かぶり, 謎, 廿日鼠と小鳥と焼き腸詰めの話, ホレばあさん, 七匹の鴉, 赤ずきんちゃん, ブレーメン市の音楽隊, 歌う骸骨, 金の毛の毛が三本ある鬼, みつけっこのみっこ, 手なし娘, 利功なハンス, 三つの言葉, かしこいエルゼ, 天国の仕立屋, 魔法のお膳・驢馬・袋の中の棍棒, おや指小僧, おくさま狐の嫁入り, 小人たち, 盗人婿, コルベスどん, 名付け親殿, トルーデさん, 名付け親の死神, 親指小僧の旅かせぎ, フィッチャの小鳥, 杜松の樹の話, いばれズルターン, 六羽の白鳥, いばら姫, みつけどり, つぐみのひげの王さま, 雪姫, 背嚢と帽子と角笛, ルンペルシュティルツヒェン, 恋人ローラント, 黄金の鳥, 犬と雀, フリデルとカーテルリイスヒェン

[内容] 毒リンゴの罠におちいりながらも, 無理に息を吹き返した雪姫。しかし物語は, 「めでたしめでたし」では終わらなかった。さて, 継母の運命や如何に…。聖書の次に多くの読者に読まれているという『グリム童話』。本編はグリム兄弟の手によって幾度も改訂された後に, ついにできあがった完全版。洗練されていながらも, オリジナルの味わいが息づいている。グリム兄弟が本当に伝えたかったものがここにある。初の完訳版ついに刊行。

『白雪姫』 グリム兄弟原作 竹書房 2003.2 202p 16cm （竹書房文庫―ディズニー・プリンセス 1） 590円 ①4-8124-1091-6〈編訳：島崎ふみ〉

『白雪姫』 グリム著, 植田敏郎訳 49刷改版 新潮社 2005.12 324p 16cm （新潮文庫―グリム童話集 1） 476円 ①4-10-208301-4

[目次] 小人のルンペルシュティルツヒェン. 歌う骨. 金色の子どもたち. 鷲鳥番の少女. マレーン姫. つぐみのひげの王様. 金の鷲鳥. 強力ハンス. 三人の怠け者. おいしいおかゆ. おやゆび助力の旅. 勇ましい豆仕立屋. 賢いちびの仕立屋. 藁と灰といんげん豆. ラプンツェル. 一つ目, 二つ目, 三つ目. 灰だらけ姫. 千匹皮. 鉄のハンス. 白雪姫. 金の鳥. 命の水. こわがることをおぼえようと旅に出た男の話

『白雪姫と黒の女王』 グリム兄弟原作, 久美沙織著, POO絵 アスキー・メディアワークス 2013.8 249p 18cm （角川つばさ文庫 Eく1-2―プリンセス・ストーリーズ） 660円 ①978-4-04-631333-1〈発売：KADOKAWA〉

[内容] お母さまを早くに亡くした, やさしくておとなしい10歳の白雪姫と, 魔族の最後の生きのこりである, 美しくこどくなお妃さま。魔法の鏡にささやかれ, ふたりの運命はすれちがっていく。世界でいちばん美しくなければいけない理由とは？ 白雪姫をまもる少年王子や竜騎士も登場し, 物語はだれも知らないおどろきのラストへ！ おと

『シンデレラ　美女と野獣―プリンセス・ストーリーズ』　グリム兄弟、シャルル・ペロー原作、久美沙織著、山崎透絵、ボーモン夫人原作、久美沙織著、山崎透絵　アスキー・メディアワークス　2011.1　249p　18cm　（角川つばさ文庫　Eく1-1）　660円　①978-4-04-631136-8〈発売：角川グループパブリッシング〉

目次　シンデレラ、美女と野獣

内容　大好きなお母さまが亡くなり、7歳のシンデレラの友だちは太った灰色猫だけ。天国の母に書いた日記からわかる、ほんとの気持ち…。まま母にいじめられてた少女がガラスのくつのプリンセスになれたのはなぜ？（シンデレラ）父の身代わりになった少女ベルがみにくい野獣に恋したのはなぜ？（美女と野獣）みんな知ってるプリンセスの、だれも知らない心の秘密をえがく、恋と魔法のロマンチック・ストーリー。

『1812初版グリム童話　上』　グリム兄弟著、乾侑美子訳　小学館　2000.6　359p　15cm　（小学館文庫）　657円　①4-09-404511-2〈原書名：Kinder- und Hausmärchen, gesammelt durch die Brüder Grimm.（初版、抄訳）〉

目次　蛙の王さま、または忠実なハインリヒ、猫と鼠がいっしょに住むと、狼と7匹の子ヤギ、ナイチンゲールとメナシトカゲ、12人の兄弟、妹と兄、ラプンツェル、森の中の3人のこびと、いやな亜麻紡ぎ、ヘンゼルとグレーテル、おやすいご用さん、白い蛇、旅の途中の蕎麦と炭と豆、漁師とおかみさん、勇敢な仕立屋の話、灰かぶり、鼠と小鳥とソーセージ、ホレおばさん、三羽のカラス、赤ずきん、歌う骨、金の毛が三本ある悪魔、シラミとノミ、手のない娘、りこうなハンス、長靴をはいた雄猫〔ほか〕

内容　1812年、グリム兄弟はドイツで昔から口伝えで語り継がれてきた話をまとめ、『グリム童話集』の初版を刊行。その後第七版まで改訂を重ねた。一般的によく知られているのは第7版の物語だが、それでも初版のもつ魅力が色あせることはない。人間味あふれる言葉、率直に表現された残酷さ、不合理な結末…。そこには昔話の原点ともいえる素朴な味わい、「口伝え」ならではの魅力が色濃く漂っている。上巻には、『ヘンゼルとグレーテル』『赤ずきん』『白雪姫』など有名な話のほか、初版のみに載録された『長靴をはいた雄猫』『青髭』を含め、45話を厳選して収録。

『1812初版グリム童話　下』　グリム兄弟著、乾侑美子訳　小学館　2000.6　350p　15cm　（小学館文庫）　657円　①4-09-404512-0〈原書名：Kinder- und Hausmärchen, gesammelt durch die Brüder Grimm.（初版、抄訳）〉

目次　千枚皮、フーレブーレブッツ、ライオンを連れた王さま、夏の庭と冬の庭の話、ヨリンデとヨリンゲル、梨の小僧は落ちやしない、ナデシコ、年をとったおじいさんと孫、鍛冶屋と悪魔、貧しい女の子、狐と鷲鳥、貧乏人と金持ち、歌って跳ねるヒバリ、鷲鳥番の娘、金の山の王さま、ガラス瓶の中のおばけ、物知り博士、悪魔の煤けた兄弟分、緑の服の悪魔、ミソサザイと熊、おいしいお粥、忠実な動物たち、貧しい粉屋の徒弟と小さな猫、カラス、ハンスわたしの針鼠、経かたびら、いばらの中のユダヤ人〔ほか〕

内容　昔話ならではのリズミカルな語り口調がおとぎの世界へと誘う。初版グリム童話。語り手が口を開き、聞き手が耳をかたむけた瞬間、呪いをかけられた王子がお姫さまと恋に落ち、魔法使いが生き生きとよみがえる―。下巻には『鷲鳥番の娘』『おいしいお粥』などよく知られた話をはじめ、『夏の庭と冬の庭の話』『山男』など、初版にしか載録されなかった不思議な味わいの物語、53話を精選して収録。美しい挿絵も多数掲載。

『謎は解けたよ悪魔さん』　グリム兄弟著、関敬吾、川端豊彦訳　角川書店　1999.8　430p　15cm　（角川文庫―完訳グリム童話 3）　705円　①4-04-282203-7

目次　森の中のお婆さん、三人兄弟、悪魔と悪魔のおばあさん、正直フェレナントと性悪フェレナント、鉄のストーブ、ものぐさ糸くり女、腕きき四人兄弟、一つ目ちゃん二つ目ちゃん三つ目ちゃん、器量よしのカトリネルィェとペフパフポルトリイ、狐と馬〔ほか〕

内容　すべてを創造した神さまが、たったひとつ創り忘れたものがある。忘れられた生きものとその創造主の正体とは…。今も昔も多くの人々に読み親しまれているグリム童話。が、そこにはたくさんの毒が盛られている。知らず知らずに読むうちに、毒はにわかに効いてくる…。グリム兄弟が半世紀にもわたって各地を歩き採集した、人間の本質を残酷なまでに深く追求した物語集。

『ブレーメンの音楽師』　グリム著、植田敏郎訳　37刷改版　新潮社　2007.2　305p　16cm　（新潮文庫―グリム童話集 3）　476円　①978-4-10-208303-1

目次　水の妖精、めっけ鳥、白い蛇、みそさざい、みそさざいと熊、犬と雀、狐と馬、ズルタ

ン爺さん、ブレーメンの音楽師、猫と鼠のいっしょの暮し、悪魔とその祖母、百姓と悪魔、名親としての死神、死神の使い、貧乏人と金持、星のターラー、うまい商売、かしこい人たち、フリーダーとカーターリースヒェン、幸福のハンス、かしこいハンス、かしこいエルゼ、かしこいグレーテル、三人の糸紡ぎ女、狼と七匹の子やぎ、赤ずきん、いばら姫、踊ってこわれた靴、婚約した泥棒、ヨリンデとヨリンゲル、雪白とばら紅、池に住む水の魔女、つむと、ひ、ぬいばり、めんどりの死んだ話、ならずもの、奥様狐の婚礼、狐と鶯鳥、怠け者の天国の話、金の鍵

[内容] ドイツ民族の中を流れる最も民族的なものに愛着を感じ、そこに民族の魂の発露を見たグリム兄弟がとらえたメルヘンの世界。本書には表題作のほか、『水の妖精』『悪魔とその祖母』『名親としての死神』『幸福のハンス』『三人の糸紡ぎ女』『狼と七匹の子やぎ』『赤ずきん』『いばら姫』『狐と鶯鳥』など38編を収録。人の心を美しく気高くするグリム童話の真髄を伝える小品集である。

クロスリー＝ホランド、ケビン
Crossley–Holland, Kevin

『少年騎士アーサーの冒険 1 予言の石』 ケビン・クロスリー＝ホランド著、亀井よし子訳 角川書店 2004.7 491p 15cm （角川文庫） 781円 ①4-04-292601-0〈原書名：The seeing stone〉

[内容] 時は十二世紀のイングランド。騎士を目指して修行に励むアーサーは、仲良しの老人マーリンから不思議な石を授かった。そこに映るのは、自分そっくりな少年アーサー王の物語。魔法使いや伝説の騎士が登場する壮大な出来事に、アーサーは虜になってゆく。やがて石の物語が現実の未来を予言し始めて―。ファンタジーの原点「アーサー王物語」が奇跡と感動の冒険となって蘇る！ ガーディアン賞受賞の傑作シリーズ第一弾。

『少年騎士アーサーの冒険 2 運命の十字』 ケビン・クロスリー＝ホランド著、亀井よし子訳 角川書店 2005.6 558p 15cm （角川文庫） 857円 ①4-04-292602-9〈原書名：Arthur AT the crossing–places〉

[内容] "予言の石"の世界で繰り広げられる円卓の騎士たちの冒険と探究の旅、騎士と王妃たちの愛のゆくえ、戴冠しキャメロットを治めるアーサー王。いっぽう少年アーサーの世界では、騎士になるための修行がはじまった。自分の馬と鎧冑を手にし、ついに海を渡って十字章を授かるアーサー。まだ見ぬ本当の母への思いを胸に、みずからの運命を切り開いてゆく―。愛と夢と冒険がいっぱいのファンタジック・ロマン、第二弾。

ケイ、アレグサンダー
Key, Alexander
《1904～1979》

『未来少年コナン』 アレグザンダー・ケイ著、内田庶訳 角川書店 1978.3 277p 15cm （角川文庫） 300円

『未来少年コナン 1（仲間たち）』 アレグサンダー・ケイ原作、若宮藍ノベライズ 竹書房 2005.7 192p 15cm （竹書房文庫） 590円 ①4-8124-2210-8

[内容] 世界中を巻き込み、人類を滅亡の危機にさらした大戦争から20年。奇跡的に生き残った人々は、肩を寄せ合って暮らしていた。コナンと育ての親であるおじいと二人きりで暮らす「のこされ島」に、一人の少女が流れ着き、コナンの旅が今始まる。

『未来少年コナン 2（インダストリア）』 アレグサンダー・ケイ原作、若宮藍ノベライズ 竹書房 2005.7 193p 15cm （竹書房文庫） 590円 ①4-8124-2211-6

[内容] 独裁を目論むレプカが牛耳る町インダストリアからラナを取り返したコナン。砂漠を越えて命からがらたどり着いた先は、インダストリアのサルベージ船だった。現場監督のパッチは厳しく、ひと癖もふた癖もある男だったが、ラナは何故かパッチに親しみを感じるのだった…。日本アニメ史に残る名作アニメの完全小説化作品、第二巻。

『未来少年コナン 3（ハイハーバー）』 アレグサンダー・ケイ原作、若宮藍ノベライズ 竹書房 2005.10 191p 15cm （竹書房文庫） 590円 ①4-8124-2366-X

[内容] 命からがらインダストリアを脱出してきたコナンとラナは、ラナの故郷ハイハーバーにたどり着いた。豊かな実りと隠和な人びとが暮らすハイハーバー。しかし、インダストリアを牛耳ろうとする行政局長レプカの魔の手は、この地上の楽園のような島にも、容赦なく伸びてくるのだった。日本アニメ史に燦然と輝く名作アニメの、完全小説化作品第三巻。

『未来少年コナン 4（太陽塔）』 アレグサ

ンダー・ケイ原作, 若宮藍ノベライズ　竹書房　2005.10　188p　15cm　（竹書房文庫）　590円　①4-8124-2367-8

|内容| インダストリアに残された人びとを救うため, コナンは再びインダストリアへと向かう。インダストリアでは行政局長レプカが, 太陽エネルギーを手にし, 世界を牛耳るべく陰謀を着々と進めていた。コナンとレプカ, 最後の戦いが今始まる。日本アニメ史に残る名作アニメの完全小説化, ここに完結。

ケストナー, エーリヒ
Kästner, Erich
《1899〜1974》

『エーミールと三人のふたご』　エーリヒ・ケストナー作, 池田香代子訳　岩波書店　2000.7　297p　18cm　（岩波少年文庫）　680円　①4-00-114019-5〈原書名：Emil und die drei Zwillinge〉

|内容| 少年たちのどろぼう追跡の大活躍から2年。エーミールは, 夏休みにふたたびベルリンを訪れ, 仲間たちと再会します。そしてまた巻きこまれる今度の事件は？「エーミールと探偵たち」の続編。小学4・5年以上。

『エミールと探偵たち』　エーリヒ・ケストナー作, 小松太郎訳　第36刷改版　岩波書店　1986.11　245p　18cm　（岩波少年文庫）　①4-00-112012-7〈原書名：Emil und die Detektive〉

『エーミールと探偵たち』　エーリヒ・ケストナー作, 池田香代子訳　岩波書店　2000.6　230p　18cm　（岩波少年文庫）　640円　①4-00-114018-7〈原書名：Emil und die detektive〉

|内容| おばあちゃんをたずねる列車の中で, 大切なお金を盗まれてしまったエーミール。ベルリンの街を舞台に, 少年たちが知恵をしぼって協力し, 犯人をつかまえる大騒動がくりひろげられます。小学4・5年以上。

『点子ちゃんとアントン』　エーリヒ・ケストナー作, 池田香代子訳　岩波書店　2000.9　204p　18cm　（岩波少年文庫）　640円　①4-00-114060-8〈原書名：Punktchen und Anton〉

|内容| お金持ちの両親にかくれて, 夜おそくマッチ売りをするおちゃめな点子ちゃんと, 母親思いの貧しいアントン少年との友情物語。つぎつぎと思いがけない展開で, ケストナーがユーモラスに人生を語ります。小学4・5年以上。

『飛ぶ教室』　ケストナー作, 飯豊道男訳, なかのひろたか絵　ポプラ社　1986.12　238p　18cm　（ポプラ社文庫）　420円　①4-591-02399-0

|内容| 主役の5人の少年はそれぞれなやみをかかえています。とくになやむのは, 両親にすてられたジョニーと, よわむしのウーリと, クリスマスにうちに帰れなくなったマルチンです。マルチンの切なさ, くやしさは, 社会批判に発展します。ケストナーはそれまでの児童文学とちがって, 子どもと社会の現実を見つめながら理想を追求し, その後の児童文学に大きな影響をあたえました。

『飛ぶ教室』　エーリッヒ＝ケストナー作, 山口四郎訳, 滝平加根絵　講談社　1992.9　289p　18cm　（講談社青い鳥文庫）　540円　①4-06-147367-0

|内容| 先生が大好きな生徒, 生徒を心から愛する先生。学校でまきおこるさまざまな事件をとおして, 友情と正義と勇気のたいせつさを, 身にしみて教えてくれます。E.ケストナーが人生の真実を教える, 血もなみだもある, あたたかいお話。小学中級から。

『飛ぶ教室』　エーリッヒ・ケストナー著, 山口四郎訳　講談社　2003.12　258p　15cm　（講談社文庫）　495円　①4-06-273945-3〈原書名：Das fliegende Klassenzimmer　絵：桜井誠　1983年刊の新装版〉

|内容| 子どもだって, ときにはずいぶん悲しく, 不幸なことだってあるのだ…。20世紀初頭。孤独なジョニー, 頭の切れるマルチン, 腕っぷしの強いマチアス, 弱虫なウーリ, 風変わりなゼバスチャン…個性溢れる五人の生徒たちが, 寮生活の中で心の成長を遂げる。全世界が涙したケストナーの最高傑作を完全復刻。

『飛ぶ教室』　エーリヒ・ケストナー作, 若松宣子訳　偕成社　2005.7　240p　19cm　（偕成社文庫）　700円　①4-03-652550-6〈原書名：Das fliegende Klassenzimmer〉

|内容| 少年たちの知恵と勇気を描いた児童文学の傑作。高等学校の寄宿舎で, 個性あふれる少年たちと先生が織りなす心あたたまる物語。ドイツの国民的作家ケストナーの代表作。小学上級から。

『飛ぶ教室』　ケストナー著, 丘沢静也訳　光文社　2006.9　234p　16cm　（光文社古典新訳文庫）　476円　①4-334-

75105-9〈原書名：Das fliegende Klassenzimmer　年譜あり〉

[内容] 孤独なジョニー、弱虫のウーリ、読書家ゼバスティアン、正義感の強いマルティン、いつも腹をすかせている腕っぷしの強いマティアス。同じ寄宿舎で生活する5人の少年が友情を育み、信頼を学び、大人たちに見守られながら成長していく感動的な物語。ドイツの国民作家ケストナーの代表作。

『飛ぶ教室』　エーリヒ・ケストナー作，池田香代子訳　岩波書店　2006.10　254p　18cm　(岩波少年文庫 141)　680円　④4-00-114141-8〈原書名：Das fliegende Klassenzimmer〉

[内容] ボクサー志望のマッツ、貧しくも秀才のマルティン、おくびょうなウーリ、詩人ジョニー、クールなゼバスティアーン。個性ゆたかな少年たちそれぞれの悩み、悲しみ、そしてあこがれ。寄宿学校に涙と笑いのクリスマスがやってきます。

『飛ぶ教室―新訳』　エーリヒ・ケストナー作，那須田淳，木本栄訳，patty絵　アスキー・メディアワークス　2012.9　253p　18cm　(角川つばさ文庫 Eけ1-1)　600円　①978-4-04-631199-3〈原書名：Das fliegende Klassenzimmer　発売：角川グループパブリッシング〉

[内容] 子どもの涙がおとなの涙より小さいなんてことはない。ずっと重いことだってある…。生徒たちがともに生活する、ドイツの寄宿学校を舞台に、まずしい優等生のマーティン、その親友で捨て子のジョニー、弱虫の自分になやむウーリ、彼を心配するケンカが強いマチアス、クールな皮肉屋のセバスチャンたちが、先生とのふれあいや、ある事件を通して成長する友情の物語。絵60点。世界中がわらい、泣いたクリスマスの名作。

『飛ぶ教室』　エーリヒ・ケストナー著，池内紀訳　新潮社　2014.12　223p　16cm　(新潮文庫 ケ-17-1)　460円　①978-4-10-218641-1〈原書名：Das fliegende Klassenzimmer〉

[内容] まもなくクリスマス。街全体が楽しい雰囲気に包まれるなか、寄宿学校の少年たちは、波瀾万丈のクリスマス劇「飛ぶ教室」の稽古に励む。ある日、マルティンに母親から手紙が届く。そこには、マルティンがクリスマスに帰省する旅費を工面できなかったと書かれていた…。たとえ運が悪くても、元気を出せ。打たれ強くあれ―温かなメッセージが込められた、少年たちの成長の物語。Star Classics名作新訳コレクション。

『ふたりのロッテ』　エーリヒ・ケストナー作，池田香代子訳　岩波書店　2006.6　225p　18cm　(岩波少年文庫 138)　640円　①4-00-114138-8〈原書名：Das Doppelte Lottchen〉

[内容] おたがいを知らずに別々の町で育った、ふたごの姉妹ルイーゼとロッテ。ある夏、スイスの林間学校で、ふたりは偶然に出会います。父と母の秘密を知ったふたりは、別れた両親を仲直りさせるために、大胆な計画をたてるのですが…小学4・5年以上。

ケネディ，リチャード
Kennedy, Richard
《1910～1989》

『ふしぎをのせたアリエル号』　リチャード・ケネディ著，中川千尋訳・絵　多摩ベネッセコーポレーション　1996.1　645p　15cm　(福武文庫)　850円　①4-8288-5757-5〈原書名：Amy's eyes〉

[内容] エイミイの大切なお人形であるキャプテンがある日、人間に…。そして今度はエイミイが人形に。自分たちの運命を探して海賊カウルの黄金深しの旅に出た二人が見つけた本当の宝とは…。マザーグースと聖書の秘密に導かれた帆船アリエル号は、忘れかけていた夢や人の愛し方を教えてくれる壮大なファンタジーを目指す。

コッローディ，カルロ
Collodi, Carlo
《1826～1890》

『ピノキオ』　カルロ・コロディ原作　竹書房　2003.5　231p　16cm　(竹書房文庫―ディズニー・クラシックス 2)　590円　①4-8124-1171-8〈原書名：Pinocchio　編訳：大城光子〉

『ピノッキオの冒険―あやつり人形のお話』　コッローディ作，矢崎源九郎訳　偕成社　1986.2　352p　19cm　(偕成社文庫)　450円　①4-03-651350-8

[内容] ピノッキオは、いつものらくらあそんでばかり。おかげで、キツネとネコにだまされたり、さんざんなめにあったり。美しい仙女さまにたすけられ、あしたは人間の子どもになれるというその日…。生き生きとした子ども像を描いたコッローディの名作。

『ピノッキオの冒険』 C.コッローディ著, 米川良夫訳　河出書房新社　1996.12　227p　15cm　（河出文庫）　480円
①4-309-46167-0〈原書名：Le avventure di Pinocchio〉
内容 ピノッキオは、ジェッペットさんのこしらえたあやつり人形。口をきいたりおどったりできるふしぎな人形ですが、いたずら好きでなまけもの。お話しするコオロギや空色の髪の妖精、船をも丸ごと飲みこむ大きなフカなどにであう大冒険の末、人間の子どもになれるでしょうか。十九世紀のイタリアでうまれ、世界中で愛されている児童文学の名作。

『ピノッキオの冒険』 コッローディ作, 杉浦明平訳　新版　岩波書店　2000.12　329p　18cm　（岩波少年文庫）　720円
①4-00-114077-2〈原書名：Le avventure di Pinocchio〉
内容 ことばをはなす木から人形を作ったジェッペットじいさんは, それにピノッキオと名づけて, 子どものようにかわいがります。やがてピノッキオは広い世界に旅に出ます…イタリアの代表作として百年以上にわたり世界中の子どもたちに親しまれてきた物語。小学3・4年以上。

『ピノッキオの冒険―新訳』 カルロ・コッローディ著, 大岡玲訳　角川書店　2003.2　312p　15cm　（角川文庫）　552円　①4-04-291601-5〈原書名：Le avventure di Pinocchio〉
内容 「ぼくだって, いつか人間になりたいよ…」イタリアで生まれ, 世界中の子供たちから愛され読みつがれてきた, あやつり人形の物語。なにもかもが木で出来ているから, 考える事もとんちんかん。自分を作ってくれた, かわいそうなおじいさんを想いながらも, いたずらを繰り返し, あれこれ事件を巻き起こす。あと一歩で幸せになれるというところで, いつも失敗してしまい―。芥川賞作家・大岡玲の新鮮な訳により, 現代に蘇ったピノッキオ。生きることへの深く, 鋭い洞察に満ちていることに, あらためて驚かされる, 永遠の名作。

サッカー, ルイス
Sachar, Louis
《1954～》

『穴』 ルイス・サッカー著, 幸田敦子訳　講談社　2006.12　339p　15cm　（講談社文庫）　590円　①4-06-275587-4〈原書名：Holes〉
内容 無実の罪で少年たちの矯正キャンプに放りこまれたスタンリー。かちんこちんの焼ける大地に一日一つ, でっかい穴を掘らされる。人格形成のためとはいうが, 本当はそうではないらしい。ある日とうとう決死の脱出。友情とプライドをかけ, どことも知れない「約束の地」をめざして, 穴の向こうへ踏み出した。

サトクリフ, ローズマリ
Sutcliff, Rosemary
《1920～1992》

『運命の騎士』 ローズマリ・サトクリフ作, 猪熊葉子訳　岩波書店　2009.8　437p　18cm　（岩波少年文庫 594）　800円　①978-4-00-114594-6〈原書名：Knight's fee〉
内容 犬飼いの孤児ランダルは, ふとしたことから, 騎士ダグイヨンの孫, ベービスの小姓として育てられることになった。ノルマン人によるイギリス征服の時代を背景に, 二人の青年騎士の数奇な運命と, 生涯をかけた友情を描く。

『王のしるし　上』 ローズマリ・サトクリフ作, 猪熊葉子訳　岩波書店　2010.1　254p　18cm　（岩波少年文庫 595）　680円　①978-4-00-114595-3〈原書名：The mark of the horse lord〉
内容 およそ2000年前のスコットランド。奴隷の剣闘士フィドルスは, 不当に王位を追われ盲目にされたダルリアッド族の王モランの替え玉として雇われる。氏族の運命をかけた戦いのなかで, フィドルスはしだいに「王」になってゆく。中学以上。

『王のしるし　下』 ローズマリ・サトクリフ作, 猪熊葉子訳　岩波書店　2010.1　222p　18cm　（岩波少年文庫 596）　640円　①978-4-00-114596-0〈原書名：The mark of the horse lord〉
内容 マイダーから不当に王位を奪ったカレドニア族の女王リアサンを, ローマ軍の砦に追いつめたフィドルスとマイダー。復讐ははたし得るのか。氏族を守るためにフィドルスが下した決断とは…。人は何によって生きるかを深く問う衝撃作。中学以上。

『銀の枝』 ローズマリ・サトクリフ作, 猪熊葉子訳　岩波書店　2007.10　389p　18cm　（岩波少年文庫 580）　760円　①978-4-00-114580-9〈原書名：The silver branch〉

[内容] 百人隊長フラビウスといとこのジャスティンは、皇帝の側近アレクトスの裏切りを知り、追われる身となった。二人は地下組織のメンバーとともに、故郷で見つけた「ワシ」を旗印に新皇帝に立ち向かう。ローマン・ブリテン四部作の二作め。中学生以上。

『ケルトの白馬/ケルトとローマの息子』 ローズマリー・サトクリフ著, 灰島かり訳 筑摩書房 2013.1 493p 15cm （ちくま文庫 さ40-1—ケルト歴史ファンタジー） 880円 ①978-4-480-43021-2〈原書名：SUN HORSE, MOON HORSE, OUTCAST 「ケルトの白馬」（ほるぷ出版2000年刊）と「ケルトとローマの息子」（ほるぷ出版2002年刊）の合本〉

[目次] ケルトの白馬, ケルトとローマの息子

[内容] 古代ケルト人の描いた巨大地上絵「アフィントンの白馬」の謎をもとに、BC1世紀の古イングランドで、馬と生きたイケニ族の少年を描く「ケルトの白馬」。その200年後、ローマのブリタニア遠征を背景に、ケルト人に育てられたローマ人の息子が、困難を乗り越えたくましく生きる姿を描く「ケルトとローマの息子」。いずれもサトクリフ得意の古代ブリテンものの傑作である。

『第九軍団のワシ』 ローズマリー・サトクリフ作, 猪熊葉子訳 岩波書店 2007.4 459p 18cm （岩波少年文庫 579） 840円 ①978-4-00-114579-3〈原書名：The eagle of the ninth〉

[内容] ローマ軍団の百人隊長マーカスは、ブリトン人との戦いで足を負傷し、軍人生命を絶たれる。マーカスは親友エスカとともに、行方不明になった父の軍団とその象徴である"ワシ"を求めて、危険に満ちた北の辺境へ旅に出る。中学生以上。

『太陽の戦士』 ローズマリ・サトクリフ作, 猪熊葉子訳 岩波書店 2005.6 395p 18cm （岩波少年文庫 570） 760円 ①4-00-114570-7〈原書名：Warrior scarlet〉

[内容] 片腕のきかぬドレムは、愛犬ノドジロや親友にささえられ、一人前の戦士になるためのきびしい試練に立ちむかう。青銅器時代を背景に、少年の挫折と成長を描いた、サトクリフの代表作。中学生以上。

『ともしびをかかげて 上』 ローズマリ・サトクリフ作, 猪熊葉子訳 岩波書店 2008.4 269p 18cm （岩波少年文庫 581） 680円 ①978-4-00-114581-6〈原書名：The lantern bearers〉

[内容] 衰退したローマ帝国は、450年にわたるブリテン島支配に終止符をうつ。地方軍団の指揮官アクイラは、悩んだ末に軍を脱走し、故郷のブリテンにとどまることを決意したが…。意志を貫いて生きることの厳しさ、美しさを描く。中学生以上。

『ともしびをかかげて 下』 ローズマリ・サトクリフ作, 猪熊葉子訳 岩波書店 2008.4 258p 18cm （岩波少年文庫 582） 680円 ①978-4-00-114582-3〈原書名：The lantern bearers〉

[内容] 山中にたてこもるブリテンの王子アンブロシウスのもとに集い、来るべき闘いにそなえるアクイラたち。勢いを増す「海のオオカミ」ことサクソン軍との死闘の末、アクイラはなにを手に入れたのか。ローマン・ブリテン四部作の三作め。中学生以上。

『辺境のオオカミ』 ローズマリ・サトクリフ作, 猪熊葉子訳 岩波書店 2008.10 383p 18cm （岩波少年文庫 586） 760円 ①978-4-00-114586-1〈原書名：Frontier wolf〉

[内容] 北ブリテンの辺境守備隊に左遷されたローマ軍の若き指揮官アレクシオス。衰退の一途をたどる帝国の辺境で、挫折と挑戦、出会いと別れを経て、やがて"辺境のオオカミ"として生きる決意を固める。ローマン・ブリテン四部作の最終編。中学生以上。

『炎の戦士クーフリン 黄金の騎士フィン・マックール』 ローズマリー・サトクリフ著, 灰島かり, 金原瑞人, 久慈美貴訳 筑摩書房 2013.2 509p 15cm （ちくま文庫 さ40-2—ケルト神話ファンタジー） 880円 ①978-4-480-43022-9〈原書名：THE HOUND OF ULSTER, THE HIGH DEEDS OF FINN MAC COOL 「炎の戦士クーフリン」（ほるぷ出版 2003年刊）と「黄金の騎士フィン・マックール」（ほるぷ出版 2003年刊）の合本〉

[目次] 炎の戦士クーフリン, 黄金の騎士フィン・マックール

[内容] 太陽神ルグとアルスターの王女テビテラのあいだに生まれた英雄クーフリンの哀しい戦いの物語と、フィアンナ騎士団の英雄で、未来を見通し病人を癒やす不思議な力を持つフィン・マックールの物語。エリンと呼ばれた古アイルランドで活躍した美しく逞しい騎士たちを、神々や妖精が息づく世界のなかで鮮やかに描く。サトクリフ神話英雄譚の傑作2作を1冊にまとめる。

ザルテン, フェーリクス
Salten, Felix
《1869～1945》

『バンビ』 フェリックス・ザルテン原作 竹書房 2003.11 242p 16cm （竹書房文庫―ディズニー・クラシックス 7） 590円 ①4-8124-1394-X〈編訳：佐野晶〉

『バンビ―森の、ある一生の物語』 フェーリクス・ザルテン作, 上田真而子訳 岩波書店 2010.10 312p 18cm （岩波少年文庫 199） 760円 ①978-4-00-114199-3〈原書名：Bambi〉
[内容] 森に生まれた子鹿のバンビが、仲間たちと交わりながら、いきいきと成長する姿をえがく。初めて草原に出たときの喜び、狩人への恐怖、思春期の目覚め、自立と孤独…。森の動物の一生を愛情こめてとらえた、永遠の名作。小学5・6年以上。

サン＝テグジュペリ, アントワーヌ・ド
Saint-Exupéry, Antoine de
《1900～1944》

『ちいさな王子』 サン＝テグジュペリ著, 野崎歓訳 光文社 2006.9 174p 16cm （光文社古典新訳文庫） 552円 ①4-334-75103-2〈原書名：Le petit prince 年譜あり〉
[内容] 砂漠に不時着した飛行士の「ぼく」。その前に突然現れた不思議な少年。ヒツジの絵を描いてとせがまれたぼくは、ちいさな星からやってきた王子と友人になる。王子の言葉は、ずっと忘れていた、たくさんのことを思い出させてくれた。「目ではなにも見えないんだ。心でさがさなくちゃ」。

『星の王子さま』 サン・テグジュペリ作, 内藤濯訳 新版 岩波書店 2000.6 175p 18cm （岩波少年文庫） 640円 ①4-00-114001-2〈原書名：Le petit prince〉

『星の王子さま』 アントワーヌ・ド・サン＝テグジュペリ著, 池澤夏樹訳 集英社 2005.8 143p 16cm （集英社文庫） 381円 ①4-08-760494-2〈原書名：Le petit prince〉
[内容] 沙漠の真っ只中に不時着した飛行士の前に、不思議な金髪の少年が現れ「ヒツジの絵を描いて…」とねだる。少年の話から彼の存在の神秘が次第に明らかになる。バラの花との諍いから住んでいた小惑星を去った王子さまはいくつもの星を巡った後、地球に降り立ったのだ。王子さまの語るエピソードには沙漠の地下に眠る水のように、命の源が隠されている。生きる意味を問いかける永遠の名作の新訳。

『星の王子さま』 サン＝テグジュペリ著, 内藤濯訳 新版 岩波書店 2005.9 175p 18cm （岩波少年文庫） 640円 ①4-00-114001-2〈8刷〉
[内容] サハラ砂漠に不時着した飛行士と、"ほんとうのこと"しか知りたがらない星の王子さまとのふれあいを描いた、永遠の名作。純粋な子どもらしさや愛について、静かに語りかけます。初版本にもとづき改訂した新しいエディション。小学5・6年以上。

『星の王子さま』 アントワーヌ・ド・サン＝テグジュペリ著, 石井洋二郎訳 筑摩書房 2005.12 163p 15cm （ちくま文庫） 580円 ①4-480-42160-2〈原書名：Le petit prince〉
[内容] ひとの住む土地からはるか遠くの砂漠に不時着した飛行士のまえにあらわれた、不思議な男の子―きよらかな二つの魂の出会いと別れを描いた感動の名作を、明晰で美しく読みやすい新訳でおくる。偵察飛行の途中で消息を絶った飛行士サン＝テグジュペリが遺した永遠のメッセージを、みずみずしい言葉で読むものの心にとどける画期的な新訳版。

『星の王子さま』 サンテグジュペリ著, 小島俊明訳 中央公論新社 2006.3 149p 16cm （中公文庫） 590円 ①4-12-204665-3〈原書名：Le petit prince〉
[内容] 砂漠に不時着した飛行士の前にあらわれた、不思議な男の子。彼は遠い星からやってきた王子さまだった。「おとなしい羊を描いて」とねだる王子さまと語り、絆を創ったふたりは大切な時間を過ごす。しかし、やがて別れのときが…。永遠の名作を、カラー挿絵とともに原作の素顔を伝える新訳でおくる。

『星の王子さま』 サン＝テグジュペリ著, 河野万里子訳 新潮社 2006.4 158p 16cm （新潮文庫） 476円 ①4-10-212204-4〈原書名：Le petit prince〉

|内容| 砂漠に飛行機で不時着した「僕」が出会った男の子。それは、小さな小さな自分の星を後にして、いくつもの星をめぐってから七番目の星・地球にたどり着いた王子さまだった…。一度読んだら必ず宝物にしたくなる、この宝石のような物語は、刊行後六十年以上たった今も、世界中でみんなの心をつかんで離さない。最も愛らしく毅然とした王子さまを、優しい日本語でよみがえらせた、新訳。

『星の王子さま―新訳』 アントワーヌ・ド・サン=テグジュペリ作, 倉橋由美子訳 宝島社 2006.6 165p 16cm （宝島社文庫） 476円 ①4-7966-5307-4〈原書名：Le petit prince〉
|内容| 「大人って、とても変だ」そう思いながら王子様は旅を続けた。"かつて子供だった"人のために書かれた永遠の名作。その「謎」を解く最も大胆な倉橋訳、待望の文庫化。

『星の王子さま』 サン=テグジュペリ作, 谷川かおる訳 ポプラ社 2006.7 164p 18cm （ポプラポケット文庫 417-1） 570円 ①4-591-09340-9〈原書名：Le petit prince〉
|内容| 砂漠に不時着したぼくの前に、「ねえ、ぼくに羊を一匹描いてよ…」と言う不思議な男の子が現れた。彼は、小さな星の王子さまだった―。生きる意味を問いかける永遠の名作がポケット文庫に登場。小学校上級。

『星の王子さま』 サン=テグジュペリ作, 三田誠広訳 講談社 2006.11 189p 18cm （講談社青い鳥文庫 260-1） 560円 ①4-06-148749-3〈原書名：Le petit prince〉
|内容| 「お願い…。ヒツジの絵を描いて。」「なんだって？」「ヒツジの絵を描いて。」雷が落ちたみたいにおどろいたよ。立ちあがって目をこすり、声のしたほうを見つめた。するとそこには、とてもふうがわりな、小さな貴公子がいて、悲しそうにこちらを見ていた（本文より）。こんなふうに、目の前にふいに現れた王子さまこそ、小さな星の王子さまなのです。小学中級から。

『星の王子さま』 サン=テグジュペリ作, 三田誠広訳 講談社 2008.3 189p 18cm （講談社青い鳥文庫―SLシリーズ） 1000円 ①978-4-06-286406-0 〈原書名：Le petit prince〉
|内容| 「お願い…。ヒツジの絵を描いて。」「なんだって？」「ヒツジの絵を描いて。」雷が落ちたみたいにおどろいたよ。立ちあがって目をこすり、声のしたほうを見つめた。するとそこには、とてもふうがわりな、小さな貴公子がいて、悲しそうにこちらを見ていた…。こんなふうに、目の前にふいに現れた王子さまこそ、小さな星の王子さまなのです。小学中級から。

『星の王子さま』 サン=テグジュペリ作, 管啓次郎訳, 西原理恵子絵 角川書店 2011.6 172p 18cm （角川つばさ文庫 Eさ1-1） 620円 ①978-4-04-631163-4〈発売：角川グループパブリッシング〉
|内容| サハラ砂漠のまんなかで乗っていた飛行機がこわれてしまったぼく。人の住む場所から遠くはなれた砂漠で、ぼくは小さな声を聞き目をさましました。「おねがいします…羊の絵を描いてくれよ！」ふしぎなことに、そこには変わったおちびちゃんがいてぼくをじっと見つめていたのだ。「おまえも空からきたんだね！ どこの惑星？」新訳で生まれかわった「星の王子さま」。

『星の王子さま』 サン=テグジュペリ著, 管啓次郎訳 角川書店 2011.6 158p 15cm （角川文庫 16896） 476円 ①978-4-04-298219-7〈原書名：Le petit prince 発売：角川グループパブリッシング〉
|内容| 砂漠に不時着した主人公と、彼方の惑星から来た「ちび王子」の物語。人の心をとらえて離さないこの名作は、子供に向けたお伽のように語られてきた。けれど本来サン=テグジュペリの語り口は淡々と、深い。原文の心を伝えるべく、新たに訳された王子の言葉は、孤独に育った少年そのもの。ちょっと生意気で、それゆえに際立つ純真さが強く深く胸を打つ―。「大切なことって目にはみえない」。感動を、言葉通り、新たにする。

シートン, アーネスト・T.
Seton, Ernest Thompson
《1860〜1946》

『愛犬ビンゴ―シートン動物記』 シートン著, 藤原英司訳 集英社 2008.8 271p 16cm （集英社文庫） 429円 ①978-4-08-760559-4〈原書名：Bingo, the story of my dog〉
|目次| 愛犬ビンゴ, 銀ギツネの伝記, ウェイ・アッチャ―キルダー川のアライグマ
|内容| ころころとした熊の子みたいなビンゴは飼い主シートンの優しい眼差しに包まれ、自由気ままに育つのだが、主人に危険が迫ると、どこからともなく駆けつけてくる。不思議な絆で結ばれた飼い犬の物語である表題作

の他に、多くの困難な敵に負けずに家族を守りきる、知恵と勇気を備えたキツネの物語「銀ギツネの伝記」、好奇心旺盛なアライグマの子どもの冒険を描く「ウェイ・アッチャ」を収録。

『狼王ロボ―シートン動物記』 シートン著, 藤原英司訳　集英社　2008.6　271p　16cm　(集英社文庫)　429円　⓪978-4-08-760556-3〈原書名：Lobo, king of currumpaw〉

[目次] 狼王ロボ, 灰色グマの伝記, カンガルーネズミ, サンドヒルの雄ジカ

[内容] 人間の仕掛ける罠を嘲笑うかのように逃れて、コランポー一帯の牧場を荒らしまわる狼王ロボ。しかしロボにも弱点があった…。自然の尊厳と脅威を体現したかのような狼の物語の表題作以外に、孤独な森の王者となった熊の生涯を描いた「灰色グマの伝記」、小さな妖精「カンガルーネズミ」、威厳に充ちたシカを狩猟する少年の物語「サンドヒルの雄ジカ」を収録する。

『ぎざ耳ウサギの冒険―シートン動物記』 シートン著, 藤原英司訳　集英社　2008.7　271p　16cm　(集英社文庫)　429円　⓪978-4-08-760558-7〈原書名：Raggylug, the story of a cottontail rabbit〉

[目次] ぎざ耳ウサギの冒険, 黒いくり毛, あぶく坊や, ビリー

[内容] 沼のほとりに棲む綿尾ウサギの母と子のまわりには危険がいっぱい。子ウサギは蛇と遭遇、母のおかげで助かったものの、耳は咬まれてぎざぎざに。以来「ぎざ坊」は生存競争を生き延びる知恵を懸命に学んで、一人前になっていくのだが…。表題作以外に、飼い馴らされた美しい野性の馬の物語「黒いくり毛」、イノシシの子供の成長を描いた「あぶく坊や」、狩猟で本領を発揮する犬の話「ビリー」を収録。

『シートン動物記　1 (オオカミ王ロボ)』 E.T.シートン作, 前田三恵子訳, 山本耀也画　金の星社　1986.9　148p　18cm　(フォア文庫)　390円　⓪4-323-01050-8

『シートン動物記　2 (峰の大将クラッグ)』 E.T.シートン作, 前田三恵子訳, 山本耀也画　金の星社　1987.9　140p　18cm　(フォア文庫)　390円　⓪4-323-01056-7

『シートン動物記　3 (大灰色熊の一生)』 E.T.シートン作, 前田三恵子訳, 山本耀也画　金の星社　1988.9　153p　18cm　(フォア文庫)　430円　⓪4-323-01064-8

『シートン動物記　1』 アーネスト=シートン著, 白柳美彦訳　偕成社　1989.2　204p　19cm　(偕成社文庫)　450円　⓪4-03-651630-2〈画：清水勝〉

[目次] ロボ―カランポーの王様, ビンゴ―私の愛犬物語, だく足のマスタング, ぎざみみ小僧―ある綿尾ウサギの物語

[内容] 自然を、そして動物を愛したシートン。彼の描く動物たちは、生き生きとあざやかだ。ハイイロオオカミのロボとの対決、そしてその最期を描いた「ロボ―カランボーの王様」のほか4編を収録。読みやすい完訳版。

『シートン動物記　2』 アーネスト=シートン著, 白柳美彦訳　偕成社　1989.6　210p　19cm　(偕成社文庫)　470円　⓪4-03-651640-X〈画：清水勝〉

[目次] 灰色大グマの伝記, アルノー―ある伝書バトの物語, サンドヒル牡ジカの足あと

[内容] シートンは、数々の動物記を残しているが、その多くは、野生動物の激しい一生を描いている。中でも、1頭のハイイログマのおいたちから、その悲劇的な最期までを描いた「灰色大グマの伝説」は名高い。他に「アルノー―ある伝書バトの物語」、「サンドヒル牡ジカの足あと」等、全3編を収録。読みやすい完訳版。

『シートン動物記　3』 アーネスト=シートン著, 白柳美彦訳　偕成社　1989.12　219p　19cm　(偕成社文庫)　470円　⓪4-03-651650-7〈原書名：Lives of the hunted　画：清水勝〉

[目次] クラッグ―クートネー山の牡ヒツジ, ティトー―知恵のついたコヨーテの話

[内容] シートン動物記は、ただ動物だけを描いているわけではない。人間と自然との激しい対決も描いているのだ。けだかい牡ヒツジ・クラッグとそれを追う狩人スコティ、その悲劇的な結末を描いた「クラッグ―クートネー山の牡ヒツジ」しっぽを切られたコヨーテの試練と知恵を描いた、「ティトー―知恵のついたコヨーテの話」を収録。

『シートン動物記　1　おおかみ王ロボ ほか』 アーネスト・トムソン・シートン作, 阿部知二訳　講談社　2009.12　193p　18cm　(講談社青い鳥文庫)　580円　⓪4-06-147176-7〈第45刷〉

[目次] ロボ―カランポー高原のおおかみ王, ぎざ耳―あるわた尾ウサギの物語, すみくり―ある無法ウマの話, ハイイログマの一生

[内容] 愛するめすオオカミのブランカを助けようとして、ついに、わなにかかったおおかみ王「ロボ」、あわれなみなしごから、たくましい森の王者に成長する「ハイイログマの一生」など、大自然にくりひろげられる、動物たちの愛と戦い、かなしみを、生き生きとえがく動物文学の傑作4編をおさめました。

『シートン動物記 2 岩地の王さま ほか』 アーネスト・トムソン・シートン作, 阿部知二訳 講談社 1985.12 211p 18cm （講談社青い鳥文庫） 420円 ①4-06-147189-9

『シートン動物記 3 タラク山のくま王 ほか』 アーネスト・トムソン・シートン作, 阿部知二訳 講談社 1986.2 217p 18cm （講談社青い鳥文庫） 420円 ①4-06-147193-7

『シートン動物記―オオカミ王ロボほか』 シートン作, 越前敏弥訳, 姫川明月絵 角川書店 2012.12 228p 18cm （角川つばさ文庫 Eし3-1） 620円 ①978-4-04-631286-0〈発売：角川グループパブリッシング〉

[目次] ビンゴ わたしの愛犬, ギザ耳 あるワタオウサギの物語, 灰色グマの一代記, オオカミ王ロボ カランポーの支配者

[内容] 強くかしこく、人間たちには決してつかまらなかった、オオカミ王ロボの一生。ちょっとマヌケだけど、ご主人さまのことが大好きな、シートンの飼い犬ビンゴ。お母さんも兄妹たちも銃で殺され、ひとりぽっちで生きてきた、クマのワーブ。お母さんウサギ・モリーの教えをけんめいに覚えようとする子ウサギのギザ…。ほんとうにあった動物たちの物語に、おもわず涙があふれだす。ぜったいに読んでおきたい名作！ 小学中級から。

『シートン動物記 〔2〕 サンドヒルの雄ジカほか』 シートン作, 越前敏弥訳, 姫川明月絵 KADOKAWA 2013.10 204p 18cm （角川つばさ文庫 Eし3-2） 620円 ①978-4-04-631355-3〈1巻までの出版者：角川書店 年譜あり〉

[目次] 小さな軍馬, あるジャックウサギの物語, マガモ親子の陸の旅, スプリングフィールドのキツネ, サンドヒルの雄ジカの足跡

[内容] 人間につかまり、生きのびるため、死のレースを走りつづけるウサギのジャッキー。母さんマガモと、赤ちゃんマガモたちの、はじめての大冒険。夫と子どもを人間に殺され、生けどりにされた最後の子を助けようとする、母ギツネ・ビックスの強くかなしい決断。美しい雄ジカと、その雄ジカを追いつづける、若い狩人のヤン。自然に生きる動物たちの、本当にあった物語。読めばもっと動物がすきになる。感動の名作！ 小学中級から。

『シートン動物記 〔3〕 クラッグクートネーの雄ヒツジほか』 シートン作, 越前敏弥訳, 姫川明月絵 KADOKAWA 2015.4 223p 18cm （角川つばさ文庫 Eし3-3） 620円 ①978-4-04-631486-4

[目次] アルノー ある伝書バトの物語, 少年とオオヤマネコ, あばれ馬のコーリーベイ, クラッグ クートネーの雄ヒツジ

[内容] すばらしく立派な角を持ち、勇気と知恵で群れをひきいた、ヒツジのクラッグ。ひたすらに家をめざしてまっすぐ飛び続けた伝説の伝書バト、アルノー。人間に飼いならされず、自由に走り抜けた美しい馬、コーリーベイ。命をかけて子どもを守る母さんオオヤマネコと、必死に戦う人間の少年ソーバーン…けんめいに生きる動物たちの姿は、命の厳しさや尊さを、心に深く伝えてくれる。ぜったいに読んでおきたい名作！ 小学中級から。

『シートンの動物記―野生の「いのち」、6つの物語』 シートン作, 谷村志穂訳, 吉田圭子, 飯野まき, 吉岡さやか絵 集英社 2013.7 189p 18cm （集英社みらい文庫 し-6-1） 600円 ①978-4-08-321164-5〈「シートンさんのどうぶつ記1～3」（創美社 2009年刊）の改題、加筆・修正〉

[目次] ラグとお母さんウサギ, おかしな子グマ、ジョニー, 十羽のコガモの冒険, オオカミの王、ロボ, スプリングフィールド村のキツネ, 銀の印の、あるカラスの物語

[内容] シートンさんは、たくさんの野生動物を観察し、多くの物語を書きました。この本ではその中から、6つのお話を紹介します。「ラグとお母さんウサギ」「おかしな子グマ、ジョニー」「十羽のコガモの冒険」「オオカミの王、ロボ」「スプリングフィールド村のキツネ」「銀の印の、あるカラスの物語」…いきいきとした文章でまとめられた訳で、シートンさんの世界への入門にふさわしい一冊です！ 小学中級から。

シュトルム, テオドル
Storm, Hans Theodor
《1817～1888》

『たるの中から生まれた話』 シュトルム

著, 矢川澄子訳　福武書店　1990.1　213p　16cm　（福武文庫）　420円　①4-8288-3122-3〈原書名：Geschichten aus der Tonne〉

|目次|雨姫, ブーレマンの家, のろわれた鏡, バラとカラス

|内容|どうぞ雨をふらせてくださいと, 美しい雨姫さまのもとへ雨ごいに向かう少年と少女を抒情的に描いた「雨姫」, けちんぼの老人と猫とをめぐる怪奇な物語「ブーレマンの家」等, 19世紀ドイツを代表する作家シュトルムが描いた珠玉の短編童話4編。

シュピリ, ヨハンナ
Spyri, Johanna
《1827～1901》

『アルプスの少女』　スピリ作, 関楠生訳, ナタリー・フォーシル画　童心社　1988.2　377p　18cm　（フォア文庫）　500円　①4-494-02666-2

|内容|人ぎらいのおじいさんの心をほぐす, やさしいハイジ。ヤギ飼いペーターとなかよしの, 明るいハイジ。足の不自由なクララをはげます, けなげなハイジ。自然がだいすき, 元気なハイジ。新進フランス画家の絵をそえておくる世界の名作決定版！

『アルプスの少女』　ヨハンナ＝スピリ作, 池田香代子訳, 直江真砂絵　講談社　1991.6　283p　18cm　（講談社青い鳥文庫）　540円　①4-06-147298-4

|内容|主人公ハイジの, うたがうことを知らない純真な真心が, 山のおじいさんをはじめ生きることにつかれた人々や, やわ動物たちの心さえもいやしていきます。アルプスの美しい自然を背景にえがかれたこの作品は百年以上たって今なお, 子どもたちばかりでなく, 多くの人々に愛され続ける名作の中の名作です。小学中級から。

『アルプスの少女ハイジ』　ヨハンナ＝スピリ作, 池田香代子訳　講談社　2005.12　300p　18cm　（講談社青い鳥文庫 151-2）　670円　①4-06-148707-8〈絵：いわさきちひろ〉

|内容|アルプスの山でおじいさんややぎたちや少年ペーターの一家らとともにのびのびと生きるハイジ。お金持ちの娘クララの遊び相手として街のお屋敷に引き取られたハイジは, 次第とゆかいな騒動を起こします。けれどやがてホームシックになって…。純真なハイジにはげまされた人たちは, やがてみずから力強くやさしく変わっていきます。百年以上にわたり愛読されてきた名作です。小学上級から。

『アルプスの少女ハイジ　第1部』　ヨハンナ・スピリ著, 国松孝二, 鈴木武樹訳　偕成社　2006.3　328p　19cm　（偕成社文庫）　700円　①4-03-650300-6〈原書名：Heidi　第13刷〉

|内容|アルプスの少女ハイジは愛するおじいさんやともだちのペーターとわかれ, 街のお金持ちゼーゼマン家へひきとられる。そこでは足のふじゆうな少女クララがあそび相手をまっていた…。ハイジがまきおこす愛の旋風。世界中で読みつがれている名作を完訳でおくります。

『アルプスの少女ハイジ　第2部』　ヨハンナ・スピリ著, 国松孝二, 鈴木武樹訳　偕成社　2004.11　260p　19cm　（偕成社文庫）　700円　①4-03-650310-3〈原書名：Heidi　第11刷〉

|内容|街のお金持ちゼーゼマン家にひきとられ, ゼーゼマンさんのむすめクララのあそび相手となったアルプスの少女ハイジ。ハイジの善意でまわりの人びとの心には愛の灯が。しかしハイジはひとりふたたびアルプスにもどれる日をゆめみていた。世界中で読みつがれている名作を完訳でおくります。

『アルプスの少女ハイジ』　ヨハンナ・スピリ著, 関泰祐, 阿部賀隆訳　改版　角川書店　2006.7　349p　15cm　（角川文庫）　476円　①4-04-207002-7〈原書名：Heidi's Lehr-und Wanderjahre〉

|内容|アルプスの山奥で孤独に暮らすおじいさんのもとに, 孫娘ハイジがやってきた。無垢で, 優しさにあふれた天真爛漫な少女は, 出逢う人すべてに幸せと奇蹟をもたらす。暗い過去を背負うおじいさん, 人見知りの山羊飼ペーター, 盲目のおばあさん, そして車椅子の少女クララ―。大人たちの都合や意地悪に振りまわされながら, 悲しみに負けず, 思いやりの心を忘れないハイジの姿は, 世界中の人々に愛され続けている。不朽の名作。

『アルプスの少女ハイジ』　ヨハンナ・スピリ作, 万里アンナ文, うっけ絵　角川書店　2012.10　191p　18cm　（角川つばさ文庫 EしL2-1）　580円　①978-4-04-631268-6〈原書名：Heidiの抄訳　発売：角川グループパブリッシング〉

|内容|アルプスの山小屋に住むハイジは, りんごみたいなほっぺの, 前向きで明るい女の子。ハイジにとってはそまつな小屋も, 干し草のベッドも, すてきなお城！　がんこなおじいさんだって, ちょっといじわるなヤギ飼

いのペーターだって、心から大好きだし、そんなハイジをみんな愛しているの。でもある日、大金持ちのお嬢さま・クララの遊び相手としてハイジが遠い街へ連れて行かれちゃって…!? 笑顔と元気をくれる名作。小学初級から。

『ハイジ　上』J.シュピーリ作，矢川澄子訳，パウル・ハイ画　福音館書店　2003.3　301p　17cm　（福音館文庫）　700円　④4-8340-1934-9〈原書名：Heidi〉
内容　人里から離れて、一人でアルプスの山に住んでいる頑固者のアルムじいのもとに、ある日、孫娘のハイジがやってきます。アルプスの草花のように健やかなハイジはたちまち周囲の人たちを魅了してしまいます。ところが、そんな幸せな日々も、思わぬことでハイジが都会にいくことになり、奪い去られてしまいます。小学校中級以上。

『ハイジ　下』J.シュピーリ作，矢川澄子訳，パウル・ハイ画　福音館書店　2003.3　218p　17cm　（福音館文庫）　600円　④4-8340-1935-7〈原書名：Heidi〉
内容　フランクフルトのクララの家でハイジはなに不自由なく恵まれた生活をおくります。しかし、自然からへだてられたハイジは病気になってしまい、アルムじいのいるアルプスにもどります。ふたたび山での輝かしい日々がはじまり、花々が咲き、もみの木の梢を風がわたる五月、なつかしいクララとクララのおばあさんがやってきます。小学校中級以上。

『ハイジ　上』ヨハンナ・シュピリ作，上田真而子訳　岩波書店　2003.4　317p　18cm　（岩波少年文庫）　720円　④4-00-114106-X〈原書名：Heidi〉
内容　アルプスの美しい自然を愛する少女ハイジの物語。ハイジにとって、おじいさんとの山小屋ぐらしは、毎日わくわくすることばかり。ところがある日、フランクフルトに住む少女の友だちになるため、ハイジは山をおりることになりました。小学4・5年以上。

『ハイジ　下』ヨハンナ・シュピリ作，上田真而子訳　岩波書店　2003.4　280p　18cm　（岩波少年文庫）　680円　④4-00-114107-8〈原書名：Heidi〉
内容　なつかしいアルムの小屋へもどってきたハイジは、大よろこび。無邪気なハイジは、かたくななおじいさんの心を開かせ、周りの人たちの気持ちを変えていきます。ある日、クララがあそびにくるという、うれしい知らせが届きました。小学4・5年以上。

『ハイジ　1』ヨハンナ・シュピーリ作，若松宣子訳　偕成社　2014.4　296p　19cm　（偕成社文庫3276）　800円　④978-4-03-652760-1〈原書名：Heidi〉
内容　アルプスの山でおじいさんと暮らすことになった少女ハイジ。山の清々しい空気のもとで、ヤギたちやペーターとの楽しい日々をおくりますが、とつぜんの別れがやってきます。フランクフルトのお屋敷にひきとられたハイジの運命は…。小学上級以上向。

『ハイジ　2』ヨハンナ・シュピーリ作，若松宣子訳　偕成社　2014.4　218p　19cm　（偕成社文庫3277）　800円　④978-4-03-652770-0〈原書名：Heidi〉
内容　フランクフルトからアルムの山にもどったハイジ。フランクフルトで学び、信仰を得たハイジのすがたは、ゆたかな自然のなかでいきいきとかがやき、まわりの人々を変えていきます―。小学上級以上向。

ジョーンズ，ダイアナ・ウィン
Jones, Diana Wynne
《1934～2011》

『うちの一階には鬼がいる!』ダイアナ・ウィン・ジョーンズ著，原島文世訳　東京創元社　2012.7　318p　15cm　（創元推理文庫　Fシ4-14）　960円　④978-4-488-57214-3〈原書名：THE OGRE DOWNSTAIRS〉
内容　母さんが再婚したジャック・マッキンタイアは、横暴で子ども嫌いのいやなやつ。おまけに感じの悪い兄弟までついてきた。マッキンタイア家に同居するようになった三人の子どもたちは、地獄の日々をおくっていた。そんなある日、ジャックが買ってきた化学実験セット。それがとんでもない代物だった。英国児童文学の女王が家族の危機と魔法騒動をユーモラスに描く面白ファンタジー。

『九年目の魔法』ダイアナ・ウィン・ジョーンズ著，浅羽莢子訳　東京創元社　1994.9　489p　15cm　（創元推理文庫）　800円　④4-488-57202-2〈原書名：Fire and hemlock〉
内容　なにか、おかしい。壁にかかった懐かしいこの写真も、愛読していたベッドの上のこの本も、覚えているのとは違ってる。まるで、記憶が二重になってるみたい。そう、ことの起こりはたしか十歳のとき。大きな屋敷にまぎれこんだら葬式をやっていて、そこでひょうっとした男の人、リンさんに出会って、そしてなにかとても恐ろしいことが始まって…少女の成長と愛を描く現代魔法譚。

ジョーンズ

『**グリフィンの年**』 ダイアナ・ウィン・ジョーンズ著, 浅羽莢子訳　東京創元社　2003.8　374p　15cm　（創元推理文庫）　800円　①4-488-57204-9〈原書名：Year of the griffin〉

[内容] ケリーダ総長の手を離れ、若手に任された魔術師大学の赤字はかさむ一方。寄付を募る手紙から大事件が続発！　新入生を狙う刺客。学食に乱入する海賊。女子学生は外套掛けにつきまとわれ、中庭はグリフィンでいっぱいに？　大学の危機にダークの娘エルダと仲間たちが大活躍！　魔法世界のキャンパスライフを生き生きと描く、痛快無比のユーモア・ファンタジイ第二弾。

『**ダークホルムの闇の君**』 ダイアナ・ウィン・ジョーンズ著, 浅羽莢子訳　東京創元社　2002.10　496p　15cm　（創元推理文庫）　980円　①4-488-57203-0〈原書名：The dark lord of Derkholm〉

[内容] 別の世界から事業家チェズニー氏がやってきて40年、魔法世界ダークホルムは今や観光地。だが諸国の財政は危機に瀕し、町も畑も荒れ放題。風前の灯のこの世界を救うのは誰か？　神殿のお告げで選ばれたのは魔術師ダーク。彼ばかりか、妻と一男一女五グリフィンの子供たちまで巻き込む騒動の顚末は？　辛口ユーモアをたっぷり盛り込んでおくるファンタジイ。

『**ハウルの動く城　1　魔法使いハウルと火の悪魔**』 ダイアナ・ウィン・ジョーンズ著, 西村醇子訳　徳間書店　2013.3　413p　15cm　（徳間文庫 シ1-1）　657円　①978-4-19-893673-0〈原書名：HOWL'S MOVING CASTLE〉

[内容] 魔法が本当に存在する国で、魔女に呪いをかけられ、90歳の老婆に変身してしまった18歳のソフィーと、本気で人を愛することができない魔法使いハウル。力を合わせて魔女に対抗するうちに、二人のあいだにはちょっと変わったラブストーリーが生まれて…？　英国のファンタジーの女王、ダイアナ・ウィン・ジョーンズの代表作。宮崎駿監督作品「ハウルの動く城」の原作、待望の文庫化。

『**ハウルの動く城　2　アブダラと空飛ぶ絨毯**』 ダイアナ・ウィン・ジョーンズ著, 西村醇子訳　徳間書店　2013.4　378p　15cm　（徳間文庫 シ1-2）　619円　①978-4-19-893683-9〈原書名：CASTLE IN THE AIR　1997年刊の修正〉

[内容] 魔神にさらわれた姫を助けるため、魔法の絨毯に乗って旅に出た、若き絨毯商人アブダラは、行方不明の夫ハウルを探す魔女ソフィーとともに、魔神が住むという雲の上の城に乗りこむが…？　英国のファンタジーの女王ダイアナ・ウィン・ジョーンズが、アラビアンナイトの世界で展開する、「動く城」をめぐるもう一つのラブストーリー。宮崎駿監督作品「ハウルの動く城」原作の姉妹編。

『**バビロンまでは何マイル　上**』 ダイアナ・ウィン・ジョーンズ著, 原島文世訳　東京創元社　2011.4　301p　15cm　（創元推理文庫 572-12）　920円　①978-4-488-57212-9〈原書名：Deep secret〉

[内容] あんまりだ、旧ユーゴと北アイルランドの平和に奔走して帰ったばかりなのに、今度はコリフォニック帝国の非公開法廷の立ち会いだ。いやなことは重なるもので、マジドの師スタンが死にかけているとの知らせが入る。皇帝暗殺で大混乱のコリフォニック帝国と、新人マジド選び。ふたつの難題を抱えた魔法管理官ルパートの運命は。英国ファンタジーの女王が贈る、愉快でにぎやかな物語。

『**バビロンまでは何マイル　下**』 ダイアナ・ウィン・ジョーンズ著, 原島文世訳　東京創元社　2011.4　301p　15cm　（創元推理文庫 572-13）　920円　①978-4-488-57213-6〈原書名：Deep secret〉

[内容] 新人魔法管理官選びは困難をきわめた。候補者はみな一筋縄ではいかない連中ばかり。一方コリフォニック帝国の皇位継承者捜しも難航した。居場所を突き止めたと思ったとたん邪魔がはいる始末。ルパートは幽霊となったスタンの手を借り奮闘するが…。鍵となるのはマジドの極秘事項"バビロン"。英国の童謡「バビロンまでは何マイル」の唄にのせて贈る、愉快なファンタジー。

『**魔法？　魔法！―ダイアナ・ウィン・ジョーンズ短編集**』 イーディス・ネズビット作, 野口絵美訳　徳間書店　2015.8　533p　15cm　（徳間文庫 シ1-3）　770円　①978-4-19-894004-1〈原書名：Unexpected Magic　「魔法！　魔法！　魔法！」（2007年刊）の改題、再編集、修正〉

[目次] ビー伯母さんとお出かけ, 魔法ネコから聞いたお話, 緑の魔石, 第八世界, ドラゴン保護区, ピンクのふわふわキノコ, お日様に恋した乙女, でぶ魔法使い, オオカミの棲む森, ダレモイナイ, 二センチの勇者たち, カラザーズは不思議なステッキ, コービーと宇宙船, クジャクがいっぱい, ジョーンズって娘, ちびネコ姫トゥーランドット

[内容] ドラゴンや人をあやつる異能の少女、魔法使いを「飼っている」おしゃまなネコ、身長二センチの勇者たち、幼い主人を守ろうと

するけなげなロボット…魔法、SF、ホラー、冒険などさまざまな味わいの短編が十五編つまったファンタジーの宝石箱。世界幻想文学大賞の生涯功労賞を受賞し、映画「ハウルの動く城」の原作者としても知られる、英国のファンタジーの女王が贈る珠玉の短編集。

『わたしが幽霊だった時』 ダイアナ・ウィン・ジョーンズ著、浅羽莢子訳 東京創元社 1993.10 302p 15cm （創元推理文庫） 500円 ①4-488-57201-4〈原書名：The time of the ghost〉

スティーヴンソン, ウィリアム
Stevenson, William
《1925～》

『ブッシュベイビー――大草原の小さな天使』 ウィリアム・スティーヴンソン著、青木日出夫訳 新潮社 1991.12 353p 15cm （新潮文庫） 520円 ①4-10-236201-0〈原書名：The bushbabies〉

『ブッシュベイビー――大草原の小さな天使』 箱石桂子ノベライズ、ウィリアム・スチーブンソン原作 竹書房 2004.11 259p 16cm （竹書房文庫―世界名作劇場 17） 848円 ①4-8124-1841-0 〈付属資料：CD1枚(8cm)〉
[内容] ケニアの野生動物保護官の娘ジャッキーはブッシュベイビーの赤ちゃんと出会い、マーフィと名付け育てることに―。やがて一家の帰国の日、とあることからジャッキーとマーフィはサバンナを旅するはめになる。そこには密猟者に追われ、象に襲われ、何度も危機を乗り越える冒険の数々が待っていた！ 野生動物の王国・アフリカを舞台に、大自然の偉大さ、恐ろしさ、美しさを余すところなく描いた『世界名作劇場』の快作。

スピリ
⇒シュピリ, ヨハンナ を見よ

チムニク, ライナー
Zimnik, Reiner
《1930～》

『熊とにんげん』 ライナー・チムニク著、上田真而子訳 福武書店 1990.2 141p 15cm （福武文庫） 420円 ①4-8288-3125-8〈原書名：Der Bär und die Leute〉
[内容] あるとき、ひとりの男がいた。男は熊を一とうつれていた。どこからきたのか、男はいおうとしなかったし、なんという名まえなのか、だれにもわからなかった。人びとは、ただ〈熊おじさん〉とよんだ―絵と文章の同時進行による独自の表現スタイルで知られるチムニクが24歳の時発表した、瑞々しい感性のきらめく処女作。

『クレーン・タイコたたきの夢』 ライナー・チムニク著、矢川澄子訳 福武書店 1991.3 292p 16cm （福武文庫） 650円 ①4-8288-3193-2〈原書名：Der Kran, Die Trommler für eine bessere Zeit〉
[内容] 貨物用にすえられたクレーンに住みつき、女たちが誘っても、戦争が始まってさえ、そこを離れようとしなかった男の奇妙な物語「クレーン」。よりよい暮らしをもとめて旅を続ける夢想家たちの寓話「タイコたたきの夢」。寓意にあふれた物語の底に、深いペーソスをたたえたチムニクの代表作二編を収録。

『セーヌの釣りびとヨナス・いばりんぼの白馬』 ライナー・チムニク著、矢川澄子訳 福武書店 1991.4 241p 16cm （福武文庫） 560円 ①4-8288-3196-7〈原書名：Jonas der Angler, Der schwarze Schimmel〉
[内容] インドでは蛇使いに会い、グリーンランドではエスキモーに魚釣りを教え、中国では皇帝のお茶に呼ばれる―。一人のしがない釣りびとの奇想天外な旅物語「セーヌの釣りびとヨナス」。本邦初訳の中篇「いばりんぼの白馬」併録。

『レクトロ物語』 ライナー・チムニク作、上田真而子訳 福音館書店 2006.6 381p 17cm （福音館文庫） 750円 ①4-8340-2173-4〈原書名：Geschichten vom Lektro, Neue Geschichten vom

Lektro〉

内容 いつも新しい自分を夢見ているレクトロは、道路掃除夫、駅長代理、飛行船のビラまき係など、風変わりな仕事につきますが、そのたびに奇妙な事件がふりかかり、どの仕事も長続きしません。細密で明快な絵と寓話的なストーリーが創りだす独特のチムニク・ワールドを完版版でお楽しみください。小学校中級以上。

デ・アミーチス, エドモンド
De Amicis, Edmondo
《1846～1908》

『クオレ―愛の学校』 デ・アミーチス作, 前田晁訳 岩波書店 1987.6 2冊 18cm （岩波少年文庫） 各550円 ①4-00-112008-9

『クオレ―愛の学校 上』 アミーチス作, 矢崎源九郎訳 偕成社 1992.8 310p 19cm （偕成社文庫） 800円 ①4-03-651280-3〈原書名：Cuore〉

内容 エンリーコの学校生活の1年間を、日記形式で描いた古典名作の完訳版。上巻は10月から2月までを収録。「ちゃんの看護人」「サルデーニャの少年鼓手」など良心や愛国心をうたった物語を挿入。小学上級から。

『クオレ―愛の学校 下』 アミーチス作, 矢崎源九郎訳 偕成社 1992.8 354p 19cm （偕成社文庫） 800円 ①4-03-651290-0〈原書名：Cuore〉

内容 エンリーコの学校生活の1年間を、日記形式で描いた古典名作の完訳版。下巻は3月から7月までを収録。「母をたずねて3千里」「ロマーニャの血」など感動的な物語を挿入。小学上級から。

『クオーレ』 エドモンド・デ・アミーチス著, 和田忠彦訳 新潮社 1999.3 508p 16cm （新潮文庫） 705円 ①4-10-219011-2〈原書名：Cuore〉

内容 イタリアの少年エンリーコが毎日の学校生活を書いた日記と、あのジェノヴァの少年マルコが母親を捜して遠くアンデスの麓の町まで旅する『母をたずねて3千里』など、先生の毎月のお話九話。どれも勇敢な少年と、少年を見守る優しい大人たちとの心のふれあいを描く不滅の愛の物語です。どこの国でも、いつの時代でも変わらない親子の愛や家族の絆の強さを、読みやすい新訳でお届けします。

『母をたずねて』 デ・アミーチス作, 大久保昭男訳 ポプラ社 1999.3 182p 18cm （ポプラ社文庫―世界の名作文庫 W-41） 600円 ①4-591-06039-X

内容 マルコはたったひとりでアルゼンチン行きの汽船にのりこみました。どんなつらいことにもがんばろう、そう強く決心していました。家族のため、遠い外国にはたらきにでかけた大好きなお母さん。そのお母さんにひとめでいい、もう一度会いたい―。お母さんをさがして何万キロも旅をする少年マルコを描いた名作。

『母をたずねて三千里』 箱石桂子ノベライズ, デ・アミーチス原作 竹書房 2004.8 259p 16cm （竹書房文庫―世界名作劇場 10） 848円 ①4-8124-1725-2

内容 元気なジェノバっ子のマルコはアルゼンチンに働きに出たままの母に会うため、ひとり旅に出る。時には人に助けられ、時にはくじけながらも勇敢な旅を続けるマルコ―。しかし、期待を胸に行く先々に母はいないのだった。果たして、この旅の終わりにマルコは母に会えるのか―？ 『世界名作劇場』シリーズ随一の感涙必至の感動作。

テツナー, リザ
Tetzner, Lisa
《1894～1963》

『黒い兄弟 上』 リザ・テツナー著, 酒寄進一訳 多摩 福武書店 1995.1 332p 16cm （福武文庫） 700円 ①4-8288-5708-7〈原書名：Die schwarzen Brüder〉

内容 150年前のスイス。山奥の貧しい農家に生まれたジョルジョは、優しい家族や友達に囲まれ、元気一杯。ところが厳しい日照りの年、どこにもお金がなくなって、ジョルジョが人買いに売られることに…そして、その先にはもっとおそろしいことが待っていたのです。スイスで昔実際にあった少年たちの売買を題材に、愛と友情を描いた名作。

『黒い兄弟 下』 リザ・テツナー著, 酒寄進一訳 多摩 福武書店 1995.1 404p 16cm （福武文庫） 700円 ①4-8288-5709-5〈原書名：Die schwarzen Brüder〉

内容 ミラノで貧しい煙突掃除夫として働くジョルジョ。秘密結社「黒い兄弟」の仲間に入り、強い友情で結ばれます。そんな時、「黒い兄弟」のリーダーで親友のアルフレドが病気に…「ジョルジョ、君に秘密を話すときがきた…」。辛い境遇にくじけず、勇気をもっ

デラメア

て生きるジョルジョの波瀾万丈の物語、感動の後編。

『ロミオの青い空』 鏡京介ノベライズ,リザ・テツナー原作 竹書房 2004.7 259p 16cm （竹書房文庫―世界名作劇場 9） 848円 ①4-8124-1659-0〈付属資料：CD1枚(8cm)〉
内容 家族のため人買いルイニに買われミラノで煙突掃除夫となったロミオ。想像以上に厳しい生活に耐えられるのは、親友アルフレドとの誓いと煙突の先の青空があるから―。やがて、不良グループ「狼団」から煙突掃除の少年達を守るため「黒い兄弟」が結成された。少年同士の熱き友情は『世界名作劇場』の伝説となった。

デ・ラ・メア, ウォルター
De La Mare, Walter
《1873～1956》

『旧約聖書物語 上』 ウォルター・デ・ラ・メア作, 阿部知二訳 岩波書店 1989.10 329p 18cm （岩波少年文庫） 620円 ①4-00-113127-7〈原書名：Stories from the Bible〉
目次 1 エデンの園, 2 大洪水, 3 ヨセフ, 4 モーセ, 5 荒野
内容 この世のどんな富にもまさる宝であるといわれる旧約聖書から、イギリスの詩人デ・ラ・メアが子どものために重要な事柄を選んで書きおろした壮麗な物語。上巻では、天地創造、アダムとエバの生誕、大洪水とノアの箱舟、モーセのエジプト脱出などが語られる。中学以上。

『旧約聖書物語 下』 ウォルター・デ・ラ・メア作, 阿部知二訳 岩波書店 1989.11 291p 18cm （岩波少年文庫） 620円 ①4-00-113128-5〈原書名：Stories from the Bible〉
目次 6 サムソン, 7 サムエル, 8 サウル, 9 ダビデ
内容 イギリスのすぐれた詩人デ・ラ・メアが子どものために書きあらした壮麗な旧約聖書の物語。下巻では、勇士サムソンとデリラ、預言者サムエル、イスラエルの王サウルとダビデのことが語られる。巻末に聖書についてのわかりやすい解説をつけた。中学以上。

『旧約聖書物語 上』 ウォルター・デ・ラ・メア作, 阿部知二訳 岩波書店 2012.9 333p 18cm （岩波少年文庫 606） 760円 ①978-4-00-114606-6〈原書名：STORIES FROM THE BIBLE 1989年刊の再刊〉
目次 1 エデンの園（人間をつくりだす, 神の怒り）, 2 大洪水, 3 ヨセフ（ゆめ, 牢獄で, エジプト王のゆめを解く, エジプトにきた兄弟, ヨセフが名のる, エジプトにきたヤコブ）, 4 モーセ（アシの船, かがやく炎, エジプト王への願い, わざわいの日々, エジプトの恐怖, 過ぎ越しの祝い, エジプトからのがれる, 紅海をわたる）, 5 荒野（モーセの死, エリコの落城）
内容 イギリスの高名な詩人が、『旧約聖書』から重要なできごとを選んで、子どものために書き下ろした壮麗な物語。上巻では、天地創造、アダムとエバの楽園追放、大洪水とノアの箱船、モーセの出エジプトなどが語られる。中学以上。

『旧約聖書物語 下』 ウォルター・デ・ラ・メア作, 阿部知二訳 岩波書店 2012.9 291p 18cm （岩波少年文庫 607） 720円 ①978-4-00-114607-3〈原書名：STORIES FROM THE BIBLE 1989年刊の再刊〉
目次 6 サムソン（天使, なぞ, ムギ畑の中のキツネ, デリラ, うらぎられたサムソン）, 7 サムエル（サムエルの少年時代, うばわれた「神の約束の箱」, 「神の約束の箱」をとりもどす）, 8 サウル（サウルとサムエル, サウルが王となる, ハナシ王, ヨナタン, アガグ王）, 9 ダビデ（ダビデ, イスラエルの王となる, ゴリアテ）
内容 詩人デ・ラ・メアが、豊かな想像力と美しい文章で物語る『旧約聖書』。下巻では、勇士サムソンとデリラ、預言者サムエル、イスラエルの王サウル、そして若きダビデについて、ドラマチックに語られる。巻末には、わかりやすい解説を収録。中学以上。

『九つの銅貨』 W.デ・ラ・メア作, 脇明子訳, 清水義博画 福音館書店 2005.1 253p 17cm （福音館文庫） 650円 ①4-8340-2030-4〈原書名：Collected stories for children.（抄訳）〉
目次 チーズのお日さま, 九つの銅貨, ウォリックシャーの眠り小僧, ルーシー, 魚の王さま
内容 二十世紀前半のイギリスを代表する詩人の一人であり物語作家でもある著者の『子どものための物語集』から五編を選びました。奇妙な筋書きと細やかな風景描写、そこに姿を現わす不思議な存在の数々…。風土や風俗習慣、さまざまな伝承をふまえながら独特な

世界を編みあげた、香気ゆたかなお話集です。小学校上級以上。

『なぞ物語』 ウォルター・デ・ラ・メア著、野上彰訳 東久留米 フレア 1996.11 173p 16cm （フレア文庫） 520円 ①4-938943-02-6

『ムルガーのはるかな旅』 ウォルター・デ・ラ・メア著、脇明子訳 早川書房 1979.2 296p 16cm （ハヤカワ文庫FT） 340円

『ムルガーのはるかな旅』 ウォルター・デ・ラ・メア作、脇明子訳 岩波書店 1997.6 393p 18cm （岩波少年文庫） 700円 ①4-00-113145-5〈原書名：The three mulla-mulgars〉

デンネボルク、ハインリヒ・マリア
Denneborg, Heinrich Maria
《1909～1987》

『小さなろばのグリゼラ』 デンネボルク著、高橋健二訳 福武書店 1990.3 190p 16cm （福武文庫） 460円 ①4-8288-3132-0〈原書名：Das Eselchen Grisella〉
内容 みなし子の少年チーノと、りこうなろばのグリゼラは大の仲よし。あるときグリゼラが、貧しいチーノをなんとかしてお金持ちにしてやろうと思いたったことから、大変な冒険がはじまります。―勇気と友情の大切さを生涯のテーマとして描きつづけた作家デンネボルクが、ろばと少年に託して贈る、愛すべき楽しい物語。

『ヤンと野生の馬』 デンネボルク著、高橋健二訳 福武書店 1990.2 235p 15cm （福武文庫） 500円 ①4-8288-3127-4〈原書名：Jan und das Wildpferd〉
内容 体は小さいけれど、きかんぼうの少年ヤンと、無骨で口は悪いが、心根の優しい作男のナッツは大の仲良し。あるとき、足の不自由な野生の子馬と出会ったことから、大変な事件にまきこまれていまいます。―大らかでユーモアあふれるストーリーの底に、人と自然への深い愛情と洞察を秘めた、ドイツ児童文学の名作。

トウェイン、マーク
Twain, Mark
《1835～1910》

『完訳 ハックルベリ・フィンの冒険』 マーク・トウェイン著、加島祥造訳 筑摩書房 2001.7 625p 15cm （ちくま文庫―マーク・トウェイン・コレクション 1） 1300円 ①4-480-03650-4〈原書名：Adventures of Huckleberry Finn 架空社 1995年刊の増訂〉
内容 雄大なミシシッピの流れに乗って、逃亡奴隷の黒人ジムと14歳のハックが遭遇する冒険物語。2人のドラマを通じて、アメリカ人の求めていた「自由を尊重する精神」が、素晴らしい生動感とともに描かれる。人が社会生活のなかで忘れた新鮮かつ正直な心を呼び起こす、世界文学の傑作を、みずみずしい訳文で贈る。

『トム＝ソーヤーの探偵』 マーク＝トウェーン作、斉藤健一訳、滝平加根絵 講談社 1995.7 157p 18cm （講談社青い鳥文庫） 500円 ①4-06-148424-9
内容 わんぱくトムとハックが名探偵になって、殺人事件を解決。「春のゆううつ病」にかかっていた二人は、ポリーおばさんの頼みでアーカンソー州にあるサイラスおじさんの農場へ…。途中、ミシシッピ川の船旅で出会った男の"正体"は…。"ダイヤの秘密"とは…。スズカケ林で事件は起こった。小学中級から。

『トム・ソーヤーの探偵・探検』 マーク・トウェイン著、大久保康雄訳 新潮社 1994.11 250p 15cm （新潮文庫） 520円 ①4-10-210604-9〈原書名：Tom Sawyer detective, Tom Sawyer abroad 19刷（1刷：昭和30年）〉

『トム・ソーヤーの冒険 上』 マーク・トウェイン作、石井桃子訳 岩波書店 1988.2 262p 18cm （岩波少年文庫） 550円 ①4-00-113009-2〈原書名：The adventures of Tom Sawyer〉
内容 ミシシッピ川沿いの小さな村を舞台に、わんぱくな少年トムが浮浪児ハックを相棒に大活躍するゆかいな冒険物語。因習にとらわれがちな大人たちに逆らってたくましく生きる子どもたちの姿を描きます。世界じゅうの人びとから熱狂的に愛されてきた少年文学の傑作。

トウェイン

『トム・ソーヤーの冒険　下』マーク・トウェイン作, 石井桃子訳　岩波書店　1988.3　254p　18cm　（岩波少年文庫）　550円　①4-00-113010-6〈原書名：The adventures of Tom Sawyer〉
|内容| トムは仲よしのベッキーと二人で、奥深いまっ暗な洞穴で迷子になり、三日三晩とじこめられてしまいます…。大人たちの思惑をよそに、自然の中で自由にのびのびと生きる子どもたちの夢と冒険を描いた名作。

『トム＝ソーヤの冒険』マーク＝トウェーン著, 飯島淳秀訳, 篠崎三朗絵　講談社　1989.7　287p　18cm　（講談社青い鳥文庫）　480円　①4-06-147269-0
|内容| いたずらが大好きで、手がつけられないわんぱく、そのくせ、センチでお人よし―。そんな少年トムがミシシッピ川沿岸の小さな町を舞台に宿なし少年ハックたちとともに引きおこす海賊ごっこや、本物の宝さがしなど、大冒険をつぎつぎに…。アメリカ文学の最高傑作。

『トム・ソーヤーの冒険』トウェーン著, 高杉一郎訳　講談社　1990.6　436p　15cm　（講談社文庫）　580円　①4-06-184724-4〈原書名：The adventures of Tom Sawyer〉
|内容| 遊びのことならまかせとけ！　わんぱく少年トムのいたずらは、いつだってゆかいでスリル満点。海賊になろうと家出をしたり、洞窟を探検して迷子になったり…。おかげでポリーおばさんは、はらはらどきどきの連続です。ミシシッピ川沿岸の小さな町を舞台に少年の夢と冒険をいきいきと描いた、アメリカ文学の最高傑作。

『トム・ソーヤーの冒険　上』マーク・トウェーン作, 渡辺南都子訳, 多田ヒロシ画　童心社　1990.9　240p　18cm　（フォア文庫 C094）　500円　①4-494-02679-4
|内容| 「いい子」になんかなるもんか！　いたずらだいすき、わんぱく少年。でも、ほんとうは、トム・ソーヤーくん、とっても心のやさしい男の子なんです。―世界中の子どもたちに愛読されているアメリカ児童文学の名作を完訳。

『トム・ソーヤーの冒険　下』マーク・トウェーン作, 渡辺南都子訳, 多田ヒロシ画　童心社　1990.11　220p　18cm　（フォア文庫 C097）　500円　①4-494-02680-8

|内容| くらやみの中を、コウモリが群れ飛ぶおそろしい洞窟の奥ふかくまよいこんだトムとベッキーは…。―いよいよ息づまる冒険の連続。

『トム・ソーヤーの冒険　上』マーク・トウェイン作, 石井桃子訳　新版　岩波書店　2001.10　262p　18cm　（岩波少年文庫）　680円　①4-00-114093-4〈原書名：The adventures of Tom Sawyer〉
|内容| ミシシッピ川沿いの小さな村を舞台に、わんぱくな少年トムや浮浪児ハックルベリ・フィンを相棒に大活躍する、ゆかいな冒険物語。大人たちをはらはらさせながら、自由にのびのびと生きる子どもたちの姿を描きます。小学5・6年以上。

『トム・ソーヤーの冒険　下』マーク・トウェイン作, 石井桃子訳　新版　岩波書店　2001.10　254p　18cm　（岩波少年文庫）　680円　①4-00-114094-2〈原書名：The adventures of Tom Sawyer〉
|内容| ピクニックの途中、トムは仲よしの女の子ベッキーと二人で、奥深いまっくらな洞穴で迷子になり、三日三晩とじこめられてしまいます…。自然の中で生きる子どもたちの夢と冒険を描き、世界中の人々から愛されてきた少年文学の傑作。小学5・6年以上。

『トム・ソーヤーの冒険　上』マーク・トウェーン作, 渡辺南都子訳, 多田ヒロシ画　童心社　2004.2　240p　18cm　（フォア文庫愛蔵版）　1000円　①4-494-02784-7

『トム・ソーヤーの冒険　下』マーク・トウェーン作, 渡辺南都子訳, 多田ヒロシ画　童心社　2004.2　220p　18cm　（フォア文庫愛蔵版）　1000円　①4-494-02785-5

『トム・ソーヤーの冒険』箱石桂子ノベライズ, マーク・トウェイン原作　竹書房　2004.5　259p　16cm　（竹書房文庫―世界名作劇場 4）　848円　①4-8124-1607-8〈付属資料：CD1枚（8cm）〉
|内容| いたずら大好き、勉強大嫌い、わんぱく少年のトム・ソーヤーは今日も親友の宿無しハックや仲間達と裸足で野山を駆け回る。無人島での海賊ごっこ、ハックの木の上の家、ベッキーとのロマンス！　雄大なミシシッピー川を背景に古き良きアメリカと自由と冒険に満ちた少年像を描いた『世界名作劇場』シリーズの傑作。

『トム・ソーヤーの冒険』マーク・トウェ

トウェイン

イン作, 大塚勇三訳, 八島太郎画　福音館書店　2004.10　413p　17cm　（福音館文庫）　800円　①4-8340-2007-X　〈原書名：The adventures of Tom Sawyer〉

|内容| 愛すべき悪童トムと自然児ハックの繰り広げる、痛快無比な冒険物語。海賊ごっこや宝さがし、そして、恐ろしい殺人事件に巻きこまれてしまったときの少年たちの恐怖心と良心の呵責。作者の軽妙にして巧みな表現は、子どもたちの自在な夢と願望を心ゆくまで、存分に充たしてくれます。小学校上級以上。

『トム・ソーヤーの冒険』 マーク・トウェイン著, 大久保博訳　角川書店　2005.1　488p　15cm　（角川文庫―トウェイン完訳コレクション）　667円　①4-04-214207-9　〈原書名：The adventures of Tom Sawyer〉

|内容| 正義と思いやりにあふれる少年トム・ソーヤー。でも何よりの生きがいは、いたずらだ。親友ハックや仲間を引き連れて、海賊に憧れ家出をしたり、真夜中の墓場で殺人現場を目撃したり。大好きなベッキーと洞窟を探検し、迷って死の危険に遭遇したり。けれど天才的に素晴らしいトムのことだから、最後に必ず、皆に涙と幸せをもたらしてくれる―。類まれなユーモアと冒険心に満ちあふれた、児童文学の金字塔。

『トム・ソーヤの冒険』 マーク・トウェン作, 岡上鈴江訳　ポプラ社　2005.10　210p　18cm　（ポプラポケット文庫 401-1）　570円　①4-591-08840-5　〈原書名：The adventures of Tom Sawyer　1979年刊の新装改訂〉

|内容| ある夜、墓場で殺人をみてしまったトムと親友のハック。ふたりは、恐ろしい秘密を胸にいだいたまま、海賊生活をしたり、命をねらわれたひとを救ったり、洞くつから大脱出したりします。いつも勇気と機転で、危機をのりこえ、ついに、すばらしい宝を発見！しかし、トムの夢と冒険への憧れはさらにふくらんでいきます。

『トム・ソーヤの冒険―宝さがしに出発だ！』 マーク・トウェイン作, 亀井俊介訳, ミギー絵　集英社　2011.7　189p　18cm　（集英社みらい文庫 と-3-1）　570円　①978-4-08-321034-1　〈少年少女世界名作の森 11』（1990年刊）の加筆・修正〉

|内容| いたずら好きのトムはいつも新しい遊びを思いついては、ポリーおばさんを困らせている。親友ハックとの宝さがし、転校生ベッキーとのあわい恋など、好奇心いっぱいのト

ムにとっては毎日が冒険の連続だ。ある日、トムはハックとともに、墓地で殺人現場を目撃!! わんぱくすぎるトムがついには危険な事件にまきこまれてしまう。どきどきが止まらない、トムの青春物語。

『トム・ソーヤーの冒険』 マーク・トウェーン作, 飯島淳秀訳, にしけいこ絵　新装版　講談社　2012.4　290p　18cm　（講談社青い鳥文庫 138-5）　670円　①978-4-06-285286-9　〈原書名：The Adventures of Tom Sawyer〉

|内容| 舞台は、19世紀のアメリカの田舎町。わんぱく少年トムは、人一倍のいたずら者で、その毎日は冒険でいっぱい。あるときは家出をして、無人島でキャンプをしたり、またあるときは、夜中の墓場にしのびこみ、殺人現場を目撃したり。そして最後には、仲間のハックルベリー・フィンといっしょに、人殺しのインジャン・ジョーがかくした財宝を発見。アメリカ文学、不朽の名作。

『トム・ソーヤーの冒険』 トウェイン著, 土屋京子訳　光文社　2012.6　540p　16cm　（光文社古典新訳文庫 KAト4-1）　933円　①978-4-334-75251-4　〈原書名：THE ADVENTURES OF TOM SAWYER　文献あり 年譜あり〉

|内容| トム・ソーヤーは悪さと遊びの天才だ。退屈な教会の説教をクワガタ一匹で忍び笑いの場に変えたり、家出して親友のハックたちと海賊になってみたり。だがある時、偶然に殺人現場を目撃してしまい…。小さな英雄たちの冒険を瑞々しく描いたアメリカ文学の金字塔。

『トム・ソーヤーの冒険』 マーク・トウェイン著, 柴田元幸訳　新潮社　2012.7　397p　16cm　（新潮文庫 ト-4-1）　590円　①978-4-10-210611-2　〈原書名：The Adventures of Tom Sawyer〉

|内容| ポリー伯母さんに塀塗りを言いつけられたわんぱく小僧のトム・ソーヤー。転んでもタダでは起きぬ彼のこと、いかにも意味ありげに塀を塗ってみせれば皆がぼくにもやらせてとやってきて、林檎も凧もせしめてしまう。ある夜親友のハックと墓場に忍び込んだら―殺人事件を目撃！ さて彼らは―。時に社会に皮肉な視線を投げかけつつ、少年時代をいきいきと描く名作を名翻訳家が新訳。

『トム・ソーヤーの冒険』 マーク・トウェイン作, 中井はるの訳, ちーこ絵　KADOKAWA　2014.8　286p　18cm　（角川つばさ文庫 Eとえ2-1）　660円　①978-4-04-631403-1

トウェイン

内容 いたずらの天才トム・ソーヤーのまわりは、いつもハプニングの連続！ 親友のジョーや宿なしハックとともに、家出や、無人島でのキャンプをしたり、毎日が大冒険!! ある日、真夜中に忍びこんだ墓場で驚きの事件を目撃し、命の危機にさらされてしまう。迷いこんだ洞窟で犯人と出会ったトムは、無事に生きて帰れるのか？ 仲間といっしょに、大ピンチを乗りこえろ！ 時をこえて読みつがれる、友情を描いた名作。小学中級から。

『ハックルベリー＝フィンの冒険 上』
マーク・トウェーン作, 斉藤健一訳, 滝平加根絵 講談社 1996.9 333p 18cm （講談社青い鳥文庫） 740円 ①4-06-148447-8
内容 お金もいらない、お説教もごめん。乱暴者の父ちゃんからもにげだして、ハック＝フィンの冒険がはじまります。カヌーやいかだに乗ってつづけるミシシッピ川の旅。ハックのこころは、どこまでも広く、ゆたかで、自由です。ジャクソン島に上陸したり、女の子に変装したり…。もちろん危険いっぱい。待望の完訳上巻。小学中級から。

『ハックルベリー＝フィンの冒険 下』
マーク・トウェーン作, 斉藤健一訳, 滝平加根絵 講談社 1996.9 329p 18cm （講談社青い鳥文庫） 740円 ①4-06-148448-6
内容 「もう、そんなこと聞くなんて！ 女の人って、ちっともわかってないんだから！ ぼくはね、冒険がしたかったんだよ。」さぎ師の王さまと公爵にひきまわされるハックとジム。とうとうジムは売りとばされて…。正義と冒険、いたずらいっぱいの完訳下巻！ 小学中級から。

『ハックルベリ・フィンの冒険』 マーク・トウェイン著, 大久保博訳 角川書店 2004.8 652p 15cm （角川文庫—トウェイン完訳コレクション） 743円 ①4-04-214206-0〈原書名：Adventures of Huckleberry Finn 1999年刊の改訂〉
内容 ハック・フィンにとって大切なもの—勇気、冒険、そして、自由。窮屈な生活から抜け出すために、ハックは黒人ジムを相棒に、ミシシッピ川を下る逃亡計画をはかる。途中で出会う人人は、人種も生活も考えもバラバラ。何度も危険にさらされながら、他人の親切に助けられて…ふたりが手にした、本当の自由と幸せとは？ アメリカの精神を生き生きと描いたトウェインの最高傑作を、最新の翻訳で贈る決定版。

『ハックルベリー・フィンの冒険 上』
マーク・トウェイン作, 西田実訳 岩波書店 2014.2 278p 19cm （ワイド版岩波文庫 371） 1100円 ①978-4-00-007371-4〈原書名：ADVENTURES OF HUCKLEBERRY FINN 岩波文庫1980年刊の再刊〉
内容 洋々たるミシシッピーの流れに乗って筏の旅を続ける陽気な浮浪児ハックと逃亡奴隷ジム。辺境時代のアメリカの雄大な自然と活力溢れる社会をバックに、何ものにもとらわれずに生きようとする少年と、必死に自由の境涯を求める黒人の姿をユーモラスに描く。

『ハックルベリー・フィンの冒険 下』
マーク・トウェイン作, 西田実訳 岩波書店 2014.3 268p 19cm （ワイド版岩波文庫 372） 1100円 ①978-4-00-007372-1〈原書名：ADVENTURES OF HUCKLEBERRY FINN 岩波文庫1981年刊の再刊〉
内容 ハックとジムは自由州への上陸に失敗。おまけにペテン師の王様と公爵まで背負いこんでしまった。筏の旅はなおも続く。ヘミングウェイをして「現代アメリカ文学の源泉」とまで言わせたこの傑作を、練達の訳文に初版本の楽しい挿絵を豊富にちりばめて贈る。

『ハックルベリー・フィンの冒険 上』 トウェイン著, 土屋京子訳 光文社 2014.6 420p 16cm （光文社古典新訳文庫 KAトイ-2） 1200円 ①978-4-334-75292-7〈原書名：THE ADVENTURES OF HUCKLEBERRY FINN〉
内容 トム・ソーヤーとの冒険で大金を得た後、学校に通い、まっとうな（でも退屈な）生活を送っていたハック。そこに息子を取り返そうと飲んだくれの父親が現れ、ハックはすべてから逃れようと筏で川に漕ぎ出す。身を隠した島で出会ったのは主人の家を逃げ出した奴隷のジムだった…。

『ハックルベリー・フィンの冒険 下』 トウェイン著, 土屋京子訳 光文社 2014.6 412p 16cm （光文社古典新訳文庫 KAトイ-3） 1200円 ①978-4-334-75293-4〈原書名：THE ADVENTURES OF HUCKLEBERRY FINN 年譜あり〉
内容 ジムとの筏の旅には危険が一杯。さらに途中で道連れとなった詐欺師どもは厄介事ばかり引き起こす。だがハックを本当に悩ませていたのは、おたずね者の逃亡奴隷ジムをどうするかという問題だった。そして彼は重大な決断を下す。アメリカの魂といえる名作、決定訳で登場。

ドハティ, バーリー
Doherty, Berlie
《1943～》

『ディアノーバディ』 バーリー・ドハティ著, 中川千尋訳 新潮社 1998.3 294p 16cm （新潮文庫） 514円 ①4-10-214911-2〈原書名：Dear nobody〉
[内容] 深く恋しあう18歳のヘレンとクリス。ヘレンの部屋での初めてのセックス、そこからすべては始まった―ディア ノーバディ、とヘレンは、息づく小さな生命に語りかけていく。逡巡と決意と切なさと喜びを。一方クリスは悩む。彼女にとって、もはやぼくはノーバディなのか。九か月間の二人の別々の旅、そして再会…。英国・カーネギー賞受賞。産経児童出版文化賞受賞。

トリーズ, ジェフリー
Trease, Geoffrey
《1909～1998》

『この湖にボート禁止』 ジェフリー・トゥリーズ著, 田中明子訳 福武書店 1990.12 323p 15cm （福武文庫） 680円 ①4-8288-3173-8〈原書名：No boats on bannermere〉
[内容] この湖にボート禁止！ せっかく「旗の湖」に引っ越してきたのに、せっかくフェイの残したボートを見つけたのに……。ビルと仲間たちは、ボート禁止を言う張本人、アルフレッド卿の身辺を探るうちに、奇妙な事件にまきこまれてゆく―。謎解きと宝探しの縦糸に、考古学と生活描写の横糸を織りこんだトゥリーズの傑作小説。

『この湖にボート禁止』 ジェフリー・トリーズ作, 多賀京子訳 福音館書店 2006.6 348p 17cm （福音館文庫） 750円 ①4-8340-2135-1〈原書名：No boats on Bannermere 画：リチャード・ケネディ〉
[内容] ぼくはグラマースクールに通うビル。湖のそばの山荘に引っ越してきた翌朝、見つけたボートで妹と小島にこぎ出した。ところが待っていたのは、島の持ち主アルフレッド卿の「湖はボート禁止だ」の一言。島には何が隠されているのだろう。そしてついにぼくらは埋もれた千年前の「宝物」を発見する…。小学校上級以上。

ナイト, エリック
Knight, Eric Mowbray
《1897～1943》

『名犬ラッシー』 エリク・ナイト作, 永坂令子訳 偕成社 1993.1 373p 19cm （偕成社文庫） 700円 ①4-03-651950-6〈原書名：Lassie come-home〉
[内容] 炭鉱夫のキャラクローの一家に飼われていた、コリー犬ラッシーは、鉱山が閉山となったあおりで、遠くスコットランドに売られていく。ラッシーは脱走し、幾多の困難と戦いながら、1600キロの家路をたどる。感動の傑作動物文学、新完訳版。小学上級から。

『名犬ラッシー』 エリック・ナイト著, 飯島淳秀訳, 岩淵慶造絵 講談社 1995.3 347p 18cm （講談社青い鳥文庫） 740円 ①4-06-148411-7
[内容] イギリス、ヨークシャー州の村に住む少年ジョーは、美しいコリー犬ラッシーを飼っていた。ところが、公爵がラッシーを買いとってしまい、ジョーは悲しみにくれる。遠い北の地へつれていかれたラッシーは、ジョーのもとへ帰るため、はるかな旅へと出発した…。映画化され、世界じゅうの人々に愛されてきた感動の物語の全訳。

『名犬ラッシー』 草原ゆうみノベライズ, エリック・ナイト原作 竹書房 2004.12 259p 16cm （竹書房文庫―世界名作劇場 19） 848円 ①4-8124-1884-4 〈付属資料：CD1枚(8cm)〉
[内容] ひとりっ子のジョンは忙しい両親との三人暮し。ある日、子犬を拾ってラッシーと名付ける。その日から兄弟同然、いつも一緒のジョンとラッシー。逞しく育ったラッシーはとても賢く、村に起きる事件を解決したりと大活躍！ とある事情で、ジョンと引き離されてしまったラッシーは400マイル先のジョンの元へ帰る決心をする―。ジョンとラッシーのかたい絆が心に響く『世界名作劇場』の名犬登場。

『名犬ラッシー―新訳』 エリック・ナイト作, 中村凪子, 馬場彰子訳, 裕龍ながれ絵 KADOKAWA 2015.5 252p 18cm （角川つばさ文庫 Eな1-1） 660円 ①978-4-04-631511-3
[内容] ジョーの親友は、コリー犬のラッシー！ 毎日学校までジョーをむかえにくるラッシーは、村で一番の有名犬。ところがある日、ラッシーの姿があらわなくて…。実は、お金持ちで犬好きの公爵が買い取ってしまっていた

のだ。遠い北の地に連れていかれたラッシーだけど、頭の中にあるのはただ一つ。「ジョーをむかえに行かなきゃ！」家族の元に帰るため、ラッシーの長い旅がはじまる！ 世界一有名な、名犬の物語。小学中級から。

ネズビット, イーディス
Nesbit, Edith
《1858〜1924》

『砂の妖精』 E.ネズビット著, 石井桃子訳 角川書店 1963 260p 15cm （角川文庫）

『砂の妖精』 イーディス・ネズビット作, 八木田宜子訳, ハロルド・ロバート＝ミラー絵 新訂版 講談社 1996.11 374p 18cm （講談社青い鳥文庫） 740円 ①4-06-148451-6〈原書名：Five children and it〉
内容 砂遊びのとちゅう、ぐうぜんに砂の妖精サミアッドを見つけたシリルたちきょうだい。砂の妖精は、何千年も前から人間たちのねがいごとをかなえてきたという。一日に一つ、ねがいをかなえてもらう約束をした子どもたちに、つぎつぎと起こる不思議なできごと——それは砂の妖精の魔法の世界だった。読みつがれ、愛されてきたファンタジーの名作。小学上級から。

『砂の妖精』 E.ネズビット作, 石井桃子訳, H.R.ミラー画 福音館書店 2002.6 349p 17cm （福音館文庫） 750円 ①4-8340-1803-2〈原書名：Five children and it〉
内容 ロンドンから遠く離れた、田舎の一軒家に移り住んだ四人の兄妹姉妹は、ある日、サミアッドという、砂の中に住む不思議な妖精に出会います。目はカタツムリ、耳はコウモリ、体はクモのようにずんぐりした妖精は、一日に一回ならば、なんなりと子どもたちの望みを適えてくれるというではありませんか…。小学校中級以上。

『ドラゴンがいっぱい！—ネズビット短編集』 イーディス・ネズビット作, 八木田宜子訳, 村田収絵 講談社 1997.2 245p 18cm （講談社青い鳥文庫） 560円 ①4-06-148456-7
目次 本からドラゴンが…, 紫色のドラゴン, 地下牢のドラゴン, うず潮の島のドラゴン, 火をふくドラゴン, 国じゅうがドラゴン, 最後のドラゴン

内容 ひい、ひい…おじいさんの後継ぎとして王さまになったライオネルぼうやが図書室から持ち出した本からドラゴンが出てきて大さわぎ!!（「本からドラゴンが…」）廃墟となったお城の地下牢にすんでいるドラゴン、国じゅうがありとあらゆる大きさのドラゴンでいっぱいになる話など、魔法物語の名手、ネズビットの傑作短編7編を収録。小学中級から。

『火の鳥と魔法のじゅうたん』 ネズビット作, 猪熊葉子訳 岩波書店 1995.2 398p 18cm （岩波少年文庫） 700円 ①4-00-112096-8〈原書名：The phoenix and the carpet 第10刷（第1刷：1983年）〉

『魔法！ 魔法！ 魔法！—ネズビット短編集』 イーディス・ネズビット作, 八木田宜子訳, 佐竹美保絵 講談社 1996.1 229p 18cm （講談社青い鳥文庫） 560円 ①4-06-148438-9〈原書名：Billy the king〉
目次 キング、募集中, 日曜日だけ美人, プリンセスたち失踪事件, 魔法のリンゴと白い馬, エレベーター＝ボーイはだれ？, 魔法使いの心臓
内容 プリンセスのための特別寄宿学校から、悪い魔法で生徒たちが消された。婚約者のプリンセスたちの、のろいをとく"魔法のリンゴ"を手に入れなくてはならないのだが…（「プリンセスたち失踪事件」）。"日曜日だけ美人"のろいをかけられたプリンセス、職業紹介所で募集されたキング、魔法使いの心臓を手に入れたプリンスなど、ふしぎでゆかいな"魔法と恋の物語"6編を収録。小学中級から。

『魔よけ物語—続・砂の妖精 上』 イーディス＝ネズビット作, 八木田宜子訳, ハロルド＝ロバート＝ミラー絵 講談社 1995.8 261p 18cm （講談社青い鳥文庫） 560円 ①4-06-148425-7〈原書名：The story of the amulet〉
内容 夏休みのある日、シリル、アンシア、ロバート、ジェインのきょうだいは、「砂の妖精」サミアッドに再会。サミアッドは、どんなねがいでもかなえてくれる「魔よけ」を買うようにすすめる。ところが、手に入れた魔よけは「半分」だった。のこりをさがして、4人は、古代エジプトやバビロンへタイムトラベルする。小学上級から。

『魔よけ物語—続・砂の妖精 下』 イーディス＝ネズビット作, 八木田宜子訳, ハロルド＝ロバート＝ミラー絵 講談社 1995.8 243p 18cm （講談社青い鳥文庫） 560円 ①4-06-148426-5〈原書名：The story of the amulet〉

|内容| 戦場にいるおとうさん、病気で転地しているおかあさんと小さな弟―シリルやアンシアたちは、完全な「魔よけ」をさがしだし、家族がいっしょにくらせるように、ねがうつもりだった。半分の魔よけの力で行ったアトランティス、未来のロンドン…なかなか見つけられない、もう半分は、思いがけない方法で…。小学上級から。

『若草の祈り』 E.ネズビット著, 岡本浜江訳 角川書店 1971 312p 15cm （角川文庫）

ノース, スターリング
North, Sterling
《1906〜1974》

『あらいぐまのラスカル』 スターリング・ノース作, 藤原英司訳, たかはしきよし絵 あかね書房 1990.6 157p 18cm （あかね文庫） 480円 ①4-251-10043-3〈原書名：Little Rascal〉
|内容| スターリング・ノースが、少年時代の思い出を描いた『ラスカル』は、ダトン動物文学賞、オーリアンネ賞、ドロシイ・キャンフィールド・フィッシャー賞、セクオヤ賞、ウイリアム・アレン・ホワイト賞などをうけ、14か国で翻訳されています。『ラスカル』を、子どもたちに読んでもらおうと、子どもむけに書きなおしたのが、この『あらいぐまのラスカル』です。

『あらいぐまラスカル』 鏡京介ノベライズ, スターリング・ノース原作 竹書房 2004.3 227p 16cm （竹書房文庫―世界名作劇場 1） 848円 ①4-8124-1516-0〈付属資料：CD1枚(8cm)〉
|内容| 1918年、アメリカ・ウィスコンシン州のとある田舎町。自然あふれるこの町に11歳のスターリング少年が住んでいた。動物好きのスターリングは、ある日、友人のオスカーと釣りに出かけ、ウェントワースの森で母親と死にわかれたあらいぐまの赤ちゃんと出会う。ラスカルを育てることで、スターリング自身もいつしか成長していく―。『世界名作劇場』シリーズきっての代表作。

『はるかなるわがラスカル』 スターリング・ノース著, 亀山竜樹訳 角川書店 1976 264p 15cm （角川文庫） 260円

ハウゲン, トールモー
Haugen, Tormod
《1945〜2008》

『少年ヨアキム』 トールモー・ハウゲン著, 山口卓文訳 福武書店 1991.12 219p 15cm （福武文庫） 580円 ①4-8288-3232-7〈原書名：Joakim〉
|内容| パパは遠くへ行ってしまった。マイブリットとはもう友だちじゃない。いつだって、みんなけんかばかりしてる―。両親の別離や友だちとの触れ合いを通して世の中をみつめ、成長していくヨアキムの世界を描く物語。1990年国際アンデルセン賞受賞。

『夜の鳥』 トールモー・ハウゲン著, 山口卓文訳 福武書店 1991.11 185p 16cm （福武文庫） 500円 ①4-8288-3228-9〈原書名：Nattfuglene〉
|内容| 家に帰ってみると、パパがいなかった。働いているママに、ちゃんと食器を洗っとくって約束したのに。骨のおれるパパを持つことは骨のおれることだ―。不安から働くことができなくなった父をみつめる少年ヨアキムの日々を描く連作の第1作。1990年国際アンデルセン賞作家賞受賞作。

バウム
⇒ボーム, ライマン・フランク を見よ

パターソン, キャサリン
Paterson, Katherine
《1932〜》

『ガラスの家族』 キャサリン＝パターソン著, 岡本浜江訳 偕成社 1989.5 271p 19cm （偕成社文庫） 520円 ①4-03-651670-1
|内容| 里親のもとを転々としてきた11歳のギリーは、けんかなら5人や6人朝めしまえ、おとなをだしぬくのはお手のものという恐るべき女の子だった。そのギリーが初めてたどりついた安らぎの場所、ほんとうの家族とは―。小学上級から。

『テラビシアにかける橋』 キャサリン・パターソン作, 岡本浜江訳 偕成社 2007.3 247p 19cm （偕成社文庫）

700円　①978-4-03-652640-6〈原書名：Bridge to terabithia〉

内容　絵の好きな少年ジェシーと、となりに引っ越してきた風変わりな少女レスリー。テラビシアと名づけた秘密の場所で、ふたりはあたらしい世界にめぐりあう。国際アンデルセン賞、アストリッド・リンドグレーン記念文学賞に輝く、キャサリン・パターソンによる感動の名作。小学上級から。

『星をまく人』　キャサリン・パターソン著, 岡本浜江訳　ポプラ社　2010.12　359p　16cm　（ポプラ文庫　は4-1）660円　①978-4-591-12216-7〈原書名：The same stuff as stars〉

内容　父さんは刑務所、母さんはあたしと弟のバーニーをひいおばあちゃんの家にあずけて、どこかに行ってしまった…。不安な日々をひたむきに生きる11歳のエンジェル。その心の支えは夜空に輝く星たちだった。せつなくて思わず涙がこぼれる、ハートウォーミングストーリー。

バーネット, フランセス・エリザ・ホジソン
Burnett, Frances Eliza Hodgson
《1849~1924》

『消えた王子　上』　フランシス・ホジソン・バーネット作, 中村妙子訳　岩波書店　2010.2　259p　18cm　（岩波少年文庫 162）　700円　①978-4-00-114162-7〈原書名：The lost prince〉

内容　すべては祖国サマヴィアを救うため！——マルコ・ロリスタンは、尊敬する父のまえで忠誠を誓い、きびしい訓練をつんでいた。ロンドンの下町で、マルコは、足の不自由な少年ラットと運命的な出会いをする。バーネットの知られざる傑作。小学5・6年以上。

『消えた王子　下』　フランシス・ホジソン・バーネット作, 中村妙子訳　岩波書店　2010.2　263p　18cm　（岩波少年文庫 163）　700円　①978-4-00-114163-4〈原書名：The lost prince〉

内容　マルコはラットとともに、秘密組織の重要任務を父からたくされる。「ランプがもった」という決起の合図をつたえるため、ふたりはヨーロッパ各地をめぐる命がけの旅に出る。はたして、伝説のイヴォール王子はあらわれるのか？　小学5・6年以上。

『小公子』　バーネット作, 坂崎麻子訳　偕成社　1987.9　339p　19cm　（偕成社文庫）　450円　①4-03-651500-4

内容　最愛の母とはなればなれになり祖父ドリンコート伯爵とくらすことになった少年セドリック。地上に舞いおりた天使のようなセドリックの愛らしい姿はかたくなな老伯爵の気持ちをしだいにあたたかくかえていくのだが…。読みつがれてきた"世界の名作"を完訳でおくります。

『小公子』　バーネット作, 蕗沢忠枝文　ポプラ社　1987.12　186p　18cm　（ポプラ社文庫）　450円　①4-591-02651-5

内容　セドリック少年のやさしい献身に、がんこなおじいさんの心も、いつしかうちとけていきます。

『小公子』　バーネット著, 村岡花子訳, 金斗鉉絵　講談社　1987.12　327p　18cm　（講談社青い鳥文庫）　450円　①4-06-147232-1

内容　ニューヨークに住むセドリックは、おとうさんが病気で死んでしまい、おかあさんと二人暮らし。ある日セドリックの家に、お客さまが見えました。亡くなったおとうさんはイギリスの伯爵家出身。なんと、セドリックが、その伯爵家のあとつぎになっていくのです…。イギリスを舞台にくりひろげられる、愛とやさしさあふれる長編名作。

『小公子』　バーネット著, 中村能三訳　新潮社　1987.12　265p　15cm　（新潮文庫）　360円　①4-10-221402-X〈原書名：Little Lord Fauntleroy〉

『小公子』　バアネット作, 若松賤子訳　改版　第30刷　岩波書店　1994.10　258p　15cm　（岩波文庫）　570円　①4-00-323311-5〈原書名：Little Lord Fauntleroy〉

『小公子』　バアネット作, 若松賤子訳　改版　第30刷　岩波書店　1994.10　258p　15cm　（岩波文庫）　570円　①4-00-323311-5〈原書名：Little Lord Fauntleroy〉

『小公子』　バーネット作, 吉田甲子太郎訳　改版　岩波書店　1995.2　366p　18cm　（岩波少年文庫）　700円　①4-00-112026-7〈原書名：Little lord Fauntleroy 第35刷（第1刷：1953年）〉

『小公子』　フランシス・ホジソン・バーネット作, 脇明子訳　岩波書店　2011.

11　359p　18cm　（岩波少年文庫 209）　800円　①978-4-00-114209-9〈原書名：Little Lord Fauntleroy〉

内容　アメリカで生まれ育った少年セドリックは、一度も会ったことのない祖父のあとつぎになるために、イギリスに渡ることになった。貴族である祖父は高慢で頑固な人物だったが、セドリックの無邪気で温かい心にふれ、しだいに変わっていく。小学4・5年以上。

『小公子セディ』　バーネット著, 吉野壮児訳　角川書店　1987.11　286p　15cm　（角川文庫）　420円　①4-04-214403-9

内容　ニューヨークの裏町に生れた少年セドリック。金髪の巻毛、ハンサムでりりしい顔立ち、そしてだれとでも仲よしになる心やさしい男の子でした。ある日、突然、祖父である伯爵の跡をつぐことになり、母エロル夫人とイギリスへ旅立ちます。が、祖父ドリンコート伯はアメリカ人であるエロル夫人を憎み、セドリックだけをお城に引き取り母と子を引き離してしまいました。でも人を疑うことを知らないセドリックに冷たくがんこな老伯爵もいつしか心とけて幸わせな日々を過すことになります。

『小公子セディ』　箱石桂子ノベライズ, フランシス・ホジソン・バーネット原作　竹書房　2004.6　259p　16cm　（竹書房文庫―世界名作劇場 6）　848円　①4-8124-1639-6〈付属資料：CD1枚（8cm）〉

内容　セディは元気なニューヨークっ子。心優しい両親に愛情いっぱいに育てられ、太陽のようにまわりを温かくする。しかし、父の突然の死を機にイギリスの名門貴族の跡継ぎとして厳格な祖父・ドリンコート伯爵のもとで暮らすことに。気むずかしい伯爵の心をセディの純粋無垢な笑顔が照らしていき、やがて……。「世界名作劇場」シリーズならではの『小公子』が魅力的な必見作品。

『小公子セドリック』　バーネット作, 杉田七重訳, 椎名優絵　KADOKAWA　2014.9　279p　18cm　（角川つばさ文庫 Eはじ-2）　660円　①978-4-04-631431-4

内容　ママと2人、貧しい暮らしを送るセドリックは、だれからも愛されるかわいい男の子。ある日、りっぱな馬車がセディをむかえにやってきた。なんとセディはイギリスの貴族のあとだったのだ！　おじいさまの伯爵は、大金持ちだけど、親せきからも領地の人たちからも嫌われる、ひねくれ者。けれどセディの無邪気なやさしさが、少しずつおじいさまを変えていって……。読めばきっと幸せな気持ちになれる感動の名作！　小学中級から。

『小公女』　バーネット作, 吉田勝江訳　改版　岩波書店　1995.2　398p　18cm　（岩波少年文庫）　700円　①4-00-112027-5〈原書名：A little princess　第40刷（第1刷：1954年）〉

『小公女』　バーネット作, 宮脇紀雄文　改訂　ポプラ社　2003.10　198p　18cm　（ポプラ社文庫―世界の名作文庫 W-42）　600円　①4-591-07886-8

内容　インドで裕福な家に生まれたセーラは、ロンドンの寄宿学校へ入学します。しかし、最愛の父の死をきっかけに、一夜にして屋根裏部屋でくらす生活になってしまいます。それでも優しさと気高さを失わずに生きる彼女の前に、ある日一人の紳士があらわれます…。心の優しさをうしなわず、誇り高く生きる少女セーラ、感動の物語。親子で読みたい、永遠の名作。

『小公女』　バーネット著, 伊藤整訳　32刷改版　新潮社　2004.12　376p　16cm　（新潮文庫）　552円　①4-10-221401-1〈原書名：A little princess〉

内容　女学校の寄宿舎に入った7歳の愛くるしいサアラは幸福だった。それが、父のクルウ大尉の突然の死から悲しい出来事ばかり続いて起る。だが彼女はどんなに辛く悲しい目にあっても勇気を失ったり、友人達への愛情を忘れたりはしなかった。逆境にもめげず明るく強く生きる夢みがちな少女サアラ・クルウの生活を、深い愛情をもって描き、全世界の少女に贈る名著である。

『小公女』　バーネット作, 秋川久美子訳　ポプラ社　2007.1　198p　18cm　（ポプラポケット文庫 405-2）　570円　①978-4-591-09575-1〈絵：横山ひろあき〉

内容　裕福な家に生まれたセアラは、ロンドンの寄宿学校へ入学し、しあわせな日々を送っていました。ところが、最愛の父の死をきっかけに、屋根裏部屋で暮らす生活になってしまいます。それでも優しさと気高さを失わない彼女の前に、ある日一人の紳士があらわれー。

『小公女』　フランシス・ホジソン・バーネット作, 脇明子訳　岩波書店　2012.11　430p　18cm　（岩波少年文庫 216）　840円　①978-4-00-114216-7〈原書名：A LITTLE PRINCESS〉

内容　ロンドンの寄宿学校でみんなから「公女さま」と呼ばれていたセーラだが、孤児になったとたん、下働きとしてこき使われる身に。つらい毎日に耐えていけたのは、想像力

バーネット

『小公女セーラ』 三田ゆいこノベライズ,フランシス・ホジソン・バーネット原作　竹書房　2004.7　259p　16cm　（竹書房文庫―世界名作劇場 8）　848円　①4-8124-1658-2〈付属資料：CD1枚（8cm）〉
内容　ロンドンの寄宿学校・ミンチン女子学院に一人の少女がやってきた。少女の名はセーラ。大金持ちの父に、なに不自由なく育てられ、学院ではメイドつきの特別室で暮らした。が、父の死により運命が一転、一文無しとなり、屋根裏部屋に追いやられてしまう。なにもかも無くしたセーラは、しかし、どんなに貧しくつらくても誇り高い心を失いはしなかった。『世界名作劇場』シリーズを代表する薄幸の美少女。

『小公女セーラ』 バーネット作, 杉田七重訳, 椎名優絵　角川書店　2013.7　270p　18cm　（角川つばさ文庫 Eは1-2）　660円　①978-4-04-631326-3〈発売：KADOKAWA〉
内容　ロンドンの寄宿学校にくらす少女セーラはだれに対してもやさしく、物語を作るのが得意な人気者。ところが、とつぜんパパが亡くなり、財産も身よりもない孤児になってしまった！「小さなプリンセス」と呼ばれた裕福なくらしは一変し、これまでチヤホヤしてきた人たちから、こきつかわれることに。けれどもセーラは、持ち前の想像力で楽しく生きぬいていく。そんな彼女に、ある日魔法のような奇跡が訪れて…!?　小学中級から。

『秘密の花園』 バーネット作, 吉田勝江訳　岩波書店　1987.2　2冊　18cm　（岩波少年文庫）　各550円　①4-00-112028-3

『秘密の花園　上』 バーネット作, 茅野美ど里訳　偕成社　1989.9　253p　19cm　（偕成社文庫）　520円　①4-03-651690-6〈原書名：The secret garden〉
内容　孤児になったメアリは、ヨークシャーのムアに住む陰気で変わり者のおじさんの屋敷にひきとられた。その屋敷には十年間だれもはいらない花園があるという。ひとりぼっちのメアリは、いつしかその花園を見つけ、自分の手でよみがえさせたいと夢みるようになった。秘密で進められる花園さがし。自然児ディコンとの出会い…。つむじまがりでかわいげなく育った少女の心の成長を、ムアの美しい自然を背景に描いた名作。小学上級から。

『秘密の花園　下』 バーネット作, 茅野美ど里訳　偕成社　1989.10　259p　19cm　（偕成社文庫）　520円　①4-03-651700-7〈原書名：The secret garden〉
内容　メアリとディコンの手で生きかえった花園へ、車いすのコリンをつれてくる日がきた。花園のかもしだす魔法の中で三人の子どもたちの友情は深まり、楽しい秘密がふくらんでいき、花園や子どもたちとともに陰気だったお屋敷のなにもかもが、ひっそりと息を吹きかえしつつあった。そしてある日ついに…。人間の心の奇跡をみずみずしく描きあげる。小学上級から。

『秘密の花園　上』 フランセス＝ホジソン＝バーネット作, 中山知子訳, 徳田秀雄絵　講談社　1991.6　251p　18cm　（講談社青い鳥文庫）　490円　①4-06-147296-8
内容　インドに生まれ育ったメアリは、やせっぽちで意地っぱりな少女。9歳で両親をなくし、イギリスに住む変わり者のおじさんのもとに引きとられましたが、親切なマーサや自然と会話ができるディコンたちのおかげで、しだいに心がほぐれてくるのですが…。「小公女」の著者バーネットの傑作ラブロマンスの前編。小学上級から。

『秘密の花園　下』 フランセス＝ホジソン＝バーネット作, 中山知子訳, 徳田秀雄絵　講談社　1991.7　243p　18cm　（講談社青い鳥文庫）　490円　①4-06-147297-6
内容　ある日、かぎのかかった秘密の花園をみつけたメアリは、クレイブン家のもう一つの秘密―コリンと出会います。青い顔をした不幸せそうなコリンをみてメアリは、この子を元気づけたいと思うのでした。やがて二人は、秘密の花園の〈悲しい秘密〉を知るのですが…。バーネット女史の傑作ラブロマンスの後編。小学上級から。

『秘密の花園　上』 バーネット作, 渡辺南都子訳, 木村かほる画　童心社　1992.2　228p　18cm　（フォア文庫）　550円　①4-494-02686-7
内容　インドで両親と死にわかれ、イギリスのおじさんの家にひきとられたひとりぼっちの少女、メアリー。やせて、みにくいメアリーをめぐる波乱にみちた、人生の幕あけ…。イギリス児童文学、不朽の名作を新訳。

『秘密の花園　下』 バーネット作, 渡辺南都子訳, 木村かほる画　童心社　1992.4　220p　18cm　（フォア文庫）　550円　①4-494-02687-5
内容　愛をはぐくむ"秘密の花園"―。病弱な少年コリンにも、孤独な少女メアリーにも、春

『秘密の花園』　F.H.バーネット作, 猪熊葉子訳, 堀内誠一画　福音館書店　2003.6　456p　17cm　（福音館文庫）　850円　①4-8340-0617-4〈原書名：The secret garden〉

[内容]インドで両親を亡くした少女メアリーは、イギリスのおじさんの家に引き取られてきます。大きなお屋敷には、遊び相手はだれもいませんでした。ある日、立ち入ることを禁じられていた廊下に足を踏み入れたメアリーの耳に、子どもの泣き声が…。体と心を病む少年と少女の出会いと再生を描いたバーネットの代表作。小学校中級以上。

『秘密の花園　上』　バーネット作, 山内玲子訳　岩波書店　2005.3　261p　18cm　（岩波少年文庫 124）　680円　①4-00-114124-8〈原書名：The secret garden〉

[内容]遠いインドでいちどに両親を失ったメアリは、イギリスの田舎のおじさんの家にひきとられました。そこのお屋敷には、入口の鍵がかかったまま、十年間誰も入ったことがないという「秘密の庭」がありました…。バーネットの名作。小学5・6年以上。

『秘密の花園　下』　バーネット作, 山内玲子訳　岩波書店　2005.3　268p　18cm　（岩波少年文庫 125）　680円　①4-00-114125-6〈原書名：The secret garden〉

[内容]真夜中の出会いをへて仲よくなったメアリとコリン。二人とディコンは、秘密の庭を生き返らせようと、魔法の実験に熱中します。いきいきしはじめたコリンを、お屋敷の召使いたちはふしぎに思いはじめますが…。小学5・6年以上。

『秘密の花園』　バーネット作, 谷村まち子訳　ポプラ社　2005.10　206p　18cm　（ポプラポケット文庫 405-1）　570円　①4-591-08844-8〈原書名：The secret garden　1978年刊の新装改訂〉

[内容]みなしごになったメリーは、インドから遠いイギリスにいるおじさんにひきとられました。そこでメリーは、かぎのかかったままの秘密の花園をみつけ、せわをして美しい花園によみがえらせました。それはまた、気むずかしいおじさんや、おこりんぼうのコリンの心をもかえる、幸せの花園ともなったのです。

『秘密の花園』　バーネット著, 土屋京子訳　光文社　2007.5　507p　16cm　（光文社古典新訳文庫）　800円　①978-4-334-75128-9〈原書名：The secret garden　年譜あり〉

[内容]インドで両親を亡くしたメアリは、英国ヨークシャーの大きな屋敷に住む叔父に引きとられて、そこで病弱な従兄弟のコリン、動物と話ができるディコンに出会う。3人は長いあいだ誰も足を踏み入れたことのなかった「秘密の庭」を見つけ、その再生に熱中していくのだった。

『秘密の花園』　バーネット作, 栗原ちひろ文, 椎名優絵　角川書店　2012.10　231p　18cm　（角川つばさ文庫 Eは1-1）　640円　①978-4-04-631267-9〈原書名：The Secret Gardenの抄訳　発売：角川グループパブリッシング〉

[内容]インド育ちのわがまま娘・メアリがひきとられたのは、イギリスのびっくりするほど大きなお屋敷。そこでメアリは、運命的に1つのカギを手に入れる。それは10年前に閉ざされたまま、だれも入ったことがないという"秘密の花園"のカギ。大人の力をかりずに庭を生き返らせようとがんばるメアリに、屋敷にひきこもっていた病気がちな男の子コリンも心を動かされて…子どもだけが入れる秘密の庭で奇跡がおきる！　小学中級から。

『秘密の花園　1　ふきげんな女の子』　フランセス・エリザ・ホジソン・バーネット作, 谷口由美子訳, 藤田香絵　講談社　2013.2　179p　18cm　（講談社青い鳥文庫 94-6）　620円　①978-4-06-285335-4〈原書名：The Secret Garden〉

[内容]両親が亡くなり、英国・ヨークシャーに住む叔父に引き取られることになったメアリ。閉ざされた花園、夜ごとの泣き声…。荒野のはずれにたたずむ古めかしい屋敷は、不思議なことばかり。ひとりぼっちのメアリが見つけたものは―。百年間愛されている名作を新訳で。小学中級から。

『秘密の花園　2　動物と話せる少年』　フランセス・エリザ・ホジソン・バーネット作, 谷口由美子訳, 藤田香絵　講談社　2013.3　271p　18cm　（講談社青い鳥文庫 94-7）　680円　①978-4-06-285338-5〈原書名：The Secret Garden〉

[内容]"あたし、庭を盗んじゃったの。でも、それはだれの庭でもないの―あなたは秘密を守れる人？"日ごとに生きかえっていく花園に夢中のメアリ。荒野を知りつくし、動物にしたわれているディコンに心をひらき、自分だけの秘密の花園の存在をおしえます。いっぽう、ある雨の日、夜ごと屋敷にひびく子もの泣き声の正体がついにわかって…。小学中級から。

『秘密の花園　3　魔法の力』　フランセ

ス・エリザ・ホジソン・バーネット作, 谷口由美子訳, 藤田香絵 講談社 2013.6 187p 18cm (講談社青い鳥文庫 94-8) 620円 ①978-4-06-285351-4〈原書名：The Secret Garden〉

内容 「病気のときも、会いたかった。あなたとディコンと、秘密の花園に。」メアリの見つけた美しい花園で毎日をすごし、どんどん元気になっていくコリン。それなのに、食事には手をつけず、あいかわらずふきげんにふるまっているのは、なぜ？ それは、コリンの思いえがいた大切な計画を秘密にするためでした。 涙と笑いと魔法の力がいっぱいの、感動の最終巻！ 小学中級から。

『リトルプリンセス—小公女』 バーネット作, 曽野綾子訳 新装版 講談社 2007.10 285p 18cm (講談社青い鳥文庫 94-5) 570円 ①978-4-06-148791-8〈絵：藤田香〉

内容 インドで育ったセーラは、寄宿先のロンドンで、大好きな父親が亡くなったことを知る。無一文になっても「プリンセスのように」やさしく、楽しい想像力でいっぱいのセーラ。それでも、とうとうくじけそうになったある日、いつも夢見ていた魔法がやってきて…。ダイヤモンド鉱山はほんとうにあったの？ 魔法使いはほんとうにいたの？ 永遠の名作「小公女」を美しい日本語で。小学中級から。

バーム
⇒ボーム, ライマン・フランク を見よ

バリ, ジェームズ・マシュー
Barrie, James Matthew
《1860～1937》

『ピーター＝パン』 ジェームズ＝バリ著, 飯島淳秀訳, 金斗鉉絵 講談社 1988.12 333p 18cm (講談社青い鳥文庫) 490円 ①4-06-147258-5

内容 妖精の粉を体にふりかけると、空を飛べるのを知っていますか？ 星のきれいな夜、ウェンディと弟たちは、ピーターを先頭に窓から飛びたちました。行く先は、ゆめと冒険の島ネバーランドです。そこには、海賊フックが待ちうけています。いつまでも大人にならない少年、ピーター＝パン！ 大人にならないうちに、ぜひ読んでおいてね。

『ピーター・パン』 バリ作, 班田三保文, 村井香葉絵 ポプラ社 1989.2 172p 18cm (ポプラ社文庫) 450円 ①4-591-02897-6

内容 ピーター・パンは、ウェンディとジョンとマイケルの3人に、空をとぶことができる妖精の粉をかけてやりました。「さあ、肩をちょっぴりゆすってごらん。そらっ、とぶんだ！」みんなは、ネバーランドにむかってとびあがりました。ネバーランドには、どんな冒険が待っているのでしょうか。

『ピーター・パン』 J.M.バリ作, 厨川圭子訳 新版 岩波書店 2000.11 350p 18cm (岩波少年文庫) 760円 ①4-00-114073-X〈原書名：Peter and Wendy〉

内容 けっして大人になりたがらない永遠の少年—ピーター・パン。ウェンディーとジョンとマイケルのきょうだいは、ピーターと妖精ティンカー・ベルに導かれて、星のかがやく夜空へ飛びだし、おとぎの国へと向かいます。小学5・6年以上。

『ピーター・パン』 ジェームズ・バリ原作 竹書房 2003.2 236p 16cm (竹書房文庫—ディズニー・クラシックス 1) 590円 ①4-8124-1081-9〈編訳：塙幸成〉

『ピーター・パン』 J.M.バリ著, 秋田博訳 角川書店 2004.3 346p 15cm (角川文庫) 629円 ①4-04-242302-7〈原書名：Peter and Wendy〉

内容 誰しもみんな、おとなになる。たった一人をのぞいては—永遠の子ども、ピーター・パンにさそわれて、ウェンディと兄弟はネバーランドへと飛び立った。妖精や人魚やインディアン、そして海賊が住む楽園で、子どもたちは本当の両親のことも忘れかけてきて…。そんな時、ピーターを恨む恐ろしい海賊フックにウェンディたちがさらわれてしまう。ピーターVSフック、海賊VS子どもたちの決闘が始まった！ すべての子どもに夢と希望を与えつづける、名作ファンタジー。

『ピーター・パン』 J.M.バリ原作, P.J.ホーガン, マイケル・ゴールデンバーグ脚本, アリス・アルフォンシノベライズ, 清水由貴子訳 竹書房 2004.4 187p 15cm (竹書房文庫) 619円 ①4-8124-1616-7〈原書名：Peter Pan〉

内容 もうすぐ13才になるウェンディー・ダーリングの楽しみは、弟たちとのちゃんばらごっこ。でもミリセント伯母さんは、ウェンディーの口元に"秘密のキス"を発見し、大人になる準備をしなさいと言います。ある夜、目をさましたウェンディの枕元に現れたのは、いつも夢に出てくる男の子、ピーター・パンでし

バリ

た。ピーターはにげだした影をくっつけようと格闘中。見かねたウェンディーがはりと糸で足にぬいつけてあげると、ピーターはウェンディーはネバーランドへとさそいます。そして、ウェンディーは"子どもたちの国"へと旅立つのです…！ ティンカー・ベル、フック船長、タイガー・リリー、時計ワニ、"迷子たち"とくりひろげる心おどる冒険、そして恋。永遠に少年のままのピーター・パンと、大人になりかけた少女ウェンディーの物語。

『ピーター・パン』 バリ作, 班目三保文 改訂 ポプラ社 2004.9 178p 18cm （ポプラ社文庫―世界の名作文庫 W-49） 600円 ⓘ4-591-08261-X
内容 ダーリング家の子ども部屋にやってきたピーター・パンは、ウェンディとジョンとマイケルの三人に、空をとぶことができる妖精の粉をかけてやりました。さあ、いこう。永遠の少年、ピーター・パンといっしょに、夢と冒険の島、ネバーランドへ。

『ピーター・パン』 バリ作, 班目三保訳 ポプラ社 2005.10 178p 18cm （ポプラポケット文庫 406-1） 570円 ⓘ4-591-08845-6〈原書名：Peter and Wendy〉
内容 ダーリング家の子ども部屋にやってきたピーター・パンは、ウェンディとジョンとマイケルの三人に、空をとぶことができる妖精の粉をかけてやりました。さあ、いこう。永遠の少年、ピーター・パンといっしょに、夢と冒険の島、ネバーランドへ。

『ピーター・パン―新訳』 J.M.バリー作, 河合祥一郎訳, mebae絵 アスキー・メディアワークス 2013.1 336p 18cm （角川つばさ文庫 Eは2-1） 680円 ⓘ978-4-04-631273-0〈原書名：Peter and Wendy 発売：角川グループパブリッシング〉
内容 星のまたたく夜、3階の窓から子ども部屋へとびこんできたのは、永遠に大人にならないふしぎな少年ピーター・パンと、小さな妖精ティンカー・ベル。ピーターは少女ウェンディとその弟たちをつれだし、空をとんで、夢の国ネバーランドへとむかいます。そこにはフック船長ひきいる海ぞくたちがピーターをやっつけようと待ちうけており、美しい人魚や人食いワニでいるのです。さぁ、世界一ゆかいでせつない冒険のはじまりです！ 小学中級から。

『ピーター・パンとウェンディ』 J.M.バリ作, 芹生一訳 偕成社 1989.8 369p 19cm （偕成社文庫） 620円 ⓘ4-03-651680-9

内容 子ども部屋にとびこんできた、ふしぎな男の子。ピーター・パンの泣き声で目をさましたときから、ウェンデイの大冒険がはじまった。さあピーターといっしょに飛んでいこう！ 海賊フックや、インディアンの住む夢の島、ネヴァーランドへ。大人になりたくなくて、妖精たちと暮らしている〈永遠の少年〉の物語をみずみずしい完訳でおくる。

『ピーター・パンとウェンディ』 J.M.バリー作, 石井桃子訳, F.D.ベッドフォード画 福音館書店 2003.6 344p 17cm （福音館文庫） 750円 ⓘ4-8340-0622-0〈原書名：Peter and Wendy〉
内容 ある夜、いつも夢の中にあらわれるピーター・パンに誘われて、ウェンディたちは「ネヴァーランド」へ飛び立ちます。妖精、海賊、人食いワニ、それに人魚たちが待ち受ける世界へ。さあ、わくわくする冒険一陽気で、むじゃきで、きままな者たちだけに許される至福の時の始まりです。小学校中級以上。

『ピーター・パンとウェンディ』 ジェームズ・マシュー・バリ作, 高杉一郎訳, CLAMP絵 講談社 2010.11 349p 18cm （講談社青い鳥文庫 133-2） 760円 ⓘ978-4-06-285181-7〈原書名：Peter Pan and Wendy〉
内容 「ふたつめのかどを右へまがって、それから朝までまっすぐ行く。」星のきれいな夜、妖精ティンカー・ベルの粉をふりかけられて、ウェンディたちは飛びたちました。めざすのは、人魚や海賊がすむ、夢と冒険の島、ネバーランド。永遠に大人にならない少年ピーター・パンが、ほら、いま、あなたのことを呼んでいます。さあ、一生わすれられない物語の世界へ！

『ピーター・パンとウェンディ』 ジェームズ・M.バリー著, 大久保寛訳 新潮社 2015.5 323p 16cm （新潮文庫 ハ-5-2） 550円 ⓘ978-4-10-210402-6〈原書名：PETER AND WENDY〉
内容 星がきれいなある夜、突然ウェンディの部屋に現れたピーター・パン。彼らは妖精ティンカー・ベルの魔法の粉を身体にふりかけ、ネバーランドへと飛び立ちます。行き方は、二つ目を右に曲がったら、そのまま朝までまっすぐ！ さあ、海賊のフック船長、人魚、人食いワニが待つ大冒険の始まりです。永遠に年を取らない少年と、やがて大人になってしまう少女の、切なくも楽しい物語。

『ピーター・パンの冒険』 バリ作, 渡辺南都子訳, 伊藤悌夫画 童心社 1989.6 316p 18cm （フォア文庫） 550円 ⓘ4-494-02673-5〈原書名：Peter Pan

文庫で読める児童文学 2000冊 243

and Wendy〉

[内容] おとなにならない、ピーター・パン。ウェンディたちをつれて、空へとび、ゆめの国、ネバーランドへ! 海賊やインディアンをあいてに、大活躍。—イギリス児童文学の最高傑作を新訳でおくる。小学校高学年・中学生向き。

『ピーターパンの冒険』 草原ゆうみノベライズ、ジェームズ・M.バリ原作 竹書房 2005.2 259p 16cm (竹書房文庫—世界名作劇場 22) 848円 ①4-8124-1909-3〈付属資料:CD1枚(8cm)〉

[内容] ある夜、ウェンディ達の部屋を訪れたのは空を飛べる少年ピーターパン! ピーターパンに誘われて向かったのは妖精が飛びかい、海賊フック船長が襲いかかる夢と冒険が溢れる国・ネバーランドだ。人を驚かすのが大好きで、退屈が嫌いな永遠の少年ピーターパンがみんなを不思議な世界に案内してくれる。スピード感あるアクションが楽しい『世界名作劇場』初のファンタジー。

ファージョン, エリナー
Farjeon, Eleanor
《1881〜1965》

『天国を出ていく』 ファージョン作, 石井桃子訳 岩波書店 2001.6 317p 18cm (岩波少年文庫—本の小べや 2) 720円 ①4-00-114083-7〈原書名:The little bookroom〉

[目次] 天国を出ていく. 小さいお嬢さまのバラ. むかしむかし. コネマラのロバ. ティム一家. 十円ぶん. ねんねこはおどる. ボタンインコ. サン・フェアリー・アン. ガラスのクジャク. しんせつな地主さん. 「がみがみシアール」と少年. パニュキス. 訳者のことば

『町かどのジム』 エリノア・ファージョン著, 松岡享子訳 福武書店 1990.8 164p 15cm (福武文庫) 460円 ①4-8288-3156-8〈原書名:Jim at the corner〉

[内容] 町かどのポストのそばのミカン箱。ジムじいさんはいつもそこにすわっていました。通りに住む少年デリーは、若い頃船乗りだったジムの、奇想天外な冒険談に胸を躍らせます。—8歳の少年と80歳の老人の間に芽生えた友情を、新鮮な着想とあたたかいユーモアで描いた、楽しく優しい物語。

『ムギと王さま』 ファージョン作, 石井桃子訳 改版 岩波書店 1987.3 280p 18cm (岩波少年文庫) 550円 ①4-00-112071-2

『ムギと王さま』 ファージョン作, 石井桃子訳 岩波書店 2001.5 283p 18cm (岩波少年文庫—本の小べや 1) 720円 ①4-00-114082-9〈原書名:The little bookroom〉

[目次] ムギと王さま, 月がほしいと王女さまが泣いた, ヤング・ケート, 名のない花, 金魚, レモン色の子犬, 貧しい島の奇跡, モモの木をたすけた女の子, 西ノ森, 手まわしオルガン, 巨人と小人, 小さな仕立屋さん, おくさまの部屋, 七ばんめの王女

[内容] 幼い日々、古い小部屋で読みふけった本の思い出—それは作者に幻想ゆたかな現代のおとぎ話を生みださせる母胎となりました。この巻には、表題作のほか「レモン色の子犬」「小さな仕立屋さん」「七ばんめの王女」など、14編を収めます。小学5・6年以上。

『リンゴ畑のマーティン・ピピン 上』 ファージョン作, 石井桃子訳 岩波書店 2001.7 353p 18cm (岩波少年文庫) 760円 ①4-00-114544-8〈原書名:Martin Pipin in the apple orchard〉

[内容] 恋人から引き離されて井戸屋形に閉じこめられている少女ジリアンを、六人の娘たちが牢番として見張ります。リンゴ畑を通りかかった旅の歌い手マーティン・ピピンは、娘たちの前で、美しく幻想的な恋物語を語ります。中学以上。

『リンゴ畑のマーティン・ピピン 下』 ファージョン作, 石井桃子訳 岩波書店 2001.7 317p 18cm (岩波少年文庫) 720円 ①4-00-114545-6〈原書名:Martin Pipin in the apple orchard〉

[内容] 陽気なマーティン・ピピンがリュートを奏でながら語る、ロマンチックな六つの恋物語。すっかり心を奪われた六人の若い娘たちは、井戸屋形のかぎをマーティンにわたしてしまいます。サセックス州の美しい自然を舞台にした名作。中学以上。

フィリップ, アンヌ
Philipe, Anne
《1917〜1990》

『丘の上の出会い』 アンヌ・フィリップ著, 渡辺隆司訳 福武書店 1991.1

206p　15cm　（福武文庫）　450円
①4-8288-3181-9〈原書名：Les rendez-vous de la colline〉
|内容| 南仏の別荘でヴァカンスを過ごすマリーとコンスタンス。思春期を迎えた娘コンスタンスの不安定で激しい感情の中に、マリーは娘と同じ年頃だった自分を回想する――。夭折した俳優ジェラール・フィリップの未亡人としても知られる著者の、詩的でメランコリックな傑作。

フォークナー, ウィリアム
Faulkner, William
《1897～1962》

『魔法の木』　フォークナー著, 木島始訳　福武書店　1989.12　189p　16cm　（福武文庫）　420円　①4-8288-3118-5〈原書名：The wishing tree〉
|内容| どんな願いもかなえてくれるという魔法の木。誕生日の朝、どこからともなく現われた不思議な少年に誘われ、その木を捜しに森をさまよう少女の姿を、美しく、幻想的に描いた文豪フォークナー唯一の童話。

フランク, アンネ
Frank, Anne
《1929～1945》

『アンネの童話』　アンネ・フランク著, 中川李枝子訳　文芸春秋　1994.4　204p　16cm　（文春文庫）　450円　①4-16-711404-6〈原書名：Verhaaltjes, en gebeurtenissen uit het Achterhuis〉
|目次| アンネの童話（カーチェ, 管理人の一家, エファの見た夢, パウラの飛行機旅行, カトリーン, 花売り娘, 守護の天使, 恐怖, かしこい小人, 子熊のブラーリーの冒険, 妖精, リーク, ヨーケー, キャディー）, アンネのエッセイ（おぼえている？――学校生活の思い出, のみ, じゃがいも騒動, 悪者, 中学校の最初の日, 生物の授業, 幾何の時間, 下宿人, 映画スターの夢, 日曜日, わたしの初めての記事, 悪の巣, 幸福, 与えよ, おもしろいのはどの人？, どうして？）
|内容| アンネは「日記」のほかに童話とエッセイを書き遺していた。空想の翼をうんと広げて、スターにハリウッドへ招待される話や、汽車の旅で三十男をからかうお茶目な話…これを書いているとき、アンネはどんなにか自由だったことだろう。そしてどの話にも、胸の奥から噴出するキラリと光るものがある。書かずにはいられぬ何かが…。

『アンネの日記――アニメ物語』　アンネ・フランク原作, 大石好文文　理論社　2000.7　141p　18cm　（フォア文庫）　560円　①4-652-07442-5
|内容| 第二次世界大戦中、ナチス・ドイツの迫害をうけて、わずか十五歳の悲しい生涯をとじた少女アンネ・フランク。"かくれ家"に身をひそめながら、アンネが書きつづけた日記は、世界じゅうの人々の心をとらえました。彼女はこの日記帳を親友キティと名づけ、大切にします。思春期の少女らしいするどい感受性、どんなときでも持ちつづけた夢と希望…。人はなぜ殺しあうの？　あなたはどう考えますか。小学校中・高学年。

『アンネの日記』　アンネ・フランク著, 深町真理子訳　増補新訂版　文芸春秋　2003.4　597p　16cm　（文春文庫）　838円　①4-16-765133-5〈原書名：De dagboeken van Anne Frank　肖像あり　文献あり〉

ブリュソロ, セルジュ
Brussolo, Serge
《1951～》

『ペギー・スー　1　魔法の瞳をもつ少女』　セルジュ・ブリュソロ著, 金子ゆき子訳　角川書店　2005.7　317p　15cm　（角川文庫）　552円　①4-04-295101-5〈原書名：Peggy Sue et les fantomes〉
|内容| 地球上でただひとり、悪いお化けの姿が見えるペギー・スー。幼い頃、世界を守る力をその瞳に授けられたのだ。お化けの嫌がらせで厄介もの扱いされる辛い毎日。そんなある日、越してきた町で奇妙な事件が起こる。青い太陽が現れ、その光を浴びた少女が一夜で天才に！　嫌な予感を覚えるペギー。そう、それはお化けが仕組んだ恐ろしい計画の始まりだった…。涙と笑いと震えが止まらない、大人気シリーズ待望の文庫化。

『ペギー・スー　2　蜃気楼の国へ飛ぶ』　セルジュ・ブリュソロ著, 金子ゆき子訳　角川書店　2005.9　397p　15cm　（角川文庫）　590円　①4-04-295102-3〈原書名：Peggy Sue et les fantomes〉

|内容| 怪しい砂漠の町にやってきたペギー一家は、不気味な噂を耳にする。砂漠の孤独に耐えられなくなった人々が、蜃気楼の見せる幻にさそわれて消えてゆくという。そしてついに、ペギーの家族も犠牲に…。彼らを助け出すため、ペギーは青い犬とともに蜃気楼の国にのりこんだ。そこで彼らを待っていたのは、成長するお城に眠る、未知の巨大な悪魔だった! ペギーVSお化けたち。戦いがスケールアップする第二弾。

『ペギー・スー 3 幸福を運ぶ魔法の蝶』 セルジュ・ブリュソロ著, 金子ゆき子訳 角川書店 2005.11 332p 15cm (角川文庫) 590円 ①4-04-295103-1〈原書名:Peggy Sue et les fantomes〉

|内容| 通称"魔女"のおばあちゃんの住む不思議な村にやってきたペギー・スー。そこには四百年も生きた巨大な蝶が舞い、世界一の幸せを運んでくるという伝説があった。しかし最近、雲に潜む何者かの攻撃で蝶が弱り果て、村には不幸つづきらしい。村を救う旅に出たペギーは、幸福の蝶を追って空から地底の隠れ家へ―。次々と現れる敵に、ペギー&青い犬が大奮闘! そしてついに、お化けとの最終戦争も!? スペクタクルな第三弾。

『ペギー・スー 4 魔法にかけられた動物園』 セルジュ・ブリュソロ著, 金子ゆき子訳 角川書店 2006.3 302p 15cm (角川文庫) 590円 ①4-04-295104-X〈原書名:Le zoo ensorcele〉

|内容| ついに悪のお化けを滅ぼしたペギーは、砂の魔法をかけられた恋人セバスチャンを救うため、世界一きれいな水の街アクアリアにやってきた。しかしそこはまるで、奇妙な怪物たちの動物園。巨大な蛇、石を噴く宇宙クジラ、犬を焼くドラゴン、生きた携帯電話・・・宇宙からやってきた彼らは、どうやら地球征服を狙っているらしい!? ペギーと相棒・青い犬の新たな対決がはじまる! 待望の文庫第四弾。

『ペギー・スー 5 黒い城の恐ろしい謎』 セルジュ・ブリュソロ著, 金子ゆき子訳 角川書店 2006.6 286p 15cm (角川文庫) 590円 ①4-04-295105-8〈原書名:Le chateau noir〉

|内容| 「人間に戻りたい!」砂の魔法をかけられたセバスチャン、今度こそという思いから、新たな旅では強硬な行動に出る。呪文を解く書が隠された伝説の本屋では本の怪物に襲われて、逃げ出した先の不思議な村では、幻の治療者"骸骨ドクター"の罠にはまり…そんな彼を助けるのは、やっぱりペギーと青い犬! 不気味で奇怪な新怪物が続々登場、危険度がますますエスカレート。ペギーの痛快冒険シリーズ、文庫第5弾。

『ペギー・スー 6 宇宙の果ての惑星怪物』 セルジュ・ブリュソロ著, 金子ゆき子訳 角川書店 2006.12 412p 15cm (角川文庫) 629円 ①4-04-295106-6〈原書名:La bete des souterrains〉

|内容| 時空を超えてペギーに助けを求めにやってきた、惑星カンダルタの将軍。そこでは次々と子供たちがさらわれて、人々は恐怖におののき隠れて生活しているらしい。誘拐犯はなんと、タコ足をもつ巨大な怪物〈大喰らい〉―実は惑星そのものが怪物の卵だったのだ。またもや怪物退治にかり出されるペギーと青い犬。わがままな人間たちにも邪魔される今度の冒険は、ますます厄介、奇想天外事件の連発! 大人気シリーズ文庫第6弾。

『ペギー・スー 7 ドラゴンの涙と永遠の魔法』 セルジュ・ブリュソロ著, 金子ゆき子訳 角川書店 2008.7 365p 15cm (角川文庫) 629円 ①978-4-04-295108-7〈原書名:La revolte des dragons 発売:角川グループパブリッシング〉

|内容| 幽霊たちに鏡の中の分身をとられてしまったペギー・スー。鏡像を返してもらうのと引き換えに、遠い宇宙での無謀な助っ人を引き受けることに。そこは人間が怪物に変身してしまう恐ろしい星。食い止めるためには、巨大なドラゴンの涙を飲むしかない! 前代未聞のドラゴンの涙集めの冒険。ペギーたちにも変身の危機が訪れ、さらに恋人セバスチャンとの関係に変化が…? 片時も目が離せない、大波瀾の文庫第7弾。

『ペギー・スー 8 赤いジャングルと秘密の学校』 セルジュ・ブリュソロ著, 金子ゆき子訳 角川書店 2009.6 389p 15cm (角川文庫 15760) 667円 ①978-4-04-295109-4〈原書名:Peggy Sue et les fantomes:la jungle rouge 発売:角川グループパブリッシング〉

|内容| 恋人との別れに傷心する間もなく、奇妙なスーパーヒーロー学校に入学するはめになったペギーと青い犬。だがそこは元ヒーローの教師が凶暴無謀な授業を繰り広げ、試験に落第した者を一生牢獄に閉じこめてしまう、世にも恐ろしい学校だった! さらに裏では信じがたい陰謀が渦巻き…。優しい金髪の同級生ナクソスを唯一の味方に、ペギーが再び悪戦苦闘するスケール&パワー・アップの第8弾。

『ペギー・スー 9 光の罠と明かされた秘密』 セルジュ・ブリュソロ著, 金子ゆき子訳 角川書店 2010.6 286p 15cm (角川文庫 16330) 629円 ①978-4-

04-295110-0〈原書名：Peggy Sue et les fantomes：la lumiere mysterieuse　発売：角川グループパブリッシング〉

|内容| 恐怖のスーパーヒーロー学校を逃げ出したペギーたち。宇宙を浮遊したあげく、地球へと戻るつもりが見知らぬ惑星へとたどり着く。水晶だらけの廃墟の街は極寒で死の気配が漂い、魔法の光が灯台から降り注ぐ、いかにも怪しい恐怖の地。生き延びるためにまたも危険な旅を強いられるペギーだが、待ち受けるのは瀕死の危機、そして自らの出生にかかわる信じられない秘密だった―。急展開に驚きが止まらない、興奮の第9巻。

『ペギー・スー　10　魔法の星の嫌われ王女』セルジュ・ブリュソロ著、金子ゆき子訳　角川書店　2011.7　326p　15cm　（角川文庫 16943）　667円　①978-4-04-295111-7〈原書名：Peggy Sue et le chien bleu : le loup et la fee　発売：角川グループパブリッシング〉

|内容| 実は王女であることを知らされたペギー。故郷の星アンカルタで、意地悪な貴族に囲まれた窮屈な王宮生活を送ることに。不思議な石の力で幸福が約束された王国には、だが重大な危機が迫っていた。石の魔力で使いものにならない国王夫妻を見かね、禁断の外界の森へ飛び出すペギーと青い犬。王国を守る魔法の矢を手に入れるため、妖精をだまそうとするのだが…。またもや絶体絶命の危険が待ち受ける、絶妙コンビの冒険第10弾。

『ペギー・スー　11　呪われたサーカス団の神様』セルジュ・ブリュソロ著、金子ゆき子訳　角川書店　2012.5　264p　15cm　（角川文庫 フ24-12）　667円　①978-4-04-100345-9〈原書名：PEGGY SUE ET LE CHIEN BLEU　発売：角川グループパブリッシング〉

|内容| 王国への反逆者として指名手配されたペギーと姉のマリーと青い犬。さらに妖精たちの復讐の手も迫る。姿をごまかすために"若さの山"へと逃げ込むものの、登るにつれて体だけでなく心も若返り、ペギーは青い犬の存在も忘れてしまう。孤軍奮闘する青い犬は、不気味なサーカス一座と遭遇。隠れみのとして入団した二人と一匹は、一躍サーカス団の人気者に一!? 青い犬と奇妙な動物たちが大活躍する波瀾万丈の第11弾。

『ペギー・スー　1　魔法の瞳をもつ少女』セルジュ・ブリュソロ作、金子ゆき子訳、町田尚子絵　角川書店　2009.3　342p　18cm　（角川つばさ文庫 Eふ1-1）　740円　①978-4-04-631004-0〈原書名：Peggy Sue et les fantomes　2005年刊の修正　発売：角川グループパブリッシング〉

|内容| 地球上でただひとり、悪いお化け"見えざる者"の姿が見えるペギー・スー。お化けの嫌がらせをうける辛い毎日。そんなある日、引っ越してきた町で奇妙な事件が起こる。青い太陽があらわれ、その光を浴びた少女が急に天才に！ 嫌な予感をおぼえるペギー。それは、お化けがしくんだ恐ろしい計画の始まりだった…。フランスで大人気のファンタジー第一弾。小学上級から。

『ペギー・スー　2　蜃気楼の国へ飛ぶ』セルジュ・ブリュソロ作、金子ゆき子訳、町田尚子絵　角川書店　2009.12　387p　18cm　（角川つばさ文庫 Eふ1-2）　820円　①978-4-04-631065-1〈原書名：Peggy Sue et les fantomes　2005年刊の修正　発売：角川グループパブリッシング〉

|内容| 世界でただひとり、悪いお化け"見えざる者"の姿が見えるペギー・スー。父親の仕事の都合で、ペギー一家は、あやしい砂漠の町へと引っ越すことになった。町へ行くと、ぶきみなうわさを耳にする。砂漠の孤独にたえられなくなった人々が、蜃気楼の幻にひかれて次々と消えていくらしい。そしてついにペギーの家族も…。フランスで大人気のファンタジー第2弾。

ブルックナー、カルル
Bruckner, Karl
《1906～》

『ジーノのあした』ブルックナー著、山口四郎訳　福武書店　1990.10　266p　15cm　（福武文庫）　600円　①4-8288-3166-5〈原書名：Die Strolche von Neapel〉

|内容| 建築技師になる夢をかなえるため、ただひとりのおばをたずねてナポリに向かううみなし子の少年ジーノ。ところが、そのナポリにおばの姿はなく、ジーノは大都会をひとりきりでさまよううことに…。苦しい環境や困難を乗りこえ、自分の道を開いてゆく少年を感動的に描いたオーストリアの児童文学。

プルマン、フィリップ
Pullman, Philip
《1946～》

『黄金の羅針盤　上巻』フィリップ・プルマン著、大久保寛訳　新潮社　2003.11

343p 15cm （新潮文庫） 590円
①4-10-202411-5〈原書名：The golden compass〉
内容 両親を事故で亡くしたライラは、お転婆な11歳の女の子。そんな彼女のまわりで子供が連れ去られる事件が起きる。どうやら北極で子供たちが何らかの実験に使われているらしい。ライラと彼女の守護精霊は子供たちを助けるために、船上生活者ジプシャンに同行する。世界に6つしかない黄金の羅針盤を持って北極へと向かったライラだったが…。世界的ベストセラーの冒険ファンタジー。カーネギー賞、ガーディアン賞ほか、数々の賞に輝く。

『**黄金の羅針盤 下巻**』 フィリップ・プルマン著, 大久保寛訳 新潮社 2003.11
342p 15cm （新潮文庫） 590円
①4-10-202412-3〈原書名：The golden compass〉
内容 ライラの一行は北の町トロールサンドに到着した。子供たちが囚われの身となっているボルバンガーまであと少しだ。よろいをつけたクマ、気球乗り、そして空飛ぶ魔女の力を借りて、ライラは敵地へと乗り込んだ。そこでライラは、身の毛がよだつような出来事に巻き込まれる。ライラは子供たちを救出できるのか？ そしてクマの王が君臨するという極北の地に無事到達できるのだろうか。カーネギー賞、ガーディアン賞ほか、数々の賞に輝く。

『**琥珀の望遠鏡 上巻**』 フィリップ・プルマン著, 大久保寛訳 新潮社 2004.7
435p 16cm （新潮文庫） 705円
①4-10-202415-8〈原書名：The amber spyglass〉
内容 ライラが連れ去られてしまったことを知ったウィルは、二人の天使を伴って彼女を探しに行く。やがてウィルは森の奥深くで、母親に監禁されているライラを発見。ライラは薬によって眠りつづけていた。ウィルは"別世界への窓"を作る神秘の短剣を使ってライラの救出を試みる。しかし、短剣はあっけなく折れてしまった——。冒険ファンタジーの最高峰、いよいよ完結。

『**琥珀の望遠鏡 下巻**』 フィリップ・プルマン著, 大久保寛訳 新潮社 2004.7
428p 16cm （新潮文庫） 705円
①4-10-202416-6〈原書名：The amber spyglass〉
内容 やっと再会を果たしたライラとウィル。二人は黄金の羅針盤を頼りに旅を続ける。そして友達を救うべく"死者の国"へと向かう。しかし、それは最愛の守護精霊との悲痛な別れを意味することに。ライラは苦渋の決断を迫られる。一方、アスリエル卿は地上の楽園を求め、共和国建設の準備をすすめていた。アスリエル卿と"天上の王国"との、世界を二分する闘いが今、始まろうとしていた。

『**神秘の短剣 上巻**』 フィリップ・プルマン著, 大久保寛訳 新潮社 2004.2
277p 16cm （新潮文庫） 552円
①4-10-202413-1〈原書名：The subtle knife〉
内容 オーロラの中に現れた世界に渡ったライラ。そこは魔物が住み、子どもしかいないチッタガーゼという街だった。そこでライラは別の世界から来たウィルという少年に出会う。二人は特殊な窓を通り、ウィルの世界とチッタガーゼを行き来する。やがて二人は不思議な短剣の存在を知るが、ライラは大切な真理計を何者かに盗まれてしまう…。世界的ベストセラーの冒険ファンタジー第2弾。

『**神秘の短剣 下巻**』 フィリップ・プルマン著, 大久保寛訳 新潮社 2004.2
274p 16cm （新潮文庫） 552円
①4-10-202414-X〈原書名：The subtle knife〉
内容 ライラとウィルは不思議な短剣を手に入れ、ウィルはその守り手となった。これを使えばどこでも空中に窓を切り開き、容易に別の世界へ行ける。しかしこの短剣を狙っている者はウィルの世界にも、チッタガーゼにもいた。追っ手は日に日に迫ってくる。ライラとウィルに課せられた使命とは…。気球乗りや魔女たち、そして天使たちまでも巻き込んで、物語はさらに大きく広がっていく。

『**マハラジャのルビー**』 フィリップ・プルマン著, 山田順子訳 東京創元社 2008.6 328p 15cm （創元推理文庫—サリー・ロックハートの冒険 1）
880円 ①978-4-488-53405-9〈原書名：The ruby in the smoke〉
内容 サリー・ロックハート、十六歳。父を船の事故で失い、天涯孤独の身。彼女のもとに、ある日謎めいた手紙が送られてきた。手紙に書かれた謎の言葉、サリーにつきまとう怪しげな老婆、阿片の煙にかすむインドの記憶…。ヴィクトリア朝のロンドンを舞台に、変わり者の少女サリーが、父の死と呪われたルビーの謎に挑む。「ライラの冒険」の著者プルマンの傑作冒険シリーズここに開幕。

ペイトン, K.M.
Peyton, K.M.
《1929～》

『**愛の旅だち―フランバーズ屋敷の人びと 1**』 K.M.ペイトン作, 掛川恭子訳　岩波書店　1995.2　353p　18cm　（岩波少年文庫）　700円　①4-00-113116-1〈原書名：Flambards　第13刷（第1刷：1981年）〉

『**愛の旅だち―フランバーズ屋敷の人びと 1**』 K.M.ペイトン作, 掛川恭子訳　新版　岩波書店　2009.9　362p　18cm　（岩波少年文庫 597）　760円　①978-4-00-114597-7〈原書名：Flambards〉
[内容] 20世紀初頭のイギリス。12歳の孤児クリスチナはフランバーズ屋敷にひきとられてきた。相反する価値観を持つマークとウィルの兄弟、心やさしい馬丁のディック。彼らとの交流を通じて、クリスチナは自分の人生の在り方を選ぶ。中学以上。

『**愛ふたたび―フランバーズ屋敷の人びと 4 上**』 K.M.ペイトン作, 掛川恭子訳　岩波書店　1995.2　302p　18cm　（岩波少年文庫）　700円　①4-00-113119-6〈原書名：Flambards divicled　第6刷（第1刷：1986年）〉

『**愛ふたたび―フランバーズ屋敷の人びと 5 下**』 K.M.ペイトン作, 掛川恭子訳　岩波書店　1995.2　317p　18cm　（岩波少年文庫）　700円　①4-00-113120-X〈原書名：Flambards divided　第6刷（第1刷：1986年）〉

『**愛ふたたび―フランバーズ屋敷の人びと 4 上**』 K.M.ペイトン作, 掛川恭子訳　新版　岩波書店　2009.12　258p　18cm　（岩波少年文庫 600）　700円　①978-4-00-114600-4〈原書名：Flambards divided〉
[内容] 屋敷の主となったクリスチナは、使用人ディックと再婚した。戦時下の困難にもかかわらず、家庭も、農場も、すべてうまくいくかにみえた。しかし、瀕死の重傷を負ったマークが屋敷にもどり、感情のもつれが新生活をおびやかす。中学以上。

『**愛ふたたび―フランバーズ屋敷の人びと 5 下**』 K.M.ペイトン作, 掛川恭子訳　新版　岩波書店　2009.12　266p　18cm　（岩波少年文庫 601）　700円　①978-4-00-114601-1〈原書名：Flambards divided〉
[内容] クリスチナとディックは、階級のちがいを愛でのりこえて結婚したはずだった。しかし、考え方も感情もかみあわず、二人の関係はどうしようもなくこわれていく。何を求め、誰を愛するのか、クリスチナは再び決断のときを迎える。中学以上。

『**雲のはて―フランバーズ屋敷の人びと 2**』 K.M.ペイトン作, 掛川恭子訳　岩波書店　1995.2　292p　18cm　（岩波少年文庫）　700円　①4-00-113117-X〈原書名：The edge of the cloud　第10刷（第1刷：1981年）〉

『**雲のはて―フランバーズ屋敷の人びと 2**』 K.M.ペイトン作, 掛川恭子訳　新版　岩波書店　2009.10　296p　18cm　（岩波少年文庫 598）　720円　①978-4-00-114598-4〈原書名：The edge of the cloud〉
[内容] 結婚の約束をして、フランバーズ屋敷を出たウィルとクリスチナ。第一次世界大戦目前、ウィルは、時代の最先端をゆく飛行機に魅せられ熱中する。そんな彼を、クリスチナは喜びや苦しみに心かきみだされながら、必死に愛する。中学以上。

『**卒業の夏**』ペイトン著, 久保田輝男訳　福武書店　1990.3　358p　16cm　（福武文庫）　680円　①4-8288-3126-6〈原書名：Pennigton's seventeenth summer〉
[内容] 「能力はありながら、やる気なく、反抗的。ただしピアノの腕は抜群！」学校でのペンの評価はいつもこうだ。年齢17歳、体重90キロ、えりもとまで伸ばした長髪、ビールをのみ、けんかをすい、一大人の虚飾にみちた常識を敢然と拒絶する17歳の心理と行動を鮮やかに描いた、ヤングアダルト小説の傑作。

『**バラの構図**』 K.M.ペイトン作, 掛川恭子訳　岩波書店　1990.11　297p　18cm　（岩波少年文庫）　620円　①4-00-113130-7〈原書名：A pattern of roses〉
[内容] バラの花模様の古いビスケット缶におさめられた少女の肖像画にはT・R・Iのサインがあった。そして墓地で偶然みつけた墓石にもT・R・Iと記してあった。ティムはショックを受けた。T・R・Iはティム自身の頭文字でもあるからだ。肖像画の少女とT・R・Iの

謎を追うティムは、60年前のある事件につきあたる。ミステリータッチの青春小説。中学以上。

『めぐりくる夏―フランバーズ屋敷の人びと3』 K.M.ペイトン作, 掛川恭子訳 岩波書店 1995.2 315p 18cm （岩波少年文庫） 700円 ①4-00-113118-8〈原書名：Flambards in summer 第9刷（第1刷：1981年）〉

『めぐりくる夏―フランバーズ屋敷の人びと3』 K.M.ペイトン作, 掛川恭子訳 新版 岩波書店 2009.11 327p 18cm （岩波少年文庫 599） 760円 ①978-4-00-114599-1〈原書名：Flambards in summer〉
内容 夫ウィルが戦死し、クリスチナはフランバーズ屋敷にもどってきた。主を失い、あれはてていた屋敷を、クリスチナは農場として復活させようと決心する。そんな彼女を支えるのは、かつて屋敷で馬丁をしていたディックだった。中学以上（対象年齢）。

ペイトン・ウォルシュ, ジル
Paton Walsh, Jill
《1937～》

『焼けあとの雑草』 ウォルシュ著, 沢田洋太郎訳 福武書店 1990.4 209p 15cm （福武文庫） 460円 ①4-8288-3136-3〈原書名：Fireweed〉
内容 第二次世界大戦下、爆撃の続くロンドン。15歳の少年ビルは人込みのなかで少女ジュリーと出会う。二人は大人の「保護」の手をのがれ、空き家に住みつき、飢餓や生命の危険ととなり合わせの共同生活を始めるが…。―戦争という異常な状況下で精一杯生きた青春を鮮やかに描く英国の秀作。

ペルゴー, ルイ
Pergaud, Louis
《1882～1915》

『ボタン戦争』 ルイ・ペルゴー著, なだいなだ訳 集英社 1987.7 346p 16cm （集英社文庫） 480円 ①4-08-749236-2
内容 戦争の火の手は、つまらぬことをきっかけに燃えあがる。――ここロンジュヴェルヌ村とヴェルラン村の子どもたちも然り。武器は棍棒、パチンコ、石を手に、家や学校や教会の偽善的世界を抜け出し、幼い戦士たちが勇躍出陣する。素朴さと無邪気さのうちに大人の世界を風刺し、生命力と活力と情熱に溢れた児童文学の名作。名画「わんぱく戦争」の原作。

ベルヌ
⇒ヴェルヌ, ジュール を見よ

ペロー, シャルル
Perrault, Charles
《1628～1703》

『完訳 ペロー童話集』 ペロー著, 新倉朗子訳 岩波書店 2003.1 282p 15cm （岩波文庫） 560円 ①4-00-325131-8〈原書名：CONTES DE PERRAULT 第31刷〉
目次 韻文による物語, グリゼリディス, ろばの皮, 愚かな願いごと, 過ぎし昔の物語ならびに教訓, 内親王様へ, 眠れる森の美女, 赤ずきんちゃん, 青ひげ, ねこ先生または長靴をはいた猫, 仙女たち, サンドリヨンまたは小さなガラスの靴, まき毛のリケ, 親指小僧
内容 ペロー（1628 - 1703）の『童話集』は、民間伝承に材を得た物語集のうちでも最も古いものといってよい。よく知られた「眠れる森の美女」「赤ずきんちゃん」「青ひげ」「長靴をはいた猫」「サンドリヨン（シンデレラ）」を始め、韻文で書かれた「ろばの皮」など全作品を収め、口承文芸研究の視点から注・解説を付した。

『シンデレラ』 シャルル・ペロー原作 竹書房 2003.2 233p 16cm （竹書房文庫―ディズニー・プリンセス 2） 590円 ①4-8124-1092-4〈編訳：小泉すみれ〉

『シンデレラ 美女と野獣―プリンセス・ストーリーズ』 グリム兄弟, シャルル・ペロー原作, 久美沙織著, 山崎透絵, ボーモン夫人原作, 久美沙織著, 山崎透絵 アスキー・メディアワークス 2011.1 249p 18cm （角川つばさ文庫 Eく1-

1）　660円　①978-4-04-631136-8〈発売：角川グループパブリッシング〉
|目次| シンデレラ、美女と野獣
|内容| 大好きなお母さまが亡くなり、7歳のシンデレラの友だちは太った灰色猫だけ。天国の母に書いた日記からわかる、ほんとの気持ち…。まま母にいじめられてた少女がガラスのくつのプリンセスになれたのはなぜ？（シンデレラ）父の身代わりになった少女ベルがみにくい野獣に恋したのはなぜ？（美女と野獣）みんな知ってるプリンセスの、だれも知らない心の秘密をえがく、恋と魔法のロマンチック・ストーリー。

『長ぐつをはいたネコ』　ペロー作, 末松氷海子訳, 北沢夕芸絵　集英社　2012.2　142p　18cm　（集英社みらい文庫 へ-2-1）　570円　①978-4-08-321073-0
|目次| 長ぐつをはいたネコ、眠りの森の美女、赤ずきんちゃん、青ひげ、妖精たち、サンドリヨン（シンデレラ）、小さなガラスのくつ、とさか頭のリケ、親指小僧、新世界の葦、またはサトウキビ
|内容| 世界中で古くから親しまれている、シャルル・ペローの昔話集。グリム童話よりも前に世に送り出され、現代の童話の基本となったペローの傑作選。小学初級・中級から。

『長ぐつをはいた猫』　シャルル・ペロー作, 伊豆平成著, 結川カズノ絵　角川書店　2012.2　222p　18cm　（角川つばさ文庫 Eへ1-1）　640円　①978-4-04-631214-3〈発売：角川グループパブリッシング〉
|内容| 死んだお父さんの財産を分けることになった3兄弟。長男は水車小屋、次男はロバをもらったけど、末っ子・ジャンの取り分はなんと猫のフィロー1匹だけ！　落ちこむジャンに—「わたしがご主人を幸せにしてみせますよ」なんて猫が話しかけてきた！? おいしい食事に家に入れてしまうだけでなく、フィローの天才的な知恵によって、さえないジャンがみるみる変身していく…！ 夢と友情あふれる名作。小学中級から。

『長靴をはいた猫』　シャルル・ペロー著, 渋沢龍彦訳　河出書房新社　1988.12　223p　15cm　（河出文庫）　480円　①4-309-46057-7
|目次| 猫の親方あるいは長靴をはいた猫、赤頭巾ちゃん、仙女たち、サンドリヨンあるいは小さなガラスの上靴、捲き毛のリケ、眠れる森の美女、青髯、親指太郎、驢馬の皮

『眠れる森の美女―完訳ペロー昔話集』　シャルル・ペロー著, 巌谷国士訳　講談社　1992.5　343p　15cm　（講談社文庫）　520円　①4-06-185097-0
|目次| 姫君へ、眠れる森の美女、赤ずきんちゃん、青ひげ、猫先生または長靴をはいた猫、妖精たち、サンドリヨンまたは小さなガラスの靴、まき毛のリケ、親指小僧、グリゼリディス、ろばの皮、おろかな願い
|内容| ヨーロッパに広く流れていたお噺のなかから、表題作をはじめ「青ひげ」「長靴をはいた猫」「サンドリヨン」などを著者ペローの文学観で編みなおした「昔話集」は、当時の社会に大きな影響を与え、現在も読みつがれている。本書はドレの画とともに、散文八編だけでなく韻文三編も加えた、そのすべてを紹介。

『眠れる森の美女―ペロー昔話集』　シャルル・ペロー作, 巌谷國士訳, 東逸子絵　講談社　1998.3　229p　18cm　（講談社青い鳥文庫）　580円　①4-06-148479-6
|目次| 眠れる森の美女、赤ずきんちゃん、青ひげ、猫先生―または長靴をはいた猫、妖精たち、サンドリヨン―または小さなガラスの靴、巻き毛のリケ、親指小僧、ろばの皮、おろかな願い
|内容| 森のおくに、100年も眠る美しい王女とすてきな王子の出会い。長靴をはいて、ご主人のために飛びまわる猫。赤ずきんちゃんを食べようとする狼など、ヨーロッパで古くから伝えられているお話を、ペローの優雅でユーモアに富んだ語り口で集められた昔話集。わくわく、どきどきの8話と物語詩2話に、ペローならではの教訓をつけてお贈りします。小学上級から。

『眠れる森の美女―完訳ペロー昔話集』　シャルル・ペロー著, 巌谷國士訳　筑摩書房　2002.10　348p　15cm　（ちくま文庫）　880円　①4-480-03726-8
|目次| 過ぎし日の物語集または昔話集・教訓つき（眠れる森の美女、赤ずきんちゃん、青ひげ、猫先生または長靴をはいた猫、妖精たち、サンドリヨンまたは小さなガラスの靴、まき毛のリケ、親指小僧）、韻文による昔話集（グリゼリディス、ろばの皮、おろかな願い）
|内容| 昔話ほんらいの不可思議な魅力に、詩人ペローの優雅でエスプリのきいた語り口、したたかな諷刺精神が加わった大人が楽しめる物語。表題作をはじめ「赤ずきんちゃん」「青ひげ」「長靴をはいた猫」など子どものころ親しんだ昔話の再話も、その鋭い時代精神と柔軟な才気があらためて驚きを呼ぶ。序文や「ろばの皮」など韻文作品3編を含む完訳。19世紀最大の挿絵画家ドレの美しい銅版画を多数おさめた。

『眠れる森の美女』 シャルル・ペロー原作 竹書房 2003.3 205p 16cm（竹書房文庫—ディズニー・プリンセス 3）590円 ⓃA4–8124–1093–2〈編訳：木俣冬〉

『眠れる森の美女—シャルル・ペロー童話集』 シャルル・ペロー著, 村松潔訳 新潮社 2016.2 169p 16cm（新潮文庫 ヘ–22–1）430円 ⓃA978–4–10–220021–6〈原書名：La Belle au Bois Dormant, Le Petit Chaperon Rouge〔ほか〕〉
[目次] 眠れる森の美女, 赤頭巾ちゃん, 青ひげ, 猫の親方または長靴をはいた猫, 仙女たち, サンドリヨンまたは小さなガラスの靴, とさか頭のリケ, 親指小僧
[内容] 仙女の呪いで百年の眠りについた美しい王女—。王子様のお迎えで目覚めたのちの恐怖を描いた表題作のほか, 赤頭巾ちゃん, 長靴をはいた猫, 親指小僧からシンデレラまで。あの懐かしい童話が新鮮な翻訳と美しく読みやすい活字, 繊細な挿絵とともに甦りました。不思議でロマンチックで楽しい。そしてちょっとだけグロテスクで残酷…。そんなペローの童話の世界へ, ようこそ！

『ペロー童話集』 ペロー作, 天沢退二郎訳 岩波書店 2003.10 232p 18cm（岩波少年文庫）640円 ⓃA4–00–114113–2〈原書名：Contes de Perrault〉
[目次] 眠りの森の美女, 赤頭巾ちゃん, 青ひげ, 長靴をはいた猫, 妖精たち, サンドリヨンまたは小さなガラスの靴, 巻き毛のリケ, おやゆび小僧, ロバの皮, おろかな願い

ボウム
⇒ ボーム, ライマン・フランク を見よ

ポーター, エレナ
Porter, Eleanor Hodgman
《1868～1920》

『愛少女ポリアンナ物語』 三田ゆいこノベライズ, エレナ・ホグマン・ポーター原作 竹書房 2004.5 259p 16cm（竹書房文庫—世界名作劇場 5）848円 ⓃA4–8124–1608–6〈付属資料：CD1枚 (8cm)〉
[内容]「"よかった"を探すんだ」牧師だった父が残した言葉を胸に明るく生きるポリアンナ。孤児になったポリアンナは叔母のパレーに引き取られるがポリアンナの部屋は屋根裏部屋, しかし, それも一番眺めのいい部屋と思えてしまうのだった。天真爛漫な小さな女の子が大人たちの凍った心を溶かしてゆく—。「よかった探し」が流行になった『世界名作劇場』シリーズの話題作。

『少女パレアナ』 エレナ・ポーター著, 村岡花子訳 改版 角川書店 1986.1 274p 15cm（角川文庫）380円 ⓃA4–04–221201–8

『少女ポリアンナ』 エレノア・ポーター作, 菊島伊久栄訳 偕成社 1986.5 351p 19cm（偕成社文庫）450円 ⓃA4–03–651380–X
[内容] よろこびと愛をはこぶ少女『ポリアンナ』…感動の名作。読みやすい新訳〔完訳版〕

『少女ポリアンナ』 エリナー・ポーター作, 谷口由美子訳 岩波書店 2002.12 369p 18cm（岩波少年文庫）760円 ⓃA4–00–114102–7〈原書名：Pollyanna〉
[内容] 11歳のポリアンナは孤児になり, 独身のおばさんに引き取られました。明るいポリアンナは, 子ども嫌いの気むずかしいおばさんや孤独に暮らす近所の老人など, 周囲の人々の気持を変えていきます。ある日, 思いがけない事故が…。小学5・6年以上。

『少女ポリアンナ』 ポーター作, 岡信子文 ポプラ社 2003.11 198p 18cm（ポプラ社文庫—世界の名作文庫 W–44）600円 ⓃA4–591–07939–2〈「しあわせなポリアンナ」(1979年刊)の新装改訂〉
[内容] 両親を亡くしてひとりぼっちになったポリアンナは, きびしく冷たいポリーおばさんの屋敷でくらすことになりました。ポリアンナは, どんなことでも喜びにかえてしまう"しあわせゲーム"を広めていき, まわりの人々は, しあわせを感じる心, 喜ぶ気持ちをとりもどしていきます。

『少女ポリアンナ』 エレナ・ポーター作, 木村由利子訳, 結川カズノ絵 角川書店 2012.6 254p 18cm（角川つばさ文庫 Eほ1–1）680円 ⓃA978–4–04–631238–9〈原書名：Pollyannaの抄訳 発売：角川グループパブリッシング〉
[内容] 11歳のポリアンナは, 両親を亡くし, 気むずかしいポリーおばさんのもとへ。寂しくてこっそり泣いてしまうこともあるけど, ポ

リアンナには元気になれる方法があった。それは、どんなに辛くても、その中から「うれしい！」を探しだすこと。やがて、このゲームは街中に広がって、大人たちの冷たい心を変えていく。だが、ポリアンナは大事故にあってしまい…!? 涙と幸せと、奇跡あふれる物語。小学上級から。

『少女ポリアンナ―新訳』 エレナ・ポーター著、木村由利子訳 角川書店 2013.3 363p 15cm （角川文庫 ホ1-1） 552円 ①978-4-04-100754-9〈原書名：Pollyanna 発売：角川グループパブリッシング〉

内容 両親を亡くした11歳のポリアンナは、気むずかしい叔母、ミス・ポリーのもとに引き取られた。ポリアンナはどんなに辛いことがあっても、その中に「嬉しい」ことを見つけるとたちまち元気になれる。そのお父さんとの約束、「嬉しい探し」ゲームは街中に広がり、ミス・ポリーや大人たちとの冷たい心を変えていった。ところがそんなポリアンナが交通事故にあってしまい…。涙と笑顔いっぱいの不朽の名作が、いよいよ新訳で登場。

『スウ姉さん』 E.ポーター著、村岡花子訳 河出書房新社 2014.4 315p 15cm （河出文庫 ホ1-1） 740円 ①978-4-309-46395-7〈原書名：Sister Sue 底本：角川文庫 1965年刊〉

内容 ピアニストを目指しながらも、亡き母に代わって家族の世話を強いられるスウ姉さん。父の銀行が破綻し、恋人が去ってもなお、持ち前のユーモアを支えに、与えられた場所でタフに生きていく。『少女パレアナ』のエレナ・ポーターが、世界中の女性に捧げた物語を、この作品を深く愛した翻訳家・村岡花子の名訳で贈る。

『パレアナの青春』 エレナ・ポーター著、村岡花子訳 改版 角川書店 1986.1 316p 15cm （角川文庫） 420円 ①4-04-221202-6

内容 ベルデングスビルの小さな町を「喜びの遊び」で明るくした少女パレアナは、やがて成長し、美しい青春の日々を迎える。いつでも喜ぶということは、決して単なるお人好しで出来ることではなく、常に強い意志と努力が必要だということを、ポーター女史のペンはパレアナを通して語りかける。

『ぼく、デイヴィッド』 エリナー・ポーター作、中村妙子訳 岩波書店 2007.3 389p 18cm （岩波少年文庫） 760円 ①978-4-00-114143-6〈原書名：Just David〉

内容 大切な父親をうしなったデイヴィッドは、名字すらわからないまま農家のホリー夫妻に引き取られます。あらゆる感動をヴァイオリンで奏でる、無邪気な謎の少年は、やがて周りの人たちにとって、かけがえのない存在となっていきます。小学5・6年以上。

『ポリアンナの青春』 エレノア＝ポーター作、菊島伊久栄、坂崎麻子訳 偕成社 1986.10 461p 19cm （偕成社文庫） 550円 ①4-03-651440-7

内容 足の怪我のなおったポリアンナは、ボストンの大金持ち カルー夫人のもとへひきとられます。行方不明の甥を思い、悲しみにくれる カルー夫人をあいてに、ポリアンナはあの魔法のゲームを はじめるのですが…。ジミー＝ビーンとの恋も からんで、物語はいよいよ大団円を むかえます。「パレアナの青春」として、世代をこえて 読みつがれてきた名作の、フレッシュな完訳版！

『ポリアンナの青春』 エリナー・ポーター作、谷口由美子訳 岩波書店 2004.1 446p 18cm （岩波少年文庫） 800円 ①4-00-114103-5〈原書名：Pollyanna grows up〉

内容 ポリアンナは、ポリーおばさんといっしょにドイツに6年間滞在して帰国しました。幼友だちのあのジミーが見ちがえるような青年になっていて、ポリアンナを驚かせます。みずみずしい青春ドラマ。『少女ポリアンナ』の続編。小学5・6年以上。

ポーター, ジーン
Porter, Gene Stratton
《1863～1924》

『そばかすの少年』 ポーター著、鹿田昌美訳 光文社 2009.5 506p 16cm （光文社古典新訳文庫） 895円 ①978-4-334-75181-4〈原書名：Freckles 年譜あり〉

内容 片手を失い、自分の本名すら知らない孤児の少年「そばかす」は、「リンバロストの森」で木材泥棒から森を守る番人として働くことになる。大人でさえ恐怖をいだく森と沼地。孤独と恐怖、厳しい自然と闘いながら、人の愛情に包まれて、「そばかす」は逞しく成長していく…。

『そばかすの少年』 G.ポーター著、村岡花子訳 河出書房新社 2015.4 420p 15cm （河出文庫 ホ4-3） 920円 ①978-4-309-46407-7〈原書名：Freckles 角川文庫 1964年刊の再刊〉

ボーム

内容 片手のない、孤児の少年「そばかす」は、木材会社の支配人に見込まれ、リンバロストの森で番人として働きはじめた。厳しい仕打ちにも耐え、鳥たちを愛でるそばかすは、人々の心を溶かしていく。そんなある日、森に富豪の娘エンゼルがやってきた…。翻訳者・村岡花子が特別に大事にした少年小説の傑作。

『リンバロストの乙女 上』 G.ポーター著, 村岡花子訳 河出書房新社 2014.8 349p 15cm （河出文庫 ホ4-1） 740円 ①978-4-309-46399-5〈原書名：A Girl of the Limberlost 底本：角川文庫1990年刊〉

内容 リンバロストの美しい森の端に住む、優しく賢い少女エルノラ。実の母親に無慈悲で理不尽な仕打ちをうけながらも、虫の収集で学費を稼ぎ、町の学校に通うことを決意する。翻訳者・村岡花子が、「アン」シリーズとともに愛した永遠の名著。村岡花子がこの作品との出会いを綴ったエッセイ「夏のおもひで」を特別収録。

『リンバロストの乙女 下』 G.ポーター著, 村岡花子訳 河出書房新社 2014.8 312p 15cm （河出文庫 ホ4-2） 740円 ①978-4-309-46400-8〈原書名：A Girl of the Limberlost 底本：角川文庫1990年刊〉

内容 エルノラは、優秀な成績で高等学校を卒業し、美しい女性に成長した。娘への愛情にようやく気づいた母親に見守られながら、大学を目指す。ある日、療養中だったリンバロストの森を訪れた名家の青年フィリップと出あい、惹かれあうエルノラ。しかし、彼にはすでに許嫁がいた。この作品を誰よりも愛した村岡花子の名訳で贈る。

ボーム, ライマン・フランク
Baum, Lyman Frank
《1856～1919》

『オズの魔法使い』 フランク＝ボーム作, 大村美根子訳 偕成社 1986.11 291p 19cm （偕成社文庫） 450円 ①4-03-651430-X

内容 小犬のトトといっしょに、家ごとたつまきにさらわれてドロシーがたどりついたのは、ふしぎなオズの国。故郷のカンザスに帰るには、大魔法使いオズの魔法で、広い砂漠をこえるしか方法はないという。ドロシーはオズの住むエメラルドの都をめざして旅にでた…。愉快な登場人物と楽しいストーリー展開で、人びとに愛されてきた、アメリカ・ファンタジーの古典の完訳版。

『オズの魔法使い』 L.F.ボーム作, 夏目道子訳, 山田千鶴子画 金の星社 1989.11 238p 18cm （フォア文庫 C088） 550円 ①4-323-01070-2〈原書名：The Wonderful Wizard of Oz〉

内容 少女ドロシーと愛犬トトは、ある日、たつまきに運ばれて、美しい別世界へ…。かかし、ブリキのきこり、おくびょうライオンとともに、ドロシーは、大魔法使いオズの住むエメラルドの都をめざして、楽しい冒険の旅へ出発します。ファンタジーの名作として、世界中に大ぜいのファンをもつ、夢とユーモアにあふれた明るい空想物語。

『オズの魔法使い』 フランク・ボーム作, 幾島幸子訳 岩波書店 2003.8 261p 18cm （岩波少年文庫） 680円 ①4-00-114112-4〈原書名：The wonderful wizard of Oz〉

内容 大竜巻に家ごと空高く吹き上げられた少女ドロシーは、愛犬トトとともに不思議なオズの国へ着陸しました。かかし、ブリキの木こり、おくびょうなライオンが仲間に加わって、一行はエメラルドの都をめざします。アメリカの人気作品。小学4・5年以上。

『オズの魔法使い』 バウム作, 守屋陽一訳 ポプラ社 2005.10 188p 18cm （ポプラポケット文庫 403-1） 570円 ①4-591-08842-1〈原書名：The wonderful wizard of OZ 1980年刊の新装版〉

内容 たつまきにふきとばされた少女ドロシーは、カンザスのわが家へ帰るため、おくびょうライオン、かかし、ブリキのきこり、それに犬のトトといっしょにオズの魔法使いに会いにでかけます。途中には、悪い魔女がいたりして危険なめにもあいますが、みんながそれぞれ力と知恵をだしあって困難をのりこえます。

『オズの魔法使い』 ライマン・フランク・バーム作, 松村達雄訳, りとうよういちろう絵 新装版 講談社 2008.3 343p 18cm （講談社青い鳥文庫 77-2） 660円 ①978-4-06-285004-9〈原書名：The wizard of Oz〉

内容 アメリカ、カンザスの大草原に住む、かわいい少女ドロシーは、ある日、たつまきに巻きこまれ、見知らぬ国にはこばれてしまいます。なんとしても家に帰りたいドロシーは、オズの魔法使いにねがいをかなえてもらうためエメラルドの都をめざして旅に出ることに。しかし、ブリキの木こり、おくびょうなライオ

『オズの魔法使い』 ライマン・フランク・ボーム著, 河野万里子訳 新潮社 2012.8 253p 16cm （新潮文庫 ホ-20-1） 490円 ①978-4-10-218151-5〈原書名：THE WONDERFUL WIZARD OF OZ〉
[内容] 大たつまきに家ごと運ばれたドロシーは、見知らぬ土地にたどりつき、脳みそのないかかし、心をなくしたブリキのきこり、臆病なライオンと出会う。故郷カンザスに帰りたいドロシーは、一風変わった仲間たちとどんな願いもかなえてくれるというオズ大王に会うために、エメラルドの都をめざす。西の悪い魔女は、あの手この手でゆくてを阻もうとするが…。世界中で愛され続ける名作。

『オズの魔法使い──ドロシーとトトの大冒険』 ライマン・フランク・バーム作, 松村達雄訳, 烏羽雨絵 講談社 2013.1 309p 18cm （講談社青い鳥文庫 77-3） 640円 ①978-4-06-285331-6〈原書名：The Wonderful Wizard of Oz 新装版 2008年刊の加筆修正〉
[内容] 竜巻に家ごとふきとばされ、ふしぎなふしぎなオズの国へやってきたドロシー。偉大な魔法使いオズにたのめば、お家に帰してくれるはず。そうねがう彼女は、愛犬トトと、エメラルドの都をめざします。脳みそがほしいカカシ、心臓がほしい木こり、勇気がほしいライオン。楽しい旅の仲間もいっぱい！ 100年以上も愛されてきた、魔法と冒険がつまった物語です。小学中級から。

『オズの魔法使い──新訳』 L.フランク・ボーム作, 柴田元幸訳, 吉野朔実絵 角川書店 2013.2 262p 18cm （角川つばさ文庫 Eほ2-1） 680円 ①978-4-04-631294-5〈原書名：THE WONDERFUL WIZARD OF OZ 発売：角川グループパブリッシング〉
[内容] ある日とつぜん大竜巻に巻きこまれ、犬のトトといっしょに家ごと飛ばされた少女ドロシー。ついたところはなんと、うつくしい魔法の国オズ！ けれど、やっぱり家に帰りたいドロシーは、大魔法使いオズにお願いするため、旅に出る。途中で、脳みそをほしがるかかし、心臓をほしがるブリキの木こり、勇気をほしがるライオンというヘンテコな仲間もくわわって…!? 100年前からみんなが大好きな、ワクワク冒険の旅！ 小学中級から。

『オズの魔法使い』 ライマン・フランク・ボーム著, 柴田元幸訳 角川書店 2013.2 204p 15cm （角川文庫 ホ17-1） 476円 ①978-4-04-100708-2〈原書名：The Wonderful Wizard of Oz 発売：角川グループパブリッシング〉
[内容] カンザスの大平原のまんなかから大竜巻で家ごと見知らぬ土地に飛ばされたドロシー。ヘンリーおじさんとエムおばさんが待つ故郷へ戻りたい一心で、どんな願いも叶えてくれるという偉大なる魔法使いオズに逢いにエメラルドの街を目指す。頭にわらの入ったかかし、心臓がないブリキの木こり、勇気がほしいライオン。仲間とともに困難を乗り越える一行の願いは叶えられるのか？ 柴田元幸の新訳による不朽の冒険ファンタジー。

『オズの魔法使い──新訳』 ライマン・フランク・ボーム作, 西田佳子訳, おのともえ絵 集英社 2013.6 222p 18cm （集英社みらい文庫 ほ-3-1） 640円 ①978-4-08-321158-4
[内容] ある日、大たつまきに家ごと飛ばされた、ドロシーと犬のトト。ついたのは、ふしぎなオズの国だった！ 故郷に帰るためには、エメラルドの都の大魔法使い・オズに頼むしかないらしい。旅の途中で、脳みそがほしいかかし、心臓がほしいブリキの木こり、勇気がほしいライオンと仲間になり、やっととりついた都で、ドロシーたちが出会ったのは…!? 100点以上のステキなイラストで贈る、魔法と冒険の名作ファンタジー!! 小学中級から。

『オズの魔法使い』 L.F.ボウム著, 江國香織訳 小学館 2015.2 252p 15cm （小学館文庫 え4-3） 600円 ①978-4-09-406128-4〈原書名：The Wonderful Wizard of Oz〉
[内容] 江國香織のみずみずしい日本語でよみがえる、心踊る"物語"の世界。脳みそのないかかし、心臓のないブリキの木こり、そして臆病なライオンの助けを借りて少女の冒険が始まる。植田真の繊細で美しい絵に彩られた名作、待望の文庫化！

『オズの魔法使いとエメラルドの都』 バウム作, 守屋陽一文 ポプラ社 1987.9 198p 18cm （ポプラ社文庫 450円 ①4-591-02580-2
[内容] 『オズの魔法使いとオズマ姫』で、オズマ姫は、ドロシーや黄色いめんどりのビリーナやかかしやブリキのきこりなどといっしょに、ノーム王の地底王国に攻めいり、どれいにされていたエブの王妃と王子や王女をすくいだして、ノーム王がだいじにしていた魔法のベルトをぶんどってきました。この本では、ノーム王がその復讐の計画をたてて、イロクビ族、ノッポゴリ族、バケモノ族、みにくいすがたをしたおそろしい悪の大軍を味方につけて、オズの国に攻めこんできます。

『オズの魔法使いとオズマ姫』 バウム作, 守屋陽一文 ポプラ社 1986.9 190p 18cm （ポプラ社文庫） 420円 ⓘ4-591-02337-0
内容 『オズの魔法使いとオズマ姫』(Ozma of OZ)は14冊ある「オズの魔法使い」シリーズのなかの第3番目の作品です。この作品は、いろいろな事件がおこったり、いろいろな魔法が使われたりする、おもしろいもので、「オズの魔法使い」シリーズのなかでも、いちばん人気のあるものの一つです。

『オズの魔法使いとグロリア姫』 バウム作, 守屋陽一文 ポプラ社 1988.8 198p 18cm （ポプラ社文庫） 450円 ⓘ4-591-02860-7〈原書名：The scarecrow of Oz〉

『オズの魔法使いと虹の国』 バウム作, 守屋陽一訳 ポプラ社 2009.6 188p 18cm （ポプラポケット文庫 403-2） 570円 ⓘ978-4-591-10993-9〈原書名：The marvellous land of OZ 1985年刊の新装版〉
内容 オズの国の北にある国に、魔法使いのおばあさんに育てられているチップという少年がいました。ある日チップは、おばあさんに大理石にかえられそうになってしまい、かかしの王さまのいるエメラルドの都へ逃げだしました。

『オズの魔法使いとふしぎな事件』 バウム作, 守屋陽一文 ポプラ社 1995.11 192p 18cm （ポプラ社文庫—世界の名作文庫 W-39） 580円 ⓘ4-591-04910-8
内容 オズの国の美しい支配者であるオズマ姫が、突然、きえてしまった。どこにいるのかさがそうと「魔法の絵」を見ようとしたが、それもきえてしまった。大事件だ。ドロシーたちは、オズマ姫をさがしに冒険の旅へでかけた。そしてふしぎなことがおこるのだ。

マキューアン, イアン
McEwan, Ian
《1948～》

『夢みるピーターの七つの冒険』 イアン・マキューアン著, 真野泰訳 中央公論新社 2005.10 206p 16cm （中公文庫） 590円 ⓘ4-12-204601-7〈原書名：The daydreamer〉
内容 ぼく、夢をみているんだろうか、それとも…ふとしたはずみで想像の世界に心を奪われてしまう空想少年ピーターが遭遇する、スリリングで、おかしくて、そしてちょっぴりせつない秘密の冒険。現代イギリス文学界を代表する作家イアン・マキューアンが、子供と、むかし子供だったすべての人に心をこめて贈るとっておきの物語。

マーク・トウェイン
⇒トウェイン, マーク を見よ

マクドナルド, ジョージ
MacDonald, George
《1824～1905》

『黄金の鍵』 G.マクドナルド著, 吉田新一訳 筑摩書房 1988.5 267p 15cm （ちくま文庫） 400円 ⓘ4-480-02232-5
目次 巨人の心臓, かるい姫, 黄金の鍵, 招幸酒
内容 妖精の国にある虹の先端で、金色に輝やく鍵をみつけた少年は、少女と共に鍵穴を探す旅に出る。謎の婦人、飛行魚、海の老人、大地の老人らに助けられながら死の世界をくぐりぬける…『黄金の鍵』表題作をはじめ『巨人の心臓』『かるい姫』『招幸酒』の4篇を収める。

『お姫さまとゴブリンの物語』 マクドナルド作, 脇明子訳 改版 岩波書店 2003.5 369p 18cm （岩波少年文庫） 760円 ⓘ4-00-114108-6〈原書名：The princess and the goblin〉

『カーディとお姫さまの物語』 マクドナルド作, 脇明子訳 岩波書店 1986.11 364p 18cm （岩波少年文庫） 600円 ⓘ4-00-112098-4
内容 カーディ少年が、地下のゴブリンの国からお姫さまを救い出してから1年。お姫さまの命と王国がまた危険にさらされました。悪賢い従者たちが権力と富をねらって策略をめぐらし始めたのです。カーディは怪獣たちの味方を得て悪者たちと戦います。神秘的な美しさをもつ冒険ファンタジー。

『カーディとお姫さまの物語』 マクドナルド作, 脇明子訳 新版 岩波書店 2003.12 362p 18cm （岩波少年文庫） 760円 ⓘ4-00-114109-4〈原書

名：The princess and Curdie〉

『かるいお姫さま』 マクドナルド作, 脇明子訳 岩波書店 1995.9 220p 18cm （岩波少年文庫） 600円 ⓘ4-00-112129-8〈原書名：The light princess〉
目次 かるいお姫さま, 昼の少年と夜の少女
内容 魔女に呪いをかけられてふわふわ浮いてしまうお姫さまが「重さ」をとりもどすには。一軽く楽しい語り口の表題作のほか, 幻想的な「昼の少年と夜の少女」を収録。小学上級以上。

『かるいお姫さま』 マクドナルド作, 脇明子訳 新版 岩波書店 2005.9 220p 18cm （岩波少年文庫） 640円 ⓘ4-00-114133-7〈原書名：The light princess〉
目次 かるいお姫さま, 昼の少年と夜の少女
内容 魔女にのろいをかけられて, ふわふわ浮いてしまうお姫さま。重さがもどるただひとつの場所である湖も魔女のたくらみで干上がり, お姫さまはしだいに弱ってゆきます。お姫さまを救う方法とは？ 「昼の少年と夜の少女」も収録。小学5・6年以上。

『北風のうしろの国』 ジョージ・マクドナルド著, 中村妙子訳 早川書房 2005.9 488p 16cm （ハヤカワ文庫FT） 880円 ⓘ4-15-020398-9〈原書名：At the back of the north wind 1981年刊の新装版 著作目録あり〉
内容 「北風と一緒なら誰だって寒くなんかないのよ」—美しい女の姿をした北風の精が, ダイヤモンド少年を幻想的な空へ誘った。夜のロンドンの空へ, 嵐の海上へ, そして北風のうしろの国へ…。その不思議な国から戻った少年は, 想像力の翼を広げ, 産業革命期の生活に疲れた人々に, 優しさを取り戻させてゆく。C.S.ルイスやJ.R.R.トールキンによって開花した英国ファンタジイの, 偉大なる先駆者による古典的名作。

『北風のうしろの国 上』 ジョージ・マクドナルド作, 脇明子訳 岩波書店 2015.10 323p 18cm （岩波少年文庫 227） 760円 ⓘ978-4-00-114227-3
〈原書名：AT THE BACK OF THE NORTH WIND〉
内容 馬小屋の2階に住む幼い少年ダイヤモンドのもとに, ある夜, 美しい女性の姿をした北風があらわれる。ダイヤモンドは北風に抱かれ, ロンドンの上空や, 荒れ狂う嵐の海へ。やがて少年は, 北風のうしろにある不思議な世界へとむかった。小学5・6年以上。

『北風のうしろの国 下』 ジョージ・マクドナルド作, 脇明子訳 岩波書店 2015.10 334p 18cm （岩波少年文庫 228） 760円 ⓘ978-4-00-114228-0
〈原書名：AT THE BACK OF THE NORTH WIND〉
内容 北風のうしろの国からもどってきたダイヤモンドは, そこで聞いた小川の歌を口ずさみながら, ロンドンの貧しい暮らしにあえいでいる家族や友だちを助け, 励ますようになる。空想と現実を自由にかけめぐる, 19世紀イギリスの古典的名作。小学5・6年以上。

『金の鍵』 マクドナルド作, 脇明子訳 岩波書店 1996.1 224p 18cm （岩波少年文庫） 600円 ⓘ4-00-112130-1
〈原書名：The golden key〉

『星を知らないアイリーン—新訳 おひめさまとゴブリンの物語』 ジョージ・マクドナルド作, 河合祥一郎訳, okama絵 KADOKAWA 2015.6 332p 18cm （角川つばさ文庫 Eま1-1） 640円 ⓘ978-4-04-631442-0〈原書名：THE PRINCESS AND THE GOBLIN〉
内容 アイリーンひめはママを亡くし, 王さまパパともはなれ, お屋敷でくらしてます。なぜか外で星空を見あげることも禁止され, さみしい毎日。ある日, お屋敷でみつけたひみつの部屋で若くきれいな人と出会います。名前は同じアイリーンで, なんと自分のひいひいおばあちゃま⁉ それからゴブリンにねらわれたり, 鉱山の少年と冒険したり, 危険な日々が始まります！ やがてゴブリンたちが屋敷にせめてきて…。絵141点の超名作！ 小学中級から。

マコックレン, トム
McCaughren, Tom
《1936〜》

『風にのって走れ』 トム・マコックレン著, 岡村雅子訳 福武書店 1991.7 258p 15cm （福武文庫—白ギツネの谷の物語 1） 620円 ⓘ4-8288-3207-6
〈原書名：Run with the wind〉

『地にむかって走れ』 トム・マコックレン著, 岡村雅子訳 福武書店 1991.8 245p 15cm （福武文庫—白ギツネの谷の物語 2） 600円 ⓘ4-8288-3211-4

〈原書名：Run to earth〉

『走れすばやく、走れ自由に』 トム・マコックレン著, 岡村雅子訳 福武書店 1991.9 318p 15cm （福武文庫―白ギツネの谷の物語 3） 600円 ⓒ4-8288-3217-3〈原書名：Run swift run free〉

内容 白ギツネの谷に生まれた4匹の仔ギツネたちは、盲目の老ギツネ、セージブラシに導かれ、生きのびる知恵を学んでいく。親元をはなれ、新しい世界へ旅立つ時が近づいていた―。アイルランド児童文学の最高傑作、感動のクライマックス。

マスパン, アンドレ
Massepain, André

『灰色の谷の秘密』 マスパン著, 河盛好蔵, 林田遼右共訳 福武書店 1990.6 232p 15cm （福武文庫） 550円 ⓒ4-8288-3145-2〈原書名：La grotte aux ours〉

内容 友だちもいない、いなかのおじいさんの家にあずけられたジャックとジョエルの兄弟は、思いがけないことから2人の村の少年と知り合います。ある日、探険に出かけた山奥の洞窟で、4人は世界中は仰天させるような大発見をしますが…。―推理小説風の巧みな構成で小さな読者を夢中にさせたマスパンの代表作。

マロ, エクトル
Malot, Hector Henri
《1830～1907》

『家なき子 上』 エクトール・マロー著, 佐藤房吉訳 筑摩書房 1990.5 432p 15cm （ちくま文庫） 690円 ⓒ4-480-02438-7〈原書名：Sans famille〉

『家なき子 下』 エクトール・マロー著, 佐藤房吉訳 筑摩書房 1990.6 499p 15cm （ちくま文庫） 800円 ⓒ4-480-02439-5〈原書名：Sans famille〉

『家なき子』 H.マロ著, 福永武彦, 大久保輝臣訳 河出書房新社 1996.10 464p 15cm （河出文庫） 700円 ⓒ4-309-46163-8

内容 みなし子レミは、養父によって旅芸人ビタリス（実は往年の名歌手カルロ・バルザーニ）親方に四十フランで売られてしまう。八歳のレミにとって、ビタリス親方はかっこうの人生の師匠となり、フランス中を旅してまわることになる…。旅が少年の家族を作り、家族の絆を深めてゆく、少年冒険小説の大傑作。

『家なき子 上』 エクトール・マロ作, 二宮フサ訳 偕成社 1997.2 352p 19cm （偕成社文庫） 700円 ⓒ4-03-652150-0〈原書名：Sans famille〉

『家なき子 中』 エクトール・マロ作, 二宮フサ訳 偕成社 1997.2 356p 19cm （偕成社文庫） 700円 ⓒ4-03-652160-8〈原書名：Sans famille〉

『家なき子 下』 エクトール・マロ作, 二宮フサ訳 偕成社 1997.2 415p 19cm （偕成社文庫） 700円 ⓒ4-03-652170-5〈原書名：Sans famille〉

『家なき娘 上』 エクトール・マロ作, 二宮フサ訳 偕成社 2002.2 327p 19cm （偕成社文庫） 700円 ⓒ4-03-652440-2〈原書名：En famille〉

内容 フランス人を父に、インド人を母に持つ少女ペリーヌ。インドからやっとの思いで、フランスにたどりついたとき、すでに父は亡く、母もパリで力尽きてしまう。一人ぼっちになったペリーヌは、父の話をたよりに、母の教えを胸に、父の故郷マロクールにむかう。はたして、祖父はペリーヌをむかえいれてくれるだろうか。ペリーヌの父は、結婚が原因で勘当されていた…。「家なき子」で有名な十九世紀フランスの文学者エクトール・マロの傑作。聡明な少女が困難をのりこえ、幸せを得るまでの物語。小学上級以上向。

『家なき娘 下』 エクトール・マロ作, 二宮フサ訳 偕成社 2002.2 310p 19cm （偕成社文庫） 700円 ⓒ4-03-652450-X〈原書名：En famille〉

内容 フランス人を父に、インド人を母に持つ少女ペリーヌは、父母亡きあと、父の故郷マロクールで、素姓をいつわり、名前もオーレリーと変えて、祖父のヴィルフラン氏の工場で通訳としてはたらくようになる。マロクールの村を支える紡績工場の経営者、ヴュルフラン氏はその莫大な財産と冷徹さゆえに孤独だった。そして、勘当した肉親と気づかぬまま、ペリーヌを心の支えと感じるようになっていく…。『家なき子』で有名な十九世紀フランスの文学者エクトール・マロの傑作。聡明な少女が実の祖父の愛を勝ちえるまでを、近代化の進む紡績工場を舞台に描く。小学上級以上向。

ミルン

『家なき子レミ』 箱石桂子ノベライズ, エクトル・マロ原作　竹書房　2005.2　259p　16cm　(竹書房文庫―世界名作劇場 23)　848円　④4-8124-1910-7
〈付属資料：CD1枚(8cm)〉
|内容| レミは明るく歌が上手な女の子。10歳の誕生日の日、捨て子だったレミは父親に人買いに売られてしまうが旅芸人のヴィタリスに助けられ、一緒に旅をすることに―。ヴィタリスに教えられた「前へ進め」の言葉を胸に別れと出会いをくり返しながら本当の母に会えることを夢見る。レミの勇気と優しさが元気をくれる『世界名作劇場』渾身の一作。

『ペリーヌ物語』 三田ゆいこノベライズ, エクトル・マロ原作　竹書房　2004.10　259p　16cm　(竹書房文庫―世界名作劇場 14)　848円　④4-8124-1777-5
〈付属資料：CD1枚(8cm)〉
|内容| ペリーヌはインド生まれの13歳。祖父のいるフランスに向けて両親と長い旅をしているが、しかしその旅の途中で相次いで父母を亡くしてしまう。ようやく辿り着いた祖父の村。だが、祖父ビルフランは冷徹でペリーヌは孫であることを打ち明けられず―。限りなく優しく強いペリーヌの健気さが感動を呼ぶ、『世界名作劇場』らしい人気作。

『ロマン・カルブリス物語』 エクトール・マロ作, 二宮フサ訳　偕成社　2006.9　419p　19cm　(偕成社文庫)　800円　④4-03-652600-6〈原書名：Romain Kalbris〉
|内容| 代々船乗りのカルブリス一族に生まれたロマンは、父親を海で亡くしたのち、変人ビオレル氏にひきとられる。それが、彼の数奇な運命の幕開けだった。いじわるなシモン叔父の屋敷からの家出、風景画家リュシアン・アルデルとの出会い、サーカスの少女ディエレットとの恋と逃亡のあと、少年は海へとのりだす。『家なき子』『家なき娘』の作者による感動のストーリー。日本で初めての完訳版。小学上級以上向。

ミルン, A.A.
Milne, Alan Alexander
《1882〜1956》

『赤い館殺人事件』 A.A.ミルン作, 下田紀子文, 村井香葉絵　ポプラ社　1987.4　186p　18cm　(ポプラ社文庫―怪奇・推理シリーズ)　420円　④4-591-02487-3

『くまのプーさん』 A.A.ミルン原作　竹書房　2003.10　236p　16cm　(竹書房文庫―ディズニー・クラシックス 6)　590円　④4-8124-1313-3〈原書名：Winnie-the-Pooh　編訳：ひこ田中〉
|目次| プーさんとはちみつ, おなかグーグー, 食いしん坊なお客様, 穴につまったプー, プーさんと大あらし, ティガー登場, 森は大洪水, プーさんとティガー, 初雪の日, お別れと、また逢う日まで

『クマのプーさん』 A.A.ミルン作, 石井桃子訳　新版　岩波書店　2000.6　253p　18cm　(岩波少年文庫)　680円　④4-00-114008-X〈原書名：Winnie-the-Pooh〉

『クマのプーさん』 A.A.ミルン著, 石井桃子訳　新版　岩波書店　2004.5　253p　18cm　(岩波少年文庫)　680円　④4-00-114008-X〈5刷〉
|目次| わたしたちが、クマのプーやミツバチとお友だちになり、さて、お話ははじまります, プーがお客にいって、動きのとれなくなるお話, プーとコブタが、狩りに出て、もうすこしでモモンガーをつかまえるお話, イーヨーが、しっぽをなくし、プーが、しっぽを見つけるお話, コブタが、ゾウに会うお話, イーヨーがお誕生日に、お祝いをふたつもらうお話, カンガとルー坊が森にやってきて、コブタがおふろにはいるお話, クリストファー・ロビンが、てんけん隊をひきいて、北極へいくお話, コブタが、ぜんぜん、水にかこまれるお話, クリストファー・ロビンが、プーの慰労会をひらきます　そして、わたしたちは、さよならをいたします
|内容| 世界一有名なクマ、プーさんが活躍する楽しいファンタジー。幼い少年クリストファー・ロビンが、美しいイギリスの森を舞台に、プーやコブタ、ウサギ、ロバのイーヨーなど、仲よしの動物たちとゆかいな冒険をくりひろげます。小学4・5年以上。

『プー横丁にたった家』 A.A.ミルン作, 石井桃子訳　新版　岩波書店　2000.11　272p　18cm　(岩波少年文庫)　680円　④4-00-114009-8〈原書名：The house at Pooh corner〉
|内容| おなじみのクリストファー・ロビンと仲間たちが住む森へゆくと、わたしたちはいつでもすてきな魔法の冒険に出会えます―。プーやコブタたちのところへ、ひっこしかえりのトラーがあらわれました。『クマのプーさん』の続編。小学4・5年以上。

文庫で読める児童文学 2000冊　259

メーテルリンク, モーリス
Maeterlinck, Maurice
《1862～1949》

『青い鳥』 メーテルリンク作, 保永貞夫訳, かみやしん絵 講談社 1993.2 235p 18cm （講談社青い鳥文庫） 490円 ①4-06-147374-3〈原書名：L'oiseau bleu〉
[内容] まずしいきこりの子, チルチルとミチルは, 光・犬・ねこ・パンの精たちとともに幸福の青い鳥をさがす旅にでます。おそろしいものの住む夜の御殿, 二人をねらう木の精や動物たちのいる森, 魔法の花園, 未来の国へ。はたして二人は, 青い鳥をみつけることができるでしょうか。小学中級から。

『青い鳥』 メーテルリンク著, 鈴木豊訳 改版 角川書店 1994.8 213p 15cm （角川文庫） 430円 ①4-04-217701-8 〈原書名：L'Oiseau bleu〉

『青い鳥』 メーテルリンク作, 末松氷海子訳 岩波書店 2004.12 253p 18cm （岩波少年文庫） 680円 ①4-00-114120-5〈原書名：L'oiseau bleu〉
[内容] 貧しいきこりの子どもチルチルとミチルは,「幸福」の象徴である「青い鳥」を求めて冒険の旅へ。「思い出の国」では祖父母と再会し,「未来の国」では, これから地球に生まれてくる子どもたちと出会います。愛されつづけている名作。小学5・6年以上。

『青い鳥』 メーテルリンク著, 堀口大学訳 50刷改版 新潮社 2006.11 238p 16cm （新潮文庫） 400円 ①4-10-201301-6〈原書名：L'oiseau bleu〉

『青い鳥』 メーテルリンク作, 江國香織訳, 高野文子絵 新装版 講談社 2013.10 311p 18cm （講談社青い鳥文庫 166-2） 680円 ①978-4-06-285382-8〈原書名：L'Oiseau bleu 文献あり〉
[内容] クリスマス・イヴの夜。貧しいきこりの兄妹, チルチルとミチルは, ふしぎな妖精のおばあさんに「青い鳥を探しにいってくれ。」とたのまれました。「夜の城」「幸福の館」「未来の王国」…。光の精や, 犬や猫たちとともにめぐる冒険の旅で, チルチルとミチルは青い鳥を見つけることができるでしょうか？ 100年の名作を, ワクワクするような新訳で！ 小学中級から。

モールズワース, メアリー・L.
Molesworth, Mary Louisa
《1839～1921》

『かっこう時計』 モールズワース著, 夏目道子訳 福武書店 1989.12 229p 16cm （福武文庫） 480円 ①4-8288-3117-7〈原書名：The cuckoo clock〉
[内容] いなかの古い屋敷にあずけられた少女, グリゼルダ。ある日のこと, その屋敷に代々伝わる時計の中に住んでいるかっこうに出会い, 不思議な世界への冒険に旅立ちます。1877年の初版以来, 世界中の子供たちに愛読され, "ファンタジーの元祖"と評される幻の作品。待望の初邦訳。

モンゴメリ, ルーシー・モード
Montgomery, Lucy Maud
《1874～1942》

『青い城』 モンゴメリ著, 谷口由美子訳 角川書店 2009.2 350p 15cm （角川文庫 15585） 705円 ①978-4-04-217909-2〈原書名：The blue castle 篠崎書林 1980年刊の修正 発売：角川グループパブリッシング〉
[内容] 貧しい家庭でさびしい日々を送る内気な独身女, ヴァランシーに, 以前受診していた医者から手紙が届く。そこには彼女の心臓が危機的状況にあり, 余命1年と書かれていた…。悔いのない人生を送ろうと決意した彼女がとった, とんでもない行動とは!? ピリッと辛口のユーモアで彩られた, 周到な伏線とどんでん返し。すべての夢見る女性に贈る, 心温まる究極のハッピー・エンディング・ストーリー。

『赤毛のアン 上』 ルーシー・モード・モンゴメリ作, 茅野美ど里訳 偕成社 1987.9 328p 19cm （偕成社文庫 3148） 450円 ①4-03-651480-6〈原書名：ANNE OF GREEN GABLES〉
[内容] ふとした手ちがいから, グリーン・ゲイブルズのカスバート兄妹にひきとられることになった, 孤児のアン。赤毛で, そばかすだらけで, やせっぽち。おしゃべりが好きで, きれいなものが好きで—。プリンス・エドワー

島の美しい自然を背景にくりひろげられる、アンの日々。

『赤毛のアン 下』ルーシー・モード・モンゴメリ作, 茅野美ど里訳 偕成社 1987.9 316p 19cm （偕成社文庫 3149） 450円 ①4-03-651490-3〈原書名：ANNE OF GREEN GABLES〉
内容 感受性が強すぎて、想像力が豊かすぎて、楽しい期待に胸をときめかせすぎて、いろいろな失敗や落胆をかさねてしまうアン。でもグリーン・ゲイブルズの暮らしには、それ以上にすばらしいこと、わくわくすることがいっぱい。アンの人生は、大きく花開いてゆく。発表以来、世界じゅうの少女の心をとりこにしてきた、アンの魅力は、今も色あせない。

『赤毛のアン』 L.モンゴメリ作, きったかゆみえ訳, 頓田室子画 金の星社 1989.6 374p 18cm （フォア文庫） 550円 ①4-323-01068-0
内容 赤いおさげの少女アンは、世界一すてきな女の子。夢見ることが大好きで、いつも希望にあふれています。湖に"かがやく湖水"と名前をつけ、すぐおしゃべりに夢中になり…。豊かな想像力と明るさで、アンはアボンリーの村へきた日から、人びとの心を魅了します。いきいきとした新訳で、現代のすべての女性におくる、愛と夢にみちた名作。小学校高学年・中学生向き。

『赤毛のアン』 ルーシー・モード・モンゴメリー著, 村岡花子訳, 新井苑子絵 講談社 1989.6 269p 18cm （講談社青い鳥文庫 81-1） 460円 ①4-06-147144-9〈第11刷（第1刷：84.7.10）〉
内容 マシューとマリラのクスバート兄妹は、孤児院から男の子をひきとることにしたが、やってきたのは赤毛のそばかすだらけの女の子だった。おしゃべりで、空想ずきのアンがまきおこす騒ぎは、ふしぎと人々の気持ちをなごませた―。女の子と男の子の違いから運命のかわった、クスバート兄妹とアンの心あたたまる生活をえがいた名作。

『赤毛のアン』 ルーシー・モード・モンゴメリ著, 橘高弓枝訳 集英社 1991.6 213p 15cm （コバルト文庫） 350円 ①4-08-611545-X〈原書名：Anne of Green Gables〉
内容 6月のある日、アボンリーの村へひとりの少女がやってきた。赤毛でそばかすだらけの女の子の名はアン。《緑の切妻屋根》と呼ばれるマシューとマリラの老兄妹の家に、養護施設からひきとられてきたのだ。ちょっとおしゃべりだけど、いつも夢をみていて、勝ち気な性格。親友のダイアナと、次から次へ愉快な"事件"を起こして…。夢みる少女たちに贈る永遠の少女小説。

『赤毛のアン―ジュニア版』 モンゴメリ著, 中村妙子訳 新潮社 1992.6 187p 15cm （新潮文庫） 560円 ①4-10-211330-4〈原書名：Anne of Green Gables〉
内容 みなさん、アン・シャーリーを知っていますか？ 赤い髪をお下げにした空想好きな女の子です。お父さんもお母さんもなくして、プリンス・エドワード島のマリラとマシューの家にもらわれてきました。アンは夢のように美しい島を一目で大好きになりました。でも本当にほしかったのは男の子だと言われ、失望のどん底に…。すてきなイラストがたくさん入った、アン・シリーズの特別本。

『赤毛のアン』 L.M.モンゴメリ著, 松本侑子訳 集英社 2000.5 555p 16cm （集英社文庫） 800円 ①4-08-747201-9〈原書名：Anne of green gables 肖像あり〉
内容 孤児のアンは、プリンスエドワード島の美しい自然の中で、グリーン・ゲイブルズのマシュー、マリラの愛情に包まれ、すこやかに成長する。そして笑いと涙の感動の名作は、意外な文学作品を秘めていた。シェイクスピア劇・英米詩・聖書からの引用をときあかす驚きの訳註、みずみずしい夢のある日本語で読む、新完訳の決定版！ 楽しく、知的で、味わい深い…、今までにない新しい本格的なアンの世界。

『赤毛のアン』 L.モンゴメリ作, きったかゆみえ訳, 頓田室子画 金の星社 2004.2 374p 18cm （フォア文庫愛蔵版） 1000円 ①4-323-02225-5〈原書名：Anne of Green Gables〉

『赤毛のアン』 箱石桂子ノベライズ, ルーシー・モード・モンゴメリ原作 竹書房 2004.3 227p 16cm （竹書房文庫―世界名作劇場 2） 848円 ①4-8124-1517-9〈付属資料：CD1枚(8cm)〉
内容 グリーン・ゲイブルズに住むマシュウとマリラの元に孤児院からアン・シャーリーがやってきた。空想好きなアンは「大人のようなお茶会」をやったり、髪を緑色に染めてしまったり、赤毛をからかわれたギルバートを石盤で殴ったりとハプニングをまきおこす。「心の友」ダイアナを得、マシュウやマリラに愛されて、やがて美しく聡明に成長するアン。『世界名作劇場』シリーズ屈指の名作。

『赤毛のアン』 L.M.モンゴメリー著, 掛川恭子訳 講談社 2005.4 541p 15cm

（講談社文庫―完訳クラシック赤毛のアン 1） 781円 ①4-06-275061-9〈原書名：Anne of Green Gables〉
内容 ふとした手違いで、老兄妹に引き取られることになった、やせっぽちの孤児アン。想像力豊かで明るい性格は、いつしか周囲をあたためるものに変えていく。グリーン・ゲーブルズの美しい自然の中で繰り広げられるさまざまな事件と、成長していくアンを綴った永遠の名作。講談社だけの完訳版シリーズ、刊行開始。

『赤毛のアン』 モンゴメリ作, 白柳美彦訳 ポプラ社 2005.10 206p 18cm （ポプラポケット文庫 408-1） 570円 ①4-591-08847-2〈原書名：Anne of Green Gables 1978年刊の新装改訂〉
内容 孤児院にいたアンは、グリーン・ゲイブルズのマシュー, マリラ兄妹にひきとられました。アンは赤毛になやんだり、失敗をしたりしますが、もちまえのすなおな性格、決断力や実行力、夢みがちな心、そしてなによりもマリラ兄妹のあたたかい愛情にささえられて、自分の人生をきりひらいていきます。

『赤毛のアン』 モンゴメリ著, 村岡花子訳 新潮社 2008.2 529p 16cm （新潮文庫―赤毛のアン・シリーズ 1） 629円 ①978-4-10-211341-7〈原書名：Anne of Green Gables〉
内容 ちょっとした手違いから、グリン・ゲイブルスの老兄妹に引き取られたやせっぽちの孤児アン。初めは戸惑っていた2人も、明るいアンを愛するようになり、夢のように美しいプリンス・エドワード島の自然の中で、アンは少女から乙女へと成長してゆく―。愛に飢えた、元気な人参あたまのアンが巻き起す愉快な事件の数々に、人生の厳しさと温かい人情が織りこまれた永遠の名作。

『赤毛のアン』 モンゴメリ原作, 村岡花子訳 ポプラ社 2008.3 343p 18cm （ポプラポケット文庫 451-1―シリーズ・赤毛のアン 1） 660円 ①978-4-591-10259-6〈原書名：Anne of Green Gables〉
内容 孤児院からきた空想好きな少女アン。アンが学校の友達や家庭の中でくりひろげる、楽しく、美しいアヴォンリーの生活を描く。小学校上級～。

『赤毛のアン』 L.M.モンゴメリ作, 村岡花子訳, Haccan絵 新装版 講談社 2008.7 356p 18cm （講談社青い鳥文庫 81-2） 660円 ①978-4-06-148793-2

内容 りんごの白い花が満開の美しいプリンスエドワード島にやってきた、赤毛の孤児の女の子。夢見がちで、おしゃべり、愛情たっぷりのアンが、大まじめで巻きおこすおかしな騒動でだれもが幸せに―。アン生誕100周年をむかえ、おばあちゃんも、お母さんも読んだ、村岡花子の名訳がよみがえりました。世界一愛された女の子、アンとあなたも「腹心の友」になって！

『赤毛のアン―新訳』 モンゴメリ作, 木村由利子訳, 羽海野チカ, おのともえ絵 集英社 2011.3 253p 18cm （集英社みらい文庫 も-1-1） 620円 ①978-4-08-321010-5
内容 孤児院から男の子を引き取るつもりで駅まで迎えに行ったマシューを待っていたのは、赤毛でやせっぽちの少女、アンだった。空想が大好きで、しゃべりだしたら止まらないアン。たくさん失敗しながらも、いきいきと成長していくアンの姿を、カナダ・プリンスエドワード島の美しい自然とともに描く、世界的ベストセラー！ カバーイラスト＝羽海野チカ、新訳＝木村由利子で贈る永遠の名作!! 小学中級から。

『赤毛のアン―新訳 完全版 上』 L.M.モンゴメリ作, 河合祥一郎訳, 南マキ絵 KADOKAWA 2014.3 299p 18cm （角川つばさ文庫 Eも1-1） 600円 ①978-4-04-631373-7
内容 かわりものの年寄り兄妹マシューとマリラは、働き手として男の子をひきとることに。でも、孤児院からつれられてきたのは、赤毛でそばかすの女の子アンでした！ マリラはアンを追い返そうとするけれど…。自然いっぱいの美しい島を舞台に、夢見る少女がおこすおかしな騒動。そそっかしくて失敗ばかりのアンが感動をもたらします。泣いて笑ってキュンとする、世界中の女の子が恋した名作をノーカット完全版で！ 絵54点。小学中級から。

『赤毛のアン―新訳 完全版 下』 L.M.モンゴメリ作, 河合祥一郎訳, 南マキ絵 KADOKAWA 2014.4 284p 18cm （角川つばさ文庫 Eも1-2） 600円 ①978-4-04-631386-7
内容 アンが孤児院からひきとられて1年。マシューはもちろん、きびしかったマリラにも、アンはかけがえのない家族になります。学校ではダイアナとの友情が深まり、ギルバートとはある事件で立場が逆転！ 大嫌いだった彼が急に気になりはじめます。でもライバル関係はかわらず、二人は先生をめざして受験することに。結果は？ そして人生をされない別れが訪れ、アンは大人になります。思いっきり泣ける感動作。絵49点。小学中級から。

『アンをめぐる人々』 L.M.モンゴメリー著, 掛川恭子訳　講談社　2006.1　394p　15cm　（講談社文庫―完訳クラシック赤毛のアン 10）　733円　①4-06-275306-5〈原書名：Further chronicles of Avonlea〉

|内容|『アンの友だち』に続いて、アボンリーのユニークな村人たちのエピソードが、しゃれた筆致で綴られる。夫婦に、親子に、姉妹に、恋に恵まれずに晩年を迎えた人々に…頑なな人たちにつぎつぎ起こる15の愛の奇跡。愛の神は、誰をも謙虚で素直にさせる。好評完訳版シリーズついに完結。

『アンをめぐる人々』 ルーシー・モード・モンゴメリ著, 村岡花子訳　新装版　新潮社　2008.3　394p　15cm　（新潮文庫―赤毛のアン・シリーズ 8）　590円　①978-4-10-211348-6〈原書名：FURTHER CHRONICLES OF AVONLEA〉

|目次|シンシア叔母さんのペルシャ猫、偶然の一致、父の娘、ジェーンの母性愛、夢の子供、失敗した男、ヘスターの幽霊、茶色の手帳、セーラの行く道、ひとり息子、ベティの教育、没我の精神、デイビッド・ベルの悩み、珍しくもない男、平原の美女タニス

|内容|シンシア叔母さんお気にいりのペルシャ猫は、いったいどこへ消えたのか？　どうしても父親を結婚式に招待したかったレイチェルの作戦は？　崇拝者を持ったことがないとは言えなかったばかりに、シャーロットが立ちいたった珍事態―平和に見えるアヴォンリーでも、人々は何かしら事件をかかえている。深い人間愛と豊かなユーモア、確かな洞察力で描かれた、アンをめぐる人々の生活。

『アンの愛情 上』 モンゴメリ作, 茅野美ど里訳　偕成社　1992.8　262p　19cm　（偕成社文庫）　700円　①4-03-651910-7〈原書名：Anne of the island〉

|内容|アボンリー学校の先生をやめて、アンは、あこがれのレッドモンド大学へ進学することになった。新しいすてきな友だち、フィルとの出会い、思いがけないプロポーズ。3人の友と家を借りてはじめた、共同生活。夢や、落胆や、とまどいの中で、少女から女性へと変わりゆくアンの大学時代をえがく。小学上級から。

『アンの愛情 下』 モンゴメリ作, 茅野美ど里訳　偕成社　1992.8　261p　19cm　（偕成社文庫）　700円　①4-03-651920-4〈原書名：Anne of the island〉

|内容|ギルバートからのプロポーズをことわったアンの前に、黒い瞳のハンサムな若者ロイが登場した。ロイこそ〈理想の男性〉と心ひかれながらも、どこか満たされない思いで自分の歩み道を模索するアン。4年間の大学生活を終えようとするアンの愛情の行方は―。小学上級から。

『アンの愛情』 L.M.モンゴメリー著, 掛川恭子訳　講談社　2005.6　477p　15cm　（講談社文庫―完訳クラシック赤毛のアン 3）　762円　①4-06-275099-6〈原書名：Anne of the Island〉

|内容|アンの待ち焦がれていた大学生活がはじまった。憧れの小さな白い家を借りての友人たちとの暮らし。育ちのいい美人のフィルを通して友だちの輪は広がり、小説もひそかに書きはじめた。でも、ある日、幼なじみギルバートから愛を告白され…ずっと親友でいたかったのに…。好評完訳版シリーズ第3巻。

『アンの愛情』 モンゴメリ著, 村岡花子訳　新潮社　2008.2　470p　16cm　（新潮文庫―赤毛のアン・シリーズ 3）　590円　①978-4-10-211343-1〈原書名：Anne of the island〉

|内容|レドモンド大学に進学したアンは、キングスポートの"パティの家"で仲良しの3人と共同生活を始めた。勉学に励みながら、訪問日には崇拝者たちを惹きつけ、文学を志す。そしてとうとうボーリングブロークの自分の生家を尋ねあてた。マーク・トウェインをして、"不思議の国のアリス"以来の魅力ある人物」と言わしめ、絶賛されたアンは、ついに真実の愛情に目覚める―。

『アンの愛情』 モンゴメリ原作, 村岡花子訳　ポプラ社　2008.3　301p　18cm　（ポプラポケット文庫 451-3―シリーズ・赤毛のアン 3）　660円　①978-4-591-10261-9〈原書名：Anne of the island〉

|内容|念願かなって大学生になったアン。希望にもえて学生生活を続けるアンが、ギルバートとの真実の愛にめざめていく姿を描く。小学校上級～。

『アンの愛情』 モンゴメリ著, 中村佐喜子訳　角川書店　2008.4　353p　15cm　（角川文庫）　590円　①978-4-04-217908-5〈原書名：Anne of the Island　発売：角川グループパブリッシング　「アンの婚約」（昭和34年刊）の改版〉

|内容|レドモンドの学生になったアン。エヴォンリーの名残を惜しみながらも、プリシラや新たな友人フィルと、憧れの白い家で下宿生活を始め、楽しい日々を送る。一方ギルバートは変わらずアンを愛していたが、友情が壊

モンゴメリ

れることを怖れたアンは距離を取ってしまう。そんな中、アンの前に現れた理想の恋人。求婚され、ついにアンにも幸せが訪れたかに見えたが…。作家への第一歩、そして愛に目覚めるアンの姿を描く、感動の第3巻。

『アンの愛情』 L.M.モンゴメリ著, 松本侑子訳　集英社　2008.10　439p　16cm　(集英社文庫)　743円　①978-4-08-760562-4〈原書名：Anne of the island〉

[内容] アンはプリンスエドワード島を離れ、ギルバートとレドモンド大学に進む。初めての都会、新しい友フィル、パティの家での楽しい日々、勉強と小説執筆、休暇ごとの帰省。娘盛りのアンは貴公子ロイに出会い、青年たちからの求愛に戸惑いながらも、やがて真実の愛に目ざめ、大人の女性へと成長していく。英米文学と聖書からの引用を解説した日本初の訳注つき全文訳アンシリーズ、感動の第三巻。

『アンの愛情』 L.M.モンゴメリ作, 村岡花子訳, HACCAN絵　講談社　2011.2　423p　18cm　(講談社青い鳥文庫 81-4―赤毛のアン 3)　760円　①978-4-06-285176-3〈原書名：Anne of the island〉

[内容] あこがれのレドモンド大学に入学したアン。なつかしいアヴォンリーをはなれ、愛らしい「パティの家」で友だちと暮らすことに！　きびしい勉強や華やかな社交生活、おさななじみルビーとの悲しい別れ、腹心ダイアナの結婚、そして、いつも心に描いていた「うるわしの王子」そのもののロイとの出会い―。心にのこる大学生活をいきいきと描いた、アン・シリーズ第3作。小学上級から。

『アンの愛情―新訳』 モンゴメリ作, 木村由利子訳, 羽海野チカ, おのともえ絵　集英社　2013.3　222p　18cm　(集英社みらい文庫 も-1-3)　620円　①978-4-08-321145-4

[内容] 空想大好きなそばかす少女「赤毛のアン」が、シリーズ3作目ではついに大学生に！　都会的な美人と大親友になったり、友だちと一軒家で暮らし始めたり、夢だった小説を書き始めたり、新しいときめきに巡り合ったり…、勉強に、恋に、アンの学生生活は明るい希望でいっぱい。ついに、プロポーズも受けて…!?　カバーイラスト＝羽海野チカ、新訳＝木村由利子で贈る永遠の名作。小学中級から。

『アンの愛の家庭』 L.M.モンゴメリー著, 掛川恭子訳　講談社　2005.9　595p　15cm　(講談社文庫―完訳クラシック赤毛のアン 6)　819円　①4-06-275196-8〈原書名：Anne of Ingleside〉

[内容] 思い出多い"夢の家"から、グレン・セント・メアリーに建つ、木々にかこまれた"炉辺荘"に引っ越し、6人の子どもの母となったアン。個性ゆたかな子どもたちがつぎつぎと引き起こす騒動や、小さな胸にかかえるかわいい悩みに思いわずらいながらも、アンの生活は、いっそう深みと味わいを増していく。

『アンの想い出の日々　上巻』 モンゴメリ著, 村岡美枝訳　新潮社　2012.11　467p　16cm　(新潮文庫 モ-4-51―赤毛のアン・シリーズ 11)　750円　①978-4-10-211351-6〈原書名：THE BLYTHES ARE QUOTED〉

[目次] フィールド家の幽霊. 炉辺荘の夕暮れ. 思いがけない訪問者. 第二夜. 仕返し. 第三夜. ふたごの空想ごっこ. 第四夜. 思い出の庭. 第五夜. 夢叶う. 第六夜. ペネロペの育児理論

[内容] 1908年の発表以来、世代を超えて読み継がれ、愛されてきた『赤毛のアン』。実は、モンゴメリの死の当日に何者かによって出版社に持ち込まれたシリーズ最終巻は、これまで本国カナダでも部分的にしか刊行されないままとなっていた。『アン』誕生100周年を機に詩、短編、ブライス家の語らいなど新原稿を含む、作者が望んだかたちに復元された完全版、待望の邦訳。ファン必読の書。

『アンの想い出の日々　下巻』 モンゴメリ著, 村岡美枝訳　新潮社　2012.11　482p　16cm　(新潮文庫 モ-4-52―赤毛のアン・シリーズ 11)　750円　①978-4-10-211352-3〈原書名：THE BLYTHES ARE QUOTED〉

[目次] 第七夜. 仲直り. パットはどこへ行く？. 幸運な無駄足. 割れ鍋と煤けたやかん. 炉辺荘の夕暮れ. 続. 弟に気をつけて！. 第二夜. 続. 花嫁がやって来た. 第三夜. 続. あるつまらない女の一生. 第四夜. 続. 奇跡の出会い. 最終章また会う日まで

[内容] ある日、古い教会で行われた結婚式。結婚行進曲が演奏されるなか、花嫁、花婿、ふたりの両親、友人たち…居合わせたそれぞれの想いが交錯する。そして、ブライス家に大きな影を落とした、アンの息子ウォルターの戦死。アンに似て詩の創作を愛した青年を亡くした悲しみを、残された家族はどう見つめるのか―。人生の光と影を深い洞察で見据えた、「アン・シリーズ」感動の最終巻。

『アンの幸福』 L.M.モンゴメリー著, 掛川恭子訳　講談社　2005.7　549p　15cm　(講談社文庫―完訳クラシック赤毛のアン 4)　790円　①4-06-275147-X〈原書名：Anne of Windy Willows〉

[内容] 高校の若き校長になったアンは、海辺

の町から、婚約者ギルバートに手紙を綴る。ふたりの未亡人たちの家 "風にそよぐヤナギ荘"での新しい下宿生活。地元の有力一族や年上の女教師の反発など、仕事のほうは前途多難だけれども。愛情豊かな便りを交え語られる、大人の女性への成熟の記録。

『アンの幸福』 モンゴメリ著, 村岡花子訳 新潮社 2008.2 532p 16cm （新潮文庫—赤毛のアン・シリーズ 5） 705円 ①978-4-10-211345-5〈原書名：Anne of windy willows〉
内容 サマーサイド高校校長として赴任したアンを迎えたのは、敵意に満ちた町の有力者一族、人間嫌いの副校長、意地悪な生徒たちだった。持ち前のユーモアと忍耐で彼らの信頼と愛情をかち得たアンが、忠実なレベッカ・デューや猫のダスティ・ミラーとともに、2人の未亡人たちの家 "柳風荘（ウインディ・ウイローズ）" で過した3年間を、レドモンド医科大で学ぶ婚約者ギルバートに宛てた愛の手紙で綴る。

『アンの幸福』 L.M.モンゴメリ作, 村岡花子訳, HACCAN絵 講談社 2013.4 477p 18cm （講談社青い鳥文庫 81-5—赤毛のアン 4） 800円 ①978-4-06-285346-0〈原書名：Anne of Windy Willows〉
内容 大学を卒業したアンは、サマーサイド高校の校長先生に。敵意むきだしの教師仲間や、町の有力者プリングル一族など、悩みはあるものの、柳風荘での暮らしが大好きに—。シリーズ第4作は、アンが婚約者のギルバートに書いた、楽しい手紙がいっぱい。どんなことにもおもしろさを発見する才能は、相変わらず！ あなたもアンの手紙をこっそり読ませてもらいませんか。

『アンの青春』 L.モンゴメリ作, きったかゆみえ訳, 頓田室子画 金の星社 1990.8 374p 18cm （フォア文庫） 550円 ①4-323-01076-1〈原書名：Anne of Avonlea〉
内容 赤毛でそばかすだらけの女の子、アン・シャーリーも16歳。いよいよ村の学校の先生になりました。元気いっぱいの子どもたち、個性豊かな村の人びとに囲まれて、喜んだり、おどろいたり、そしてときにはちょっぴり胸をいためたり…。カナダのプリンス・エドワード島を舞台に、アンの青春時代をつづった〈アン・シリーズ〉第2作目。小学校高学年・中学。

『アンの青春 上』 モンゴメリ作, 茅野美ど里訳 偕成社 1991.4 263p 19cm （偕成社文庫） 620円 ①4-03-651860-7〈原書名：Anne of avonlea〉
内容 クイーン学院を卒業し、グリーン・ゲイブルズにもどったアンは、アボンリー学校の先生として新しい生活への第一歩を踏みだした。よろこびや、感動や、失敗でいっぱいのアンの日々に、マリラがひきとったおさないふたごの兄妹も加わって—。小学校上級から。

『アンの青春 下』 モンゴメリ作, 茅野美ど里訳 偕成社 1991.4 268p 19cm （偕成社文庫） 620円 ①4-03-651870-4〈原書名：Anne of avonlea〉
内容 アンのお気に入りの生徒ポール。去っていった恋人のおもかげを胸に、古い石のおうちにひっそりと暮らすすてきな中年の女性、ミス・ラベンダー。〈同質の魂〉のもちぬしとして、アンとのあいだに友情と共感をはぐくんでいく二人に、そして、アンの上にも人生の転機がひっそりとしのびより—。小学上級から。

『アンの青春』 ルーシー・モード・モンゴメリ著, 橘高弓枝訳 集英社 1992.7 268p 15cm （コバルト文庫） 420円 ①4-08-611658-8〈原書名：Anne of Avonlea〉
内容 16歳になったアンは、アボンリーの学校で子どもたちに教えはじめた。新任教師の生活は波乱がいっぱい。失敗を繰り返しながらも持ち前の明るさで子どもたちの心をつかんでいくアン。変わり者の隣人やいたずらな双子も加わって、ますますにぎやかなアンの青春の日々。世界中の少女に読みつがれてきた永遠の名作「赤毛のアン」の待望の続編。

『アンの青春』 L.M.モンゴメリー著, 掛川恭子訳 講談社 2005.5 486p 15cm （講談社文庫—完訳クラシック赤毛のアン 2） 762円 ①4-06-275094-5〈原書名：Anne of Avonlea〉
内容 アボンリーの学校の教師になった16歳のアン。ギルバートや親友ダイアナたちと始めた村のささやかな改善運動や、家で預かることになった双子の世話にも追われる毎日。けれども「想像が開く王国」で心を遊ばせることは忘れない。少女から大人へ成長していく多感なアンを描く、好評完訳版シリーズ第2巻。

『アンの青春』 L.M.モンゴメリ著, 松本侑子訳 集英社 2005.9 472p 16cm （集英社文庫） 762円 ①4-08-747867-X〈原書名：Anne of Avonlea 2001年刊の改訂〉
内容 十六歳のアンはプリンスエドワード島の若き教師となった。ギルバートと村の改善協会で活躍し、マリラがひきとった双子を育てながら、夢を胸に前向きに生きる。ミス・

ラヴェンダーの恋、ダイアナの婚約、新しい旅だち…。少女から若い娘へ成長していく二年間を、清冽な描写とユーモアで綴った感動の名作。英米文学・聖書からの引用を詳細に解説した訳註つき完訳「赤毛のアン」シリーズ第二巻。

『アンの青春』 モンゴメリ著, 村岡花子訳 新潮社 2008.2 466p 16cm （新潮文庫—赤毛のアン・シリーズ 2） 590円 ⓘ978-4-10-211342-4〈原書名：Anne of Avonlea〉
[内容] 16歳のアンは、小学校の新任教師として美しいアヴォンリーの秋を迎えた。マリラが引き取ったふたごの孤児の世話、ダイアナやギルバートらと作った「村落改善会」の運営と忙しいなかにも、"山彦荘"のミス・ラヴェンダーとの出会いや、崇拝する作家モーガン夫人の来訪など、楽しい出来事が続く。少女からひとりの女性へと成長する多感な時期を描く、アン・シリーズ第2作。

『アンの青春』 モンゴメリ原作, 村岡花子訳 ポプラ社 2008.3 292p 18cm （ポプラポケット文庫 451-2—シリーズ・赤毛のアン 2） 660円 ⓘ978-4-591-10260-2〈原書名：Anne of Avonlea〉
[内容] 理想にもえる小学校の先生アン。いたずらな少年たちに手をやいたり、変わりものの隣人達との交際など、アンの青春の日々の姿を描く。小学校上級〜。

『アンの青春』 モンゴメリ著, 中村佐喜子訳 改版 角川書店 2008.4 373p 15cm （角川文庫） 590円 ⓘ978-4-04-217907-8〈原書名：Anne of Avonlea 発売：角川グループパブリッシング〉
[内容] マシュウの突然の死により、大学進学をいったん諦め、エヴォンリーの小学校の先生となった16歳のアン。ダイアナと村の改善に奔走したり、マリラが引き取った双子の孤児の面倒を見たり、大忙しの日々。学校では様々な個性の子供たちと出逢い、アン自身も刺激を受け、成長してゆく。空想好きは相変わらずだけれど、現実のアンの周りで本当のロマンスの物語が生まれはじめて—。少女から女性へ。青春の煌めきを描く、第2巻。

『アンの青春』 L.M.モンゴメリ作, 村岡花子訳, Haccan絵 講談社 2009.9 413p 18cm （講談社青い鳥文庫 81-3—赤毛のアン 2） 760円 ⓘ978-4-06-285096-4〈原書名：Anne of Avonlea〉
[内容] 大好きなアヴォンリーの村で、小学校の教師となったアン。学校はもちろん、マリラがひきとった孤児のふたごのお世話、ダイアナやギルバートらと作った「改善会」の運営と、毎日がおおいそがし！ 腹心の友、"山彦荘"のミス・ラヴェンダーとの出会いや、崇拝する作家モーガン夫人の来訪など、忘れられない幸せな日々を描く、アン・シリーズ第2作。小学中級から。

『アンの青春—新訳』 モンゴメリ作, 木村由利子訳, おのともえ絵 集英社 2012.3 221p 18cm （集英社みらい文庫 も-1-2） 620円 ⓘ978-4-08-321082-2〈カバーイラスト：羽海野チカ〉
[内容] 「赤毛のアン」シリーズ2作目。16歳になったアンは、自分が通った小学校に赴任することになる。新米教師として奮闘する毎日だったが、マリラが遠縁の6歳のふたごを引き取ることになって…!? 16歳から18歳までの2年間のアンの成長と、島の人々とのあたたかな交流をみずみずしく描く、心にしみる物語。カバーイラスト＝羽海野チカ、新訳＝木村由利子で贈る永遠の名作。小学中級から。

『アンの青春—新訳 完全版 赤毛のアン 2 上』 L.M.モンゴメリ作, 河合祥一郎訳, 榊アヤミ挿絵 KADOKAWA 2015.3 254p 18cm （角川つばさ文庫 Eも1-3） 580円 ⓘ978-4-04-631496-3
[内容] 16才になったアンは、大好きなアヴォンリー村で母校の小学校の先生となります。なんとかして生徒たちに愛されたいとがんばるのですが…。家ではマリラがひきとったふたごの世話に大わらわ。そして、ダイアナやギルバートら仲間といっしょに、村を美しくしようと新たな運動をはじめます。美しい自然にかこまれて17歳をむかえるアンの青春の日々を描く、シリーズ第2作。不朽の名作・ノーカット完全版!! 絵45点。小学中級から。

『アンの青春—新訳 完全版 赤毛のアン 2 下』 L.M.モンゴメリ作, 河合祥一郎訳, 榊アヤミ挿絵 KADOKAWA 2015.4 255p 18cm （角川つばさ文庫 Eも1-4） 580円 ⓘ978-4-04-631497-0
[内容] 17才になったアンに新しい友人ができます。石の家にひっそりくらす、白髪の女性ミス・ラベンダーです。実はアンの生徒であるポールの父と25年前に婚約していたのですが、ケンカ別れして以来ずっと独り身なのです。彼女が今も若き日の失恋に苦しみつづけているのを知り、アンは…。そして親友ダイアナの恋にも新展開が。アンとギルバートの気になる関係は？ 忘れられない青春の日々を描く、絵47点の名作ノーカット完全版!! 小学中級から。

『アンの友だち』 L.M.モンゴメリー著, 掛川恭子訳 講談社 2005.12 379p 15cm （講談社文庫—完訳クラシック赤毛のアン 9） 714円 ⓘ4-06-275279-4

〈原書名：Chronicles of Avonlea〉
|内容| 想像力豊かな少女アンを、あたたかく包み育んだアボンリーの村。そして、アンに負けず劣らずユニークな村人たち。頑固でプライドが高いけれども気のいい人たちが引き起こす、思わずほほえんでしまう12の「事件」。その結末に、愛の偉大さを感じずにはいられない。好評完訳版シリーズの第9巻。

『アンの友達』 モンゴメリ著, 村岡花子訳 新潮社 2008.2 378p 16cm （新潮文庫―赤毛のアン・シリーズ 4） 514円 ①978-4-10-211344-8〈原書名：Chronicles of Avonlea〉
|目次| 奮いたったルドビック, ロイド老淑女, めいめい自分の言葉で, 小さなジョスリン, ルシンダついに語る, ショウ老人の娘, オリビア叔母さんの求婚者, 隔離された家, 競売狂, 縁むすび, カーモディの奇蹟, 争いの果て
|内容| ちょっとした気持の行き違いで長いこと途絶えてしまった人と人との愛情が、またふとしたことから甦る。10年も20年も離れていた婚約者同士が、ついにお互いの存在を再確認する―1908年の刊行以来、アンの物語は広範囲の読者の心を捉えてきたが、この第4巻ではアンから少し離れて、アンの周囲の素朴な人たちが愛ゆえに引き起す、さまざまな事件をいくつか紹介する。

『アンの友達』 モンゴメリ原作, 村岡花子訳 ポプラ社 2008.3 297p 18cm （ポプラポケット文庫 451-7―シリーズ・赤毛のアン 7） 660円 ①978-4-591-10265-7〈原書名：Chronicles of Avonlea〉
|目次| ふるいたったルドヴィック, ロイド老淑女, 小さなジョスリン, ルシンダついに語る, ショウ老人の娘, オリビアおばさんの求婚者, 隔離された家, 縁むすび, カーモディの奇跡, 争いの果て
|内容| アンの故郷アヴォンリーでおこったさまざまな事件や人物が登場する短編集。自尊心の強い老女のことなど、アンをめぐる友達を描く。小学校上級～。

『アンの娘リラ』 L.M.モンゴメリー著, 掛川恭子訳 講談社 2005.11 591p 15cm （講談社文庫―完訳クラシック赤毛のアン 8） 819円 ①4-06-275253-0〈原書名：Rilla of Ingleside〉
|内容| アンの子どもたちは成長し、末娘のリラだけを残してグレンの村を離れ、進学することになった。しかし、世界大戦が始まり、"炉辺荘"と牧師館の「男の子」たちは、ヨーロッパ西部戦線へつぎつぎに出征していく。リラの日記とともに、母親と少女たちの止むことのない不安と悲しみが綴られる。

『アンの娘リラ』 モンゴメリ原作, 村岡花子訳 ポプラ社 2008.3 308p 18cm （ポプラポケット文庫 451-6―シリーズ・赤毛のアン 6） 660円 ①978-4-591-10264-0〈原書名：Rilla of Ingleside〉
|内容| アンの娘リラが、戦争孤児を育て、赤十字少女団を組織して活躍する。戦争を通して、成長していくリラの姿を描く。小学校上級～。

『アンの娘リラ』 モンゴメリ著, 村岡花子訳 新潮社 2008.4 563p 16cm （新潮文庫―赤毛のアン・シリーズ 10） 743円 ①978-4-10-211350-9〈原書名：Rilla of ingleside〉

『アンの夢の家』 L.M.モンゴメリー著, 掛川恭子訳 講談社 2005.8 473p 15cm （講談社文庫―完訳クラシック赤毛のアン 5） 762円 ①4-06-275170-4〈原書名：Anne's house of dreams〉
|内容| ギルバートと結婚したアンは、アボンリーを離れ、フォア・ウインズに見つけた「夢の家」で暮らしはじめる。おだやかな内海沿いに建つ家を訪ねて来る、人間味豊かな隣人たちとの、出会い、ふれあい、別れ。そして、やがておとずれる新しい命。魂の邂逅が、いっそうの愛情あふれる人生をかたちづくる。

『アンの夢の家』 モンゴメリ原作, 村岡花子訳 ポプラ社 2008.3 301p 18cm （ポプラポケット文庫 451-4―シリーズ・赤毛のアン 4） 660円 ①978-4-591-10262-6〈原書名：Anne's house of dreams〉
|内容| 夢の家でギルバートとの幸福な新婚生活をおくるアン。この幸せな家庭も愛児の死によって、暗くつらい日々となるが、アンらしく生きる姿を描く。小学校上級～。

『アンの夢の家』 ルーシー・モード・モンゴメリ著, 村岡花子訳 新装版 新潮社 2008.3 447p 15cm （新潮文庫―赤毛のアン・シリーズ 6） 590円 ①978-4-10-211346-2〈原書名：ANNE'S HOUSE OF DREAMS〉
|内容| アンはついにギルバートと結ばれた。グリン・ゲイブルス初の花嫁は、海辺の小さな「夢の家」で新家庭を持った。男嫌いだが親切なミス・コーネリア、目をみはるほど美しいが、どこか寂しげなレスリー、天賦の話術師ジム船長などの隣人たちに囲まれて、甘い

『アンの夢の家』 L.M.モンゴメリ作,村岡花子訳,HACCAN絵 講談社 2014.1 409p 18cm （講談社青い鳥文庫 81-6―赤毛のアン 5） 760円 ①978-4-06-285395-8〈原書名：Anne's House of Dreams〉

内容 美しい九月のある午後、グリン・ゲイブルスでごく親しい人たちにかこまれ、結婚式を挙げたアンとギルバートは、プリンスエドワード島の美しい海辺の小さな家で、新しい生活をはじめました。その小さな白い家にアンがつけた名前は「夢の家」。そして六月のある日、だれもが待ちのぞんだアンの最初の赤ん坊が生まれて…。アン・シリーズ第5作。小学上級から。

『炉辺荘（イングルサイド）のアン』 ルーシー・モード・モンゴメリ著,村岡花子訳 新装版 新潮社 2008.3 578p 15cm （新潮文庫―赤毛のアン・シリーズ 7） 743円 ①978-4-10-211347-9〈原書名：ANNE OF INGLESIDE〉

内容 思い出多い「夢の家」に別れを告げて、アンは三色すみれでいっぱいの「炉辺荘（イングルサイド）」に移ってきた。いまや働きざかりの主婦となったアンは、忙しい夫ギルバート医師を助け、六人の子供たちの世話をし、次々に訪れる古い友人たちを歓待し、お手伝いのスーザン、猫のシュリンプとともに毎日息つく暇もない。しかし、必要とされる喜び、愛し愛される喜びはなんとすばらしいものだろう。

『うわさの恋人』 モンゴメリ原作,H.コンキー文,村岡美枝訳 金の星社 1996.6 182p 18cm （フォア文庫 C131―アボンリーへの道 4） 550円 ①4-323-01973-4〈原書名：The materializing of Duncan McTavish〉

内容 恋人などひとりもいなかったはずの、まじめな老婦人マリラ・カスバートが、娘時代の恋物語を告白。うわさ好きのアボンリーの人びとは、衝撃的なこのニュースに夢中になる。もののはずみでマリラが作った架空の話とは知らず、セーラはロマンチックな悲恋にうっとり。そこへ、ある人物があらわれたために、村じゅう、上を下への大さわぎ。

『エミリー 上』 モンゴメリ作,神鳥統夫訳 偕成社 2002.4 258p 19cm （偕成社文庫） 700円 ①4-03-652310-4〈原書名：Emily of new moon〉

内容 みなしごになったエミリーは、父の葬式にやってきた、親戚のくじ引きでニュームーンのエリザベスおばさんに引きとられることになった。父とくらした日々をなつかしみながらも、エミリーは、新しい土地での暮らしや学校にとけこんでいく。「赤毛のアン」の作者が贈る、もうひとつの青春物語。

『エミリー 中』 モンゴメリ作,神鳥統夫訳 偕成社 2002.4 258p 19cm （偕成社文庫） 700円 ①4-03-652320-1〈原書名：Emily of new moon〉

内容 友だちのイルゼやテディと楽しく遊ぶエミリー。放牧地で牡牛に追われたところをすくってくれたペリーもジミーのお母さんのお手つだいにやとわれ、仲間になった。エミリーは、ニュームーンでの暮らしを天国の父への手紙に書きつづける。「赤毛のアン」の作者が贈る、もうひとつの青春物語。

『エミリー 下』 モンゴメリ作,神鳥統夫訳 偕成社 2002.4 264p 19cm （偕成社文庫） 700円 ①4-03-652330-9〈原書名：Emily of new moon〉

内容 エミリーは、ウイザー屋敷で大おばさんたちの話をきいて、イルゼのお母さんの秘密を知り、胸をいためていた。はしかの熱でいったエミリーのうわごとが、その秘密の意外な事実を明らかにした。海辺で助けてくれたディーンや新しく学校にきたカーペンター先生という理解者を得て、エミリーは詩や文を書きつづける決心をする。「赤毛のアン」の作者が贈る、もうひとつの青春物語。

『エミリーの求めるもの』 モンゴメリ著,村岡花子訳 37刷改版 新潮社 2003.3 337p 16cm （新潮文庫） 514円 ①4-10-211315-0〈原書名：Emily's quest〉

『黄金の道―ストーリー・ガール 2』 モンゴメリ著,木村由利子訳 角川書店 2010.10 374p 15cm （角川文庫 16510） 705円 ①978-4-04-217912-2〈原書名：The golden road 篠崎書林 1983年刊の修正 発売：角川グループパブリッシング〉

内容 季節は巡り、少年と少女たちはまた少し大人になった。情熱を込めて取り組んだ新聞作り、魔女と呼ばれる女性との恐怖の一夜、お客を取り違えたおもてなし騒動などなど。プリンス・エドワード島の美しき思い出を胸に、今、彼らは別れと旅立ちの時を迎える。灰かな恋心や秘められた約束、そして周囲の大人たちのロマンチックな愛の物語をからめながら描く、虹のような声音をもつ少女、大人気ストーリー・ガール第2弾。

モンゴメリ

『丘の家のジェーン』 モンゴメリ著, 木村由利子訳　角川書店　2011.8　335p　15cm　(角川文庫 16985)　705円　①978-4-04-217913-9〈原書名：Jane of Lantern Hill　発売：角川グループパブリッシング〉

内容　裕福ではあるが厳しく威圧的な祖母の屋敷で、母と暮らすジェーン。父に似た自分を祖母が疎んじていることを感じながら孤独な日々を送っていた彼女に、ある日、衝撃のニュースがもたらされる。死んだと思っていた父が生きていると…。戸惑いながら父に会うために訪れたプリンス・エドワード島には、まったく新しい輝ける世界への扉が待っていた。エゴや誤解に打ち克つ究極の愛を描くモンゴメリの人気作を新訳でおくる決定版。

『銀の森のパット』 モンゴメリ著, 谷口由美子訳　角川書店　2012.2　573p　15cm　(角川文庫 17278)　952円　①978-4-04-298229-6〈原書名：Pat of silver bush　発売：角川グループパブリッシング〉

内容　木々に彩られた銀の森屋敷と呼ばれる古く美しい家で、愛する家族とばあやのジュディとともに幸せに暮らす少女パット。変化を嫌い、このままの日々が続くことを願うが、時の流れは否応なしに忍び寄り、少しずつそ の世界を変えていく。大切な友との出会い、家族の出産や結婚そして別離…。プリンス・エドワード島の美しい四季を舞台に、少女の成長と人生における大切な出来事を丹念に描く、モンゴメリの名作。決定版新訳。

『すてきな看護婦さん』 モンゴメリ原作, マクヒュー文, 広瀬美智子訳　金の星社　1996.3　176p　18cm　(フォア文庫 C129—アボンリーへの道 3)　550円　①4-323-01972-6〈原書名：Quarantine at Alexander Abraham's〉

内容　ある日のこと、女ぎらいで偏屈者のエイブラハムが自宅で発見したのは、玄関にたおれているリンド夫人と、階段から落ちてきたセーラにフェリックスだった。エイブラハムは怒り、追い出そうとする。だが、ある事情により、四人はこの家にとじこめられることに…。招かれざる客三人とエイブラハムの、とんでもない共同生活がはじまる。

『ストーリー・ガール』 モンゴメリ著, 木村由利子訳　角川書店　2010.1　413p　15cm　(角川文庫 16106)　743円　①978-4-04-217911-5〈原書名：The story girl　篠崎書林 1980年刊の修正　発売：角川グループパブリッシング〉

内容　父の仕事の関係で、トロントからプリンス・エドワード島にやってきたベバリーとフェリックスの兄弟。キング農場で個性豊かないとこたちと一緒に暮らすことになった彼らが出会った、すらりと背の高い大人びた少女。虹のような声音でお話を語る不思議な魅力のストーリー・ガールと過ごした多感な10代の日々を、夢のように美しい島の四季と重ね合わせて描く、もうひとつの『赤毛のアン』と呼ばれ愛されるモンゴメリの傑作。

『ストーリー・ガール誕生』 モンゴメリ原作, ハミルトン文, 平野卿子訳　金の星社　1995.4　182p　18cm　(フォア文庫 C126—アボンリーへの道 2)　550円　①4-323-01970-X〈原書名：The story girl earns her name〉

内容　村のみんなが楽しみにしていた、〈ビーティーの幻灯会—魔法のランプショー〉の当日のこと、主催者ビーティーが、チケット代を持って消えてしまった。早とちりで、犯人逃走の手助けをしてしまったセーラは、すっかり信用をなくしてしまう。汚名を返上するため、セーラはある人物にたのんで、もう一度、幻灯会を計画するが…。小学校高学年・中学生向。

『虹の谷のアン』 L.M.モンゴメリー著, 掛川恭子訳　講談社　2005.10　472p　15cm　(講談社文庫—完訳クラシック赤毛のアン 7)　762円　①4-06-275225-5〈原書名：Rainbow valley〉

内容　アンの子どもたちが最も愛する場所 "虹の谷"。そこは "炉辺荘" の子どもたちにとって、丘の上に建つ牧師館に着任したメレディス牧師の子どもたちとの、友情の場所だ。村人たちを悩ませる、母親のいない牧師館の子どもたちの行い。やがて "虹の谷" は牧師館一家にとって、新しい愛情の場所となる。

『虹の谷のアン』 モンゴメリ原作, 村岡花子訳　ポプラ社　2008.3　284p　18cm　(ポプラポケット文庫 451-5—シリーズ・赤毛のアン 5)　660円　①978-4-591-10263-3〈原書名：Rainbow valley〉

内容　虹の谷は子どもたちの遊び場所である。この谷でくりひろげられる子どもたちの世界や青春の思い出にひたるアンの姿を描く。小学校上級〜。

『虹の谷のアン』 モンゴメリ著, 村岡花子訳　新潮社　2008.4　456p　16cm　(新潮文庫—赤毛のアン・シリーズ 9)　629円　①978-4-10-211349-3〈原書名：Rainbow valley〉

『パットの夢』 モンゴメリ著, 谷口由美子

訳　角川書店　2012.4　557p　15cm（角川文庫　モ2-17）　952円　①978-4-04-100253-7〈原書名：Mistress Pat　発売：角川グループパブリッシング〉

[内容]　生まれ育った銀の森屋敷を切り盛りするパット。愛する家族に囲まれて幸せなはずだったが、兄たち、そして妹までが結婚することになり周囲からは「売れ残り」と陰口をきかれることになる。この人こそは―。そう何度も思いながらなかなか結婚にたどり着くことができない、そんなパットが最後に手に入れた真実の愛とは？　恋愛や結婚そして生き方に迷うすべての女性に贈るモンゴメリの傑作『銀の森のパット』感動の完結編。

『プリンス・エドワード島へ』　モンゴメリ原作, アデール, ローゼンストック文, もきかずこ訳　金の星社　1995.3　233p　18cm（フォア文庫 C125―アボンリーへの道 1）　590円　①4-323-01969-6〈原書名：The journey begins〉

[内容]　セーラは、想像力豊かな十二歳の少女。幼いころ母をなくし、実業家の父と、乳母の手で大切に育てられた。しかし、父が横領事件にまきこまれたため、生活は一変。プリンス・エドワード島の母方のおばに、あずけられることに…。都会をはなれ、生まれて初めて訪れる、母の美しい故郷で、セーラの新しい生活がはじまる。

『もつれた蜘蛛の巣』　モンゴメリ著, 谷口由美子訳　角川書店　2009.8　446p　15cm（角川文庫 15849）　781円　①978-4-04-217910-8〈原書名：A tangled web　篠崎書林 1981年刊の修正　発売：角川グループパブリッシング〉

[内容]　ダーク家とペンハロウ家に伝わる由緒ある水差し。みんな喉から手が出るほど欲しがるこの家宝を相続するのは一体誰？　老ベッキーおばがいまわの際に遺した突拍子もない遺言のせいで一族の面々は、とんでもない大騒動を繰り広げることに。一族きっての美女ゲイの愛の行方は？　長年秘密にされていたジョスリンの別居の真相は？　やがて水差しの魔力は一同をとんでもない事件へと導くが…。モンゴメリ円熟期の傑作ロマンス。

ヤンソン, トーベ
Jansson, Tove
《1914～2001》

『たのしいムーミン一家』　トーベ・ヤンソン著, 山室静訳　講談社　2006.4　261p　18cm（講談社青い鳥文庫）　580円　①4-06-147044-2〈原書名：TROLLKARLENS HATT　第66刷〉

[内容]　長い冬眠からさめたムーミン谷の愛すべきなかまたちが、海べりの山の頂上で、黒いぼうしをみつける。だが、それはまもののぼうしだったために、つぎつぎにおかしな大事件が…。フィンランドのアンデルセン賞受賞作家、トーベ＝ヤンソンがえがく、詩情あふれるファンタジー。小学中級から。

『たのしいムーミン一家』　ヤンソン著, 山室静訳　新装版　講談社　2011.4　288p　15cm（講談社文庫 や16-10）　581円　①978-4-06-276933-4〈原書名：Trollkarlens hatt〉

[内容]　長い冬眠からさめたムーミントロールと仲よしのスナフキンとスニフが、海べりの山の頂上で黒いぼうしを発見。それはものの形をかえてしまう魔法のぼうしだったことから、次々にふしぎな事件がおこる。国際アンデルセン大賞受賞のヤンソンがえがく、白夜のムーミン谷のユーモアとファンタジー。

『たのしいムーミン一家』　トーベ・ヤンソン作・絵, 山室静訳　新装版　講談社　2014.4　284p　18cm（講談社青い鳥文庫 21-11）　680円　①978-4-06-285420-7〈原書名：TROLLKARLENS HATT〉

[内容]　ムーミン谷の春。冬眠から目をさましたムーミントロールたちは、山のてっぺんで、まっ黒なぼうしを発見。それは、中に入れたもののかたちを変える、飛行おにの魔法のぼうしでした。卵のからは、ふわふわの雲に、ムーミントロールは、見たこともない、へんなすがたに！　つぎつぎとおかしな事件がおこって、ムーミン一家は大さわぎ！　角野栄子先生の巻末エッセイ付き。小学中級から。

『小さなトロールと大きな洪水』　トーベ＝ヤンソン作・絵, 冨原眞弓訳　講談社　1999.2　123p　18cm（講談社青い鳥文庫）　530円　①4-06-148503-2〈原書名：Smatrollen och den stora oversvamningen〉

[内容]　パパはいないけどもう待っていられない。冬がくるまえに家をたてなければ。ムーミントロールとママは、おそろしい森や沼をぬけ、あれくるう海をわたって、お日さまの光あふれるあたたかい場所をめざします。第2次世界大戦直後に出版され、再版が待ち望まれていた、ムーミン童話シリーズの記念すべき第一作。小学中級から。

『小さなトロールと大きな洪水』　ヤンソン

著, 冨原眞弓訳　講談社　2011.9　109p　15cm　（講談社文庫 や16-17）　448円　①978-4-06-276940-2〈原書名：Smatrollen och den stora oversvamningen〉

内容 パパはいないけど、もう待っていられない。冬がくる前に家を建てようと、ムーミントロールとママはおそろしい森や沼を抜け、荒れ狂う海をわたって、お日さまの光溢れるあたたかい場所をめざします。第二次世界大戦直後に出版され、世界中で復刊が待ち望まれていた、ムーミン童話シリーズの記念すべき第一作。

『小さなトロールと大きな洪水』　トーベ・ヤンソン作・絵, 冨原眞弓訳　新装版　講談社　2015.2　121p　18cm　（講談社青い鳥文庫 21-18）　580円　①978-4-06-285467-2〈原書名：SMÅTROLLEN OCH DEN STORA ÖVERSVÄMNINGEN〉

内容 パパはいないし、おなかもぺこぺこ。ムーミントロールとママは、あたたかくて気持ちのいい場所をもとめて、暗くて寒い森の中をさまよいます。たどり着いた一軒の家。中から出てきた赤い髪の少年はパパに会ったことがあるようで…。第二次世界大戦期、トーベ・ヤンソンが安らかさをもとめて描いた、ムーミン童話の記念すべき第一作。末吉暁子先生の巻末エッセイ付き。小学中級から。総ルビ。

『ムーミン谷の十一月』　ヤンソン著, 鈴木徹郎訳　新装版　講談社　2011.9　318p　15cm　（講談社文庫 や16-16）　581円　①978-4-06-276939-6〈原書名：Sent I November〉

内容 まっ白な雪にとざされて、長い冬眠に入る前のムーミン谷の十一月…人恋しくてムーミン家に集まってきたフィリフヨンカ、ホムサ、ヘムレン、スナフキンたち。ところが、心をなごませてくれるはずのムーミン一家は旅に出ていて…。ヤンソンが読者に贈るファンタジックで魅力的なムーミン物語の最終巻。

『ムーミン谷の十一月』　トーベ・ヤンソン作・絵, 鈴木徹郎訳　新装版　講談社　2014.11　313p　18cm　（講談社青い鳥文庫 21-17）　680円　①978-4-06-285456-2〈原書名：SENT I NOVEMBER〉

内容 冬眠に入るまえの十一月。いやしをもとめ、ムーミンやしきに集まったフィリフヨンカ、ホムサ、ヘムレン、スナフキンたち。けれども、ムーミン一家は旅に出ていて…。共同生活をはじめるけど、ムーミンたちに会えないさびしさから、対立してばかり。でも、少しずつ見えないきずなが生まれて？　トーベ・ヤンソンがおくるムーミン童話の最終巻！　藤野恵美の巻末エッセイ付き。小学中級から。

『ムーミン谷の彗星』　ヤンソン著, 下村隆一訳　新装版　講談社　2011.4　252p　15cm　（講談社文庫 や16-9）　495円　①978-4-06-276932-7〈原書名：Kometen kommer〉

内容 長い尾をひいた彗星が地球にむかってくるというのでムーミン谷は大さわぎ。ムーミントロールは仲よしのスニフと遠くの天文台に彗星を調べに出発し、スナフキンや可憐なスノークのお嬢さんと友達になるが、やがて火の玉のような彗星が…。国際アンデルセン大賞受賞作家ヤンソンの愛着深いファンタジー。

『ムーミン谷の彗星』　トーベ・ヤンソン作・絵, 下村隆一訳　新装版　講談社　2014.2　249p　18cm　（講談社青い鳥文庫 21-10）　650円　①978-4-06-285405-4〈原書名：KOMETEN KOMMER〉

内容 長いしっぽを光らせた彗星が、地球にやってくるというので、ムーミン谷は大さわぎ！　そのおそろしい星を調べるため、天文台へ出発したムーミントロールとスニフ。やがて、空のむこうから、火の玉のような彗星がぐんぐん近づいてきて…。旅人のスナフキンやスノークたちとの出会いを描いた、ムーミン童話初期の名作！　あさのあつこ先生の巻末エッセイ付き。小学中級から。

『ムーミン谷の仲間たち』　ヤンソン著, 山室静訳　新装版　講談社　2011.7　282p　15cm　（講談社文庫 や16-14）　581円　①978-4-06-276937-2〈原書名：Det osynliga barnet〉

目次 春のしらべ, ぞっとする話, この世のおわりにおびえるフィリフヨンカ, 世界でいちばんさいごの竜, しずかなのがすきなヘムレンさん, 目に見えない子, ニョロニョロのひみつ, スニフとセドリックのこと, もみの木

内容 すてきなムーミン一家を中心に北国のムーミン谷にすむ仲間たちの楽しい生活を描いた九つの短編集。ムーミントロールの親友で孤独と自由を愛する詩人のスナフキン、空想力豊かなホムサ、おくびょうでなき虫のスニフ…。国際アンデルセン大賞受賞作家ヤンソンの詩情あふれる楽しいファンタジー。

『ムーミン谷の仲間たち』　トーベ・ヤンソン作・絵, 山室静訳　新装版　講談社　2013.11　275p　18cm　（講談社青い鳥文庫 21-15）　680円　①978-4-06-

285390-3〈原書名:DET OSYNLIGA BARNET〉
[目次]春のしらべ,ぞっとする話,この世のおわりにおびえるフィリフヨンカ,世界でいちばんさいごの竜,しずかなのが好きなヘムレンさん,目に見えない子,ニョロニョロのひみつ,スニフとセドリックのこと,もみの木
[内容]ムーミン谷は、いつでも、だれでも大歓迎！どんな人でも、自分が自分らしくいられる場所がみつかる、とびきりすてきなところなのです。ムーミントロールと、その親友で旅人のスナフキン。いつだって元気なちびのミイに、おくびょうで泣き虫のスニフ――。ムーミン谷の仲間がせいぞろいだから、はじめてムーミンを読む人にもぴったりの短編集。石崎洋司先生の巻末エッセイ付き。小学中級から。

『ムーミン谷の夏まつり』 ヤンソン著,下村隆一訳　新装版　講談社　2011.5　244p　15cm　（講談社文庫 や16–12）　495円　①978-4-06-276935-8〈原書名:Farlig midsommar〉
[内容]ジャスミンの香りにつつまれた六月の美しいムーミン谷をおそった火山の噴火。大水がおしよせてきて、ムーミン一家や動物たちは流され、ちょうど流れてきた劇場に移り住むことにした。ところが、劇場を知らないみんなが劇をはじめることになって…。国際アンデルセン大賞受賞作家の楽しいファンタジー。

『ムーミン谷の夏まつり』 トーベ・ヤンソン作・絵,下村隆一訳　新装版　講談社　2013.12　252p　18cm　（講談社青い鳥文庫 21–13）　650円　①978-4-06-285397-2〈原書名:FARLIG MIDSOMMAR〉
[内容]平和な6月のムーミン谷を、突然おそった大洪水。流れてきた劇場に移り住むことになったムーミン一家は、すっかり劇団員気分！いっぽう、水に流されたムーミンとぐうぜん出会ったスナフキン。木の上に取り残されてしまったムーミントロールとスノークのおじょうさん。バラバラになった仲間たちは、ついに劇場で再会！夏まつりが、いよいよはじまります!!乙武洋匡先生の巻末エッセイ付き。小学中級から。

『ムーミン谷の冬』 ヤンソン著,山室静訳　新装版　講談社　2011.6　222p　15cm　（講談社文庫 や16–13）　476円　①978-4-06-276936-5〈原書名:Trollvinter〉
[内容]まっ白な雪にとざされたムーミン谷。パパとママといっしょに冬眠にはいったのに、どうしたわけか春がこないうちにたった一人眠りからさめてしまったムーミントロール。はじめて知る冬の世界で彼のすばらしい冒険がはじまった…。冬のムーミン谷を舞台にヤンソンがつづるファンタジー童話の傑作。

『ムーミン谷の冬』 トーベ・ヤンソン作・絵,山室静訳　新装版　講談社　2014.1　221p　18cm　（講談社青い鳥文庫 21–14）　620円　①978-4-06-285402-3〈原書名:TROLLVINTER〉
[内容]まっ白な雪にうもれたムーミン谷。みんなといっしょに冬眠にはいったムーミントロールは、どうしたわけかひとり、目をさましてしまいます。外に出ると、そこは白一色の世界！「これがきっと、雪というものなんだ。」きれいなしっぽをもつ子リス。水あび小屋に住むおしゃまさんや、はい虫の女の子――。はじめて知る冬の世界は、おどろきと出会いがいっぱい！小林深雪先生の巻末エッセイ付き。小学中級から。

『ムーミンパパ海へいく』 ヤンソン著,小野寺百合子訳　新装版　講談社　2011.8　348p　15cm　（講談社文庫 や16–15）　629円　①978-4-06-276938-9〈原書名:Pappan och havet〉
[内容]かわいいムーミントロールとやさしいママ、おしゃまなミイにすてきな仲間たち。毎日が平和すぎてものたりないムーミンパパは、ある日一家と海をわたり小島の灯台守になります。海はやさしく、ある時はきびしく一家に接し、パパはそんな海を調べるのにたいへんです。機知とユーモアあふれるムーミン物語。

『ムーミンパパ海へいく』 トーベ・ヤンソン作・絵,小野寺百合子訳　新装版　講談社　2014.7　348p　18cm　（講談社青い鳥文庫 21–16）　740円　①978-4-06-285436-8〈原書名:PAPPAN OCH HAVET〉
[内容]ムーミンパパは、一家のあるじとしてのプライドと責任から、海をわたり、小さな島であたらしい生活をはじめることを思いたちます。灯台もりのいない灯台に、岩だらけの島。慣れない土地での生活は、思っていた以上にきびしくて、ムーミンパパは大奮闘！いっぽう、ムーミントロールは、モランやうみうまと出会い、友だちになろうとするけど…？森絵都先生の巻末エッセイ付き。小学中級から。

『ムーミンパパの思い出』 ヤンソン著,小野寺百合子訳　新装版　講談社　2011.5　294p　15cm　（講談社文庫 や16–11）　581円　①978-4-06-276934-1〈原書名:Muminpappans memoarer〉
[内容]自由と冒険を求めて海にのりだした青年時代のムーミンパパ。ユーモラスな竜との

戦い、あらしでたどりついたゆかいな王さまの島、おばけと同居したり、深海にもぐったり…さまざまな冒険をしながら、ムーミンママと劇的な出会いをするまでをパパが書いたファンタジーあふれるムーミン物語の傑作。

『**ムーミンパパの思い出**』 トーベ・ヤンソン作・絵, 小野寺百合子訳　新装版　講談社　2014.9　294p　18cm　（講談社青い鳥文庫 21-12）　680円　①978-4-06-285445-0〈原書名：MUMINPAPPANS MEMOARER〉

[内容] 自由と冒険をもとめて、みなしごホームを抜け出したムーミンパパ。発明家・フレドリクソンやスニフの父・ロッドユール、スナフキンの父・ヨクサル。旅先で出会った最高の仲間たちとともに「海のオーケストラ号」で大冒険へ！　波乱に満ちた青春時代を、ムーミンパパみずから「思い出の記」につづります。ムーミンママとの運命的な出会いも！　山本容子先生の巻末エッセイ付き。小学中級から。

ユゴー, ヴィクトル
Hugo, Victor Marie
《1802～1885》

『**ああ無情**』 ビクトル・ユーゴー作, 塚原亮一訳　講談社　2009.10　281p　18cm　（講談社青い鳥文庫）　670円　①4-06-147261-5〈第48刷〉

[内容] たった一切れのパンをぬすんだために、19年間も牢獄にいたジャン＝バルジャン。かれは、ミリエル司教の大きな愛によって目ざめた…。コゼットとマリウスの若い二人を助ける勇気ある行動、良心に恥じない人間として懸命に生きたジャン＝バルジャンの一生をえがいた名作。

『**ジャン・ヴァルジャン物語　上**』 ヴィクトル・ユーゴー作, 豊島与志雄訳　第33刷改版　岩波書店　1986.11　341p　18cm　（岩波少年文庫）　①4-00-113013-0〈原書名：Les misérables〉

『**ジャン・ヴァルジャン物語　下**』 ヴィクトル・ユーゴー作, 豊島与志雄訳　改版　岩波書店　1986.11　364p　18cm　（岩波少年文庫）　①4-00-113014-9〈原書名：Les misérables〉

『**ノートルダムの鐘**』 ヴィクトル・ユーゴー原作　竹書房　2004.9　240p　16cm　（竹書房文庫—ディズニー・クラシックス 10）　590円　①4-8124-1822-4〈ノヴェライズ：鈴木玲子〉

『**レ・ミゼラブル　上**』 ヴィクトル・ユーゴー作, 岩瀬孝, 大野多加志訳　偕成社　1993.3　248p　19cm　（偕成社文庫）　700円　①4-03-651770-8〈原書名：Les miserables〉

[内容] 姉の残した八人の子どもたちのためにパンを盗んだ罪でとらえられ、19年の間、牢につながれたジャン・ヴァルジャン。愛していた男に捨てられ、一人娘コゼットを養うために自分の髪も歯も体までも売らなければならなかったファンチーヌ。このジャンとファンチーヌがであったとき、ファンチーヌはすでに不治の病におかされていた…。『ああ無情』として、あまりにも有名なユーゴーの大作『レ・ミゼラブル』。この作品の主人公は一人ではありません。貧困と不幸のどん底で、悲惨な境遇に屈することなく、懸命に生きた人びとすべてが主人公です。小学上級以上向。

『**レ・ミゼラブル　中**』 ヴィクトル・ユーゴー作, 岩瀬孝, 大野多加志訳　偕成社　1993.3　289p　19cm　（偕成社文庫）　700円　①4-03-651780-5〈原書名：Les miserables〉

[内容] いまは亡きファンチーヌの忘れ形見コゼットを命がけで探し求め、テナルディエ夫婦のところからひきとったジャン。ジャンにひきとられ、ひっそりと修道院で暮らすうちに、いつからかファンチーヌにもまして美しく成長したコゼット。富裕な祖父の家を飛びだし、自由を求める仲間たちと貧乏ながら活気ある生活をおくるマリユス。マリユスは公園でコゼットとであい、名も知らぬまま恋におちてしまう。『ああ無情』として、あまりにも有名なユーゴーの大作『レ・ミゼラブル』。この作品の主人公は一人ではありません。貧困と大幸のどん底で、悲惨な境遇に屈することなく、懸命に生きた人びとすべてが主人公です。小学上級以上向。

『**レ・ミゼラブル　下**』 ヴィクトル・ユーゴー作, 岩瀬孝, 大野多加志訳　偕成社　1993.3　314p　19cm　（偕成社文庫）　700円　①4-03-651790-2〈原書名：Les miserables〉

[内容] お互いに深く愛しあっていることを確かめたコゼットとマリユス。強欲の化身テナルディエ夫婦の娘でありながら、無垢な魂を持ち、ひたむきな愛情をマリユスに捧げるエポニーヌ。最愛のコゼットのために、マリユスを命がけでたすけるジャン・ヴァルジャン。1832年にパリの市内でおこった市民による反乱を背景に、これまでの登場人物すべてが、ダイナミックに交錯、物語は大団円をむかえる。『ああ無情』として、あまりにも有名なユーゴーの大作『レ・ミゼラブル』。この作品

の主人公は一人ではありません。パリの市民たちがそれぞれの立場で描かれ、読む者に、自由とは？ 人間の尊厳とは？ を強く訴えかけます。小学上級以上向。

『レ・ミゼラブル　上』ユーゴー作、豊島与志雄編訳　新版　岩波書店　2001.1　345p　18cm　（岩波少年文庫）　720円　①4-00-114536-7〈原書名：Les miserables〉

内容　ひときれのパンを盗んだために、19年間もの監獄生活を送ることになったジャン・ヴァルジャンの波瀾に満ちた生涯を描く。19世紀前半の激動の時代に生きる人びとの群像を描く大パノラマ『レ・ミゼラブル』の少年少女版。中学以上。

『レ・ミゼラブル　下』ユーゴー作、豊島与志雄編訳　新版　岩波書店　2001.1　374p　18cm　（岩波少年文庫）　760円　①4-00-114537-5〈原書名：Les miserables〉

内容　素性をかくして社会的な地位を得たジャン・ヴァルジャンだったが、警部ジャヴェルの疑いの目がつきまとう。慈しんで育てた孤児の少女コゼットは美しく成長して青年マリユスと恋におち、ジャン・ヴァルジャンは複雑な思いで見守る。中学以上。

『レ・ミゼラブル―ああ無情』ユーゴー作、大久保昭男訳　ポプラ社　2007.3　238p　18cm　（ポプラポケット文庫420-1）　570円　①978-4-591-09708-3　〈「ああ無情」（1985年刊）の新装版〉

内容　長い刑期をおえ、希望を胸に町へやってきたジャン・バルジャンでしたが、世間の冷たい仕打ちにうちのめされ、ついに親切にしてくれた教会で盗みをはたらいてしまいます。ところが司教は、それはさしあげたものだというのです―その後ジャンの行方はぷっつりとだえ…。激動期のフランスを舞台に波乱の人生をおくるジャン・バルジャンの物語。小学校上級から。

『レ・ミゼラブル―ああ無情』ビクトル・ユーゴー作、塚原亮一訳、片山若子絵　新装版　講談社　2012.11　285p　18cm　（講談社青い鳥文庫 134-2）　670円　①978-4-06-285316-3〈原書名：Les Misérables〉

内容　たった一切れのパンを盗んだために、19年間も牢獄に入っていたジャン・バルジャン。彼のすさんだ心は、ミリエル司教の大きな愛によって目覚めます。良心に恥じない人間として懸命に生きたジャン・バルジャン。その生き様、そして真実の愛とは!?　ミュージカルや映画の原作にもなっている名作。小学中級から。

『レ・ミゼラブル　1』ヴィクトール・ユゴー著、西永良成訳　筑摩書房　2012.11　543p　15cm　（ちくま文庫 ゆ5-1）　950円　①978-4-480-42971-1〈原書名：Les Misérables〉

内容　寒さと飢えに苦しむ幼い子のためにパンをひとつ盗んで、19年を監獄で過ごすことになったジャン・ヴァルジャンを主人公にくり広げられる叙事詩的な小説。この巻は、第1部「ファンチーヌ」を収録。ミリエル司教と銀の燭台のエピソード、マドレーヌ市長になったジャンを怪しむ冷酷なジャヴェール警部、哀れな母親ファンチーヌと残された幼い娘など、劇的スリルあふれる場面が描き出されてゆく。

『レ・ミゼラブル　2』ヴィクトール・ユゴー著、西永良成訳　筑摩書房　2012.12　478p　15cm　（ちくま文庫 ゆ5-2）　1000円　①978-4-480-42972-8〈原書名：Les Misérables〉

内容　第2部「コゼット」を収録。幼いコゼットを残して死んでいったファンチーヌとの約束を果たすべくジャン・ヴァルジャンは脱獄、コゼットを救い出す。パリに移り住んだ二人に忍び寄る警察ジャヴェールの冷酷な眼。包囲されたことに気づいて間一髪で逃げ出した二人をジャヴェールが追いつめる…。劇的なスリルとユゴーの宇宙的な夢想が、読む者の心を魅惑する。

『レ・ミゼラブル　3』ヴィクトール・ユゴー著、西永良成訳　筑摩書房　2013.1　475p　15cm　（ちくま文庫 ゆ5-3）　1000円　①978-4-480-42973-5〈原書名：Les Misérables〉

内容　第3部「マリユス」を収録。王党派貴族の祖父に育てられた純な青年マリユスは、仲間たちに感化されて社会主義の道に進み、家を離れて貧しい暮らしを始める。毎日のように散策に行く公園で必ず出会う父娘があった。マリユスは、その未知の少女の可憐な姿に憧れをいだく。少女はジャン・ヴァルジャンに育てられたコゼット―ひとつの出会いが人々の運命を大きな渦の中に巻き込んでゆく。

『レ・ミゼラブル　4』ヴィクトール・ユゴー著、西永良成訳　筑摩書房　2013.2　622p　15cm　（ちくま文庫 ゆ5-4）　1300円　①978-4-480-42974-2〈原書名：Les Misérables〉

内容　第4部「プリュメ通りの牧歌とサン・ドニ通りの叙事詩」。七月革命後のパリは、混乱をきわめていた。マリユスは、反政府秘密結

社の一員として活動を続ける一方、コゼットとの愛を育んでゆく。その彼を慕うエポニーヌ、パリ路上の浮浪児ガヴローシュ、さらにテナルディエそしてジャン・ヴァルジャン…人々の転変が、激動期を背景に描かれてゆく。6月暴動を背景に展開する小説の核心部。

『レ・ミゼラブル 5』 ヴィクトール・ユゴー著, 西永良成訳 筑摩書房 2014.2 519p 15cm （ちくま文庫 ゆ5-5） 1300円 ①978-4-480-42975-9〈原書名：Les Misérables〉
[内容] 第5部"ジャン・ヴァルジャン"を収録。1832年6月、パリの共和派の市民たちが蜂起、バリケードを築いて政府軍と戦闘に入る。その中にはマリウス、そしてジャン・ヴァルジャンと彼をつけ狙うジャヴェールの姿があった。マリウスに嫉妬の思いを抱きながらも、瀕死の重傷を負った彼を背負って地下道を彷徨い、その命を救うジャン・ヴァルジャン。苦難にみちた人生の黄昏に、なおも襲いかかる孤独の悲しみ－やがて最後の時が訪れる。

『レ・ミゼラブル 上』 ヴィクトル・ユゴー著, 永山篤一訳 角川書店 2012.12 430p 15cm （角川文庫 ユ1-5） 743円 ①978-4-04-100574-3〈原書名：Les Misérables 発売：角川グループパブリッシング〉
[内容] 貧しいジャン・ヴァルジャンはパンを盗んだ罪で監獄に送りこまれて十数年ものあいだ苦しみ、さらに出所後も差別に悩まされる。しかし、ある司教に出会ったことで生まれ変わった彼は、まったくちがう人生を歩きはじめる。そして、不幸な美女ファンテーヌと出会い、彼女を救おうとするが、執拗に追いまわすジャヴェール警部が行く手に立ちふさがる。フランス文学の金字塔にして娯楽小説の真髄が、コンパクトな新訳で登場。

『レ・ミゼラブル 下』 ヴィクトル・ユゴー著, 永山篤一訳 角川書店 2012.12 446p 15cm （角川文庫 ユ1-6） 743円 ①978-4-04-100627-6〈原書名：Les Misérables 発売：角川グループパブリッシング〉
[内容] あわただしい時代のなかで、貧しくても上昇志向でがんばっていた青年マリウスは、ある美少女に恋をした。謎の男性といつも一緒のコゼットだ。彼女への思いをつのらせた彼だったが、革命騒ぎのまっただなかに巻き込まれ、絶望絶命となる。そのとき、コゼットと一緒にいた男、ジャン・ヴァルジャンと再会した！ ジャヴェール警部、凶悪犯テナルディエなどもまじえながら、壮大な物語は感動のクライマックスへと向かう一。

リンドグレーン,
アストリッド
Lindgren, Astrid
《1907～2002》

『エーミールと大どろぼう』 リンドグレーン著, 尾崎義訳 講談社 1981.2 131p 15cm （講談社文庫） 220円〈原書名：Emil i lönneberga 解説：尾崎義〉

『エーミルとクリスマスのごちそう』 アストリッド・リンドグレーン作, 石井登志子訳 岩波書店 2012.6 219p 18cm （岩波少年文庫 211） 640円 ①978-4-00-114211-2〈原書名：NYA HYSS AV EMIL I LÖNNEBERGA〉
[内容] ネズミとりでお父さんの足の指をはさんだり、市長さんのパーティーに馬でのりこんだり、いたずらばかりになってしまうエーミル。クリスマスに、かわいそうなお年寄りたちのため、あることをくわだてます。小学2・3年以上。

『エーミールとねずみとり』 リンドグレーン著, 尾崎義訳 講談社 1982.3 197p 15cm （講談社文庫） 280円 ①4-06-138138-5〈原書名：Nya hyss av Emil i Lönneberga〉

『エーミールと60ぴきのざりがに』 リンドグレーン著, 小野寺百合子訳 講談社 1986.4 248p 15cm （講談社文庫） 360円 ①4-06-183766-4〈原書名：Än Lever Emil I Lönneberga〉
[内容] 60ぴきものざりがにをパパの寝室においたり、ぶたを酔わせたり、とんだ結末におわるエーミールの「いたずら」の数々！ そのエーミールが、大すきなアルフレッドの命を助けようと、猛吹雪の中を必死で馬車を走らせます……。ユーモラスな筆にのせて、人間の愛と勇気の尊さをうったえるリンドグレーンの「エーミール」シリーズ第三作。

『エーミルの大すきな友だち』 アストリッド・リンドグレーン作, 石井登志子訳 岩波書店 2012.12 291p 18cm （岩波少年文庫 212） 720円 ①978-4-00-114212-9〈原書名：ÄN LEVER EMIL I LÖNNEBERGA〉
[内容] あいかわらず、やることなすこと、ど

たばさわぎになってしまうエーミル。けれど、友だちのアルフレッドが命の危機にひんした大雪の日、エーミルは知恵と勇気をふりしぼります…。ユーモアと感動のつまった、シリーズ最終巻。小学2・3年以上向き。

『エーミルはいたずらっ子』 アストリッド・リンドグレーン作, 石井登志子訳 岩波書店 2012.1 154p 18cm （岩波少年文庫 210） 640円 ①978-4-00-114210-5〈原書名：Emil I lönneberga〉

[目次] 5月22日（火曜日）エーミルがスープ鉢に頭をつっこんだ日, 6月10日（日曜日）エーミルがイーダを旗立て柱にあげた日, 7月8日（日曜日）エーミルがフルツフレッドの原っぱでうかれさわいだ日

[内容] エーミルは, 天使のようにかわいい男の子。ところがどっこい, スープ鉢に頭をつっこんでぬけなくなったり, 妹のイーダを旗立て柱に宙ぶらりんにしたり, すっとんきょうなごたごたを, つぎつぎに引き起こしてしまいます！ 小学2・3年以上。

『おもしろ荘の子どもたち』 アストリッド・リンドグレーン作, 石井登志子訳 岩波書店 2010.7 271p 18cm （岩波少年文庫 194） 720円 ①978-4-00-114194-8〈原書名：Madicken〉

[内容] おてんばなマディケンは思いつきの天才。妹のリサベットをまきこんで, 山登りのつもりで屋根に登ったり, こおった川をスケートですべって遠出したり, わくわくする遊びを考えだします。子どもの日常をユーモアたっぷりに描く快作。小学3・4年以上。

『カッレくんの冒険』 アストリッド・リンドグレーン作, 尾崎義訳 新版 岩波書店 2007.2 316p 18cm （岩波少年文庫） 720円 ①978-4-00-114122-1〈原書名：Masterdetektiven Blomkvist lever farligt〉

[内容] 難事件を解決して, 一躍名探偵の名声を博したカッレくんは, 平穏な夏休みをもてあましていた。ある日, 遊び仲間のエーヴァ・ロッタが高利貸し殺人の犯人を見かけたことから, ふたたび大事件にまきこまれ, 捜査にのりだす。小学5・6年以上。

『川のほとりのおもしろ荘』 アストリッド・リンドグレーン作, 石井登志子訳 岩波書店 2011.4 380p 18cm （岩波少年文庫 195） 800円 ①978-4-00-114195-5〈原書名：Madicken och junibackens pims〉

[内容] またまたマディケン, 大かつやく！ 雄牛におそわれ, 木の上でピクニックしたり, 貧しいクラスメイトをかばい, なかよくなってシラミとりではしゃいだり…。もちまえの正義感とゆかいな思いつきで, みんなと過ごす一年を描きます。小学3・4年以上。

『さすらいの孤児ラスムス』 アストリッド・リンドグレーン作, 尾崎義訳 岩波書店 2003.2 320p 18cm （岩波少年文庫） 720円 ①4-00-114105-1〈原書名：Rasmus på luffen〉

[内容] 孤児院をぬけだした少年ラスムスは, アコーディオンをかなでる陽気な風来坊オスカルに出会い, いっしょに旅をします。ところが, ラスムスがピストル強盗事件の現場を見てしまったことから, ふたりは犯人に命をねらわれてしまいます。小学4・5年以上。

『山賊のむすめローニャ』 アストリッド・リンドグレーン作, 大塚勇三訳 岩波書店 2001.10 375p 18cm （岩波少年文庫） 760円 ①4-00-114092-6〈原書名：Ronja rovardotter〉

[内容] 落雷でまっぷたつになった古城に, 2組の山賊が住んでいました。片方の首領にはひとり娘のローニャが, もう一方にはひとり息子のビルクがいました。仲よくなった2人は, 争ってばかりいる親たちを仲直りさせようとしますが…。小学4・5年以上。

『長くつしたのピッピ』 リンドグレーン作, 木村由利子訳, 安藤由紀絵 ポプラ社 1990.4 198p 18cm （ポプラ社文庫） 470円 ①4-591-03497-6

[内容] あたし, ピッピ。町のはずれの「でんでん荘」にひっこしてきたばかり。にんじん色のおさげと長くつした, 肩にのせた, オナガザルのミスター・ニルソンが目じるしです。友だちになれるよ, ね？

『長くつしたのピッピ』 リンドグレーン作, 木村由利子訳 ポプラ社 2005.10 198p 18cm （ポプラポケット文庫 404-1） 570円 ①4-591-08843-X〈原書名：Pippi langstrump〉

[内容] 町のはずれのぼろ家に, 小さな女の子がひとりで住んでいる。名前はピッピ・ナガクツシタ。いっしょにいるのは, ミスター・ニルソンという小ざると馬が一頭。それから, 金貨がぎっしりつまったかばんを持っています。そんな小さな女の子がひとりでだいじょうぶなのかって？ だいじょうぶなんです。ピッピは世界一力持ちのスーパーガールなんですから。

『長くつ下のピッピ』 リンドグレーン著, 尾崎義訳 講談社 1983.5 155p

15cm （講談社文庫） 240円 Ⓘ4-06-183064-3〈原書名：Pippi Langstrump〉

『長くつ下のピッピ』 リンドグレーン作，下村隆一訳 偕成社 1988.3 233p 19cm （偕成社文庫） 450円 Ⓘ4-03-550840-3
[内容] 小さな町のふるぼけた家に，奇妙なかっこうの女の子が一人ひっこしてきた。名まえはピッピ。まだ，9歳なのに大金持ちで，おまけに，世界一の力持ち！ スウェーデンで生まれた「世界のアイドル」登場。

『長くつ下のピッピ』 リンドグレーン作，大塚勇三訳 岩波書店 1990.7 263p 18cm （岩波少年文庫） 570円 Ⓘ4-00-111047-4〈原書名：Pippi langstrump〉
[内容] 世界一つよい女の子ピッピのとびきりゆかいな物語。サルといっしょに自由気ままに暮らしているピッピは，子どもたちのあこがれのまと。ピッピの天真らんまんな活躍ぶりを描きます。小学中級以上。

『長くつ下のピッピ』 アストリッド・リンドグレーン作，尾崎義訳，和地あつを絵 講談社 1993.12 365p 18cm （講談社青い鳥文庫） 690円 Ⓘ4-06-147391-3
[内容] 町はずれの一軒家で自由きままにくらしている赤毛の女の子ピッピ。家族はさるのニルソンくんと馬だけ。だから，大きらいな学校になんかいかなくても平気。お金もちでそのうえ犬の力もち，いじめっ子もまとめてなげとばす世界一強い女の子ピッピのゆくところ，わくわくどきどきのすてきな事件がつぎつぎと…。小学中級から。

『長くつ下のピッピ』 アストリッド・リンドグレーン作，大塚勇三訳 新版 岩波書店 2000.6 239p 18cm （岩波少年文庫） 680円 Ⓘ4-00-114014-4〈原書名：Pippi Langstrump〉

『長くつ下のピッピ』 アストリッド・リンドグレーン著，大塚勇三訳 新版 岩波書店 2005.6 239p 18cm （岩波少年文庫） 680円 Ⓘ4-00-114014-4〈8刷〉
[内容] 世界一強い女の子ピッピのとびきりゆかいな物語。となりの家に住むトミーとアンニカは，ごたごた荘でサルといっしょに自由気ままに暮らしているピッピがうらやましくてなりません。ピッピの天真らんまんな活躍ぶりを描きます。小学3・4年以上。

『長くつ下のピッピ—新訳』 アストリッド・リンドグレーン作，冨原眞弓訳，もけお絵 アスキー・メディアワークス 2013.7 214p 18cm （角川つばさ文庫 Eり1-1） 560円 Ⓘ978-4-04-631334-8〈原書名：Pippi Långstrump 発売：KADOKAWA〉
[内容] 女の子がひとり，サルと馬をつれ，町外れのボロ家にひっこしてきました。名前はピッピ。親がいない，学校に行ったこともない，ちょっとかわこれた子です。大人たちは「子どもがひとりぐらしなんて」と施設に送ろうとしますが，大きなおせわ！ だってピッピは，とびきり大金持ちで力持ちなんですから!! 牛も馬もどろぼうもおまわりさんもヒョイとかつげる，世界一つよい女の子の痛快ハチャメチャ・ストーリー！ 絵88点。小学中級から。

『長くつ下のピッピ—新訳 〔2〕 船にのる』 アストリッド・リンドグレーン作，もけお絵 木村由利子訳 KADOKAWA 2014.1 200p 18cm （角川つばさ文庫 Eり1-2） 600円 Ⓘ978-4-04-631370-6〈原書名：Pippi Långstrump：Går Ombord 前巻までの出版者：アスキー・メディアワークス〉
[内容] 大金持ちでバカのへんてこな女の子ピッピ。実はまだ，あのボロ家で一人ぐらししてるんです。動物園から脱出した凶暴なトラとはち合わせたり，無人島へ遭難ごっこしにいってほんとに遭難したりと，おかしな事件の連続。おかげで仲良しのトミーとアンニカの毎日はハチャメチャです。そんな，死んだはずのパパが帰ってきて，ピッピは二人の下をはなれ，船にのることに…。笑って泣ける感動の物語，絵68点の第2巻！ 小学中級から。

『はるかな国の兄弟』 アストリッド・リンドグレーン作，大塚勇三訳 岩波書店 2001.6 355p 18cm （岩波少年文庫） 760円 Ⓘ4-00-114085-3〈原書名：Broderna lejonhjarta〉

『はるかな国の兄弟』 アストリッド・リンドグレーン著，大塚勇三訳 岩波書店 2007.3 355p 18cm （岩波少年文庫） 760円 Ⓘ4-00-114085-3〈原書名：BRODERNA LEJONHJARTA 第3刷〉
[内容] やさしくて強い兄ヨナタンと，ひたすら兄をしたうカール。はるかな国ナンギヤラへやってきた二人は，怪物カトラをあやつり村人を苦しめている黒の騎士テンギルに立ち向かっていった。勇敢な兄弟の姿を，叙事詩風に描いた作品。小学4・5年以上。

『ピッピ船にのる』 アストリッド・リンド

グレーン作, 大塚勇三訳　岩波書店　2000.6　235p　18cm　(岩波少年文庫)　680円　①4-00-114015-2〈原書名：Pippi Langstrump gar ombord〉

『ピッピ船にのる』　アストリッド・リンドグレーン著, 大塚勇三訳　岩波書店　2005.5　235p　18cm　(岩波少年文庫)　680円　①4-00-114015-2〔7刷〕
|内容| 学校でも、お祭りでも、ピッピが顔を出すと、いつもゆかいな大さわぎがおこります。ある日、行方不明だったピッピの父エフライム船長がごたごた荘に帰ってきて、二人は感激の再会をしました。世界一強い女の子ピッピの第2話。小学3・4年以上。

『ピッピ南の島へ』　アストリッド・リンドグレーン作, 大塚勇三訳　岩波書店　2000.8　215p　18cm　(岩波少年文庫)　680円　①4-00-114016-0〈原書名：Pippi langstrump i soderhavet〉
|内容| 自由な生活を楽しんでいる世界一強い女の子ピッピは、こんどは友だちのトミーとアンニカ、なかよしの馬やサルも連れて、南太平洋のクレクレドット島に出かけます。子どもたちの南の島での大冒険を描く、ますます楽しい第3話。

『ミオよわたしのミオ』　アストリッド・リンドグレーン作, 大塚勇三訳　岩波書店　2001.3　275p　18cm　(岩波少年文庫)　680円　①4-00-114080-2〈原書名：Mio, min mio〉
|内容| みなしごとしてつらい日々を送っていた少年ボッセは、ある夜、別世界「はるかな国」へ迷い込みます。王子ミオとなり、白馬とともに残酷な騎士カトーと戦う少年の耳にひびいてきたのは、王である父の声でした。心ゆさぶる美しい物語。小学3・4年以上。

『名探偵カッレくん』　A.リンドグレーン作, 尾崎義訳　第27刷改版　岩波書店　1986.11　277p　18cm　(岩波少年文庫)　①4-00-113051-3〈原書名：Mästerdetektiven blomkvist〉

『名探偵カッレくん』　アストリッド・リンドグレーン作, 尾崎義訳　新版　岩波書店　2005.2　270p　18cm　(岩波少年文庫)　680円　①4-00-114121-3〈原書名：Masterdetektiven Blomkvist〉
|内容| 名探偵を夢見るカッレくんは、ある日エイナルおじさんの怪しい行動に第六感を働かせ、捜査を始めます。宝石窃盗団に迫ったカッレくんは、仲良しのアンデス、エーヴァ・ロッタとともにお城の地下室に閉じこめられてしまいますが…。小学5・6年以上。

『名探偵カッレとスパイ団』　アストリッド・リンドグレーン作, 尾崎義訳　新版　岩波書店　2007.5　302p　18cm　(岩波少年文庫123)　720円　①978-4-00-114123-8〈原書名：Kalle blomkvist och rasmus〉
|内容| バラ戦争を続行中の白バラ軍は、有名な工学博士を父にもつ5歳の少年、ラスムスの誘かい事件にまきこまれる。スパイ団のアジトの島へ連れさられたラスムスやエーヴァ・ロッタを救うため、カッレくんがまたまた大活躍。

『やかまし村の子どもたち』　アストリッド・リンドグレーン作, 大塚勇三訳　岩波書店　2005.6　185p　18cm　(岩波少年文庫128)　640円　①4-00-114128-0〈原書名：Alla vi barn i Bullerbyn〉
|内容| やかまし村には、家が3軒きりで、子どもは男の子と女の子が3人ずつ、ぜんぶで6人しかいません。でも、たいくつすることなんてありません。ひみつの手紙をやりとりしたり、かくれ小屋をつくったり、毎日楽しいことがいっぱい！　小学3・4年以上。

『やかまし村の春・夏・秋・冬』　アストリッド・リンドグレーン作, 大塚勇三訳　岩波書店　2005.12　220p　18cm　(岩波少年文庫129)　640円　①4-00-114129-9〈原書名：Mera om oss barn i Bullerbyn〉
|内容| やかまし村はスエーデンの小さな農村。クリスマスにはショウガ入りクッキーを焼き、復活祭には卵パーティーで大もりあがり！　夏休みには宝物をさがしに湖の島へ。子どもたちの四季おりおりの遊びやくらしを、いきいきと描きます。小学3・4年以上。

『やかまし村はいつもにぎやか』　アストリッド・リンドグレーン作, 大塚勇三訳　岩波書店　2006.12　238p　18cm　(岩波少年文庫130)　640円　①4-00-114130-2〈原書名：Bara roligt i bullerbyn〉
|内容| やかまし村の子どもたちは、楽しいことを見つける天才！　リーサが子ヒツジを学校へ連れていったり、みんなでオッレの歯をぬく作戦をたてたり、宝箱をめぐって男の子と女の子がかけひきをしたり…陽気な話がつづきます。小学3・4年以上。

『わたしたちの島で』　アストリッド・リン

ドグレーン作, 尾崎義訳　岩波書店　2014.5　476p　18cm　（岩波少年文庫222）　920円　①978–4–00–114222–8　〈原書名：VI PÅ SALTKRÅKAN〉

[内容] ウミガラス島にやってきた、メルケルソン一家。父親と4人の子どもたちは、海辺での遊びや動物に大はしゃぎ。元気な島の女の子チョルベンと、その忠実な犬の水夫さんともすぐに仲良しになります。島での輝きあふれる毎日を描きます。小学5・6年以上。

ル＝グウィン, アーシュラ・K.
Le Guin, Ursula K.
《1929〜》

『帰ってきた空飛び猫』アーシュラ・K. ル＝グウィン著, 村上春樹訳, S.D.シンドラー絵　講談社　1996.11　94p　15cm　（講談社文庫）　640円　①4–06–263370–1　〈原書名：Catwings return〉

[内容] 平和な森でのびのびと暮らすセルマ、ロジャー、ジェームス、そしてハリエットの仲よし4兄弟。喧嘩の街に残るお母さんが気になって飛んでいってみると——。こわされる直前のビルのかげに小さな翼をもった影。それがジェーン、彼らの小さな妹だったなんて。『空飛び猫』につづいて、おたのしみください。

『ゲド戦記　1　影との戦い』アーシュラ・K. ル＝グウィン作, 清水真砂子訳　岩波書店　2009.1　318p　18cm　（岩波少年文庫588）　720円　①978–4–00–114588–5　〈原書名：A wizard of Earthsea〉

[内容] アースシーのゴント島に生まれた少年ゲドは、自分に並はずれた力がそなわっているのを知り、真の魔法を学ぶためロークの学院に入る。進歩は早かった。得意になったゲドは、禁じられた魔法で、自らの"影"を呼び出してしまう。中学以上。

『ゲド戦記　2　こわれた腕環』アーシュラ・K. ル＝グウィン作, 清水真砂子訳　岩波書店　2009.1　259p　18cm　（岩波少年文庫589）　680円　①978–4–00–114589–2　〈原書名：The tombs of Atuan〉

[内容] ゲドが"影"と戦ってから数年後、アースシーの世界では、島々の間に争いが絶えない。ゲドは、平和をもたらす力をもつエレス・アクベの腕環を求めて、アチュアンの墓所へおもむき、暗黒の地下迷宮を守る大巫女の少女アルハと出会う。中学以上。

『ゲド戦記　3　さいはての島へ』アーシュラ・K. ル＝グウィン作, 清水真砂子訳　岩波書店　2009.2　365p　18cm　（岩波少年文庫590）　760円　①978–4–00–114590–8　〈原書名：The farthest shore〉

[内容] ゲドのもとに、ある国の王子が知らせをもってきた。魔法の力が衰え、人々は無気力になり、死の訪れを待っているようだという。いったい何者のしわざか。ゲドと王子は敵を求めて旅立つが、その正体はわからない。ゲドは覚悟を決める。中学以上。

『ゲド戦記　4　帰還』アーシュラ・K. ル＝グウィン作, 清水真砂子訳　岩波書店　2009.2　398p　18cm　（岩波少年文庫591）　760円　①978–4–00–114591–5　〈原書名：Tehanu〉

[内容] ゴント島で一人暮らすテナーは、魔法の力を使い果たしたゲドと再会する。大やけどを負った少女も加わった共同生活がはじまり、それぞれの過去がこだましあう。やがて三人は、領主の館をめぐる陰謀に巻き込まれるが…。

『ゲド戦記　5　ドラゴンフライ——アースシーの五つの物語』アーシュラ・K. ル＝グウィン作, 清水真砂子訳　岩波書店　2009.3　558p　18cm　（岩波少年文庫592）　920円　①978–4–00–114592–2　〈原書名：Tales from Earthsea〉

[目次] カワウソ. ダークローズとダイヤモンド. 地の骨. 湿原で. ドラゴンフライ. アースシー解説

[内容] ある少女が、自分の持つ力をつきとめるため、大賢人不在の魔法の学院ロークを訪れる。表題作を含む、アースシー世界を鮮やかに映し出す五つの物語と、作者自身による詳細な解説を収録する。

『ゲド戦記　6　アースシーの風』アーシュラ・K. ル＝グウィン作, 清水真砂子訳　岩波書店　2009.3　386p　18cm　（岩波少年文庫593）　760円　①978–4–00–114593–9　〈原書名：The other wind〉

[内容] 故郷で暮らすゲドのもとを、まじない師のハンノキが訪れ、奇妙な夢の話をする。そのころ、ふたたび竜が暴れ出し、アースシーにかつてない緊張が走る。世界を救うのは誰か。レバンネン王は、テハヌーたちとロークへ向かった——。

『素晴らしいアレキサンダーと、空飛び猫たち』アーシュラ・K. ル・グウィン著, 村上春樹訳, S.D.シンドラー絵　講談社

2000.8　94p　15cm　(講談社文庫)　629円　①4-06-264875-X〈原書名：Wonderful Alexander and the catwings〉

内容 樹から下りるのが苦手なファービー家のアレキサンダーは空飛び猫兄妹の末娘ジェーンに助けられ、新メンバーになりました。街でのとっても恐ろしい体験から口がきけなくなっていたジェーンは、アレキサンダーの包容力ですっかりおしゃべりができるようになりました。ね、アレキサンダーってすごいでしょ。

『空を駆けるジェーン』 アーシュラ・K.ル=グウィン著, 村上春樹訳, S.D.シンドラー絵　講談社　2005.3　82p　15cm　(講談社文庫)　629円　①4-06-275032-5〈原書名：Jane on her own〉

内容 翼を持った6匹の猫たちは、納屋の前の庭でのんびり平和に暮らしていました。ところが、ジェーンは同じことのくりかえしでしかない毎日に物足りなさを感じていました。彼女はある日、冒険に出かけます。いくつもの農場の上を飛び、たどり着いた都会で彼女を待っていたものは。『空飛び猫』シリーズ第4弾。

『空飛び猫』 アーシュラ・K.ル=グウィン著, 村上春樹訳, S.D.シンドラー絵　講談社　1996.4　78p　15cm　(講談社文庫)　620円　①4-06-263210-1〈原書名：Catwings〉

内容 仲よし四兄弟、セルマ、ロジャー、ジェームス、ハリエットは、お母さんもため息をついたくらい、翼をはやして生まれてきた猫たちです。荒れた町から森へ飛んでいった彼らはハンクとスーザンの心やさしい兄妹に出会うのですが。ル=グウィンの世界を村上春樹さんが美しい日本語に翻訳した素敵な童話です。

ロビンソン, ジョーン・G.
Robinson, Joan G.
《1910～1988》

『思い出のマーニー　上』 ジョーン・ロビンソン作, 松野正子訳　岩波書店　1995.6　213p　18cm　(岩波少年文庫)　600円　①4-00-112091-7〈原書名：When Marnie was there　第9刷(第1刷：1980年)〉

『思い出のマーニー　下』 ジョーン・ロビンソン作, 松野正子訳　岩波書店　1995.6　201p　18cm　(岩波少年文庫)　600円　①4-00-112092-5〈原書名：When Marnie was there　第9刷(第1刷：1980年)〉

『思い出のマーニー　上』 ジョーン・ロビンソン作, 松野正子訳　新版　岩波書店　2003.7　238p　18cm　(岩波少年文庫)　640円　①4-00-114110-8〈原書名：When Marnie was there〉

内容 養い親のもとを離れ、転地のため海辺の村の老夫婦にあずけられた少女アンナ。孤独なアンナは、同い年の不思議な少女マーニーと友だちになり、毎日二人で遊びます。ところが、村人はだれもマーニーのことを知らないのでした。小学5・6年以上。

『思い出のマーニー　下』 ジョーン・ロビンソン作, 松野正子訳　新版　岩波書店　2003.7　225p　18cm　(岩波少年文庫)　640円　①4-00-114111-6〈原書名：When Marnie was there〉

内容 ある日、マーニーは、無人のさびしい風車小屋でアンナを置き去りにし、姿を消しました。彼女をさがすうちにアンナは、マーニーの思いがけない秘密を知りました…。ドラマチックな体験をした思春期の少女の物語。小学5・6年以上。

『思い出のマーニー――新訳』 ジョーン・G.ロビンソン作, 越前敏弥, ないとうふみこ訳, 戸部淑絵　KADOKAWA　2014.7　347p　18cm　(角川つばさ文庫 Eろ2-1)　740円　①978-4-04-631432-1〈原書名：WHEN MARNIE WAS THERE〉

内容 わたしはアンナ。両親はいない。誰もわたしを好きじゃないし、わたしだって誰も好きじゃない。だけど、しばらく過ごすことになった海辺の村で、生まれてはじめて大好きな友だちができた！マーニーはきれいな金髪の、とても不思議な女の子。わたしたちが仲良しなことは、二人だけのひみつだ。けれど、嵐の日、マーニーは消えてしまい…!?二人の少女に起きた魔法のような奇跡。愛と感動あふれる運命の物語！　小学上級から。

『思い出のマーニー――新訳』 ジョーン・G.ロビンソン作, 越前敏弥, ないとうふみこ訳　KADOKAWA　2014.7　355p　15cm　(角川文庫 ロ14-1)　520円　①978-4-04-102071-5〈原書名：WHEN MARNIE WAS THERE〉

内容 家族を亡くしたアンナは、やさしいプレストン夫妻のもとで暮らしている。ところがすべてに無気力で友だちもできない。心配したミセス・プレストンの計らいで、アンナ

『思い出のマーニー』 ジョーン・G.ロビンソン著, 高見浩訳 新潮社 2014.7 362p 16cm （新潮文庫 ロ-17-1） 550円 ①978-4-10-218551-3〈原書名：WHEN MARNIE WAS THERE〉

内容 みんなは"内側"の人間だけど、自分は"外側"の人間だから―心を閉ざすアンナ。親代わりのプレストン夫妻のからいで、自然豊かなノーフォークでひと夏を過ごすことになり、不思議な少女マーニーに出会う。初めての親友を得たアンナだったが、マーニーは突然姿を消してしまい…。やがて、一冊の古いノートが、過去と未来を結ぶ奇跡を呼び起こす。イギリス児童文学の名作。

はひと夏を海辺の田舎町で暮らすことに。そこでアンナはマーニーというとても不思議な女の子に出会う。アンナを大きく変える、奇跡の物語の始まりだった。愛と友情と少女の成長を描く感動の名作が、越前敏弥・ないとうふみこによる、読みやすい新訳で登場！

ロフティング, ヒュー
Lofting, Hugh
《1886~1947》

『ささやき貝の秘密』 ヒュー・ロフティング作, 山下明生訳 岩波書店 1996.6 329p 18cm （岩波少年文庫） 700円 ①4-00-112134-4〈原書名：The twilight of magic〉

『ドリトル先生』 ロフティング作, 小林みき訳 ポプラ社 2009.9 171p 18cm （ポプラポケット文庫 427-1） 570円 ①978-4-591-11142-0〈原書名：The story of Doctor Dolittle〉

内容 動物のお医者さんになったドリトル先生は、アフリカのサルたちの病気をなおすため、イギリスから出航します。でも、アフリカでは、先生をつかまえようとする王たちや、猛獣たちがいて、困難と危険がいっぱい。世界中の子どもたちに親しまれている名作。

『ドリトル先生アフリカへいく』 ロフティング著, 飯島淳秀訳 講談社 1981.4 167p 15cm （講談社文庫） 240円

『ドリトル先生アフリカへ行(い)く―新訳』 ヒュー・ロフティング作, 河合祥一郎訳, patty絵 アスキー・メディアワークス 2011.5 183p 18cm （角川つばさ文庫 Eろ1-1） 560円 ①978-4-04-631147-4〈原書名：The story of Doctor Dolittle〉 発売：角川グループパブリッシング〉

内容 ドリトル先生は動物のことばが話せる、世界でただひとりのお医者さん。でも患者は動物ばかりで人はよりつかず、いつもびんぼう。ある日、ジャングルのサルの間で広がる、おそろしい伝染病の話を聞き、友だちのオウム、子ブタ、アヒル、犬、ワニたちと、船でアフリカへとむかいます。海ぞくとの対決、世にもめずらしい生き物との出会い…。世界中の子どもと動物に愛されるお医者さんの冒険が、42点の楽しい絵と新訳でどうぞ！ 小学中級から。

『ドリトル先生アフリカゆき』 ヒュー・ロフティング作, 井伏鱒二訳 改版 岩波書店 1994.9 228p 18cm （岩波少年文庫―ドリトル先生物語 1） 600円 ①4-00-111021-0〈原書名：The story of Doctor Dolitle 第44刷（第1刷：1951年）〉

『ドリトル先生アフリカゆき』 ヒュー・ロフティング作, 井伏鱒二訳 新版 岩波書店 2000.6 252p 18cm （岩波少年文庫） 680円 ①4-00-114021-7〈原書名：The story of Doctor Dolittle〉

『ドリトル先生航海記』 ロフティング著, 井伏鱒二訳 講談社 1979.1 325p 15cm （講談社文庫） 340円

『ドリトル先生航海記』 ヒュー・ロフティング作, 井伏鱒二訳 改版 岩波書店 1995.1 378p 18cm （岩波少年文庫―ドリトル先生物語 2） 700円 ①4-00-111022-9〈原書名：The voyages of Doctor Dolittle 第33刷（第1刷：1960年）〉

『ドリトル先生航海記』 ヒュー・ロフティング作, 井伏鱒二訳 新版 岩波書店 2000.6 391p 18cm （岩波少年文庫） 760円 ①4-00-114022-5〈原書名：The voyages of Doctor Dolittle〉

『ドリトル先生航海記』 ヒュー・ロフティング著, 井伏鱒二訳 新版 岩波書店 2005.5 391p 18cm （岩波少年文庫） 760円 ①4-00-114022-5〈7刷〉

内容 トミー少年や動物たちをつれて航海に出たドリトル先生は、漂流するクモサル島に上陸。島民の敵をやっつけて島の王さまに選ばれたりしますが、やがて大カタツムリのにもぐって帰国します。小学3・4年以上。

ロフティング

『ドリトル先生航海記―新訳』 ヒュー・ロフティング作, 河合祥一郎訳, patty絵 アスキー・メディアワークス 2011.7 411p 18cm （角川つばさ文庫 Eろ1-2） 740円 ⓘ978-4-04-631148-1〈原書名：The voyages of Doctor Dolittle 発売：角川グループパブリッシング〉

内容 動物とお話ができるお医者さん、ドリトル先生。博物学者でもある先生は、世界中を探検します。今回は、海をぷかぷか流されていくクモザル島をめざす船の旅。助手の少年トミーやおなじみの動物たちと、なぞの大学者ロング・アローをさがします。世にもめずらしいカブトムシも大発見!? 裁判でブルドッグの証言を通訳したり、巨大カタツムリと海底旅行したりと、ゆかいなお話がいっぱい。さし絵68点の第2巻。小学中級から。

『ドリトル先生月へゆく』 ヒュー・ロフティング作, 井伏鱒二訳 改版 岩波書店 1995.1 246p 18cm （岩波少年文庫―ドリトル先生物語 8） 650円 ⓘ4-00-111028-8〈原書名：Doctor Dolittle in the moon 第35刷（第1刷：1955年）〉

『ドリトル先生月へゆく』 ヒュー・ロフティング作, 井伏鱒二訳 新版 岩波書店 2000.11 257p 18cm （岩波少年文庫） 680円 ⓘ4-00-114028-4〈原書名：Doctor Dolittle in the moon〉

内容 巨大なガにのって月へ着陸したドリトル先生たちは、月世界を探検します。そこでは動物も植物も平和な生活をおくっていました。住民たちと話をかわせるようになり、先生は診療所をひらいて大活躍。ドリトル先生物語8。小学3・4年以上。

『ドリトル先生月から帰る』 ヒュー・ロフティング作, 井伏鱒二訳 岩波書店 1994.12 280p 18cm （岩波少年文庫―ドリトル先生物語 9） 650円 ⓘ4-00-111029-6〈原書名：Doctor Dolittle's return 第25刷（第1刷：1979年）〉

『ドリトル先生月から帰る』 ヒュー・ロフティング作, 井伏鱒二訳 新版 岩波書店 2000.11 293p 18cm （岩波少年文庫） 720円 ⓘ4-00-114029-2〈原書名：Doctor Dolittle's return〉

内容 月へ行ったきりのドリトル先生の帰りを待ちわびていた動物たちは、月蝕の晩、ついに月からの合図を見つけます。ところが、大きなバッタにのって帰ってきた先生は、なんと6メートル近い巨人になっていました。ドリトル先生物語9。小学3・4年以上。

『ドリトル先生月から帰る―新訳』 ヒュー・ロフティング作, 河合祥一郎訳, patty絵 KADOKAWA 2013.12 279p 18cm （角川つばさ文庫 Eろ1-9） 660円 ⓘ978-4-04-631293-8〈原書名：Doctor Dolittle's Return〉

内容 トミー少年が、先生を月に残して一人で地球に帰ってくると、おうちはすっかり荒れ放題。やっぱり先生がいないとダメなんだ！ 動物たちとお庭を手入れしたり、お金をかせいだりしながら、トミーはひたすら先生の帰りを待ちます。ある月食の晩、ついに月にのろしがあがり、先生が巨大バッタに乗って帰ってきました！ えっ、この6m近くある巨人が先生?? しかもお土産は、みんな恐がる…月のネコ!? 絵64点の第9巻！ 小学中級から。

『ドリトル先生と月からの使い』 ヒュー・ロフティング作, 井伏鱒二訳 岩波書店 1994.9 318p 18cm （岩波少年文庫―ドリトル先生物語 7） 700円 ⓘ4-00-111027-X〈原書名：Doctor Dolittle's garden 第24刷（第1刷：1979年）〉

『ドリトル先生と月からの使い』 ヒュー・ロフティング作, 井伏鱒二訳 新版 岩波書店 2000.11 332p 18cm （岩波少年文庫） 720円 ⓘ4-00-114027-6〈原書名：Doctor Dolittle's garden〉

内容 ガやチョウなどの虫語の研究に熱中していたドリトル先生のところに、ある晩、家くらいもある巨大なガがあらわれました。このガが月の世界から来たのだと知って、先生は月へゆく決心をします。ドリトル先生物語7。小学3・4年以上。

『ドリトル先生と月からの使い―新訳』 ヒュー・ロフティング作, 河合祥一郎訳, patty絵 アスキー・メディアワークス 2013.3 313p 18cm （角川つばさ文庫 Eろ1-7） 680円 ⓘ978-4-04-631291-4〈原書名：Doctor Dolittle's Garden 発売：角川グループパブリッシング〉

内容 ドリトル家には楽しい動物の施設がいっぱい。なかでも犬の教授の博物館では、変わった発掘品が集められ、ちょんまげ犬の物語など、毎晩ゆかいなお話会がひらかれます。一方、虫語の研究に夢中な先生が、ハエの館を作りたいと言いだして、アヒルの家政婦はかんかん！ そんなある日、お庭になぞの巨大生物がまいおります。えっ、先生をむかえに

ロフティング

きた月からの使い!? さあ、いよいよ月への大冒険がはじまります。絵67点、第7巻！ 小学中級から。

『ドリトル先生と秘密の湖 上』 ヒュー・ロフティング作, 井伏鱒二訳 岩波書店 1994.9 240p 18cm （岩波少年文庫―ドリトル先生物語 10） 650円 ⓃC4–00–111030–X〈原書名：Doctor Dolittle and the secret lake 第23刷（第1刷：1979年）〉

『ドリトル先生と秘密の湖 下』 ヒュー・ロフティング作, 井伏鱒二訳 岩波書店 1994.11 275p 18cm （岩波少年文庫―ドリトル先生物語 11） 650円 ⓃC4–00–111031–8〈原書名：Doctor Dolittle and the secret lake 第24刷（第1刷：1979年）〉

『ドリトル先生と秘密の湖 上』 ヒュー・ロフティング作, 井伏鱒二訳 新版 岩波書店 2000.11 244p 18cm （岩波少年文庫） 680円 ⓃC4-00-114030-6 〈原書名：Doctor Dolittle and the secret lake〉
内容 大ガメのドロンコは、大地震で、アフリカの「秘密の湖」に生き埋めになってしまいました。長生きの薬の研究にいきづまっていたドリトル先生は、ワニの協力で、無事ドロンコを助け出します。ドリトル先生物語10。小学3・4年以上。

『ドリトル先生と秘密の湖 下』 ヒュー・ロフティング作, 井伏鱒二訳 新版 岩波書店 2000.11 288p 18cm （岩波少年文庫） 680円 ⓃC4-00-114031-4 〈原書名：Doctor Dolittle and the secret lake〉
内容 ドリトル先生に救出された大ガメのドロンコが明かす、大昔の地球の雄大な物語。大洪水がおきたときのノアの箱舟のようすや、動物が主人になったゾウ王国でのできごとなど、新しい世界のはじまりが語られます。ドリトル先生物語11。小学3・4年以上。

『ドリトル先生と秘密の湖―新訳 上』 ヒュー・ロフティング作, 河合祥一郎訳, patty絵 KADOKAWA 2014.7 267p 18cm （角川つばさ文庫） 660円 ⓃC978-4-04-631434-5〈原書名：Doctor Dolittle and the Secret Lake〉
内容 『ドリトル先生の郵便局』に登場した、秘密の湖にすむ世界最古の生き物をおぼえていますか？ そのナゾの生き物どろがおが、なんと地震で生きうめに！ 先生と動物たちは、どろがおをすくうため、なつかしのファンティッポ王国へ船の旅にでかけます。そこで、むかしドリトル先生のおうちで飼っていたワニのジムと再会し、ものすごい救出作戦にのりだすのですが…。どろがおの運命は？ 作者の遺作となった大長編！ 絵52点の第10巻。小学中級から。

『ドリトル先生と秘密の湖―新訳 下』 ヒュー・ロフティング作, 河合祥一郎訳, patty絵 KADOKAWA 2014.8 313p 18cm （角川つばさ文庫 Eロ1-11） 680円 ⓃC978-4-04-631435-2〈原書名：Doctor Dolittle and the Secret Lake〉
内容 さあ、世界最古の巨大生物どろがおが、聖書にもある有名な「ノアの箱舟」の物語の真相をついに語りはじめます。何千年も前の大洪水で、ノアの家族をのぞいて、人類はすべてほろんでしまったはずですが、生きのこってた人がいたなんて…。えっ、人間はゾウのどれいだった？ アメリカ大陸を発見したのはカラス？ 先生もびっくりのおどろきの新事実が明らかに！ 動物たちが命がけで人間をすくう、大感動の第11巻！ 絵58点。小学中級から。

『ドリトル先生と緑のカナリア』 ヒュー・ロフティング作, 井伏鱒二訳 岩波書店 1994.10 379p 18cm （岩波少年文庫―ドリトル先生物語 12） 700円 ⓃC4-00-111032-6〈原書名：Doctor Dolittle and the green canary 第23刷（第1刷：1979年）〉

『ドリトル先生と緑のカナリア』 ヒュー・ロフティング作, 井伏鱒二訳 新版 岩波書店 2000.11 392p 18cm （岩波少年文庫） 760円 ⓃC4-00-114032-2 〈原書名：Doctor Dolittle and the green canary〉
内容 カナリア・オペラのプリマドンナ、ピピネラの一生をくわしく語る伝記。最初に飼われていた宿屋からお城につれていかれたピピネラは、さらに数奇な運命をたどりますが、やがてドリトル先生に助けられます。ドリトル先生物語12。小学3・4年以上。

『ドリトル先生と緑のカナリア―新訳』 ヒュー・ロフティング作, 河合祥一郎訳, patty絵 KADOKAWA 2015.8 369p 18cm （角川つばさ文庫 Eロ1-12） 740円 ⓃC978-4-04-631532-8〈原書名：Doctor Dolittle and Green Canary〉

|内容| 天才カナリア歌手のピピネッラ。多くは語られずにきた、その波乱万丈な人生（かごの鳥なのに）が今あきらかに！ 軍のマスコットから毒ガス探知係までこなし、出産、初恋（！）、そして命がけで海をわたる!? 世界の果てでピピネッラが最後に願ったのは「人間に会いたい！」でした。先生と動物たちは行方不明の元飼い主のおにいさんを探しますが、おにいさんは正義のために外国政府に追われ…。絵62点、涙涙の第12巻！ 小学中級から。

『ドリトル先生のキャラバン』 ヒュー・ロフティング作, 井伏鱒二訳 改版 岩波書店 1994.11 333p 18cm （岩波少年文庫―ドリトル先生物語 6） 700円 ①4-00-111026-1〈原書名：Doctor Dolittle's caravan 第33刷（第1刷：1953年）〉

『ドリトル先生のキャラバン』 ヒュー・ロフティング作, 井伏鱒二訳 新版 岩波書店 2000.6 345p 18cm （岩波少年文庫） 720円 ①4-00-114026-8〈原書名：Doctor Dolittle's caravan〉

『ドリトル先生のキャラバン―新訳』 ヒュー・ロフティング作, 河合祥一郎訳, patty絵 アスキー・メディアワークス 2012.11 331p 18cm （角川つばさ文庫 Eろ1-6） 700円 ①978-4-04-631272-3〈原書名：Doctor Dolittle's Caravan 発売：角川グループパブリッシング〉

|内容| ドリトル・サーカスが大都会ロンドンでデビュー！ そこへ箱馬車でむかう道中、先生はカナリアの天才歌手と出会い、世界初の鳥のオペラをひらめきます！ フラミンゴやペリカンも歌っておどる、このとんでもない舞台は成功するでしょうか？ 他にも、野鳥を売りとばす悪人をこらしめようと先生が女装したり、お金持ちにされた犬が人間をやとって子守をさせたり、ゆかいなお話がめじろおし。びっくりどっきりの第6巻！ 小学中級から。

『ドリトル先生の最後の冒険―新訳』 ヒュー・ロフティング作, 河合祥一郎訳, patty絵 KADOKAWA 2015.11 327p 18cm （角川つばさ文庫 Eろ1-13） 700円 ①978-4-04-631533-5〈原書名：Doctor Dolittle's Puddleby Adventures 年譜あり〉

|目次| アムネツバメ、船乗り犬、ぶち、犬の救急車、カンムリサケビドリ、まいご、ゾウムシの幼虫のお話, 気絶した男の怪事件, ドリトル先生, パリでロンドンっ子と出会う

|内容| アフリカで命をうばわれるツバメたちを先生が助ける「アオムネツバメ」、自分を救ってくれた少年に命がけで恩返しする「船乗り犬」、犬たちが良かれと思って始めたのに大迷惑な騒動をまきおこす「犬の救急車」、探偵犬の推理が光る「気絶した男の怪事件」、つばさ文庫でしか読めない日本初公開の「ドリトル先生、パリでロンドンっ子と出会う」など、笑って泣いて感動する9つの短編をまとめた第13巻。絵68点とくわしい年表付き！ 小学中級から。

『ドリトル先生のサーカス』 ヒュー・ロフティング作, 井伏鱒二訳 改版 岩波書店 1994.11 403p 18cm （岩波少年文庫―ドリトル先生物語 4） 700円 ①4-00-111024-5〈原書名：Doctor Dolittle's circus 第38刷（第1刷：1952年）〉

『ドリトル先生のサーカス』 ヒュー・ロフティング作, 井伏鱒二訳 新版 岩波書店 2000.6 415p 18cm （岩波少年文庫） 800円 ①4-00-114024-1〈原書名：Doctor Dolittle's circus〉

『ドリトル先生のサーカス―新訳』 ヒュー・ロフティング作, 河合祥一郎訳, patty絵 アスキー・メディアワークス 2012.3 395p 18cm （角川つばさ文庫 Eろ1-4） 760円 ①978-4-04-631194-8〈原書名：Doctor Dolittle's circus 発売：角川グループパブリッシング〉

|目次| ドリトル先生、サーカスに入る, オットセイ脱出大作戦！, 先生が犯人!?, "口をきく馬"のびっくりショー, ガブガブは大スター

|内容| やっとおうちに帰ってきたドリトル先生。でもおさいふはすっからかん。もう動物たちとサーカス団に入るしかない!? ひさしぶりに会った妹のサラはびっくり。なんでお医者さまがサーカスに？ でもサーカスってたいへん！ 先生は、気の毒なオットセイを逃がそうとして殺人犯にまちがわれたり、アヒルがバレリーナになるゆかいな動物劇を上演したりと大いそがし。ついにドリトル・サーカスが誕生!? 絵70点の第4巻！ 小学中級から。

『ドリトル先生の楽しい家』 ヒュー・ロフティング作, 井伏鱒二訳 岩波書店 1995.1 314p 18cm （岩波少年文庫―ドリトル先生物語 13） 700円 ①4-00-111033 4〈原書名：Doctor Dolittle's puddleby adventures 第25刷（第1刷：1979

年)〉

『ドリトル先生の楽しい家』 ヒュー・ロフティング作, 井伏鱒二訳 新版 岩波書店 2000.11 324p 18cm (岩波少年文庫) 720円 ①4-00-114033-0〈原書名：Doctor Dolittle's puddleby adventure〉

|目次| 船乗り犬, ぶち, 犬の救急車, 気絶した男, カンムリサケビドリ, あおむネッツバメ, 虫ものがたり, 迷子の男の子

|内容| 船乗りに飼われていた犬のローバーが, 親切な少年の愛情にこたえて命がけの冒険をする「船乗り犬」など, 8つの短編。この本は, 作者ロフティングの死後に, 夫人が遺稿をまとめて一冊にしたものです。ドリトル先生物語13。小学3・4年以上。

『ドリトル先生の月旅行―新訳』 ヒュー・ロフティング作, 河合祥一郎訳, patty絵 アスキー・メディアワークス 2013.6 211p 18cm (角川つばさ文庫 Eろ1-8) 620円 ①978-4-04-631292-1〈原書名：Doctor Dolittle in the Moon 発売：角川グループホールディングス〉

|内容| 何者かに呼ばれ, ついに月までやってきた先生は, オウムのポリネシア, サルのチーチー, トミー少年と調査に乗りだします。行く先々で出会うのは, とんでもなく大きな動植物たち―巨大カブトムシや巨大コウノトリ, そしてぶきみな巨人の足あと。みんな, なぜかこそこそかくれて, こちらを見張っています。先生を呼んだのは, だれ？ やがて先生たちまで巨大化して…!? 史上最大のピンチがおとずれる, 絵53点の第8巻！ 小学中級から。

『ドリトル先生の動物園』 ヒュー・ロフティング作, 井伏鱒二訳 岩波書店 1994.10 321p 18cm (岩波少年文庫―ドリトル先生物語 5) 700円 ①4-00-111025-3〈原書名：Doctor Dolittle's zoo 第27刷(第1刷：1979年)〉

『ドリトル先生の動物園』 ヒュー・ロフティング作, 井伏鱒二訳 新版 岩波書店 2000.6 336p 18cm (岩波少年文庫) 720円 ①4-00-114025-X〈原書名：Doctor Dolittle's zoo〉

『ドリトル先生の動物園―新訳』 ヒュー・ロフティング作, 河合祥一郎訳, patty絵 アスキー・メディアワークス 2012.7 293p 18cm (角川つばさ文庫 Eろ1-5) 680円 ①978-4-04-631254-9〈原書名：Doctor Dolittle's Zoo 発売：角川グループパブリッシング〉

|内容| ついにドリトル先生が, 助手のトミー少年と, 世界でたった一つのおりのない動物園をはじめました！ ウサギ・アパートやリス・ホテル, アナグマ居酒屋まである, まさに夢の動物町。ここでは, 毎晩ネズミたちがおかしなお話会をひらいたり, キツネ署長が子ブタを逮捕したりと, びっくりゆかいの連続！ ところが, 大金持ちの遺産をめぐる事件に, 先生がまきこまれてしまい…。探偵犬とナゾをとけ！ わくわくの第5巻。

『ドリトル先生の郵便局』 ヒュー・ロフティング作, 井伏鱒二訳 改版 岩波書店 1995.2 357p 18cm (岩波少年文庫―ドリトル先生物語 3) 700円 ①4-00-111023-7〈原書名：Doctor Dolittle's post office 第37刷(第1刷：1952年)〉

『ドリトル先生の郵便局』 ヒュー・ロフティング作, 井伏鱒二訳 新版 岩波書店 2000.6 370p 18cm (岩波少年文庫) 760円 ①4-00-114023-3〈原書名：Doctor Dolittle's post office〉

『ドリトル先生の郵便局―新訳』 ヒュー・ロフティング作, 河合祥一郎訳, patty絵 アスキー・メディアワークス 2011.10 347p 18cm (角川つばさ文庫 Eろ1-3) 720円 ①978-4-04-631189-4〈原書名：Doctor Dolittle's post office 発売：角川グループパブリッシング〉

|内容| こんどのドリトル先生は, 動物たちと海の上の郵便局をはじめちゃいます！ それも, 世界最速のツバメ郵便!! 世界じゅうの動物から手紙がたくさんとどいて, 先生は大いそがし！ しかも, いくさをしかけられたかわいそうな王国を助けたり, 大かつやくもつづきます。やがて, この世で一番古いナゾの生き物から, 秘密の湖への招待状が！ 動物たちが力を合わせ, おどろきのパワーを見せる感動の第3巻。さし絵63点。小学中級から。

ワイルダー, ローラ・インガルス
Wilder, Laura Ingalls
《1867〜1957》

『大きな森の小さな家』 ローラ・インガルス・ワイルダー著, 中村凪子訳 角川書

店　1988.2　197p　15cm　（角川文庫）　340円　⓪4-04-245401-1

内容 大木がうっそうと繁る大きな森。森はどこまでもつづき、家もなければ人もいない。いるのは野生の動物だけ。ワイルダー一家の開拓の旅は、こうした森のなかに建てられた、小さな丸太造りの家から始まった。食料はもちろん、生活に必要なものはすべて自分たちで作る。きびしい自然、そしてクマやオオカミといった恐ろしい動物たち。だが、一家の真ん中の少女、ローラの目は、毎日毎日楽しいことを見つけだす。すべてが手づくりであった時代、きびしい自然に勇気をもって立ちむかう一家の姿を、成長してゆく少女の目を通して描く、古典的名作シリーズの第1作。

『大きな森の小さな家』　ローラ・インガルス・ワイルダー著, こだまともこ, 渡辺南都子訳　講談社　1988.6　212p　15cm　（講談社文庫—大草原の小さな家 1）　340円　⓪4-06-184277-3

内容 今から、およそ100年前、北アメリカのウィスコンシン州にある「大きな森」の中の丸太で作った小さな家に、小さな女の子が住んでいた。その女の子の名は、ローラ。姉のメアリーと、妹のキャリーの三人姉妹。不屈の精神をもった父さんと優しい母さんのいるインガルス一家だ。アメリカの開拓者の生活を生き生きと描いた「大草原の小さな家」物語の第1作。

『大きな森の小さな家』　ローラ・インガルス・ワイルダー著, こだまともこ, 渡辺南都子訳, かみやしん絵　講談社　1989.6　221p　18cm　（講談社青い鳥文庫 53-1—大きな森の小さな家シリーズ 1）　430円　⓪4-06-147099-X〈原書名：The Little House in the Big Wood　第23刷（第1刷：82.7.10）〉

内容 アメリカの西部、「大きな森」の中の小さな家に、メアリー・ローラ・キャリーの3人姉妹のいる一家がくらしていました。ときおりあらわれる、おおかみなど、それに、きびしい大自然をあいてにたたかう生活を、きめこまかに、いきいきとえがいた、「小さな家」シリーズ第1作。

『大きな森の小さな家』　ローラ・インガルス・ワイルダー作, 恩地三保子訳, ガース・ウィリアムズ画　福音館書店　2002.6　250p　17cm　（福音館文庫—インガルス一家の物語 1）　600円　⓪4-8340-1808-3〈原書名：Little house in the big woods〉

内容 ウィスコンシン州の「大きな森」の丸太小屋に、ローラと、とうさん、かあさん、姉のメアリイ、妹のキャリーが住んでいます。物語は、冬がくるまえの食料作りからはじまり、ローラ五歳から六歳までの、一年間の森での生活が、好奇心いっぱいのローラの目を通して生き生きとものがたられます。小学校中級以上。

『大きな森の小さな家』　ローラ・インガルス・ワイルダー作, 中村凪子訳, 椎名優絵　角川書店　2012.1　234p　18cm　（角川つばさ文庫 Eわ2-1）　620円　⓪978-4-04-631187-0〈原書名：Little house in the big wood　発売：角川グループパブリッシング〉

内容 町もなく人もいない、どこまでも続く大きな森に、小さな家が1軒。そこに住む元気いっぱいの少女ローラとその家族は、長い冬を乗りきるための食料あつめで大忙し！　つかまえた豚をさばいたり、パンを焼いたり、チーズやバターにメープルシロップ作りまで。時には恐ろしいクマやパンサーが出ることもあるけれど、ここでは毎日が楽しいキャンプ！大自然の中で力強く生きる一家の1年を描いた、世界的な名作。小学中級から。

『大きな森の小さな家』　ローラ・インガルス・ワイルダー作, こだまともこ, 渡辺南都子訳, 丹地陽子絵　新装版　講談社　2012.8　214p　18cm　（講談社青い鳥文庫 53-8—大草原の小さな家シリーズ）　600円　⓪978-4-06-285302-6〈原書名：Little House in the Big Woods〉

内容 アメリカ北部の大きな森の中、インガルス一家は父さんが建てた小さな家で暮らしはじめました。冬は氷と雪に閉ざされ、時には恐ろしい狼や熊が近づいてくるという厳しい大自然の生活です。でも、ローラや姉さんのメアリーは毎日が楽しくて仕方ない。父さんと母さんの大きな愛にいつも守られていると感じるから。家族が力を合わせて生きていくすばらしさを伝える名作シリーズ。

『この輝かしい日々』　ローラ＝インガルス＝ワイルダー著, こだまともこ, 渡辺南都子訳, かみやしん絵　講談社　1987.5　430p　18cm　（講談社青い鳥文庫—大きな森の小さな家シリーズ）　590円　⓪4-06-147218-6

内容 15歳になったローラは、はじめて家からはなれ、小学校の教師になります。つらい日々を救ってくれたのは、週末になるとむかえにきてくれる、そりとアルマンゾでした。口にはださないけれど、しずかでゆたかな愛をもったアルマンゾと、18歳で結婚するまでの、ローラの黄金色の光につつまれた、すてきな青春の日々を描く「小さな家」シリーズ第7作。

『この輝かしい日々』 ローラ・インガルス・ワイルダー著, こだまともこ, 渡辺南都子訳 講談社 1988.12 426p 15cm （講談社文庫―大草原の小さな家 7） 560円 ⓃISBN4-06-184394-X〈原書名：These happy golden years〉

『この楽しき日々』 ローラ・インガルス・ワイルダー作, 谷口由美子訳 岩波書店 2000.10 436p 18cm （岩波少年文庫） 800円 ⓃISBN4-00-114517-0〈原書名：These happy golden years〉
内容 15歳のローラは、念願がかなって教職につき、新しい生活をはじめる。孤独な下宿生活、生徒たちへの不安、そしてアルマンゾとの楽しい馬車の旅。行動力あふれるローラが18歳で結婚するまでを描く青春編。

『シルバー湖のほとりで』 ローラ・インガルス・ワイルダー著, こだまともこ, 渡辺南都子訳 講談社 1988.9 393p 15cm （講談社文庫―大草原の小さな家 4） 520円 ⓃISBN4-06-184345-1
内容 ローラの一家は、思うような小麦の収穫がないまま、プラム川をはなれる決心をした。妹グレースの誕生、姉メアリーの失明、愛犬ジャックの死…、ローラは、もうすぐ13歳になろうとしていた。西へ西へとのびる鉄道工事の会計係をしながら、父さんは農地をさがすが…。多感な少女ローラの目を通して描いた「大草原の小さな家」の第4作。

『シルバー・レイクの岸辺で』 ローラ・インガルス・ワイルダー作, 恩地三保子訳, ガース・ウィリアムズ画 福音館書店 2003.2 394p 17cm （福音館文庫―インガルス一家の物語 4） 750円 ⓃISBN4-8340-1815-6〈原書名：By the shores of Silver Lake〉
内容 とうさんが鉄道敷設の仕事を得て、ローラの一家はサウス・ダコタ州へ移り、工夫たちの去っただれもいないシルバー・レイクでひと冬をすごします。失明した姉のメアリイを助け、いそがしいかあさんの片腕として一家をささえていくローラの、一歩おとなに近づいた少女の日々が物語られます。小学校中級以上。

『大草原の小さな家』 ローラ・インガルス・ワイルダー著, こだまともこ, 渡辺南都子訳 講談社 1988.6 335p 15cm （講談社文庫―大草原の小さな家 2） 460円 ⓃISBN4-06-184278-1
内容 ローラの一家は、ある日、小さな家のもの家財全部を馬車につんで、大きな森をあとにした。父さんが、新しい土地で暮らしてみる決心をしたのだった。目ざすのは、西部の大草原、インディアンの国。旅が始まってすぐ、ローラたちは、流れのはげしい川の中で、犬のジャックを見失った―。きびしい自然を相手にたたかうインガルス一家の物語の第2作。

『大草原の小さな家』 ローラ・インガルス・ワイルダー著, 中村凪子訳 角川書店 1988.11 306p 15cm （角川文庫） 420円 ⓃISBN4-04-245402-X〈原書名：Little House on the Prairie〉

『大草原の小さな家』 ローラ・インガルス・ワイルダー著, こだまともこ, 渡辺南都子訳, かみやしん絵 講談社 1989.6 331p 18cm （講談社青い鳥文庫 53-2―大きな森の小さな家シリーズ 2） 500円 ⓃISBN4-06-147106-6〈原書名：Little House on the Prairie 第21刷（第1刷：82.11.20）〉
内容 ローラの一家は、ある日、小さな家のものをぜんぶ馬車につんで、大きな森をあとにしました。父さんが、新しい土地でくらしてみる決心をしたのです。目ざすのは、アメリカ西部の大草原、インディアンの国でした。旅がはじまってすぐ、ローラたちは、流れのはげしい川の中で、犬のジャックを見うしないます―。

『大草原の小さな家』 ローラ・インガルス・ワイルダー作, 恩地三保子訳, ガース・ウィリアムズ画 福音館書店 2002.8 413p 17cm （福音館文庫―インガルス一家の物語 2） 750円 ⓃISBN4-8340-1813-X〈原書名：Little house on the prairie〉
内容 「大きな森」の家をあとにして、インガルス一家は、広々とした大草原での新しい土地をもとめ、インディアン・テリトリイへ幌馬車で旅だちます。いくつもの州を通りぬけ、ようやくたどりついた大草原に、とうさんとかあさんは力をあわせて家を作っていきます。ローラ六歳から七歳までの一年間の物語。小学校中級以上。

『大草原の小さな家』 ローラ・インガルス・ワイルダー作, 中村凪子訳, 椎名優絵 角川書店 2012.7 252p 18cm （角川つばさ文庫 Eわ2-2） 660円 ⓃISBN978-4-04-631228-0〈原書名：Little House on the Prairieの抄訳 角川文庫 1988年刊の改訂 発売：角川グループパブリッシング〉

[内容] 大きな森を出て、まだ人の少ない西部の地へ引っ越すことになったインガルス一家。何日も何日も馬車を走らせ、キャンプをして夜をあかし、大きく危険な川を渡る…。大冒険の果てに、一家がたどりついたのは見わたすかぎりの大草原！ 食べ物と自然にあふれたこのすてきな場所に、一家は新しく小さなお家をたてます。さあ、これからどんな楽しい毎日が始まるのでしょう。アメリカ開拓期を描いた、時をこえる名作。小学中級から。

『大草原の小さな家』 ローラ・インガルス・ワイルダー作, こだまともこ, 渡辺南都子訳, 丹地陽子絵 新装版 講談社 2012.11 331p 18cm （講談社青い鳥文庫 53-9—大草原の小さな家シリーズ） 720円 ①978-4-06-285315-6〈原書名：Little House on the Prairie〉

[内容] インガルス一家はアメリカ北部の大きな森の小さな家を出て西部地方へ行くことを決めました。森には大勢の人が住み始め、それまでのような暮らしが難しくなると考えたからです。ローラは父さんと母さん、姉のメアリーと妹のキャリー、そしてブルドッグのジャックと馬車に乗って、数ヶ月にもおよぶ長い旅へと出発します。それは次から次へと驚くべき体験をする冒険の始まりでした。思いもよらない出来事に次々と襲われるなか、ローラたちはの運命は!? 世界中の女の子たちから愛され続けているロングセラー。小学中級から。

『大草原の小さな町』 ローラ＝インガルス＝ワイルダー著, こだまともこ, 渡辺南都子訳, かみやしん絵 講談社 1986.9 429p 18cm （講談社青い鳥文庫—大きな森の小さな家シリーズ） 560円 ①4-06-147205-4

[内容] やっと手に入れた払い下げ農地のわが家に住めるようになったインガルス一家。父さんは、きびしい冬のあいだだけ町へひっこすことにした。大草原でつつましく育ったローラ姉妹が学校や集いで体験する町のくらし…。自分の生き方にめざめつつある少女ローラの成長を描く「小さな家」シリーズ第6作。

『大草原の小さな町』 ローラ・インガルス・ワイルダー著, こだまともこ, 渡辺南都子訳 講談社 1988.11 415p 15cm （講談社文庫—大草原の小さな家 6） 540円 ①4-06-184376-1〈原書名：Little town on the Prairie〉

『大草原の小さな町』 ローラ・インガルス・ワイルダー作, 谷口由美子訳 岩波書店 2000.8 436p 18cm （岩波少年文庫） 800円 ①4-00-114516-2〈原書名：Little town on the prairie〉

[内容] 厳しい冬にそなえて町に移ってきたローラの一家。姉メアリとの別れ、学校でのできごと、将来へのあこがれと不安などをとおして、成長してゆくローラが描かれる。中学以上。

『長い冬』 ローラ・インガルス・ワイルダー作, 谷口由美子訳 岩波書店 2000.6 487p 18cm （岩波少年文庫） 800円 ①4-00-114515-4〈原書名：The long winter〉

『農場の少年』 ローラ・インガルス・ワイルダー著, こだまともこ, 渡辺南都子訳 講談社 1988.10 369p 15cm （講談社文庫—大草原の小さな家 5） 480円 ①4-06-184361-3

[内容] ローラは、シルバー湖のほとりの払い下げ農地へ引っ越していくとき、すばらしい馬に馬車を引かせた青年アルマンゾに出会った。日々の糧を得るのにも苦労したローラ一家と対照的に、ワイルダー家は、富裕な農場主で納屋に入りきれないほどの家畜をもっていた…。後にローラの夫となったアルマンゾ・ワイルダーの少年時代をつづった物語。

『農場の少年』 ローラ・インガルス・ワイルダー作, 恩地三保子訳, ガース・ウィリアムズ画 福音館書店 2003.4 410p 17cm （福音館文庫—インガルス一家の物語 5） 750円 ①4-8340-1816-4〈原書名：Farmer boy〉

[内容] ニューヨーク州北部、マローンの農場に住む少年アルマンゾの物語。アルマンゾは九歳、学校へ行くよりも、父さんの農場の手伝いをして、牛や馬といっしょにいるほうが楽しいのです。子牛を訓練したり、すばらしく大きなカボチャを実らせていくうちに、彼もまた、やがて、父さんと同じ農夫になろうと決心します。小学校中級以上。

『はじめの四年間』 ローラ・インガルス・ワイルダー作, 谷口由美子訳 岩波書店 2000.11 177p 18cm （岩波少年文庫） 640円 ①4-00-114518-9〈原書名：The first four years〉

[内容] ローラは結婚して、厳しい開拓地で新しい家庭を築く。長女ローズの誕生、小麦の大被害、生まれて間もない長男の死など、さまざまな出来ごとを経験しながら、明日への希望を持ちつづけて過ごした新婚の四年間。ローラ物語4。中学以上。

『プラム川の土手で』 ローラ・インガルス・ワイルダー著, こだまともこ, 渡辺南都子訳 講談社 1988.8 372p

15cm （講談社文庫―大草原の小さな家 3） 480円　①4-06-184301-X

[内容] ローラの一家は、インディアン居留地の小さな家を去り、長い旅のすえに、ミネソタのプラム川のほとりに移った。広大な肥えた大地で、小麦の収穫に目を輝かす父さん、学校へ通いはじめたメアリーとローラ。順調にすべりだした生活はある日とつぜん、いなごの大群におそわれた―。新天地を求め、力強く生きるインガルス一家の物語第3作。

『プラム・クリークの土手で』　ローラ・インガルス・ワイルダー著, 中村凪子訳　角川書店　1989.8　334p　15cm　（角川文庫）　520円　①4-04-245403-8

[内容] インディアン居留地から新しい土地を求めて、インガルス一家はミネソタ州のプラム・クリークのほとりに辿りついた。目の前には果てしなく広がる大草原、土手沿いに流れるクリーク。父さんはこの豊かな土地で小麦の収穫を願い、ローラとメアリーは初めての学校通いと、希望に胸ふくらませ新しい生活へと踏みだす。厳しい大自然を背景に、困難をのり越えていく開拓期のアメリカ農民の一家の姿を生き生きと伝える。

『プラム・クリークの土手で』　ローラ・インガルス・ワイルダー作, 恩地三保子訳, ガース・ウィリアムズ画　福音館書店　2002.11　410p　17cm　（福音館文庫―インガルス一家の物語 3）　750円　①4-8340-1814-8〈原書名：On the banks of Plum Creek〉

[内容] 「大草原の小さな家」を出て、長い旅のすえ、インガルス一家はようやく、ミネソタ州のプラム・クリークの土手にできた横穴の家におちつきます。七歳のローラは、姉のメアリィといっしょに、町の小学校へはじめて通うことになり、ローラの世界はすこしずつ外へ向かってひろがっていきます。

『プラム・クリークの土手で』　ローラ・インガルス・ワイルダー作, 中村凪子訳, 椎名優絵　KADOKAWA　2014.6　300p　18cm　（角川つばさ文庫 Eわ2-3―小さな家シリーズ）　720円　①978-4-04-631791-9〈原書名：On the Banks of Plum Creekの抄訳　角川文庫 1989年刊の改訂〉

[内容] 大きな森から、大草原へ。つぎにインガルス一家がたどりついたのは、小川のほとり。ローラたちの今度の家は、なんと穴ぐら！ 家族みんなで、小麦を育てたり、小川で魚をとったり、新しい暮らしがはじまります町も近くなったこの土地で、ローラとメアリーは、はじめて学校に通うことに！ すばらしさと、こわさの両方を持つ大自然の中、毎日をせいいっぱい生きる一家をいきいきと描いた、世界中で愛される名作。小学中級から。

『わが家への道―ローラの旅日記』　ローラ・インガルス・ワイルダー作, 谷口由美子訳　新版　岩波書店　2000.11　179p　18cm　（岩波少年文庫）　640円　①4-00-114519-7〈原書名：On the way home　肖像あり〉

[目次] 第1章 出発（ローズ・ワイルダー・レイン文）, 第2章 わが家への道―サウス・ダコタ州からミズーリ州マンスフィールドまでのローラの旅日記（一八九四年）, 第3章 新しい家（ローズ・ワイルダー・レイン文）

[内容] 1894年7月、ローラたちは酷暑のなかを、自分の土地をもとめて馬車の旅に出る―その時のローラの旅日記と、のちに娘ローズが書いた当時のワイルダー家の生活の記録をおさめるノンフィクション。ローラ物語5。中学以上。

ワイルド, オスカー
Wilde, Oscar
《1854〜1900》

『幸福な王子―ワイルド童話全集』　ワイルド著, 西村孝次訳　65刷改版　新潮社　2003.5　275p　16cm　（新潮文庫）　438円　①4-10-208104-6〈原書名：The happy prince and other tales〉

[目次] 幸福な王子, ナイチンゲールとばらの花, わがままな大男, 忠実な友達, すばらしいロケット, 若い王, 王女の誕生日, 漁師とその魂, 星の子

『幸福の王子―オスカー=ワイルド童話集』　ワイルド作, 井村君江訳　偕成社　1989.3　336p　19cm　（偕成社文庫）　550円　①4-03-651540-3

[目次] 幸福の王子, ナイチンゲールとバラ, わがままな巨人, 忠実な友だち, すばらしい打ちあげ花火, 若い王, スペイン王女の誕生日, 漁師とその魂, 星の子

[内容] 人の幸福を心から願い、自らはボロボロになるが、さいごには、天国にのぼる「幸福の王子」、恋のすばらしさとおそろしさをうたう「漁師とその魂」ほか全九編。ワイルドの残した2冊の童話集の完訳決定版です。小学上級から。

『幸せな王子』　オスカー・ワイルド作, 天

川佳代子訳　ポプラ社　2008.11　180p　18cm　（ポプラポケット文庫 426-1）　570円　①978-4-591-10592-4
[目次] 幸せな王子, すばらしいロケット花火, 忠実な友だち, 猟師とその魂
[内容] 町に, 金ぱくでおおわれ, サファイアの目, ルビーの柄の剣をもつ幸せな王子の像がたっていた。ある夜, 仲間と別れた一羽のツバメが王子の像にとまった…。表題作の他「漁師とその魂」など三編を収録。小学校上級〜。

『しあわせの王子』　オスカー・ワイルド作, 神宮輝夫訳, 村田収絵　講談社　1993.6　155p　18cm　（講談社青い鳥文庫 170-1）　460円　①4-06-147378-6
[目次] しあわせの王子, わがままな大男, すばらしい花火, ナイチンゲールとばら, いちばんの親友
[内容] 「ぼくの目にはいったサファイアをあのまずしい青年にあげておくれ。」自分を犠牲にして人々につくす王子のやさしさと, その心にうたれたつばめの友情をえがいた「しあわせの王子」や, 自分本位の考えかたのおろかさに気づいたときに幸福を得る大男の物語「わがままな大男」など, 人間愛あふれる5編の童話集。小学中級から。

『呪われた肖像画』　ワイルド作, 榎林哲文, 浅倉田美子絵　ポプラ社　1986.9　186p　18cm　（ポプラ社文庫―怪奇・推理シリーズ）　420円　①4-591-02336-2
[内容] この,〈呪われた肖像画〉のもとの題は,〈ドリアン・グレーの肖像画〉といい, ワイルドがかいた, ただ一つの長篇小説です。発表されたのは, 1890年, ワイルドが35歳のときでした。

アンソロジー一覧

『片想い。』 坂木司, 前川麻子, 大崎梢, 安藤由希, 草野たき, 笹生陽子著　ジャイブ　2008.3　226p　15cm　(ピュアフル文庫—ピュアフル・アンソロジー)　590円　①978-4-86176-493-6

[目次] 長い片想い(坂木司), プリウスの双子(前川麻子), 北風のマント(大崎梢), キッキに(安藤由希), さつきさん(草野たき), おまえたちが信じてる世界のライフはゼロだから(笹生陽子)

[内容] 「肩が重い」と感じたら…(「長い片想い」)/優太の淡い恋の芽ばえ(「プリウスの双子」)/里穂の恋を謎が包む(「北風のマント」)/中学に入るまでどこへ行くにも一緒だった彼(「キッキに」)/大好きな人を失った十五歳の春(「さつきさん」)/ドアを開けたら、闇の魔導師がいた(「おまえたちが信じてる世界のライフはゼロだから」)。秘めた想いを抱える少年少女を描いた、全編書き下ろし短編によるオリジナル・アンソロジー。

『Kiss.』 伊藤たかみ, 前川麻子, 大槻ケンヂ, あらいりゅうじ, 沢村鐵, 風野潮, 延江ローレン著　ジャイブ　2006.11　238p　15cm　(ピュアフル文庫—ピュアフル・アンソロジー)　540円　①4-86176-354-1

[目次] さらばい(伊藤たかみ), ウクレレを弾く(前川麻子), 神様のチョイスはKISS(大槻ケンヂ), リスとキス(あらいりゅうじ), 4年目のオーキッドレイン(沢村鐵), 言いたかったこと。(風野潮), ロスト・イン・ヒッキー(延江ローレン)

[内容] 本当のファーストキスは？　(「さらばい」)/未来の自分に音色をつなげる恋(「ウクレレを弾く」)/「愛の銃」のサビが秋空に空しく響く(「神様のチョイスはKISS」)/ダメ親父の『最後の恋の話』とは(「リスとキス」)/4年ぶりの彼は高校時代そのままで(「4年目のオーキッドレイン」)/幼なじみの唯花にどうしても伝えたい(「言いたかったこと。」)/クリスマス、最後のデート(「ロスト・イン・ヒッキー」)。アンソロジー・シリーズ第三弾。

『きみが見つける物語—十代のための新名作　放課後編』 浅田次郎, 石田衣良, 橋本紡, 星新一, 宮部みゆき著, 角川文庫編集部編　角川書店　2008.6　214p　15cm　(角川文庫)　476円　①978-4-04-389402-4〈発売：角川グループパブリッシング〉

[目次] 地獄の詰まった箱(橋本紡), 門のある家(星新一), 西一番街テイクアウト(石田衣良), 雛の花(浅田次郎), サボテンの花(宮部みゆき)

[内容] 学校から一歩足を踏み出せば、そこには日常のささやかな謎や大冒険が待ち受けていた!?　いま旬の作家が集結、彼らが描いたそれぞれの「放課後」のカタチとは？　いまどきの名作を厳選、超豪華ラインアップでおくる短編小説集『きみが見つける物語 十代のための新名作』。「放課後編」には、浅田次郎, 石田衣良, 橋本紡, 星新一, 宮部みゆきの傑作短編集を収録。

『きみが見つける物語—十代のための新名作　スクール編』 あさのあつこ, 恩田陸, 加納朋子, 北村薫, 豊島ミホ, はやみねかおる, 村上春樹著, 角川文庫編集部編　角川書店　2008.6　327p　15cm　(角川文庫)　476円　①978-4-04-389401-7〈発売：角川グループパブリッシング〉

[目次] タンポポのわたげみたいだね(豊島ミホ), 心霊写真(はやみねかおる), 三月の兎(加納朋子), このグラウンドで(あさのあつこ), 大きな引き出し(恩田陸), 空飛ぶ馬(北村薫), 沈黙(村上春樹)

[内容] いまどきのフレッシュな名作だけを厳選した超豪華ラインアップ。あさのあつこ, 恩田陸, 加納朋子, 北村薫, 豊島ミホ, はやみねかおる, 村上春樹の傑作短編を収録。

『きみが見つける物語—十代のための新名作　休日編』 角田光代, 恒川光太郎, 万城目学, 森絵都, 米澤穂信著, 角川文庫編集部編　角川書店　2008.7　285p　15cm　(角川文庫)　476円　①978-4-04-389404-8〈発売：角川グループパブリッシング〉

|目次| シャルロットだけはぼくのもの（米澤穂信）、ローマ風の休日（万城目学）、秋の牢獄（恒川光太郎）、春のあなぼこ（森絵都）、夏の出口（角田光代）

|内容| とびっきりの解放感で校門を飛び出す。この瞬間だけは、学校のことも嫌な奴のことも、宿題のことも忘れて…。旬の作家が集結、それぞれが紡いだ休日の大冒険とは？ いまどきの名作を厳選、超豪華ラインアップでおくる短編小説集『きみが見つける物語 十代のための新名作』。「休日編」には、角田光代、恒川光太郎、万城目学、森絵都、米澤穂信の傑作短編を収録。

『**きみが見つける物語―十代のための新名作 友情編**』 坂木司, 佐藤多佳子, 重松清, 朱川湊人, よしもとばなな著, 角川文庫編集部編　角川書店　2008.8　275p　15cm　（角川文庫）　476円　①978-4-04-389403-1〈発売：角川グループパブリッシング〉

|目次| 秋の足音（坂木司）、いっぺんさん（朱川湊人）、サマータイム（佐藤多佳子）、あったかくなんかない（よしもとばなな）、交差点（重松清）

|内容| ちょっとしたきっかけでぐっと近づいたり、もう顔も見たくないってほど嫌いになったり。ともだち、親友、それともライバル？ 旬の作家が集結、それぞれが描いた、かけがえのない友情の形とは？ いまどきの名作を厳選、超豪華ラインアップでおくる短編小説集『きみが見つける物語 十代のための新名作』。「友情編」には、坂木司、佐藤多佳子、重松清、朱川湊人、よしもとばななの傑作短編を収録。

『**きみが見つける物語―十代のための新名作 恋愛編**』 有川浩, 乙一, 梨屋アリエ, 東野圭吾, 山田悠介著, 角川文庫編集部編　角川書店　2008.9　321p　15cm　（角川文庫）　476円　①978-4-04-389405-5〈発売：角川グループパブリッシング〉

|目次| あおぞらフレーク（梨屋アリエ）、しあわせは子猫のかたち（乙一）、黄泉の階段（山田悠介）、植物図鑑 Paederia scandens var. mairei（有川浩）、小さな故意の物語（東野圭吾）

|内容| はじめて味わう胸の高鳴り、つないだ手。甘くて苦かった初恋。一晩じゅう泣き明かした失恋でさえも、いつかたいせつにしまっておきたい思い出になる…。旬の作家が集結、それぞれが描いた恋の物語とは？ いまどきの名作を厳選、超豪華ラインアップでおくる短編小説集『きみが見つける物語 十代のための新名作』。「恋愛編」には、有川浩、乙一、梨屋アリエ、東野圭吾、山田悠介の傑作短編を収録。

『**きみが見つける物語―十代のための新名作 こわ〜い話編**』 赤川次郎, 江戸川乱歩, 乙一, 雀野日名子, 高橋克彦, 山田悠介著, 角川文庫編集部編　角川書店　2009.8　328p　15cm　（角川文庫 15830）　476円　①978-4-04-389406-2〈発売：角川グループパブリッシング〉

|目次| リストカット事件（乙一）、眠らない少女（高橋克彦）、ぞんび団地（雀野日名子）、ババ抜き（山田悠介）、愛しい友へ…（赤川次郎）、目羅博士の不思議な犯罪（江戸川乱歩）

|内容| 放課後誰もいなくなった教室、夜中の肝試し。またたく間にクラス中に広がった都市伝説や怪談。遊びのつもりが追い込まれて本気になったデスゲーム…。人気作家が集結、それぞれが描いた恐怖の物語とは？ いまこそ読みたい名作を厳選、超豪華ラインアップでおくる短編小説集『きみが見つける物語―十代のための新名作』。「こわ〜い話編」には、赤川次郎、江戸川乱歩、乙一、雀野日名子、高橋克彦、山田悠介の傑作短編を収録。

『**きみが見つける物語―十代のための新名作 不思議な話編**』 いしいしんじ, 大崎梢, 宗田理, 筒井康隆, 三崎亜記著, 角川文庫編集部編　角川書店　2010.1　301p　15cm　（角川文庫 15931）　476円　①978-4-04-389407-9〈発売：角川グループパブリッシング〉

|目次| すげ替えられた顔色（いしいしんじ）、純子の冒険（宗田理）、標野にて 君が袖振る（大崎梢）、廃塾令（筒井康隆）、動物園（三崎亜記）

|内容| いつもの通学路にも、寄り道先の本屋さんにも、見渡してみればきっと「不思議」が隠れてる。さあ、ミステリアスなできごとに出会う、そんな旅に出かけよう？ 旬の作家が集結、それぞれが描いた不思議な物語とは？ いま読みたい名作を厳選、超豪華ラインアップでおくる、短編小説集『きみが見つける物語―十代のための新名作』。「不思議な話編」には、いしいしんじ、大崎梢、宗田理、筒井康隆、三崎亜記の傑作短編を収録。

『**きみが見つける物語―十代のための新名作 切ない話編**』 小川洋子, 荻原浩, 加納朋子, 川島誠, 志賀直哉, 山本幸久著, 角川文庫編集部編　角川書店　2010.2　229p　15cm　（角川文庫 16129）　476円　①978-4-04-389408-6〈発売：角川グループパブリッシング〉

|目次| 笑われたい（川島誠）、春の嵐（加納朋

子)、お母さまのロシアのスープ(荻原浩)、閣下のお出まし(山本幸久)、キリコさんの失敗(小川洋子)、小僧の神様(志賀直哉)

[内容] たとえば、誰かを好きになったとき。ココロがぎゅっと締めつけられるように痛むのは、いったいどうしたらいいんだろう——? いまこそ読みたい作家が集結。それぞれが描いた切ない物語とは? 名作を厳選、超豪華ラインアップでおくる、短編小説集『きみが見つける物語 十代のための新名作』。

『**きみが見つける物語——十代のための新名作 オトナの話編**』 大崎善生、奥田英朗、原田宗典、森絵都、山本文緒著 角川文庫編集部編 角川書店 2010.3 210p 15cm (角川文庫 16177) 476円 ①978-4-04-389409-3〈発売:角川グループパブリッシング〉

[目次] ケンジントンに捧げる花束(大崎善生)、話を聞かせて(山本文緒)、守護神(森絵都)、アシスタントというお仕事(原田宗典)、ワーキング・マザー(奥田英朗)

[内容] 笑って、泣いて、怒って、泣いて。恋をして、失恋をして。本を読んだり、たいせつな存在と出会ったり。さまざまな経験が、きみをやがて大人にするのです。大人になったきみの姿がきっとみつかる、がんばる大人の物語。いま読みたい名作を厳選、超豪華ラインアップでおくる、短編小説集。

『**きみが見つける物語——十代のための新名作 運命の出会い編**』 あさのあつこ、魚住直子、角田光代、笹生陽子、森絵都、椰月美智子著 角川文庫編集部編 角川書店 2012.4 232p 15cm (角川文庫 あ100-110) 476円 ①978-4-04-100193-6〈発売:角川グループパブリッシング〉

[目次] 世界の果ての先(角田光代)、薄桃色の一瞬に(あさのあつこ)、電話かかってこないかな(笹生陽子)、赤土を暴走(魚住直子)、十九の頃(椰月美智子)、17レボリューション(森絵都)

[内容] 偶然、近くの席に座ったから。共通点があったから。それとも、正反対だったから? 私たちは出会いと別れを繰り返し、成長し続けていく——。旬の作家が集結、それぞれが描いた出会いと別れの物語とは? いま読みたい名作を厳選したラインアップでおくる、短編小説集。

『**キラキラデイズ**』 香月日輪、後藤みわこ、ひこ・田中、寮美千子、令丈ヒロ子著 新潮社 2014.1 259p 16cm (新潮文庫 れ-2-5) 520円 ①978-4-10-127045-6〈「Twinkle——ひかりもの」(ポプラ社 2008年刊)の改題〉

[目次] バラの街の転校生(後藤みわこ)、めっちゃ、ピカピカの、人たち。(令丈ヒロ子)、role-play days(ひこ・田中)、螢万華鏡(寮美千子)、光る海(香月日輪)

[内容] 友達に対してふと湧き上がるライバル心をもてあまし、仲間といるのは楽しいのに、どこか本当の僕じゃないような気がしていたあのころ。初恋の相手を傷つけ、大人の都合に抗えずに無力さを感じた。僕等はずっと悩んでいた。自分ってなんだろう——。友情に、恋に、夢に葛藤する中学生の一瞬のきらめきを、個性ある五人の作家が描く青春アンソロジー。

『**銀色の時——イギリスファンタジー童話傑作選**』 神宮輝夫編 講談社 1986.12 281p 15cm (講談社文庫) 400円 ①4-06-183898-9

[目次] 銀色の時(ローレンス・ハウスマン)、へんてこ通りのメーベル(コンプトン・マッケンジー)、ウサギの王子(A.A.ミルン)、お菓子屋のフラッフおばさん(メーベル・マーロウ)、フラッフおばさんのブランデー・ボンボン(メーベル・マーロウ)、太鼓たたきのピーター(ロイ・メルドラム)、サンタクロースが風邪をひいたら(ローズ・ファイルマン)、ふしぎな友だち(アルジャナン・ブラックウッド)、幸運な王子(フローラ・フォースター)、カラーランド(G.K.チェスタトン)、すばらしい騎士(エリナー・ファージョン)

[内容] イギリスの児童文学の黄金時代、一流作家・画家の手によってかかれた豪華版の童話集より選びぬいた夢の短編集。鍵をかけわすれたために娘をなくした男が50年ぶりにドアをあけたままにしておいた。老人の目の前で輪になって踊るウサギたち…。幻想の世界を詩情豊かに描いた「銀色の時」をはじめ、妖精や魔女の物語など珠玉のファンタジー作品11編を収録。

『**夏至の魔法——イギリスファンタジー童話傑作選**』 神宮輝夫編 講談社 1988.3 222p 15cm (講談社文庫) 380円 ①4-06-184204-8

[目次] 夏至の魔法(メーベル・マーロウ)、妖精を信じますか?(ローレンス・ハウスマン)、王室御用達の焼きぐりは、いかが?(ローズ・ファイルマン)、笑わないお姫様(A.A.ミルン)、毛布の国の大冒険(コンプトン・マッケンジー)、ストレンジャー(ヒュー・ウォルポール)、みんなで背中を流すには(メーベル・マーロウ)、歌い病・バイオリン病・フルート病(メーベル・マーロウ)

[内容] ある夏の朝、魔法のかかった回転木戸

のまわりで、ロバのクロップと、ワイジー先生が入れかわってしまった！ そればかりか、野菜に目がつき、腕がのびて。不思議なユーモアのセンスで描いた「夏至の魔法」ほか、お姫さまや王さま、魔女が出てくるおとぎ話、かわいい小人の物語など、とっておきのすてきなイギリスファンタジー童話8編を収録。

『現代童話 1』 今江祥智,山下明生編 福武書店 1991.2 415p 15cm （福武文庫） 750円 ①4-8288-3182-7

[目次] くまさん ほか（まどみちお）、おしゃべりなたまごやき（寺村輝夫）、べえくん（筒井敬介）、パパないない（松谷みよ子）、モチモチの木（斎藤隆介）、四角い虫の話（佐藤さとる）、見えなくなったクロ（大石真）、たぬきと山伏（木下順二）、水泳のはじめ（平塚武二）、白い帆船（庄野英二）、ヤン抄（前川康男）、焼けあとの白鳥（長崎源之助）、ひばりの子（庄野潤三）、雪の夜の幻想（いぬいとみこ）、あるハンノキの話（今西祐行）、子ども十二か月（坪田譲治）、早い記憶（石井桃子）、女か西瓜か（福永武彦）、猫の親子（中勘助）、けんかえれじい 抄（鈴木隆）、海の歌・科学的関心と美意識（佐野美津男）、山太郎（川路重之,和田誠）

[内容] 現代童話はどこから来て、どこへ行こうとしているのか…。戦後復興期に続々と創刊された同人誌を舞台に、自らの世界を築いていった童話作家たちの創作をはじめ、福永武彦、庄野潤三の小説、中勘助の随筆、佐野美津男の評論、川路重之,和田誠の私家版絵本「山太郎」など、ジャンルを超えて気鋭の児童文学者2人が編む出色のアンソロジー第1集。

『現代童話 2』 今江祥智,山下明生編 福武書店 1991.2 392p 15cm （福武文庫） 750円 ①4-8288-3183-5

[目次] 日曜学校のころ（阪田寛夫）、あのこ（今江祥智,宇野亜喜良）、はらぺこおなべ（神沢利子）、ジオジオのパンやさん（岸田衿子）、おじさんとそう（渡辺茂男）、ピストルをかまえろ（山元護久）、目をさませトラゴロウ（小沢正）、木馬がのった白い船（立原えりか）、赤いオバケと白いオバケ（北杜夫）、コイ（岩崎京子）、でんでんむしの競馬（安藤美紀夫）、十三歳の夏 抄（乙骨淑子）、理科室（岡本喬）、春の日のかげり（島尾敏雄）、ぼくの伯父さん（長谷川四郎）、次男の観察（中川正文）、口説の徒（中川正文）、子供地獄（田辺聖子）、実感的道徳教育論（古田足日）、ランチとお子さまランチ ほか（花田清輝）、絵本のこと（木島始）

[内容] ユーモア、ナンセンスなどあらゆる手法を導入して従来の既成概念から大きく飛翔する現代童話の世界―。作家が子供たちに向けて全力投球で示した作品の数々を精選・収録する魅惑のアンソロジー第2集。

『現代童話 3』 今江祥智,山下明生編 福武書店 1991.3 373p 15cm （福武文庫） 750円 ①4-8288-3190-8

[目次] そのおとこ（谷川俊太郎）、しばてん（田島征三）、くましんし（あまんきみこ）、かいぞくオネション（山下明生）、ももいろのひよこ（岡野薫子）、まほうをかけられた舌（安房直子）、がわっぱ（たかしよいち）、こだぬき6ぴき（中川李枝子）、マコチン（灰谷健次郎）、あーん。あーん（星新一）、夜の汽車（岩本敏男）、ぽたぽた 抄（三木卓）、花の降る夜の中で（加藤周一）、同期の桜（倉本聡）、小羊ごっこ（阿部昭）、子どもの文体その他（阿部昭）、少年（向田邦子）、幼年の想像力（大江健三郎）、幼い子どもへの文学（神宮輝夫）

[内容] 児童書出版興隆期のなかで生まれていった名作の数々…。灰谷健次郎「マコチン」、谷川俊太郎の詩「そのおとこ」、三木卓「ぽたぽた」などのほか、加藤周一の異色ファンタジー、大江健三郎、阿部昭ら"大人の文学"からの発言も収録するシリーズ第3弾。なお田島征三の絵本「しばてん」は本文庫のため絵のみ書き下ろし。

『現代童話 4』 今江祥智,山下明生編 福武書店 1991.3 393p 15cm （福武文庫） 750円 ①4-8288-3191-6

[目次] イワシについて ほか（長田弘）、つみつみニャー（長新太）、ネッシーのおむこさん（角野栄子）、はらがへったらじゃんけんぽん（川北亮司）、かっぱの目玉は（さねとうあきら）、メダカの学校（皿海達哉）、おさる日記（和田誠）、だれか、友だち（岩瀬成子）、椅子（舟崎靖子）、とける朝（三田村信行）、六年目のクラス会（那須正幹）、雨の動物園 抄（舟崎克彦）、のんのんばあとオレ 抄（水木しげる）、雨ふり小僧（手塚治虫）、ロマンチシズム（富岡多恵子）、エーゲ海をさぐる（長島征彦）、生を肯定する「一杯の水」（川本三郎）、長新太『つみつみニャー』他（河合隼雄）

[内容] 童話性とは何か。マンガとの境界線は？ 他分野からの言及が増えてゆくなか、読者である子供たちも大きく変貌する。長田弘の詩も童話ならば手塚治虫のマンガもまた童話。本文庫のために絵のみ書き下ろした長新太の傑作「つみつみニャー」とそれに関する河合隼雄の評論などバラエティーに富む編集を施したシリーズ第4弾。

『現代童話 5』 今江祥智,山下明生編 福武書店 1991.3 401p 15cm （福武文庫） 750円 ①4-8288-3192-4

[目次] でんせつ（工藤直子）、はせがわくんき

らいや（長谷川集平）、きいろいばけつ（森山京）、へんなこといった？（内田麟太郎）、イモムシは…（岡田淳）、かくれんぼ（紀伊万年）、ゆめのおはなしきいてェなあ（吉村敬子）、五月のはじめ、日曜日の朝（石井睦美）、草之丞の話（江国香織）、ぼく、きっとでいくんだ（高田桂子）、へびいちごをめしあがれ（森忠明）、はしか（佐野洋子）、デブの四、五日（村中李衣）、田舎生活〈カントリー・ライフ〉（川島誠）、いのちの火（松下竜一）、チャンバラゴッコの終わった日（柴田隆）、きんもくせい（椎名誠）、帰りたい、と呟く子どもたち ほか（落合恵子）、GOOD NIGHT, SLEEP TIGHT（景山民夫）、読書年譜（鶴見俊輔）、「まがり角」の発想（上野瞭）

|内容| モチーフそれ自体がすでにジャンルの垣根を越えてしまう、新しい世代の書き手たち。衝撃の絵本「はせがわくんきらいや」をはじめ、景山民夫、落合恵子のエッセイ、上野瞭の評論から鶴見俊輔の異色年譜までを収録する大胆な試み。

『児童文学名作全集 1』 日本ペンクラブ編、井上ひさし選 福武書店 1987.1
417p 16cm （福武文庫） 600円
①4-8288-3034-0
|目次| 親敵討腹鞁（朋誠堂喜三次）、虚言八百万八伝（四方屋本太郎）、莫切自根金成木（唐来参和）、こがね丸（巌谷小波）、慢心男（幸田露伴）、蓑谷（泉鏡花）、木賃宿（江見水蔭）、カナリヤ塚（徳田秋声）、山の力（国木田独歩）、絶島通信（押川春浪）、真似師吉兵衛（岩野泡鳴）、坊っちゃん（夏目漱石）
|内容| 江戸時代の大人の絵本ともいえる「親敵討腹鞁」などの黄表紙から、明治期の日本文学興隆に活躍した露伴、鏡花、秋声、独歩、泡鳴を経て、漱石の「坊っちゃん」まで、日本児童文学の源流に溯り、その先駆的役割を果たした名作12篇を博学多識の井上ひさし氏が独自の視点で精選、収録。

『児童文学名作全集 2』 日本ペンクラブ編、井上ひさし選 福武書店 1987.1
339p 16cm （福武文庫） 560円
①4-8288-3038-3
|目次| 金魚のお使（与謝野晶子）、いたずら小僧日記（佐々木邦）、供食会社（幸田露伴）、山椒大夫（森鷗外）、蜘蛛の糸（芥川龍之介）、一郎次、二郎次、三郎次（菊池寛）、蝙蝠の話（島崎藤村）、小僧の神様（志賀直哉）、詩人の夢（青木茂）、金魚（田山花袋）、清坊と三吉（吉田絃二郎）、杜子春（芥川龍之介）、一房の葡萄（有島武郎）、監督判事（秋田雨雀）、蕗の下の神様（宇野浩二）
|内容| 明治末期から大正期にかけて発表された児童文学の名作の中から、与謝野晶子「金魚のお使」、佐々木邦「いたずら小僧日記」、森鷗外「山椒大夫」、芥川龍之介「蜘蛛の糸」、宇野浩二「蕗の下の神様」ほか、諷刺・ユーモア・冒険・幻想などの魅力に溢れる15篇を精選、収録。

『児童文学名作全集 3』 日本ペンクラブ編、井上ひさし選 福武書店 1987.3
330p 16cm （福武文庫） 560円
①4-8288-3049-9
|目次| 鳩と鷺（武者小路実篤）、赤い蠟燭と人魚（小川未明）、蝗の大旅行（佐藤春夫）、山椒魚（井伏鱒二）、手品師（豊島与志雄）、狸（広津和郎）、注文の多い料理店（宮沢賢治）、虎ちゃんの日記（千葉省三）、「北風」のくれたテーブルかけ（久保田万太郎）、日蝕の日（田山花袋）、オッペルと象（宮沢賢治）、天狗笑（豊島与志雄）、奇術師のかばん（塚原健二郎）、メーデーごっこ（槙本楠郎）、或る日の鬼ヶ島（江口渙）、ドンドンやき（猪野省三）、月夜のわたばたけ（後藤楢根）、乗合馬車（千葉省三）、級長の探偵（川端康成）、欲しくない指輪（徳永直）、太陽と少年（酒井朝彦）、子供の会議（塚原健二郎）、面（横光利一）
|内容| 「子どもが夢中になって読む児童小説があれば、それは大人の読者にもきっとおもしろいはずだし、逆に大人が熱中する小説なら、子どもにもおもしろくないはずはない」の見地から、佐藤春夫、宮沢賢治、久保田万太郎、川端康成など大正期から昭和初期の傑作23篇を精選して収録。

『児童文学名作全集 4』 日本ペンクラブ編、井上ひさし選 福武書店 1987.3
354p 16cm （福武文庫） 560円
①4-8288-3050-2
|目次| ごん狐（新美南吉）、グスコーブドリの伝記（宮沢賢治）、ちかてつ工事（巽聖歌）、魔法（坪田譲治）、トンネル路地（岡本良雄）、蛙（林芙美子）、綴方教室（豊田正子）、港の子供たち（武田亜公）、秋空晴れて（朝日壮吉）、山の太郎熊（椋鳩十）、八号館（岡本良雄）、走れメロス（太宰治）、嘘（新美南吉）、ぼくはぼくらしく（前川康男）、おじいさんのランプ（新美南吉）
|内容| 昭和初期、揺れ動く世相を背景に生み出された児童文学の名作群。新美南吉「ごん狐」、「嘘」、宮沢賢治「グスコーブドリの伝記」、武田亜公「港の子供たち」、太宰治「走れメロス」、前川康男「ぼくはぼくらしく」など15篇を厳選。巻末の解説にて井上ひさし氏が収録作品にひそむ《物語》を解き明かす。

『児童文学名作全集 5』 日本ペンクラブ編、井上ひさし選 福武書店 1987.7

461p 16cm （福武文庫） 680円 ①4-8288-3052-9

[目次] 鉄工所の2少年（吉田甲子太郎）、花のき村と盗人たち（新美南吉）、桃太郎出陣（百田宗治）、軍曹の手紙（下畑卓）、子供のための文学のこと（中野重治）、小さな物語（壷井栄）、ふたりのおばさん（室生犀星）、ラクダイ横丁（岡本良雄）、たまむしのずしの物語（平塚武二）、彦市（長崎源之助）、山芋（大関松三郎）、山びこ学校（無着成恭）、原爆の子（長田新）、八郎（斎藤隆介）、風信器（大石真）、ツグミ（いぬいとみこ）、馬ぬすびと（平塚武二）

[内容] 太平洋戦争を経て、混迷のなかで萌芽し胎動する戦後児童文学の流れを追い、数々の名作のうち17篇を厳選、収録する第5巻。本全集はこの巻にて完結。

『新潮現代童話館 1』 今江祥智,灰谷健次郎編 新潮社 1992.1 349p 15cm （新潮文庫） 480円 ①4-10-100230-4

[目次] 黄色い目の魚（佐藤多佳子）、先生の机（俵万智）、親指魚（山下明生）、あしあと（高田桂子）、グッド・オールド・デイズ（石井睦美）、ハードボイルド（長新太）、夏の便り（丘修三）、三宝院のまえのできごと（斉藤洋）、パンビーな夜（落合恵子）、いまとかあしたとかさっきとかむかしとか（佐野洋子）、ヒロシ（三木卓）、星砂のぼうや（灰谷健次郎）、主日に（長谷川集平）、さらんばん（舟崎克彦）、ぼくは海賊（寺村輝夫）、もしかしたら（内田麟太郎）、目覚めよと呼ぶ声が聞こえ（川本三郎）

[内容] 現代童話館へ、ようこそ。扉を開け、一歩踏み出せば、そこは新しい世界—。〈子ども〉をキーワードに、ジャンルを超えた書き手たちが競作。佐藤多佳子、俵万智、山下明生、川本三郎らの、児童文学の世界に新風を吹き込む17編、全編書下ろし。

『新潮現代童話館 2』 今江祥智,灰谷健次郎編 新潮社 1992.1 359p 15cm （新潮文庫） 480円 ①4-10-100231-2

[目次] セカンド・ショット（川島誠）、亮太（江国香織）、きみ知るやクサヤノヒモノ（上野瞭）、台風がきている（岩瀬成子）、なんの話（岡田淳）、ジョーカー（あまんきみこ）、雨の日、ひとつ。（村中李衣）、オーケストラの少年（阪田寛夫）、キクちゃん（角野栄子）、二宮金太郎（今江祥智）、コンクリ虫（皆川博子）、小さな蘭に（森忠明）、ある日、ちび竜が（工藤直子）、ばく（夢枕獏）、原っぱのリーダー（眉村卓）、鮎（池沢夏樹）

[内容] ありふれた日常で、誰もがふいにみせる新しい顔—新鮮な子どもの視点から、あの一瞬の煌めきを、メルヘン、ファンタジー、ナンセンスなど、多彩な手法で切り取った16編。

『世界童謡集』 西条八十ほか編 東久留米 フレア 1996.11 259,4p 16cm （フレア文庫） 570円 ①4-938943-04-2

『世界名作選 1』 山本有三編 新潮社 2003.1 371p 16cm （新潮文庫—日本少国民文庫） 514円 ①4-10-106012-6

[目次] たとえばなし（レッシング）、リッキ・ティキ・タヴィ物語（ラッディアード・キプリング）、身体検査（ソログープ）、牧場（詩）（ロバート・フロスト）、人は何で生きるか（レフ・トルストイ）、日本の小学児童たちへ他一篇（アルベルト・アインシュタイン）、母の話（アナトール・フランス）、笑いの歌（詩）（ウィリアム・ブレイク）、私の少年時代（ベンジャミン・フランクリン）、山のあなた（詩）（カール・ブッセ）、母への手紙（シャルル・フィリップ）、ジャン・クリストフ（ロマン・ローラン）、二つの歎き（詩）（フランシス・ジャム）、点子ちゃんとアントン（エーリヒ・ケストナー）、赤ノッポ青ノッポ・スキーの巻（漫画）（武井武雄）

[内容] 皇后・美智子様も戦時中に疎開先で愛読されていた本書は、昭和十一年という文学的良心を発揮できた戦前最後の時代に、作家・山本有三のもとで企画・編集された。子供に大きな世界があることを伝えたいという熱意から、ケストナーなどの名作物語の他、あのアインシュタイン博士が日本の子供に宛てた手紙まで幅広く作品を収録。その良質な文章たちは、現代日本でもまぶしく光り輝く。

『世界名作選 2』 山本有三編 新潮社 2003.1 366p 16cm （新潮文庫—日本少国民文庫） 514円 ①4-10-106013-4

[目次] シャベルとつるはし（ジョン・ラスキン）、一握りの土（ヘンリー・ヴァン・ダイク）、郵便配達の話（カレル・チャペック）、塀を塗るトム・ソーヤー（マーク・トウェイン）、断章（詩）（ポール・クローデル）、スポーツについて、わが子へ（シオドー・ルースヴェルト）、北海の医師（メアリ・パークマン）、わが橇犬ブリン（サー・ウィルフレッド・グレンフェル）、スガンさんの山羊（アルフォンス・ドーデー）、職業を選ぼうとする人への手紙（トマス・ヘンリー・ハクスリ）、絶望No.1（詩）（エーリヒ・ケストナー）、日本紀行（アン・モロー・リンドバーグ）、幸福の王子（オスカー・ワイルド）、鮪釣り（ビセンテ・ブラスコ・イバーニェス）、一粒の麦（アンドレ・ジイド）、兄への手紙（アントン・チュエーホフ）、フェル

ディナンドおじさん(クリスチャン・エルスター)、花の学校(詩)(ラビンドラナート・タゴール)、蜜蜂マーヤの冒険(ワルデマル・ボンゼルス)、赤ノッポ青ノッポ・年賀状の巻(漫画)

[内容] マーク・トウェイン、カレル・チャペック、チェーホフ…世界のすぐれた名作を子供に届けたい―本書の編集に参加していたのは、昭和を代表する作家、翻訳家たち。その努力の成果は、戦前から子供たちだけでなく、大人までも魅了しつづけている。初刊行時の昭和十年代の雰囲気を伝えるため、挿絵や漫画に至るまで可能なかぎり忠実に収録。読書の喜びの原点が、まさにここにある。

『卒業。』 豊島ミホ、大島真寿美、梨屋アリエ、草野たき、藤堂絆、前川麻子、若竹七海著 ジャイブ 2007.3 234p 15cm (ピュアフル文庫―ピュアフル・アンソロジー) 560円 ①978-4-86176-383-0

[目次] パルパルと青い実の話(豊島ミホ)、卒業証書(大島真寿美)、春の電車(梨屋アリエ)、神様の祝福(草野たき)、君と手をつなぐ(藤堂絆)、彼女を思い出す(前川麻子)、たぶん、天使は負けない(若竹七海)、巻末スペシャルメッセージ いくつかの卒業を経て辿りつく本当の自分(川嶋あい)

[内容] 青春未満の胸騒ぎ(「パルパルと青い実の話」)/一生に一回だけ使えるSOSは…(「卒業証書」)/心の中は、期待と不安でシーソーのごとく(「春の電車」)/中学校生活を満喫しようと思っていたのに…(「神様の祝福」)/先生と私、二人は最後のバスに乗る(「君と手をつなぐ」)/二十五年の月日、狂気のような孤独(「彼女を思い出す」)/悪友たちとのコージー・ミステリー(「たぶん、天使は負けない」)巻末に、歌手川嶋あいの「卒業」メッセージを収録。少年少女の青春を描いた、アンソロジー・シリーズ第四弾。

『対訳 英米童謡集』 河野一郎編訳 岩波書店 1998.8 391p 15cm (岩波文庫) 660円 ①4-00-322851-0

『対訳 英米童謡集』 河野一郎編訳 岩波書店 2012.5 391p 15cm (岩波文庫) 860円 ①4-00-322851-0〈本文:日英両文 第4刷(第1刷1998年)〉

[目次] 起きる時間だよ、男の子って何でできてる?、かわいいマフェットちゃん、用心、心配するわ、ポーリーちゃんのお人形、新月さん教えて、鏡よ、鏡、教えておくれ、川を渡して、なくした靴〔ほか〕

[内容] 日本でもふるくから親しまれてきた「マザーグース」を中心に、ロバート・スティブンソン、クリスティナ・ロセッティ、ウォルター・デ・ラ・メアら、子供の世界を好んで描いた詩人たちの作品を収録。日本人にもなじみ深い英米童謡の世界を原文対照で楽しむ一冊。

『手紙。』 小手鞠るい、安西みゆき、梨屋アリエ、神田茜、草野たき、若竹七海著 ジャイブ 2007.11 245p 15cm (ピュアフル文庫―ピュアフル・アンソロジー) 590円 ①978-4-86176-454-7

[目次] あした咲くつぼみ(小手鞠るい)、グラノラトフィーバー(安西みゆき)、雲の規格(梨屋アリエ)、赤い紙袋の中(神田茜)、ヒーロー(草野たき)、読めない手紙(若竹七海)

[内容] 嘘をつき家を出た、二十年前のあなたへ(「あした咲くつぼみ」)/乙女たちだけの閉じられた庭で(「グラノラトフィーバー」)/小さかった頃、時々スーパーヒーローになっていた(「雲の規格」)/杉本君のロッカーから、私は恋を盗んでしまった(「赤い紙袋の中」)/私はクラス平和のためにそして闘う(「ヒーロー」)/不器用な女子高生三人組の友情…!?(「読めない手紙」)。巻末に、樋口裕一氏の特別インタビューを収録。少年少女の想いを「手紙」にこめて綴ったオリジナル・アンソロジー。

『となりのもののけさん―競作短篇集』 青谷真未、小松エメル、佐々木禎子、東朔水、村山早紀著 ポプラ社 2014.9 271p 15cm (ポプラ文庫ピュアフル Pん-1-18) 620円 ①978-4-591-14128-1

[目次] 「鬼の目元に笑いジワ」(青谷真未)、「かりそめの家」(小松エメル)、「夜の虹」(佐々木禎子)、「稲荷道中、夏めぐり」(東朔水)、「赤い林檎と金の川」(村山早紀)

[内容] 「妖怪屋敷」に住む少女がある日拾った鬼の面の秘密、古道具屋に持ち込まれた箱庭の謎、お店の下見に訪れた現代の吸血鬼が見つけた「夜の虹」、不器用な親子の絆を結ぶべく奮闘する狛狐の数日間、化け猫ねここがアルバイト中に聞いた哀しい初恋の物語―『コンビニたそがれ堂』『一鬼夜行』など人気シリーズの新作も楽しめる、珠玉の「もののけ小説」アンソロジー。

『夏休み。』 あさのあつこ、石井睦美、石崎洋司、川島誠、梨屋アリエ、前川麻子著 ジャイブ 2006.6 247p 15cm (ピュアフル文庫―ピュアフル・アンソロジー) 540円 ①4-86176-301-0

[目次] 夏の階段(梨屋アリエ)、Fragile―こわれもの(石崎洋司)、もう森へなんか行かない

(石井睦美)、川に飛び込む(前川麻子)、一人称単数(川島誠)、幻想夏(あさのあつこ)

内容 ティーンエイジの少年少女を描いたオリジナル短編による、アンソロジー・シリーズ第一弾。

『日本児童文学名作集 上』 桑原三郎、千葉俊二編 岩波書店 1994.2 285p 15cm (岩波文庫) 570円 ①4-00-311431-0

目次 イソップ物語抄(福沢諭吉)、八ッ山羊(呉文聡)、不思議の新衣裳、忘れ形見(若松賎子)、こがね丸(巌谷小波)、三角と四角(巌谷小波)、印度の古話(幸田露伴)、少年魯敏遜〈ろびんそん〉(石井研堂)、万国幽霊怪話抄(押川春浪)、画の悲み(国木田独歩)、春坊(竹久夢二)、赤い船(小川未明)、野薔薇(小川未明)、鈴蘭(吉屋信子)、ぽっぽのお手帳(鈴木三重吉)、デイモンとピシアス(鈴木三重吉)、ちんちん小袴(小泉八雲)

内容 明治維新にはじまる文明開化の時代、西欧の文学に触れた人々の中から、新たな児童文学の作品がうみだされはじめ、児童読物の世界は一変した。上巻には、イソップ、グリム、アンデルセンの日本初紹介の作品をはじめ、巌谷小波「こがね丸」、竹久夢二「春坊」、小川未明「赤い船」、鈴木三重吉「デイモンとピシアス」など17篇を収める。

『日本児童文学名作集 下』 桑原三郎、千葉俊二編 岩波書店 1994.3 303p 15cm (岩波文庫) 570円 ①4-00-311432-9

目次 蜘蛛の糸(芥川龍之介)、三人兄弟(菊池寛)、笛(小島政二郎)、一房の葡萄(有島武郎)、木の葉の小判(江口渙)、三人の百姓(秋田雨雀)、寂しき魚(室生犀星)、幸福(島崎藤村)、蝿の大旅行(佐藤春夫)、でたらめ経(宇野浩二)、手品師(豊島与志雄)、ある島のきつね(浜田広介)、水仙月の四日(宮沢賢治)、オツベルと象(宮沢賢治)、鷹の巣とり(千葉省三)、影法師(内田百閒)、魔法(坪田譲治)、大人の眼と子供の眼(水上滝太郎)、がきのめ(壺井栄)、月の輪グマ(椋鳩十)、牛をつないだ椿の木(新美南吉)

内容 大正7年7月、鈴木三重吉によって創刊された『赤い鳥』は、日本の児童文学に新しいページを開いた。下巻には、この『赤い鳥』に掲載された芥川竜之介「蜘蛛の糸」、有島武郎「一房の葡萄」等の作品をはじめ、島崎藤村、浜田広介、宮沢賢治、内田百閒、坪田譲治、椋鳩十、新美南吉など大正・昭和の名作21篇を収める。

『日本童謡集』 与田準一編 岩波書店 1994.6 315p 19cm (ワイド版岩波文庫) 1100円 ①4-00-007136-X〈参考文献:p297〜305〉

『日本童謡集』 与田準一著 岩波書店 2002.4 315p 19cm (ワイド版岩波文庫) 1200円 ①4-00-007136-X

目次 大正時代、昭和時代

内容 童謡童話雑誌『赤い鳥』の創刊以来、終戦に至る三十年間に発表された多くの創作童謡の中から、三百余篇を選んでここに収める。「からたちの花」「うたを忘れたカナリヤ」「カラスなぜなくの」など、世に広く歌われている白秋、八十、雨情の代表作をはじめ、大正・昭和の名作童謡のすべてを集め、家中みんなが楽しめる本にした。

『日本童謡集』 与田準一編 岩波書店 2003.4 315p 15cm (岩波文庫) 600円 ①4-00-310931-7〈第59刷〉

目次 大正時代、昭和時代

内容 童謡童話雑誌『赤い鳥』の創刊以来、終戦に至る30年間に発表された多くの創作童謡の中から、300余篇を選んでここに収める。「からたちの花」「うたを忘れたカナリヤ」「カラスなぜなくの」など、世に広く歌われている白秋、八十、雨情の代表作をはじめ、大正・昭和の名作童謡のすべてを集め、家中みんなが楽しめる本にした。

『日本の童話名作選 〔1〕明治・大正篇』 講談社文芸文庫編 講談社 2005.5 307p 16cm (講談社文芸文庫) 1300円 ①4-06-198405-5

目次 こがね丸(巌谷小波)、二人むく助(尾崎紅葉)、金時計(泉鏡花)、山の力(国木田独歩)、絶島通信(押川春浪)、金魚のお使(与謝野晶子)、納豆合戦(菊池寛)、魔術(芥川龍之介)、一房の葡萄(有島武郎)、ふるさと(抄)(島崎藤村)、鳩と鷲(武者小路実篤)、蝿の大旅行(佐藤春夫)、壺作りの柿丸(吉田絃二郎)、白雲石(室生犀星)、大きな蝙蝠傘(竹久夢二)、日輪草(竹久夢二)

内容 明治・大正期、近代文学の黎明と共に子どもの文学にも一大変革が起きた。親から子に語られる昔話や外国童話の翻案に代り、紅葉・鏡花等錚々たる文豪達が競って筆を執り、子どもへの愛に溢れた香気高い童話が数多く生み出された。日本の童話の嚆矢とされる巌谷小波「こがね丸」始め、押川春浪、与謝野晶子、菊池寛、芥川龍之介、有島武郎、島崎藤村、佐藤春夫、竹久夢二等一五名の珠玉の童話を精選。

『日本の童話名作選 〔2〕昭和篇』 講談社文芸文庫編 講談社 2005.7 328p 16cm (講談社文芸文庫) 1300円

①4-06-198411-X
[目次] ある日の鬼ケ島（江口渙）、王様の背中（内田百閒）、狼の魂（内田百閒）、級長の探偵（川端康成）、面（横光利一）、グスコーブドリの伝説（宮沢賢治）、蛙（林芙美子）、ションベン稲荷（千葉省三）、走れメロス（太宰治）、煉瓦の煙突（下畑卓）、大造爺さんと雁（椋鳩十）、おじいさんのランプ（新美南吉）、機械になったこども（国分一太郎）、スイッチョねこ（大仏次郎）、サバクの虹（坪田譲治）、ふたりのおばさん（室生犀星）、ラクダイ横町（岡本良雄）、ヨコハマのサギ山（平塚武二）、八郎（斎藤隆介）、坂道（壺井栄）
[内容] 「赤い鳥」により芸術性を獲得した童話は、昭和に入ると、「少年倶楽部」に代表される大衆化の道を辿った。一方、子どものリアルな現実をとらえる生活童話が書かれ、宮沢賢治、新美南吉など童話作家も登場、独創的な日本のファンタジーが誕生した。お伽噺から文芸の豊かな一ジャンルに変貌をとげる時代の、川端康成、林芙美子、太宰治、坪田譲治、室生犀星、壺井栄など十九作家の名品を収録する。

『日本の童話名作選 〔3〕戦後篇』 講談社文芸文庫編　講談社　2007.2　347p　16cm　（講談社文芸文庫）　1400円
①978-4-06-198468-4
[目次] ノンちゃん雲に乗る（抄）（石井桃子）、原始林あらし（前川康男）、一つの花（今西祐行）、風信器（大石真）、おねえさんといっしょ（筒井敬介）、ぞうのたまごのたまやき（寺村輝夫）、くじらとり（中川李枝子）、きばをなくすと（小沢正）、ちょうちょむすび（今江祥智）、神かくしの山（岩崎京子）、ちいさいモモちゃん（松谷みよ子）、ぐず伸のホームラン（山中恒）、ひょっこりひょうたん島（井上ひさし、山元護久）、そこなし森の話（佐藤さとる）、焼けあとの白鳥（長崎源之助）、夜のかげぼうし（宮川ひろ）、さんしょっ子（安房直子）、おにたのぼうし（あまんきみこ）、ウーフは、おしっこでできてるか??（神沢利子）、白い帆船（庄野英二）、花かんざし（立原えりか）
[内容] 戦後、「少国民」は「子ども」にかえり、民主主義という新しい価値観のもと、童話も本来の明るさを取り戻した。子どもの視点に立つ成長物語、幼児の心を発見する幼年童話、異世界への扉をあけるファンタジーが一斉に花ひらくいっぽう、空襲、集団疎開等の記憶を語り継ぐ戦争童話も数多く書かれた。そして草創期のテレビは童話を含めた子ども文化に大変化をもたらした。戦後すぐから六〇年代までを俯瞰する名品二一篇。

『日本の童話名作選 〔4〕現代篇』 講談社文芸文庫編　講談社　2007.12　361p　16cm　（講談社文芸文庫）　1400円
①978-4-06-198498-1
[目次] 淋しいおさかな（別役実）、凧になったお母さん（野坂昭如）、桃次郎（阪田寛夫）、コジュケイ（舟崎克彦）、はんぶんちょうだい（山下明生）、花がらもようの雨がさ（皿海達哉）、月売りの話（竹下文子）、ひろしのしょうばい（舟崎靖子）、だれもしらない（灰谷健次郎）、ぼたぼた（抄）（三木卓）、おうさんの庭（三田村信行）、ひょうのぼんやりおやすみをとる（角野栄子）、まぼろしの町（那須正幹）、仁王小路の鬼（柏葉幸子）、電話がなっている（川島誠）、半魚人まで一週間（矢玉四郎）、少年時代の画集（森忠明）、絵はがき屋さん（池澤夏樹）、くるぞくるぞ（内田麟太郎）、草之丞の話（江國香織）、黒ばらさんと空からきた猫（末吉暁子）、氷の上のひなたぼっこ（斉藤洋）、あしたもよかった（森山京）、金色の象（岩瀬成子）、ビータイルねこ（岡田淳）、ふわふわ（村上春樹）
[内容] 七〇年代からの日本社会の激動は童話の世界を大きく変えた。大人が子どもに与える教訓的な物語は影をひそめ、子どもの空想を刺激し日常とは別の次元に誘う幼年童話、ファンタジーの名作が生まれる一方、いじめや受験戦争に蝕まれる十代の心を繊細に描くヤングアダルト文学も登場。若い才能ある書き手達が大人と子どもの文学の境界を双方から軽やかに突破していった。山下明生、灰谷健次郎、江國香織、村上春樹等の名品二六篇。

『猫とわたしの七日間―青春ミステリーアンソロジー』 秋山浩司、大山淳子、小松エメル、水生大海、村山早紀、若竹七海著　ポプラ社　2013.11　299p　15cm　（ポプラ文庫ピュアフル　Pん-1-17）　640円
①978-4-591-13667-6
[目次] 砒素とネコと粉ミルク（若竹七海）、消えた箱の謎（小松エメル）、まねき猫狂想曲（水生大海）、猫を抱く少女（秋山浩司）、踊る黒猫（村山早紀）、ひだりてさん（大山淳子）
[内容] 猫は不思議と謎を連れてくる。遺産争いに巻き込まれた猫の幽霊騒動、盗難疑惑から浮上した行方不明事件、失われた「絵画」をめぐる謎解き、白猫の"わたし"が巻き込まれた奇妙な盗難事件。まねき猫がしゃべり出すユーモアミステリーから、先輩が飼っていた黒猫と過ごした切ない七日間を描く、すこし不思議な物語まで、人気作家6人が「猫と過ごす七日間」という共通設定のもと競作！文庫オリジナルで登場!!

『初恋。』 安藤由希、大崎梢、香坂直、永井するみ、前川麻子、枡野浩一、早川司寿乃著　ジャイブ　2009.1　252p　15cm　（ピュアフル文庫　ん-1-11―ピュアフ

文庫で読める児童文学 2000冊　299

ル・アンソロジー) 590円 ①978-4-86176-603-9

[目次] アンビシャス少年(永井するみ),プラネタリウムの駝鳥(前川麻子),アヴェマリア(安藤由希),マイ・デイ(香坂直),冬の日のツルゲーネフ(大崎梢),ジジジジ(枡野浩一)

[内容] 初恋なんて言葉、聞きたくないんだよ(「アンビシャス少年」)/20歳の夏、優太の恋は急展開(「プラネタリウムの駝鳥」)/彼女の"真剣"なまなざしが、すきだ(「アヴェマリア」)/マジシャンが仕掛けたおとし穴(「マイ・デイ」)/名探偵はあしながおじさん(「冬の日のツルゲーネフ」)/首のあたりから聞こえる音(「ジジジジ」)さまざまな"初恋"のかたちを描いた書き下ろし短編6本に、早川司寿乃によるイラスト&ショートストーリーを特別収録したオリジナル・アンソロジー。

『Fragile—こわれもの』 石崎洋司,長崎夏海,令丈ヒロ子,花形みつる著 ジャイブ 2008.1 248p 15cm (ピュアフル文庫) 580円 ①978-4-86176-477-6〈ポプラ社 2007年刊の増訂〉

[目次] Fragile—こわれもの(石崎洋司),忘れ物(長崎夏海),あたしの、ボケのお姫様。(令丈ヒロ子),アート少女(花形みつる),流星群(石崎洋司)

[内容] 「くだらない物語なんかいらない」とクラスメイトの死をあっさり切り捨てた少年が、ひそかに求めていたものは何か?(「Fragile—こわれもの」)もろくて壊れそうだったり、反転、強固なカベをぶち壊しにかかったり。微妙で繊細、鋭利でタフな、悩み多き十代の日常を、鮮やかに描いた物語たち。自分の友達の姿を見た気がするような、リアルな青春アンソロジー。

『放課後。』 草野たき,梨屋アリエ,深沢美潮,川上亮,中島京子,折原みと著 ジャイブ 2007.7 255p 15cm (ピュアフル文庫—ピュアフル・アンソロジー) 560円 ①978-4-86176-409-7

[目次] ランチタイム(草野たき),月の望潮(梨屋アリエ),放課後の約束(深沢美潮),彼女の不機嫌そうな革靴(川上亮),ゴセイト(中島京子),道草少女(折原みと)

[内容] マルシェ篭を持って私は今日も公園に出かける(「ランチタイム」)。不器用な僕は上手く気持ちを伝えられない(「月の望潮」)。沙耶と梨李子、22才の夏。クラスメイト二人が再会する(「放課後の約束」)。僕は革靴を作る彼女に恋をした(「彼女の不機嫌そうな革靴」)。放課後のおしゃべりは秘密の友だちと…(「ゴセイト」)。幼い頃、私は道草ばかりしていた(「道草少女」)。少年少女の「放課後」を鮮やかに切り取った、オリジナル・アンソロジー。

『ぼくらが走りつづける理由—青春スポーツ小説アンソロジー』 あさのあつこ,五十嵐貴久,川島誠,川西蘭,小手鞠るい,須藤靖貴著 ポプラ社 2009.11 267p 15cm (ポプラ文庫ピュアフル ん-1-14) 570円 ①978-4-591-11441-4〈『Field, wind』(ジャイブ 2008年刊)の改題、加筆・訂正〉

[目次] ロード(あさのあつこ),サッカーしてたい(川島誠),風を運ぶ人(川西蘭),氷傑(須藤靖貴),バトン(五十嵐貴久),ガラスの靴を脱いで(小手鞠るい)

[内容] 当代きっての人気作家6人が、「青春」と「スポーツ」を鮮やかに活写した、入魂のアンソロジー。あさのあつこ×陸上、五十嵐貴久×リレー、川島誠×サッカー、川西蘭×自転車ロードレース、小手鞠るい×フィギュアスケート、須藤靖貴×アイスホッケーと、思わず声援をおくりたくなる、チーム&個人競技の豪華競演! 青春とスポーツを愛する、すべての人へ—。

『ポリリズム—音楽小説コレクション』 芦原すなお,伊藤たかみ,小路幸也,楡井亜木子,花村萬月,藤谷治著 ポプラ社 2010.11 254p 15cm (ポプラ文庫ピュアフル ん-1-15) 580円 ①978-4-591-12133-7〈『Heart Beat』(ジャイブ 2008年刊)の改題、加筆・訂正〉

[目次] peacemaker—赤星学園の "Romeo and Juliet"(小路幸也),シャンディは、おやすみを言わない(伊藤たかみ),おれがはじめて生んだ、まっさらな音(楡井亜木子),アルゴー号の勇者たち—短い叙事詩(芦原すなお),再会(藤谷治),フランソワ(花村萬月)

[内容] ポリリズム(polyrhythm)…音楽用語。複数の異なるリズムが同時に演奏されること。「音楽」と「青春」をテーマに、6名の人気作家が競演した豪華アンソロジーがついに文庫化。放送部、卒業式、音楽室、初めてのライブハウス、レコードで聴くビートルズ…等さまざまな場所やシチュエーションで刻まれたリズムが、本をひらけば、いっせいに鳴り響く。

『もうひとつの夏休み。』 芦原すなお,草野たき,香坂直,沢村鐵,藤堂絆,前川麻子著 ジャイブ 2008.7 228p 15cm (ピュアフル文庫—ピュアフル・アンソロジー) 590円 ①978-4-86176-528-5

[目次] いつかふたりで(草野たき),プルートへようこそ(前川麻子),田園の城(藤堂絆),

アイム・ノット・イン・ラヴ―劇団・北多摩モリブデッツの夏休み（沢村鐵），青田わたる風（香坂直），東京シックスティーン（芦原すなお）

内容 6人の作家が個性豊かに紡ぎ出す，少年少女の夏の日の物語。全編書き下ろし短編による、オリジナル・アンソロジー。

『寮の七日間―青春ミステリーアンソロジー』 加藤実秋，谷原秋桜子，野村美月，緑川聖司著 ポプラ社 2012.1 278p 15cm （ポプラ文庫ピュアフル ん–1–16） 600円 ①978–4–591–12722–3

〈『7days wonder』（2009年刊）の改題、加筆・訂正〉

目次 聖母の掌底突き（谷原秋桜子），桃園のいばら姫（野村美月），三月の新入生（緑川聖司），マジカル・ファミリー・ツアー（加藤実秋）

内容 「ぼく」が逃げ込んだ美術高校で起きた幽霊騒動、桃香る女子寮で繰り広げられる少女たちの密やかな駆け引き、名門男子校にやってきた季節外れの入寮生、個性派ファミリーの夏休みの行方―。舞台は「紅桃寮」、四〇四号室が「開かずの間」、事件発生から解決までが「七日間」。三つの共通設定のもと、四人の実力派作家が競作する新感覚の青春ミステリー。

書名索引

【あ】

ああ無情（ユゴー） …………………… 273
あいうえおちゃん（森絵都） …………… 165
愛犬ビンゴ（シートン） ………………… 222
愛少女ポリアンナ物語（ポーター） …… 252
あいたくて（工藤直子） ………………… 53
アイとサムの街（角野栄子） …………… 45
愛の旅だち（ペイトン） ………………… 249
愛の若草物語（オルコット） …………… 197
愛ふたたび（ペイトン） ………………… 249
青い城（モンゴメリ） …………………… 260
青い鳥（メーテルリンク） ……………… 260
青い羽のおもいで（立原えりか） ……… 87
青い本（緑川聖司） ……………………… 145
蒼き戦記（吉橋通夫） ……………… 172, 173
赤い糸の電話（立原えりか） …………… 87
赤いぼうしのクレヨン王国（福永令三）
　…………………………………………… 126
赤い本（緑川聖司） ……………………… 145
赤い蠟殺人事件（ミルン） ……………… 259
赤毛のアン（モンゴメリ） ………… 260〜262
あかね色の風　ラブ・レター（あさのあつこ）
　…………………………………………… 1
アカネちゃんとお客さんのパパ（松谷みよ子）
　…………………………………………… 138
アカネちゃんのなみだの海（松谷みよ子）
　…………………………………………… 138
アカネちゃんの涙の海（松谷みよ子） … 138
アクエルタルハ（風野潮） ……………… 42
朝のこどもの玩具箱（あさのあつこ） … 1
明日（あした）につづくリズム（八束澄子）
　…………………………………………… 169
あしながおじさん（ウェブスター） … 191, 192
頭のうちどころが悪かった熊の話（安東みきえ）
　…………………………………………… 18
あっちの豚こっちの豚/やせた子豚の一日（佐野洋子）
　…………………………………………… 72
穴（サッカー） …………………………… 219
兄貴（今江祥智） ………………………… 24
あばれはっちゃく（山中恒） …………… 170
あほうの星（長崎源之助） ……………… 97
あまんきみこ童話集（あまんきみこ） … 15
雨ニモマケズ（宮沢賢治） ……………… 147
雨の動物園（舟崎克彦） …………… 135, 136
アーモンド入りチョコレートのワルツ（森絵都）
　…………………………………………… 166

あやかし修学旅行（はやみねかおる） … 116
あらいぐまのラスカル（ノース） ……… 237
あらいぐまラスカル（ノース） ………… 237
あらしのよるに（きむらゆういち） … 50, 51
アラビアンナイト（濱野京子） ………… 115
RDG（荻原規子） ………………………… 34, 35
アルプスの少女（シュピリ） …………… 225
アルプスの少女ハイジ（シュピリ） …… 225
あわてた王さまきしゃにのる（寺村輝夫）
　…………………………………………… 93
アンをめぐる人々（モンゴメリ） ……… 263
アンデルセン童話集（アンデルセン）
　…………………………………………… 184, 185
アンネの童話（フランク） ……………… 245
アンネの日記（フランク） ……………… 245
アンの愛情（モンゴメリ） ………… 263, 264
アンの愛の家庭（モンゴメリ） ………… 264
アンの想い出の日々（モンゴメリ） …… 264
アンの幸福（モンゴメリ） ………… 264, 265
アンの青春（モンゴメリ） ………… 265, 266
アンの友だち（モンゴメリ） …………… 266
アンの友達（モンゴメリ） ……………… 267
アンの娘リラ（モンゴメリ） …………… 267
アンの夢の家（モンゴメリ） ……… 267, 268

【い】

いいけしき（まど・みちお） …………… 141
いえでほうや（灰谷健次郎） …………… 110
家なき子（マロ） ………………………… 258
家なき娘（マロ） ………………………… 258
家なき子レミ（マロ） …………………… 259
家元探偵マスノくん（笹生陽子） ……… 64
イグアナくんのおじゃまな毎日（佐藤多佳子）
　…………………………………………… 68
いさましいアリのポンス（いぬいとみこ）
　…………………………………………… 23
遺書の秘密（宗田理） …………………… 75
イソップ寓話集（イソップ） …………… 189
イソップのお話（イソップ） …………… 189
いたずら人形チョロップ（高楼方子） … 86
1234567（那須正幹） …………………… 100
一休・吉四六・彦一さん（寺村輝夫） … 93
一瞬の風になれ（佐藤多佳子） ………… 68
一等はビキニの絵（那須正幹） ………… 100
いつのまにデザイナー!?（梨屋アリエ）
　…………………………………………… 98

いつも心に好奇心(ミステリー)!(はやみねかおる) ……… 116
いとをかし! 百人一首(光丘真理) …… 144
いないいないばあや(神沢利子) ……… 49
犬と私の10の約束(さとうまきこ) …… 70
いのちのうた(まど・みちお) ……… 141
イーハトーボ農学校の春(宮沢賢治) … 148
衣世梨の魔法帳(那須正幹) ………… 101
炉辺荘(イングルサイド)のアン(モンゴメリ) …………………………… 268
インタビューはムリですよぅ!(梨屋アリエ) ………………………………… 99
インドラの網(宮沢賢治) …………… 148

【う】

ヴァンパイアの恋人(越水利江子) ……… 59
ヴィヴァーチェ(あさのあつこ) ………… 1
ウィロビー館のオオカミ(エイキン) … 196
兎の眼(灰谷健次郎) ………… 110, 111
うさぎのモコ(神沢利子) ……………… 49
薄紅天女(荻原規子) …………………… 35
うそつき王さまいぬをかう(寺村輝夫) …………………………………………… 93
うた時計(新美南吉) ………………… 107
歌に形はないけれど(濱野京子) …… 115
うちの一階には鬼がいる!(ジョーンズ) ………………………………… 226
宇宙人のいる教室(さとうまきこ) …… 70
宇宙のみなしご(森絵都) …………… 166
ウーフとツネタとミミちゃんと(神沢利子) ……………………………………… 49
海へいった赤んぼ大将(佐藤さとる) … 65
海になみだはいらない(灰谷健次郎) … 111
うみねこの空(いぬいとみこ) ………… 23
浦上の旅人たち(今西祐行) ………… 25
裏庭(梨木香歩) ……………………… 98
瓜子姫とあまのじゃく(松谷みよ子) … 138
うわさの恋人(モンゴメリ) ………… 268
うわさのズッコケ株式会社(那須正幹) …………………………………………… 101
運命の騎士(サトクリフ) …………… 219

【え】

衛生ボーロ殺人事件(宗田理) ………… 75

絵のない絵本(アンデルセン) ……… 185
エバリーン夫人のふしぎな肖像(柏葉幸子) ………………………………………… 40
エミリー(モンゴメリ) ……………… 268
エミリーの求めるもの(モンゴメリ) … 268
エーミールと大どろぼう(リンドグレーン) ………………………………… 275
エミルとクリスマスのごちそう(リンドグレーン) …………………………… 275
エーミールと三人のふたご(ケストナー) ………………………………… 217
エミールと探偵たち(ケストナー) … 217
エーミールとねずみとり(リンドグレーン) ………………………………… 275
エーミールと60ぴきのざりがに(リンドグレーン) …………………………… 275
エーミルの大すきな友だち(リンドグレーン) ………………………………… 275
エーミルはいたずらっ子(リンドグレーン) ………………………………… 276
えりなの青い空(あさのあつこ) ……… 2
エル・シオン(香月日輪) …………… 53
エンジェル エンジェル エンジェル(梨木香歩) …………………………………… 98
えんの松原(伊藤遊) ………………… 23

【お】

黄金の鍵(マクドナルド) …………… 256
黄金の道(モンゴメリ) ……………… 268
黄金の羅針盤(プルマン) ……… 247, 248
王さまうらない大あたり(寺村輝夫) … 93
王さまがいこつじけん(寺村輝夫) …… 93
王さまかいぞくせん(寺村輝夫) ……… 93
王さまたんけんたい(寺村輝夫) ……… 93
王さまたんじょうパーティ(寺村輝夫) …………………………………………… 94
王さまちびっこおばけ(寺村輝夫) …… 94
王さまなぜなぜ戦争(寺村輝夫) ……… 94
王さまなぞのピストル(寺村輝夫) …… 94
王様の背中(内田百閒) ……………… 30
王さまパトロール(寺村輝夫) ………… 94
王さまばんざい(寺村輝夫) ………… 94
王さまびっくり(寺村輝夫) ………… 94
王さま魔法ゲーム(寺村輝夫) ……… 94
王さまめいたんてい(寺村輝夫) …… 95
王さまゆめのひまわり(寺村輝夫) … 95

王さまレストラン（寺村輝夫） 95
王さまロボット（寺村輝夫） 95
王のしるし（サトクリフ） 219
お江戸の百太郎（那須正幹） 101, 102
大当たりズッコケ占い百科（那須正幹）
.... 102
大江戸妖怪かわら版（香月日輪） 53, 54
大おばさんの不思議なレシピ（柏葉幸
子） 40
狼王ロボ（シートン） 223
大きな森の小さな家（ワイルダー） .. 285, 286
大どろぼうプラブラ氏（角野栄子） 45
おかあさん（サトウハチロー） 69
おかあさんの木（大川悦生） 33
おかあさんの目（あまんきみこ） 15, 16
おかし工場のひみつ!!（令丈ヒロ子） 173
おかね工場でびっくり!!（令丈ヒロ子）
.... 173
丘の家のジェーン（モンゴメリ） 269
丘の上の出会い（フィリップ） 244
小川未明童話集（小川未明） 34
奥の細道失踪事件（宗田理） 75
オサムの朝（森詠） 165
おじいさんのランプ（新美南吉） 107
おしゃれなポリー（オルコット） 197
おしゃれなポリーのおしゃれな恋（オル
コット） 197
お嬢様探偵ありす（藤野恵美） 132
お嬢様探偵ありすと少年執事ゆきとの事
件簿（藤野恵美） 132
オズの魔法使い（ボーム） 254, 255
オズの魔法使いとエメラルドの都（ボー
ム） 255
オズの魔法使いとオズマ姫（ボーム） 256
オズの魔法使いとグロリア姫（ボーム）
.... 256
オズの魔法使いと虹の国（ボーム） 256
オズの魔法使いとふしぎな事件（ボー
ム） 256
オタカラウォーズ（はやみねかおる） 116
おっことチョコの魔界ツアー（令丈ヒロ
子） 174
オツベルと象（宮沢賢治） 148
お電話倶楽部（舟崎克彦） 136
おとうさんがいっぱい（三田村信行） 142
おとなりさんは魔女（エイキン） 196
踊る夜光怪人（はやみねかおる） 116, 117
鬼の橋（伊藤遊） 23

おばあさんのひこうき（佐藤さとる） 65
おばけアパートの秘密（宗田理） 75
おばけカラス大戦争（宗田理） 76
お引越し（ひこ・田中） 126
お姫さまとゴブリンの物語（マクドナル
ド） 256
お昼寝宮 お散歩宮（谷山浩子） 89
思い出のマーニー（ロビンソン） 280, 281
おもしろ荘の子どもたち（リンドグレー
ン） 276
おもちゃ工場のなぞ!!（令丈ヒロ子） 174
おやゆび姫（アンデルセン） 185
親指姫（アンデルセン） 185
オリエント急行とパンドラの匣（ケース）
（はやみねかおる） 117
オリキ様の代替わり（令丈ヒロ子） 174
おれがあいつであいつがおれで（山中
恒） 170
オン・ザ・ライン（朽木祥） 52
温泉アイドルは小学生！（令丈ヒロ子） 174
おん太山びこ（山中恒） 170

【か】

カイウスはばかだ（ウィンターフェル
ト） 191
かいじゅうムズング（寺村輝夫） 95
海賊の歌がきこえる（今江祥智） 24
怪談収集家山岸良介の帰還（緑川聖司）
.... 145
海底二万海里（ヴェルヌ） 192
海底2万マイル（ヴェルヌ） 193
海底二万マイル（ヴェルヌ） 193
海底二万里（ヴェルヌ） 193, 194
怪盗クイーン、かぐや姫は夢を見る（は
やみねかおる） 117
怪盗クイーン、仮面舞踏会にて（はやみ
ねかおる） 117
怪盗クイーンと悪魔の錬金術師（はやみ
ねかおる） 117
怪盗クイーンと魔界の陰陽師（はやみね
かおる） 117
怪盗クイーンと魔窟王の対決（はやみね
かおる） 117
怪盗クイーンに月の砂漠を（はやみねか
おる） 118

【か】（続き）

- 怪盗クイーンの優雅な休暇（バカンス）（はやみねかおる） …… 118
- 怪盗クイーンはサーカスがお好き（はやみねかおる） …… 118
- 怪盗道化師（ピエロ）（はやみねかおる） …… 118
- 怪盗ファントム＆ダークネスEX-GP（藤野恵美） …… 132, 133
- 怪盗るぱんの亡霊（那須正幹） …… 102
- 貝になった子ども（松谷みよ子） …… 138
- 海馬亭通信（村山早紀） …… 160
- 帰ってきた空飛び猫（ル＝グウィン） …… 279
- カガミジシ（椋鳩十） …… 159
- かがみの国のアリス（キャロル） …… 202
- 鏡の国のアリス（キャロル） …… 202, 203
- 学園を守れ！（光丘真理） …… 144
- かくれ家は空の上（柏葉幸子） …… 40
- 影の谷へ（さとうまきこ） …… 70
- 風と木の歌（安房直子） …… 17
- 風にのって走れ（マコックレン） …… 257
- 風の陰陽師（おんみょうじ）（三田村信行） …… 142, 143
- 風の又三郎（宮沢賢治） …… 148, 149
- 風の館の物語（あさのあつこ） …… 2
- 風のラヴソング（越水利江子） …… 59
- 風のローラースケート（安房直子） …… 17
- 片想い。 …… 291
- かっこう時計（モールズワース） …… 260
- カッレくんの冒険（リンドグレーン） …… 276
- カーディとお姫さまの物語（マクドナルド） …… 256
- 金子みすゞ童謡集（金子みすゞ） …… 49
- カフェかもめ亭（村山早紀） …… 160
- カフェかもめ亭 猫たちのいる時間（村山早紀） …… 161
- かまいたち（宮部みゆき） …… 156
- 神々の午睡（うたたね）（あさのあつこ） …… 2
- 神の守り人（上橋菜穂子） …… 27
- 仮面学園（宗田理） …… 76
- 仮面学園殺人事件（宗田理） …… 76
- 蒲生邸事件（宮部みゆき） …… 157
- 機巧館（からくりやかた）のかぞえ唄（はやみねかおる） …… 118
- ガラスの家族（パターソン） …… 237
- カラフル（森絵都） …… 166
- かるいお姫さま（マクドナルド） …… 257
- ガールズ・ブルー（あさのあつこ） …… 2, 3
- カレンダー（ひこ・田中） …… 126
- かわいいローズと7人のいとこ（オルコット） …… 197
- かわいいローズの小さな愛（オルコット） …… 197
- 川中wow部の釣りバトル（阿部夏丸） …… 14
- 川中wow部の夏休み（阿部夏丸） …… 14
- 川のほとりのおもしろ荘（リンドグレーン） …… 276
- ガンバとカワウソの冒険（斎藤惇夫） …… 62
- 完訳 アンデルセン童話集（アンデルセン） …… 186, 187
- 完訳 グリム童話集（グリム兄弟） …… 206〜211
- 完訳 ハックルベリ・フィンの冒険（トウェイン） …… 231
- 完訳 ペロー童話集（ペロー） …… 250

【き】

- 黄色い本（緑川聖司） …… 145
- 黄色い目の魚（佐藤多佳子） …… 68
- 消えた赤ちゃん救出大作戦！（那須正幹） …… 102
- 消えた王子（バーネット） …… 238
- 消えた五人の小学生（大石真） …… 32
- 消えた2ページ（寺村輝夫） …… 95
- 消える総生島（はやみねかおる） …… 118, 119
- ぎざ耳ウサギの冒険（シートン） …… 223
- Kiss. …… 291
- 北風と太陽（イソップ） …… 189
- 北風のうしろの国（マクドナルド） …… 257
- 北風のわすれたハンカチ（安房直子） …… 17
- キッドナップ・ツアー（角田光代） …… 39
- きつねのクリーニングや（三田村信行） …… 143
- きつねの窓（安房直子） …… 17
- 祈禱師の娘（中脇初枝） …… 97
- きのう、火星に行った。（笹生陽子） …… 64
- 樹のことばと石の封印（富安陽子） …… 97
- ぎぶそん（伊藤たかみ） …… 22
- きみが見つける物語 …… 291〜293
- きみはいい子（中脇初枝） …… 98
- きみはダックス先生がきらいか（灰谷健次郎） …… 111
- キャプテンがんばる（後藤竜二） …… 61
- キャプテン、らくにいこうぜ（後藤竜二） …… 61
- キャプテンはつらいぜ（後藤竜二） …… 61

キャベツ(石井睦美)	21	くらやみの谷の小人たち(いぬいとみこ)	23
ギヤマン壺の謎(はやみねかおる)	119	グリックの冒険(斎藤惇夫)	62
ギャング・エイジ(阿部夏丸)	15	グリフィンの年(ジョーンズ)	227
吸血鬼は闇にわらう(三田村信行)	143	グリム童話(グリム兄弟)	212
久助君の話(新美南吉)	107	グリム童話集(グリム兄弟)	212
旧約聖書物語(デ・ラ・メア)	230	グリムの昔話(グリム兄弟)	213
驚異のズッコケ大時震(那須正幹)	102	車のいろは空のいろ(あまんきみこ)	16
教室二〇五号(大石真)	32	くるみの冒険(村山早紀)	161
兄妹パズル(石井睦美)	21	クレヨン王国 幾山河を越えて(福永令三)	126
京のほたる火(吉橋通夫)	173	クレヨン王国 いちご村(福永令三)	126
恐竜がくれた夏休み(はやみねかおる)	119	クレヨン王国 王さまのへんな足(福永令三)	127
キラキラデイズ	293	クレヨン王国 カメレオン別荘村(福永令三)	127
ギリシア神話(遠藤寛子)	31	クレヨン王国からきたおよめさん(福永令三)	127
霧のむこうのふしぎな町(柏葉幸子)	40	クレヨン王国 黒の銀行(福永令三)	127
きんいろのあしあと(椋鳩十)	159	クレヨン王国 しっぽ売りの妖精(福永令三)	127
銀色の時	293	クレヨン王国 12妖怪の結婚式(福永令三)	127
銀河鉄道の夜(宮沢賢治)	149~151	クレヨン王国 シルバー王妃花の旅(福永令三)	127
銀河鉄道の夜 風の又三郎 セロ弾きのゴーシュ(宮沢賢治)	151	クレヨン王国 新十二か月の旅(福永令三)	127, 128
緊急招集、若だんなの会(令丈ヒロ子)	174	クレヨン王国スペシャル 夢のアルバム(福永令三)	128
緊急入院! ズッコケ病院大事件(那須正幹)	102	クレヨン王国 タンポポ平17橋(福永令三)	128
銀の枝(サトクリフ)	219	クレヨン王国 茶色の学校(福永令三)	128
金の鍵(マクドナルド)	257	クレヨン王国 超特急24色ゆめ列車(福永令三)	128
銀のくじゃく(安房直子)	17	クレヨン王国 月のたまご(福永令三)	128, 129
銀の砂時計(あまんきみこ)	15	クレヨン王国 デパート特別食堂(福永令三)	129
銀のほのおの国(神沢利子)	49	クレヨン王国 とんでもない虹(福永令三)	130
金の本(緑川聖司)	146	クレヨン王国の赤トンボ(福永令三)	130
銀の本(緑川聖司)	146	クレヨン王国の十二か月(福永令三)	130
銀の森のパット(モンゴメリ)	269	クレヨン王国の花ウサギ(福永令三)	130
		クレヨン王国の四土神(福永令三)	130
【く】		クレヨン王国 春の小川(福永令三)	130
くいしんぼ行進曲(大石真)	32	クレヨン王国 109番めのドア(福永令三)	130, 131
クオレ(デ・アミーチス)	229	クレヨン王国 まほうの夏(福永令三)	131
9月0日大冒険(さとうまきこ)	70		
工藤直子詩集(工藤直子)	53		
九年目の魔法(ジョーンズ)	226		
首なし地ぞうの宝(那須正幹)	102		
熊とにんげん(チムニク)	228		
くまの子ウーフ(神沢利子)	49, 50		
くまのプーさん(ミルン)	259		
クマのプーさん(ミルン)	259		
雲取谷の少年忍者(古田足日)	137		
雲のはて(ペイトン)	249		

クレヨン王国 三日月のルンルン（福永令三） ……… 131
クレヨン王国 水色の魔界（福永令三）…… 131
クレヨン王国 道草物語（福永令三）…… 131
クレヨン王国 森のクリスマス物語（福永令三）……… 131
クレヨン王国 幽霊村へ三泊四日（福永令三）……… 131
クレヨン王国 ロペとキャベツの物語（福永令三）……… 131
クレーン・タイコたたきの夢（チムニク）……… 228
黒い兄弟（テツナー）……… 229
黒い塔（さとうまきこ）……… 70
黒い本（緑川聖司）……… 146
黒沼（香月日輪）……… 54
黒森物語（大嶽洋子）……… 33
群青の空に薄荷の匂い（石井睦美）……… 21

【け】

夏至の魔法 ……… 293
ゲド戦記（ル＝グウィン）……… 279
獣の奏者（上橋菜穂子）……… 27, 28
ケルトの白馬／ケルトとローマの息子（サトクリフ）……… 220
肩胛骨は翼のなごり（アーモンド）……… 184
現代童話 ……… 294
ケンチとユリのあおい海（長崎源之助）……… 97
ゲンのいた谷（長崎源之助）……… 97
源平合戦物語（遠藤寛子）……… 32
けんはへっちゃら（谷川俊太郎）……… 89

【こ】

恋する新選組（越水利江子）……… 59
恋のギュービッド大作戦！（令丈ヒロ子）……… 174
豪華客船の爆弾魔事件（藤野恵美）……… 133
こうばしい日々（江國香織）……… 31
幸福な王子（ワイルド）……… 289
幸福な王子（ワイルド）……… 289
交霊会殺人事件（那須正幹）……… 102
氷の上のプリンセス（風野潮）……… 43
氷姫（アンデルセン）……… 187

木かげの家の小人たち（いぬいとみこ）……… 23
ごきげんな裏階段（佐藤多佳子）……… 68
虚空の旅人（上橋菜穂子）……… 29
九つの銅貨（デ・ラ・メア）……… 230
古事記物語（鈴木三重吉）……… 74
古城ホテルの花嫁事件（藤野恵美）……… 133
ゴースト館の謎（あさのあつこ）……… 3
亡霊（ゴースト）は夜歩く（はやみねかおる）……… 119
コスモス（光丘真理）……… 144
子そだてゆうれい（大川悦生）……… 33
ごちそうびっくり箱（角野栄子）……… 45
こちら栗原探偵事務所（那須正幹）… 102, 103
こちらズッコケ探偵事務所（那須正幹）……… 103
狐笛のかなた（上橋菜穂子）……… 29
ことづて屋（濱野京子）……… 115
この輝かしい日々（ワイルダー）… 286, 287
この子だれの子（宮部みゆき）……… 157
この楽しき日々（ワイルダー）……… 287
この船、地獄行き（山中恒）……… 171
この湖にボート禁止（トリーズ）……… 235
琥珀の望遠鏡（プルマン）……… 248
こぶたのブウタ（神沢利子）……… 50
ごめん（ひこ・田中）……… 126
ごめんなさいお母さん（グリム兄弟）… 213
ゴールド・フィッシュ（森絵都）……… 166
これは王国のかぎ（荻原規子）……… 35
殺しの交換日記（宗田理）……… 76
コロボックル童話集（佐藤さとる）……… 65
コロボックルむかしむかし（佐藤さとる）……… 65
怖い本（緑川聖司）……… 146
ごんぎつね（新美南吉）……… 107, 108
ごんぎつね・てぶくろを買いに（新美南吉）……… 108
こんにちはウーフ（神沢利子）……… 50
コンビニたそがれ堂（村山早紀）… 161, 162
今夜は眠れない（宮部みゆき）……… 157

【さ】

最後の決戦（さとうまきこ）……… 70
最後の楽園（阿久悠）……… 1
斎藤隆介童話集（斎藤隆介）……… 63
阪田寛夫詩集（阪田寛夫）……… 63

魚のように(中脇初枝) …………… 98
ささやき貝の秘密(ロフティング) …… 281
さすらい猫ノアの伝説(重松清) ……… 72
さすらいの孤児ラスムス(リンドグレーン) …………………………… 276
サッカーボーイズ(はらだみずき) …… 124
サッカーボーイズ13歳(はらだみずき) …………………………… 124, 125
サッカーボーイズ14歳(はらだみずき) …………………………… 125
サッカーボーイズ15歳(はらだみずき) …………………………… 125
サッちゃん(阪田寛夫) ………………… 63
佐藤さとる童話集(佐藤さとる) ……… 66
佐藤さとるファンタジー童話集(佐藤さとる) …………………………… 66
佐藤さん(片川優子) …………………… 45
サトウハチロー詩集(サトウハチロー) …………………………… 69
さとるのじてんしゃ(大石真) ………… 32
真田幸村と忍者サスケ(吉橋通夫) …… 173
淋しいおさかな(別役実) ……………… 137
サマータイム(佐藤多佳子) …………… 69
The MANZAI(あさのあつこ) ……… 3〜6
さようなら魔法使いのお婆さん(グリム兄弟) …………………………… 214
皿と紙ひこうき(石井睦美) …………… 21
さらば、おやじどの(上野瞭) ………… 26
さらわれた花嫁(あさのあつこ) ……… 6
三国志(三田村信行) ………… 143, 144
山賊のむすめローニャ(リンドグレーン) …………………………… 276
三丁目が戦争です(筒井康隆) ………… 90
サンネンイチゴ(笹生陽子) …………… 64
算法少女(遠藤寛子) …………………… 32

【し】

幸せな王子(ワイルド) ………………… 289
しあわせな森へ(立原えりか) ………… 87
しあわせの王子(ワイルド) …………… 290
シェーラひめのぼうけん うしなわれた秘宝(村山早紀) ………………… 162
シェーラひめのぼうけん 海の王冠(村山早紀) ………………………… 162
シェーラひめのぼうけん 海賊船シンドバッド(村山早紀) …………… 162
シェーラひめのぼうけん ガラスの子馬(村山早紀) ……………………… 162
シェーラひめのぼうけん 最後の戦い(村山早紀) ………………………… 162
シェーラひめのぼうけん 空とぶ城(村山早紀) ………………………… 163
シェーラひめのぼうけん ダイヤモンドの都(村山早紀) ………………… 163
シェーラひめのぼうけん 魔神の指輪(村山早紀) ………………………… 163
シェーラひめのぼうけん 魔法の杖(村山早紀) ………………………… 163
シェーラひめのぼうけん 闇色の竜(村山早紀) ………………………… 163
ジ エンド オブ ザ ワールド(那須正幹) …………………………… 103
紫苑の園　香澄(松田瓊子) ………… 138
時空忍者おとめ組!(越水利江子) … 59, 60
時空ハンターYuki(あさのあつこ) …… 6
地獄堂霊界通信(香月日輪) ……… 54, 55
しずかな日々(椰月美智子) ………… 168
舌切りすずめ(松谷みよ子) ………… 139
下町不思議町物語(香月日輪) ………… 55
七時間目の占い入門(藤野恵美) …… 133
七時間目の怪談授業(藤野恵美) …… 134
七時間目のUFO研究(藤野恵美) …… 134
7人きょうだい6番目(那須正幹) …… 103
七人のゆかいな大どろぼう(たかしよいち) …………………………… 86
児童文学名作全集 …………………… 295
シートン動物記(シートン) …… 223, 224
シートンの動物記(シートン) ……… 224
ジーノのあした(ブルックナー) …… 247
地べたっこさま(さねとうあきら) …… 72
島物語(灰谷健次郎) ………………… 111
ジャン・ヴァルジャン物語(ユゴー) … 273
ジャングル・ブック(キプリング) … 201
十一月の扉(高楼方子) ……………… 86
11わる4…(舟崎靖子) ……………… 135
修学旅行殺人事件(宗田理) ………… 76
十五少年漂流記(ヴェルヌ) ………… 194
十五夜お月さん(野口雨情) ………… 110
13歳のシーズン(あさのあつこ) ……… 7
秋聲少年少女小説集(徳田秋聲) …… 96
十二歳(椰月美智子) ………………… 169
12歳たちの伝説(後藤竜二) …… 61, 62
12歳―出逢いの季節(あさのあつこ) … 7
宿題ひきうけ株式会社(古田足日) … 137

樹上のゆりかご(荻原規子)	35
ジュンとひみつの友だち(佐藤さとる)	66
小公子(バーネット)	238
小公子セディ(バーネット)	239
小公子セドリック(バーネット)	239
小公女(バーネット)	239
小公女セーラ(バーネット)	240
小路幸也少年少女小説集(小路幸也)	73
少女パレアナ(ポーター)	252
少女ポリアンナ(ポーター)	252, 253
少年騎士アーサーの冒険(クロスリー＝ホランド)	216
少年キム(キプリング)	202
少年のブルース(那須正幹)	103
少年名探偵虹北恭助の冒険(はやみねかおる)	119
少年名探偵Who(はやみねかおる)	119
少年ヨアキム(ハウゲン)	237
ショート・トリップ(森絵都)	166, 167
ジョナさん(片川優子)	45
白雪姫(グリム兄弟)	214
白雪姫と黒の女王(グリム兄弟)	214
市立第二中学校2年C組(椰月美智子)	169
シルバー湖のほとりで(ワイルダー)	287
シルバー・レイクの岸辺で(ワイルダー)	287
白いおうむの森(安房直子)	17
白い月黄色い月(石井睦美)	21
白いプリンスとタイガー(宗田理)	76
白いぼうし(あまんきみこ)	16
白い本(緑川聖司)	146
しろばんば(井上靖)	24
新クレヨン王国 千年桜五人姉妹(福永令三)	132
新シェーラひめのぼうけん 風の恋うた(村山早紀)	163
新シェーラひめのぼうけん 死をうたう少年(村山早紀)	163
新シェーラひめのぼうけん 旅だちの歌(村山早紀)	163
新シェーラひめのぼうけん 伝説への旅(村山早紀)	163
新シェーラひめのぼうけん 天と地の物語(村山早紀)	163
新シェーラひめのぼうけん 天のオルゴール(村山早紀)	164
新シェーラひめのぼうけん ふたりの王女(村山早紀)	164
新シェーラひめのぼうけん ペガサスの騎士(村山早紀)	164
新シェーラひめのぼうけん 炎の少女(村山早紀)	164
新シェーラひめのぼうけん 妖精の庭(村山早紀)	164
新潮現代童話館	296
シンデレラ(ペロー)	250
シンデレラ 美女と野獣(グリム兄弟)	250
シンデレラ 美女と野獣(ペロー)	250
神秘の島(ヴェルヌ)	194
神秘の短剣(プルマン)	248
新・ぼくらのいいじゃんか!(宗田理)	76
新・ぼくらの円卓の戦士(宗田理)	77
新・ぼくらのサムライ魂(スピリッツ)(宗田理)	77
新・ぼくらの大魔術師(宗田理)	77
新ほたる館物語(あさのあつこ)	7
人面瘡は夜笑う(あさのあつこ)	7

【 す 】

水曜日のクルト(仁木悦子)	109
スウ姉さん(ポーター)	253
透きとおった糸をのばして(草野たき)	52
すずかけ写真館(あまんきみこ)	16
鈴木三重吉童話集(鈴木三重吉)	74
ズッコケ愛の動物記(那須正幹)	103
ズッコケ愛のプレゼント計画(那須正幹)	103
ズッコケ家出大旅行(那須正幹)	103
ズッコケ宇宙大旅行(那須正幹)	104
ズッコケ怪奇館幽霊の正体(那須正幹)	104
ズッコケ海底大陸の秘密(那須正幹)	104
ズッコケ怪盗X最後の戦い(那須正幹)	104
ズッコケ怪盗Xの再挑戦(那須正幹)	104
ズッコケ脅威の大震災(那須正幹)	104
ズッコケ恐怖体験(那須正幹)	104
ズッコケ芸能界情報(那須正幹)	104
ズッコケ結婚相談所(那須正幹)	104
ズッコケ財宝調査隊(那須正幹)	104
ズッコケ山岳救助隊(那須正幹)	104
ズッコケ山賊修業中(那須正幹)	104

ズッコケ三人組と学校の怪談（那須正幹）………………………… 104
ズッコケ三人組の神様体験（那須正幹）………………………… 104
ズッコケ三人組の推理教室（那須正幹）………………………… 104
ズッコケ三人組の卒業式（那須正幹）…… 104
ズッコケ三人組の大運動会（那須正幹）………………………… 105
ズッコケ三人組のダイエット講座（那須正幹）………………………… 105
ズッコケ三人組の地底王国（那須正幹）………………………… 105
ズッコケ三人組のバック・トゥ・ザ・フューチャー（那須正幹）………… 105
ズッコケ三人組のミステリーツアー（那須正幹）………………………… 105
ズッコケ三人組の未来報告（那須正幹）………………………… 105
ズッコケ三人組ハワイに行く（那須正幹）………………………… 105
ズッコケ情報公開(秘)ファイル（那須正幹）………………………… 105
ズッコケTV本番中（那須正幹）………… 105
ズッコケ発明狂時代（那須正幹）……… 105
ズッコケ文化祭事件（那須正幹）……… 105
ズッコケ魔の異郷伝説（那須正幹）…… 105
ズッコケ妖怪大図鑑（那須正幹）……… 105
すっとびぞうと ふしぎなくに（椋鳩十）………………………………… 159
すてきな看護婦さん（モンゴメリ）…… 269
ステップファザー・ステップ（宮部みゆき）………………………… 157, 158
ストーリー・ガール（モンゴメリ）…… 269
ストーリー・ガール誕生（モンゴメリ）… 269
砂の妖精（ネズビット）………………… 236
スーパーキッド・Dr.リーチ（令丈ヒロ子）………………………………… 174
素晴らしいアレキサンダーと、空飛び猫たち（ル＝グウィン）………… 279
ズボン船長さんの話（角野栄子）……… 46
スリースターズ（梨屋アリエ）………… 99
スローモーション（佐藤多佳子）……… 69

【せ】

精霊の守り人（上橋菜穂子）…………… 29
世界がぼくを笑っても（笹生陽子）…… 64

世界童謡集 ……………………………… 296
世界名作選 ……………………………… 296
瀬戸内少年野球団（阿久悠）……………… 1
セーヌの釣りびとヨナス・いばりんぼの白馬（チムニク）…………… 228
せみと蓮の花　昨日の恥（坪田譲治）… 91
セロひきのゴーシュ（宮沢賢治）……… 152
セロ弾きのゴーシュ（宮沢賢治）……… 152
せんせいけらいになれ（灰谷健次郎）…………………………… 111, 112
戦争童話集（今江祥智）………………… 24
戦争童話集（野坂昭如）………………… 110
1812初版グリム童話（グリム兄弟）… 215

【そ】

ゾウになった赤ちゃん（エイキン）…… 196
ゾウの鼻が長いわけ（キプリング）…… 202
蒼路の旅人（上橋菜穂子）……………… 29
そして五人がいなくなる（はやみねかおる）………………………………… 120
卒業。………………………………………… 297
卒業（はやみねかおる）………………… 120
卒業の夏（ペイトン）…………………… 249
その後のクレヨン王国（福永令三）… 132
その本の物語（村山早紀）……………… 164
そばかすの少年（ポーター）…………… 253
空色バトン（笹生陽子）………………… 64
空色勾玉（荻原規子）……………………… 36
空を駆けるジェーン（ル＝グウィン）… 280
宇宙（そら）からの訪問者（あさのあつこ）…………………………………… 7
空飛び猫（ル＝グウィン）……………… 280

【た】

ダイエットパンチ！（令丈ヒロ子）…… 175
第九軍団のワシ（サトクリフ）………… 220
だいじょうぶ3組（乙武洋匡）………… 38
大草原の小さな家（ワイルダー）… 287, 288
大草原の小さな町（ワイルダー）……… 288
大中小探偵クラブ（はやみねかおる）… 120
Dive!!（森絵都）…………………… 167, 168
太平記・千早城のまもり（花岡大学）… 113
対訳 英米童謡集 ……………………… 297
太陽の子（灰谷健次郎）………………… 112

太陽の戦士(サトクリフ)	220
ダークホルムの闇の君(ジョーンズ)	227
龍の子太郎(松谷みよ子)	139
龍の子太郎・ふたりのイーダ(松谷みよ子)	139
たのしいムーミン一家(ヤンソン)	270
卵と小麦粉それからマドレーヌ(石井睦美)	21, 22
魂の姉妹(宗田理)	77
ダヤン、タシルに帰る(池田あきこ)	19
ダヤンと王の塔(池田あきこ)	19
ダヤンとジタン(池田あきこ)	19
ダヤンとタシルの王子(池田あきこ)	19
ダヤンと時の魔法(池田あきこ)	19
ダヤンとハロウィーンの戦い(池田あきこ)	19
ダヤンのクリスマスまでの12日(池田あきこ)	20
ダヤン、わちふぃーるどへ(池田あきこ)	20
タランの白鳥(神沢利子)	50
たるの中から生まれた話(シュトルム)	224
だれも知らない小さな国(佐藤さとる)	67
たんぽぽ飛ぶころ(後藤竜二)	62

【ち】

小さい人魚姫(アンデルセン)	187
ちいさいモモちゃん(松谷みよ子)	139
ちいさな王子(サン=テグジュペリ)	221
小さな国のつづきの話(佐藤さとる)	67
小さなトロールと大きな洪水(ヤンソン)	270, 271
小さな人のむかしの話(佐藤さとる)	67
小さなろばのグリゼラ(デンネボルク)	231
地下室から愛をこめて(きむらゆういち)	51
地下室からのふしぎな旅(柏葉幸子)	41
地底旅行(ヴェルヌ)	195
地にむかって走れ(マコックレン)	257
チビザル兄弟(椋鳩十)	159
チビ竜と魔法の実(富安陽子)	97
茶子と三人の男子たち(令丈ヒロ子)	175
茶子の恋と決心(令丈ヒロ子)	175
注文の多い料理店(宮沢賢治)	152, 153
注文の多い料理店 銀河鉄道の夜(宮沢賢治)	153
注文の多い料理店 セロひきのゴーシュ(宮沢賢治)	153
超・ハーモニー(魚住直子)	30
チョコレート戦争(大石真)	32

【つ】

ツェねずみ(宮沢賢治)	154
月あかりの中庭(立原えりか)	88
つきのふね(森絵都)	168
月の森に、カミよ眠れ(上橋菜穂子)	29
爪先の落書(賀川豊彦)	39
つめたいよるに(江國香織)	31
つるのよめさま(松谷みよ子)	139

【て】

ディアノーバディ(ドハティ)	235
でかでか人とちびちび人(立原えりか)	88
手紙。	297
手品師の帽子(安野光雅)	19
てつがくのライオン(工藤直子)	53
でてきたドジマサ(山中恒)	171
手と目と声と(灰谷健次郎)	112
てのひら童話(おーなり由子)	39
手袋を買いに(新美南吉)	108
テラビシアにかける橋(パターソン)	237
寺町三丁目十一番地(渡辺茂男)	182
寺山修司少女詩集(寺山修司)	96
でりばりぃAge(梨屋アリエ)	99
天下無敵のお嬢さま!(濱野京子)	115, 116
天空のミラクル(村山早紀)	164
天狗童子(佐藤さとる)	67
天国を出ていく(ファージョン)	244
点子ちゃんとアントン(ケストナー)	217
天山の巫女ソニン(菅野雪虫)	74
天井うらのふしぎな友だち(柏葉幸子)	41
天と地の守り人(上橋菜穂子)	29
天の鹿(安房直子)	18
天のシーソー(安東みきえ)	19

【と】

トイレにいっていいですか(寺村輝夫)
 ………………………………… 95
答案用紙の秘密(宗田理) ………… 77
遠い野ばらの村(安房直子) ……… 18
時をかける少女(筒井康隆) ……… 90
時を超えるSOS(あさのあつこ) … 8
どきどきの一週間(山中恒) …… 171
トーキョー・クロスロード(濱野京子) ‥ 116
時よ、よみがえれ！(光丘真理) … 145
どきん(谷川俊太郎) ……………… 89
Dr.リーチ・予言とたたかう(令丈ヒロ子) ………………………………… 175
髑髏は知っていた(あさのあつこ) … 8
時計塔の亡霊事件(藤野恵美) … 134
刺のある樹(仁木悦子) ………… 109
徳利長屋の怪(はやみねかおる) … 120
どで作峠(山中恒) ……………… 171
どど平だいこ(山中恒) ………… 171
となりの蔵のつくも神(伊藤遊) … 23
となりのもののけさん …………… 297
とびだせズッコケ事件記者(那須正幹)
 ………………………………… 105
飛ぶ教室(ケストナー) ……… 217, 218
トム＝ソーヤーの探偵(トウェイン) … 231
トム・ソーヤーの探偵・探検(トウェイン) ……………………………… 231
トム・ソーヤーの冒険(トウェイン)
 ……………………………… 231〜233
戸村飯店青春100連発(瀬尾まいこ) … 75
ともしびをかかげて(サトクリフ) … 220
ドラキュラなんかこわくない(大石真) ………………………………… 32
ドラゴンがいっぱい！(ネズビット) … 236
鳥右ェ門諸国をめぐる(新美南吉) … 108
ドリトル先生(ロフティング) … 281
ドリトル先生アフリカへいく(ロフティング) ……………………………… 281
ドリトル先生アフリカへ行(い)く(ロフティング) ……………………………… 281
ドリトル先生アフリカゆき(ロフティング) ……………………………… 281
ドリトル先生航海記(ロフティング)
 …………………………… 281, 282
ドリトル先生月へゆく(ロフティング)
 ………………………………… 282
ドリトル先生月から帰る(ロフティング) ………………………………… 282
ドリトル先生と月からの使い(ロフティング) ………………………………… 282
ドリトル先生と秘密の湖(ロフティング) ………………………………… 283
ドリトル先生と緑のカナリア(ロフティング) ………………………………… 283
ドリトル先生のキャラバン(ロフティング) ………………………………… 284
ドリトル先生の最後の冒険(ロフティング) ………………………………… 284
ドリトル先生のサーカス(ロフティング) ………………………………… 284
ドリトル先生の楽しい家(ロフティング) …………………………… 284, 285
ドリトル先生の月旅行(ロフティング)
 ………………………………… 285
ドリトル先生の動物園(ロフティング)
 ………………………………… 285
ドリトル先生の郵便局(ロフティング)
 ………………………………… 285
竜巻少女(トルネードガール)(風野潮)
 ………………………………… 43, 44
トンカチと花将軍(舟崎克彦) … 136
トンカチと花将軍(舟崎靖子) … 136
どんぐりと山ねこ(宮沢賢治) … 154
とんぼがえりで日がくれて(灰谷健次郎) ………………………………… 112

【な】

泣いた赤おに(浜田廣介) ……… 114
ナイフ(重松清) ………………… 72
ながいながいペンギンの話(いぬいとみこ) ………………………………… 23
長い冬(ワイルダー) …………… 288
長ぐつをはいたネコ(ペロー) … 251
長ぐつをはいた猫(ペロー) …… 251
長靴をはいた猫(ペロー) ……… 251
長くつしたのピッピ(リンドグレーン)
 ………………………………… 276
長くつ下のピッピ(リンドグレーン)
 …………………………… 276, 277
泣かないでシンデレラ(立原えりか) … 88
流れのほとり(神沢利子) ……… 50
流れ星におねがい(森絵都) …… 168
流れ行く者(上橋菜穂子) ……… 30

なぎさくん、女子になる(令丈ヒロ子) ‥ 175
なぎさくん、男子になる(令丈ヒロ子) ‥ 175
なぎさの愛の物語(立原えりか) ………… 88
泣けない魚たち(阿部夏丸) …………… 15
泣こうかとぼうか(山中恒) …………… 171
謎のズッコケ海賊島(那須正幹) ……… 105
なぞの転校生(眉村卓) ………………… 141
なぞ物語(デ・ラ・メア) ……………… 231
謎は解けたよ悪魔さん(グリム兄弟) … 215
夏の階段(梨屋アリエ) …………………… 99
夏のジオラマ(小路幸也) ………………… 73
夏の庭(湯本香樹実) …………………… 172
夏休み。……………………………………… 297
なまくら(吉橋通夫) …………………… 173
涙のタイムトラベル(きむらゆういち)
 …………………………………………… 51
なめとこ山のくま(宮沢賢治) ………… 154
なんであたしが編集長!?(梨屋アリエ)
 …………………………………………… 99
ナンとジョー先生(オルコット) ……… 197
NO.6(あさのあつこ) ………………… 8, 9
NO.6 beyond(あさのあつこ) …………… 9

【に】

新美南吉童話集(新美南吉) …………… 109
虹の谷のアン(モンゴメリ) …………… 269
西の魔女が死んだ(梨木香歩) …………… 98
西の善き魔女(荻原規子) …………… 36〜38
二十四の瞳(壺井栄) ………………… 90, 91
日曜日は恋する魔女(立原えりか) ……… 88
2年A組探偵局(宗田理) ……………… 77, 78
二年間の休暇(ヴェルヌ) ……………… 195
二年間のバカンス(ヴェルヌ) ………… 195
日本児童文学名作集 …………………… 298
日本童謡集 ……………………………… 298
日本の童話名作選 ……………………… 298, 299
日本のむかし話(坪田譲治) ………… 91〜93
日本むかしばなし(寺村輝夫) ………… 96
ニライカナイの空で(上野哲也) ……… 26
人形は笑わない(はやみねかおる) …… 120
人魚のおひめさま(アンデルセン) …… 187
人魚姫(アンデルセン) ………………… 187
忍剣花百姫伝(越水利江子) ………… 60, 61

【ぬ】

ぬすまれた町(古田足日) ……………… 137

【ね】

猫入りチョコレート事件(藤野恵美) … 134
ねこじゃら商店へいらっしゃい(富安陽子) …………………………………… 97
猫とわたしの七日間 …………………… 299
猫の名前(草野たき) …………………… 52
猫の鼻十三墓の秘密(那須正幹) ……… 106
ねこまたのおばばと物の怪たち(香月日輪) ……………………………………… 55
ねこまた妖怪伝(藤野恵美) …………… 134
猫森集会(谷山浩子) …………………… 89
猫は知っていた(仁木悦子) …………… 109
ねじれた町(眉村卓) …………………… 142
ねずみのはととりかえっこ(神沢利子)
 …………………………………………… 50
ネネコさんの動物写真館(角野栄子) … 46
ねむれない夜(きむらゆういち) ……… 51
ねむれなければ木にのぼれ(エイキン)
 ………………………………………… 196
眠れる森の美女(ペロー) ………… 251, 252
ねらわれた学園(眉村卓) ……………… 142
ねらわれた街(あさのあつこ) ………… 9

【の】

農場の少年(ワイルダー) ……………… 288
ノートルダムの鐘(ユゴー) …………… 273
呪う本(緑川聖司) ……………………… 146
呪われた肖像画(ワイルド) …………… 290
呪われた少年(宗田理) ………………… 78
ノンちゃん雲に乗る(石井桃子) ……… 22

【は】

灰色の谷の秘密(マスパン) …………… 258
ハイジ(シュピリ) ……………………… 226
バイバイスクール(はやみねかおる) … 121
ハウルの動く城(ジョーンズ) ………… 227

白鳥異伝（荻原規子） ……………… 38
はじめの四年間（ワイルダー） ……… 288
走れUMI（篠原勝之） ……………… 73
走れすばやく、走れ自由に（マコックレン） ……………………………… 258
八月の光・あとかた（朽木祥） …… 52
八人のいとこ（オルコット） ……… 197
ハチミツドロップス（草野たき） … 52
ハックルベリー＝フィンの冒険（トウェイン） ……………………………… 234
初恋。 ………………………………… 299
バッテリー（あさのあつこ） …… 9～11
××（バツ）天使（令丈ヒロ子） … 176
パットの夢（モンゴメリ） ………… 269
ハッピーノート（草野たき） ……… 52
ハッピーバースデー（さとうまきこ） … 70
花いっぱいになあれ（松谷みよ子） … 139
花をうかべて（新美南吉） ………… 109
花をうめる（新美南吉） …………… 109
花岡大学仏典童話（花岡大学） … 113, 114
花のズッコケ児童会長（那須正幹） … 106
花の童話集（宮沢賢治） …………… 154
はなはなみんみ物語（わたりむつこ） … 183
母をたずねて（デ・アミーチス） … 229
母をたずねて三千里（デ・アミーチス） … 229
母のない子と子のない母と（壺井栄） … 91
パパはころしや（今江祥智） ……… 25
パパは誘拐犯（八束澄子） ………… 169
バビロンまでは何マイル（ジョーンズ） … 227
ハーフ（草野たき） ………………… 52
浜田広介童話集（浜田廣介） ……… 114
浜田廣介童話集（浜田廣介） ……… 114
林の中の家（仁木悦子） …………… 110
バラ色の怪物（笹生陽子） ………… 64
バラの構図（ペイトン） …………… 249
春（竹久夢二） ……………………… 87
はるかな国の兄弟（リンドグレーン） … 277
はるかなるわがラスカル（ノース） … 237
春のお客さん（あまんきみこ） …… 16
春のオルガン（湯本香樹実） ……… 172
春の窓（安房直子） ………………… 18
パレアナの青春（ポーター） ……… 253
晴れた日は図書館へいこう（緑川聖司） … 146
ハワイ幽霊城の謎（はやみねかおる） … 121
ハンカチの上の花畑（安房直子） … 18
ハンサム・ガール（佐藤多佳子） … 69

パンジー組探偵団（サトウハチロー） … 70
バンビ（ザルテン） ………………… 221

【ひ】

ピアニッシシモ（梨屋アリエ） … 99, 100
光車よ、まわれ！（天沢退二郎） … 15
光と闇の旅人（あさのあつこ） …… 11
光の戦士ミド（さとうまきこ） …… 71
光れ！ アタッシュケース（きむらゆういち） ……………………………… 51
引き出しの中の家（朽木祥） ……… 52
ひげよ、さらば（上野瞭） ………… 27
肥後の石工（今西祐行） …………… 25
ビジテリアン大祭（宮沢賢治） …… 154
ピーター＝パン（バリ） ……… 242, 243
ピーター・パンとウェンディ（バリ） … 243
ピーター・パンの冒険（バリ） … 243, 244
ピッピ船にのる（リンドグレーン） … 277, 278
ピッピ南の島へ（リンドグレーン） … 278
ビート・キッズ（風野潮） ………… 44
一つの花（今西祐行） ……………… 26
一つの花 ヒロシマの歌（今西祐行） … 26
ひとにぎりの黄金（エイキン） …… 196
一夜姫事件（藤野恵美） …………… 134
ひとりぼっちの動物園（灰谷健次郎） … 112
ピノキオ（コッローディ） ………… 218
ピノッキオの冒険（コッローディ） … 218, 219
火の鳥と魔法のじゅうたん（ネズビット） ……………………………… 236
非・バランス（魚住直子） ………… 30
ひみつのケイタイ（きむらゆういち） … 51
秘密の動物園事件（藤野恵美） …… 135
秘密の花園（バーネット） …… 240, 241
ヒョコタンの山羊（長崎源之助） … 97
ヒロシマの歌（今西祐行） ………… 26

【ふ】

ファンム・アレース（香月日輪） … 56
風神秘抄（荻原規子） ……………… 38
笛吹き男とサクセス塾の秘密（はやみねかおる） …………………………… 121
福音の少年（あさのあつこ） ……… 11

ブークが丘の妖精パック(キプリング) ……………………………………… 202	
復讐プランナー(あさのあつこ) … 11	
福まねき寺にいらっしゃい(緑川聖司) ……………………………………… 147	
ふしぎをのせたアリエル号(ケネディ) ……………………………………… 218	
ふしぎ探偵レミ(村山早紀) … 164, 165	
ふしぎなおばあちゃん×12(柏葉幸子) ……………………………………… 41	
ふしぎなオルゴール(あまんきみこ) … 16	
ふしぎな目をした男の子(佐藤さとる) ……………………………………… 67	
ふしぎの国のアリス(キャロル) … 203, 204	
不思議の国のアリス(キャロル) … 204, 205	
ふたごのでんしゃ(渡辺茂男) … 182	
ふたりのイーダ(松谷みよ子) … 140	
ふたりのロッテ(ケストナー) … 218	
復活!! 虹北学園文芸部(はやみねかおる) ……………………………………… 121	
ブッシュベイビー(スティーヴンソン) ……………………………………… 228	
冬の光(今江祥智) ……………… 25	
プー横丁にたった家(ミルン) … 259	
ふらいぱんじいさん(神沢利子) … 50	
Fragile ………………………………… 300	
ブラック◆ダイヤモンド(令丈ヒロ子) ……………………………………… 176	
プラネタリウム(梨屋アリエ) … 100	
プラネタリウムのあとで(梨屋アリエ) ……………………………………… 100	
プラム川の土手で(ワイルダー) … 288	
プラム・クリークの土手で(ワイルダー) ……………………………………… 289	
プラムフィールドの子どもたち(オルコット) ……………………………… 197	
プラムフィールドの青春(オルコット) ……………………………………… 198	
フランダースの犬(ウィーダ) … 189, 190	
プリンス・エドワード島へ(モンゴメリ) ……………………………………… 270	
ブレイブ・ストーリー(宮部みゆき) … 158	
ブレーメンの音楽師(グリム兄弟) … 215	
ブンとフン(井上ひさし) ……… 24	
ブンナよ、木からおりてこい(水上勉) … 142	

【へ】

ペギー・スー(ブリュソロ) … 245〜247
ベリーヌ物語(マロ) …………… 259
ベロ出しチョンマ(斎藤隆介) … 63
ペロー童話集(ペロー) ………… 252
辺境のオオカミ(サトクリフ) … 220
ペンギンじるしれいぞうこ(竹下文子) ……………………………………… 87
へんてこな一週間(山中恒) …… 171

【ほ】

放課後。……………………………… 300
冒険者たち(斎藤惇夫) ……… 62, 63
ぼくがぼくであること(山中恒) … 171, 172
ボクシング・デイ(樫崎茜) …… 39
僕たちの旅の話をしよう(小路幸也) … 73
ぼく、デイヴィッド(ポーター) … 253
僕とおじいちゃんと魔法の塔(香月日輪) ……………………………… 56, 57
ぼくと先輩のマジカル・ライフ(はやみねかおる) ……………………… 121
僕と先輩のマジカル・ライフ(はやみねかおる) ……………………… 122
ぼくと未来屋の夏(はやみねかおる) … 122
ぼくの・稲荷山戦記(たつみや章) … 89
ぼくのフェラーリ(坂元純) …… 64
ぼくのミステリー新聞(さとうまきこ) ……………………………………… 71
ぼくの・ミステリーなあいつ(さとうまきこ) ……………………………… 71
ぼくの・ミステリーなぼく(さとうまきこ) ……………………………… 71
ぼくらが走りつづける理由 …… 300
ぼくらと七人の盗賊たち(宗田理) … 78
ぼくらとスーパーマウスJの冒険(宗田理) ……………………………… 78
ぼくらの悪魔教師(宗田理) …… 78
ぼくらのアラビアン・ナイト(宗田理) … 78
ぼくらのいたずらバトル(宗田理) … 79
ぼくらの一日校長(宗田理) …… 79
ぼくらの怪盗戦争(宗田理) …… 79
ぼくらの学校戦争(宗田理) …… 79
ぼくらの奇跡の七日間(宗田理) … 79

ぼくらの恐怖ゾーン(宗田理) ……………… 79
ぼくらの卒業旅行(グランド・ツアー)
　(宗田理) ………………………………… 79
ぼくらのグリム・ファイル探険(宗田理)
　………………………………………… 79, 80
ぼくらのC(クリーン)計画(宗田理) ……… 80
ぼくらの校長送り(宗田理) ………………… 80
ぼくらのコブラ記念日(宗田理) …………… 80
ぼくらの「最強」イレブン(宗田理) ……… 80
ぼくらの最後の聖戦(宗田理) ……………… 80
ぼくらの最終戦争(宗田理) ………………… 80
ぼくらのサイテーの夏(笹生陽子) …… 64, 65
ぼくらの失格教師(宗田理) ………………… 80
ぼくらの修学旅行(宗田理) ………………… 81
ぼくらの心霊スポット(あさのあつこ)
　………………………………………… 11, 12
ぼくらの体育祭(宗田理) …………………… 81
ぼくらの「第九」殺人事件(宗田理) ……… 81
ぼくらの大脱走(宗田理) …………………… 81
ぼくらの第二次七日間戦争(宗田理) ……… 81
ぼくらの第二次七日間戦争 グランド・
　フィナーレ!(宗田理) …………………… 81
ぼくらの第二次七日間戦争 再生教師(宗
　田理) ……………………………………… 81
ぼくらの太平洋戦争(宗田理) ……………… 81
ぼくらの大冒険(宗田理) ……………… 81, 82
ぼくらのデスゲーム(宗田理) ……………… 82
ぼくらのデスマッチ(宗田理) ……………… 82
ぼくらのテーマパーク決戦(宗田理) ……… 82
ぼくらの天使ゲーム(宗田理) ……………… 82
ぼくらの特命教師(宗田理) ………………… 83
ぼくらの7日間戦争(宗田理) ……………… 83
ぼくらの七日間戦争(宗田理) ……………… 83
ぼくらののら犬砦(宗田理) ………………… 83
ぼくらの秘島探険隊(宗田理) ……………… 83
ぼくらの秘密結社(宗田理) ………………… 83
ぼくらの黒(ブラック)会社戦争(宗田
　理) ………………………………………… 83
ぼくらの魔女教師(宗田理) ………………… 84
ぼくらの魔女戦記(宗田理) ………………… 84
ぼくらの(秘)学園祭(宗田理) …………… 84
ぼくらのミステリー学園(さとうまき
　こ) ………………………………………… 71
ぼくらのミステリークラブ(さとうまき
　こ) ………………………………………… 71
ぼくらのミステリー列車(宗田理) ………… 84
ぼくらの南の島戦争(宗田理) ……………… 84
ぼくらのメリークリスマス(宗田理) ……… 85

ぼくらのモンスターハント(宗田理) ……… 85
ぼくらの(ヤ)バイト作戦(宗田理) ……… 85
ぼくらの(危)バイト作戦(宗田理) ……… 85
ぼくらのラストサマー(宗田理) …………… 85
ぼくらのロストワールド(宗田理) ………… 85
ぼくらは海へ(那須正幹) ………………… 106
ぼくらはカンガルー(いぬいとみこ) …… 23
ぼくは悪党になりたい(笹生陽子) ……… 65
ぼくは王さま(寺村輝夫) ………………… 96
僕は、そして僕たちはどう生きるか(梨
　木香歩) …………………………………… 98
ぼくは魔法学校三年生(佐藤さとる) …… 67
ぼくはライオン(今江祥智) ……………… 25
ぼくんちの戦争ごっこ(宗田理) ………… 85
ポケットからこわい話(大川悦生) ……… 33
ポケットにわらい話(大川悦生) ………… 33
星を知らないアイリーン(マクドナル
　ド) ……………………………………… 257
星をまく人(パターソン) ………………… 238
星からおちた小さな人(佐藤さとる) …… 67
星からきた少女(ウィンターフェルト)
　…………………………………………… 191
星空のした、君と手をつなぐ(光丘真理)
　…………………………………………… 145
星とトランペット(竹下文子) …………… 87
星の王子さま(サン=テグジュペリ)
　…………………………………… 221, 222
星のタクシー(あまんきみこ) …………… 16
星の牧場(庄野英二) ……………………… 73
星よまたたけ(井上靖) …………………… 24
ほたる館物語(あさのあつこ) ……… 12, 13
火垂るの墓(野坂昭如) …………………… 110
ボタン戦争(ペルゴー) …………………… 250
北極のムーシカミーシカ(いぬいとみ
　こ) ………………………………………… 24
ぽっぺん先生と帰らずの沼(舟崎克彦)
　…………………………………………… 136
ぽっぺん先生と笑うカモメ号(舟崎克
　彦) ……………………………………… 136
ぽっぺん先生の日曜日(舟崎克彦) …… 136
炎の戦士クーフリン 黄金の騎士フィ
　ン・マックール(サトクリフ) ……… 220
ポラーノの広場(宮沢賢治) ………… 154, 155
ほらふき金さん(阪田寛夫) ……………… 63
ポリアンナの青春(ポーター) …………… 253
ポリリズム ……………………………… 300
ぽんぽん(今江祥智) ……………………… 25

【ま】

迷子の天使(石井桃子) ………………… 22
マサの留守番(宮部みゆき) …………… 159
魔女狩り学園(宗田理) ………………… 86
魔女の丘(カーツ) ……………………… 201
魔女の隠れ里(はやみねかおる) ……… 122
魔女の宅急便(角野栄子) ………… 46〜48
魔女の友だちになりませんか?(村山早紀) ……………………………………… 165
魔女のルルーとオーロラの城(村山早紀) ……………………………………… 165
魔女のルルーと風の少女(村山早紀) … 165
魔女のルルーと時の魔法(村山早紀) … 165
魔女モティ(柏葉幸子) ………………… 42
まちがいカレンダー(古田足日) ……… 137
町かどのジム(ファージョン) ………… 244
都会(まち)のトム&ソーヤ(はやみねかおる) ……………………… 122, 123
松谷みよ子童話集(松谷みよ子) ……… 140
マッチ売りの少女/人魚姫(アンデルセン) ……………………………………… 188
まど・みちお詩集(まど・みちお) …… 141
まなづるとダアリヤ(宮沢賢治) ……… 155
マハラジャのルビー(プルマン) ……… 248
魔法使いのチョモチョモ(寺村輝夫) … 96
魔法のアイロン(エイキン) …………… 197
魔法の木(フォークナー) ……………… 245
魔法?魔法!(ジョーンズ) …………… 227
魔法!魔法!魔法!(ネズビット) …… 236
まぼろしの白馬(ゲージ) ……………… 206
まぼろしのペンフレンド(眉村卓) …… 142
ママは12歳(山中恒) …………………… 172
まめつぶうた(まど・みちお) ………… 141
豆つぶほどの小さないぬ(佐藤さとる) ……………………………………… 68
マヤの一生(椋鳩十) …………………… 159
魔よけ物語(ネズビット) ……………… 236
魔リンピックでおもてなし(令丈ヒロ子) ……………………………………… 177
マルギットの首飾り(那須正幹) ……… 106
マンガ・好きです!(令丈ヒロ子) …… 177
満月の夜古池で(坂東眞砂子) ………… 125

【み】

ミオよわたしのミオ(リンドグレーン) ……………………………………… 278
ミカ!(伊藤たかみ) …………………… 22
ミカ×ミカ!(伊藤たかみ) …………… 22
ミシェルのかわった冒険(ギヨ) ……… 205
ミステリークラブ殺人事件(那須正幹) ……………………………………… 106
『ミステリーの館』へ、ようこそ(はやみねかおる) …………………………… 123
水の伝説(たつみや章) ………………… 89
路に落ちてた月(ビートたけし) ……… 126
緑の本(緑川聖司) ……………………… 147
みな殺し学園(宗田理) ………………… 86
みにくいアヒルの子(アンデルセン) … 188
未・フレンズ(魚住直子) ……………… 30
宮沢賢治全集(宮沢賢治) ……………… 155
宮沢賢治童話集(宮沢賢治) …………… 156
ミヤマ物語(あさのあつこ) ……… 13, 14
未来少年コナン(ケイ) ………………… 216
ミラクル・ファミリー(柏葉幸子) …… 42
みんなの谷川俊太郎詩集(谷川俊太郎) ……………………………………… 89
みんなのホームラン(サトウハチロー) ……………………………………… 70

【む】

昔気質の一少女(オルコット) ………… 198
むかむかの一週間(山中恒) …………… 172
ムギと王さま(ファージョン) ………… 244
麦ふみクーツェ(いしいしんじ) ……… 21
椋鳩十まるごと愛犬物語(椋鳩十) …… 159
椋鳩十まるごとシカ物語(椋鳩十) …… 160
椋鳩十まるごと名犬物語(椋鳩十) …… 160
椋鳩十まるごと野犬物語(椋鳩十) …… 160
ムーミン谷の十一月(ヤンソン) ……… 271
ムーミン谷の彗星(ヤンソン) ………… 271
ムーミン谷の仲間たち(ヤンソン) …… 271
ムーミン谷の夏まつり(ヤンソン) …… 272
ムーミン谷の冬(ヤンソン) …………… 272
ムーミンパパ海へいく(ヤンソン) …… 272
ムーミンパパの思い出(ヤンソン) 272, 273
紫の本(緑川聖司) ……………………… 147

紫屋敷の呪い(那須正幹) ………… 106
ムルガーのはるかな旅(デ・ラ・メア) ‥ 231

【め】

名犬ラッシー(ナイト) ……………… 235
名探偵カッレくん(リンドグレーン) …… 278
名探偵カッレとスパイ団(リンドグレーン) ……………………………………… 278
名探偵と封じられた秘宝(はやみねかおる) …………………………………… 123
名探偵VS.怪人幻影師(はやみねかおる) …………………………………… 124
名探偵VS.学校の七不思議(はやみねかおる) ……………………………… 124
めぐりくる夏(ペイトン) …………… 250
メニメニハート(令丈ヒロ子) ……… 177
メモリーカードのなぞ(きむらゆういち) …………………………………… 51

【も】

もう一度読みたい宮沢賢治(宮沢賢治) …………………………………… 156
もうひとつの夏休み。 ……………… 300
木馬がのった白い船(立原えりか) …… 88
モグラ原っぱのなかまたち(古田足日) …………………………………… 137
もしもしウサギです(舟崎克彦) …… 136
もつれた蜘蛛の巣(モンゴメリ) …… 270
モデラートで行こう(風野潮) ……… 44
モデルになっちゃいますう!?(梨屋アリエ) …………………………………… 100
モナコの謎カレ(令丈ヒロ子) ……… 177
モナミは世界を終わらせる?(はやみねかおる) ……………………………… 124
モモちゃんとアカネちゃん(松谷みよ子) …………………………………… 140
モーラとわたし(おーなり由子) …… 39
森へようこそ(風野潮) ………… 44, 45
森からのてがみ(舟崎克彦) ………… 137

【や】

やかまし村の子どもたち(リンドグレーン) …………………………………… 278
やかまし村の春・夏・秋・冬(リンドグレーン) ……………………………… 278
やかまし村はいつもにぎやか(リンドグレーン) ……………………………… 278
焼けあとの雑草(ペイトン・ウォルシュ) …………………………………… 250
優しさごっこ(今江祥智) …………… 25
やっぱりあたしが編集長!?(梨屋アリエ) …………………………………… 100
屋根裏の遠い旅(那須正幹) ………… 106
屋根裏部屋の秘密(松谷みよ子) …… 140
山の太郎熊(椋鳩十) ………………… 160
山のトムさん(石井桃子) …………… 22
やまんばのにしき(松谷みよ子) …… 140
闇からのささやき(あさのあつこ) … 14
闇の本(緑川聖司) …………………… 147
闇の守り人(上橋菜穂子) …………… 30
ヤンと野生の馬(デンネボルク) …… 231

【ゆ】

ゆうびんサクタ山へいく(いぬいとみこ) …………………………………… 24
ゆきこんこん物語(さねとうあきら) … 72
雪だるまの雪子ちゃん(江國香織) … 31
雪の女王(アンデルセン) …………… 188
UFOにのってきた女の子(さねとうあきら) …………………………………… 72
夢のズッコケ修学旅行(那須正幹) … 106
夢の果て(安房直子) ………………… 18
夢の守り人(上橋菜穂子) …………… 30
夢みるピーターの七つの冒険(マキューアン) …………………………………… 256
夢よ、輝け!(光丘真理) …………… 145
ゆらぎの詩の物語(わたりむつこ) … 183

【よ】

妖怪アパートの幽雅な食卓(香月日輪) …………………………………… 57

文庫で読める児童文学 2000冊 **321**

ようか　　　　　　　　書名索引

妖怪アパートの幽雅な日常(香月日輪)
　　………………………………… 57, 58
妖怪アパートの幽雅な人々(香月日輪)
　　………………………………………… 58
よだかの星(宮沢賢治) ……………… 156
4つの初めての物語(さとうまきこ) … 71
世にもふしぎな物語(那須正幹) …… 106
四人の姉妹(オルコット) …………… 198
よみがえる魔法の物語(わたりむつこ)
　　……………………………………… 183
よみがえる魔力(さとうまきこ) …… 71
ヨーヨーのちょこっと猫つまみ(池田あ
　　きこ) ……………………………… 20
夜のかくれんぼ(那須正幹) ………… 107
夜の神話(たつみや章) ……………… 89
夜の鳥(ハウゲン) …………………… 237
読んであげたいおはなし(松谷みよ子)
　　……………………………………… 140
読んでおきたいベスト集！宮沢賢治(宮
　　沢賢治) …………………………… 156

【ら】

ライラックの花の下(オルコット) … 198
楽園のつくりかた(笹生陽子) ……… 65
ラスト・イニング(あさのあつこ) … 14
ラストラン(角野栄子) …………… 48, 49
ラッキー・マウスの謎(宗田理) …… 86
ラン(森絵都) ………………………… 168
ランドセル探偵団(宗田理) ………… 86

【り】

りかさん(梨木香歩) ………………… 98
リズム(森絵都) ……………………… 168
リトルプリンセス(バーネット) …… 242
リトル・マーメイド(アンデルセン) … 189
竜のいる島(たかしよいち) ………… 86
竜の巣(富安陽子) …………………… 97
寮の七日間 …………………………… 301
料理少年(令丈ヒロ子) ……………… 177
料理少年・オムレツ勝負Kタロー(令丈
　　ヒロ子) …………………………… 177
料理少年Kタロー(令丈ヒロ子) … 177, 178
料理少年・Kタロー対社長少年(令丈ヒ
　　ロ子) ……………………………… 178

料理少年・ポップコーン作戦(令丈ヒロ
　　子) ………………………………… 178
緑魔の町(筒井康隆) ………………… 90
りんご畑の特別列車(柏葉幸子) …… 42
リンゴ畑のマーティン・ピピン(ファー
　　ジョン) …………………………… 244
リンバロストの乙女(ポーター) …… 254

【れ】

レクトロ物語(チムニク) …………… 228
レッツゴー！川中wow部(阿部夏丸) … 15
レポーターなんてムリですぅ！(梨屋ア
　　リエ) ……………………………… 100
レ・ミゼラブル(ユゴー) ……… 273〜275
レモン・ドロップス(石井睦美) …… 22
レンアイ@委員 おねえちゃんのカレシ
　　(令丈ヒロ子) …………………… 178
レンアイ@委員 キレイの条件(令丈ヒロ
　　子) ………………………………… 178
レンアイ@委員 最後の相談メール(令丈
　　ヒロ子) …………………………… 178
レンアイ@委員 SPな誕生日(令丈ヒロ
　　子) ………………………………… 178
レンアイ@委員 涙のレンアイ@委員会
　　(令丈ヒロ子) …………………… 179
レンアイ@委員 はじめてのパパ(令丈ヒ
　　ロ子) ……………………………… 179
レンアイ@委員 ブラ・デビュー・パーティ
　　(令丈ヒロ子) …………………… 179
レンアイ@委員 プリティになりたい(令
　　丈ヒロ子) ………………………… 179
レンアイ@委員 ママの恋人(令丈ヒロ
　　子) ………………………………… 179
レンアイ@委員 ラブリーメールにこたえ
　　ます(令丈ヒロ子) ……………… 179

【ろ】

老子収集狂事件(藤野恵美) ………… 135
六年四組ズッコケ一家(山中恒) …… 172
ろくべえまってろよ(灰谷健次郎) … 113
ロケット＆電車工場でドキドキ!!(令丈ヒ
　　ロ子) ……………………………… 179
ロザンドの木馬(瀬尾七重) ………… 75

ロペとキャベツのクレヨン王国（福永令三）................ 132
ロマン・カルブリス物語（マロ）......... 259
ロミオの青い空（テツナー）............... 230

【わ】

若おかみは小学生！（令丈ヒロ子）.. 179〜182
若おかみは小学生！スペシャル おっこのTaiwanおかみ修業！（令丈ヒロ子）............... 182
若おかみは小学生！ スペシャル短編集（令丈ヒロ子）................ 182
若草の祈り（ネズビット）................ 237
若草物語（オルコット）............. 198〜201
わが家への道（ワイルダー）............... 289
わたしが妹だったとき/こども（佐野洋子）................ 72
わたしが幽霊だった時（ジョーンズ）.... 228
わたしたちの島で（リンドグレーン）.... 278
わたしとおどってよ白くまさん（立原えりか）................ 88
私のあしながおじさん（ウェブスター）................ 192
私のアンネ＝フランク（松谷みよ子）.... 141
わたしの、好きな人（八束澄子）......... 170
わたしの童話（住井すゑ）................ 75
私の中に何かがいる（あさのあつこ）.... 14
和太郎さんと牛（新美南吉）............... 109
わちふぃーるど四季の絵ばなし（池田あきこ）................ 20
わちふぃーるど扉の向う側（池田あきこ）................ 20
わちふぃーるど12の月の物語（池田あきこ）................ 20
わらい話088（寺村輝夫）................ 96
ワルのぽけっと（灰谷健次郎）............ 113
わんぱく天国（佐藤さとる）............... 68

文庫で読める児童文学2000冊

2016年5月25日 第1刷発行

発　行　者／大髙利夫
編集・発行／日外アソシエーツ株式会社
　　　　　　〒143-8550 東京都大田区大森北1-23-8 第3下川ビル
　　　　　　電話 (03)3763-5241(代表) FAX(03)3764-0845
　　　　　　URL http://www.nichigai.co.jp/
発　売　元／株式会社紀伊國屋書店
　　　　　　〒163-8636 東京都新宿区新宿3-17-7
　　　　　　電話 (03)3354-0131(代表)
　　　　　　ホールセール部(営業) 電話 (03)6910-0519

電算漢字処理／日外アソシエーツ株式会社
印刷・製本／光写真印刷株式会社

不許複製・禁無断転載　　　　　　　　《中性紙三菱クリームエレガ使用》
<落丁・乱丁本はお取り替えいたします>
ISBN978-4-8169-2600-6　　　Printed in Japan, 2016

本書はディジタルデータでご利用いただくことが
できます。詳細はお問い合わせください。

中高生のためのブックガイド
進路・将来を考える

佐藤理絵監修　A5・260頁　定価（本体4,200円＋税）　2016.3刊

学校生活や部活動、志望学科と将来の職業との関連性、大学入試の小論文対策まで、現役の司書教諭が"中高生に薦めたい本"609冊を精選した図書目録。「学校生活から将来へ」「仕事・職業を知る」「進路・進学先を考える」「受験術・アドバイス」に分け、入手しやすいものを中心に紹介。

児童文学書全情報2011-2015

A5・1,070頁　定価（本体18,500円＋税）　2016.3刊

2011～2015年に刊行された児童文学書・研究書10,000点の目録。「研究書」は1,000点をテーマ別に分類。「作品」は2,600人の著者・訳者によるのべ8,200点を内容紹介付きで収録。「全集・アンソロジー」600点も収載。

子どもの本シリーズ

児童書を分野ごとにガイドするシリーズ。子どもたちにも理解できる表現を使った見出しのもとに関連の図書を一覧。基本的な書誌事項と内容紹介がわかる。図書館での選書にはもちろん、総合的な学習・調べ学習にも役立つ。

子どもの本 日本の名作童話 最新2000
A5・300頁　定価（本体5,500円＋税）　2015.1刊

子どもの本 現代日本の創作 最新3000
A5・470頁　定価（本体5,500円＋税）　2015.1刊

子どもの本 世界の児童文学 最新3000
A5・440頁　定価（本体5,500円＋税）　2014.12刊

子どもの本 日本の古典をまなぶ2000冊
A5・330頁　定価（本体7,600円＋税）　2014.7刊

子どもの本 楽しい課外活動2000冊
A5・330頁　定価（本体7,600円＋税）　2013.10刊

データベースカンパニー
日外アソシエーツ　〒143-8550　東京都大田区大森北1-23-8
TEL.(03)3763-5241　FAX.(03)3764-0845　http://www.nichigai.co.jp/